KNAUR✱

*Im Knaur Taschenbuch Verlag sind bereits
folgende Bücher des Autors erschienen:*
Ritus
Sanctum
Kinder des Judas
Blutportale
Judassohn
Judastöchter
Oneiros

Über den Autor:
Markus Heitz, geboren 1971, studierte Germanistik und Geschichte. Kein anderer Autor wurde so oft wie er mit dem Deutschen Phantastik Preis ausgezeichnet, weshalb er zu Recht als Großmeister der deutschen Fantasy gilt. Mit der Bestsellerserie um »Die Zwerge« drückte er der klassischen Fantasy seinen Stempel auf und eroberte mit seinen Werwolf- und Vampirthrillern auch die Urban Fantasy. Markus Heitz lebt in Homburg.

Mehr Informationen unter www.mahet.de

Markus Heitz

TOTEN BLICK

Thriller

KNAUR TASCHENBUCH VERLAG

Besuchen Sie uns im Internet:
www.knaur.de

Originalausgabe August 2013
Knaur Taschenbuch
© 2013 Knaur Taschenbuch
Ein Unternehmen der Droemerschen Verlagsanstalt
Th. Knaur Nachf. GmbH & Co. KG, München
Alle Rechte vorbehalten. Das Werk darf – auch teilweise –
nur mit Genehmigung des Verlags wiedergegeben werden.
Ein Projekt der AVA International GmbH
Autoren- und Verlagsagentur
www.ava-international.de
Redaktion: Franz Leipold
Umschlaggestaltung: ZERO Werbeagentur, München
Umschlagabbildung: FinePic®, München
Satz: Adobe InDesign im Verlag
Druck und Bindung: CPI – Clausen & Bosse, Leck
Printed in Germany
ISBN 978-3-426-50591-5

2 4 5 3 1

Fiktionshinweis

Sämtliche in dem Roman vorkommenden Figuren sind frei erfunden. Jede Ähnlichkeit mit lebenden oder toten Personen ist rein zufällig.

Sollte sich jemand darin wiedererkennen, hat er eine sehr lebhafte Phantasie und kann sich darob geschmeichelt fühlen.

Auch die Handlung ist konstruiert und basiert nicht auf realen Geschehnissen oder konkreten Vorlagen aus der Gegenwart / Vergangenheit.

Die Zukunft kann ich leider nicht ausschließen, aber ich hoffe, dass die im Roman beschriebenen Dinge niemals geschehen werden.

Vor allem Vampire gibt es nicht. Aber die kommen auch nicht drin vor.

Und wenn doch, sind sie nicht real, sondern frei erfunden, wie schon gesagt.

Aber den Tod, den gibt es, und er kommt im Roman mehrfach vor. Ebenso wie Bestatter. Und ein Bestatter erscheint ebenso, aber der ist wiederum als Figur frei erfunden, wie schon gesagt.

Un-Fiktionshinweis

Manche Straßen, Musikgruppen und sonstige Zutaten gibt es dann doch wirklich. Und dann ist es volle Absicht.

Ach ja, die Stadt Leipzig existiert selbstverständlich.

Und sie ist faszinierend, lebendig und voller Abwechslung!

Semi-Fiktionshinweis

Manche Straßen mögen zum Zeitpunkt des Lesens bereits anders aussehen, sich gewandelt haben.

Bitte nicht wundern: Das sind *keine* Fehler. Das ist die allgegenwärtige Veränderung.

Das geht in der schönen Stadt sehr rasch, wie zum Beispiel in der Hainstraße: Eben im Bereich Richtung Hauptbahnhof noch eine Brache, dann buddelten während der Schreibphase die Archäologen, und bald wird sich die Hainspitze auf dem Areal nach vorne in Richtung Brühl schieben.

Oder hat sie es vielleicht schon längst getan?

Ich wünsche mir und auch den Bewohnern, dass sich Leipzig seinen speziellen, ganz besonderen Charme erhält, allen Neubauten zum Trotz.

PROLOG

Leipzig, Connewitzer Kreuz, 15. Oktober

Armin Wolke kam über die kopfsteingepflasterte Ausfahrt des *Werk II* gestolpert.

Im Kopf dröhnten die letzten Töne der Zugabe von *Solitary Experiments* und jede Menge Promille, die er sich über die Bierchen in den vergangenen Stunden akribisch zugeführt hatte. »Da leck mich doch am …«, murmelte er und musste sich an der rauhen Backsteinwand abstützen; die letzten Reste einer vertrockneten Kletterpflanze lösten sich unter der Berührung und rieselten raschelnd zu Boden.

»Alles klar?«, sagte eine junge Frau im Vorbeigehen.

»Schon gut«, antwortete er, atmete tief ein und rülpste. Bier, Kohlensäure, ganz unschick, gerade im Dialog mit hübschen unbekannten Damen. Da Armin prinzipiell nie Gehörschutz benutzte, weil er ihn als Sounddiaphragma ablehnte, hörte er alles dumpfer. Ein leichtes Piepsen im rechten Ohr warnte ihn davor, sich morgen wieder 120 Dezibel zu geben. Konnte er auch nicht. Da befand er sich in einer anderen musikalischen Welt, ganz ohne dröhnende Bässe und Synthesizer. »Geht gleich wieder.«

»Kenn dein Limit«, erwiderte sie lächelnd und folgte ihren Begleiterinnen.

Kleine Klugscheißerin, dachte Armin grinsend und verließ leicht schwankend das Veranstaltungsgelände, das im 19. Jahrhundert als Gasmesserfabrik errichtet worden war. Nun vereinte das *Werk II* als Kulturstätte verschiedene Hallen und Räumlichkeiten, in denen Konzerte, Theateraufführungen und Events stattfanden.

Armin hörte noch immer den Bass, der in seinen Ohren brummte. *Solitary Experiments* hatte passend zur alten Bestimmung des Bauwerks sprichwörtlich Gas gegeben. Die Electrobeats der Berlin-Leipziger Band brachten ihn und die Besucher zum Tanzen und Schwitzen. Und wie immer hatte der Schlagzeuger sich zur Freude der Mädels das rote Hemd vom tätowierten Oberkörper gerissen und mit den Sticks auf die Drums eingedroschen.

Jetzt war Armin müde und wollte nur nach Hause. Auch wenn man sich mit 26 Jahren durchaus noch jugendliche Unvernunft leisten konnte, verzichtete er lieber darauf. Sein Ausflug stellte genug Aufbegehren gegen sein sonstiges Leben dar.

Die Cargohose, das dünne schwarze EBM-Shirt mit dem silbernen Aufdruck *Old School,* alles klebte an ihm. Jemand hatte ihm dazu noch einen Drink übergekippt, so dass er wie ein besoffenes Gummibärchen stank. Das Gel für die nach hinten gelegten hellbraunen Haare hätte er sich sparen können.

Die Menge umströmte und überholte ihn. Alle wanderten zur Tram, um in die Innenstadt zu gelangen.

»Ja, fein«, motzte er, weil er ahnte, dass er nicht mehr in die nächste Bahn passen würde. »ÖPNV-Lemminge.«

Und es kam noch schlimmer: Aufgrund eines Unfalls, das verkündete die kleine Anzeige in orangeroter Laufschrift am Bahnsteig, waren die Linien in Richtung Hauptbahnhof vorerst lahmgelegt. Als Ersatz standen Busse mit Warnblinkanlagen auf dem Randstreifen bereit.

»Nee, ohne mich«, murmelte Armin mit einem Blick auf die Massen, die sich im Inneren zusammenquetschten. Er beschloss zu laufen, bis er an eine Haltestelle kam, die wieder angefahren wurde.

Außerdem konnte er unterwegs ein bisschen ausnüchtern. Seine Kirsche, Mendy, würde ihm sonst wortlos das Kissen aufs Sofa packen. Sie hatte ihm bereits vorher deutlich zu verstehen gegeben, dass sie den Konzertbesuch schlecht fand. Total betrunken durfte er nicht ins Schlafzimmer kommen. Die subversive Macht der Frauen.

Er lief los, vorbei an den Fronten geschlossener Geschäfte und noch geöffneter Bars und Restaurants.

Am Wochenende war in der Gegend zwar einiges los, richtig voll wurde es aber erst weiter unten in der KarLi, in der Karl-Liebknecht-Straße, wo sich die Bars und Restaurants aneinanderreihten. Da könnte er vielleicht bei einem Spätkauf noch ein Wegbier … Armin verwarf den Gedanken.

Heute war auf den Bürgersteigen der KarLi weniger Betrieb als üblich. Der kalte Wind jagte die Nachtschwärmer ins Innere der Kneipen. Die Nacht roch nach den Kippen der Raucher, die gelegentlich vor die Tür mussten, um ihrer Sucht zu frönen, und nach Essensdünsten, die aus den Abzugsschächten der Gastronomie quollen.

Die Bewegung verschaffte Armin etwas Wärme, aber er fröstelte dennoch. Sein dünner Körper kannte so etwas wie eine isolierende Fettschicht nicht. Schließlich verfiel er in leichten Laufschritt, um nicht zu sehr auszukühlen.

Dabei folgte er immer der KarLi und hoffte auf eine Tram. Taxi wollte er nicht fahren, das kostete mindestens zehn Euro. Die hatte er zwar locker, aber *dafür* ausgeben? Schließlich besaß er eine Monatskarte.

Das unebene Pflaster stellte seine Koordination auf eine ordentliche Probe, die er bislang gut gemeistert hatte. Inzwischen passierte Armin die Haltestelle Kurt-Eisner-Straße.

Keine Tram weit und breit.

Plötzlich trat neben ihm aus dem Schatten einer Einfahrt zwischen Dönerladen und indischem Restaurant eine dunkle, großgewachsene Gestalt. Ohne etwas zu sagen, schwang sie einen länglichen hellen Gegenstand auf Brusthöhe gegen Armin.

Instinktiv wich er aus. Zwar war seine Reaktion aufgrund des Alkohols ziemlich ungelenk, doch sie erfüllte ihren Zweck: Das abgerundete Ende des Baseballschlägers surrte dicht an ihm vorbei.

»Kohle, Handy und den teuren Krempel her«, zischte der Angreifer und hob den Baseballschläger mit beiden Händen. Das Gesicht hatte er mit einem Tuch vor Mund und Nase unkenntlich gemacht, die Kapuze seines Pullis warf einen Schatten auf Stirn und Augen. »Alles auf den Boden! Los! Oder ich hol's mir selbst.«

Armin wusste, dass er zu benebelt war, um sich mit einem bewaffneten Räuber anzulegen. Ein Treffer mit dem Baseballschläger, und die Lichter gingen schmerzhaft aus – und noch schmerzhafter wieder an. Außerdem könnten seine Finger etwas abbekommen, und das wäre mehr als verheerend …

Doch die Promille sorgten gleichzeitig für genügend Selbstüberschätzung, um jegliches Manko auszugleichen.

»Fick dich«, schleuderte er dem Vermummten heldenhaft entgegen und nahm eine Kämpferpose ein. Nicht, dass er Erfahrung im Prügeln besaß, aber vielleicht konnte er damit Eindruck schinden.

Die abgerundete Spitze sauste dieses Mal zu schnell heran und traf ihn auf den rechten Oberarm, brachte Armin aus dem Gleichgewicht – und schon bekam er das Ende in die Magengrube. Er klappte zusammen und übergab sich.

»Idiot, echt«, beschimpfte ihn der Räuber noch dazu. »Kotzt mir auf die Schuhe.«

Der Baseballschläger traf Armin beim dritten Einschlag frontal gegen die Brust und warf ihn auf den Rücken.

Sein Hinterkopf schlug auf die Gehwegplatten, dann spürte er die tastenden Hände des Angreifers überall an sich. Von irgendwoher ertönten laute Rufe, der Überfall war von einem Passanten bemerkt worden.

»Bleib unten, wenn du keine in die Fresse bekommen willst«, wurde Armin angezischt.

Die Benommenheit mischte sich mit Übelkeit und verhinderte eine Gegenwehr. Endlich ließ der Räuber von ihm ab.

»Hey«, rief Armin schwach und stemmte sich auf die Beine. Sein Oberarm brannte wie Feuer, sein Kopf brummte, und in seinem Magen schien ein Vulkan zu brodeln. »Du Arschloch! Lass mir wenigstens die Ausweise da!« Er stand schwankend auf dem Trottoir und merkte, wie sein Kreislauf absackte.

Der Maskierte blieb stehen, kehrte zurück. »Bleib unten, habe ich gesagt!«, fauchte er und versetzte ihm einen Tritt gegen die Hüfte. »Scheiße, sei froh, dass ich dir nicht deine blöde Fresse einschlage.«

Armin wankte unter dem Treffer, versuchte sich abzufangen und torkelte dabei ungewollt quer über die Straße, bevor er neben dem Markierungsstreifen auf die Knie fiel; in seinen Ohren hallten die Schritte des Räubers, der sich rasch entfernte.

Autos hupten und wichen aufblendend aus, ihre Scheinwerfer verdoppelten und verzerrten sich wie fette Sterne mit Gloriolen.

Armin kroch benommen über den feuchtkalten Asphalt, stand auf, strauchelte und ging erneut zu Boden. Er schaffte es, nicht angefahren zu werden, und konnte plötzlich nachvollziehen, wie sich ein Torero fühlte. Seine Stiere hatten Motorhauben und Kühlergrills, auf denen er landen würde, sollte er patzen.

Das Adrenalin verjagte den Alkohol aus seinem Blut; zumindest überlagerte es die Auswirkungen für einige sehr wache, lebensrettende Sekunden: Mit einer Schulterrolle rettete er sich vor heranwalzenden breiten Reifen und einem fast schon geschliffen wirkenden Frontspoiler – um sich auf den Gleisen wiederzufinden. In Sicherheit.

Da schrillte eine Tramglocke grell und anhaltend: Die Strecke war wieder in Betrieb genommen!

Armin hob resignierend den Kopf und starrte in die heranrasenden Scheinwerfer, unter denen rechts und links Funken stoben.

Er konnte sich nicht bewegen; seine bleischweren Glieder pinnten ihn. Der Fahrer versuchte eine Notbremsung, doch sie würde nicht ausreichen, um seinen dröhnenden Schädel vor einer Kollision mit der wesentlich härteren Wagenvorderseite zu bewahren.

»Junge, komm da weg!«, schrie ihm jemand mit starkem

sächsischem Akzent ins Ohr, dann wurde Armin an den Schultern gepackt und derart professionell zur Seite gezogen, als hätte die Person das Gleiche schon hundertmal gemacht.

Die Tram rauschte zentimeterdicht an seinen Schuhspitzen vorbei und erfüllte die Luft mit dem Geruch von heißem Stahl; es kreischte laut und anhaltend. Heiß prasselten die glühenden Funken gegen Armin, brannten auf seiner Haut.

Keuchend versuchte er, sich zu erheben. Der Mann, der ihn von den Schienen gezogen hatte, stützte ihn. »Scheiße«, flüsterte er unentwegt, dabei zitterte er vor Kälte und Schock.

»Ruhig«, sagte der Mann beschwichtigend. »Ruhig.«

Die Tram war inzwischen zum Stehen gekommen, und ein tobender Fahrer sprang aus der Kabine und rannte auf sie zu. Schaulustige an der Haltestelle hielten ihre Handys hoch und filmten oder schossen Aufnahmen. »Hey, du!«, rief er wütend. »Freundchen, das wird teuer. Deinen Ausweis. Sofort!«

Armin war schlecht, die Sicht blieb leicht verschwommen. »Geklaut«, bekam er mühsam heraus und deutete auf die andere Straßenseite. »Gerade eben.«

»Die Scheiße kannste vergessen!«, schrie ihn der Fahrer an und baute sich drohend vor ihm auf. »Besoffener Depp! Her mit deinen ...«

»Nur die Ruhe, Herr ...«, schritt der Lebensretter ein und las vom Namensschildchen ab, »... Müller. Er kann nichts dafür. Ich habe gesehen, wie er von einem Vermummten einen Tritt bekam. Das war der Auslöser für den Unfall. Der junge Mann kann froh sein, dass er noch lebt.«

»Aha.« Der Fahrer funkelte dennoch aufgebracht mit den Augen. »Trotzdem nicht abhauen. Polizei und Rettungswagen sind unterwegs. Ich habe wegen der Zirkusvorstellung zwei Verletzte in meiner Tram.« Dann wandte er sich wieder um und kehrte zum Gefährt zurück.

»Eine Entschuldigung von Herrn Müller wäre schön gewesen.« Armins Lebensretter schüttelte den Kopf und blickte ihn aus warmen, braunen Augen an, die von einer schwarzen Hornbrille eingerahmt wurden. »Ich verstehe ja, dass er aufgeregt ist, aber …«

Armin übergab sich ein zweites Mal, diesmal aus mehreren Gründen: vom Laufen, von den Treffern mit dem Baseballschläger, vom Alkohol, vor Aufregung und vor Angst, fast unter eine Tram geraten zu sein.

Auch diese unrühmliche Szene wurde sicherlich von Handys festgehalten und stand bald in einem tollen sozialen Netzwerk. Sein Vater würde toben, wenn sich herumsprach, wie er sich in der Öffentlichkeit zum Trottel machte. Am liebsten würde er losheulen, vor Erleichterung und vor Scham. Das Schluchzen tarnte er mit einem Husten.

Armin spuckte aus, wischte heimlich die Tränen von den Wangen und setzte sich. »Danke«, murmelte er unverständlich und sah seinen Retter an.

Er schätzte den Mann auf knapp 60. Er war groß und normal gebaut, trug die silberschwarzen Haare kurz geschnitten. Ein leichter roter Kratzer zog sich vom Kinn abwärts, eine alte Narbe war an der linken Stirn erkennbar. »Ich bin Armin.« Er streckte ihm die Hand hin.

»Lui. Eigentlich Ludwig, aber die meisten nennen mich Lui.« Er lächelte. »Keine Sorge. Das wird schon wieder. Ich kann der Polizei sagen, was ich gesehen habe und dass du nicht freiwillig zwischen den Autos herumgekrochen bist.« Er nahm eine Zigarettenpackung aus der Jackentasche und hielt sie ihm hin. Seine Kleidung war leger wie seine Sprechweise: dunkle Stoffhose, darüber ein offenes weißes Hemd; eine kurze Lederjacke schützte ihn vor der Kühle.

»Nee, danke. Nichtraucher.«

»Sehr gut.« Ludwig steckte sich eine an.

Polizei und Krankenwagen rückten an, die Strecke wurde natürlich wieder gesperrt. Armin machte seine Aussage, so gut er konnte. Das Zittern wollte nicht aufhören, trotz der folienartigen Rettungsdecke, die ihm ein Beamter umgelegt hatte. Ludwig bestätigte stark sächselnd die Ausführungen. Die Frage, ob man seinen Vater benachrichtigen sollte, verneinte Armin. Das würde noch fehlen.

Nach einer Anzeige gegen unbekannt wegen Körperverletzung und dem Rattenschwanz von Forderungen der Leipziger Verkehrsbetriebe sowie einer Inaugenscheinnahme durch die Sanis wurde er von den Gesetzeshütern entlassen. Tramfahrer Müller entschuldigte sich nach wie vor nicht für sein ruppiges Auftreten.

Ludwig bot an, den aufgelösten jungen Mann nach Hause zu fahren, und nervte unterwegs nicht mit tiefsinnigen Gesprächsversuchen oder Beruhigungs-Smalltalk.

In der Katharinenstraße stieg Armin aus und schlich sich durch den Hof in die geräumige Altbauwohnung. Mittlerweile tat ihm alles weh, vom Kopf bis zu den Füßen, doch das Beben der Gliedmaßen hatte aufgehört.

Auf dem Sofa lag bereits sein Kopfkissen – eine Anklage aus Polyesterfüllung und Baumwollbezug. Mendy wollte ihn nicht neben sich liegen haben. Bestimmt ging sie davon aus, dass er voll wie eine Haubitze vom Konzert zurückkehrte.

Zuerst spielte Armin mit dem Gedanken, sich dennoch ins Schlafzimmer zu schleichen, um seinen geschundenen Körper auf dem weichen Bett auszustrecken. Doch dann müsste er ihr erzählen, was alles geschehen war, und das würde Zeit in Anspruch nehmen. Dabei brauchte er jetzt einfach ein paar Stunden Ruhe. Dringend.

Scheißabend, dachte er, faltete die Decke auseinander und schlüpfte darunter, um ein bisschen das Gefühl von Geborgenheit zu bekommen, wenn sich schon seine Freundin verweigerte.

Als er sich hinlegte, kam ihm der erschreckende Gedanke, dass der Räuber nun wusste, wo er wohnte. Dank des gestohlenen Ausweises und der Papiere.

Und dass der Typ leicht nachvollziehen konnte, *wessen* Sohn Armin Wolke war.

Trotz der unschönen Erkenntnis döste er ein.

Am nächsten Morgen lag ein Zettel auf dem Beistelltischchen. Von Mendy.

Sie riet ihm, die Wohnung zu putzen, wie es vereinbart gewesen war. Sie käme gegen 16 Uhr zurück, und danach würde sie kochen. Russisch.

Eine Art Friedensangebot an ihn, das wusste er. Ihr tat es leid, dass sie ihn mal wieder aus dem Schlafzimmer verbannt hatte. Das Übliche zwischen den beiden.

Seufzend stemmte er seinen dünnen Körper von der Couch; wenigstens spürte er keinen Kater. Das Kotzen hatte verhindert, dass zu viel Alkohol in seinem Blut geblieben war, um für die hässlichen Nachwehen von übermäßigem Bierkonsum zu sorgen. Das einzig Gute der letzten Nacht!

Armin schleppte sich unter die Dusche, vorbei an dem blinkenden Festnetztelefon, auf dem der AB ihm drei neue Nachrichten zum Abhören anpries. Sicherlich sein Vater, der wissen wollte, was er auf einem EBM-Konzert zu suchen hatte, obwohl er heute Abend ein Klavierkonzert im Gewandhaus geben sollte. Chopin.

Es war nicht leicht, der erfolgreiche Spross eines noch erfolgreicheren Ex-Konzertpianisten und Intendanten der Leipziger Oper zu sein.

Ginge es nach seinem Erzeuger, würde Armin den Rest des Lebens in einer Schutzhülle verbringen, wo ihm und vor allem seinen Händen nichts geschehen konnte.

Der extrem erfolgreiche chinesische Pianist Lang-Lang hatte seine Finger für siebzig Millionen Euro versichern lassen.

Von dessen Virtuosität und einer ähnlich hohen Summe war Armin noch weit entfernt, aber hätte ihm der Baseballschläger einen Knochen gebrochen oder seine Hände schwer getroffen, hätte er ein echtes Problem. Karrierepause oder sogar Karriereende. Und das wegen nicht mal hundert Euro, einer mittelmäßigen Uhr und eines Smartphones.

Er duschte ausgiebig, spülte den penetranten Gummibärchengeruch ab und schlüpfte in eine frische Unterhose. Nach dem Frühstück sah die Welt bestimmt besser aus. Rauchen, nein. Kaffee, ja bitte. Stark und schwarz und viel.

In dem großen Spiegel begutachtete er die vielen blauen Flecken, die von den Attacken und seinen Stunts herrührten, tastete die Beule an seinem Hinterkopf ab. Chopin würde unter den Folgen des Überfalls leiden und in der Tat etwas holpriger klingen.

Er fand es schade, dass er Ludwig nicht nach seiner Adresse gefragt hatte, um ihm vielleicht eine Eintrittskarte zukommen zu lassen. Als Dankeschön. Die Polizei müsste seine Adresse aufgenommen haben.

Armin lief durch die stuckverzierte Altbauwohnung zurück zum Telefon. Er musste die Banken anrufen, um die Karten sperren zu lassen, was er schon früher hätte tun sollen. Aber gestern ging gar nichts mehr.

Schon von weitem hörte er das Läuten. Sein Vater versuchte wieder, ihn zu erreichen.

Er bog um die Ecke, schlenderte an der Küche vorbei – und sah einen Arm, der sich blitzschnell aus dem Durchgang nach ihm streckte; behandschuhte Finger, die einen Elektroschocker hielten; blanke Kontakte, die von knisternder, bläulicher Elektrizität umspielt wurden und auf ihn zustießen. Er fühlte die Berührung auf der nackten Brust.

Dann jagte ein Stromschlag durch seinen Körper, kontrahierte die Muskeln nach Belieben und ließ Armin mit einem Stöhnen auf das alte Parkett stürzen.

Für Sekunden sah er nur grelles Licht und spürte ein schmerzhaftes Nachkribbeln in jeder Zelle. Ein elektrischer Baseballschläger.

Er rang nach Luft und konnte sich nicht rühren, sosehr er sich auch bemühte. Gezwungenermaßen sah er auf die feinen Rillen im Holz und atmete den schwachen Geruch des Pflegemittels ein.

Unregelmäßige Schritte näherten sich Armin, er hörte ein leises Lachen. »Na, Goldjunge?«, raunte jemand.

Das Piepsen des AB ertönte.

»Hier ist dein Vater, Armin. Ich weiß, dass du zu Hause bist. Ich habe schon mit Mendy telefoniert. Nimm den Hörer ab! Ich muss mit dir ...«, vernahm er die gereizt-vorwurfsvolle Stimme, in der wie immer sehr viel Druck lag.

»Soll ich deinem Vater was von dir ausrichten?«, fragte der Unbekannte spöttisch und übertönte die aufgeregt hinterlassene Nachricht, die aus der Box drang.

Goldjunge.

Der Räuber von gestern Nacht hatte erkannt, dass es Lukrativeres gab als knapp hundert Euro, eine mäßig teure Uhr und ein Smartphone: Lösegeld.

Armin bekam die Zähne nicht auseinander, obwohl er den Typen gerne angeschrien hätte, er solle verschwinden.

»Keine Vorschläge? Dann lasse ich mir was einfallen.«

Es knisterte ankündigend, dann folgte der Einschlag des Blitzes.

❋❋❋

KAPITEL 1

Leipzig, Hauptbahnhof, 16. Oktober

Ich finde es hier unheimlich.« Karo sah ihre jüngere Halbschwester an, sie musste sich dafür ein bisschen nach unten beugen. Wenn man nicht hinschaute, konnte auch nichts passieren, so lautete ihre Devise. Sie hielt zwei Plastiktüten mit Einkäufen in den Händen und stellte sie für einen Moment ab.

Das unterste Deck der Tiefgarage war schwülwarm und roch nach alten Abgasen und Reifenabrieb. Irgendwo in einer Abteilung über ihnen fuhr ein Wagen eine Rampe hinauf, es rappelte und schepperte metallisch und hallte noch lange nach zwischen den grauen, rissigen Betonwänden und Pfeilern.

Elisa grinste frech und wackelte mit dem blonden Schopf, so dass die Zöpfe wippten. »Pech gehabt«, sagte sie fröhlich und aufgekratzt. »Jetzt komm!« Das zehnjährige Mädchen lief los, quer durch das verlassene, halbdunkle Parkhaus. »Wir sollen zum Kassenautomaten kommen, hat Papa gesagt.«

»Warte, verdammt!« Karo nahm die Tüten auf und eilte ihr nach. Die Sohlen der Turnschuhe quietschten leise auf dem Boden und gaben komische Geräusche von sich, sobald sie über farbige Markierungen hastete.

Die Vierzehnjährige sah die hellen Haare ihrer Halbschwester im schummrigen Licht leuchten; nicht alle Lampen funktionierten, wie sie sollten. Sie kam sich wie in einem Krimi vor. Und der Kassenautomat war sehr, sehr weit entfernt. Auch wie in einem Krimi oder Horrorstreifen.

Elisa schien das alles nichts auszumachen. Sie hüpfte, spähte in jede dunkle Ecke, als wollte sie Phantome herauslocken, die dort möglicherweise lauerten. In ihrem Kleid erinnerte sie an ein modernes Rotkäppchen, das durch eine zeitgemäße Adaption des Märchens streifte.

Karo dagegen versuchte, in ihrem Top-Rock-Strumpfhose-Mantel-Outfit erwachsener zu erscheinen. Ihre Mutter hatte sie vor kurzem mit einem kritischen Blick bedacht und etwas wie »zu hübsch« gemurmelt; anschließend erfolgte ein Gespräch über Sex und Verhütung.

Die Einkäufe waren schwer, die dünnen Griffe schnitten in ihre Handflächen.

»Elisa, warte!« Karo schüttelte den Kopf und musste die Tüten wieder kurz abstellen. »Du könntest mir helfen!«

Ihre Halbschwester winkte ihr nur ausgelassen zu und verschwand hinter einem Smart. »So einen hat Papa auch«, kam ihre hohe Kinderstimme wie aus dem Off.

»Ja, und es sieht scheiße aus, wenn er drinsitzt«, rief Karo zurück. »Jetzt komm her!«

Dass es *scheiße* aussah, lag weniger an dem Modell, sondern eher daran, dass ihr Vater zwei Meter groß war, ein wahrer Hüne, mit Muskeln und Bäuchlein, aber unglaublich fit.

Ihre Mutter sagte, dass er ohne den Musketierbart wie eine Mischung aus Bruce Willis und Kurt Russell aussehen würde. Karo hatte Kurt Russell erst mal googeln müssen. Elisas Mutter teilte die Meinung nicht ganz, sondern verglich ihn eher mit Viggo Mortensen aus dem Film *Hidalgo*. Auch den hatte Karo im Netz prüfen müssen.

Sie selbst fand: Ihr Vater wurde nichts von dem gerecht, wohl aber war er ein echtes Original und kein austauschbarer Mensch. Das begann schon mit seinem ersten Vornamen. Karo kannte niemanden, der *Ares* hieß. Diese Haltung, nicht dem ausgetrampelten Weg zu folgen, weil ihn alle gingen, gab er an seine Töchter weiter, und beides machte Karo stolz. Es gab genug langweilige, angepasste Menschen.

Weniger stolz dagegen war sie auf Elisa.

Warum auch?

Wegen deren Mutter hatte Papa sie verlassen, und das kotzte Karo mächtig an. Selbst nach so vielen Jahren. Dass Papa sich wiederum von ihr und Elisa trennte, bedeutete eine tröstliche Genugtuung.

Sie und Elisa mochten sich nicht, doch die Halbgeschwisterbeziehung und das Einschreiten des Vaters verhinderten meistens Schlimmeres. Papa bestand auf Familientreffen. Ein Harmoniesuchti, wie Mutter ihn nannte.

Aber mit Elisa allein durch ein so gut wie leeres Parkhaus zu laufen, das stellte eine harte Belastung dar.

Ihre Halbschwester tauchte neben dem Smart wieder auf und steuerte auf einen silberfarbenen Van zu. »Oh, das ist toll! Siehst du die Felgen! Mann, sind die groß!«

»Ich habe die Schnauze voll!«, rief Karo wütend. »Wenn du …«

Die Schiebetür des Vans wurde ruckartig geöffnet, und eine schlanke, maskierte Frauengestalt sprang heraus. Sie streckte sich, langte nach der überrascht aufquiekenden Elisa.

Karo wurde kalt vor Schreck. Sie wollte loslaufen, doch sie konnte sich nicht bewegen.

Dafür war Elisa umso beherzter. Sie schlug die Hand zur Seite, hob den Fuß und ließ die Ferse mit voller Wucht auf den Spann der Angreiferin niederschießen. Ihr nächster Tritt ging gegen das Knie, dabei schrie sie ganz laut um Hilfe.

Die Maskierte fluchte und bekam einen Zopf zu packen.

Elisa schrie und trat weiter. Die Schuhkanten hagelten nur so gegen die Knie und in den Schritt der Vermummten, dann setzte sie einen Schwinger gegen den Magen und die Körpermitte.

Daraufhin ließ die Maskierte stöhnend von ihr ab und sank in den Van.

Elisa drehte sich sofort um und rannte los in Richtung beleuchteten Gang, wo der Kassenautomat stand.

»Warte!« Karo folgte ihr und ließ die Einkäufe zurück. Sie fand es bewundernswert, wie gut und schnell ihre Halbschwester reagiert hatte.

»Danke fürs Helfen, blöde Kuh!«, rief sie über die Schulter und durchquerte eine dunkle Parzelle, bevor sie in den Gang trat und sich keuchend gegen die Wand lehnte. Sie hatte das Ziel fast erreicht. »Das merke ich mir!«

Karo bemerkte den Angreifer, der sich hinter einer Säule hervorschwang, zu spät.

Sie kreischte schrill auf und versuchte, Abstand zu gewinnen. Ihre Gedanken rasten. Sie überlegte, was sie gegen den Mann machen konnte. Das Wissen war da, aber die Panik lähmte sie.

Er kam auf sie zu, das Gesicht unter einer weißen Eishockeymaske verborgen, und die prankengroßen Hände näherten sich ihr. Ihr persönlicher Horrorfilm hatte begonnen.

»In die Eier! Tritt ihm in die Eier«, rief Elisa aufgeregt.

Karo sah den Koloss vor sich aufragen. »Weiß ich auch!« Sie ließ ihn näher kommen und trat ihm in den Schritt.

Aber er wehrte den halbherzigen Versuch ab und packte sie an der Schulter, zog sie zu sich. »Meiner Freundin seid ihr entkommen, aber mir nicht!«, rief er.

Karo zog das Knie hoch, und dieses Mal konnte er nichts dagegen machen. Er schnaufte. Dann verpasste sie ihm einen geraden Schlag mit dem Handballen gegen die Maske, wo sie ungefähr die Nase vermutete. Normalerweise wäre sie nun auf die Augen des Mannes losgegangen, aber der Gesichtsschutz verhinderte das.

»Na? Was machst du jetzt?« Er blockte ihren Doppelangriff gegen seine Ohren und stieß sie um. »Jetzt bist du fällig!« Er beugte sich über sie.

Karo prallte mit dem Hintern auf den Beton. Sie keuchte vor Schmerzen und Angst, aber sie hakte den Fuß schnell in seiner Kniekehle ein, mit dem anderen schob sie von vorne gegen den Oberschenkel und brachte den Gegner zu Fall.

Sie blieb liegen, drehte sich in eine bessere Position und attackierte seinen Oberkörper mit einer Serie aus Fersentritten, die ihm die Luft aus der Lunge jagte.

Als sie zum Abschluss auf den Hals zielte, fing er ihr Bein ab. »Es reicht«, sagte er gepresst.

Elisa war plötzlich da, machte einen großen Satz und hüpfte dem Mann mit beiden Füßen und dem lauten Schrei »In die Eier!« auf den Schritt.

Jedenfalls hatte sie darauf gezielt.

Doch er schaffte das Kunststück, den Unterkörper zur Seite zu drehen, so dass ein Kinderfuß auf den Boden, der andere auf seine Hüfte prallte. »Ich habe gesagt, es reicht!«

Elisa balancierte und hielt das Gleichgewicht. »Och, Papa!«, maulte sie. »Das hätte dir echt weh getan.«

»Ich weiß«, knurrte er und ließ Karos Bein los, um sich die Maske abzuziehen. Darunter kamen sein runder Glatzkopf sowie sein Musketierbart zum Vorschein. Die Nase hatte sich vom Schlag leicht gerötet. Ein Teil der Kraft war auf sein Gesicht übertragen worden.

Karo erhob sich, er half ihr dabei. »Das war voll gemein«, beschwerte sie sich. »Elisa hast du nicht so hart rangenommen wie mich.«

Er lachte und strich ihr über den dunklen Schopf, was sie gleichzeitig schön fand und nervte. Sie war kein kleines Mädchen mehr wie ihre Halbschwester. »Na ja, so sehr geschont ist sie nicht worden. Sie hat sich nur schneller gewehrt als du.« Er sah zum Van. »Dolores?«

»Das werden riesige blaue Flecken«, rief sie zurück; sie saß auf der Einstiegskante, eine Hand auf den Unterleib gelegt. Die Maske hatte sie ebenfalls abgezogen, die brünetten Haare fielen bis auf Höhe der unteren Rippe. »Elisa, du bist eine Teufelin, weißt du das?«

»Ja, das sagt Mama auch immer!«, jubelte sie und tanzte um ihren Vater. »Haben wir bestanden?«

»Klar haben wir«, zischte Karo und wischte sich den Schmutz vom Hintern. »Noch mal mache ich das nicht mit.« Dabei war sie froh, den Kursus bei ihrem Vater belegt zu haben. Es gab ihr Sicherheit, und sie wusste jetzt, was sie gegen einen Angreifer tun konnte. Und dass ihr Vater sich nicht zurückgenommen hatte, fand sie im Nachhinein gut. Das würde ein echter Vergewaltiger auch nicht. Jetzt musste sie nur noch ihre Schreckhaftigkeit in den Griff bekommen. Das Problem kannte ihre Halbschwester beneidenswerterweise nicht.

Er sah seine beiden Töchter der Reihe nach an, reichte jeder die Hand, wobei er sagte: »Herzlichen Glückwunsch zur bestandenen Prüfung. Wir sehen uns in einem halben Jahr zum Auffrischungslehrgang.«

»Oh, nee.« Karo stieß die Luft aus und verdrehte die Augen.

Elisa dagegen freute sich und umarmte ihn. »Aber *dann* treffe ich dich *richtig*, Papa!«

»Ich tue mir jetzt schon leid.« Sein Handy klingelte. Er kramte es aus der Beintasche und nahm den Anruf entgegen, entfernte sich dabei ein paar Meter von ihnen.

»Ich war besser als du«, flüsterte Elisa grinsend und rempelte Karo in die Seite.

»Mir doch egal«, gab Karo zurück. Sie erinnerte sich an die Einkaufstüten, in denen nichts als Gewichte gewesen waren. Karo sah, wie Dolores sie bereits in den Van lud. Sie hatte eine sehr sportliche Figur und kaum Oberweite für ihre 20 Jahre, aber ein schönes Gesicht, das von den langen dunkelbraunen Haaren perfekt betont wurde. Karo hoffte, später auch mal so gut auszusehen, allerdings mit größeren Brüsten, dann wäre alles in Ordnung.

Die junge Frau band sich den Pferdeschwanz neu. Sie benutzte dazu das Haargummi, das ihr Elisa geschenkt hatte; daran baumelte eine schwarze Katze mit gebleckten Zähnen und bösem Grinsen. Sie schwang sich in den Wagen, drehte das Fenster runter und fuhr los, winkte dabei grüßend aus dem Fenster. »Tschüssi, ihr beiden! Bis demnächst!«

Karo und Elisa winkten zurück; der Van rauschte davon. Bald vernahm man nur noch das Quietschen der Reifen und ein leises Scheppern, als er über die Rampen fuhr.

Ihr Vater kehrte zu ihnen zurück. »So«, sagte er und verstaute das Handy. »Dann mal einsteigen. Ich bringe euch nach Hause.«

Elisa sah sich um. »In deinem Smart?«

Er grinste noch breiter, was ihm etwas Altertümlich-Verwegenes gab. Das Musketierbärtchen stand ihm einfach gut. »Ratet mal. Zur Feier des Tages werdet ihr standesgemäß wie Prinzessinnen kutschiert.«

Karo blickte zu dem Porsche Panamera, der als einziges Auto noch auf dieser Ebene stand. »*Das* ist deiner?« Sie zeigte darauf. »Was ist denn los? Hast du eine Bank überfallen?«

»Früher mal. Heute nicht mehr. Die Kohle ist außerdem schon lange ausgegeben.« Er ging los und zückte den Schlüssel. Die Blinker leuchteten auf, klackend entriegelte sich der Wagen. »Bitte einsteigen, die Damen.«

Karo folgte ihm und der hüpfenden Elisa. Sie wusste wie meistens bei solchen trockenen Äußerungen nicht, ob ihr Vater es ernst gemeint hatte oder nicht. »Das ist eine echt starke Kiste, Papa.«

»Das ist sie. Warte mal, bis ich Gas gebe.« Er ging zum Kofferraum und holte den Kindersitz für die Kleine raus. »Aber nichts dreckig machen.«

»Dachte ich es mir doch.« Karo nickte. »Also nicht deiner.«

»Nein. Er gehört einem Kunden, zu dem ich gleich im Anschluss fahre. Habe den Wagen aus der Werkstatt abgeholt.« Er legte die Erhöhung auf den Rücksitz, Elisa kletterte hinein und wurde von ihm angeschnallt. »Gehört zum Service.«

»Boah, der ist aber groß für ein Sportauto!«, krähte ihre Halbschwester und streckte die Arme aus. »Papa, kaufst du dir auch so einen? Wenn du mal reich bist?«

»Da kannst du lange warten.« Karo nahm vorne Platz und bewunderte die Einlegearbeiten aus echtem Edelholz, das gnadenlos poliert war, so dass sich ihr Gesicht darin spiegelte. Der Wagen war eine Sonderanfertigung. »Papa wird *nie* reich sein.«

»Stimmt«, bestätigte er, schnallte sich an und startete den Motor. Wieder hatte er das mit einem Unterton gesagt, als meinte er das Gegenteil. Langsam setzte er den Porsche zurück.

Karo sah ihn verstohlen an. »Papa?«

»Ja?«

»Welche Bank hast du denn damals überfallen?«

Er schaltete in den ersten Gang und blickte zu ihr. In den moosgrünen Augen, in denen hellere Sprenkel schimmerten, lag der Schalk. »Du errätst das Jahr, ich sage dir dann die erste Bank«, schlug er ihr vor. »Einverstanden?«

Karo glaubte sich verhört zu haben. »Die *erste* Bank?«

Er lächelte, und die Bartenden schnellten in die Höhe. »Okay, Töchter: festhalten!« Er trat das Gaspedal durch, der Panamera schoss mit qualmenden Reifen aus der Parklücke und jagte an den Säulen vorbei.

Elisa juchzte vor Vergnügen, Karo dagegen starb auf dem Beifahrersitz tausend Heldentode. Trotz allen Grolls, den sie auf ihn hatte, trotz Elisa und des Lebens, das er führte, zu dem sie nicht ständig gehören durfte, liebte sie ihn.

Als er den Porsche hart in die Kurve drückte und das Heck herumschleuderte, musste sie lachen; ihr Vater und ihre Halbschwester stimmten ein.

❖❖❖

Leipzig, Musikviertel, 16. Oktober

»Nein, Herr Tzschaschel. Das sind *keine* Sit-ups, was Sie da machen. Das konnten Sie schon mal besser.« Ares setzte sich neben ihn auf die schwarze Isomatte. »Kommen Sie. Wir stehen das gemeinsam durch«, sagte er augenzwinkernd. *Nur dass ich dabei nicht ins Schwitzen komme.*

»Sie haben gut reden«, ächzte der übergewichtige Mann im fliederfarbenen Joggingdress, der sein Geld mit dem Beschicken von Ramschmärkten verdiente.

»Habe ich auch. Und wir haben das gleiche Gewicht.« Ares sah in seinen schwarzen Radlerhosen und dem gleichfarbigen Hoody dagegen hochmodisch aus. Er ließ sich nach hinten sinken, stützte die Beine auf und legte die Fingerspitzen hinter die Ohren. »Hoch mit dem Oberkörper, Blick zu den Wolken, Kopf nicht nach vorne drücken. Am Anfang reichen ein paar Zentimeter, und ausatmen dabei. Ich zähle: eins, zwei, drei …« Ares zählte weiter und dachte über den schwitzenden Mann nach, von dem er schon so manches schrecklich geschmacklose Geschenk bekommen hatte.

Sie befanden sich in dem kleinen, von einer Heerschar Gärtner angelegten Minipark hinter dem Anwesen und arbeiteten mit Bändern und Gewichten an der Verbesserung von Tzschaschels Form. Zwischendurch gab es kleine Dauerlaufeinlagen, zum Abschluss noch mal 45 Minuten lockeres Traben um die Rabatten. Immerhin: elf Kilo weniger in zwei Monaten.

Herbert »Herbie« Tzschaschel war Restegroßhändler und ein Phänomen, nicht nur wegen seiner graulockigen Vokuhila und den Siebziger-Jahre-Koteletten. Er verscharcherte en gros die abenteuerlichsten Dinge, die auf den ersten Blick niemand brauchte: schlecht angemalte Gartenzwerge, nach Plastik stinkende Turnschuhe, rutschende Schneidbretter oder chinesische Winkeglückskatzen mit russischer Beschriftung. Aber sobald die magischen Aufkleber »Schnäppchen«, »reduziert« und »1 Euro« draufpappten, kauften die Menschen jeden Mist.

Tzschaschel war durch sein cleveres Vorgehen reich und fett geworden, also investierte er einen Teil seines Geldes wiederum in Ares, damit er ihn in Form brachte. Bislang hatte er es erfolgreich abwehren können, seinen Kunden mit *Herbie* ansprechen zu müssen, obwohl Tzschaschel es offensiv anbot.

» ... zwanzig«, vollendete Ares und blieb liegen. »Kurze Pause, dann die letzten zwanzig.«

»Okay«, schnaufte Tzschaschel und starrte in die Wolken, als käme von da jemand herabgestiegen, ein Erlöser, der für ihn weitermachte. »Sie sind ein gnadenloser Personal Trainer, Löwenstein.«

»Das stimmt. Aber dadurch haben Sie schön abgenommen.«

Er drehte den Kopf zu ihm, sein Blick glitt an Ares hinab und über das Bäuchlein. »Wie kann man nur so fit sein und einen Bauch haben?«

»Nur keinen Neid, Herr Tzschaschel. Das ist alles hartes Training, und zwar über Jahre hinweg. Lassen Sie sich nicht täuschen.« Er klopfte gegen seine Dämmschicht, die nur leicht wogte; dabei schwollen seine Oberarmmuskeln zu beeindruckender Größe. »Gut getarnte Kraft.« Ares feixte und rieb sich einmal über den Kinnbart, strich die Haare dabei glatt. »Das schaffen wir bei Ihnen auch. Hoch mit Ihnen: eins, zwei …«

Während sein fliederfarbener Kunde neben ihm keuchte und hechelte, als würde er ein Kind auf die Welt pressen, dachte Ares daran, dass er seine zwei ungleichen Töchter ein Stück bereiter für das wahre Leben gemacht hatte.

Schließlich war das wahre Leben oft böse. Davon konnte er ein Lied singen.

Und vom Singen schweifte er zu den Routineproben für das Theaterstück: Kleists *Zerbrochner Krug*, allerdings in einer modernen Form.

Er war der Richter, vermutlich wegen seiner Glatze, wie er annahm. Aber die Rolle machte Spaß. Die *Leipziger Volkszeitung* hatte ihm bescheinigt, der trainierteste Dorfrichter Adam zu sein, den man bisher in Leipzig auf einer Off-Bühne gesehen habe. »Löwenstein stemmt die Rolle mit Leichtigkeit, was angesichts seiner Muskeln kein Wunder ist«, hatte der Kritiker geschrieben. Nach der Uraufführung gab es ein paar Umstellungen im Timing, die sie heute Abend nochmals durchgehen wollten.

» … zwanzig.« Ares federte in die Höhe und hielt Tzschaschel die Hand hin. »Gut gemacht! Jetzt drehen wir noch unsere Runden. Puls bis maximal 136, nicht zu schnell.«

Der Mann packte die Finger und ließ sich hochwuchten; seine Vokuhila wehte leicht, und die Löckchen wippten wie Miniaturstahlfedern. Fußballprofis hatten eine Zeitlang bis in die 80er solche Frisuren getragen und sich dafür nicht mal geschämt. »Klar.« Er sah zum Haus und winkte seiner Lebensgefährtin, die am Fenster stand. Anatevka.

Ihr weißer Pulli mit dem überdimensionalen Rollkragen hing auf einer Seite tiefer, so dass man die nackte Schulter sah. Sie trug nichts darunter, was sie sich bei dieser Figur leisten konnte. Die schwarzhaarige Schönheit lächelte und prostete ihm mit einem Kaffeehumpen zu. Sie war mindestens zwanzig Jahre jünger und siebzig Kilo leichter als Tzschaschel.

»Ach ja. Das ist doch mal Motivation!«

Und keinesfalls aus dem Ramsch, dachte Ares und grüßte sie ebenfalls. *Eine echte Luxusrussin.* »Dann beeindrucken wir die Dame doch mit weiterer Ertüchtigung.«

Sie nahmen ihren Dauerlauf auf, der Ares wiederum kaum anstrengte und höchstens als Aufwärmen angesehen werden konnte. Danach würde er ins Studio fahren und noch ein paar Eisen stemmen, anschließend zur Probe düsen. Es konnte ein äußerst gelungener Tag werden: Sport und Kunst.

Tzschaschels Handy gab ein Pfeifen von sich.

Der Geschäftsmann stoppte, um keuchend zu telefonieren. »Sorry, ist ein guter Freund«, schnaufte er noch erklärend.

Ares entfernte sich diskret einige Meter und sah zum Haus; Anatevka stand noch immer am Fenster. Sie hielt kein Telefon in der Hand. Kein Täuschungsversuch. Anfangs hatte sein Kunde versucht, mit »wichtigen Anrufen« Zeit zwischen den Übungen zu schinden, bis sich herausstellte, dass sie es gewesen war. Natürlich auf Geheiß ihres Lebensgefährten.

Tzschaschel legte auf. »Entschuldigen Sie, Löwenstein, aber das war wichtig«, berichtete er.

»Sie wissen, dass Sie das siebzig Euro kostet?«, fragte Ares. So lautete die Abmachung: Ein Anruf während der Lektion bedeutete eine Spende für einen guten Zweck.

»Der hier nicht. Das ist eine Notfallnummer.« Tzschaschels Gesicht hatte sich verändert, schien wächsern und bleich. Er lief zum Haus. »Können Sie mich hinbringen, Löwenstein?«

»Was ist passiert?« Ares folgte ihm.

»Ein Freund ist in Schwierigkeiten. Sein Sohn ist verschwunden ... und ich bin gerade zu aufgeregt, um sicher zu fahren.«

»Kein Problem, Herr Tzschaschel. Nehmen wir Anatevka mit?«

Sie betraten das Anwesen.

Tzschaschel schüttelte den Kopf und eilte die Marmortreppen hinauf, vorbei an der bereitstehenden Russin, die ihm normalerweise einen Belohnungskuss erteilte.

Anatevka sah ihm verwundert nach, dann blickte sie zu Ares. Ihre gezupften, fein geschwungenen Augenbrauen schossen in die Höhe. »Was sein?« Wie immer redete sie in schönstem Falschdeutsch und mit dieser besonderen r-Betonung, die sexy klang.

»Ein Freund in Schwierigkeiten«, antwortete er. Das sollte Tzschaschel alles schön selbst erklären. Er bekam von ihr ein Glas Wasser gereicht, das er gerne trank.

Sie musterte zuerst Ares wie eine Katze ein Leckerli, dann ihre Fingernägel. Sie mochte es, zu schweigen. Insgeheim fragte er sich, ob sie jeden Mann, der schlanker als ihr Freund war, mit einem solchen Blick bedachte.

Sein Kunde kam schon wieder die Treppen herunter, in einen locker fallenden grauen Anzug gekleidet, der seine Korpulenz unvorteilhaft betonte, statt sie zu kaschieren. Tzschaschel musste durch die Dusche gerannt sein, sein frisches Hemd zeigte Wasserflecken, die Haare waren nass und hingen wie ein eingeschlafenes Tier auf dem Kopf. Er küsste Anatevkas Stirn. »Ich muss weg, mein Piröggchen. Georg braucht mich.« Schon war er zur Tür hinaus. »Kann spät werden«, rief er noch und warf Ares den Schlüssel des Mercedes S 500 zu.

Ares fing ihn auf. Er nahm seinen Rucksack, den er am Eingang abgelegt hatte, folgte Tzschaschel und wunderte sich, wie schnell der Mann sein konnte.

Beide stiegen ein.

»Wohin?«

»Zur Bank.«

Ares war nicht wirklich verschwitzt, aber kam sich dennoch in Radlerhosen und Hoody hinter dem Steuer der edel-rasanten Limousine deplaziert vor. Jeder Polizist dieser Welt würde ihn anhalten, um zu prüfen, ob er den Wagen gestohlen habe. »Welche, Herr Tzschaschel?«

»Ach so. Ja.« Er sah verwirrt aus. »Die Germania Bank. Die ist beim Neuen Rathaus.«

Ares nickte und fuhr die lange Auffahrt runter. Die Neugierde in ihm wuchs, doch er schwieg. Es ging ihn nichts an.

»Löwenstein, ich muss Ihnen sagen, dass wir gleich eine Million Euro durch Leipzig fahren werden«, eröffnete

Tzschaschel angespannt. »Mit Ihnen neben mir fühle ich mich dabei deutlich wohler als mit meinem Piröggchen.« Er ließ das Fenster herunterfahren und den kühlen Wind in sein Gesicht brausen. »Der Sohn meines Freundes wurde entführt. Auf die Schnelle kann er das Lösegeld nicht organisieren. Ich springe selbstverständlich ein.«

»Machen wir auch die Übergabe?« Ares reagierte pragmatisch, was ihm einst bei den Bikern den Spitznamen *Profi* eingebracht hatte. Nicht nur, weil er mit Zweitnamen Leon hieß.

Tzschaschel stieß ein kurzes Lachen aus. »Wieso wusste ich, dass Sie nicht zuerst danach fragen, ob wir die Polizei eingeschaltet haben?«

»Na ja. Sie hatten die Bullen nicht erwähnt. Die meisten würden das tun.« Er hielt den Blick seiner grünen Augen auf den Verkehr gerichtet, fuhr souverän und zielstrebig die Karl-Tauchnitz-Straße entlang und bog ab.

»Nein, hat er nicht. Ich habe ihm davon abgeraten«, erwiderte Tzschaschel und knetete die Unterlippe. Der einströmende Fahrtwind erweckte das schlafende Tier auf seinem Kopf zum Leben und verpasste der trocknenden Vokuhila eine sehr eigene Form, um die er sich nicht kümmerte. »Bevor die Entführer durchdrehen und Armin umbringen, wenn sie einen Polizisten sehen, gebe ich lieber eine Million aus und lasse sie mir von der Polizei wiederbeschaffen. Oder von privaten Ermittlern.«

Ares ließ die Erklärung unkommentiert. Er sah es nicht ganz so wie sein Kunde.

Ohne es zu wollen, musste er ganz leicht lächeln. Ganz plötzlich hatte ihn das gefährliche Leben wieder eingeholt, obwohl er sich seit Jahren davon ferngehalten hatte. Nur ein kleiner Anruf, und schon steckte er mitten in einem beginnenden Kriminalfall. Als Personal Trainer.

Doch es durfte nicht sein. Allerhöchstens ein kleiner Ausflug in die andere Welt, die er gut kannte. Sehr gut. Zu gut.

Ares schwor sich, alles zu vermeiden, was ihn noch tiefer in die Sache verstrickte. »Machen wir die Übergabe oder nicht?«, hörte er sich selbst fragen und glaubte, dass es eher anbietend als ablehnend klang. *Verdammt!*

»Würden Sie das tun, Löwenstein?« Tzschaschel schien erleichtert. »Ich kann das nicht von Ihnen verlangen, das wissen Sie. Es würde sich auch nicht auf Ihren Job bei mir auswirken, wenn Sie ablehnen.«

Ares nickte. Diese Geste war neutral und konnte alles bedeuten; gleichzeitig überlegte er, ob er einen Freund anrufen sollte, um ihm einen Tipp zu geben …

Er verwarf seinen Gedanken wieder. Es ging ihn nichts an, und an einer Katastrophe wollte er keinen Anteil haben. Dass er sich als Bote beziehungsweise Begleiter angeboten hatte, involvierte ihn ohnehin zu sehr.

Der Ramschgroßhändler hakte nicht weiter nach und sah aus dem Fenster. Gelegentlich sagte er »Schrecklich« oder »So eine Scheiße«, bis sie mit dem S 500 auf dem Parkplatz der Bank standen.

Gemeinsam betraten sie die Halle, wurden gleich von einem Angestellten begrüßt und in einen Besprechungsraum geführt. Höflichkeit dominierte in dem nachfolgenden kurzen Gespräch, es wurde nicht viel gefragt, nicht einmal nach Sicherheiten. Ein kleiner dezenter Metallkoffer ruhte auf dem Tisch. Eine Million to go. Tzschaschel musste ein sehr guter Kunde sein.

Ares gab zu, dass ihn Tzschaschel gerade beeindruckte. Hier verlor er jegliche Plumpheit, bewegte sich gewandt, klang dennoch geschäftlich und druckvoll. Das war sein Terrain.

Nach zehn Minuten verließen sie das Gebäude wieder, ausgestattet mit jenem Metallkoffer, in dem eine Million Euro in Fünfhundertern steckte. Ares trug ihn zum Wagen, legte ihn in den Fußraum des Fonds und verriegelte vor Antritt der Fahrt die Schlösser.

»In die Katharinenstraße.« Tzschaschel setzte sich auf die Rückbank, telefonierte unterwegs mit seinem Freund und beruhigte ihn. Alles werde sich fügen, Armin werde nichts geschehen, und sollten die Entführer mehr verlangen, würde er sie schon runterhandeln. Er sei es gewohnt, den Preis selbst für beste Ware zu drücken. Dann legte er auf.

Sie passierten den Goerdelerring und kamen gut voran. Das Ziel war keine fünfzig Meter mehr entfernt.

Ares hatte sich beherrschen wollen, aber dann platzte er heraus: »Dann gibt es noch gar keine Forderung?«

»Nein.« Tzschaschel machte ein nachdenkliches Gesicht.

»Seit wann ist der Sohn verschwunden?«

»Seit gestern Morgen. Er kam abends nicht zu einem Konzert, und das *kann* nur bedeuten, dass er entführt wurde.«

Ares setzte den Blinker und fuhr den S 500 die schmale Einfahrt hinein, die in einen Hof mündete; hinter ihnen schlossen sich die alten, aber restaurierten Tore wie von Geisterhand.

Der Mercedes hielt in einem Kaufmannshof aus dem Rokoko, in bester Lage und schräg gegenüber dem neu errichteten Einkaufszentrum am Brühl. Noch standen demontierte Baugerüste herum, die letzten Renovierungsarbeiten waren abgeschlossen und die Wohnungen bereits verkauft.

Tzschaschel wuchtete sich aus dem Wagen, Ares nahm den Koffer und begleitete ihn.

Eine Sicherheitskamera überwachte ihre Schritte, der Summer für die Eingangstür erklang rechtzeitig.

Sie gingen eine Treppe hinauf, die der Ramschkönig freiwillig statt des Aufzugs nahm, was Ares als sein Personal Trainer zufrieden registrierte.

Auf dem Absatz wurden sie bereits von einem Mann im dunkelblauen Anzug erwartet, der sichtlich fahrig wirkte.

Ares erkannte ihn sofort: Richard Georg Wolke, Kunstsammler, ehemals gefeierter Konzertpianist und Intendant der Leipziger Oper. Jetzt wusste er auch, welches Konzert Tzschaschel vorhin gemeint hatte: das groß und lange angekündigte Chopin-Konzert im Gewandhaus.

»Wer ist das?«, fragte Wolke sofort.

»Mein Personal Trainer, Ares Löwenstein«, antwortete Tzschaschel. »Er gibt Selbstverteidigungskurse und … ich dachte, es wäre gut, ihn dabeizuhaben. Bei der Übergabe.« Sie schüttelten sich die Hände. »So eine Scheiße, Georg!«

Wolke musterte Ares, dann machte er ihm Platz. »Ja. So eine Scheiße.« Er roch nach Alkohol, hatte das Hemd geöffnet und die Krawatte lose unter den Kragen geschoben. Die nussbraunen Haare hingen ungewaschen und wirr vom Kopf. »Ich hatte ihn davor gewarnt, ins *Werk II* zu gehen.«

Sie gingen durch die sanierte Wohnung. Schnell wurde deutlich, dass sie sich im Zuhause des Sohns befanden.

Ares bemerkte ein leichtes Frauenparfüm, von der Trägerin war allerdings nichts zu sehen. Er bezweifelte, dass das *Werk II* damit etwas zu tun hatte. Sollte sich herumgesprochen haben, dass Wolke junior ein lohnendes Ziel war, hätten sie ihn sogar von der Bühne des Gewandhauses gezerrt. Mitten im Chopin-Konzert.

Ares vermutete irgendwelche Ostmafiosi. Jugos vielleicht. Oder Russen. In beiden Fällen wäre es sinnvoll, die Forderungen zu erfüllen, ohne zu verhandeln. Sollte sich die Gelegenheit ergeben, würde er das Tzschaschel stecken, bevor sie die Geisel in Scheiben zurückbekamen.

Der Ramschkönig setzte sich in einen zerbrechlich wirkenden Sessel und lehnte den angebotenen Whiskey ab. Ares wurde nicht beachtet. »Haben sie sich gemeldet?«

»Nein.« Wolke goss sich nach und kippte den Drink fast auf ex. Ares schätzte sein Alter auf Anfang sechzig, doch er hatte sich gut gehalten. Drahtig, sportlich und unermüdlich, wenn es um die Oper und deren Belange ging. Da seine Verbindungen bis hinauf in die höchsten Kreise der Politik reichten, holte er mehr als seine Vorgänger für das Haus heraus, wie man der Zeitung entnehmen konnte. Ein Mann, der selten ein Nein akzeptierte oder Widerspruch duldete.

Ares sah an der auf Technik-Optik und EBM getrimmten Einrichtung, dass hier ein Sohn gegen seinen traditionell eingestellten, übermächtigen Vater rebellierte. »Entschuldigen Sie bitte«, er konnte sich nicht beherrschen, »aber sind Sie sich sicher, dass Ihr Sohn entführt wurde? Kann er nicht einfach abgehauen sein?«

Beide Männer sahen ihn an. Der eine verwundert, der andere wütend.

»Warum sollte er das tun?«, schnauzte Wolke erbost. »Armin hat sich auf das Konzert gefreut. Monatelange Vorbereitung, Wochen am Klavier, um *was* mit seinem Fernbleiben zu erreichen?«

»Nun ja: um Sie zu ärgern?«, schlug Ares vor. »Ein bisschen Rebellion im goldenen Käfig.«

»Niemals«, schnarrte Wolke. »Außerdem geht Sie das nichts an, Personal Trainer.«

Ares presste die Lippen zusammen und hielt alles an Kommentaren zurück, was ihm auf der Zunge lag. Er kannte Männer wie den Intendanten. Hart, kalt und eine rauhe Schale, unter der jedoch kein weicher Kern, sondern noch eine weitere Panzerung wartete. Sie waren erfolgreich und kannten nichts anderes und erwarteten nichts anderes.

Daher hätte sich Ares auch nicht gewundert, wenn Armin wirklich irgendwo am Strand mit seiner Kirsche saß und sich lachend volllaufen ließ. Am besten mit der Kohle seines Herrn Papa.

Aber er wollte sich nicht zu früh für den Junior freuen. Es konnte durchaus sein, dass eine Entführung vorlag. Immerhin gab es ein gutes Motiv: Aus den Zeiten als Konzertpianist hatte Richard Wolke durch den Verkauf von Tonträgern und Tickets Millionen auf seinem Konto angehäuft.

Tzschaschel räusperte sich. »Ich nehme doch einen Whiskey, Georg. Ich muss ja nicht fahren.« Er lachte über seinen Verlegenheitsscherz, doch niemand fiel mit ein. Die Souveränität, die er in der Bank kurz hatte aufblitzen lassen, war verschwunden.

Der Flaschenhals senkte sich klirrend auf den Glasrand, gluckernd ergoss sich bernsteinfarbene Flüssigkeit in den Tumbler. Die Geräusche erschienen überlaut, zerschnitten regelrecht die Stille. Der renovierte Kaufmannshof war so gut isoliert, dass die Stadtgeräusche ausgesperrt blieben; dafür tönte jetzt Tzschaschels Schlucken unglaublich laut.

Ares stellte erst jetzt den Koffer ab und setzte sich auf einen Stuhl, ohne eine Einladung abzuwarten. Er hatte beschlossen, nichts mehr zu sagen.

»Bist du dir sicher?«, sagte der Ramschhändler.

»Womit sicher?«

»Na, mit der Entführung.«

»Scheiße, Herbie! Was soll ich denn sonst glauben? Mendy sagte, dass Armin nicht da war, als sie zurückkam, und die Wohnungstür offen stand. Die Aufzeichnungen der Kameras sind *gelöscht!* Verstehst du: gelöscht! Seitdem nichts. Kein Anruf, kein Lebenszeichen. Seit vierundzwanzig Stunden. Alle seine Klamotten und Sachen sind noch da. Und dann noch das geplatzte Konzert! Wie stehe ich denn da?«

»Wie ein Arschloch«, murmelte Ares und tat, als würde er einer Fliege hinterherschauen; dabei zwirbelte er an einem Bartende.

»Georg, ich weiß nicht ...«, setzte Tzschaschel an und beugte sich nach vorne. Der Sessel knarrte warnend.

Das Telefon läutete.

Wolke nahm sofort ab und bellte ein »Ja?« hinein, das jeden, auch einen Entführer, in die Flucht geschlagen hätte.

Dann lauschte er.

»Nein«, antwortete er dann. »Nein, mein Sohn gibt keine Interviews, wie es ihm gerade geht. Er ist krank, das sagte ich schon gestern!« Wolke knallte den Hörer auf die Gabel und warf die Haare zurück. »Blöde Zeitungswichser!«, stieß er hervor.

Ares fand es bedauerlich, dass es nur wenige moderne Telefone gab, die man noch mit Wucht einhängen konnte. Es hatte etwas Archaisches. Frauen drückten Anrufe mit einem Knöpfchen weg, Männer ballerten dagegen den Hörer auf. Er machte sich die interne Notiz, sich auch ein Retro-Modell anzuschaffen.

Tzschaschel blickte in sein fast leeres Glas. »Wie lange willst du warten, bevor du die Polizei informierst? Ich meine, Armin kann auch einen Unfall gehabt haben. Er ging vielleicht schnell aus dem Haus, weil er was einkaufen wollte … und … keine Ahnung. Hast du in den Krankenhäusern schon angerufen?«

»Nein.« Wolke rieb sich über die Stirn. »Nein, das kann nicht sein. Sie hätten seine Papiere gefunden und mich in Kenntnis gesetzt. Man kennt meinen Namen. Und warum sollte er die Kameraaufzeichnungen löschen?«

»Sicher.« Tzschaschel stellte das Glas ab. »Du hast recht.«

Ares sah auf die Uhr. In zwei Stunden musste er zur Theaterprobe. Wie es aussah, konnte er die vergessen.

Er zog sein Smartphone und schrieb eine Mail an seine Kollegen, dass er aus einem wichtigen Grund nicht erscheinen konnte.

Die Probe absagen zu müssen nervte ihn gewaltig. Falls er zu einer eventuellen Übergabe mitging und sie trafen auf die Entführer, würde Ares sie spüren lassen, was es bedeutete, seinen Groll auf sich zu ziehen.

※※※

Leipzig ...

Armin erwachte langsam.

Um ihn herum war es dunkel und kalt. Seine Muskeln taten ihm weh, und er fühlte sich komplett verkrampft, was er auf die Nachwirkungen des Elektroschockers zurückführte. Fesseln um die Fuß- und Handgelenke schränkten seine Bewegungsfreiheit ein.

Er hörte das gedämpfte Geräusch von plätscherndem Wasser, so als würde jemand ein Bad einlassen.

Armin richtete sich trotz seiner Fesseln ächzend auf und tastete sich ab: Er war nackt bis auf die Unterhose, die er beim Zusammentreffen mit dem Maskierten getragen hatte. Kabelbinder lagen um seine Gelenke. Eine Flucht würde extrem schwer werden.

Dazu kam, dass Armin nicht wusste, wo er sich befand. Es roch nach Staub, feuchtem Gips und altem Holz. Nicht gerade die beste Umgebung. Vermutlich ein Verschlag in einem Hinterhof oder ein Keller.

Das Blubbern und Plätschern endete.

Jemand schlurfte humpelnd näher und pfiff dabei ein Lied. Débussy. *La mer.*

Es klickte, und dann rasselte eine Kette, die auf den Boden geworfen wurde. Quietschend öffnete sich vor Armin eine Tür, helles Taschenlampenlicht fiel herein und blendete ihn.

»Sieh einer an«, sagte die Stimme des Entführers in geschliffenem Hochdeutsch. Sie klang dumpf, was wohl von seiner Maske oder einem Schal rührte, den er vor dem Gesicht trug. »Du bist ja wach, Goldjunge.«

»Was wollen Sie?« Armin konnte sich irren, aber der

Typ, der ihn auf dem Bordstein mit dem Baseballschläger niedergeknüppelt hatte, hinkte nicht, sondern konnte verdammt schnell laufen; außerdem hatte er gesächselt.

Schlagartig wurde ihm klar: *Das* war ein *anderer* Mann! Ein Kumpan womöglich.

»Wollen Sie Lösegeld?« Er hielt eine Hand als Sichtschutz gegen den grellen Strahl. »Mein Vater wird Ihnen eher das SEK auf den Hals hetzen. Er ist geizig und mag mich nicht besonders.«

Der Mann lachte leise und bückte sich, packte die Fußfessel mit einer Hand und zerrte Armin hinter sich her ins Freie.

»Hey! Hey, warten Sie«, rief er und versuchte erfolglos, sich an was festzuklammern. Die Kuppen rutschten über rauhes Holz, es gab keine Ecken oder Kanten, an denen er Halt fand.

Sein humpelnder Entführer schleifte ihn über einen abgelaufenen Dielenboden.

Splitter bohrten sich in die ungeschützte Haut, abgeplatzte Lackstücke blieben an ihm haften. Armin fluchte laut.

Er ahnte, dass er sich in einem alten, verlassenen Haus befand. In Leipzig gab es Hunderte davon, die auf eine Sanierung oder den Abriss warteten. Er konnte in der Innenstadt oder in einem ganz abgelegenen Teil sein.

Armin wurde rücksichtslos in ein größeres Zimmer bugsiert, das im Schein eines Baustrahlers lag. Der Humpelnde trug einen schwarzen Staubschutzanzug, Gummihandschuhe und -stiefel, wie er nun im grellen Licht feststellte.

Hier sah die Stuckdecke halbwegs in Ordnung aus, es roch nach nassem Gips und frischer Farbe.

Seine Augen gewöhnten sich an die Helligkeit, fokussierten die Umgebung. Eine Hälfte des Raumes war komplett renoviert worden: ein Dorian-Gray-Zimmer, auf der einen Seite heruntergekommen und zerfallen, auf der anderen glanzvoll und schön wie vor hundert Jahren am Tag, als die ersten Bewohner einzogen.

Wer tat so etwas? Sein Entführer?

Im intakten Teil stand eine altertümliche Badewanne. Auf einem Beistelltischchen lagen eine Feder, ein Tintenfass, ein zusammengerolltes Blatt Papier sowie sorgsam zusammengefaltete Leintücher.

Armin beschlich das Gefühl, sich bei den Vorbereitungen für ein Theaterstück oder an einem Filmset zu befinden. »Was soll das?«, rief er ängstlich. »Was haben Sie mit mir vor?«

Jetzt drehte sich der Mann zu ihm um – und blickte ihn durch die Vollmaske an, mit der er das Gesicht verbarg.

Sie hatte die klassische Form, mit leichtem venezianischem Einschlag und komplett in Weiß gehalten. Im oberen Drittel prangte ein übergroßes aufgeklebtes Auge in Schwarzweiß, dessen Lidränder von einer Schläfe bis zur nächsten reichten. Es erweckte den Anschein, als sei Armin Opfer eines Zyklopen geworden.

Der Mann ließ ihn los und beugte sich zu ihm. »So, Goldjunge. Da habe ich mir einen *Künstler* ausgesucht, um ein Kunst*werk* zu erschaffen«, sagte er mit kaum unterdrückter Vorfreude. Die behandschuhte Rechte packte Armins Kinn, drückte den Kopf nach rechts, nach links. »Diese Ähnlichkeit. Frappierend. Wenn auch etwas jung. Doch Besseres findet sich nicht.«

Armin sah, dass das riesige Auge aus vielen kleinen, etwa

einen Zentimeter großen Bildchen bestand, die akribisch nach Farbton und Motiv ausgesucht waren. Aus der Entfernung fügten sie sich mosaikgleich zu einem Auge zusammen.

Seine Pupillen zuckten suchend hin und her. Was genau auf den einzelnen Miniaturfotos abgebildet war, konnte Armin nicht genau erkennen, aber eines schien aus einem Krieg zu stammen. Nein, eher von einer Hinrichtung: Ein asiatischer Soldat tötete einen zivilen Landsmann aus nächster Nähe mit einer an der Schläfe aufgesetzten Waffe.

»Solltest du versuchen zu flüchten, verspreche ich dir die schlimmsten Schmerzen, die man erdulden kann, *ohne* zu sterben. Glaub mir, ich kann das. Ich habe viel gesehen und viel getan.« Der Mann erhob sich. »Entspann dich. Ich mache dich unsterblich. Unsterblicher, als es deine Klavierkunst jemals hätte tun können. Abgesehen davon wirst du überschätzt. Beim letzten Konzert hast du dich zweimal verspielt.« Er intonierte mit *daa-dada-daa-dadadada-daaa* einen Klavierlauf, seine Hände spielten auf imaginären Tasten, bis er abrupt innehielt und sich mit dem linken Zeigefinger gegen das Ohr tippte. »Ich kann das hören. Oh, ja, ich kann das hören.«

Armin erkannte die Stelle im Stück wieder – und begriff, in welcher Lage er sich befand: Er war in die Hände eines verrückten Fans gefallen!

Von aggressiven Stalkern oder fanatischen Anhängern stand öfter was in den Medien zu lesen. Nun hatte es ihn erwischt. Es waren schon erfolgreiche Romane über Szenen wie diese geschrieben worden, nur dass er sich mittendrin befand.

»Ist das meine Strafe?« Vielleicht ließ sich der Mann beschwichtigen. »Ich ... will mehr üben, und ich spiele es Ihnen noch einmal vor! Ich kann es besser! Wirklich!« Er schluckte, hustete. »Bitte, geben Sie mir ...«

Der behandschuhte Zeigefinger schwenkte vom Ohr weg und richtete sich auf die Maske. »Du hast in das Auge des Todes gesehen und den Totenblick empfangen. Denkst du, es ginge *schadlos* an dir vorüber?« Lachend schlurfte der Entführer zur Wanne, sah hinein und begab sich an den Beistelltisch, vor dem er niederkniete und das Tintenfass aufschraubte.

Armin zitterte vor Kälte und Angst.

Als er die hingebungsvollen Bewegungen sah, mit denen sein Entführer mittels Federkiel auf das Blatt Papier schrieb, wusste er, dass er nicht lebend aus dem Raum gelangen sollte. Diese Maske, beklebt mit vielen Einzelbildern und ein übergroßes Auge formend, das halbfertige Zimmer, die Staffage, die Bewegungen des Mannes verliehen der Szenerie etwas Surreales.

Sein Überlebenswille erwachte.

Behutsam, um den Verrückten nicht auf sich aufmerksam zu machen, rutschte Armin in Richtung der abgedunkelten Fenster.

✽✽✽

KAPITEL 2

Leipzig, Zentrum-Ost, 17. Oktober

Kriminalhauptkommissar Peter Rhode lief die wacklige Treppe des maroden Hauses in der Gorkistraße mit viel Elan hinauf. Der leichte graue Mantel wehte, die dunkelblauen Hosenbeine schlackerten. Er trug gerne Anzüge, auch wenn der Außendienst seinen Tribut vom Stoff forderte, aber als Leiter einer Ermittlungsgruppe fand er, dass er das seiner Stellung schuldig war.

Seine Pille wirkte noch nicht, das ADHS machte ihn aufgekratzt und übermotiviert, was nicht das Schlechteste war, wenn es darum ging, Kleinigkeiten an einem Tatort zu erfassen. Doch dabei schlichen sich leider auch Fehler ein. Er bemerkte viel und vergaß es auch gleich wieder, weil ein anderes Detail interessanter erschien.

Seine jüngste Tochter hatte ihn mal mit dem überhektischen Eichhörnchen Hammy aus dem Film *Ab durch die Hecke* verglichen. Seitdem trank er keine Cola mehr. Nach der Diagnose einer zusätzlichen Stoffwechselstörung fiel er sowieso aus allen gängigen Mustern zur Behandlung des Aufmerksamkeitsdefizit-/Hyperaktivitätssyndroms.

»Morgen.« Rhode nickte dem dunkelblau uniformierten Beamten zu, der am Eingang der Wohnung stand und Wache schob. Einen Ausweis musste er nicht zeigen, man kannte sich flüchtig von einem anderen Tatort. Rosenthaler oder so ähnlich hieß er.

»Morgen, Herr Rhode.« Der Kollege tippte sich gegen den Mützenschirm und wies gleich darauf mit dem Daumen in den Raum hinter ihm. »So was haben Sie noch nicht gesehen.«

»So schlimm?« Mit einer knappen Geste strich er dünne Nieselregentropfen von seinen kurzen schwarzen Haaren ab. Das Wetter meinte es nicht gut mit Leipzig, vom sogenannten goldenen Oktober fehlte jede Spur. Im Osten der Stadt wirkten die Wolken am Himmel auf ihn noch grauer, noch bedrückender. Dazu passte der Leichenfund.

»Nee. Eher merkwürdig. Abgefahren«, suchte der Polizist nach dem richtigen Wort. »Sie werden gleich erkennen, was ich meine. Aber schlecht wird Ihnen nicht. Ihre Kollegin Schwedt ist schon drin.«

»War klar.« Rhode betrat gespannt die Diele. Nicht freudig gespannt, wie bei einer schönen Überraschung, sondern neugierig, was ihn noch zum Staunen bringen konnte. Die linke Hand hielt er in seiner Jackentasche, die Finger umschlossen einen grünlich weißen *worry stone*, den er unentwegt rieb: etwa so groß wie ein altes 5-Mark-Stück, aus poliertem Connemara-Marmor. Sein persönliches Mittel gegen die innere Unruhe. Manchmal half es sogar.

Abgefahren, das Wort hatte Rosenthaler benutzt.

So ziemlich alle Tötungsmethoden waren Rhode in seiner Zeit beim Kommissariat zwei des ersten Dezernats bereits begegnet, vom vorgetäuschten Selbstmord mit Aufhängen über Erschießen, Erschlagen sogar bis zum kleinteiligen Zerstückeln, Schreddern oder Kochen. Aber bekanntermaßen kannte der Einfallsreichtum des Menschen selten Grenzen.

Schon alleine den Ort empfand Rhode als ungewöhnlich.

Das alte Haus lag in der Nähe des Stannebeinplatzes, eingekeilt von Wohnhäusern und an einer gut befahrenen Straße gelegen. Normalerweise wurden Mordopfer eher irgendwo in der einsamen Natur abgelegt oder in einem der Kanäle versenkt. Der Zufall holte die Leichen meist ans Licht.

Dieser Fund hatte nichts mit Zufall zu tun. Im Gegenteil.

Die ramponierten Bretter knarrten unter Rhodes Sohlen trotz seines geringen Gewichts. Männer wie ihn beschrieb man als schlank und sehnig, ohne dürr zu sein. Dürr und schlaksig, das war Lackmann. Ohne den Kollegen in seinem Kommissariat wäre er vermutlich als dürr und schlaksig tituliert worden.

Ein Hoch auf Lackmann, auch wenn er sonst nicht viel taugt. Rhode kam an einem offenen Verschlag vorbei, der unter einer Treppe als Stauraum angelegt worden war. Ein Mitarbeiter der Spurensicherung, kurz SpuSi genannt, schoss Fotos. Im Vorbeigehen konnte Rhode keine Blutspuren erkennen.

Das helle Licht zahlreicher Scheinwerfer erleuchtete den Weg.

Rhode erreichte den Hauptraum, in dem es auffallend nach frischer Farbe und verputztem Mauerwerk roch.

Zwei Meter vor ihm stand Anke Schwedt. Jung und motiviert, ganz ohne ADHS. Sie machte sich Notizen auf ihrem Smartphone, die langen kastanienbraunen Haare hatte sie zu einem Zopf gebunden, der sich durch ihre Schreibbewegungen leicht bewegte.

Früher hätte man dazu einen Block genommen, dachte er.

Mit ihren 25 war sie mehr als zwanzig Jahre jünger als er, aber sie legte eine Blitzkarriere hin, die allein auf ihren guten Leistungen basierte. So etwas akzeptierte Rhode. Sie war der Gegenentwurf zu Lackmann, dessen Nichtbeförderung auf Untätigkeit sowie einer spontan auftretenden Unzuverlässigkeit beruhte.

Im Schein der Baustrahler arbeiteten noch zwei weitere SpuSis in ihren weißen Ganzkörperschutzanzügen; sie hatten Marker auf dem Boden verteilt, um Hinweisfundstellen zu kennzeichnen.

Dabei arbeiteten sie sich um eine Leiche herum, die in einer antik wirkenden Badewanne lag und die Haare unter einer Art Turban trug. Sie war leicht nach rechts gedreht, der Kopf lehnte gegen den hinteren hohen Rand; kurze braune Locken hingen unter der Haube hervor. Das Wasser hatte sich vom Blut des jungen Mannes rot gefärbt, Spritzer hafteten auf den Leintüchern, mit denen der hintere Teil der Wanne abgedeckt war.

Unterhalb des Schlüsselbeins glaubte Rhode eine Einstichwunde zu erkennen, aus der das Blut gelaufen war; neben der Wanne lag ein Messer. Die Tatwaffe?

Die rechte Hand des Toten hing über den Rand und umfasste eine Feder. Die Wanne war teilweise mit einer Platte abgedeckt, auf welcher der rechte Arm halb ausgestreckt lag, die Finger hielten einen beschriebenen Brief. Zum Schutz war die Platte mit einer dunkelgrünen Tischdecke versehen worden. Unter dem ausgestreckten Arm auf der Abdeckplatte ruhten weitere Blätter, das Tintenfass befand sich ebenso auf dem Beistelltischchen wie zwei Ersatzkiele und zwei beschriebene Seiten.

Alles kam Rhode unwirklich und übertrieben inszeniert vor, als wäre der Mord ein Blick auf ein Opfer aus einer anderen Zeit. Der Mörder hatte sich sehr viel Mühe gegeben.

Aber so gar nicht dazu passte, dass sich um den Hals des toten Mannes eine breite Bahn durchsichtiges Klebeband zog; an den unteren Rändern lief Blut heraus, stellenweise gerann es bereits.

Die Augen des Toten waren weit geöffnet, als hätte er sie zum Zeitpunkt des Todes absichtlich weit aufgerissen, um seinem Mörder ins Gesicht zu blicken.

Oder denjenigen, die ihn nach seinem Ableben betrachteten. Rhode schüttelte sich, sein Daumen rieb über den *worry stone.* »Guten Morgen, Anke«, grüßte er und blieb neben ihr stehen. »Rosenthaler hatte recht gehabt: Das ist abgefahren.«

»Wer ist Rosenthaler?« Sie reichten sich die Hände.

»Der Mann am Eingang.«

»Chef, der heißt Ro-den-tal.« Schwedts grünblaue Augen zeigten ihr Amüsement. Von ihr ging der Duft eines sportlichen Parfüms aus. Keine Veilchen, keine schwere Süße, sondern etwas Frisches, Dynamisches. Es passte sehr gut zu ihr.

Er hatte wie immer sein einfaches Deo benutzt, hoffte er zumindest. Vor seiner Pille war vieles möglich. »Und er?« Rhode deutete auf die Leiche des jungen Mannes, die sie aus offenen, todgetrübten Augen anstarrte. An irgendwas erinnerte ihn der Anblick, die Haltung, die ganze Szene. Das hatte er schon einmal gesehen – aber wo?

»Wissen wir noch nicht. Weder Kleidung noch andere Gegenstände am Tatort. Die vorliegenden Vermisstenanzeigen passen nicht zu ihm.« Schwedt zeigte auf die Männer in den Schutzanzügen. »Die Kollegen sind gleich fertig. Bislang gehen sie davon aus, dass das Verbrechen hier geschehen ist. Den Schleifspuren nach hat der Mörder ihn im Verschlag aufbewahrt, bevor er ihn umbrachte. Sehr wahrscheinlich in der Wanne. Vermutliche Tatwaffe für die Stichwunde ist das Messer am Boden, aber ob ihm zuerst der Kopf abgetrennt wurde oder danach, ist unbekannt. Die Obduktion wird die letzten Geheimnisse lösen.«

Das erklärte das Klebeband um den Hals. »Der Mörder hat den Kopf also abgetrennt und wieder draufgesetzt.« Er überlegte kurz. »Vermutlich, um das von ihm entworfene Bild nicht zu zerstören.« Rhode kam einfach nicht drauf, an was es ihn erinnerte.

Ganz abgesehen davon befürchtete er, dass eine Sonderkommission angesagt war. Wer solches Aufhebens bei einem Mord machte, handelte nach strengem Plan, mit Umsicht, Sorgfalt und Akribie. Dieser Tatort sprach weder für eine Affekthandlung noch für eine schnelle Tat aus Habgier.

Rhode ging davon aus, dass es der oder die Mörder gewesen waren, die das Zimmer halbwegs instand gesetzt hatten. Wie eine Bühne. Oder einen Ausstellungsraum. Kein Hausbesitzer würde sich die Mühe machen und einen Raum von einer Ecke her beginnend restaurieren.

»Da ist wohl ein bisschen Ad-hoc-Recherche notwendig. Ich nehme an, er benutzte eine Vorlage. Denkst du auch, dass der Täter die Renovierungsarbeiten selbst erledigte?« Schwedt nahm ihr Smartphone heraus und drückte darauf herum. »Hat was von klassischer Inszenierung.«

Rhode nickte, die Finger seiner linken Hand schlossen sich um den Stein in der Manteltasche. »Wissen wir, wem das Haus gehört?«

»Der Leipziger Wohnungsbau. Die Sanierung stand für übernächstes Jahr an, sagte man mir.«

»Übernächstes?« Rhode sah zum unfertigen Teil des Raumes. Noch zwei Jahre Leerstand machten das Haus zum Abrissfall.

Schweigend standen sie da und warteten, während der dritte SpuSi dazukam und seine Kollegen bei der Arbeit unterstützte.

Rhode spürte, dass sich seine Unruhe etwas legte und er sich besser konzentrieren konnte. Die Wirkung von Pille und *worry stone*. Er ließ den Blick aus seinen blauen Augen schweifen und überlegte.

Das Haus stand in der Gorkistraße. Die Straßenbahn und der Bus rumpelten oft vorbei und schluckten Geräusche. Das Opfer hätte in seinem Verschlag laut schreien können, und niemand hätte durch die dicken Wände des Altbaus etwas mitbekommen.

Und falls doch: Das Haus lag in einer Gegend, in der man durchaus laute Geräusche machen konnte, ohne dass Anwohner Anstoß nahmen oder gleich die Polizei riefen. Auch bei gelegentlichen öffentlichen Auseinandersetzungen wurde nicht sofort nach dem Gesetz telefoniert. Im Osten der Stadt war man härter im Nehmen.

Die Fenster erweckten seine Neugier: Sie waren komplett abgeklebt. Er zeigte auf die Scheiben. »Was ist das für ein Material?«

»Teichfolie«, antwortete Schwedt und fummelte weiterhin auf ihrem Smartphone herum. »Kenne ich von meinen Eltern. Ich gehe davon aus, dass der Mörder die Fenster präparierte. Es ist nämlich der einzige Raum in dem Haus, wo eine völlig lichtdichte Abdunklung vorgenommen wurde.«

»Soso. Der einzige. Wie lange bist du denn schon hier?«

Sie wischte die Suchmaschine vom Display und sah auf die aufpoppende Uhr. »Seit ungefähr einer Stunde. Direkt nach dem Anruf der Kollegen von der Streife, dass sie was gefunden hätten, was nach mehr aussehen würde als einem Standardmord. Ich dachte, das wäre was für uns.«

Rhode ärgerte sich, dass er noch nicht auf dem neuesten Stand war. Es konnte auch sein, dass Anke es ihm gesagt und er es bereits wieder verdrängt hatte.

Er musste gar nichts anmerken, denn sie wiederholte den Ablauf aus dem Gedächtnis. »Gegen 18 Uhr ging über die 110 der anonyme Anruf ein. Genau vier Sekunden lang flüsterte der Unbekannte. Wortlaut: *Gorkistraße, das alte Haus nahe dem Outdoor-Laden, 3. OG, männliche Leiche. Beeilung, wenn ihr was finden wollt!* Die Streife ist ausgerückt, informierte unser Dezernat zehn Minuten nach dem Fund, ich war wiederum zehn Minuten später vor Ort.«

»Der Mörder ist also stolz auf seine Tat«, schloss Rhode. Dann fiel ihm ein, dass sie ihm diese Fakten schon als SMS geschrieben und soeben darauf verzichtet hatte, ihn daran zu erinnern. Die Auswirkungen seiner Krankheit nervten manchmal gewaltig. »*Warum* sollten wir uns beeilen? Hat die Streife etwas Besonderes bemerkt?«

»Nein. Die Tür war geschlossen, aber nicht versperrt; der Tatort vollkommen abgedunkelt, und die Birnen waren aus den Fassungen gedreht. Strom gab es. Der Mörder hat den Sicherungskasten ziemlich fachmännisch in Betrieb gesetzt.« Schwedt sah zu den SpuSis, die sich nacheinander aufrichteten und ihre Sachen zusammenpackten. Einer von ihnen sammelte die beschriebenen Seiten mit einer Pinzette auf und tütete jede einzeln ein, so dass man sie durch die Klarsichtfolie lesen konnte. »Ich glaube, sie sind fertig.«

»Abwarten.«

Das weißbekleidete Trio kam auf sie zu; zwei gingen an ihnen mit einem Nicken vorbei und verließen den Raum.

Ihr Chef blieb stehen und zog die Kapuze ab; dichte graumelierte, verstrubbelte Haare kamen zum Vorschein. »Hallo, Kollegen.« Er drückte Schwedt die vier beschriebenen Papiere in die Hand, Rhode wies er das eingepackte Messer zu. »Ganz knapp, was zumindest jetzt schon sicher ist: Die Wunde am Schlüsselbein passt nach einer Inaugenscheinnahme zur Klingenform, aber damit wurde ihm niemals der Kopf abgetrennt. Die Gerichtsmedizin wird das austüfteln müssen, aber für mich sieht es nach *sehr* glatten Rändern aus. Was immer es war: Es war schwer, traf schnell und muss extrem scharf sein.«

Sense, zuckte es durch Rhodes Kopf. Leider war es ein Mordfall und kein Kreuzworträtsel, bei dem das Wort sicherlich gepasst hätte. *Oder Guillotine.*

Ihm fiel partout nicht ein, wie der Leiter der Spurensicherung hieß. Irgendwas mit Steinen und Farben. Das war besonders peinlich, weil sie sich für Kollegen ganz gut kannten und sogar beim Betriebsausflug im gleichen Team gekegelt hatten. Sein ADHS? Oder war die Vergesslichkeit Vorbote für ein ernsthaftes mentales Problem? Die Stoffwechselstörung? »Das Wasser aus der Badewanne?«

»Wir haben Proben genommen. Ich bleibe, bis die Leiche herausgeholt wurde und wir das Wasser abkippen können. Vielleicht liegt noch eine Überraschung im Bottich.« Er sah sich um. »Tja. Wie es aussieht, muss ich dazu den guten alten Eimer nehmen und die Brühe hinters Haus gießen. Drei Stockwerke hoch und runter. Prima.«

Rhode fand die Vorstellung, den Mann mit Eimern voller blutigem Wasser rauf- und runtergehen zu sehen, um es in den Gully zu entsorgen, mindestens so merkwürdig wie die Tat selbst. Er hätte die Toiletten gewählt, aber der SpuSi dachte sich sicherlich etwas dabei. »Todeszeitpunkt?«

»Ich kann nur sagen: nicht lange her. Die Körpertemperatur war nicht gefallen, als wir eintraten, was einerseits durch das warme Wasser kommen kann«, wagte der Mann mit dem Stein-Farben-Namen eine Schätzung. Sein Handy klingelte, doch er ignorierte den Anruf. »Der Zustand der Leiche sowie der anhaltende Blutfluss deuten darauf hin, dass wir von ... na, sagen wir, er war vor weniger als zwei Stunden noch lebendig.«

»Das war ungefähr zum Zeitpunkt des Anrufs«, fügte Schwedt von der Seite hinzu.

Der Stein-Farben-Namen-Kollege brummte seine Zustimmung und streifte die Handschuhe ab, suchte in der Tasche des Anzugs nach dem Handy. »Ich weiß, du bist der Ermittler, Rhode, aber wenn du mich fragst, rief der Mörder sogar schon *vor* der Tat an.« Er zeigte auf die Seiten in Schwedts Hand. »Seite vier ist spannend. Danach will ich die Blätter wieder zurück.« Rückwärtsgehend entfernte er sich, nahm den Anruf entgegen. »Ja?«

Rhodes Hoffnung, dass der SpuSi sich mit Namen meldete, wurde enttäuscht. Er ärgerte sich maßlos über diese Erinnerungslücke. Ein einziger Buchstabe würde ausreichen, und es fiel ihm wieder ein. »Wieso?«

Der SpuSi hielt die Sprechmuschel zu. »Was *wieso?*«

»Wieso ist Seite vier spannend?«

»Auf den anderen steht nur französisches Zeug, aber Seite vier ist auf Deutsch verfasst. In einer anderen Handschrift. Ich weiß nicht, wer von den Streifenkollegen den Toten gefunden hat, aber ihr solltet denen Bescheid sagen.« Der Stein-Farben-Namen-Mann nahm eine Thermoskanne aus der abgestellten Arbeitstasche. »So. Ich brauche einen Kaffee.« Dann ging er telefonierend hinaus.

Rhode verzog den Mund. »Bescheid geben?«

Schwedt nahm den ersten Brief und las vor. »*Du 13 juillet, 1793. Marieanne Charlotte Corday au citoyen Marat. Il suffit que je sois malheureuse pour avoir droit à votre bienveillance.*«

»Aha«, machte er. Aus ihrem Mund klang es sehr schön, auch wenn er den Inhalt nicht verstand. Französisch gehörte nicht zu den Sprachen, die er beherrschte. Russisch hatte man damals lernen dürfen. Und Spanisch. Für den Besuch bei befreundeten Völkern. »Was heißt das?«

»Frei übersetzt...«, sie grübelte, »... 13. Juli 1793. Marieanne Charlotte Corday an den Bürger Marat. Es genügt, dass ich unglücklich bin, um ein Recht auf Ihr Wohlwollen zu haben.« Sie blätterte weiter. »Auf dem steht ... *Vous donnerez cet assignat à la mère de cinq enfants dont le mari est mort pour la défense de la patrie* ... Ist ein Testament. Irgendwas mit Übergeben an eine Mutter von fünf Kindern. Marat ... war das nicht Französische Revolution?« Schwedt hatte schon wieder ihr Smartphone in den Fingern.

Rhode betrachtete den Toten und wunderte sich ein wenig zu spät darüber, dass er Brief und Utensilien hatte halten können. Diese Unkonzentriertheit machte ihn verrückt. Er musste gleich beim Kollegen mit dem Stein-Farben-Namen nachhaken, sobald dieser von der Kaffee-Telefonat-Pause zurückkehrte. »Wie hieß er noch gleich, Anke?«

»Wer?«

»Der Chef der SpuSi-Truppe.«

»Weißenberg. Erich Weißenberg.«

»Sicher! Erich.« Er schüttelte leicht den Kopf und wunderte sich. Die Finger drückten fester gegen den *worry stone,* als würde es gegen die Nachlässigkeit helfen.

»Hast du das mal untersuchen lassen? Die Erinnerungsaussetzer?«

»Ich glaube, die Pille wirkt noch nicht«, flüchtete er sich in eine Ausrede.

»Scheint so. Du härtest gegen das Zeug ab. Oder nimmst du noch was anderes, Chef?«

Ihr Smartphone gab ein leises Pfeifen von sich und lenkte sie glücklicherweise von dem unschönen Thema ab.

Schwedts Gesicht hellte sich auf. Sie hob die Augenbrauen, und die kleine Narbe an ihrer linken Schläfe zuckte in die Höhe. »Der Tod des Marat«, las sie vom Display ab. »Gemalt von Jacques-Louis David im Jahr 1793 im klassizistischen Stil in Öl auf Leinwand. 162 mal 128 Zentimeter.« Sie hielt es ihm hin. »Das Internet als moderne Ermittlungshilfe.«

Rhode sah vergleichend hin und her.

Es gab nicht den Hauch eines Zweifels, dass der Mörder sich an einer Realkopie der berühmtesten Darstellung von Ereignissen der Französischen Revolution versucht hatte. Der junge Mann vor ihm sollte Marat darstellen. Er glich ihm sogar, wenn man mal vom Alter absah.

Es blieb jedoch ein gravierender Unterschied: *Ihre* Leiche hatte die Augen weit geöffnet.

Ein Fauxpas?
Ein Zufall?
Pure Absicht?

»Scheiße«, entfuhr es Rhode, und er blickte Schwedt an: Sie dachte das Gleiche wie er. Sie jagten einen Mörder mit einem ausgeprägten Spleen und mit einem hohen Geltungsbedürfnis. Und beide befürchteten stumm, dass es nicht die letzte Leiche war, die sie in Leipzig fanden und die in irgendeiner besonderen, pervers-kunstvollen Weise drapiert war.

»Okay. Sobald wir wissen, wer der Junge in der Wanne ist, prüfen wir, ob es Anhaltspunkte zwischen ihm und dem historischen Marat gab, ob das Opfer eine Marieanne oder Charlotte oder jemand namens Corday kannte. Vielleicht ist er Schauspieler im *Centraltheater* oder bei einer anderen Bühne. Prüf mal bitte, wer gerade ein Stück über die Französische Revolution probt«, spulte er die intuitiven Gedanken ab. »Kein Wort zu den Medien. Das muss geheim bleiben. Ich will nicht, dass der Mörder die Aufmerksamkeit bekommt, die er sich offenbar wünscht.«

»Logisch«, bestätigte Schwedt. »Jedenfalls nicht von uns. Wenn er versessen darauf ist, dass man über ihn spricht, wird er den MDR und die LVZ irgendwann selbst informieren.«

»Da gebe ich dir recht. Aber bis dahin geht nichts raus.«
Rhode sah sich bereits beim Präsidenten der Polizeidirektion sitzen und seinen Bericht abliefern, um danach als Chef einer Sonderkommission aus dem Büro zu gehen.

Abgefahren, das hatte Roden-dings gesagt. Das traf es höchstens im Ansatz.

Schwedt reichte ihm nach kurzem Sichten Blatt vier.
»Chef: *Das* ist nicht gut«, sagte sie leise.

Rhode hatte den Hinweis von Irgendwas-berg schon wieder fast vergessen. Er nahm das Papier in der Klarsichtfolie und las:

EIN BILD
SAGT MEHR ALS
1000
WORTE.

DIE WAHRHEIT
LIEGT STETS
IM AUGE
DES
BETRACHTERS.

DOCH
HÜTE DICH
VOR DEM
TOTENBLICK.
ERFASST ER DICH,
GIBT'S
KEIN
ZURÜCK!

Für Rhode schieden in der gleichen Sekunde die Faktoren Zufall und Fauxpas aus, was die geöffneten Augen der Leiche anging. »Ich verstehe das als versteckte Drohung.« Aus dem Stand konnte er nicht sagen, was man dem Blick eines Toten nachsagte. »Was weiß denn deine kleine schlaue Maschine?«

Schwedt tippte bereits in der Suchmaske.

»Der Blick aus den Augen der Toten bringt Unglück, sagte man früher. Deswegen schloss man ihnen die Lider«, sprach eine angenehme Stimme hinter ihnen. »Er ziehe die Lebenden ins Grab.«

Die beiden Kriminaler zuckten erschrocken zusammen, Schwedt hätte beinahe ihr Smartphone fallen lassen.

Rhode drehte sich herum und sah einen guten Bekannten auf der Schwelle stehen. Warum die Bretter nicht warnend gequietscht hatten, blieb ihm unerklärlich. »Hallo, Herr Korff. Wollten Sie, dass wir einen Herzinfarkt bekommen?«

»Hätte beinahe geklappt«, murmelte Schwedt und wandte sich ebenfalls dem Besucher zu, ihr Pferdeschwanz pendelte dabei.

Wie immer trug Korff ein schwarzes Polohemd, das seine gute Figur betonte, schwarze Stoffhosen und ein Sakko; die Schuhe hatten runde Kappen und wirkten etwas klobig. »Oh, nein. Das würde ich nicht wollen. Sie sind vor meiner todbringenden Wirkung sicher.« Der Bestatter, der das *Ars Moriendi* betrieb und einen ausgezeichneten Ruf hatte, kam näher und reichte zuerst Schwedt, dann Rhode die Hand. Er war zuständig für die Abholung der Mordopfer in Leipzig, da man sich auf ihn und seine Diskretion unerschütterlich verlassen konnte.

»Ach? Sie besitzen eine tödliche Gabe, abgesehen von ihrem Anschleichen?«, erwiderte sie.

»Ich wirke unter bestimmten Bedingungen regelrecht einschläfernd.« Korff neigte entschuldigend den Kopf. »Tut mir leid, ich wollte nicht lauschen.«

»Das ist geheim, was Sie gerade sehen, Herr Korff«, sagte die Ermittlerin mit Nachdruck. »Wer hat Sie herbestellt?«

»Weißenberg von der Spurensicherung, wie immer. Warum? Wollten Sie den Auftrag an jemand anderen vergeben, Frau Schwedt?« Er lächelte und fuhr sich durch die halblangen braunen Haare; dabei wurde ein mit kunstvollen Schnitzereien versehener weißer Männerring sichtbar. Eine Mischung aus Siegelring und Auszeichnung, mit kreuzförmig angeordneten Silbernelken und einem fingernagelgroßen Edelstein in wässrigem Blau, durch den sich dunklere Adern zogen.

Sie lächelte. »Nichts für ungut, aber ich hätte die Jungs von der Gerichtsmedizin persönlich antanzen und die Leiche einladen lassen, um zu verhindern, dass jemand Unbefugtes den Tatort sieht.«

Korff blickte verständnisvoll. »Ich kann wieder gehen und bin völlig unwissend.«

»Nee, Sie bleiben schön hier und sagen uns was zum Totenblick«, verhinderte Rhode den Abgang des Bestatters und Thanatologen. Korff beherrschte die besondere Kunst der Einbalsamierung, so dass Leichen sogar weit über Raumtemperatur nicht in Verwesung übergingen. Sein Name war weit über Leipzig hinaus bekannt, nicht zuletzt, weil er auf diesem Gebiet als Koryphäe galt.

»Wie ich schon andeutete: Der Blick eines Toten bringt

nach alten volkstümlichen Vorstellungen Unglück und im schlimmsten Fall den Tod. Deswegen trugen beispielsweise Henker früher Masken, um sich vor dem Fluch des Opfers und dem letzten Blick zu schützen. Man legte den Toten auch Münzen auf die Augen, und zwar nicht nur für den Fährmann. Ich benutze bei meiner Bestattungsvorbereitung kleine Tricks, um zu verhindern, dass sich die Lider des Verstorbenen öffnen, auch wenn es dabei weniger um Aberglauben geht. Es ist für die Trauernden ein Schock, wenn der Tote plötzlich während des Defilees die Augen aufreißt.« Korff betrachtete den Tatort. »*Die Ermordung des Marat* oder so ähnlich. Jemand hat sich inspirieren lassen. Ziemlich krank.«

»Und wie schützt man sich vor der Wirkung?«, hakte Schwedt nach. »Sie als Bestatter werden das wissen.«

»Sind Sie abergläubisch, Frau Kommissarin?«

»Nein. Neugierig. Liegt am Beruf.«

Korff atmete langsam ein. »Wissen Sie, *ich* fürchte den Tod nicht. Wir Bestatter genießen seine besondere Gunst. Und solange wir mit den Verstorbenen würdevoll umgehen, sind wir vor seinem Zorn sicher.« Er schenkte ihr ein Lächeln, während er mit dem Daumen über den Ring rieb, was Rhode verwirrend fand. Den Mann umgab eine besondere Aura, die ihm schon mehrmals aufgefallen war. Außerdem konnte er sich seinen Namen merken, und das stellte eine Ausnahme an sich dar. Etwas ging vom Bestatter aus.

»Kleiner Scherz«, schob Korff nach. »Gebete helfen. Gebete zugunsten des Seelenheils und für den Verstorbenen, damit er sich gnädig zeigt. Ein Amulett gegen den bösen Blick könnte es möglicherweise auch tun wie das Schlagen des Kreuzes, sofern der Tote einen christlichen Hintergrund hat. Ich müsste mich erst kundiger machen. So lange können Sie im Internet recherchieren, aber ich garantiere nicht dafür, dass etwas Brauchbares dabei ist.«

»Demnach ein morbider Gag des Mörders?«, fasste Schwedt zusammen und sah auf das Blatt mit der Warnung. »Er will uns Angst machen.«

»Ich lasse alle Papiere auf Geheimschriften untersuchen. Vielleicht steht da noch was.« Rhode schaute zum Toten und hatte plötzlich das Bedürfnis, dessen Lider zu schließen.

Aus den gebrochenen Augen schien eine Gefahr aus einer anderen Welt in das Zimmer zu blicken und die Anwesenden zu sondieren. Die leblosen Pupillen suchten sich ein Opfer …

»Wir sagen den Streifenpolizisten auf alle Fälle Bescheid.« Rhode schüttelte sich und richtete seine Aufmerksamkeit auf Korff. »Sind wir uns einig, dass Sie niemandem davon erzählen?«

»Weder ich noch mein Azubi«, bekräftigte der Bestatter. »Wie immer stehen das *Ars Moriendi* und ich für einhundert Prozent Verschwiegenheit.«

Rhode überlegte einen Moment, dann kreuzte er die Arme. »Ich weiß, Sie interagieren mehr mit den Toten, aber haben Sie eine Ahnung, wer unser Opfer ist?«, fragte er, seiner Eingebung folgend.

»Sie liegen falsch, Hauptkommissar. Ich habe ebenso viel mit den Lebenden zu tun, von den Angehörigen des Verstorben bis hin«, Korff zwinkerte, »zu Polizisten an einem Tatort.« Er machte einen Schritt näher auf die Wanne zu, drehte den Baustrahler mit dem Fuß, bis das helle Licht auf den Toten fiel. »Oh! *Jetzt* weiß ich, warum das Konzert ausgefallen ist.«

»Konzert? Ein Rockmusiker?«, fragte Schwedt überrascht.

Der Bestatter verneinte. »Ich bin öfter im Gewandhaus … gewesen. Ich sah ihn auf einem Werbeplakat, das an einer der Eingangstüren hing: Armin Wolke. Ein Ex-Thomaner und Leipzigs bester klassischer Pianist. Er hätte gestern Abend ein Chopin-Konzert geben sollen, das aus gesundheitlichen Gründen in letzter Sekunde abgesagt wurde.«

»Gesundheitliche Gründe.« Schwedt lachte bitter auf.

Rhode schloss für Sekunden die Augen, dann drehte er sich schnell herum. Er wollte dem Blick des Toten entkommen, der einen verflucht bekannten und einflussreichen Vater hatte.

Das erschwerte die Ermittlungen.

Er ahnte, dass sich Georg Wolke einmischen würde. In alles. Die Mittel und Verbindungen dazu hatte er im Überfluss. Seine Finger spannten sich um den *worry stone*, als ließe sich der Marmor zerpressen. »Ich hole Wiesenbach. Sie sollen den Jungen aus dem Wasser holen und die Wanne untersuchen.«

»Weißenberg«, rief Schwedt. Sie schien die Tragweite noch nicht begriffen zu haben. Dafür war sie noch nicht lange genug in Leipzig oder kannte sich zu wenig mit den Beziehungsgeflechten der High Society aus.

»Ja, danke.« Von nun an schloss er jeglichen Zufall in diesem Mord aus. Weder die Wahl des Ortes noch des Opfers noch der Inszenierung. *Ein toter Wolke. Das fehlte noch.* »Herr Korff, Sie schaffen die Leiche bitte sofort in die Gerichtsmedizin. Und Vorsicht: Der Kopf ist vermutlich nur angeklebt.«

»Wird gemacht, Herr Hauptkommissar.«

Rhode ging hinaus und zog sein Handy aus der Tasche, das im Vergleich zu Schwedts modernem Spielzeug aus der Mobilphone-Steinzeit zu stammen schien. Dafür hatte er überall Empfang – im Gegensatz zu ihr.

Bevor er weitere Schritte unternahm, wie zum Beispiel mit dem stadtbekannten, nicht nur beliebten Vater des lokalen Starpianisten zu sprechen, musste er den Polizeipräsidenten informieren.

❈❈❈

Leipzig, Katharinenstraße, 18. Oktober

Rhode eilte den Brühl im Zentrum entlang, vorbei an dem neu errichteten Einkaufszentrum, und hielt auf die Katharinenstraße zu. Er war zu spät, wenn bisher auch nur fünf Minuten, doch er hasste es, weil er Pünktlichkeit auch von anderen erwartete.

So, wie er Georg Richard Wolke einschätzte, tickte der Mann in dieser Beziehung mindestens genauso. Die Unterhaltung, die er gleich führen musste, konnte durch den Zeitlapsus unangenehm werden.

Um ihn herum liefen Passanten an diesem wenigstens regenfreien Oktobertag mit Einkaufstüten und Getränkebechern in der Hand, von einfachem Kaffee bis zum aktuellen Modegesöff, deren Namen sich Rhode erst gar nicht merken wollte. Oder konnte. Da hatte ADHS wieder Vorteile: Er brauchte nicht mal eine Ausrede, um nur Kaffee oder Espresso bestellen zu können.

Die meisten Menschen sahen glücklich aus, genossen ihr Lieblingsgetränk oder hatten ein Schnäppchen ergattert und planten einen weiteren schönen Tag.

Rhode rechnete dagegen mit einem unschönen. Dass er seit Wochen auf seinen Morgenespresso verzichtete, um nicht zu Hammy zu werden, machte es nicht besser. Er vermisste den kräftigen Geschmack auf der Zunge.

Nachdem er gestern Nacht den Präsidenten der Polizeidirektion von der gesicherten Identität des Toten in Kenntnis gesetzt hatte, wurde er sogleich mit der Zusammenstellung einer SoKo beauftragt. Die Unterrichtung des Intendanten übernahm sein Vorgesetzter selbst, was Rhode erleichterte.

Dann erreichte ihn früh am Morgen die SMS des Präsi, dass Wolke ihn persönlich erwartete, um eine Aussage zu machen. Nicht Anke, nicht Lackmann, sondern ihn wollte der Mann sprechen.

Rhode war gespannt, was Wolke zu berichten hatte und ob es den Fall voranbrachte. Momentan ermittelten Anke und Lackmann »in alle Richtungen«, wie man es so schön ausdrückte, wenn man auf keine konkreten Anhaltspunkte zurückgreifen konnte. Solange es nicht unbedingt notwendig war, wollte er es vermeiden, seine SoKo mit zusätzlichem Personal aufzustocken. Rhode mochte die Überschaubarkeit. Er glaubte nicht daran, dass mehr Beamte automatisch auch mehr Erfolge erbrachten.

Er erreichte das Tor, sah zur Kamera hinauf. Bevor sein Finger den Klingelknopf berührt hatte, summte der elektrische Öffner.

Rhode prüfte sein Äußeres kurz im polierten Messingschild und strich die schwarzen Haare glatt, dann entfernte er den letzten peinlichen Rest Rasierschaum vom linken Nasenflügel. Die Erfindung einer Ritalin-Pumpe käme ihm sehr recht. Was hatte er heute noch alles vergessen oder übersehen? Anke sprach Wahres: Er sollte sich nochmals einem Check unterziehen und die Stoffwechselstörung prüfen lassen.

Schließlich drückte er das Tor auf und betrat den Hof, wo ihn Georg Richard Wolke bereits erwartete.

Der Intendant trug den schwarzen, langen Mantel offen über einem dunkelblauen Einreiher, hielt eine Zigarette in der Rechten, an der er lange zog, ehe er den Rauch in den grauen Himmel stieß. »Sie sind Rhode?« Der Blick richtete sich abschätzend auf den Kommissar.

Niemals hatte er solche blauen Augen gesehen. Sie verströmten Berechnung und Kühle und passten zu einem Psychopathen, zu einem Killer. »Das bin ich, Herr Wolke.« Er sparte sich die Mühe, die Hand auszustrecken. Die Körpersprache seines Gegenübers vermittelte, dass er sie nicht schütteln würde. Die Rangfolge war bereits festgelegt. »Mein Beileid.«

Wolke sog am Filter, die Zigarettenspitze glomm dunkelrot auf; mit der anderen Hand fuhr er sich durch die gewellten braunen Haare und legte sie aus der Stirn. Damit wirkte er noch strenger, was das Gerücht bestärkte, er würde die Oper wie ein strategisch denkender Offizier und nicht wie ein sensibler Künstler führen. Der Blick richtete sich auf Rhodes Gesicht. »Sie haben Rasierschaum.« Er tippte sich gegen das rechte Ohrläppchen. »Da.«

»Ich war in Eile.« Der Kommissar zerrieb den dünnen, weichen Film; es roch nach Seife.

»Dafür, dass Sie in Eile waren, sind Sie zu spät.« Wolke sog noch mal an der Kippe und schnippte den Stummel auf den neu gepflasterten Hof.

Rhode dachte nicht daran, sich zu erklären. »Sie wollten eine Aussage machen?«

»Es ist kein Geheimnis, dass ich mindestens so viele Neider und Feinde wie Freunde habe«, begann Wolke gelassen. Er schien eine Ausgeburt an Disziplin zu sein, oder er stand noch unter dem Schock der Ereignisse. Er langte in die Manteltasche und nahm einen gefalteten Zettel heraus. »Das sind die Namen der Menschen, denen ich zutraue, meinem Sohn das anzutun, um mich zu treffen. Berücksichtigen Sie das bei Ihren Ermittlungen. Diese Individuen haben genug Geld, um diese Tat in Auftrag zu geben.«

Rhode nahm das Papier entgegen, ohne daraufzuschauen. Das würde er im Büro oder im Auto tun. »Gab es konkrete Drohungen gegen Sie oder Ihre Familie?«

Wolke schüttelte den Kopf.

»Wurden Sie nach der Entführung kontaktiert?«

Wieder verneinte der Intendant stumm.

»Erzählte Ihr Sohn von Nachstellungen, von möglichen Verfolgern? Oder ist ihm etwas Ungewöhnliches aufgefallen?«

»Nein.«

»Denken Sie, dass der Angriff auf Ihren Sohn vorgestern auf dem Nachhauseweg vom *Werk II* etwas damit zu tun hat? Sagte er dazu etwas?«

Wolke runzelte die Stirn. »Davon weiß ich nichts. Kurz vor seinem Aufbruch habe ich ihn zum letzten Mal gesprochen, um ihn daran zu erinnern, dass er am nächsten Tag einen Auftritt hat.« Er zog sein Smartphone. »Erzählen Sie mir mehr.«

Rhode erzählte knapp von dem Überfall durch den Unbekannten und den Raub sowie das Beinahe-Ableben von Armin Wolke durch die Tram. Der Intendant machte sich Notizen dazu auf seinem Handy. »Aha. Ob es mit dem Mord zu tun hat, kann ich nicht beurteilen«, sprach er dabei. »Es klingt nach einem gewöhnlichen Raub.«

Rhode stimmte innerlich zu. »Was ist mit Ihrer Aussage, Herr Wolke? Haben Sie noch etwas, außer diesen Namen von möglichen Verdächtigen?«

Der Intendant sah ihn an wie ein Stück störenden Müll. »Ich habe Ihnen gerade eine Liste gegeben, auf der Sie den Mörder meines Sohnes finden. Was wollen Sie noch? Dass ich den Täter selbst abliefere?«

»Das sind *Hinweise*, für die ich mich bedanke, Herr Wolke. Eine *Aussage* ist etwas anderes.« Rhode zwang sich zur Ruhe und rieb den *worry stone* wie ein Manischer. Half vielleicht ein Kombipräparat gegen sein Spezial-ADHS, mit Baldrian oder Eisenkraut? Er stellte wieder einmal fest, dass er zu wenig über sein eigenes Leiden wusste. Wie seine Ärzte. »Da muss sich der Polizeipräsident mir gegenüber falsch ausgedrückt haben.«

»Ich denke, Sie haben Werner falsch verstanden«, schnarrte der Intendant und zog das Silberetui aus dem Mantel. Rasch wählte er eine neue Zigarette, nahm das Feuerzeug aus der anderen Tasche und steckte sich die Kippe an. »Wilhelm sagte mir, dass bei Ihnen eine Beförderung anstünde. Zum Kriminalrat.«

Der Kommissar konnte sich denken, was kommen würde. »Herr Wolke, ich habe Verständnis für Ihre Situation, aber ich bitte Sie, dass Sie ...«

»Rhode, Sie leben von meinen Steuergeldern, und Sie werden mit Ihrer kleinen SoKo die Hintermänner des Mordes ausfindig machen«, unterbrach ihn der Intendant schneidend. »*Schnell!* Haben Sie mich verstanden?«

»Herr Wolke, ich muss Sie ...«

Er machte einen Schritt auf Rhode zu, die Zigarette im Mund. Die glimmende Spitze schwebte eine Fingerlänge vor seinem Gesicht. »Sie finden mir diese Arschlöcher! Vom Mann, der meinen Sohn umgebracht hat, bis zu den Hintermännern. Sollte Ihnen das *nicht* gelingen, sorge ich dafür, dass sich Ihr berufliches Leben und das Ihrer SoKo-Kollegen gravierend zum Schlechten verändert. Meine Verbindungen gehen weit über Sachsen hinaus, bis ins Bundesinnenministerium.« Er sog am Mundstück, die Wärme der Glut traf den Kommissar ins Gesicht. »Wenn Sie möchten, verstehen Sie das als Drohung. Schieben Sie es auf meinen emotional angegriffenen Zustand, Rhode.« Er gab ein Zeichen, und das Tor zur Katharinenstraße öffnete sich surrend. »Fragen Sie meine Freunde und meine Feinde: Ich halte meine Versprechen, Kommissar.« Wolke wandte sich um und ging die Stufen zum Nebeneingang hinauf. »Jetzt ziehen Sie los und machen Sie Ihren Job.« Dann verschwand er durch die Tür.

Rhode schluckte. Bebte. Wandte sich behutsam um und rammte die Fäuste mehrmals in die Manteltaschen; dabei stellte er sich vor, es wäre das Gesicht des Intendanten.

Eine Standpauke, darum war es gegangen. Keine *Aus*sage, sondern eine *An*sage, das hatte Wolke ablassen wollen, um den Kommissar zu beeindrucken und gleichzeitig unter Druck zu setzen. Nicht subtil und genau das, was Rhode befürchtet hatte, seit die Identität der Leiche klar war. Das Arschloch von einem Vater würde ihm die größten Schwierigkeiten machen, weil seine Präsenz über allem schwebte.

Wütend stampfte er über das Pflaster und verließ den Katharinenhof. Das Tor schloss sich bereits, noch während er über die Schwelle ging. Der Rauswurf war perfekt.

Wie viel bundesweiten und politischen Einfluss Wolke besaß, interessierte den Kommissar nicht. Sollte der Intendant mit seinem Gehabe erkennbar Einwirkung auf die Ermittlungen nehmen, würde er sich beim Präsidenten oder beim Ministerium beschweren. Er räumte Wolke noch eine Schonzeit ein, um die Geschehnisse zu verarbeiten. So lange wollte er die Anfälle von Drohgebärden und Einschüchterungsversuchen ignorieren.

Rhode stand unter dem hellgrauen Leipziger Himmel, plötzlich wieder umringt von gutgelaunten Einkaufspassanten.

Von irgendwoher roch es nach frisch gemahlenen Kaffeebohnen. Es war ein sehr warmer, sinnlicher Duft, der bei all dem Grau und dem Ärger über den Intendanten eine tröstende Wirkung hatte.

Rhode bekam unwiderstehliche Lust auf einen Espresso, einen lang und schmerzlich vermissten Espresso.

Ganz in der Nähe, in der Kleinen Fleischergasse, befand sich der Coffe Baum, der ganz nett eingerichtete Café-Zimmer zu bieten hatte. Danach war ihm jetzt: Espresso und ein Stück Schokoladentorte. Auch wenn er danach durchdrehen würde – es musste einfach sein. Es ging nichts über einen ultimativ kräftigen Einspänner.

Doch trotz Espressokur und Kuchenbehandlung: Der Ärger über Wolke blieb.

Und zwar den ganzen Tag.

***

Leipzig, Johannapark, 24. Oktober

»Wieso hast du mir nichts gesagt?« Rhode lief neben Ares her und konnte es nicht fassen. Beide trugen Sportklamotten, der Kommissar in Grau-Weiß, sein Begleiter in Schwarz; in zügigem Tempo trabten sie durch den abendlichen Johannapark.

Beim Hauptkommissar drehte es sich mehr darum, sich auszupowern und sich dem Bewegungsdrang zu ergeben. Die Endorphinausschüttung war gut. Eine Stunde Badminton hatte er bereits hinter sich. Währenddessen stemmte Ares üblicherweise im Fitnesscenter nebenan Eisen wie kein zweiter Mensch in der Stadt, danach stand die gemeinsame Runde der sehr unterschiedlichen Freunde durch den Park an. Bei jedem Wetter, zu jeder Jahreszeit.

»Ich hatte es vor, wirklich«, erwiderte der Hüne und sprang über einen Hund hinweg, der plötzlich aus dem Gebüsch aufgetaucht war. Erschrocken kläffte der Vierbeiner auf und duckte sich. »Aber ganz ehrlich: Wolke ist alt genug, um zu entscheiden, wann er die Polizei einschaltet.« Beim Sprechen verwandelte sich sein Atem in weiße, blasse Wölkchen.

»Du hättest dich als Geldbote einsetzen lassen?« Rhode sprach absichtlich mit scharfem Unterton und wunderte sich über die Reflexe sowie über die Leichtigkeit, die den Bewegungen seines Freundes innewohnten.

»Sobald die Entführer sich gemeldet hätten, wäre eine SMS bei dir eingegangen, Pitt.« Ares meinte es ernst, das konnte man hören. »Aber wir saßen rum, und es geschah nichts. Bis der Polizeipräsident persönlich durchläutete und verkündete, dass man den Sohn gefunden habe.«

»Das sagte dir Wolke einfach so?«

»Tzschaschel erzählte es mir, als wir die Million zur Bank zurückbrachten. Ich musste zu Beginn des Telefonats rausgehen.« Ares zog eine schwarze Wollmütze aus der Hoodytasche und setzte sie auf seine dampfende Glatze. Es sah aus, als würde ein Promi mit seinem Bodyguard einen Lauf durch den Park machen.

Sie trabten über die kleine Brücke und schreckten einen Kormoran auf, der sich auf dem Geländer niedergelassen und den Teich beobachtet hatte. Majestätisch zog er davon und landete neben dem Schilfgürtel. Von den in der Nähe probenden Feuerspuckern ließ er sich nicht weiter stören.

Rhode atmete die kalte Luft durch die Nase ein, roch den Qualm und feuchtes Gras. Allmählich fühlte er sich müde und abreagiert genug, um nach Hause zu fahren und niemandem mit seiner Aufgekratztheit auf die Nerven zu fallen.

Rhode hatte seinem alten Freund am Telefon alles über den Fall erzählt. Bei ihm war jedes Geheimnis sicher, und zudem hegte er die Hoffnung, dass Ares Kontakte besaß, über die er mehr erfahren konnte als die Polizei. »Der Mörder wird sich mit seiner Tat brüsten wollen, meinten die Psychologen. Sobald er damit angibt, so nach drei Bier oder vier Schnäpsen … meinst du, du kannst dich umhören?«

Ares überlegte kurz. »Du weißt, dass ich mit den *Heaven's Demons* nichts mehr zu schaffen habe.«

»Ach die?«, erwiderte Rhode unschuldig. »An die dachte ich gar nicht mal.« Das war allerdings geflunkert. Selbstverständlich hatte er den Motorradclub im Hinterkopf gehabt.

»Sondern?«

»Ich habe gehört, dass du einen Nachtclubchef unter deinen Kunden haben sollst. Er plaudert doch bestimmt mal von Mann zu Mann mit seinem Personal Trainer. Sollte dabei ein Hinweis abfallen …« Er sah zum Hünen. »Tu mir den Gefallen. Wir tappen komplett im Dunkeln.«

»Die SpuSis haben nichts?«

»Nichts, was sie nicht hätten finden sollen. Keine DNA vom Täter, auch nicht an den Blättern. Er machte sich die Mühe, die französischen Briefe mit der Originalhandschrift nachzuahmen. Nur die Botschaft mit dem Totenblick stammt aus dem Laserdrucker. Ein gängiges Modell. Von denen gibt es Tausende.«

»Der alte Wolke macht euch die Hölle heiß?«, nahm Ares zu Recht an.

»Dem Polizeipräsidenten, und der macht uns die Hölle heiß«, antwortete Rhode seufzend und blieb in einer Ausbuchtung des Weges stehen, um Dehnübungen zu absolvieren; sein Freund tat es ihm nach. Er erinnerte sich an die unangenehme Unterredung mit dem Intendanten. Beeinflussen ließ er sich von dessen Drohungen nicht, aber er stellte sich auf weitere fiese Querschüsse ein. »Eine Woche scheuche ich Anke und Lackmann durch die Gegend, lasse sie Nachforschungen anstellen, aber es findet sich nichts«, erklärte er dabei. »Anfangs glaubten wir, es gäbe einen größeren Zusammenhang.«

»Du meinst, dass jemand seinen Vater treffen wollte?«

»Ja. Der alte Wolke ist ein harter Hund, der sich viele Feinde gemacht hat, im Opernhaus und in der Politik. Er gab mir eine Liste mit seinen Lieblingsfeinden, die ich zur Sicherheit checken ließ. Aber es sieht nach Nieten und nicht nach dem großen Los aus. Selbst ich hasse ihn, und ich habe höchstens zehn Minuten mit ihm gesprochen.«

»Tröste dich: Ich auch.«

»Na, der Mann hat es drauf.« Rhode beugte sich nach vorne und berührte die Zehen mit den Fingerspitzen; in seinem Rücken knackte es laut. »Inzwischen nehme ich an, dass sein Sohn bei aller Prominenz ein Zufallsopfer war. *Zufall,* weil er unglücklicherweise diesem Marois auf dem Bild glich. Es spielte keine Rolle, wessen Sohn er war.«

Ares grinste. »Du meinst Marat.«

»Fang du auch noch an wie Anke. Alle Welt verbessert mich, obwohl jeder weiß, was ich meine«, fauchte Rhode und nahm das Laufen wieder auf. »Jedenfalls: Seit einer Woche ist es ruhig. Kein neuer Mord, was meine größte Sorge war, keine Anrufe. Nichts. Allerdings können wir die Presse nicht mehr lange hinhalten. Vor allem Baum-Schmidtke. Sie wittert, dass es mit der Krankheit des Pianisten was anderes auf sich hat.«

»Ich weiß. Wolke bot mir über seinen Kumpel Tzschaschel Geld, dass ich der Reporterin einen Besuch abstatte, um sie zu *bremsen,* wie er es nannte«, kommentierte Ares kühl und schloss zu ihm auf.

»Im Ernst?«

»Ja, im Ernst. Ich sollte sie mit dem Riemen ihrer Kamera verprügeln.« Er grinste. »Nun, die Summe stimmte nicht. Du kannst dir also denken, dass mich Wolke auch mal zu dir schicken und noch ein paar Scheine drauflegen wird. Keine Sorge, ich sage dir vorher Bescheid. Von dem Geld gehen wir dann fein essen.«

Die Männer lachten und liefen eine Weile schweigend nebeneinander her; jeder hing seinen Gedanken nach.

Rhode dachte daran, ob er mit seinem Freund noch durch den Park traben würde, wenn der seine Karriere bei den *Heaven's Demons* fortgesetzt hätte.

Ares stand einst recht weit oben in der Hierarchie, hatte sich auf verschiedenen Wegen Respekt verschafft, wobei ihm sein Grips und weniger seine Muskeln die besten Dienste geleistet hatte.

Er wusste, dass sein Freund an den Planungen von Verbrechen beteiligt gewesen war, doch beweisen konnte man nichts.

Rhode wollte es auch gar nicht. Die Fälle lagen in der Vergangenheit, und doch galten die vier Überfälle auf die Banken und Geldtransporte als spektakulär und waren bis heute ungelöst. Gelegentlich nahmen junge ehrgeizige Kollegen die Akte in die Hände, gaben es bald wieder auf. Die *Demons* waren zu clever vorgegangen – dank der Arbeit von Ares, dem sie den internen Chapternamen *Profi* gegeben hatten. Profi stand sowohl für Professor, weil er studiert hatte, wenn auch ohne einen Abschluss, als auch für Leon aus dem gleichnamigen Film.

Aber die Liebe hatte seinen Werdegang beim Motorclub beendet: Er verknallte sich in die Frau des *President*, wie der Anführer genannt wurde, und gab sein Bikerdasein auf. Nicht für sie, um mit ihr durchzubrennen, sondern wegen ihr und um sich von ihr fernzuhalten.

Das erhöhte sogar noch die Achtung, die er innerhalb

der *Demons* erfuhr. Auch der *President* schwor keine Rache. Inzwischen hatte er eh eine andere Gespielin.

Rhode betrachtete den Hünen von der Seite, der den Blick aus den grünen Augen nach vorne gerichtet hatte und vielleicht gerade über den Mord an dem jungen Mann nachdachte. Ein Freigeist, der sicherlich ein guter Kriminaler geworden wäre. Doch die Bürokratie und die engen hierarchischen Strukturen hätten ihn aus dem Beruf gedrängt.

Rhode konnte ihn nur bewundern. Ares blieb sich treu: Sobald er sich nicht mehr wohl fühlte und der Überzeugung war, dass sich keine Besserung einstellte, ließ er es bleiben: Berufe, Beziehungen, Orte. Seine Maxime lautete: »Lebe. Warum quälen?«

Verantwortung übernahm er dagegen schon, kümmerte sich um seine drei Töchter und seine Ex-Frauen. Rhode kannte niemanden, der drei Eheringe trug, obwohl er von allen Damen geschieden war. Ares betrachtete es als Warnung, beim nächsten Mal endlich alles richtig anzugehen und besser zu machen.

»Habt ihr im Internet nachgeschaut?«, sagte Ares unvermittelt.

»Inwiefern?«

»Ob der Mörder eine Website für seinen Mord gebastelt hat«, teilte er seine Überlegungen. »Du meintest bei unserem Telefonat, die Psychologen sind der Meinung, dass er Aufmerksamkeit für seine zweifellos handwerklich gute Arbeit will, die ihr ihm aber bisher verweigert habt. Die Öffentlichkeit weiß weder etwas vom Tod des Pianisten noch von der Art, wie der oder die Täter ihn herrichteten. Das bedeutet meiner Meinung nach: Wenn ein zweiter Mord geschieht, wird er dieses Mal zuerst die Presse anrufen oder sich einen anderen Weg suchen, um seine Würdigung zu erhalten. Internet. Da ist Platz für alle kranken Spinner dieser Welt.« Ares sah ihn an. »Abgesehen davon: Was ist mit dem Hinweis auf den Totenblick? Offenkundig will er sich mit euch Spielchen liefern.«

»Ja, ich weiß. Ziemlich perfide, wie ich fand.«

»Ist jemandem was geschehen?«

»Nein. Gott sei Dank. Wir haben den beiden Streifenbeamten und den SpuSis gesagt, sie sollen die Augen offen halten. Keinerlei Anzeichen, dass man es auf sie abgesehen hat. Der Schreck hat sich gelegt.«

»Ich höre mich um, Pitt«, versprach Ares, als sie auf eine Gabelung zuhielten. »Einer meiner Kunden könnte Hinweise beisteuern, wenn ich ihn lieb frage. Aber sollte ich Geld für die Infos bezahlen müssen, bekomme ich es von *dir* zurück! Mir egal, welche Kostenstelle du dafür bei deiner SoKo erfindest.«

Rhode lachte kurz. »Danke.«

»Keine Ursache. Immerhin habe ich schon vor dir von dem Fall gehört. Also betreue ich ihn gerne ein bisschen mit.« Er grüßte mit einer Armbewegung und schwenkte nach rechts. »Nächste Woche wie immer?«

»Klar.« Rhode winkte ebenfalls und trabte nach links. »Hast du noch einen Kunden heute?«

»Nein. Nur Privattermine. Meine Schwester hat mir eine Rückführung zum Geburtstag geschenkt. Ich erzähle dir dann, ob ich mal eine Jungfrau auf einer Burg oder ein armes Schwein bei der Völkerschlacht gewesen bin.«

»Du wärst ein ziemlich erfolgreicher Soldat gewesen.«

»Genau, und alle hätten auf mich geschossen, weil sie sich vor mir fürchteten. Irgendein Unsinn wird schon dabei herauskommen, über den wir bei einem Schwarzbier herzhaft lachen werden.« Er sprintete los.

Rhode schüttelte den Kopf und schwenkte auf seinen asphaltierten Weg, auf dem niemand just außer ihm sonst unterwegs war. Lediglich der Verkehrslärm der vorbeirollenden Autos brandete durch den grünen Streifen, aber Sicherheit vermittelte er zwischen den dunklen Bäumen und Büschen nicht.

Der Hauptkommissar hatte kein gutes Gefühl und wandte den Kopf. Unvermittelt fühlte er sich beobachtet.

Doch da war nichts – außer ihm, dem Wind in den Bäumen und einer leeren weißen Plastiktüte, die leise raschelnd gegen seinen Fuß wehte, bevor sie wie eine Qualle aufgebläht weiterrollte.

Mit einem Keuchen blieb Rhode stehen, drehte sich um die eigene Achse und ließ den Blick aufmerksam schweifen.

Der Eindruck, nicht allein zu sein, verließ ihn nicht. Das Unterholz und die Dunkelheit boten einem Verfolger jede Menge Möglichkeiten, unentdeckt zu bleiben.

Der Drang, sinnloserweise »Hallo?« zu rufen, erwachte in ihm.

Erst als zwei Radfahrer am anderen Ende auftauchten und mit ihren klapprigen Drahteseln rasch zu ihm aufschlossen und zittrige Lichtstrahlen aus den Lampen auf den Weg warfen, schwand sein Unbehagen.

Rhode ging zügig weiter und freute sich auf den Schutz seines Wagens. Immerhin hatte Armin Wolke auch ihn angesehen. Totenblick.

❖❖❖

KAPITEL 3

Leipzig, Zentrum, Hauptbahnhof, 2. November

Der hat angefangen!«, schrie der Punk in den engen Hosen und mit der zerfetzten Lederjacke. »Hat mir aufs Maul gehauen und meinen Hund getreten! Da habe ich ihn geboxt.« Sein Iro hing gefährlich zur Seite, klappte aber nicht vollkommen auf den ansonsten stoppligen Schädel um.

»Die Sau hat mich beklaut!«, grölte der bärtige Obdachlose zurück, der wie sein Gegner extrem nach Alkohol roch; aus einer kleinen Platzwunde an der Wange rann Blut. Seine Kleidung bestand aus einem Sammelsurium abgetragener Klamotten. »Ich zeig den an! Fünf Euro fünfundzwanzig Pfandgeld, die Sau!«

»Gar nicht wahr, Opa! Du lügst ja!«

Um die beiden hatte sich ein Grüppchen aus zeitlich begrenzten Punk- und Obdachlosen-Freunden gebildet, die sich gegenseitig beschimpften und Partei ergriffen. Die Hunde der Punks bellten aufgeregt dazwischen; dazu erklang das mittelgute Schifferklaviergespiele eines Straßenmusikanten, der am Anfang der Nikolaistraße stand. Es schien, als lieferte er den Soundtrack zum Geschehen – ein Medley aus Volksliedern.

Den Streithähnen gegenüber war ein Stand von Bibeltreuen vor dem Bretterzaun der Baustelle aufgebaut, dessen Aktivisten sich aber vornehm zurückhielten. Ganz so christlich war man dann doch nicht, um sich schlichtend zwischen die Schreihälse zu werfen.

Polizeimeister Markus Hammer, 26 Jahre, stand zwischen den verfeindeten Parteien, eine Hand lässig an seinem Schlagstock, was ausschließlich seiner eigenen Beruhigung galt und keine Drohung bedeutete. Er kannte diese absurden Szenerien. »Ruhig. Wir beruhigen uns. Ist doch ein zu schöner Tag, um sich aufzuregen.«

»Dann gibst du mir die fünf fünfundzwanzig, Meister?«, heulte der Obdachlose, dem schon ein paar Zähne fehlten. Ob mangels Pflege oder als Folge von Schlägereien, das ließ sich durch einen kurzen Blick auf die Lücken nicht nachvollziehen.

»Nee, so war das nicht gemeint.« Hammer lachte freundlich. »Wir schauen mal, wie wir das lösen.«

»Die Sau soll mir meine fünf fünfundzwanzig geben!«, schrie der ältere Mann und wollte sich auf den Punk stürzen, der lachend nach hinten hüpfte und ihm die Mittelfinger entgegenstreckte.

Touristen, die rollkoffernd an ihnen vorbei in Richtung Hauptbahnhof strömten, blickten kurz herüber. Einheimische, die das Spiel kannten, interessierten sich gar nicht mehr für die üblichen Auseinandersetzungen, die sich regelmäßig am kleinen Grüngürtel vor der Hotelfront abspielten. Sie gingen einfach weiter.

Unmittelbar schräg neben Hammer stand Polizeiobermeister Erwin Herold und behielt die Gruppen im Auge, falls sich einer entschließen sollte, auf die Gesetzeshüter loszugehen. Die zwei wurden von Kollegen *Das Model und der alte Mann* genannt.

Seine Nerven waren weniger gut als die seines jungen Streifenpartners, den er für seine Gelassenheit und Umsicht bewunderte. Er hätte den beiden nervenden Idioten einmal den Knüppel übergezogen und sie vom Platz gejagt. Der dunkelhaarige Herold war bekennender Hardliner und fürs Durchgreifen bei Einsätzen verantwortlich, sein blonder Gegenpart für den Charme und Deeskalation. Die Kombination aus den beiden erwies sich als effektiv.

Die Beamten trugen die dunkelblauen Uniformen, eine Koppel um die Hüfte mit allen möglichen Ausrüstungsgegenständen und den Pistolen sowie kugelsichere Westen zum Eigenschutz.

»Komm mal her, Meister«, sagte Hammer jovial zum beschuldigten Punk. Dann deutete er auf die nahe Baustelle und den Kran. »Da oben hat die Firma Überwachungskameras installiert, um ihr Eigentum zu schützen. Ich bin mir sicher, dass der Winkel groß genug ist, um auch den Platz hier zu erfassen.«

Der Punk verlor seine gute Laune und steckte die Hände in die karierten Hosentaschen. »Ja, und?«

»Wenn du dem Mann seine fünf fünfundzwanzig geklaut hast, können wir das mit der Kamera rausfinden.«

»Ist das nicht illegal?«, rief eine Punkerin motzig.

»Scheiß Überwachungsstaat! Deutschland verrecke!«, schrie ein anderer Punk, der nagelneue Adidas-Turnschuhe trug. »Deutschland verrecke!« Gleich darauf skandierte die ganze Gruppe den Spruch.

Herold musste sich zusammenreißen, keine Antwort darauf zu geben. Diese jungen Leute saßen fast jeden Tag herum, schnorrten die Leute an und kehrten irgendwann zu Mutti in die Bude zurück, um sich mit dem Geld einen schönen Abend zu machen. Er hatte die neuen Treter an den Punkerfüßen sehr genau gesehen. *Schmarotzer,* dachte er. Da waren ihm die Obdachlosen, im Beamtendeutsch *Randständige* genannt, und die Straßenkünstler lieber.

»Ja, ja, Deutschland verrecke«, sagte Hammer locker und schob sich die Mütze in den Nacken. Er sah aus wie ein Junge, der sich als Gesetzeshüter verkleidet hatte, oder wie der Stripper beim Junggesellinnenabschied. »Jemand sollte dem Mann hier sein verschwundenes Pfandgeld wiedergeben, bevor es wirklich zu einer Anzeige wegen Körperverletzung kommt.«

Die Obdachlosen applaudierten.

Der Punk zog eine Handvoll Münzen aus der Tasche und warf sie dem Bärtigen vor die Füße. »Da haste dein Scheißgeld. Das habe ich nur gemacht, weil du uns die Pfanddosen geklaut hast«, sagte er zornig. »Pass besser auf. Das nächste Mal bekommst du es vielleicht nicht mehr zurück.«

Der Obdachlose klaubte die etlichen kleinen Münzen auf. »Du Sau«, rief er, aber es gab nur Spott von den Punks, die ihre Sachen zusammenpackten und Richtung Bahnhof verschwanden.

Hammer und Herold zogen sich ebenfalls zurück. Sie streiften ihre Lederhandschuhe ab, um sich am mobilen Wurststand neben dem Infocenter der Verkehrsbetriebe ihr Mittagessen zu kaufen. Der Polizeiobermeister gab die Thüringer aus.

»Das war für deinen Einsatz, junger Kollege«, sagte Herold lobend. »Gut gemacht, wirklich. *Ich* könnte das nicht.«

»Ich weiß.« Hammer biss ein Stück ab und jonglierte es

im Mund, weil es zu heiß war, um es zu kauen. »Wei du au wiho?«, fragte er undeutlich und bekam einen roten Kopf, schluckte und griff sich an den Hals. »Scheiße, is das heiß!«

»Nein.«

Hammer ließ sich vom Verkäufer rasch eine Cola geben, mit der er nachspülte. »Du hast keine Kinder.«

»Verstehe ich nicht.« Herold aß langsamer und beobachtete die Obdachlosen, die sich weg vom Platz unter die Bäume verzogen. Sie diskutierten miteinander, aber es sah friedlich aus. Die Punks waren schon im Menschenstrom verschwunden; gelegentlich hörte man sie aber noch »Deutschland verrecke!« oder »Wir wollen keine Bullenschweine!« rufen. Sie würden sich garantiert vorm Bahnhof niederlassen, um mit den Pappbechern auf erneute Schnorrertour zu gehen. Sie konnten charmant sein, wenn sie wollten. Nur nicht zu Beamten.

»Das ist reiner Kindergarten. Mein Neffe versucht auch ständig, seine Eltern herauszufordern und zu provozieren. Die Punks machen nichts anderes.« Hammer grinste und zog die Mütze ab. Seine blonden Haare leuchteten auf, eine Locke sprang aus dem Verbund und baumelte über das Ohr. »Und die sind sehr froh, in Deutschland zu leben. Lass die das mal in Russland machen. Nächster Halt: Sibirien.«

Herold gab lachend Senf auf seine Wurst. »Kann sein. Aber ich würde meinem Kind eine scheuern, wenn es mich absichtlich reizt.«

»Das ist verboten, Herr Kollege!«

»Ich weiß. Hätte denen aber in ihrer Jugend auch nichts geschadet.«

Hammer lächelte nur diplomatisch und beließ es dabei.

Es ergab keinen Sinn, mit dem Polizeiobermeister darüber zu diskutieren. Jeder der beiden hatte seine Spezialkompetenz und seine Spezialansicht. Für ihn war nicht jeder Punk automatisch ein Asozialer. Es gab etliche unschöne Schicksale darunter.

Sie verzehrten ihr Mittagessen, sprachen über die bevorstehende Woche und die Dienste und das Fußballspiel von Lok Leipzig, das wieder für Arbeit und Unruhe sorgen würde.

Dann wurde es an der Tramhaltestelle plötzlich laut. Auf das Lachen und »Deutschland verrecke« folgte ein vielstimmiges aggressives »Deutschland! Deutschland!«.

Das bedeutete: Links traf auf rechts.

Hammer trank hastig seine Cola aus und wollte los.

»Halt mal«, bremste ihn Herold und hielt ihn am Arm fest. Er kannte das Engagement des jungen Kollegen, das manchmal einer gewissen Dosierung bedurfte. »Es hat noch keiner um Hilfe gerufen. Lass die das mal untereinander regeln.«

»Du weißt, wie das enden kann. Wenn die Rechten das *regeln*, kann ich den Punk von der Feuerwehr unter der Tram rausziehen lassen«, hielt der jüngere Polizeimeister dagegen, setzte die Mütze auf und machte sich los. »Es wäre schön, wenn du mitkommst«, sagte er sarkastisch und eilte durch die Pendlerschar zum Tram-Bahnsteig.

Der Wurstverkäufer sah Herold an, der Blick ein einziges Statement.

Genervt seufzend ging der Obermeister los, zog die Handschuhe an und nahm seinen Teleskopschlagstock aus dem Holster. Je nachdem, wie die Seiten drauf waren, konnten Messer gezogen werden und Flaschen zum Einsatz kommen. Bevor er eine Klinge durch eine Lücke in der Weste zwischen die Rippen bekam, drosch er präventiv zu.

Außerdem hatte er die Nachricht noch genau im Ohr, die man ihm von der SoKo zugestellt hatte.

DOCH
HÜTE DICH
VOR DEM
TOTENBLICK.
ERFASST ER DICH,
GIBT'S
KEIN
ZURÜCK!

Herold hatte eine halbe Stunde überlegt, wer den Toten in der Gorkistraße zuerst gesehen hatte und wer von ihnen aus dem Schneider sein konnte. Es gab leider keinen Hinweis darauf, ob es egal war, ob man als *Erster* oder *generell* von der Leiche angeschaut werden musste, um den Totenblick zu kassieren.

Jedenfalls war er seitdem angespannter als sonst. Selbst zwei Wochen nach dem Fund von Armin Wolke noch, was natürlich Unsinn war. Der Mörder des Jungen spielte dümmliche Streiche.

Das Ärgerliche: Es wirkte trotzdem.

Vom Bahnsteig waren nun aufgebrachte Rufe zu hören.

»Polizei«, rief er deutlich und setzte seinen Schlagstock ein, um Menschen zur Seite zu schieben. »Lassen Sie mich durch!« Herold bahnte sich einen Weg durch die Schaulustigen.

Hammer stand schützend über einem zu Boden gegangenen Punk. Mit dem Stock in seiner Linken hielt er zwei muskelbepackte junge Männer mit Glatze und Panzerketten um den Hals auf Abstand.

Das Duo lachte und machte sich einen Spaß daraus, nicht zu gehen, und ignorierte auch die Anweisungen, den Personalausweis zu zeigen. Der Kleidung nach gehörten sie ins rechte Spektrum. Der vordere von ihnen hatte Blut an den Fingerknöcheln, der Ellbogen seines Kumpels war stark gerötet.

Herold fackelte nicht lange. Er holte aus und schlug dem ersten Glatzköpfigen mit Kraft von hinten in die rechte Kniekehle, so dass er aufschreiend einknickte. »Bleib unten und hol deinen Ausweis raus, wie man es dir gesagt hat«, zischte er und zeigte mit dem Stockende auf dessen Begleiter. »Auf die Knie und langsam den Ausweis rausholen«, befahl er drohend.

»Ist doch nur ein Scheißpunk«, versuchte der Stehende den Angriff herunterzuspielen.

»Ist mir egal. Er hat die gleichen Rechte wie ihr.« Es kostete Herold Überwindung, diese Worte auszusprechen, aber so war es nun einmal. »Und wenn ihr ihn grundlos angreift, hat das Konsequenzen.« Er hob langsam den Schlagstock.

»Ja, ist ja gut, Bulle.«

Wütend reichten die Rechten ihre Ausweise zu Herold rüber, der sie gleich einsteckte. »Schön. Krankenwagen und Verstärkung sind unterwegs?«, fragte er den Polizeimeister, der leicht an Farbe verloren hatte. Das war eine Situation, die ihm keinen Spaß machte und die sich weder mit Charme noch mit einem Lächeln lösen ließ.

»Ja. Ich tippe auf eine Gehirnerschütterung.«

»Nee. Kann nicht sein. Da ist nischt zu erschüttern«, wieherte der kniende Glatzkopf, und sein Kumpel feixte rotzfrech.

Herold teilte dessen Meinung, aber so durfte man in Deutschland einfach nicht mit Andersdenkenden umspringen. »Schnauze halten«, raunzte er sie an und hob den Stock. »Sonst erkenne ich doch noch deutliche aggressive Tendenzen, denen ich aus Selbstschutz zuvorkommen muss.« Dann forderte er die Schaulustigen auf weiterzugehen.

»Is ja gut, Bulle. Wir sind friedlich«, beteuerte der Knieende.

Herold bedauerte es, dass die Bezeichnung »Bulle« nicht mehr als Beleidigung ahndungswürdig war. Ein Gericht hatte festgestellt, dass *Bulle* in den normalen Sprachjargon übergegangen war. Sehr ärgerlich für seinen Job. Andererseits: lieber Bulle als Ochse.

Sirenen aus der Ferne verkündeten das Nahen von Rettungs- und Streifenwagen.

Nach zehn Minuten hatte der Spuk ein Ende: Der bewusstlose Punk war eingeladen und wurde nach einer kurzen Untersuchung zur Beobachtung ins Krankenhaus gebracht, die beiden mittlerweile kleinlauten Rechten waren zur Vernehmung in die nächste Wache verfrachtet worden. Dank der Bilder von den Überwachungskameras der Verkehrsbetriebe würde der Fall schnell und einfach geklärt sein.

Hammer und Herold blieben vorerst auf dem Bahnsteig und fragten nach Zeugen, die etwas zum Ablauf der Geschehnisse sagen konnten. Das Gewühl auf dem Tram-Bahnsteig hatte wieder das übliche Ausmaß.

Zwei Mutige fanden sich, die zu Protokoll gaben, dass

sich die Beteiligten erst gegenseitig angepöbelt, dann geschubst hatten. Dann sei alles ganz schnell gegangen, und der Punk lag am Boden.

Herold dachte an seine Beobachtungen bei den Rechten. Er tippte auf einen Schlag mit der Faust gegen das Kinn, gefolgt von einem Ellbogencheck. Wer angefangen hatte und ob der Punk vielleicht zuerst zuschlagen wollte, ließ sich aufgrund der Zeugenaussagen nicht herausfinden. Blieben noch die Überwachungskameras. Nach dreißig Minuten hatten sie alles Wesentliche aufgenommen.

Eine Tram rollte heran und fuhr an dem langen Bahnsteig entlang bis nach vorne, die Menschen drängten sich. Die meisten warteten auf die Linie 3, die laut Infotafel als Nächstes kommen sollte. Die Polizisten standen mittendrin.

Hammer wandte sich zu seinem Kollegen. »Dieses Mal muss *ich* sagen: gut gemacht.«

»Danke. Ich hatte keine Lust auf eine lange Diskussion. Den Schlagstock verstehen sie alle.« Herold blickte ernst drein. Er war genervt. Wie viel Zeit er schon bei seinen Einsätzen mit diesen Streitereien vergeudet hatte.

Laut klingelnd rauschte die Linie 3 heran, und die Passagiere drängten sich noch weiter nach vorne.

Da bekam Herold aus der Menge heraus einen festen Stoß gegen seine kugelsichere Weste, der ihn in dem Moment auf das Gleis beförderte, als sich Mensch und Maschine fast auf gleicher Höhe befanden.

Das Kreischen der Trambremsen und das der Leute vermischte sich.

❈❈❈

Leipzig, Zentrum-Ost, 2. November

Ares hielt seinen Smart in der Straße namens Rabet an, stieg aus und betrachtete die heruntergekommene Fassade des Mehrfamilienhauses, das sich gegenüber eines Parks erhob.

Er hielt nicht viel von mystischen Themen. Die Begeisterung für romantische und unromantische Vampire hatte er nie verstanden, und das Okkulte an sich fand er ziemlich lächerlich, egal ob es Zombies, Feen, Geistererscheinungen oder Dämonen betraf.

Das galt ebenso für alles Religiöse, weil er mit dem Glauben an höhere Wesen nichts anfangen konnte.

Während seiner Zeit bei den *Heaven's Demons* hatte er viel gesehen und getan, bei dem mindestens *ein* Gott hätte eingreifen müssen, um Dinge aufzuhalten. Aber da nichts geschehen war, hatte Ares das bisschen Restglaube abgelegt.

Bislang nahm er keinen Schaden deswegen. Keine Flüche, Krankheiten oder Häufungen ungesunder Begebenheiten. Dass er schon drei Ehen in den Sand gesetzt hatte, zählte er nicht. Es lag an ihm. Die drei Ringe an seiner linken Hand erinnerten ihn unablässig daran.

Das wird gleich lustig. Ares schloss den Smart ab und ging zur Haustür, neben der sich mehrfach überschriebene, stark verwitterte Klingelschilder untereinander reihten: russische Namen, ein paar asiatische und zwei deutsche darunter, die wiederum nach Osten klangen und auf -laff oder -ow endeten. Manche Felder waren komplett unbeschriftet.

Seine Skepsis hatte er im Auto lassen wollen, doch es gelang ihm einfach nicht.

Gleich würde ein Experiment beginnen, von dem er im Voraus wusste, wie es endete: Er saß lachend in einem Sessel oder lag grölend auf seinem Sofa, während die Dame, die er gleich traf, beleidigt aus dem Zimmer rauschte, weil nichts, richtig, NICHTS geschehen würde. Da konnte sie noch so sehr Pendel schwingen, ihm in die Augen sehen oder rückwärts zählen.

Sein Smartphone piepste. Eine Nachricht war eingegangen.

Ares zog es aus der Tasche seiner schwarzen Lederhose.

Charlotte, seine sechs Jahre ältere Schwester, wünschte ihm viel Spaß bei ihrem Geschenk, das er schon zu seinem 40. bekommen hatte. Sie wollte danach unbedingt alle Einzelheiten wissen und was er alles erlebt hatte.

Ich komme danach auf einen Kaffee vorbei, simste er zurück und drückte dabei die Klingel, hinter der *Flatow* geschrieben stand. *Und ich nehme auch gerne von deinem Kuchen.*

Gleich darauf summte es, und Ares drückte die Tür auf.

Charlotte, seine große Schwester, die durch ihre Statur jeden normalen Mann einschüchterte. Sie hatte sich dem Traditionsbäckerhandwerk verschrieben, zusätzlich noch Konditor und Feinbäcker gelernt und versorgte die Menschen in der Südvorstadt mit Brot, Kuchen und süßen Sünden. *Laib mit Seele*, nannte sie ihren kleinen Laden in der Arndtstraße, das dazugehörige Café hieß *Laibspeise*.

Damit trotzte sie den SB-Filialisten, deren sogenannte Brötchen zwar nur ein paar Cent kosteten, aber geschmacklich irgendwo zwischen Schwamm und Zeitung lagen. Charlotte nahm dreißig Cent aufwärts, aber dafür waren ihre Produkte alle selbstgemacht und ohne fertige Backmischungen hergestellt. Welcher Bäcker hatte heute noch eigenen Sauerteig auf Lager?

Charlotte war schräg und unkonventionell. Mitunter dachte sie sich nicht minder schräge Rezepte und Kuchen aus, wie die »Leipziger Leiche« in Anlehnung an das bekannte Backwerk namens »Leipziger Lerche«. Auch die »Räbchen« sahen bei ihr anders aus und erinnerten an Miniaturraben, schmeckten jedoch grandios.

Sie schenkte ihm vor etwas mehr als zwei Jahren eine »historisch-mystische Stunde mit Mariann Flatow«, wie auf dem Gutschein stand. Ein solcher Einfall passte zu Charlotte.

Ares zog den Zipper seines schwarzen Hoodys hoch. Er hatte gehofft, dass Flatow vielleicht in der Zwischenzeit umgezogen oder verstorben war, aber es gab sie noch. Er kam um die Peinlichkeit nicht herum.

Er betrat den schäbigen Durchgang, von dem ein gepflasterter Weg geradeaus in den richtigen Hof führte; rechts ging eine Tür ab zu einem abgesonderten Treppenhaus.

Wieder summte es, und er öffnete den Eingang.

Da es keinen Fahrstuhl gab, eilte Ares die Stufen hinauf und betrachtete es als kleines Zwischen-Workout, das ihn nicht anstrengte. Er war härtere Programme gewohnt. Die Stiegen ächzten leise unter seinen grauen Turnschuhen.

Er nahm den leichten Feuchtigkeitsgeruch wahr, der ihn umwehte. Das Haus müsste dringend saniert werden, die alten Steinwände hatten sich voll Wasser gesogen. Vermutlich besaß der Investor kein Interesse daran, Instandsetzungen vorzunehmen, und hoffte auf einen raschen Auszug seiner Mieter, um das Gebäude danach abzureißen und etwas Einträglicheres wie etwa ein Parkhaus hinzustellen.

Die leicht korpulente Mariann Flatow erwartete ihn bereits an der übergroßen Wohnungstür, wie sie typisch für einen Altbau war. »Ich grrrüße Sie, Cherr Löwenstein!«

Er schätzte sie auf Mitte 60. Sie hatte die silbergrauen Haare leicht antoupiert und trug eine moderne Oma-Kombination: hellbeige Hose, darüber eine fliederfarbene Bluse und eine leichte blassrote Strickjacke. Beim Anblick der Bluse musste Ares an Tzschaschels Sportoutfit denken.

Um ihren erstaunlich faltenfreien, aber wabbligen Hals lag eine Bernsteinkette, an ihren Fingern zählte er sieben dazu passende Ringe. Schon auf dem Treppenabsatz überrollte ihn eine Parfümwelle, die an alten Stoff, besprüht mit Kölnisch Wasser, erinnerte.

»Hallo, Frau Flatow.« Ares fand ihren leicht russischen Akzent charmant. Er schüttelte ihre Hand und hatte sich sofort mit ihrem Geruch angesteckt.

»Chat es eendlich geklappt mit uuns beiden.« Sie bat ihn herein. »Sind Sie neugierig?«

»Bin ich.« Vor allem auf ihre Reaktion, wenn sie an ihm scheiterte. Er schritt an ihr vorbei. »Wohin darf ich?«

»Wochiin Sie wollen, Cherr Löwenstein. Sie mussen sich wohl fuhlen.« Flatow legte die Fingerspitzen zusammen und wartete lächelnd ab.

»Aha.« Ares verspürte keine Lust, ihre Wohnung zu durchstreifen, die vollkommen von ihrem Parfümgeruch getränkt war. Daher wählte er die erste Tür, die nicht nach Badezimmer aussah, und betrat den Raum dahinter.

Er fand sich in einem leicht abgedunkelten, hohen Zimmer wieder, das als Salon fungierte und aus dem 19. Jahrhundert zu stammen schien, so als habe jemand 1895 bei seinem Auszug vergessen, die Einrichtung mitzunehmen.

Stofftapeten mit weiß-rotem Längsmuster, Stuck, ein hoher dunkler Schrank mit Kristallgeschirr, Glasvitrinen mit Porzellantellern, Schubladen, in denen sicherlich Silberbesteck deponiert war. Eine Anrichte mit zwei Kerzenleuchtern, ein Beistellwagen mit verschiedenen alkoholischen Getränken, eine Sitzgruppe, ein offener Kamin mit einer Chaiselongue davor, riesige Fenster mit langen Vorhängen, die das Tageslicht schluckten. Über allem schwebte ein schwerer Kronleuchter mit einzeln herabhängenden Kristallteilen, die durch den Luftzug ins Pendeln gerieten und leise klirrend gegeneinandertickten.

Flatow schob sich an ihm vorbei. »Sehr schön, Cherr Löwenstein«, sagte sie und zog einen Sessel an die Chaiselongue heran. »Kommen Sie. Machen Sie es sich bequämm. Es geht glaich los. Ich chole noch mein Pändel.« Sie huschte hinaus.

Ares sah auf die Bilder an der Wand, die Landschaftsmalerei aus der Romantik zeigten, darunter zwei Repliken von Caspar David Friedrichs bekannteren Werken, dann zwei Familienporträts, von denen niemand Mariann Flatow glich, und nicht zuletzt ein Ölgemälde, das einen gelangweilten Cockerspaniel vor einem Teich mit Schilf und toter Ente im Maul zeigte.

Er setzte sich in den Sessel, weil sie sicherlich damit rechnete, er würde die Chaiselongue wählen. Gut gelaunt wartete er auf ihre Rückkehr und öffnete den schwarzen Hoody, auf den »Laib mit Seele« aufgedruckt war. Er machte gerne Werbung für seine Schwester.

Flatow kehrte zurück und stutzte nicht einmal, als sie ihn auf dem Sessel vorfand. Sie flegelte sich stattdessen auf die Liege, faltete die Hände auf dem Bauch und lächelte

Ares an. »Chaben Sie sich Gedanken gemacht uberr das, was Sie wiessen wollen aus Ihrer Vergangencheit?«

»Nein«, gab er zu und legte nach: »Sie werden bei mir nichts erreichen, Frau Flatow. Wir können das abkürzen, wenn Sie wollen.«

»Ah. Großer Mann denkt, seine Muuskeln chelfen auch chier.« Sie kicherte. »Das chaben schon gaanz andere Leute als Sie geesagt, Cherr Löwenstein.«

»Andere. Ja.« Er grinste. »Pendeln Sie sich mal ein, Frau Flatow. Und wenn ich Ihnen auf den Leim gehe, bekommen Sie ein Leben lang meine Gratisdienste als Personal Trainer.«

Sie runzelte die Stirn. »Was ist Personelldreena, bitte?«

»Jemand, der Sie fit macht.«

Flatow lachte sehr herzlich und wehrte mit beiden Händen ab. »Niet, niet, Cherr Löwenstein, dann nehme ich lieber eine Flasche Wodka. *Guten* Wodka. Nicht unter chundert Euro.«

»Abgemacht.« Er lehnte sich nach hinten, legte die Arme auf die Lehnen. »Was soll ich machen?«

Sie erhob sich und drückte einen Knopf neben dem Kamin. Es zischte und knackte leise, dann schossen bläuliche Flammen aus dem unteren Rost, die mit Gas gespeist wurden. »Schauen Sie chier cherein, Cherr Löwenstein. Immer auf das Feuer, bitte.« Sie stellte sich hinter seinen Sessel.

Mit einem leisen Klingeln fiel ein goldenes Amulett vor seinem Gesicht aus der Luft, wurde von einer goldenen Kette in seinem Sturz aufgehalten, hüpfte, tanzte und drehte sich.

Ares erkannte kyrillische Zeichen, magische Symbole und vier blasse Steine, die Zirkonia sein konnten.

Flatows dunkelbraun lackierte Fingernägel erschienen, hielten das Schmuckstück an, so dass es ruhig und sehr dicht vor seinen Augen schwebte. Das Feuer im Kamin wurde fast davon verdeckt.

»Achten Sie nuur auf meine Stimme, Cherr Löwenstein«, vernahm er ihre sehr leise gesprochene Anweisung, »auf meine Stimme und schauen Sie in die Flammen.«

Das Amulett schwang langsam nach rechts und links, verschwand an den Rändern aus Ares' Gesichtsfeld und kehrte wieder zurück. Die blitzenden Steine zogen im Feuerschein einen Schweif hinter sich her. Auch die Symbole schienen sich bei jedem Vorbeischnurren neu angeordnet zu haben.

»Nicht auf das Amulett«, erinnerte Flatow ihn sanft. »Auf die kleinen Flämmchen. Schauen Sie auf die kleinen Flämmchen. Und chören Sie auf meine Stimme. Sie entspannen sich und folgen dem Klang meiner Worte.«

Ares grinste breit und tat, was sie verlangte, während sie redete und redete.

Anfangs geschah nichts, bis er irgendwann merkte, wie ihn Müdigkeit befiel. Gegen ein Nickerchen hatte er nichts.

Das gleichförmig vorbeiziehende Amulett unterbrach jedes Mal kurz den Sichtkontakt zum Kamin; er schloss immer öfter die Lider und nahm nebenbei wahr, dass sich erstens die Stimme verändert hatte und zweitens die Sprache ins Russische gewechselt war.

Ein Singsang, der ihn gefangen nahm und an seinem Bewusstsein zog, in seinen Verstand eindrang und sich festsetzte, wie ein einprägsames Lied, gegen das man sich nicht zu wehren vermochte.

Und der Bilder heraufbeschwor und Traumwelten erschuf ... aus denen unvermittelt ein bekanntes Gesicht auftauchte. Ein altes. Ein verfluchtes. Ein gefürchtetes.

... ruckartig hob Ares die Lider. *Das* ließ er auf keinen Fall zu.

Er räusperte sich, da sich seine Kehle sehr trocken anfühlte. »Danke sehr, Frau Flatow«, sagte er und blinzelte absichtlich zwei-, dreimal intensiv. Er hielt das Pendel an, das vor seiner Nase schwang. »Lassen Sie es gut sein.«

»Was chaben Sie getann, Cherr Löwenstein?« Sie kam um den Sessel herum. Auf ihrem freundlichen Oma-Gesicht spiegelte sich Überraschung.

»Ich bin aufgewacht, weil ich es wollte.«

»Aber warum? Was chaben Sie gesänn?«

»Gesehen?« Er zögerte. »Na, nichts habe ich gesehen. Nur Ihr Amulett, den Kamin, dann bin ich eingeschlafen, weil Sie mir ein russisches Schlaflied vorgesungen haben, und dann beschloss ich, mich nicht auf die Rückführung einzulassen.« Ares setzte sich gerade hin und lehnte sich dann nach vorne. Die Vergangenheit war dennoch zu ihm zurückgekehrt. Damit hatte er nicht gerechnet. »Schade, Frau Flatow. Ich hätte Ihnen den Wodka gegönnt.« Heimlich hoffte er, dass Charlotte nicht zu viel Geld für das Geschenk ausgegeben hatte.

Sie setzte sich ihm gegenüber auf die Chaiselongue und musterte ihn aufmerksam. Schweigend. Betrachtete seine Pupillen, ging näher heran und kniff die Augen zusammen. »Cherr Löwenstein, wir sitzen seit zwei Stunden in dem Chraum«, eröffnete sie schließlich. »Ich wollte Sie langsam in die Gegenwart zurückcholen, aber ...«

»Was?« Er sah auf seine Uhr, die Flatow recht gab. Er hatte länger geschlafen als gewollt.

In einer knappen halben Stunde musste er bei seiner nächsten Kundin sein. Andrea Baum, 26 Jahre, Model und sehr anstrengend, sehr trainiert und sehr ehrgeizig darauf bedacht, ihre Figur noch weiter zu verbessern, was kaum mehr möglich war. Ein Work-out mit ihr stellte auch für ihn eine Leistung dar.

»Dann sage ich danke für Ihre Zeit, Frau Flatow.«

»Cherr Löwenstein, was wissen Sie noch von unserem Ausflug?«

Er stand auf. »Lassen Sie es gut sein. Ich habe weder geträumt, noch bin ich durch eine Stadt oder einen Wald spaziert oder habe an einem idyllischen Fluss gesessen, wie vermutlich die meisten Ihrer Klienten«, antwortete er mit einem neckenden Zwinkern. Ares streckte sich. »Ich fühle mich erholt, Frau Flatow. Das ist doch auch was.«

Aber sie schüttelte die toupierten grauen Haare und legte eine Hand auf seinen Unterarm. »Cherr Löwenstein, wir *warren* unterwegs! Sie chaben mir berichtet, was Sie alles erkannten. Wir waren ...«

»Aha. Na, dann schreiben Sie mal alles hübsch auf und schicken Sie es meiner Schwester. Die wird es wissen wollen.« Ares amüsierte sich prächtig über ihren Versuch, dem Ende des unspektakulären Nickerchens eine besondere Dramatik zu geben, die ihm Unbehagen vermitteln sollte, etwas Übersinnliches und Mystisches. Dazu müsste der Kronleuchter noch wackeln und das Licht flackern. Aber selbst im *Mephisto,* der Cocktailbar in der Innenstadt, wo sogar der Teufel selbst im Spiegel erschien, waren es Tricks.

»Sie wissen es nicht mehr, weil Sie von selbst aufwachten«, hielt Flatow dagegen. »Das kann gefährlich werden, Cherr Löwenstein! Bitte! Ihr Unterbewuusstsein ...«

Ares lachte. »Sie haben mich gut unterhalten, liebe Frau Flatow, aber eine Flasche Wodka können Sie nachträglich auch nicht mehr rausschlagen.« Er schloss den Zipper des Hoody. Ihm blieb nicht mehr viel Zeit, um zu seiner Kundin zu kommen. Sie könnte ihn jetzt bestimmt durch ihren Anblick ablenken. Schnell lief er zum Ausgang. »Ihnen einen schönen Tag. Und seien Sie nicht zu enttäuscht. Es kann nicht bei jedem Menschen klappen.«

Er öffnete die Wohnungstür und rannte die Treppen hinab. Unter seinen Sohlen rumpelte es, das Holz ächzte jetzt laut, als begehre es gegen die Malträtierung auf.

»Cherr Löwenstein!«, rief sie ihm nach und reckte einen Zettel. »Cherr Löwenstein, nähmen Sie meine Chändynummer. Sie mussen sofort zu mir kommen, wenn Sie sich ... bäsonders fuhlen!«

»Besonders?«, gab er laut zurück, ohne stehen zu bleiben.

»Ja. Bäsonders. Sie werden sehen, was ich meine, aber ich choffe, dass es nicht so weit kommt«, antwortete Flatow und warf ihm den Zettel zu. »Bitte! Nähmen Sie es nicht auf laichte Schulter, ja? Sie erreichen mich ...«

»Mache ich, Frau Flatow. Mach ich.« Ares fing den Zettel auf, gleich darauf war er draußen, hastete über den Vorhof und durch die nächste Tür zu seinem Smart.

Beim Einsteigen sah er zuerst auf die eingebaute Uhr. Sie zeigte die korrekte Zeit. Zuerst hatte er Flatow in Verdacht gehabt, sie hätte einfach sein Handy vorgestellt, als Teil der Show gewissermaßen. Aber dem war nicht so. Er hatte einfach zwei Stunden auf einem Sessel geschlafen.

Ares startete den Stadtflitzer und kurvte durch Leipzig.

Nein, er »fuhlte« sich nicht »bäsonders«.

Lediglich ausgeruht.

Und doch blickte er über die Schulter, um sich zu vergewissern, dass die jüngere Vergangenheit nicht hinter ihm stand. Ares hatte sie bis zum heutigen Tag verdrängt.

Das schien nun nicht mehr möglich.

***

Leipzig ...

Die dicken Vorhänge vor den hohen Fenstern des Altbaus dimmten das Licht zu einem graubräunlichen Sepia-Ton, in dem das Zimmer badete.

Es roch nach schwelendem Tabak, einer Mischung aus Apfel und Vanille. Die Rauchschwaden hingen wie Morgennebel im Raum, bildeten kleine Bänke und verflüchtigten sich plötzlich ohne ersichtlichen Grund, um sich sogleich wieder neu zusammenzufügen.

In dem altertümlichen Licht wirkten die Bilder an den Wänden, die Poster, die Abzüge und Fotografien, als hingen sie in einem zu kleinen Museum für wahnsinnige Kunst: Todesdarstellungen. Mittelalterliche, frühneuzeitliche, gegenwärtige, aus Kriegen, von Folterungen oder Unfällen. Zufällig oder absichtlich festgehalten. Stets fatal.

Die wechselnden Darstellungen auf den vier gewaltigen LED-Bildschirmen sorgen für gelegentliche Bewegung. Die Leuchtkraft war stark reduziert, um den Raum nicht zu sehr zu erhellen. Die Motive sprangen jeweils alle zehn Minuten um, doch sie unterschieden sich nicht von den Bildern um die Monitore herum.

Er genoss diese Momente im *Raum der Inspiration,* wie er das Zimmer nannte. Langsam nahm er das Mundstück zwischen die Lippen und sog daran; die Shisha blubberte. Das bauchige Glasgefäß füllte sich mit neuem Rauch, das Wasser schien zu kochen.

Er thronte in einem Ledersessel, schräg mit dem Rücken zum Fenster und die Füße auf einen Hocker gelegt, die orientalische Pfeife rechts neben sich. Von hier aus hatte er den besten Blick auf alles.

Behutsam atmete er aus, der Rauch quoll in einem dicken Strom schlangenhaft aus seinem Mund und verteilte sich.

Befreiung.

Das war das Wort, das ihm als Erstes in den Sinn kam, nachdem er sein Kunstwerk veröffentlicht hatte. Endlich den Mut gefunden hatte.

Das Publikum in Deutschland war kritisch, und man würde alles genau inspizieren: vom eingesetzten Material bis zur Nachahmung der Handschrift. Wusste man es überhaupt zu schätzen, welchen Aufwand er betrieb?

Nun war es getan.

Es war gut.

Mehr als gut. Sowohl die Arbeit als auch sein innerer Zustand.

Metaphorisch ausgedrückt: Atlas musste die Welt nicht mehr tragen, Sisyphus hatte den runden Stein den Hügel nach oben gerollt – doch die Euphorie würde die Schatten und die Unruhe nur kurze Zeit vertreiben. Daran ließ sich nichts ändern: Atlas bekam einen neuen Globus auf die Schultern gesetzt, und auf Sisyphus warteten noch etliche Kugeln am Fuße des Berges.

Hinzu kam sein Ehrgeiz: Er wollte das Publikum, die Betrachter, die Besucher seiner Ausstellung mit neuen, noch ausgefeilteren Motiven verblüffen. Er weidete sich an ihrem Erstaunen und Erschrecken.

Darum ging es.

Darum ging es ihm *immer*: zeigen, beeindrucken.

Rastlosigkeit zeichnete jeden Künstler aus. Wer sich auf einem geschaffenen Werk ausruhte, war nie von Leidenschaft ergriffen worden. Nach den Gastspielen in verschiedensten Ländern, in denen er probeweise Vernissagen eingerichtet hatte, machte er halt in Deutschland. Seine Heimat war reif für ihn und musste aufgerüttelt werden, um aus der Trägheit zu erwachen.

Das Grauen und die Ängste gehörten nicht ihm alleine.

Er wollte teilen, musste teilen!

Jeder sollte ihm helfen, den Globus zu stemmen und den Stein den Hang hinaufzuwälzen. Schließlich hatten sie ihn zu Atlas und Sisyphus gemacht.

Alle!

Alle hatten hingeschaut, mehr gewollt, mehr verlangt. Details, bis ins Kleinste, bis ins Intimste, bis dem Sterben das letzte Geheimnis entrissen war.

Er sog erneut am Mundstück, dieses Mal so lange, bis es nicht mehr ging. Die Pfeife schwang durch das Blubbern, vibrierte und klirrte.

Als seine Lungen sich gefüllt hatten, hielt er den Atem an. Sein umherschweifender Blick fiel auf ein Bild, das er bewunderte.

Er wusste genau, wann er es aufgehängt hatte. Gleich zu Beginn seines Einzugs war er mit der Vorlage zu einem Auftragsmaler gegangen und hatte es sich anfertigen lassen.

Manchmal genügte ein Poster, manchmal musste es mehr sein.

Dieses Gemälde gehörte in die Kategorie »mehr«.

Er betrachtete es versonnen, spürte die Wirkung des Nikotins als leichten Schwindel. Mit einem leichten Pfeifton entwich der Rauch aus seinem Mund.

Die Entscheidung für sein nächstes Kunstwerk war gefallen. Die Neugier, ob die exklusiven Betrachter dieses Mal auf seine raffiniert verborgenen Hinweise kamen, gesellte sich zum Reiz der Herausforderung.

Bislang war er von ihnen enttäuscht.

Auch die anhaltende Exklusivität vom *Tod des Marat* ärgerte ihn, obwohl er damit gerechnet hatte.

Das würde sich ändern lassen.

Er legte das Mundstück auf den Boden, erhob sich und verließ den Raum der Inspiration, der ihm hervorragende Dienste geleistet hatte. Die Kunst rief nach ihm, verlangte nach ihm, beseelte und beflügelte ihn.

❊❊❊

Leipzig, Südvorstadt, 5. November

Aileen McDuncan befand sich auf dem Nachhauseweg und trat gemächlich in die Pedale. Der leichte Nieselregen störte sie nicht, sondern erinnerte sie eher an die Heimat.

Sie hatte im *Killy Willy* mit ein paar Freunden aus Schottland gefeiert, der Pub eignete sich hervorragend dazu. Morgen würden die Freunde ihren Trip durch Europa fortsetzen, Aileen dagegen blieb.

Sie absolvierte ein Auslandssemester und hatte sich Leipzig dafür ausgesucht, was keiner in Glenfarg verstanden hatte. Alle dort wollten nach Berlin oder München. Aileen hatte sich bewusst für Leipzig entschieden, wegen der Überschaubarkeit und dem extrem hohen Kulturangebot mit zahlreichen kleinen Bühnen wie das *Horns Erben* oder das *Feinkost,* beide gleich um die Ecke. Sie mochte die Stadt und die Menschen.

Abgesehen davon lag hier Auerbachs Keller, *der* Auerbachs Keller, der in *Faust* eine Rolle spielte. Da sie nun mal Goethe liebte und wiederum mit Frankfurt nichts anfangen konnte, kam sie um Leipzig nicht herum.

Aileen fuhr die KarLi entlang und befand sich in Höhe der Haltestelle LVB / Hohe Straße, als sich der Regen verstärkte und die Schottin unter einer Markise zum Anhalten zwang. Ganz so sehr wollte sie doch nicht an ihre Heimat erinnert werden.

Die junge Frau stellte das Rad ab und wartete, dass der Guss nachließ.

Mit beiden Händen wrang sie ihre langen, hellrötlichen Haare aus; dabei spürte sie, dass der letzte Whisky seine Wirkung nicht verfehlte. Whisky ohne e, darauf legte sie Wert, denn es war ein schottischer Single Malt.

Aileen glaubte im Fallen der Tropfen einen Rhythmus auszumachen und summte dazu eine schottische Weise.

Die Linie 11 rauschte rumpelnd vorbei, die Autos rollten über die nasse Fahrbahn und wirbelten Gischtschauer auf, die bis zu ihrem Unterstand wehten. Hinter den erleuchteten Fenstern der Wohnungen bewegten sich Menschen.

Aileen stellte sich vor, was sie gerade taten: kochen, zu Abend essen, fernsehen – oder Sex haben.

Die 22-jährige Studentin wurde bei dem Gedanken an ihren Verlobten Ian erinnert, der in Glenfarg saß und auf sie wartete. Sie skypten, sie mailten, sie telefonierten, aber nichts konnte die Berührung oder die Wärme seines Körpers ersetzen, wenn er sie umarmte und sie küsste.

Plötzlich, ganz plötzlich kam sich Aileen einsam vor, und Leipzig verlor das Schöne. Gegen die Sehnsucht half nichts. Nicht einmal heimischer Whisky.

Ihre Laune veränderte sich, wechselte ins Melancholische. Ausgerechnet in einem leicht einzusehenden Fenster küssten sich zwei Schatten innig und umschlangen sich.

Aileen sah weg und hoffte, dass der Regen endlich nachließ.

Aber das Wetter beruhigte sich nicht, und allmählich wurde Aileen kalt. Da sie nächste Woche wichtige Klausuren zu bestehen hatte, konnte sie sich keine Krankheit leisten. Das würde sie zu sehr zurückwerfen. Also lieber völlig durchnässt nach Hause kommen und sofort unter die Dusche, als fröstelnd Minute um Minute immer mehr aufzuweichen. Außerdem wurde sie auf das Paar in dem Zimmer gegenüber neidisch, die beiden waren ungebrochen mit sich am Fenster beschäftigt.

»Lucky ones«, murmelte sie und schwang sich auf den Sattel.

Eine Gestalt trat von hinten an sie heran, überholte sie und setzte ihr das dicke Ende eines Baseballschlägers auf die Brust. »Handy, Brieftasche, Uhr, Schmuck, MP3-Player«, sagte der Mann hastig; vor Kinn und Nase lag ein Schal, die Kapuze seiner Jacke hing ihm tief in die Stirn.

Aileen fluchte. »Ich bin Studentin«, versuchte sie zu handeln. »Ich habe nix.«

Der Räuber stieß sie grob mit dem Schläger an, so dass sie schwankte und mitsamt dem Fahrrad umstürzte.

»Fuckin asshole!« Aileen prallte gegen die Scheibe eines Ladens und rutschte daran hinab; das Fahrrad lag halb auf ihr.

»Du mich auch.« Da war der Maskierte auch schon über ihr, entriss ihr die Tasche, filzte die Finger und Handgelenke mit routinierten Berührungen auf Schmuck. Der Verlobungsring ging an ihn. Kurzerhand kippte er den Inhalt der Handtasche auf den Bürgersteig. Aus dem Geldbeutel nahm er den Zwanziger. Mehr gab es nicht. »Scheiße, du hast nicht mal ein teures Handy«, sagte er missmutig und hob ihr Fahrrad auf. »Blöde Fotze!« Er sprang auf und schoss davon.

»Hey! Gib mir meinen Verlobungsring!« Aileen stemmte sich in die Höhe und wollte dem Räuber zuerst nach, aber er bog schon um die Ecke. »Ya fuckin son of a o' fuckin bitch! Fuck you!«

Fluchend sammelte sie ihre Utensilien auf, fischte sie aus dem Dreck und einer Pfütze, wischte die Tasche ab und hängte sie sich um. Den 50-Euro-Schein, den sie im Strumpf bei sich trug, hatte er nicht finden können. Schotten waren gewieft.

Um das Fahrrad tat es ihr leid. Es gehörte einer Kommilitonin, aber nach eigener Aussage versuchte sie es schon seit Jahren loszuwerden. Sie sperrte es niemals ab, und doch stahl es niemand. Mehr als fünf Euro Materialwert würde der Maskierte beim Schrotthändler nicht bekommen.

Schrecklicher war der Verlust ihres Verlobungsrings, weniger bezogen auf den materiellen Wert als auf den ideellen. Ian würde toben vor Wut. Sie sah ihn schon im Flugzeug sitzen und durch Leipzig jagen, um den Typen zu schnappen.

Aileen verzichtete darauf, zur Polizei zu gehen. Sie konnte niemanden beschreiben, es war nichts Wertvolles abhandengekommen. 20 Euro und ein Ring, der nicht mehr als 50 gekostet hatte. Dafür nahm vermutlich kein Beamter ein Protokoll auf. Morgen vielleicht. Mit trockenen Klamotten.

»Fucking shit«, murmelte sie und wollte zur Tramhaltestelle marschieren.

»Warten Sie mal, junges Fräulein!«, sagte unvermittelt eine freundliche Stimme in bestem Hochdeutsch neben ihr. »Ich habe die Polizei schon angerufen und den Überfall gemeldet. Der Kerl mit dem Baseballschläger ist in der Gegend zu einer Plage geworden.«

Aileen drehte sich zu dem Mann im dunkelgrauen Mantel um, der gerade leicht hinkend zu ihr aufschloss. Er trug seinen Hut nach vorne gegen den Regen ins Gesicht gezogen. »Das ist sehr nett, aber ich wollte jetzt keine Anzeige erstatten. Meine Kleider sind nass, und …«

»Oh. Nun, das macht nichts.« Er hob den Kopf, und sie blickte mitten in eine Maske, die von einem großen grauen Auge beherrscht wurde. »Ich habe auch nicht die Polizei gerufen.«

Bevor Aileen reagieren konnte, zuckte seine Hand nach vorne. Die Elektroden eines Elektroschockers wurden gegen ihre Körpermitte gepresst, der Stromstoß jagte durch sie hindurch, ein höllischer Schmerz. Sie musste die Zähne fest zusammenbeißen, während es in ihren Ohren grell surrte und summte.

Ihre Beine gaben in der gleichen Sekunde nach, aber sie wurde sanft aufgefangen.

»Ich mache dich unsterblich«, flüsterte der Unbekannte. »Niemand sonst könnte besser geeignet sein als du.«

Aileen konnte sich nicht wehren. Auch die grässliche Furcht vermochte nichts gegen die Unbeweglichkeit auszurichten. Die junge Schottin sah undeutlich, litt unter den Auswirkungen des Stromschlags; außerdem fiel der Regen ungehindert in ihr Gesicht und ihre Augen. Sie schien eine Strecke weit zu schweben, die Laternen und Wolkenfetzen zogen über ihr hinweg.

Ihr Atem ging schnell und hektisch, Panik befiel sie. Wohin brachte er sie? Was wollte er mit ihr? Wieso *unsterblich*? Was sollte die gruselige Maske?

Der Leipziger Abendhimmel verschwand, und sie starrte auf ein weiß lackiertes Kleintransporterdach; der Geruch von Benzin drängte sich in ihre Nase.

Aileen landete auf weichem Untergrund, klickend legte sich Metall um ihre Hand- und Fußgelenke. Sie bekam einen Knebel in den Mund und einen Sack über den Kopf. Anschließend knallten zwei Türen zu, dann startete ein Motor.

Die Angst der Studentin steigerte sich ins Unermessliche.

❄❄❄

Leipzig, Zentrum-Nord, 7. November

Polizeimeister Markus Hammer hatte sich noch am Abend von Herolds Todestag beurlauben lassen. Der *alte Mann* war tot, und Hammer war fertig mit den Nerven. Restlos fertig. Nicht nur, weil er die Leiche seines Streifenpartners aus nächster Nähe gesehen hatte, sondern in erster Linie wegen des Totenblicks.

Die Drohung wich Hammer nicht mehr aus dem Sinn. Seitdem hatte er sich zu Hause verkrochen, eine seiner privaten Waffen lag entweder vor ihm, oder er schleppte sie im Holster mit sich herum.

Seine Frau und die Kinder hatte er zur Schwiegermutter geschickt, bis die genauen Umstände des Vorfalls am Hauptbahnhof geklärt waren.

Der 26-Jährige saß in Joggingklamotten am Küchentisch und sah aus dem Fenster. Ein Humpen Kamillentee dampfte vor sich hin, daneben lagen die Beruhigungsmittel, die er aktuell nahm, sonst hatte er das Zittern gar nicht mehr unter Kontrolle.

Es regnete in Strömen. Die dicht fallenden Tropfen erzeugten ein dumpfes Rauschen auf den Straßen und Dächern. Niemand, der nicht unbedingt musste, würde vor die Tür gehen und sich der Naturgewalt aussetzen.

Hammer verspürte einen unbändigen Drang, durch den Wolkenbruch zu laufen: Er wollte die Gefühle der Schuld und der Angst abwaschen.

Schuld, weil er Herolds Tod nicht hatte verhindern können. Ganz dicht hatte sein Streifenpartner neben ihm gestanden, Hammers Hand hatte noch seine kugelsichere Weste zu fassen bekommen. Aber die hereinfahrende Tram hatte Kopf und Schulter des kippenden Polizisten getroffen und ihn mit einem lauten Knacken herumgeschleudert, vor die Räder geworfen und ...

Hammer würgte.

Er roch das Blut, das sich in einer großen Lache auf den Gleisen und als Spritzer auf dem Bahnsteig verteilt hatte. Irgendein Teil der Tram hatte Herolds Seite aufgerissen, die Innereien waren herausgequollen wie fette, verschlungene, rotverschmierte Riesenregenwürmer.

Trauma nannte man das, woran der Polizeimeister litt.

Hammer keuchte und zog zitternd den heißen Tee, in dem er eine Schmerztablette auflöste. Die achte heute. Das Stechen in seinem Schädel ließ nicht nach, inzwischen schmerzte auch sein Magen – Nebenwirkungen des Medikamente-Overkills.

Sein Blick wanderte wieder hinaus, zu den fallenden Tropfen.

Blieb noch die Angst.

Man hätte das Ereignis als *tragisch* und *Unfall* erklären können – wäre dieser Wisch nicht gewesen.

Gefunden hatte ihn Kommissarin Schwedt, die zur SoKo Bildermord gehörte. Er lag vollkommen unscheinbar neben einer Wartebank an der Tramstation, etwa auf Höhe des Unfallortes, und war gestaltet wie der Flyer einer Metal-Band.

Zu sehen war der Schriftzug **TOTENBLICK**, darunter stand: *Heute! Hier! Und noch öfter!* Als Hintergrundbild diente das Makrofoto eines Auges.

TOTENBLICK.

Die Kurzfassung der Drohung, die Kriminalhauptkommissar Rhode vor Wochen an dem außergewöhnlichen Tatort gefunden hatte: der Mord an dem Pianisten, der wie ein klassisches Gemälde inszeniert gewesen war.

Rhode war es auch gewesen, der ihn von dem Flyer in Kenntnis setzte. Die ersten Recherchen hatten ergeben, dass keine Band namens *Totenblick* existierte oder in Leipzig auftrat. Die Kriminaltechnik ermittelte, dass es sich bei der Makroaufnahme um Armin Wolkes Auge handelte.

Es gab keinen Zweifel: Ein Wahnsinniger schlich durch Leipzig.

Man hatte den Polizeimeister gebeten, vorsichtig zu sein, bis der Fall geklärt war. Hammer konnte der Nächste auf der Liste sein.

Er sah auf seine Pistole, eine Heckler & Koch P 10, die geladen und gesichert vor ihm auf dem Tisch lag. Ihn würde der perverse Verrückte nicht bekommen!

Inzwischen waren die Aufnahmen der Überwachungskamera am Bahnsteig ausgewertet, aber es gab nichts Hilfreiches. Zu viel Gedränge, zu viel Schatten. Es war nicht einmal zu sehen, von wo der Stoß erfolgt war, der Herold aus dem Gleichgewicht brachte.

Ohne diesen Zettel hätte man an einen Unfall geglaubt, doch der Mörder wollte, dass man verstand, wer die Verantwortung trug.

Hammer überlegte, wer den toten Armin Wolke zuerst gesehen hatte.

Er?

Beide gleichzeitig?

Es ergaben sich zig Fragen aus der **TOTENBLICK**-Drohung.

Die wichtigste: Würde der Mörder *alle* umbringen, die der Leiche in die Augen gesehen hatten?

Wie fand er heraus, wer die Personen waren?

Hatte er in der Nähe gewartet und die Polizisten beobachtet?

Wie lange lag er auf der Lauer?

Oder beschränkte er sich darauf, nur die Ersten am Tatort zu jagen?

Rhode hatte ihm versichert, dass die SoKo Bildermord diesen Fragen nachging. Ein SpuSi war nur dazu abgestellt worden, den Tatort sowie das Umfeld noch einmal genauestens zu überprüfen. Hammers Bitte, dem Team anzugehören, wurde abgelehnt, weil er zu dicht an den Geschehnissen dran sei. Als Person. Und emotional.

Er gab einen leisen Stöhnlaut von sich und raufte sich die gelockten hellen Haare. Er unterdrückte den erneuten Wunsch, ins Freie zu gehen, sich in den Regen zu stellen und einfach alle Gefühle abwaschen zu lassen, die an ihm nagten und zerrten. Es würde nicht funktionieren.

Die Verzweiflung gebar einen neuen Gedanken: Vielleicht beobachtete ihn der Wahnsinnige wirklich, und er konnte ihn anlocken und ...

Hammers Blicke richteten sich auf die Pistole. Jede Unternehmung war besser als herumzusitzen.

Er steckte die P 10 ein, warf sich den Mantel über und verließ mit klopfendem Herzen die Wohnung in der Pfaffendorfer Straße. Dabei griff er vor Aufregung zuerst an der Klinke vorbei. Sie hatten alle Griffe in der Wohnung senkrecht montiert, weil die Kleinste sonst die Türen öffnen konnte. Dadurch war das Elternleben deutlich stressfreier.

Nach einem kurzen Rundumblick entschied er sich, durch die Emil-Fuchs-Straße zum Rosental zu gehen, um es dem Mörder scheinbar möglichst leicht zu machen. Auf einen Schirm verzichtete er.

Hammer lief los und tat unbeteiligt und unaufmerksam.

Unterwegs erstand er ein belegtes Brötchen und aß es ohne Genuss, ging weiter und wählte die dunkelsten und verlassensten Wege am Parkrand.

Der Regen hatte nicht nachgelassen, lief in den Kragen des jungen Mannes und durchnässte ihn. Dank des Adrenalins spürte Hammer im Moment weder Angst noch Schuld, sondern wartete ungeduldig darauf, dass sich der Verrückte näherte.

Zweimal dachte der Polizeimeister, er würde verfolgt, aber die Menschen wechselten dann doch irgendwann die Richtung oder bogen ab.

Mehr geschah nicht.

Nach zwei Stunden kehrte er frustriert und ausgekühlt nach Hause zurück. Achtsam sperrte er auf, lauschte … aber es tat sich nichts. Er war allein.

Um sich ein wenig aufzuwärmen, ging Hammer ins Bad und stellte die Dusche an.

Aufgeben würde er nach dem heutigen Misserfolg nicht. Jeden Tag, das beschloss er, würde er seine Köderrunden drehen, bis entweder der Mörder anbeißen oder Rhode ihn schnappen würde.

Früher hatte er die Glaswände der Kabine nie gemocht, heute freute er sich darüber. Der Mörder würde nicht unbemerkt wie in *Psycho* an ihn heranschleichen. Er nahm sogar die Pistole mit und deponierte sie griffbereit, aber geschützt vor dem Wasserstrahl. Die Tür ließ er angelehnt, um besser hören zu können, falls sich was im Haus tat.

Er duschte ausgiebig und benutzte dabei das Öl seiner

Frau, weil er keine Lust hatte, nochmals hinauszusteigen und seine Seife zu holen.

Der Geruch erinnerte ihn an sie, und er beruhigte sich etwas. Doch die generelle Anspannung blieb. Weder der Regen noch das warme Wasser noch die inneren Bilder von Frau und Kindern halfen. Was ihm Auftrieb gab, war die Aussicht, den Mörder anzulocken und zur Strecke zu bringen. Die P 10 hatte dreizehn Schuss, und er würde sie alle abfeuern.

Seine Hände begannen stärker zu zittern. Es wurde Zeit für eine neue Pille.

Hammer drehte die Dusche ab und wollte sie verlassen.

Von draußen erklang das Zuschlagen eines Fensters. Ein kühler Windhauch strich durch die offene Tür ins Bad und verursachte ihm eine Gänsehaut.

Langsam streckte der Polizeimeister den Arm aus und griff die Pistole, entsicherte sie und wartete.

Doch das Geräusch wiederholte sich nicht.

Behutsam schob Hammer den rechten Fuß über den niedrigen Rand der Dusche. Unvermittelt rutschte sein linker Fuß in einem winzigen Tropfen des Öls am Boden weg.

Der junge Mann verlor das Gleichgewicht, ruderte mit den Armen und knallte mit der Schläfe gegen den Türrahmen. Gerade noch konnte er es verhindern, dabei den Abzug zu drücken.

Schmerzen spürte er dank der vielen Tabletten nicht, aber er spürte, wie etwas Warmes an seinem Gesicht hinablief. Das konnte nur sein Blut sein, das sich in einem roten Strahl auf die weißen Fliesen ergoss. Die verdünnende Wirkung seiner Medikamente wirkte sich verheerend aus. Er brauchte dringend einen Krankenwagen!

Leicht benommen glitt Hammer in seinem Blut seitlich weg, krachte gegen die angelehnte Tür und stürzte – genau mit dem linken Auge auf die hochgestellte Türklinke.

Wie in Zeitlupe konnte er sie auf sich zukommen sehen, doch es geschah in Wirklichkeit mit solcher Geschwindigkeit, dass er nicht mal mehr schreien konnte.

Das Metallstück bohrte sich durch den Augapfel in seinen Schädel und drang tief in die Hirnmasse ein.

Erneut blieb der Schmerz aus.

Hammers Körper erschlaffte. Er hing mit dem Kopf am Türgriff, was ihn davor bewahrte, auf den Boden zu knallen. Nur die P 10 fiel polternd auf die Fliesen.

Der Polizeimeister schnaufte einmal, sah sein Blut unvermindert aus der Platzwunde neben seine Knie strömen, und wunderte sich, dass er denken konnte. Er erinnerte sich abstruserweise an den Bauarbeiter mit der Stahlstange im Kopf, der den Unfall nahezu unbeschadet überlebt hatte.

Hammer wollte aufstehen und den Notruf wählen, aber sein Körper tat nichts, außer zu bluten.

Zu bluten.

Und zu bluten …

※※※

KAPITEL 4

Leipzig, Zentrum, 7. November

Peter Rhode saß im Freien vor einer weniger gut besuchten Bar in der engen Kleinen Fleischergasse, die zum sogenannten Drallewatsch gehörte, jenem bekannten Vergnügungsgürtel mit verschiedensten Kneipen und Restaurants. Abgesehen von der KarLi und der Gottschedstraße fand man hier die besten Möglichkeiten, um sich abends zu zerstreuen.

Rhode trug seinen schicken grauen Anzug zusammen mit einem weißen Hemd, eine schwarzsamtene Fliege saß perfekt gebunden am Kragen. Er hatte sich mit seiner Frau einen Besuch in der Oper gegönnt, um abzuschalten und die Gedanken vom Bildermordfall zu lösen. Das gelang auch zu seiner großen Erleichterung.

Danach wollte sich seine Frau noch mit ein paar Freundinnen treffen.

Rhode hatte keine Lust, schon nach Hause zu gehen, und so kehrte er in einer Bar ein und gönnte sich einen Grog.

Die Heizpilze unter den Sonnenschirmen tickten und verbreiteten leise fauchend eine angenehme Wärme. Obwohl es empfindlich kühl war, drängten sich die Nachtschwärmer auf den Stühlen im Außenbereich der zahlreichen Gaststätten. Das Klirren der Gläser und das Klappern von Besteck und Geschirr klangen durch die Gasse. Der regenfreie Spätherbstabend wollte genutzt sein. Aus dem nahen Irish Pub erklangen die Töne von Livemusik. Lebensfreude pur.

Rhode nippte an seinem heißen Getränk und fühlte den Alkohol bereits. Die Hitze der Heizgeräte wallte auf seine schwarzen Haare hinab, so dass er beinahe befürchtete, sie könnten verschmurgeln.

Er trank selten, erstens weil es ihm nicht schmeckte, zweitens weil sein Spezial-ADHS noch mehr Party feierte, sobald sein Pegel auf 0,1 stieg. Sein Arzt wusste nicht warum; die meisten seiner Patienten mit der Krankheit wurden von Alkohol müde.

Rhode betrachtete den Dampf, der aus dem Glas aufstieg. Er dachte an Lackmann, der unentwegt trank, viel trank.

Sie waren seit über zehn Jahren Kollegen und redeten sich immer noch mit Nachnamen an. Es gab niemanden im Kommissariat, der den 61-Jährigen *Karsten* nannte. Und es gab auch niemanden, der in dem Alter noch immer Kriminalkommissar war. Die niedrigste Stufe.

Alle wussten, dass Lackmann trank; seit sich seine depressive Frau umgebracht hatte, war es nicht weniger geworden. Man hatte ihn durch die Dezernate der Kripo gereicht, von eins bis vier, aber nirgends wurde er heimisch. Es gab für die Vorgesetzten immer Gründe, ihn abzuschieben, und durch seine Sauferei bot er eine leichte Angriffsfläche – obwohl er nicht der Einzige mit einem Alkoholproblem war. Es klang nach Klischee, bedeutete aber häufig Realität. Der Druck und das, was sie im Job sahen, ließ manche Kolleginnen und Kollegen schneller zur Flasche greifen.

Seit einem Jahr gehörte Lackmann zu Rhodes Kommissariat. Bislang funktionierte er, und es gab zwei- bis dreimal im Monat lichte Momente, in denen bei ihm Umsicht, Entschlossenheit und sogar Schläue aufblitzten. Er hatte allerdings nicht rausfinden können, ob Lackmann in diesen Fällen komplett nüchtern oder eher stärker betrunken war als üblich.

Alkohol ist eine Scheißerfindung. Ihm verging die Lust auf den Grog, und er bestellte sich stattdessen einen spritfreien Cocktail.

Vor ihm zogen die Spaziergänger und Kneipenfreunde in langen Schlangen vorbei, es wurde gelacht, geraucht und geplaudert.

Die Lebendigkeit machte den Ort für Rhode so schön. Wenn man sich beruflich ständig um Tote kümmern musste, schätzte man das Leben umso mehr. Diese Weisheit stammte nicht von ihm, sondern von Bestatter Korff, aber sie stimmte! Rhode lächelte beim Anblick der Nachtschwärmer. Wenn man wollte, konnte man durch die Höfe und Durchgänge in Leipzigs großen Innenstadtbauten gehen und stand plötzlich vor einem Kabarett oder einem Atelier oder einem Restaurant, das man noch nicht kannte. Die schöne Stadt bot viel Abwechslung.

Dann tauchte Schwedt plötzlich in der Karawane auf. Sie hielt einen großgewachsenen Mann mit kurzen schwarzen Haaren an der Hand und zog ihn hinter sich her. Ihr Begleiter schloss zu ihr auf und küsste sie in den Nacken. Die junge Kommissarin lächelte fröhlich und entdeckte einen freien Tisch in der Nachbarkneipe.

Rhode kannte den Mann nicht. Anscheinend hatte sie einen neuen Freund; er sah netter aus als der letzte Typ, den sie mal zum Dezernatskegeln mitgebracht hatte. Oder hatte er ihn bereits kennengelernt und in seiner gelegentlichen Zerstreutheit schon wieder vergessen? Wie auch immer: Er gönnte ihr das Glück.

Da erkannte sie ihn, hob grüßend die Hand und wechselte ein paar Worte mit ihrem Anhängsel, der daraufhin den freien Tisch okkupierte.

Schwedt kam zu Rhode gelaufen und setzte sich voller Elan. Sie war aufgekratzt und gut gelaunt.

»Hallo, Chef!«, sagte sie. »Schick! Habe ich deine Beförderungsfeier zum Kriminalrat verpasst?«

»Oper«, erwiderte er lakonisch. »Da muss man sich fein machen.«

»Muss man das?«

»Ich schon. Ein Zeichen des Respekts vor dem Werk und den Musikern.« Rhode sah zu ihrem Begleiter. »Wart ihr im Varieté?«

Sie nickte, ihr brauner Pferdeschwanz wackelte. »Sie haben ein neues Programm, und ich kann es nur empfehlen. Der Equilibrist ist Wahnsinn. Freddy war ein bisschen eifersüchtig. Dabei kann er es von der Figur her mit dem Artisten aufnehmen.« Sie seufzte zufrieden. »Ausspannen tut gut.«

Rhode wusste, was sie damit meinte. »Ich scheuche euch ganz schön, oder?«

Schwedt nickte. »Aber das ist in Ordnung. Umso frustrierender ist es, dass wir noch nichts gefunden haben. Keine Verbindungen zwischen historischer Vorlage und Opfer. Dieser Spruch von der Wahrheit, die im Auge des

Betrachters liege, taugt gar nichts.« Sie legte einen Finger ans Kinn. »Wir haben uns das Bild und den Tatort Millimeter für Millimeter angeschaut, verglichen, vergrößert. Es gibt kein Detail, das wir nicht kennen. Den letzten Erkenntnissen nach hat er Wolke nur ausgesucht, weil er dem gemalten Marat so ähnlich sah. Auch eine Form von Wahrheit, oder?« Ihr Gesicht verlor die Leichtigkeit. »Ich würde sonst was dafür geben, diesen Verrückten zu schnappen, bevor er wieder zuschlägt, Peter. Denn das *wird* er.«

Rhode verzog den Mund. »Ich wollte dir nicht den Abend verderben, Anke. Entschuldige, ich hätte …«

Sie wehrte mit einer Geste ab. »Chef, wir sind eine SoKo. Da ist immer Alarm. Das mag ich an dem Job. Es tut mir nur leid um die Opfer, bei aller kriminalistischer Herausforderung für mich. Wenn ich das verlieren sollte, bin ich zu abgestumpft und höre auf.«

»Glaubst du?«

»Habe ich meinen Eltern versprochen.«

Rhode hatte mit dem Dienstlichen aufhören wollen, aber da sie schon mal vor ihm saß und sonst niemand aus dem Dezernat mithören konnte … »Sollte der Täter erneut handeln, muss ich die SoKo aufstocken. Und das sage ich nicht nur, weil der alte Wolke uns im Nacken sitzt. Die Bedrohung für die Leipziger und unsere Leute ist zu groß.« Allein den Namen des Intendanten aussprechen zu müssen kostete ihn Überwindung. Am besten wäre es, der allgegenwärtige Mann verschwand, bis der Fall gelöst war, aber Wolke würde sich wohl kaum von ihm ins Exil schicken lassen.

»Du spielst auf den Totenblick an.«

»Ja. Er hat Herold auf dem Gewissen und stellte sich dabei sehr geschickt an. Dumme Mörder sind mir lieber als schlaue Psychopathen.« Der Hauptkommissar fixierte sie. »Sollte ich die SoKo erweitern, hätte ich dich gerne als zweite Leiterin, Anke.«

»Mich?« Die junge Kriminalbeamtin war freudig überrascht. »Äh. Und Lackmann?«

»Nichts gegen Lackmann, aber er ist alkoholkrank. Jeder weiß es, und einen unzuverlässigen stellvertretenden Leiter kann ich mir bei diesem Fall nicht leisten. Du bist clever, eigenständig und hast Gespür.« Rhode schlürfte am Cocktail. »Geht das für dich in Ordnung?«

»Ja. Sicher!«, antwortete Schwedt überwältigt. Sie fürchtete sich nicht vor der Verantwortung, das war leicht zu erkennen. »Nimm mir das nicht übel, ich wünsche es mir nicht. Das würde nämlich bedeuten, dass es noch einen Mord gibt.«

»Ich verstehe das schon richtig.« Rhode zeigte zu Freddy. »Und jetzt Abmarsch, Anke. Genieß den Abend mit deinem Neuen. Er ist doch neu?«

Sie strahlte und erhob sich. »Mache ich, Chef. Und: Ja, er ist neu, und: nein, ich habe ihn dir nicht vorgestellt. Erst einmal abwarten, was wird.« Schwedt ging zum Tisch, an dem Freddy wartete, und gab ihm einen leidenschaftlichen Kuss, setzte sich für Sekunden auf seinen Schoß und schlang die Arme um seinen Nacken. Erst dann wechselte sie auf einen der schmalen Stühle und nahm seine Hand.

Rhode freute sich für die junge Kollegin. Sie würde es weit bringen, und er würde ihr jede Möglichkeit schaffen, um sich zu profilieren. Durch Leistung und nichts anderes.

Sollte sie Mist bauen, würde er ihr das unmissverständlich vor Augen halten.

Sein Cocktail war leer. Rhode bestellte ein Mineralwasser zum Abschluss und bereitete sich mental darauf vor, nach Hause zurückzukehren. Eine kurze Nacht, der ein arbeitsreicher Tag folgte.

Er würde dem Gott der Kriminalistik ein Opfer bringen, sobald sich eine Spur im Bildermord ergäbe. Der Polizeipräsident fragte täglich nach neuen Ergebnissen und machte sich zum verlängerten Arm von Wolke, der sicherlich bereits weitere Fäden im Hintergrund zog.

Rhode hatte keine Angst um seine Beförderung. Es ärgerte ihn wesentlich mehr, dass sich jemand aufspielte, als wäre die Polizei sein persönliches Eigentum. Die Feindesliste war ein Flop. Es gab nichts, aber auch gar nichts, abgesehen von dem Substanzenmix, den man in Armin Wolkes Blut gefunden hatte: Beruhigungsmittel, Schmerzmittel, Entspannungsmittel.

Sein Diensthandy machte sich bemerkbar. Eine SMS war eingegangen.

Er nahm es aus der Tasche und checkte die Nachricht.

Sie stammte von Schwedt: *Streife meldete Einbruch im Zoo. Ringhalskobra gestohlen. Tödliche Giftschlange.*

Rhode hob den Kopf und sah zu ihrem Tisch hinüber.

Sie blickte zurück und hatte diesen Ausdruck in den Augen, eine Hand hielt die von Freddy. Vorhin hatte er sie für ihr Gespür gelobt, und das schien sie eben unter Beweis zu stellen. Dass sie sich die Meldungen der Zentrale schicken ließ, sprach Bände über ihren Einsatzwillen.

Eine Ringhalskobra.

Es konnte ein Auftragsdiebstahl für einen fanatischen

Reptiliensammler sein oder ein Dummer-Jungen-Streich als Mutprobe.

Schlimmstenfalls hing es mit dem Mörder zusammen.

❖❖❖

Leipzig, Südvorstadt, 8. November

Ares saß im *Café Laibspeise* und aß eine Scheibe dunkles Sauerteigbrot mit einer dünnen Schicht Butter sowie einer großzügigeren Schicht Quark, die mit Salz, Pfeffer und Schnittlauch gewürzt war. Es konnte so einfach und so lecker sein.

Dazu gab es einen Humpen Bio-Kaffee, dem man nicht anschmeckte, dass er besonders gesund war, aber er mundete und ließ das Gewissen rein.

Ares mochte das Wort: *anschmecken*.

Ein Wort, das er seiner jüngsten Tochter verdankte.

Elisa hatte zu Recht befunden, dass man jemandem oder einer Sache etwas anmerken könne. Warum also nicht auch anschmecken? Der kindlich-exakten Logik hatte er sich ergeben. Außerdem fand er das Wort auch noch im Duden, was er Elisa vorerst verschweigen würde. Sie hatte sich so sehr über ihre vermeintliche Neuschöpfung gefreut.

Zufrieden lehnte er sich in den Sessel, der warnend knirschte, und betrachtete zuerst die Gäste, danach die Arndtstraße durch das große Schaufenster.

Es konnte ein guter Tag werden. Alles fühlte sich danach an: die Stimmung der Menschen, ihre leisen angeregten Unterhaltungen, die hereinwehende Luft, der Geruch von frischem Brot. Ein paar Akteure von *Horns Erben* standen in der Schlange und berieten beim Warten darüber, wie sich der morgige Theaterabend gestalten sollte. Leipzigs unschlagbarer Vorteil: Abwechslung, Kunst und Bewohner, die es zu schätzen wussten und die kleinen Bühnen unterstützten, die ohne städtische Förderung auskommen mussten.

Ares spürte seine Muskeln, vor allem im Hintern. Das Work-out mit seiner anstrengenden Model-Kundin lohnte sich für ihn nicht minder. Manchmal dachte er, er sollte *ihr* Geld dafür geben, dass sie sich von ihm scheuchen ließ – und dass er selbst dabei gleich mittrainierte.

Er sah seine eigene Reflexion undeutlich in der Scheibe, den Musketierbart, die Stoppeln, das markante Gesicht und die Glatze.

Mit 42 Jahren hatte er schon diverse Romanhandlungen erlebt, von Drama bis Action. Nur die heiteren Momente kamen für seinen Geschmack zu kurz.

42 war nach einer Geschichte von Douglas Adams der Sinn des Lebens.

»So ist das«, murmelte er. Auch wenn Ares nichts darauf gab, warf er die Hoffnung nicht weg, es würde sich etwas ändern.

Streng genommen hatte sich Gigantisches verändert.

Seit seinem Leben als Fitnesscoach für Reiche und als Lehrer für Selbstverteidigung konnte man ihn als bodenständig bezeichnen. Mit Nancy war er schon ein Jahr zusammen, ohne dass es Krach gegeben hatte, was für ihn ebenfalls eine Neuerung bedeutete.

Ares mochte keinen Streit in einer Beziehung, doch irgendwas gab es dann doch, weswegen die Fetzen flogen. Früher.

Aber nicht bei Nancy.

Sie war jung, clever und attraktiv, kannte seine Macken und respektierte sie. Das war vielleicht der Hauptunterschied zu den Frauen vorher. Sie hatten sie *hingenommen* oder *akzeptiert,* dabei heimlich gehofft, dass er sich änderte.

Ares dachte an die kleine, zierliche Nancy, die einen ungewöhnlichen Weg ging und ihr Mathematikstudium mit den verschiedensten Jobs finanzierte. Sie wollte kein Geld von ihm und erlaubte lediglich, dass er die Kosten für die gemeinsame Wohnung trug.

Sie war 25, erschreckend schlau und saß gerade an ihrer Doktorarbeit über ein Thema, von dem Ares nicht einmal den Titel verstand. Es hatte mit Zahlen zu tun, das reichte ihm.

Seine Schwester kam aus der Backstube, eine Tasse in der Hand, die in ihren Fingern so zerbrechlich wirkte wie Nancy in seinen Armen.

Es wäre unfair gewesen, Charlotte als grobschlächtig zu bezeichnen, aber wie bei den meisten übergroßen, robusten Frauen sahen ihre Bewegungen nicht mehr feminin aus; dazu kam, dass ihre Statur durch das Walken und Kneten der widerspenstigsten Teige nicht schlank zu nennen war.

»Guten Morgen, Bruder«, sagte sie mit glockenheller Stimme, die im Gegensatz zu ihrem restlichen Erscheinungsbild stand. Sie setzte sich ihm gegenüber und trug den Duft von Frischgebackenem an sich. Ihr Lieblingsparfüm, wie sie immer sagte. »Gesundes Frühstück. Vorbildlich.«

»Danke«, sagte er grinsend und stieß mit seinem Humpen gegen ihre Tasse. »Neugierig?«

»So was von! Du hast mich ja ewig auf deinen Bericht warten lassen.«

»Ich hatte viel zu tun. Außerdem kann ich gar nicht viel erzählen. Na, ich hoffe, du hast Flatow nicht zu viel Geld bezahlt?« Ares nippte am Kaffee. »Ich habe zwei Stunden lang auf ihrem Sessel gesessen und ein Nickerchen gemacht.« Knapp fasste er zusammen, was sich im Salon abgespielt hatte. Die Erinnerung an das verhasste Gesicht ließ er weg. »Dann wachte ich auf, und sie wollte mir Angst machen. Sagte, ich wäre in der Vergangenheit gewesen und so ein Zeug.«

»Aber du warst es nicht?«

»Nein. Ich wüsste das.« Am Nachbartisch wurde die Tageszeitung gelesen. Ares sah aus dem Augenwinkel eine Meldung, die seine Aufmerksamkeit erregte.

TRAGISCHER HAUSHALTSUNFALL –
BEURLAUBTER POLIZIST TOT IN
WOHNUNG AUFGEFUNDEN

Er nahm sich vor, den Artikel später zu lesen, weil er die Befürchtung hegte, es könnte etwas mit der Tram-Sache zu tun haben. Ares wusste von dem Flyer. Beim letzten gemeinsamen Dauerlauf durch den Johannapark hatte Pitt ihm von dem ermordeten Polizeiobermeister Herold erzählt, der vor die Linie 3 gestoßen worden war.

Ansonsten verstand es Pitt nach wie vor glänzend, nichts von dem Bildermord an die Öffentlichkeit dringen zu lassen, trotz des prominenten Opfers.

»Ich kann dich beruhigen: Es war nicht viel«, sagte seine Schwester. »Schade ist es trotzdem. Mich hätte interessiert, was du in der Vergangenheit alles erlebt hast.« Charlotte bemerkte einen winzigen Teigrest auf ihrer Hand und rieb ihn ab. »Dieses Ciabatta ist teuflisch. Es klebt wirklich gut.«

»Neues Brot?«

»Ja. Ich habe mir von einem befreundeten Italiener ein altes Backbuch aus der Toskana mitbringen lassen. Jetzt sichte ich die Rezepte seiner Oma, die er mir alle artig übersetzt hat.« Sie grüßte einen Gast, der hereinkam und sich in die Schlange einreihte. »Könnten ein paar Schätze darunter sein. Wie damals, der Mönch, der mir zum Klosterbrot verholfen hat. Weißt du noch?«

Ares erinnerte sich an die Geschichte.

Seine Schwester und er waren mit den Kindern auf Wandertour und dabei an einem heruntergekommenen Kloster vorbeigekommen. Da es wie aus Eimern gegossen hatte, stellten sie sich unter, und es roch plötzlich nach Brot, was Charlotte nicht kaltließ. Es dauerte keine halbe Stunde, und sie hatte sich mit dem letzten Mönch unterhalten und ihm die Rezeptur mit dem Versprechen abgeschwatzt, zehn Prozent der Einnahmen für Arme zu spenden. Das machte sie immer noch.

»Klar weiß ich das noch«, sagte er und fuhr sich über den Bart.

Sein Smartphone vibrierte.

Er ging dran und hatte Elisa am Hörer. »Papa«, rief die Zehnjährige überdreht. »Papa, ich habe eine Eins in Sport bekommen! Weil du mich so toll trainiert hast.«

»Das ist prima«, lobte Ares und hörte, wie seiner Tochter das Telefon abgenommen wurde.

Dann sprach seine letzte Ex zu ihm. »Hallo, Ares.«

»Hallo, Tatjana.« Er sah auf den dritten Ring, der am

Ringfinger saß. Zu ihr hatte er das angespannteste Verhältnis, vielleicht weil er sie wegen Nancy verlassen hatte und die seelischen Wunden noch frisch waren. Nach außen sah es nach einem typisch männlichen Verhaltensmuster aus: eine ältere Frau gegen eine jüngere auszutauschen. So einfach lag der Fall jedoch nicht.

»Wenn du das nächste Mal mit Elisa unterwegs bist, dann schärfe ihr doch bitte ein, dass die Tricks nichts sind, was sie auf dem Schulhof anwenden soll«, sagte Tatjana. »Ich hatte eine Unterredung mit ihrem Klassenlehrer, der mir mitteilte, dass sie *zwei* Schüler verprügelt hat.«

»Aus der Mittelstufe?«, hakte er nach. »Das sollte sie nämlich können.«

»Was spielt das für eine Rolle?«

»Nur so.« Ares hielt seinen väterlichen Stolz auf die kleine Kratzbürste zurück. »Gab es einen Grund?«

»Sie wurde von ihnen aufgezogen, da hat sie ausgeteilt.«

Ares fand es nicht schlimm, dass sich seine Jüngste nonverbal verteidigte, schwieg jedoch, um seine Ex nicht zu provozieren. »Mhm«, machte er nur. Charlotte blickte ihn an und wusste, was los war.

»Du findest das gut, stimmt's?«, hörte er Tatjanas kalt klirrende Stimme.

»Nein, gar nicht«, versicherte er halbherzig. »Das werde ich Elisa einschärfen. Versprochen. Sie darf es nur anwenden, wenn sie jemand *körperlich* angreift.«

Schweigen, Atmen auf der anderen Seite der Leitung.

Ares sah Tatjana vor sich, wie sie nachdachte, wie sie innerlich explodierte, wie sie merkte, dass er anders dachte.

»Ich verlasse mich darauf«, sagte sie drohend und legte auf.

»Puh.« Ares stieß die Luft aus und sah seine Schwester an.

»Ärger?«

»Nein. Elisa hat zwei Ältere verkloppt, und ich darf es nicht gut finden«, erklärte er grinsend und fuhr sich mit zwei Fingern über den Oberlippenbart, danach über die getrimmten Haare am Kinn.

Seine Schwester lachte. »Das passt zu der Räubertochter.« Sie trank noch einen Schluck. »Manchmal fühle ich mich schon besonders: Ich bin Tante von *drei* sehr unterschiedlichen Nichten, die auch noch altersmäßig weit auseinanderliegen. Aber alle, das muss ich dir leider sagen, weisen charakterliche Grundzüge von dir auf, Ares. Du wirst noch viel Spaß mit den Grazien haben.« Sie prostete ihm zu. »Ich war ein Burgfräulein.«

Ihre Ansichten über seine Töchter bargen viel Wahres, das ließ sich nicht leugnen. »Fasching oder Halloween?«

»Bei meiner Rückführung, du Knallfrosch.« Charlotte lachte. »Flatow ist schon ein Original. Ich kenne sie, weil sie immer das Zwiebelbrot kauft. Ausschließlich. Als ich sie fragte, warum sie nicht mal abwechselt, sagte sie, in einem ihrer früheren Leben sei sie Bäuerin gewesen und habe felderweise Zwiebeln angebaut. Wir kamen ins Gespräch, und ich buchte eine Sitzung bei ihr.«

»Ein Burgfräulein.« Ares sah seine große, breite Schwester in Kleid und Schleier bei dem verzweifelt-sinnlosen Versuch, filigrane Handarbeiten zu verrichten. Er lachte schallend los und musste husten.

»Ja, danke. Ich weiß, was du dir eben vorgestellt hast«, kommentierte sie beleidigt. »Nu, Pech für dich, dass du nur geschlafen hast. Aber ich wette, *du* warst früher mal ein

Ackergaul, Bruderherz.« Charlotte stand auf. »Ich muss nach meinem Ciabatta sehen.« Dann rauschte sie davon.

Immer noch glucksend, sah Ares ihr nach und überlegte, was er von seiner Familie wusste. Sein Vater hatte sich als Maurer durchs Leben geschlagen, sein Opa war Zimmermann ... und dann endete die bekannte Linie auch schon.

Er hielt nicht viel davon, sich mit der Vergangenheit aufzuhalten. Die Gegenwart war entscheidend.

Deswegen stand er auf und ging zum Nachbartisch, an dem die Frau die Zeitung gerade zusammenfaltete. Er fragte nett und bekam die Lektüre überlassen, kehrte an seinen Platz zurück und blätterte bis zum fraglichen Artikel.

Leipzig (dbs). Bei einem tragischen Unfall kam Polizeimeister Markus H., 26 Jahre, in seinen eigenen vier Wänden auf schreckliche Weise zu Tode.
Der beurlaubte Beamte glitt beim Verlassen der Dusche aus und landete beim Sturz mit dem Auge auf der Türklinke, die sich in seinen Kopf bohrte. Das Tragische: Wegen der kleinen Kinder stand der Griff senkrecht nach oben und wurde zur tödlichen Falle für den jungen Vater.
Ebenfalls tragisch: Der Polizeimeister war der Streifenpartner des Beamten, der vor zwei Wochen unter ähnlich schrecklichen Umständen zu Tode kam. Dieser stürzte nach einem gelungenen Einsatz am Hauptbahnhof aus ungeklärten Ursachen vor eine einfahrende Tram und wurde überrollt *(wir berichteten)*.

Es klang harmlos, doch geschrieben war der Artikel von Daniela Baum-Schmidtke, einer älteren und sehr erfahrenen Reporterin. Ihr Bild war unter einem Kommentar abgebildet. Sie musste um die 50 sein, hatte halblange gewellte braune Haare und eine Hornbrille mit einem Haltekettchen, die ihr etwas Lehrerhaftes verpasste.

Sie würde sicherlich nachhaken, weswegen *genau* Hammer beurlaubt gewesen war, und nachbohren. Sie besaß das Gespür für eine Story. Baum-Schmidtke hatte damals auch im Fall der verkauften Grundstücke recherchiert, die Leipzig teuer veräußert hatte, ohne sie rechtlich verbindlich zu besitzen. Das hatte im Rathaus Köpfe rollen lassen.

Ares nahm an, dass Pitt die Presseleute in der Polizeidirektion auf Kurs gebracht hatte. Ärgerlich genug, dass der Tod des Polizeimeisters überhaupt in der Zeitung gelandet war.

Er fragte sich auch, ob es tatsächlich ein Unfall war oder ob der Mörder zugeschlagen hatte. Totenblick. Beim nächsten Dauerlauf durch den Park würde es ihm sein Freund sicherlich erzählen.

Sein Smartphone machte sich erneut bemerkbar.

Dieses Mal war es der knappe SMS-Hinweis von Dolores, die ihr Hilfsangebot für heute Abend beim Schülerkursus zurückzog. Sie habe noch zu tun.

Anscheinend ging ihr wieder einmal etwas privat gegen den Strich. Das war das gelegentlich Unprofessionelle, das Ares an seiner Assistentin gar nicht leiden konnte. Sicher, er hatte Verständnis für ihr Studium und die gelegentlich schwierige Konstellation, aber ...

Er schrieb ihr zurück, dass sie auch übermorgen nicht zu kommen brauchte. Er fände schon jemand von seinen älteren Schülern, die ihm zur Hand gingen.

Ares legte das Handy auf den Tisch und sah wieder hinaus zur Straße. Je nachdem, wie weit er sich nach vorne beugte, konnte er zur quirligen KarLi hinaufblicken. Es sah oft aus, als würden die Radfahrer die Tram hetzen und die Fußgänger sich ein Wettrennen liefern. Leipzig lebte, pulsierte und startete in den neuen Tag.

Das wollte er auch tun, doch in Ruhe.

Er bestellte sich noch einen Kaffee und vertiefte sich in die Zeitung, um zu lesen, was sich in der Stadt tat. Kulturell und politisch.

Freudig bemerkte er die kleine Lobeshymne einer Kritikerin zum *Zerbrochnen Krug* – bis er feststellte, dass gar nicht er und seine Truppe gemeint waren: Eine zweite Schauspielergruppe hatte sich das Stück ebenfalls auserkoren und führte es zudem noch in adaptierter Form auf. Genau wie sie.

Ares' gute Laune zerstob und löste sich in Luft auf.

Das bedeutete Krieg!

Es war nicht kollegial, Ideen zu klauen, und wenn doch, dann wenigstens mit zeitlichem Abstand. Sicherlich ging diese Aufführung auf Schmobi zurück, ein ehemaliges Mitglied seiner Truppe. Er hatte den *Zerbrochnen Krug* exportiert, darauf würde Ares wetten.

Mit einem Blick erfasste er, dass die nächste Vorstellung heute Abend in der *naTo* sein sollte. Von der Uhrzeit her passte es hervorragend. Da konnte er die Jungs bestens einsetzen, und sie würden alle kommen.

Danach telefonierte Ares seine Schauspieltruppe an und setzte sie von der Dopplung des Stücks sowie von Schmobis Verrat in Kenntnis.

Was er vorhatte, bezeichnete man gemeinhin als: Sabotage.

❖❖❖

Leipzig ...

Aileen konnte sich nicht erinnern, wie viel Zeit verstrichen war, seit der Maskierte sie entführt hatte. Alles erschien ihr unwirklich. Sekunden, Minuten, Stunden, Tage, alles wurde eins.

Sie lag beim Erwachen bislang stets mit verbundenen Augen auf etwas, das gummiartig roch, vielleicht nach Luftmatratze, und sich auch so unter ihrem Körper anfühlte. Ihre Arme und Beine waren ausgestreckt und mit gepolsterten Fixierungen versehen, so dass sie sich nicht von der Unterlage rollen konnte.

Ein Gebläse war aufgestellt worden, warme Luft umspielte sie und verhinderte, dass sie fror. Nur ... der Hauch traf auf ihre blanke Haut, und zwar nicht nur an den Armen, sondern überall.

Sie brauchte einige Sekunden, um zu realisieren, dass der Unbekannte sie in ihrer letzten Schlafphase ausgezogen haben musste. Sie war exponiert, vollkommen entblößt und schutzlos.

Was wollte er von ihr?

Vergewaltigen? Oder als Sexsklavin halten? Ein verrückter Satanist?

Ihre aufgeputschte Vorstellungskraft gaukelte ihr die schlimmsten Bilder vor. Aileens Herz beschleunigte den Rhythmus, Adrenalin schoss in ihre Blutbahn. Sie zog probeweise an ihren Fesseln, doch es knirschte nur lederartig.

Eine Tür öffnete sich, hinkende Schritte näherten sich ihr.

»Meine Königin«, wisperte die Männerstimme. »Dein großer Moment rückt näher.« Eine weiche Halskrause legte sich um ihre Kehle, stützte und blockierte ihren Kopf. Dann wurde die Augenbinde entfernt.

Der Raum war beleuchtet.

Aileen sah über sich eine grau gestrichene Decke mit Führungsschienen, an denen sich Gleitschlitten befestigen ließen. Dünne Stahlkabel und Verlängerungskabel hingen lose herab. Sie konnte nicht erkennen, wo sie sich befand: ein Keller, ein Dachboden, eine Garage – es war alles möglich.

Der Mann mit der Maske schob sich in ihr Gesichtsfeld. »Es scheint, als hat mein kleiner Scout trotz seiner mentalen Beschränktheit ein gutes Händchen in seiner Auswahl«, raunte er gedämpft und hob die rechte Hand, die von einem lilafarbenen Einweghandschuh geschützt wurde; er selbst trug einen schwarzen Ganzkörperschutzanzug. »Ich werde dich jetzt waschen. Danach flechte ich dir eine wundervolle und recht aufwendige Frisur. Sie wird dir gefallen.«

Aileen versuchte, den Kopf zu drehen, aber die Krause verhinderte es. »Ich … bitte, lassen Sie mich!«, wimmerte sie und zuckte zusammen, als Wasser plätscherte.

Der Unbekannte nahm seinen anderen Arm hoch und hielt einen Schwamm, den er eben ausgedrückt hatte. »Ich bin ganz behutsam. Keine Sorge. Ich kann das.«

Sorgfältig strich er zuerst über die Beine, dann über die Arme und ließ sich dabei wirklich viel Zeit. Aileen war von seinen Berührungen angewidert. Danach folgten ihr Gesicht, der Oberkörper, die Brüste, Bauch und der Intimbereich. »Ich kann das«, wisperte er.

»Was … tun Sie da?« Es erweckte nicht den Eindruck, als würde es ihn irgendwie erregen oder ihm einen besonderen Kick geben, die junge Schottin derart präsentiert zu bekommen. Es schien eben notwendig zu sein.

»Dich für deinen großen Moment vorbereiten. Das sagte ich dir doch.«

Es roch nach orientalischen Gewürzen. Der Geruch verstärkte sich, je länger er Aileen behandelte. Ihre Haut fühlte sich entspannter, geradezu samtig an. Es musste ein Pflegemittel in dem Wasser enthalten sein.

Vorsichtig schob er den Schwamm unter ihrem Rücken und ihren Pobacken hindurch. »Den Hals machen wir später.« Der Maskierte ließ den Schwamm fallen, es klatschte. Er stellte sich an das Kopfende, hinter sie, dann scharrten Stuhlbeine über den Boden. »Jetzt sind deine Haare dran. Schade, dass du keine Naturlocken hast. Das hätte es einfacher gemacht. Nun brauchen wir beide Geduld. Ich mache das zum ersten Mal. Aber ich kann das.«

Aileen spürte das Rucken an ihren Haaren, dann Wärme an ihrer Kopfhaut. Es klapperte. Drehte er ihr gerade Locken mit einem elektrischen Lockenwickler? »Was bedeutet das?«

»Du meinst *deinen großen Moment?*«, erwiderte er flüsternd.

»Ja.«

»Ich setze dich in Szene. Sehr königlich und sehr dramatisch. Der Ort ist bereits vorbereitet und wartet auf dich. Ein tolles Bild, mein Mädchen aus Glenfarg.«

»Lassen Sie mich ... danach wieder gehen?«

Der Maskierte gluckste. »*Danach?* Ja, wenn dir das danach möglich sein sollte, lasse ich dich gehen.« Es klapperte und ziepte, er arbeitete weiter an ihren hellrötlichen Haaren.

Aileen schossen die Tränen in die Augen. Sie hatte verstanden, dass sie nicht überleben würde. »Was muss ich tun, damit Sie mich freigeben?«

»Für Ersatz sorgen«, raunte die furchtbare Stimme.

»Ersatz? Sie …«

»Du müsstest mir jemanden bringen, der genauso aussieht wie du und die gleiche Statur hat. Die gleiche helle Haut. Die gleichen kleinen Brüste. Das gleiche Antlitz«, zählte er gelassen auf.

Aileen wusste nicht, was sie darauf erwidern sollte. So eine Person gab es nicht.

»Würdest du wirklich eine andere an deiner Stelle über die Klinge springen lassen?«, erkundigte er sich amüsiert.

Die junge Schottin schluchzte. »Bitte, machen Sie mich los, und ich verspreche, ich werde nicht zur Polizei gehen.«

Der Maskierte lachte kalt. »So, fertig. Hoppla! Das hat richtig viel Zeit in Anspruch genommen.« Stoff raschelte, er erhob sich, und die Stuhlbeine schoben sich knarrend über den Boden. »Jetzt müssen wir uns aber beeilen, Königin.« Sie hörte ein Klirren, dann schob er ihr etwas in die Ohrlöcher, in denen sie sonst kleine Stecker trug. »Ja, das sieht so aus, wie ich es mir vorstellte«, raunte er ihr freudig zu. »Die Perlenanhänger stehen dir.«

Er nahm die Halskrause ab und wusch ihren Nacken, die Schulterpartie, die Kehle, das Brustbein. Dann entfernte er sich.

Aileen nutzte die Gelegenheit und hob den Kopf; hastig blickte sie sich um.

Der Raum erinnerte an eine Mischung aus Hobbykeller, Elektronikzubehörladen und Gerichtsmedizin; sie lag auf einem Tisch mit Gummipolsterung.

Alles war penibel aufgeräumt. Werkzeuge, mehrere Handys und alte Laptops, Kabelrollen, Flaschen, Tiegel, alles hing oder stand an seinem Platz. Die Beschriftungen der Boxen vermochte sie nicht zu lesen; eine Modellbausatzschachtel befand sich geöffnet auf der Werkbank. Der Inhalt reihte sich vor dem ausgebreiteten Bauplan auf.

Ihre Furcht stieg bei ihrer nächsten Entdeckung: Ein chirurgisches Besteck wartete ebenso auf der nahen Anrichte wie Glasspritzen und eine Batterie von Ampullen.

Ein leises Zischeln ließ sie nach links schauen. In einem Terrarium wand sich eine Schlange unter einer Wärmelampe. Das Reptil wirkte nicht besonders spektakulär.

»Sie ist für dich, meine Königin«, kommentierte der Mann von der Anrichte aus und wählte eine der Spritzen. »Eine noch junge, giftige Ringhalskobra, eigens dir zu Ehren aus dem Zoo gestohlen. Ich werde sie noch ein wenig modifizieren müssen, doch sie kommt der Vorlage am nächsten. Die Legende berichtet von einer Königskobra, doch das würde von der Größe niemals passen. Aber ich bin flexibel.« Er tippte sich mit der Spitze gegen die Maske. »Ich kann das.«

Aileens Mund wurde trocken, die Angst war kaum mehr zu ertragen. Ihr Herz schmerzte bei jedem Schlag. »Bitte!«, flehte sie schluchzend und sah mit an, wie er die erste Spritze aufzog. »For heaven's sake! Was ... ist das?«

»Propofol. Ein sehr wirksames Schlafmittel. Ich benutze es jedoch in sehr schwacher Dosierung. Du sollst nur leicht dösen und nicht herumschreien, wenn wir an den Ort deiner Krönung fahren.« Der Maskierte legte die vollgesogene Spritze weg und lud eine zweite. »Das ist Remifentanil. Gegen die möglichen Schmerzen.«

Aileen versuchte zu verstehen, was er mit ihr vorhatte, doch warum sollte er ihr erst die Injektion setzen und sie danach von der Kobra beißen lassen? Damit sie möglichst lange gegen das Gift durchhielt? War sie in die Hände eines perversen Sadisten gefallen, der sich am langen Leiden erfreute? War das *der große Moment?*

»Nein«, wimmerte sie und rüttelte an den Fesseln, aber die Lederriemen waren zu fest. »Bitte, nein!«

»Ich habe sie selbst gebaut. Die Polsterung auch. Deine Handgelenke sollen keine hässlichen Ränder und blauen Flecke bekommen«, flüsterte er stolz auf Hochdeutsch und näherte sich mit den Spritzen. »Welche möchtest du zuerst: gegen die Schmerzen oder zum Dösen?«

»Gar keine«, keuchte Aileen hektisch. »Ich will gar keine, you sucker!«

Das große Auge der Maske schien sie zu betrachten. »Ich denke, ich fange mit Propofol an. Du wirkst doch sehr aufgewühlt, was ich auch verstehen kann.« Die junge Schottin schrie vor Schmerz und Entsetzen, als er die Nadel nicht in eine Vene senkte, sondern sie bis zum Anschlag in ihre rechte Brustwarze stach.

Das Beruhigungsmittel jagte mit Druck in ihren Körper, es brannte wie Feuer.

»Auf diese Weise dauert es zwar länger, bis es wirkt, sagte man mir, aber ich möchte einfach keine Einstichlöcher in deiner schönen, hellen Haut«, lautete die Erklärung ihres Peinigers, der die Spritzen tauschte und in die andere Brustwarze das Remifentanil injizierte.

»Oh god«, schluchzte Aileen, »oh god! Please!« Sie fühlte sich benebelt, und die Schmerzen in ihren Brüsten ließen bald nach. Es dauerte, bis die Mittel in ihren Kreislauf gelangten, aber dann setzte die Wirkung schnell ein. Ihr Wimmern wurde leiser, sie entspannte sich.

»Sehr schön, meine Königin«, wisperte der Maskierte. »Eine Sache noch, und wir haben es bald geschafft. Dann können wir aufbrechen.«

Aileen spürte seinen Daumen und Zeigefinger, mit denen er ihr rechtes Lid weit auseinanderzog. Mit der anderen Hand hielt er eine Pipette und ließ mehrere Tropfen auf die Pupille regnen. Es brannte kaum. Aileen musste blinzeln, als er das Lid freigab.

Die Prozedur wiederholte sich auf der linken Seite, und der Raum schien von selbst heller und heller zu werden.

»Was ist …?«, murmelte sie.

»Atropin, meine Königin. Das weitet deine Pupillen zu einer enormen Größe. Ich möchte nämlich, dass du einen *unwiderstehlichen* Totenblick aufweist, wenn man dich findet. Wie es sich für eine Herrscherin gebührt.«

Aileen wollte es zwar nicht, doch sie glitt mehr und mehr in einen Dämmerzustand. Das Summen des Gebläses beruhigte sie, die warme Luft umspielte ihren Körper wohlig.

Die junge Schottin seufzte und dachte an Glenfarg.

An ihren Verlobten Ian.

An die wundervolle Landschaft, die sie niemals mehr sehen würde.

Sie weinte dabei verzweifelte Tränen, ohne es zu merken.

❖❖❖

KAPITEL 5

Leipzig, Dresdner Straße, 9. November

Rhode wusste gar nicht mehr, wann er zum letzten Mal mit Blaulicht, Sirene und erhöhter Geschwindigkeit zu einem Einsatz gefahren war. Er saß hinterm Steuer des Passat Kombi und drückte das Pedal voll durch.

Das morgendliche Leipzig schoss vorbei, Autos machten ihm Platz.

Zeit, Zeit, Zeit!

Keine Zeit, wie das weiße Kaninchen.

Er hatte das Gefühl, ganz schnell vor Ort sein zu müssen. Er wollte nichts übersehen, nicht zu spät kommen. Die Minuten, das hatte der Mörder deutlich gemacht, spielten eine entscheidende Rolle, wenn sie ihm auf die Spur kommen wollten. Seine Anti-ADHS-Pille hatte Rhode natürlich vergessen.

Der Tag begann damit, dass sein Diensthandy klingelte und er die Mitteilung bekam, dass sich der anonyme Anrufer gemeldet habe.

Gerade einmal vier Sekunden Geflüster in reinstem Hochdeutsch: *Dresdner, Ecke Salomonstraße, alte VEB Druckerei. Hintereingang. Mein neues Kunstwerk! Beeilung, wenn ihr was finden wollt.*

Genau wie beim letzten Mal, aber eine andere Adresse.

Während er sich zwei Minuten nach Eingang des Anrufs in schlampiger Montur in seinen Wagen schwang, teilte ihm Anke mit, dass eine Streife bereits rausgefahren sei, aber die Beamten nicht in das Gebäude vorgedrungen waren, in dem die Leiche sein sollte: Sie meldeten unklare Adressangabe und ein großes Areal mit riesigem Gebäudekomplex. Es gäbe verschiedene Möglichkeiten, und sie forderten Verstärkung an.

Rhode kannte die alte *Interdruck Graphischer Großbetrieb Leipzig* mit dem Hinweis *Volkseigener Betrieb*, kurz *VEB*. Ein in der Tat großes, vielstöckiges Gebäude, das sich entlang der Salomon- und Dresdner Straße erstreckte. Dem halbrunden Eingang gegenüber lag das Grassimuseum, und somit befand es sich fast in der tiefsten Innenstadt.

Wegen der Filetstück-Lage wurde an der Sanierung gearbeitet, das stand zumindest vor kurzem in der Zeitung, und ein Neubau kam dazu. Es war ein Spiel, das öfter in Leipzig gespielt wurde: alte Hallen, Investoren, Umbauten, kleine Hinterhofgärten, Wohnungen für Singles und Gutbetuchte, Penthäuser obendrauf. Im Fall der *Interdruck* hieß das hochwertiges Parkett statt Druckerschwärze, italienische Fliesen anstelle von Graffiti.

Sein Funkgerät im Wagen knackte. »Chef, fahr über die Inselstraße ran, am Neubau vorbei«, sagte Schwedt. »Wir sind auf der Rückseite.«

»Verstanden, Anke. Ich bin gleich bei euch.« Rhode schaltete Blaulicht und Sirene aus, weil er den angegebenen Ort gleich erreicht hatte.

Der Wagen rollte über den Schutt und die Ziegelreste, mit denen die Schlaglöcher vorübergehend für die Baufahrzeuge aufgefüllt worden waren. Er hörte das reibende, mahlende Geräusch, das sie unter den Reifen erzeugten; mit einem *Pong* schnellten kleinere Steinchen unter dem Gummi davon.

Er arbeitete sich durch die Morgendämmerung zur Industriebrache vor, die von mehreren Scheinwerfern angestrahlt wurde und zu einem Wohnkomplex umgebaut wurde.

Die Adresse war selbst für Unkundige ohne Probleme zu finden, von Unklarheiten konnte keine Rede sein. Es gab auch nur *ein* Haus, das in Frage kam. Die kleineren Ruinen daneben und eingefallenen Hütten, die im Laufe der Jahre entstanden waren, eigneten sich nicht für die zu erwartende Inszenierung ihres Mörders.

Zwei blau-silberne Streifenwagen standen im Hof, die Lampen der Fahrzeuge waren auf den torartigen Hintereingang gerichtet. Suchscheinwerfer leuchteten die Fenster ab.

Rhode erkannte, dass zwei von ihnen mit schwarzer Folie von innen abgeklebt waren. Das untrügliche Zeichen, falls es noch eines Beweises bedurft hätte.

Schwedts aufgemotzter weißer Honda Civic 2.2 parkte ebenfalls dort. Der schlaksige Lackmann erhob sich neben dem Autodach wie ein Leuchtturm und telefonierte. Die junge Kommissarin hatte den unbeliebten Kollegen mitgenommen. Einen Führerschein hatte er schon lange nicht mehr.

Rhode hielt den Passat an, schaltete den Motor ab und stieg aus.

»... gleich kommen. Ja, ein bisschen zügiger. Mensch, Leute! Bis gleich.« Lackmann drückte das Gespräch weg. »SpuSi, Herr Rhode. Die fahren erst jetzt los. Dabei hatte ich denen gesagt, dass sie sich beeilen sollen.« Der Novemberwind spielte mit dem zu weiten Anzug, der vor dreißig Jahren in Mode gewesen war, und den welligen, halblangen grauen Haaren, die stets fettig aussahen. Der Schlips saß schief und zu locker.

Rhode nickte. »Danke fürs Kümmern, Herr Lackmann.«

Er zeigte nach vorne. »Da rein. Frau Schwedt wartet auf Sie.«

»Danke.« Rhode ging los und trat durch die Tür in eine Halle, in der es nach ranziger Farbe und rostendem Metall roch.

Welche Aufgabe der hohe Raum gehabt hatte, dessen Wände mit Graffiti versehen waren, wusste er nicht. Vielleicht Papierlager, vielleicht Auslieferung, vielleicht titanische Kantine. Manche Wände schienen erst vor kurzem eingerissen worden zu sein, auch die Deckendurchbrüche mochten neu sein. Er konnte nicht sagen, wie es vor dem Beginn der Änderungsarbeiten ausgesehen hatte.

Aber den Tatort erkannte er sofort: ein verglaster Raum, zehn Meter über dem Boden und über eine rostige Treppe erreichbar, von dem aus die Geschehnisse überwacht worden waren. Sämtliche Scheiben, innen und außen, waren mit der dicken Folie ausgekleidet. Das erkannte Rhode vom Boden aus.

Schwedt stand oben und winkte ihm zu. Neben ihr wartete ein Streifenbeamter, drei weitere liefen in der Halle herum und suchten mit Taschenlampen den Boden ab. Es wurde höchste Zeit, dass die SpuSi mit ihrer Ausrüstung anrückte.

Rhode verstand sehr genau, was gespielt wurde: Keiner der Polizisten hatte Probleme gehabt, den Ort zu finden. Es ging um etwas ganz anderes. Der Totenblick, der schon zwei Opfer unter den Beamten gefordert hatte, war der Grund für die vermeintliche Überforderung. Die Paranoia-Saat des Mörders hatte Wurzeln geschlagen und keimte aus.

»Guten Morgen, Herrschaften«, sagte er laut. Seine Stimme hallte nach. Er kam auf das Trio zu. »Schon was entdeckt?« Überflüssigerweise zückte er seinen Dienstausweis. Die Namen an ihren Uniformjacken nahm er wahr und vergaß sie gleich wieder.

»Nein, Herr Hauptkommissar«, meldete einer von ihnen. »Kommissarin Schwedt sagte, dass wir uns umsehen sollen, ob sich was finden lässt.«

»Wer von Ihnen war zuerst da?«

Zwei sahen zu dem dritten Kollegen, der sich absichtlich im Hintergrund gehalten hatte.

»Wo genau lag das Problem mit dem Finden *dieser* Halle und des *torgroßen* Hintereingangs?«, fragte ihn Rhode freundlich, aber bestimmt.

»Es gibt etliche Etagen, die komplett leer stehen, und wir dachten, mit der Verstärkung ginge es schneller«, antwortete der Polizist trotzig. »Die Folie haben wir zuerst nicht gesehen. War ja alles dunkel.«

»Das ist es immer noch.« Rhode sah dem Streifenpolizisten an, dass er log. Aus Angst. Die gleiche Angst oder zumindest Unbehagen bemerkte er bei den zwei anderen Beamten.

Das gab ihm Gewissheit: Die Warnung vor dem Totenblick hatte sich unter den Polizisten herumgesprochen, und nach dem Ableben von Hammer und Herold nahm keiner mehr die krude Warnung auf die leichte Schulter. Niemand wollte vom Mordopfer angeschaut werden.

»Ah ja.« Rhode ließ den Mann stehen und ging quer durch die Halle zur Treppe. Zerbrochenes Glas klirrte, Kronkorken und verbeulte Dosen lagen umher.

»Du kannst die Treppe nehmen«, rief Schwedt von oben. »Die hält.«

Er eilte die eiserne Stiege mit Getöse hinauf, entfernte sich mehr und mehr vom sicheren Boden, bis er seine Kollegin und den Polizisten erreicht hatte. »Guten Morgen«, grüßte er erneut und gab ihr die Hand, danach dem Mann. »Sie waren der Mutige?« Ein Blick auf die Uhr: exakt siebenunddreißig Minuten nach dem Anruf des Mörders befanden sie sich am Tatort.

Aber war das schnell genug, um die Hinweise zu finden? Er fühlte es. Nein, er *wusste* es.

»Polizeimeister Hansen.« Der Uniformierte grinste. »Ja, Herr Hauptkommissar. Ich lasse mich nicht so leicht einschüchtern.«

»Da haben wir was gemeinsam.« Rhode sah zur Kommissarin, die entschlossen nickte. Er übernahm die Führung und öffnete die schmale Tür. Als er den Lichtschalter betätigte, ging das Licht zu seiner Überraschung an.

»Die Birne war rausgedreht«, erklärte Hansen. »Sie lag gleich neben dem Eingang. Wir sollten sie finden, denke ich. Ich habe sie wieder reingeschraubt. War mir lieber, als mit der Taschenlampe herumzuleuchten.« Da er wohl fürchtete, einen Fehler gemacht zu haben, fügte er sofort hinzu: »Aber ich bin nicht weiter hineingegangen. Die SpuSi findet einen intakten Tatort vor.«

»Und warum war das Licht dann eben aus?«

»Ich habe es ausgemacht, Peter«, sagte Schwedt verlegen. »Keine Ahnung, wieso.«

Rhode schürzte die Lippen. *Wegen des Blicks vermutlich.* Er sah auf das Bild, das dem Betrachter dieses Mal geboten wurde.

Es war eine junge Frau, die mit entblößtem Oberkörper auf einem Bett ruhte, halb sitzend, halb liegend. Ein zusammengerolltes weißes und zwei quadratische rote Kissen mit Zierquasten stützten den Rücken der Toten; die Fassungen der Perlenohrringe und der Haarreif blitzten auf.

Das Gesicht war hübsch, zart, der Kopf wies leicht nach links. Ihre hellrötlichen, teils geflochtenen, teils herabhängenden Haare bildeten einen Kontrast zur bleichen Haut und zum weißen Bettzeug. Schenkel und Intimbereich wurden von einem Laken bedeckt, die Fußsohlen schauten hervor.

Das Bett war an den Seiten und hinten eingerahmt von schweren roten Samtstoffbahnen, die dem Ganzen etwas von einer Theaterbühne verliehen und den Blick von selbst auf die Tote lenkten. Rhode musste an seinen Opernbesuch denken.

Ihr linker Arm hing lose, dabei doch sehr malerisch auf die Matratze; der andere war leicht angewinkelt und hielt eine Schlange in den Fingern. Das Tier rührte sich nicht. Den blutigen Doppelbissmalen nach hatte es das Mordopfer in die rechte Brust gebissen, rote Bluttropfen rannen aus den winzigen Löchern und sickerten über die weiße Haut.

Der Hauptkommissar musste kein Schlangenexperte sein, um zu erraten, dass es sich dabei um die gestohlene giftige Ringhalskobra aus dem Zoo handelte. Er bezweifelte allerdings, dass das Gift die Todesursache war.

Natürlich hatte die Tote die Augen weit geöffnet ...

»Ich nehme an, du weißt, welches Bild wir hier sehen.« Rhode sah auf den Streifen durchsichtigen Klebebands um den Hals. Bett, Matratze, Laken, die Samtvorhänge, die komplette Einrichtung – alles musste Stück für Stück in die Glasgalerie geschafft worden sein. Nichts hatten der oder die Täter dem Zufall überlassen, wie beim ersten Mord. Rhodes Linke rieb wie verrückt den *worry stone* in seiner Manteltasche, um seine Hyperaktivität in Grenzen zu halten.

»Ja. Das ist *Der Tod der Kleopatra*«, antwortete Schwedt und reichte ihm ihr Smartphone. »Und zwar die zweite Version, gemalt 1648.«

Auf dem Display erschien das Original in erschreckend ähnlicher Weise. Es gab nur zwei Unterschiede: die geöffneten Augen und das Klebeband, das den Kopf daran hinderte, vom Hals zu fallen. Die Gerichtsmedizin würde wieder feststellen, dass das Tatwerkzeug eine schwere, scharfe Klinge sein musste.

Rhode ließ sich die Informationen zu dem Werk anzeigen, auch wenn er wusste, dass er sich in seinem Zustand kaum etwas davon lange merken konnte.

Gemalt worden war die Vorlage von Giovanni Francesco Barbieri, genannt Il Guercino, einem italienischen Maler des Barock. Sein Künstlername lautete »der Schieler« und bezog sich vermutlich auf ein Augenleiden. Es interessierte den Hauptkommissar nicht, dass der Italiener 106 Altarbilder und 144 weitere Gemälde geschaffen hatte. Er brauchte Infos zum *Tod der Kleopatra*. Also scrollte er umständlich.

Gemalt wurde diese zweite Variante im Jahr 1648, stand zu lesen. *Guercino ließ sich auch von Vorzeichnungen für das frühere Gemälde anregen, auch viele der Requisiten aus der ersten Version sind zu sehen, wie die mit Leinen bezogene Matratze, die Kissen und die tiefen, kantigen Falten, die an beiden Seiten aus den Ecken herunterfallen.*

»Gleichzeitig hat er jedoch eine vollkommen andere Atmosphäre geschaffen: Kleopatras erotische Wirkung wird betont, indem sie liegend statt sitzend dargestellt ist, wobei das prächtige Umfeld mit einer erweiterten Farbpalette und einem größeren Reichtum an Oberflächentexturen wiedergegeben ist«, las Rhode die Informationen aus dem Internet halblaut.

Erotische Wirkung. Ein Hohn, wenn man das Bild als Realumsetzung vor sich hatte.

»Gift?« Er sah auf die Schlange auf dem Bild, dann am Tatort. »Ob der Mörder sie auch zuerst vergiftete, bevor er sie enthauptete?«

Er sah genau hin: Das Tier bewegte sich nicht, züngelte auch nicht. Es hatte den Anschein, dass die Ringhalskobra zusammen mit der unbekannten jungen Frau gestorben war. Der oder die Täter hatten kein Interesse daran, sich einen lebensgefährlichen Biss einzuhandeln.

»Ich bin mir nicht sicher. Armin Wolke wurde auch zuerst enthauptet und bekam danach die Stichwunde zugefügt.« Schwedt betrachtete die Leiche. »Die Ähnlichkeit zwischen Vorlage und Opfer ist wieder verblüffend. Bei der Schlange hat er den Mittelweg beschritten.«

»Heißt was?«

»Der Legende nach brachte sich Kleopatra mit einer Königskobra um, was aber allgemein bezweifelt wird. Diese Viecher werden drei Meter und länger. Die Schlange auf dem Bild ist dagegen klein. Der Täter wollte aber wohl eine

Kobra. Als Reminiszenz an den Mythos«, erklärte sie. Schwedt hatte sich in kürzester Zeit bestens vorbereitet. Schlau und engagiert. »Wir wissen nicht, wer die Tote ist, haben aber eine Beschreibung an die Zentrale ...« Ihr Smartphone in Rhodes Hand meldete eine eingehende Nachricht. »Moment. Kann ich es mal haben?«

Er reichte es ihr und überlegte, warum die Zeit eine besondere Rolle bei diesem Fall spielen sollte. Konnte sich etwas verflüchtigen, auflösen und für die Ermittlungen verloren gehen? »Haben Sie einen Geruch bemerkt, Herr Hausen?«

»Hansen. Nein, Hauptkommissar.«

Rhode unterdrückte den Fluch. Sein ADHS und Namen! »Irgendwas, was Ihnen auffiel, als Sie den Tatort betraten, und das nun anders ist?«

Er schüttelte den Kopf. »Nein, tut mir leid.«

Schritte erklangen auf der Metalltreppe.

Die Spurensicherung rückte an; die Männer in ihren weißen Schutzanzügen begaben sich nach einem kargen Gruß in die Galerie, bauten ihre Scheinwerfer auf und verfielen in den üblichen Modus. Sie schossen Fotos und bewegten sich behutsam suchend an das Bett mit der Leiche heran, um nichts zu übersehen, was am Boden liegen konnte.

»Igitt. Eine Schlange«, machte Weißenberg und zog die Kapuze um den Kopf enger. Er ließ sich von Hansen den Teleskopschlagstock reichen und stupste das Tier an. Die Kobra reagierte nicht, sondern rutschte schlaff über den Bauch der Leiche. »Wenigstens tot.« Er gab den Stock an den Polizeimeister zurück.

Hansen schob die Segmente zusammen und stutzte, rieb über das Ende des Stocks. »Da ist ja Farbe dran.«

Rhode sah Schwedt an. »Warum sollte man die Kobra anmalen?«

»Um den Anschein einer Königskobra zu erwecken. Du erinnerst dich an den Mythos, von dem ich vorhin sprach«, schlug sie vor. »Das werden uns die Tierpfleger erklären können.«

Weißenberg sammelte das tote Reptil behutsam ein und packte es in eine stabile Klarsichtbox. »Die Obduktion können sie auch gleich machen«, warf er ein. »Unsere Rechtsmediziner werden sonst nicht wissen, wo sie anfangen und wohin sie schneiden sollen.« Er nahm erste Proben unter den Fingernägeln der Toten.

»Das macht Sinn. Ich möchte«, sagte Rhode und vermied es, einen Namen auszusprechen, der dann doch wieder falsch wäre, »dass ihr danach den ganzen Raum auf den Kopf stellt. Es muss etwas hier drin geben, das uns einen Hinweis gibt.«

»Einen Hinweis auf *was*?«, erkundigte sich der SpuSi-Leiter. »Das würde uns dabei schon helfen.«

»Wissen wir leider nicht. Etwas, bei dem Zeit eine Rolle spielt.«

»Eine flüchtige Substanz?«, versuchte Weißenberg eine Eingrenzung. »Soll es an der Leiche sein, an den Kulissen, an der Folie …?«

»Ich weiß es nicht«, unterbrach ihn Rhode gereizt und ärgerte sich über sich und sein ADHS, das ihn erneut fahrig und unaufmerksam werden ließ. Wieder quetschte er den Marmorstein, rieb und drückte. »Sucht einfach. Danke.« Er hielt es in dem Raum nicht mehr aus und trat hinaus auf den kleinen Vorbau der Galerie.

Schwedt folgte ihm hinaus. »Ich wollte nicht stellvertretende SoKo-Leiterin werden«, sagte sie gedämpft. »Ehrlich. Mir wäre es lieber gewesen, keine Leiche zu finden und den Täter zu schnappen. Sie ist noch jünger als ich, schätze ich. Armes Ding.«

Er nickte leicht und sah in die heruntergekommene *Interdruck*-Halle, die sich unter ihnen ausbreitete und in der die drei Streifenbeamten zusammenstanden. Sie unterhielten sich und schienen die Suche abgeschlossen zu haben. »Denkst du, dass Blaufels ...«

»Weißenberg.«

» ... das alleine gestemmt bekommt?«

Schwedt hielt ihr Handy in der Linken und wartete, bis die einkommende Meldung komplett geladen wurde. Ihr Parfüm hatte es schwer, sich gegen den alten Mief der Druckerei durchzusetzen. »Du fragst dich, ob du das KTI anfordern sollst. Habe ich auch schon drüber nachgedacht.« Die junge Kriminalerin sah ihn an. »Könnte aber sein, dass das LKA sich den Fall komplett krallen wird. Hier walten auch noch höhere Kräfte.«

Rhode befürchtete, dass Wolke bereits daran arbeitete, die Ermittlungen auf die nächste Stufe zu heben.

Das KTI, das Kriminalwissenschaftliche und -technische Institut, gehörte zum LKA Sachsen und hatte eine besondere Stellung gegenüber der Spurensicherung. Dort saßen die Spezialisten, die Feintechniker in Sachen kriminalwissenschaftlicher, kriminaltechnischer und erkennungsdienstlicher Untersuchung. Etwa hundert Mitarbeiterinnen und Mitarbeiter, darunter Chemiker, Biologen, Physiker und Ingenieure verschiedener Fachrichtungen, standen zur Verfügung, um Gutachten abzuliefern.

»Warten wir, was Wasen ... Weißen ... fels ... berg findet«, entschied er. Rhode holte Luft und rief hinab: »Was entdeckt?«

Die Polizisten wandten sich zu ihm, schauten hoch. »Nein, Herr Hauptkommissar«, antwortete einer. »Nur Müll und Schrott.«

»Und drei Zigarettenstummel, aber die waren zu alt, um relevant zu sein«, fügte ein anderer hinzu.

»Gut. Dann mal raus und absichern«, befahl er und wandte sich zu Hansen. »Sie bleiben hier oben.«

Schwedt machte mit einem Räuspern auf sich aufmerksam. »Das Opfer ist identifiziert. Aileen McDuncan, 22 Jahre, Austauschstudentin aus Glenfarg in Schottland. Wird seit vorgestern vermisst.« Sie hielt ihm wieder den kleinen Monitor hin.

Das Gesicht passte, keine Frage.

»Wir benachrichtigen die Angehörigen erst, wenn wir sicher sind.« Rhode befand sich in einer verzwickten Lage. Richard Georg Wolke hatte kein Interesse gehabt, die Öffentlichkeit vom Tod seines Sohnes zu informieren. Er machte über seine Verbindungen zum Polizeipräsidenten Druck.

Aber Rhode konnte sich vorstellen, dass die britische Boulevardpresse oder besser gesagt die schottische den Fall der bizarr ermordeten Studentin aufnehmen und ausschlachten würde. In übelster Weise. Von der Insel käme es zurück nach Deutschland.

»Lange werden wir es nicht geheim halten können.« Schwedt machte sich die gleichen Gedanken. »Außerdem schnüffelt dbs herum, um herauszufinden, weswegen der bedauernswerte Kollege Hammer beurlaubt war. Sie wittert, dass etwas nicht stimmt.«

dbs war das Kürzel der Reporterin Baum-Schmidtke.

Rhode mochte sie eigentlich, weil sie den Großen gerne ans Bein pinkelte. Doch ihren herausgeforderten Spürsinn auf sich gerichtet zu sehen, das schmeckte ihm nicht. Es blieb ihm die Flucht nach vorne, in Absprache mit der Pressestelle. Oder nein: besser auf eigene Faust. »Ich werde mich mit ihr treffen, sobald wir die Bildermorde nicht mehr vertuschen können«, verkündete er. »Sie bekommt etwas Exklusives, und dann haben wir sie auf unserer Seite.«

Unter ihnen trollte sich das namenlose Polizistentrio ins Freie, um darauf zu achten, dass kein Unbefugter den Tatort betrat.

Lackmann kam fluchend herein und wischte sich den Regen von der Jacke.

Das Auftreffen der Tropfen verstärkte sich, die Anzahl steigerte sich innerhalb weniger Herzschläge. Es rauschte in der Halle, als tobte ein aufgepeitschtes Meer um das Gebäude, dessen Wellen gegen die Mauern wogten. Rhode gönnte es den drei Streifenbeamten, sich dem Schauer aussetzen zu müssen.

»Was denkst du, wie lange wir den Fall noch haben werden?« Schwedt lehnte sich vertrauensvoll gegen das Geländer.

»Du denkst an Wolke und das LKA?«

Sie nickte. »Kann schon sein. Dieser Intendant könnte so lange auf den Präsidenten einreden, bis er die höhere Instanz einschaltet.«

Er zog sie an der Schulter nach hinten, weg vom gealterten Eisengitter. »Lass das mal.«

Die junge Frau lachte. »Angst um mich? Dabei habe ich

den Totenblick nicht abbekommen. Hansen war das arme Schwein.«

Rhode blieb ernst. »Hummers ...«

»Hammers ...«

»... Tod war ein *Unfall*, jede Fremdbeteiligung wurde von ... der SpuSi ausgeschlossen.«

»Ich kenne vier Kollegen, die das anders sehen«, kommentierte sie.

»Genau das könnte dir auch zustoßen«, sprach er weiter, ohne auf den Einwurf einzugehen. »Dazu braucht es keinen Totenblick. Hier ist alles marode.« Er trat gegen das Geländer, das daraufhin hin und her schwang, aus der korrodierten Halterung brach und zehn Meter in die Tiefe stürzte.

Scheppernd knallte es auf den Boden, Müll flog auf, und eine Staubwolke stob in alle Richtungen davon. Lackmann, keine fünf Meter entfernt, schrie vor Schreck. Das Echo des Krachens kehrte zu ihnen zurück und brauchte lange, bis es sich auflöste.

Kalkweiß stand Schwedt vor dem Abgrund, von Rhode am Arm gehalten. »Scheiße«, stammelte sie.

Hansen stand sofort neben ihnen, auch einer von der Spurensicherung kam nachschauen; zwei Streifenpolizisten hasteten in die Halle und blickten sich alarmiert um.

»Alles in Ordnung«, beruhigte Rhode. »Die *Interdruck*-Halle ist nicht besonders stabil. Achtet darauf, wohin ihr tretet.«

Lackmann trat hustend aus dem umherwirbelnden Dreck und hielt bereits seinen Flachmann in den Fingern. Auf den Schreck musste er etwas trinken.

Weißenberg trat auf die Ermittler zu und reichte dem

Hauptkommissar einen eingetüteten Zettel. »Das lag unter dem Laken«, sagte er besorgt. »Ihr wisst, was draufsteht.« Dann kehrte er zu seinen Leuten zurück.

Rhode gab ihn an Schwedt weiter. Er wollte die Warnung nicht lesen. »Was hältst du davon, dass wir Hau… Hansen Personenschutz geben?«, sagte er leise und rieb den *worry stone*. »Der Mörder wird bei ihm zuschlagen, wenn er sich und seinen Ankündigungen treu bleibt.«

Sie las die Nachricht im Gegensatz zum Hauptkommissar, ihre Lippen wurden schmal. »Da steht wieder der gleiche Sermon zum Totenblick. Kennen wir inzwischen ja.« Schwedt nahm ihr Telefon zur Hand. »Dann leite ich das in die Wege. Sagst du Hansen Bescheid?«

»Mache ich.« Er drehte sich zum Tatort um. Zum *Tod der Kleopatra.*

Durch die geöffnete Tür sah er die SpuSi mit ihren Gerätschaften hantieren, leuchten, fotografieren, markieren, einsammeln.

Bei allem Respekt vor den Kollegen: Rhode brauchte die KTI des LKA für die Bildermorde in Leipzig. Er würde sich gleich darum kümmern, dass ihm eine Abordnung geschickt wurde. Auf die eigenen oder die Befindlichkeiten der lokalen SpuSis durfte er keine Rücksicht nehmen. Er wollte die besten Kriminaltechniker des Landes.

Der unerschrockene Polizeimeister Hansen stand am Eingang, die Hände in die Hosentaschen gesteckt. Es gab für ihn nichts zu tun. Der Anblick der toten Aileen McDuncan schien ihn nicht zu berühren.

Rhode betrachtete die Leiche der Schottin, blickte in ihre aufgerissenen Augen mit den großen dunklen Pupillen. *Die Wahrheit liegt im Auge des Betrachters,* dachte er.

Aber WAS sehe ich? Er schüttelte verzweifelt den Kopf. *Was sehe ich?*

❊❊❊

Leipzig, Südvorstadt, 10. November

Rüdiger »Schmobi« Mohnberger spähte durch den Schlitz im Vorhang in den Zuschauerraum der *naTo*, der sich mehr und mehr füllte. Er steckte im Gewand des Richters Adam, die falsche Glatze auf seinem Kopf staute die Wärme, die Haarwurzeln juckten. Der Puder roch nach Lavendel, die Maskenbildnerin musste ihn ihrer Oma gestohlen haben, um Geld zu sparen. Aber was tat man nicht alles für die Kunst?

Die Idee, den *Zerbrochnen Krug* in der modern-adaptierten Form zu geben, kam bei den Kritikern überraschend gut an. Das Zeitungslob schlug sich in Neugier und gesteigerte Nachfrage um.

Dass er sich die Inspiration kurzerhand von seiner alten Truppe mitgenommen hatte, belastete ihn nicht.

Sie hatten ihn rausgeworfen, und er exportierte lediglich einen Gedanken, der von jedem sonst aufgegriffen werden konnte. Das war schon zu Shakespeares Zeiten so gewesen: Die Bühnen und Autoren lagen im Wettstreit miteinander.

Schmobi konnte nichts dafür, dass seine Ex-Mitspieler so langsam waren und nach der zugegeben gelungenen Premiere nicht in die Puschen kamen, um weitere Vorstellungen nachzuschieben. Gut für ihn und seine *Bühnenarbeiter*, wie sich die Riege um ihn nannte.

»Und?«, fragte Inka aufgeregt hinter ihm.

»Wird voll«, gab er grinsend zurück und ließ den Blick schweifen. Plötzlich machte er zwei Typen in schwarzen Klamotten aus, die eben in den Saal traten und sich nach freien Plätzen umschauten.

Lederhosen, Bikerstiefel, schwarze Shirts und dazu schwere Jeanswesten mit zahlreichen Aufnähern und Abzeichen, wie sie bei Motorradgangs Usus waren; sie hielten Bierflaschen in der Hand.

Als sich einer von ihnen zur Seite drehte, sah Schmobi das Logo auf seinem Rücken: ein Engel in einem weißen, wallenden Gewand mit einer halbseitigen Dämonenfratze und verkohlten schwarzen Schwingen sowie einem Richtschwert in der rechten Hand. Über das Bild schmiegte sich der Aufdruck *Heaven's Demons* und darunter der Slogan *Everywhere. Unexpected.*

»Das ist mal nicht schlecht«, flüsterte er Inka zu und winkte sie zu sich. »Schau mal: Rocker mit Kulturbedarf.« Er machte ihr Platz und sah zur Decke hinauf, wo die gemalten Bühnenhintergrundbilder auf langen Stangen hingen. Sie waren wie Banner aufgezogen und konnten bei Bedarf runtergelassen werden.

Inka, 34 Jahre und eine der Routinierten in der Truppe, trug schon ihr Kostüm als Eve Rull und linste durch den Spalt. »Und stilecht mit Bier«, fügte sie hinzu. »Schicke Tattoos haben die Herrschaften. Wer sagt's denn: Auch die Prolls …« Inka stockte. »Scheiße, machen die einen Ausflug?«

»Ausflug?« Schmobi war beruhigt, dass sich alles an Ort und Stelle befand. Der Theaterabend konnte beginnen. Und *er* hatte die *Hauptrolle.* Das wäre ihm niemals vergönnt gewesen, wenn er bei Löwensteins Truppe geblieben wäre.

Inka zerrte ihn am Ärmel zu sich und stieß ihn fast mit der Nase durch den Schlitz. »Guck!«

Durch den Eingang strömten noch mehr Biker, und sie gehörten alle zu den *Heaven's Demons*. Voll- oder konturbärtig, mal mehr, mal weniger tätowiert, Bandana, Käppi – die verschiedensten Gestalten betraten den Zuschauerraum und ließen sich laut diskutierend in den Sitzreihen nieder. Schlüsselketten klirrten und rasselten, dunkles, kehliges Lachen, man prostete einander zu.

Allen war gemeinsam, dass sie durch ihr Auftreten sofort einschüchternd wirkten, obwohl sie niemanden bedrohten oder Waffen in den Händen hielten.

Die übrigen Gäste bemerkten die Vielzahl von Bikern, die sich breitschultrig und stiernackig in ihren Reihen niederließen, und verstummten. Man war sich nicht sicher, was das zu bedeuten hatte.

Ein *Demon* mit langen schwarzen Haaren und ausrasierten Seiten zog seine Lederweste aus und präsentierte einen durchtrainierten Oberkörper mit etlichen farbig eingeritzten Bildern; auf seinem Rücken prangte der Himmelsdämon. Sobald der Mann sich bewegte, schien der düstere Halbengel lebendig zu werden und mit den Flügeln zu schlagen. Auch das war schwerlich als aktive Bedrohung zu verstehen, doch es verfehlte seine Wirkung nicht.

Schmobi sah, dass die ersten zartbesaiteten Gäste aufstanden und den Innenraum verließen. Gothics war man im Theater gewohnt, aber harte Kerle dieses Kalibers machten Angst. »Scheiße«, murmelte er. »Die Biker verscheuchen uns die Leute.«

Die *Demons* machten es sich bequem, während sich die *naTo* weiter leerte. Bald waren nur noch die fünfzig Clubmitglieder und eine Handvoll abgehärteter Zuschauer übrig.

Das Bühnenlicht sprang um und gab das verabredete Zeichen, dass die Vorstellung gleich begann.

Inka sah ihn an. »Ich gehe da nicht raus«, sagte sie und machte einen halben Schritt zurück.

»Was? Allen Ernstes?« Schmobi konnte nicht fassen, was sie da sagte, und wandte sich zu ihr.

»Hast du sie betrachtet?«

»Ja, und? Die wollen den *Zerbrochnen Krug* sehen.« Er starrte sie an. »Die machen einen Ausflug und sind eben zu uns gekommen. Ist zwar scheiße, aber ... na, die sitzen halt jetzt da.«

Inka kreuzte die Arme vor der Brust und stemmte sich mit beiden Beinen bockig gegen die Dielen. »Die schmeißen die leeren Flaschen nach uns, wenn es ihnen nicht gefällt. Die rufen nicht einfach nur *Buh* oder so.«

»Meine Güte!« Er rollte mit den Augen. »Das werden sie schon nicht.«

»Du gibst mir die Garantie, dass ich keine Flasche an den Kopf bekomme?«, hielt sie dagegen. »Oder sie sind extra nur deswegen reingekommen: kurz mal ein Theater aufmischen.«

»Dann holen wir die Polizei. Also, nachdem ...« Schmobi sah seiner Eve Rull an, dass sie nicht von ihrer Position abweichen würde.

Zenzo, ihr Gerichtsrat Walter und ebenfalls im Kostüm, kam auf die Bühne gerannt. »Was macht ihr denn noch hier? Es geht gleich los.« Eigentlich hieß er Vincenzo, aber das dauerte zu lange beim Aussprechen.

»Biker«, sprach Inka getragen und deutete mit einer ausladenden Geste zum Vorhang. »Nur.«

Zenzo runzelte die Stirn und sah durch den Spalt in den Zuschauerraum. »Fuck«, entfuhr es ihm. »Was ist denn heute los?«

»Ich weiß es nicht!«, rief Schmobi genervt und warf die Hände in die Luft. »Inka weigert sich wegen den paar Motorradfahrern …«

»*Demons?*« Zenzo hatte das Logo erkannt. »Scheiße, dann gehe ich da auch nicht raus.«

Schmobi hatte das Gefühl, etwas Wichtiges verpasst zu haben, das essenziell für das Verstehen der Situation war.

»Noch fünf Minuten. Alle Posten besetzen«, rief jemand aus dem Hintergrund.

»Nee, warte mal. Da draußen sind die *Demons*«, brüllte Zenzo zurück, was zu leisem Gelächter aus dem Zuschauerraum führte. Die Biker hatten ihn gehört.

»Seit wann bestimmst du denn, was gemacht wird?« Schmobi versuchte, die sich ausbreitende Panik aufzuhalten, aber sie schlüpfte wie Quecksilber zwischen seinen Fingern hindurch und sickerte weiter. »Und was ist mit dieser Gang?«

Zenzo ging bereits nach hinten, Inka folgte ihm wie der abgesplitterte Teil einer beginnenden Prozession der feigen Mimen.

Schmobi eilte ihnen nach, holte sie ein und umkreiste sie aufgebracht. »Ey, ich spreche mit euch! Was ist mit denen?«

»Die sind gefährlich«, sagte Inka schmollend. Mehr nicht.

Zenzo versammelte mit einem knappen Ruf die Crew

um sich und setzte sie in Kenntnis, dass sie heute vor den berüchtigten Bikern spielen würden. Beinahe ausschließlich. Inka fügte hinzu, dass sie dazu nicht bereit wäre und man den *Demons* sowie den anderen Besuchern das Eintrittsgeld zurückgeben solle.

Die Truppe war unentschlossen, aber niemand brach in Jubelstürme aus.

»Habt ihr ein Rad ab?«, tobte Schmobi. »Die Vorstellung müsste schon seit fünf Minuten laufen!«

Erster fordernder Applaus erklang rhythmisch von jenseits der Bühne her. Die *Demons* wollten die Schauspieler herausklatschen und für ihr Eintrittsgeld Leistung sehen.

»Die zerlegen uns die *naTo*, wenn wir sie abwimmeln«, flüsterte Remy von der Requisite erschrocken und sank in sich zusammen. »Hört ihr das?«

Nun rammten die Biker unterstützend die Absätze der Boots auf den Boden und beschworen ein Donnern herauf, das an archaische Kriegszeiten, Belagerungen und Sturmangriffe erinnerte. Dass so vehement nach Kultur verlangt wurde, geschah nicht alle Tage.

»Dirk, hoch mit dem Vorhang«, befahl Schmobi entschlossen. »Ich fange an. Und wenn sie mich umbringen, könnt ihr die Bullen rufen. Ich kusche nicht vor einer Handvoll Bikern. Ihr seid echt Memmen!«

Er wandte sich um und trat auf die Bühne hinaus.

Schmobi hoffte, mit seinem Beispiel die anderen zu animieren. Jetzt fand er es besser, nicht zu wissen, für was die *Demons* in Leipzig bekannt waren, aber er ahnte, dass sie genau das Gleiche taten, das man auch *Bandidos* oder *Hells Angels* oder *Gremium* oder anderen Motorradclubs nachsagte.

Oftmals stimmt es, sagte eine kleine, fiese Stimme in seinem Hinterkopf.

Damit schien sich das Angstvirus auch bei ihm eingenistet zu haben.

Schmobi kämpfte gegen die Verunsicherung, die sich in ihm ausbreitete. Warum hatte er sich nur Gedanken darüber gemacht? Was sollten sie auch tun? Er war Künstler, Schauspieler und sicherlich kein lohnendes Ziel für Kriminelle.

Er räusperte sich, wollte sich an die erste Textzeile erinnern – und konnte es nicht. Ein klassischer kapitaler Vollhänger.

Der Vorhang schoss in die Höhe.

Schmobi schluckte, ihm wurde beim Anblick des Auditoriums abwechselnd heiß und kalt. Was er fühlte, war kein Lampenfieber – sondern schlicht Angst.

Sämtliche *Demons* saßen nach vorne gebeugt, die Arme auf die Lehnen der Vordersitze gelegt. Hundert Augen starrten auf die Bühne, durch Sonnenbrillen hindurch, stierten ihn an. Die Gesichter der Biker waren ausdruckslos, kalt und abweisend. Es herrschte eisige Stille, niemand sprach oder prostete. Manchen Ausdruck konnte man getrost als feindselig bezeichnen, was nicht förderlich war, um einen verlorenen Einstieg zu finden.

Schmobi schwitzte wie ein Schwein unter der falschen Glatze, erste Perlen quollen unter dem Rand hindurch und rollten an der Stirn hinab.

Der beschissene Dreckssatz steckte in seinem Hirn fest und hatte sich vor den *Demons* verbarrikadiert.

Hilfe gab es keine. Sein Souffleur befand sich bei der restlichen Crew.

Seine Beine verweigerten den Dienst, er konnte sich nicht rühren. Der Schauspieler vor seinen Kritikern, das Kaninchen vor der Schlange.

Der Biker mit dem freien Oberkörper klatschte einmal in die Hände, machte eine Pause, klatschte noch mal langsam. Ein *Demon* nach dem anderen fiel in den Zeitlupen-Applaus ein, stampfte erneut mit den Stiefeln auf.

Ansporn?

Vertreibung?

Die letzten zwei normalen Gäste sprangen auf und rannten aus der *naTo*.

Er war allein mit den *Demons*.

Darauf hatte die Gang gewartet: Einer nach dem anderen erhob sich, betont lässig gleich einem Actionhelden, bewegte sich immer noch applaudierend auf die Bühne zu. Eine donnernde Wand aus Muskeln, Tätowierungen, versteinerten Mienen, Sonnenbrillen und schwarzen Klamotten schob sich auf Schmobi zu. Überall sah er das Logo, den Halbdämonenengel, das ihn zusehends umzingelte.

So viel geschwitzt hatte er nicht einmal bei seinem Zehnkilometerlauf, sein Atem rasselte, er war kurz vor dem Hyperventilieren.

»Komm da weg«, flüsterte Inka aus sicherer Entfernung. »Die zerfetzen dich!«

Besonders mies fand Schmobi, dass ihm keiner der Männer aus seiner feigen Crew zu Hilfe eilte. Nach wie vor verharrte er allein auf der Bühne.

Der Tätowierte mit dem freien Oberkörper hörte auf zu klatschen, und die übrigen Biker hielten schlagartig inne.

»Wir kriegen unser Geld zurück, schätze ich«, sprach er lässig.

»Kriegen Sie«, erwiderte Schmobi stammelnd und überlegte, ob er gerade in die Hosen machte, weil es warm im Schritt wurde.

»Dachte ich mir.« Er zeigte mit der kräftigen Hand auf Schmobi und formte mit den Fingern eine Pistole; aufgrund der passenden Tätowierung wirkte die Illusion recht real. »Richter Adam, wir kommen wieder, wenn Sie sich gefangen haben. Das wird bestimmt eine tolle Vorstellung. Wir freuen uns darauf. Richtig, Männer?«

Stille.

Ihr Anführer lächelte fies. »Und wenn nur *eine* Sache dabei schiefgeht, Richter Adam, eine *einzige*, machen wir selbstverständlich von unserem Umtauschrecht Gebrauch. Ist wie bei defekten Geräten. Defekte Vorstellung, Geld zurück.«

Schmobi konnte lediglich nicken.

»Schön. Dann wünsche ich Ihnen noch fröhliches Proben. Wir finden raus, wann die nächste Vorstellung Ihrer Truppe ist. Egal wo.« Er bedeutete dem *Demon* neben sich, sich umzudrehen, und zeigte wortlos auf den Westenspruch: *Everywhere. Unexpected.* Dann rückte er ab, und seine Biker folgten ihm.

Jemand stellte Schmobi noch eine Flasche Bier auf die Bühne, dankenswerterweise war sie bereits geöffnet. Die schwarze Horde verließ den Zuschauerraum und holte sich das gezahlte Eintrittsgeld zurück.

Schmobi sackte zusammen und setzte sich einfach auf die Bretter. Er brauchte einen Schnaps und einen Joint, um die Angstverkrampfungen im ganzen Körper zu lösen. Dabei war nicht ein einziges böses Wort aus dem Mund des Bikers gedrungen. Er griff nach der Flasche und nahm einen langen Schluck.

»Alles klar?«, fragte Inka.

Schmobi hob seinen rechten Arm, ohne das Bier abzusetzen, und zeigte ihr den Mittelfinger. Und schon war die Flasche leer. *Das* hatte er gebraucht.

»Schade, schade«, sagte eine dunkle Stimme plötzlich aus der letzten Sitzreihe, die außerhalb des Lichts lag. »Ich hätte gerne gesehen, wie du unsere Idee aufführst.«

Schmobi sah den hünenhaften Umriss, der sich in die Höhe stemmte und zum Ausgang schlenderte. Er wusste, wer der letzte Besucher war, der ausgeharrt hatte, um seinen Triumph auszukosten. Sein Stolz verbot es ihm, eine Erwiderung vorzubringen.

»Du hast dir ja ein treues Publikum geschaffen. Die wissen Kunst noch zu schätzen, wirst sehen. Und sie sind geduldige Kritiker. Darauf wette ich.« Der Ares-Löwenstein-Schatten verschwand lässig winkend hinaus. »Bis denn, Schmobi.«

Rüdiger »Schmobi« Mohnberger seufzte rülpsend und ging in Gedanken durch, welches Theaterstück er anstelle von Kleists Lustspiel adaptieren konnte.

Alles andere wäre Bühnenselbstmord.

Summend kehrte Ares am späten Abend in seine Wohnung zurück.

Die Aktion in der *naTo* war ein voller Erfolg gewesen. Die alten Seilschaften zu den *Heaven's Demons* funktionierten bestens, und den Jungs hatte es sichtlichen Spaß gemacht. Er schuldete ihnen ein 50-Liter-Fass Schwarzbier, aber das war ihm der Spaß wert gewesen. Schmobi würde es nicht noch einmal wagen, den *Zerbrochnen Krug* aufzuführen.

Beschwingt warf er den Schlüssel des Smart in die Ablageschale, schlüpfte aus den Schuhen und ging in die Küche. »Nancy?«, rief er fröhlich. »Nancy, ich muss dir was erzählen.« Ihm war nach Sex. Triumphsex.

»Nur wenn es zur Gaußschen Zahlentheorie passt«, gab sie aus ihrem Arbeitszimmer zurück. Sie saß an ihrer Doktorarbeit. Um diese Uhrzeit. Andere 25-Jährige trieben sich in Bars, im Theater oder sonst wo herum, trafen sich mit Freunden und verbrachten einen ausgelassenen Abend.

Nicht so Nancy Kolke, die eine Bar oder eine Disco nur betrat, um Geld für ihr Studium zu verdienen. Und das mit gutem Erfolg.

Zwar konnte man sich darüber streiten, ob die Art des Jobs für die spätere Karriere nach dem Doktor- und anvisierten Professorinnentitel förderlich war, aber Nancy entgegnete stets, dass sie in die Forschung wollte. Da interessierte sich niemand, was sie in ihrem Leben vorher getan hatte. Resultate. *Die* galten etwas.

Dabei beherrschte sie die Stange so gut, dass sie mit Pole-Dance-Workshops Geld verdienen und an Meisterschaften teilnehmen könnte.

Aber das interessierte sie nicht. Auf lange Sicht war ein abgeschlossenes Mathematik- und Physikstudium mit akademischem Höchsttitel sicherlich die bessere Entscheidung.

Vor seinem geistigen Auge sah Ares seine Freundin einen raffinierten Tanz hinlegen, und sein Wunsch nach Intimität bekam einen neuerlichen Schub. Pole-Dance war ihre Art des Work-outs, und es sorgte dafür, dass sie eine unglaubliche Figur hatte.

Er öffnete den Vorratsschrank, suchte eine Flasche Wein

aus, entkorkte sie und ließ den Cabernet-Sauvignon von 2007 atmen, während er rasch ein paar Häppchen improvisierte. Dann stellte er alles auf ein Tablett, goss den Wein aus großer Höhe in zwei Wassergläser. Zwangsbeatmung nannte man das, eine Methode, die sogar von Weinkennern akzeptiert wurde. Von manchen zumindest.

Anschließend balancierte er das Brett vorsichtig zu ihrem Arbeitszimmer und klopfte mit dem Fuß gegen die Tür. »Roomservice. Sie haben etwas zu essen bestellt«, imitierte er die typische Hotelansage.

Nancys Schritte kamen auf den Eingang zu, sie öffnete. »Ich habe aber nichts bestellt.« Sie stand auf der Schwelle, in ein zu großes, graues Sweatshirt und ihre schwarzen Schlabberhosen gehüllt. Sie ging wie immer barfuß. Sie wirkte kokett und sexy, ohne es zu wollen.

»Mit den besten Empfehlungen des Managements.« Ares streckte ihr das Tablett einhändig hin. »Wo darf ich servieren?« Er sah ihr an, dass es ihr nicht passte, unterbrochen zu werden. Über ihren schwarzen Schopf hinweg erkannte er die Berge aus aufgeschlagenen Büchern, die sich im Schein der Leselampe auftürmten. Auf zwei Monitoren flimmerten mathematische Formeln, und die rechte Wand hatte sie mit vollgeschriebenen bunten Haftnotizzetteln tapeziert.

Triumphsex gab es keinen, das stand fest.

Andere Männer waren ihm dazwischengekommen: Gauß, Markow und Newton. Ihre Forschungen beschäftigten sich mit irgendwelchen Ableitungen aus Gleichungen und Erkenntnissen zur Anwendung in den verschiedensten Prozessen. Kein normaler Mensch verstand das.

Nancy nutzte die Gelegenheit, die langen schwarzen Haare zu einem Zopf zu binden. Dabei rutschte das Shirt hoch, und man sah ihre braune Haut sowie den flachen Bauch. »Ares, das ist wirklich lieb. Aber wenn du was für mich tun willst, dann koch mir eine Kanne Kaffee und komm damit wieder. Danach leg dich ins Bett und träum was Schönes«, lauteten ihre Instruktionen.

»Blutzucker ist wichtig für die Konzentration. Du solltest essen.« Unter ihrem weiten Shirt steckte ein sehr attraktiver und schmaler Körper. Er achtete darauf, dass sie genügend aß. Manchmal vergaß sie es einfach, wenn sich ihr Verstand in der Welt der Zahlen befand. Weniger als ihre 46 Kilo durfte sie nicht wiegen. »Kaffee macht wach, aber nicht satt.«

Der Ärger in ihren grünen Augen über seine Störung verringerte sich. »Das ist lieb, mein großer Krieger. Ich bin mit...«, sie wählte zwei Salamischnittchen und drei Pflaumen mit Speckmantel aus, »... dem hier schon zufrieden.« Sie küsste seine Wange und strich über seinen Musketierbart. »Schau doch eine DVD. Am besten *Big Bang Theory*. Ist unten im Regal. Dann verstehst du mich besser.« Nancy drückte die Tür mit der Ferse zu. »Und denk an den Kaffee, Roomservice.«

Klack.

Ares seufzte und brachte das beladene Tablett in die Küche. Seine Geschichte wurde er vorerst nicht los. Dabei hätte sie ihr gefallen.

Er kochte ihr den gewünschten Kaffee, extrastark, trank zwischendurch vom Rotwein und füllte die dunkle, kräftige Brühe in eine Thermoskanne, um sie mit dem Becher vor ihrer Tür abzustellen.

Dann verzog sich Ares mit seinem Laptop ins Wohnzimmer und surfte durchs Internet, ohne ein konkretes

Ziel zu haben. Infos prasselten auf ihn ein, er las die Kulturnachrichten, das Neueste zur deutschen Politik und löste ein Kreuzworträtsel.

Nancy ließ sich nicht blicken.

Danach schaute er wirklich noch die ersten beiden Folgen der amerikanischen Comedy-Serie *Big Bang Theory*, die sich um eine Clique von Wissenschaftsnerds, deren Ticks und Probleme in der realen Welt sowie eine blonde Kellnerin drehte.

Ja, es gab gewisse Ähnlichkeiten zwischen manchen Verhaltensweisen der Charaktere und seiner Gefährtin. Nancy kombinierte sie neu.

Ares trank das vierte Glas Rotwein, dann wurde er richtig müde. Selbst wenn Nancy jetzt nackt vor ihm gestanden und sich auf ihn geworfen hätte, wäre er eingeschlafen. Vermutlich.

Er streichelte sein kleines Bäuchlein und schwor sich, es abzutrainieren. Seine Freundin mochte es zwar, aber ...

... Ares bekam wie aus dem Nichts einen heftigen Schlag in den Rücken, der ihn gegen eine Mauer warf.

Er konnte sich gerade noch abfangen, rutschte jedoch aus und stürzte neben eine Pfütze, in der sich Feuerschein spiegelte. Den Stiefeltritt gegen den Kopf vermochte er mit beiden Händen abzuwehren; er rollte sich auf den Rücken, doch schon wurde er angesprungen.

Ares konnte sich nicht rühren: Auf ihm saß er, der Mann aus seiner Vergangenheit, den Flatow mit ihrem beschissenen Pendel zurückgeholt hatte. Ein langes Messer mit doppelseitiger Klinge blitzte in der behandschuhten Faust.

»Ich sagte, ich finde dich«, sagte der Mann verächtlich. »Wenn ich dich laufen lasse, werde ich eines Tages vor dir stehen und dich daran erinnern, dass du mir etwas schuldest. Na? Schulden oder sterben?«

Sofort hob Ares die Faust zum Schlag ...

... und konnte die Attacke in letzter Sekunde abbrechen: Er hatte die Gestalt erkannt, die ihn besorgt im schwachen Schein des Leselichts anblickte. Sonst hätte er ihr locker den Kiefer gebrochen.

»Ares?«

Er starrte sie an, blickte sich um, hörte das Blut in seinen Ohren rauschen. Die Mauer war weg, die Pfütze, der Mann mit dem Messer – all das hatte niemals existiert. Er war eingeschlafen und hatte geträumt. Einen verdammt echten Traum.

Nancy nahm behutsam sein Gesicht zwischen ihre warmen, weichen Hände. »Was ist, Ares? Du warst nicht wach zu kriegen.«

Er pumpte schwer, rang nach Luft. »Brauche einen Schluck Wasser«, sagte er und stemmte sich aus dem Sofa, wobei er Nancy höchst unsanft zur Seite schleuderte.

Ares tapste unsicher ins Bad. Schlaglichtbilder blitzten unterwegs in seinem Verstand auf, die fremd und doch real wirkten. Wie schon einmal erlebt.

Tatsächlich hatte er alles erlebt und es vergessen wollen. Schmobi lenkte seine Erinnerung nicht auf Dauer ab, der Wein diktierte ihm einen hässlichen Traum.

Er drehte das eiskalte Wasser auf und schöpfte sich mehrere Hände, trank es, goss es über die Glatze, über seinen Nacken und den Oberkörper.

Schließlich wagte er es, ganz langsam den Blick zu heben und sich selbst im Spiegel zu betrachten.

Ares sah nur sich selbst, obgleich er befürchtet hatte, einen anderen hinter sich zu erkennen.

Er schluckte, rieb die Tropfen von den Wangen und näherte sich der reflektierenden Oberfläche.

»Was war denn, Ares?«, fragte Nancy hinter ihm.

Und seit langer Zeit, wirklich sehr langer Zeit zuckte er wieder zusammen. Vor Schreck. Das war ihm als Kind das letzte Mal passiert.

»Ich habe ... wohl was Falsches gegessen«, antwortete er und umarmte sie erleichtert, als sich die zierliche Frau an ihn schmiegte. Nancy würde es nicht spüren, aber dieses Mal gab sie ihm Halt und nicht umgekehrt.

Ares atmete tief durch und konnte nicht leugnen, dass er sich »bäsonders fuhlte«.

Das bedeutete: Morgen würde Frau Flatow Besuch von ihm bekommen. Ares hatte keine Lust, Spielball seines von ihr manipulierten Unterbewusstseins zu bleiben. Hätte er den Schlag vorhin gegen seine Gefährtin zu Ende gebracht, läge sie mindestens mit gebrochenem Kiefer im Krankenhaus. Er hätte sie damit sogar töten können. Wegen eines sehr real wirkenden Traums und Erinnerungen an die Vergangenheit.

Flatow musste die negativen Auswirkungen der fehlgeschlagenen Rückführung rückgängig machen, und zwar gleich morgen. Und er würde Recherchen in Gang setzen. Pitt konnte ihm helfen.

»Lass uns ins Bett gehen«, sagte er zu Nancy.

»Ist recht, mein Krieger.« Sie nickte und küsste ihn sanft auf den Mund.

Und erst *da* war er sich sicher, wieder in der Realität gelandet zu sein.

❈❈❈

KAPITEL 6

Leipzig, Südvorstadt, 11. November

Dolores rannte über das holprige Steinpflaster.

Sie wollte die Tram in Richtung Innenstadt bekommen, weil sie ein Date hatte, aber vor lauter Plaudern mit ihren Freundinnen war sie zu spät aus dem kleinen Restaurant in der Körnerstraße gekommen.

Jetzt hetzte die 20-Jährige über den Bürgersteig, um zur KarLi zu gelangen. Die flachen Sohlen der hochschaftigen, schwarzen Winterstiefel gaben ihr genug Halt. Die dünne, puderzuckerartige Schneeschicht bedeutete keine Gefahr. Wenn sie noch etwas mehr an Geschwindigkeit zulegte, könnte sie die nächste Tram am Südplatz erwischen. Keinesfalls wollte sie zu spät bei Yannick auftauchen.

Sie fand ihn attraktiv, und nach dem heutigen siebten Treffen würde sich entscheiden, ob etwas zwischen ihnen lief oder ob es bei anregenden Gesprächen blieb.

Der kommende Kuss war entscheidend. Es kam immer auf den Kuss an, wie ihr Papa zu ihren Teenagerzeiten bereits sagte, und er hatte recht behalten. Damit war kein gehauchtes Ding auf die Wange gemeint, sondern ein schöner, langer Kuss auf die Lippen. Behutsam, erkundend, und dann mit Zunge. Sie freute sich darauf.

Dolores atmete nur unwesentlich schneller. Ihr machte

der Sprint dank ihres Trainings nichts aus, und sie würde auch nicht zu sehr ins Schwitzen geraten. Das wäre ein No-Go bei ihrem Date gewesen.

Unter ihrem knappen grünen Kurzmantel trug sie einen weißen Norwegerpulli, auf dem dunklen Schopf saß ihre schwarze Lieblingsmütze. Ihre schlanken Beine steckten in dunkelblauen Dreiviertelhosen. Die geringe Länge spielte keine Rolle, sie hatte die Enden in die Stiefel gestopft. Yannick gefiel es, und ihr sowieso.

Aus einer Einfahrt trat unversehens eine vermummte Gestalt, die einen Baseballschläger mit dem stumpfen Ende drohend auf sie richtete. »Gib mir deinen …«

Weiter kam der Typ nicht.

Dolores versetzte dem Aluminiumprügel aus ihrer Vorwärtsbewegung einen Rundkick und drosch ihn aus der Hand des überraschten Räubers; hohl klackernd landete der Schläger einige Meter weiter auf der Straße.

Noch bevor der Angreifer handeln konnte, hatte sie den Fuß umgesetzt und ihn mit voller Wucht in die Körpermitte getreten; ihr Bein streckte sich dabei komplett, woraufhin er nach hinten geschleudert wurde und leicht nach vorne einknickte.

Sofort setzte Dolores nach, spielte dabei ihre Routine aus: Der Vermummte bekam drei sturmschnelle gerade Faustschläge auf die Nase und einen Parallelhieb zum Abschluss gegen die Ohren, woraufhin er schreiend auf den Boden fiel und sich den Kopf hielt.

»Mach noch *eine* Bewegung, und ich brech dir was!«

Vorerst ließ es die junge Frau mit ihren Angriffen bewenden und zückte ihr Handy.

Ihr Herz pochte zwar schneller, aber Angst verspürte sie

nicht. Das Training hatte sie genau auf solche Situationen vorbereitet.

Sie wählte die Nummer ihres alten Herrn. »Hallo, Papa. Hier ist Do«, meldete sie sich und behielt den Stöhnenden im Auge. »Tut mir leid, aber ... ich habe einen Räuber ausgeknockt – was mache ich denn jetzt? Polizei oder ...? Wo ich bin? Nahe der KarLi, in der Körnerstraße. Ja, er hatte einen Base... Gut, dann die Polizei. Nein, du brauchst nicht zu kommen. Ich habe schon genug an ihm kaputtgemacht, glaub mir. Du würdest ihn umbringen.« Sie grinste. »Gute Nacht, Papa.« Dolores legte auf und nutzte den Notruf. »Hallo, hier ist Dolores Engel. Ich stehe in der Körnerstraße, kurz vor dem Körnerplatz, und habe soeben einen Räuber ausgeschaltet«, meldete sie ruhig. »Könnten Sie einen Streifenwagen schicken? Und eine Ambulanz? Ja, ich warte hier.« Bei der nächsten Frage musste sie lachen. »Nein, *ich* bin nicht verletzt. Bis gleich!«

Dolores sah auf die Uhr, dann wählte sie Yannicks Nummer und sagte ihr Date ab. Der Grund, weswegen sie ihn versetzte, würde ihn beeindrucken.

Zwanzig Meter entfernt von der Frau mit den langen, brünetten Haaren schwenkte er hinkend nach rechts, öffnete enttäuscht die Seitentür seines Transporters und stieg ein.

Der Abend wurde vom ersten Misserfolg gekrönt, den der Räuber und damit auch er einfuhr. Für ihn war es jedoch komfortablerweise nur seelisch schmerzhaft.

Langsam zog er die Tür zu, um kein lautes Geräusch zu verursachen, und wartete, während er das digitale Nachtfernglas nahm und durch die getönte Scheibe nach vorne blickte.

Die junge Frau stand zwei Schritte von dem sich krümmenden Räuber entfernt und telefonierte. Ihrer Körperhaltung und dem Lächeln nach war ihr Gesprächspartner ein Mann, mit dem sie flirtete.

Der Überwältigte hieß Robin Adler. Seit Wochen verfolgte er den Gelegenheitskriminellen bei seinen Beutezügen.

Zuerst hatte Adler auf der Liste der potenziellen Protagonisten für die Todesbilder gestanden, bis er durch Zufall mitbekam, wie sich der Mann ein paar Euro zusätzlich verdiente. Straßenraub.

Das hatte ihn neugierig gemacht, er verstand es als Zeichen: Adler wurde ungewollt und unbewusst zu seinem Gesichtsscout. Ein dummer Zufallsspürhund auf der Jagd nach Trüffeln, der nicht wusste, dass er an einer unsichtbaren Leine hing.

Mehr als einmal suchte Adler ihm die falschen Gestalten und Gesichter aus, aber schließlich hatte er Trüffeln gefunden: zuerst Armin Wolke und dann Aileen McDuncan. Sie waren perfekt gewesen!

An diesem Tag verließ den Scout das Glück.

Die Schlagkraft der jungen Frau hatte sowohl Adler als auch ihn überrascht. Dabei wäre sie für sein nächstes Bild sehr gut geeignet gewesen. In der rechten Jackentasche bewahrte er den Elektroschocker auf, mit dem er seine bisherigen Opfer ruhiggestellt hatte.

Heute würde er ihn nicht brauchen.

Ein blau-silberner Streifenwagen näherte sich zügig mit Blaulicht und hielt neben der jungen Frau an, zwei Beamte stiegen aus und grüßten, indem sie an ihre Schirmmützen tippten.

Es entspann sich ein tonloser Dialog zwischen ihnen, wie er durch die Okulare sah. Die Polizisten lachten mehrmals, und sie grinste sehr zufrieden. Adler wurde von den Männern ignoriert.

Irgendwann ging einer der Polizisten los und sammelte den Baseballschläger als Beweismittel von der Straße, der Rettungswagen kam, und man kümmerte sich um den Zusammengeschlagenen. Die Verletzungen schienen nicht trivial zu sein. Er wurde an den Tropf gehängt, auf eine Trage gepackt und eingeladen.

»Du hast keine Ahnung«, murmelte er und erhöhte die Vergrößerung, so dass er ihren Namen und die Adresse auf dem Notizblock des Polizisten lesen konnte: Dolores Engel, Poetenweg, die Nummer war verdeckt, aber das ließ sich herausfinden.

Er kannte den Poetenweg. Das Sträßchen lag in Gohlis-Süd, ganz in der Nähe des Gohliser Schlösschens.

Das konnte er sich merken. Er würde ihr demnächst einen großen Strauß Rosen sowie eine Glückwunschkarte zum Geburtstag schicken. Dolores konnte es nicht wissen, aber sie war dem großen Privileg entgangen, Teil eines einzigartigen Kunstwerks zu werden. Bedauerlich für ihn, glücklich für sie.

Es wäre wahrlich nicht fair gewesen, Dolores abzugreifen, nachdem sie sich tapfer gegen Adler zur Wehr gesetzt hatte. Er verstand es, zu gönnen.

Der gescheiterte Straßenräuber wurde abtransportiert und von einem Beamten begleitet, der zweite Polizist nahm Dolores mit.

Zurück blieb eine leere, sehr friedliche Körnerstraße. Nichts wies darauf hin, dass eine junge Frau soeben die

Heimsuchung des Viertels durch den Baseballschlägermann beendet hatte.

Für ihn bedeutete es, sich einen neuen Zufallsscout zu suchen.

Er mochte es, andere ohne ihr Wissen vorzuschicken und sie obendrein als Ablenkung einsetzen zu können. Bei der Durchsuchung von Adlers Wohnung würden etliche Gegenstände gefunden, die den Mordopfern gehört hatten. Das konnte die Polizei auf eine vollkommen andere Spur bringen.

»Woher bekomme ich meinen neuen Spürhund?«, grübelte er und stieg nach vorne ins Fahrerhaus.

Eile kannte er nicht. Die Zeit spielte für ihn.

Das nächste Bild würde warten müssen, während sich die Polizei erst einmal um Adler kümmerte und ihn verhörte, um herauszufinden, welche Rolle er bei den Morden spielte. Sie würden jedoch schnell merken, dass der Mann zu einfältig und zu wenig gebildet war, um solche virtuose Arbeit abzuliefern.

Dabei hatte die Polizei seine Geheimnisse am Tatort noch nicht aufgedeckt. Er würde ihnen bald einen Tipp geben; gleichwohl machte er sich die Arbeit gern.

Und dann war da noch Polizeimeister Hansen, der lernen musste, dass mit dem Totenblick nicht zu scherzen war.

Er startete den Transporter und fuhr gemütlich los. Es gab genug für ihn zu tun.

Sein Handy klingelte.

Verwundert nahm er den Anruf mit der unterdrückten Nummer entgegen und führte ein kurzes, überraschendes Gespräch.

Danach hielt er in einer Parkbucht an und blickte starr auf die leere Straße hinaus, während es in seinem Kopf arbeitete und sein Verstand nach einer Lösung suchte: Mit dieser Wendung war nicht zu rechnen gewesen, und das bescherte ihm zusätzliche Arbeit. Nur um sicherzugehen.

Eine Viertelstunde saß er im Transporter, die Augen geradeaus gerichtet und ohne zu blinzeln; dabei spielte er verschiedene Szenarien durch, positive sowie negative.

Und nach dem Ablauf von sechzehn Minuten wusste er ganz genau, dass es *definitiv* genug für ihn zu tun gab. Erst die Pflichten, dann die Kür.

❖❖❖

Leipzig, Südleipzig, 13. November

»Kann sein, dass man Sachen bei ihm fand, die den Opfern gehörten. Aber Robin Adler ist *niemals* im Leben unser Bildermörder, Peter!« Schwedt saß Rhode im Büro gegenüber und hatte sich gerade an ihrem Kaffee verschluckt. Sie trug ein dunkelgrünes Poloshirt, dazu Jeans und Turnschuhe und war von ihnen heute die Legere. Der Hauptkommissar steckte wie immer im Anzug. »Hast du dir den Typen mal angesehen? Der arbeitet als Zeitungsausträger und flog von der Berufsschule, weil er zu doof für Gärtner war. Wie soll der diese ...« Sie kämpfte mit den Haaren, die sie ausnahmsweise nicht zu einem Pferdeschwanz gebunden hatte. »Mann, ich schneid sie mir ab! Da kann Freddy noch so sehr motzen.«

Er spielte mit dem Squashball, drückte die Fingernägel

hinein, bis seine Gelenke schmerzten. Der *worry stone* hatte eine Auszeit bekommen. »Ein gewisser Herr Richard Georg Wolke ist da anderer Meinung. Man braucht einen schnellen Erfolg, um dessen Gemüt zu besänftigen.« Er drückte noch fester. »Ich würde gerne sagen, es ist Taktik, um den Mörder in Sicherheit zu wiegen.«

»Seit wann spielen die Meinungen Außenstehender eine wichtigere Rolle als die Logik?« Schwedt stieß sich von der Tischkante ab und rollte auf ihrem Bürostuhl rückwärts, schob sich an und drehte sich dabei. »Wenn Adler ein Alibi für nur *einen* der Mordtage hat, wird die Anklage schneller zusammenbrechen als ein Turm aus nassen Butterkeksen. Auch der unmotivierteste Pflichtverteidiger kann Adler aus den Vorwürfen rausholen, die über den Raubversuch hinausgehen.«

»Er hat keins. Alles, was er uns nannte, erwies sich als falsch, was natürlich Wasser auf die Mühlen von Wolke ist.« Rhode schleuderte das Bällchen durchs Zimmer. Es prallte gegen die Wand, kam einmal auf dem Boden auf und wurde von ihm gefangen.

Seiner Theorie nach hatte der Polizeipräsident verhindern wollen, dass sich auf intensivstes Drängen von Wolke im Innenministerium jemand vom LKA ungefragt einmische und die Wogen noch höher schlugen, als sie es bereits taten. Er rechnete jede Sekunde mit dem Anruf seines Vorgesetzten, der ihn von dessen wahren Absichten unterrichtete. Rhode ging davon aus, dass die SoKo weitermachte. Mit weniger Druck. Mit weniger Wolke.

»Anke, beruhige dich. Wir können uns jetzt darüber aufregen …«

»Oder einfach weitersuchen«, führte sie den Satz fort.

»Und ich möchte, dass festgehalten wird, dass *wir* von der SoKo nicht glauben, dass Adler der Bildermörder ist. Das soll der Präsi auf seine eigene Schulter laden.«

Kurz breitete sich Stille im Büro aus. Die Kaffeemaschine schnurrte vor sich hin.

Lackmann musste sie eingeschaltet haben. Der Kommissar nutzte sie als Verdunster, um den Geruch regelrecht in die Wände einsickern zu lassen. Der neutralisierend-kräftige Duft half sehr gut gegen seine Alkoholfahne.

Rhodes Blick ging zur Zimmerpflanze, ein unvermeidlicher Ficus benjaminus, der sich nahe am Fenster ausbreitete, als wollte er zu einem Wald werden. Seine Blätter waren der einzige Farbtupfer in dem nüchtern eingerichteten Raum mit den drei Schreibtischen.

An den Wänden waren Tafeln für Diagramme, Notizen und Bilder montiert, sonst gab es dunkelgrau lackierte Metallschränke in verschiedenen Größen mit Ordnern sowie einen Platz mit Drucker und Faxmaschine. Das Hauptquartier von Kommissariat zwei.

Auf Lackmanns Tisch fehlte jegliche Gemütlichkeit. Keiner wusste viel Privates über den Kommissar, den man ebenso Phantom hätte nennen können. Persönliche Dinge standen nur auf ihren Schreibtischen. Bilder, Glücksbringer, Mitbringsel, die nicht zu viel Platz wegnahmen.

Aber eine Chance verdient er wie jeder. Rhode bearbeitete schon wieder das Bällchen. »Mach mal deine Haare zusammen, sonst hängen sie in den Kaffee. Die Farbe steht dir zwar, aber sie hält nicht lange.«

Schwedt schnappte sich ein Haargummi vom Tisch und bändigte die Strähnen, dann sah sie auf das Display ihres Privathandys, das neben der Tastatur lag und *Ping* von sich gegeben hatte. Ihr Gesicht entspannte sich, und sie lächelte ansatzweise.

Rhode wusste damit, dass Ferdy ihr einen weiteren Liebesschwur geschickt hatte. Oder hieß er Freddy? Egal. Wenigstens konnte die Nachricht sie ein wenig bremsen, bevor sie sich weiter in Rage redete.

Verständnis für ihre Dünnhäutigkeit besaß der Hauptkommissar allemal: Die Geheimhaltung war seit zwei Tagen dahin. Die ganze Stadt redete über die Morde, die Republik schrieb darüber, und auch das Ausland berichtete.

Es war gekommen, wie es kommen musste: Die Eltern von Aileen McDuncan hatten kurz nach der Nachricht vom Tod ihrer Tochter Kontakt zu den heimischen Medien aufgenommen.

Die englischen Boulevardblätter schrieben selbstverständlich sofort in epischer Breite über den grausamen *Kleopatra-Mord* an der Schottin; das Echo rollte nach Deutschland. Es wurde in regionalen und überregionalen Zeitungen berichtet, private und öffentlich-rechtliche Nachrichtensender brachten die Meldung über zwei grausamen Taten.

Die Pressestelle der Polizeidirektion gab aus ermittlungstechnischen Gründen nur das Nötigste heraus, doch der Fokus der Öffentlichkeit lag nun auf Dezernat eins.

Das wiederum erhöhte den Druck auf die SoKo.

Die Verhaftung von Robin Adler schuf eine erste Beruhigung, bis das Nachdenken einsetzte und sich herumsprach, wie dumm der Verdächtige war. Nicht naiv oder unwissend, sondern schlicht zu dumm, um solche Leistungen wie der Mörder zu vollbringen.

Wie hätte er an die Narkosemittel gelangen sollen? Dazu

bedurfte es Schläue und Verbindungen, was bei Adler in beiden Fällen nicht vorhanden war. Allerhöchstens konnte der junge Mann Handlanger ihres gesuchten Haupttäters sein.

Das hielt Rhode für unwahrscheinlich. »Es hat auch Vorteile«, sagte er leise und legte das Bällchen behutsam vor sich. »Der wahre Killer wird sich freuen, dass wir den Falschen haben, und sich in Sicherheit wiegen.« Er sah Schwedt an. »Ich stimme dir zu: Wir ermitteln weiter. Und ich will nochmals mit Adler sprechen.«

»Warum? Der Schwachmat…«

Die Tür öffnete sich ohne vorheriges Klopfen.

Im ersten Schreckmoment dachte Rhode, der Polizeipräsident hätte sich in das Büro in der Dimitroffstraße begeben – eine willkommene Beute für Schwedt. Das hätte man dann Karriereknick genannt.

Gleich darauf entspannte er sich: Lackmann schlurfte herein, in einem dunkelbraunen Anzug und einer grünbeige gemusterten Krawatte, die selbst nur sehr Mutige in den 1970ern getragen hätten. Er müffelte nach billigem Deo und hatte eine Kräuterlikörfahne; die gewellten Haare legte er sich mit einer Handbewegung nach hinten. »Nichts«, verkündete er. »Alles nochmals angeschaut, wie Sie es wollten, Herr Rhode.« Er setzte sich auf seinen Platz und schaltete den Computer ein.

Der Hauptkommissar wartete auf weitere Infos. Auch Schwedt wirkte durch die knappe Aussage eher verwirrt als erhellt. »Beide Tatorte?«

»Ja. Wie gesagt.« Lackmann gab das Passwort ein und loggte sich in das interne System ein. »Ich schreibe den Bericht schnell.« Mehr kam nicht mehr von ihm.

Der Kaffeeduft verscheuchte erfolgreich den über den Raum hereingebrochenen Schnapsgeruch.

»Was der Kollege damit sagen will«, übersetzte Rhode für die Kommissarin, »ist, dass ich ihn an die Fundorte der Leichen geschickt habe, um nochmals nachzuschauen, ob die SpuSi was übersehen hat. Auch im Umkreis.«

Lackmann bückte sich, was stets aussah, als bräche er in der Mitte durch, und öffnete eine Schublade. Er tauchte regelrecht darin ein, und erst nach einigen Sekunden erschien sein Kopf wieder. Im Büro verteilte sich der intensive Geruch von Kräutern und siegte zunächst über den Kaffee.

»Mir ist doch was eingefallen«, setzte er hinzu. Sein Verstand arbeitete ab zwei Promille zuverlässig, so traurig dies war. »Es gibt einen Zeugen.«

Rhode hätte das Bällchen am liebsten mit Wucht gegen den Kopf des dürren Kommissars geworfen. *Er könnte wenigstens Wodka saufen, das würde weniger riechen,* dachte er. Lackmann hatte es längst aufgegeben, seine Sucht zu verbergen. Die meisten routinierten Trinker nutzten den klaren Kartoffelschnaps, da er kaum eine Fahne verursachte.

Schwedt trommelte mit den Fingern auf ihren Oberschenkeln, um einen Tusch zu simulieren. »Ja?«, machte sie auffordernd.

»Einen Obdachlosen namens Kurti.« Lackmann hackte auf die Tastatur ein. »Er hat gesehen, wie zwei schwarzgekleidete Gestalten in der alten Halle waren, in der wir McDuncan fanden. Mehrmals. Seine Pfandguttour führte ihn öfters dort vorbei, weil Jugendliche gelegentlich in den nebenan liegenden Rohbau zum Saufen kommen. Ist der neueste Trend, sagte Kurti. Neubaupartys. Bringen ihm viel Pfandgeld.«

Rhode war sich nicht sicher, was er von der Aussage

eines Randständigen halten sollte, dessen Blutalkoholgehalt vermutlich identisch mit Lackmanns war. »Hat er sie beschreiben können?«

»Nur, dass sie jung waren und Sachen mitgeschleppt hätten. Lange Stangen, Stoffbahnen und so etwas.« Lackmann ließ sich durch den drängenden Tonfall seines Vorgesetzten nicht aus der Ruhe bringen. »Für mich klang das ziemlich plausibel. Leider gab es keinen Zeugen, der uns eine ähnliche Beobachtung für den ersten Tatort liefern könnte.« Er drückte mit übertriebener Geste auf ENTER.

Surrend sprang der Drucker in der Ecke an, dann jagten Blätter in die Auffangschale.

»Der Bericht«, verkündete Lackmann und erhob sich. »Mahlzeit.« So schlurfend, wie er gekommen war, verschwand er in die Mittagspause.

Der Geruch nach Kräuterschnaps blieb, aber mangels Geruchsquelle gewann der Kaffee mehr und mehr die Oberhand.

»Glaube ich das?«, entfuhr es Schwedt. Sie stieß sich mit dem Stuhl ab und rollte zum Drucker, klaubte die Seiten zusammen und kehrte an ihren Tisch zurück, warf Rhode ein Exemplar zu. »Man sollte dir eine Medaille für kollegiale Barmherzigkeit verpassen.«

Er wackelte andeutungsweise mit dem Kopf.

Beide lasen schweigend die knappen, klaren Worte ihres schwierigen Kollegen.

Die Zeilen unterschieden sich nur marginal von dem, was er ihnen bereits erzählt hatte. Für die Formalien hatte Lackmann die Uhrzeiten dazu geschrieben, in denen Kurti die beiden verdächtigen Personen an der Halle gesehen haben wollte: insgesamt dreimal, über mehrere Tage verteilt.

Schwedt senkte ihr Blatt zuerst. »Meinst du, dass sie das waren? Sie könnten das Material für die Inszenierung hingebracht haben.«

Rhode seufzte. »Kann sein. Alles ist wahrscheinlicher als Robin Adlers wissentliche Beteiligung an den Morden.« Lackmann hatte eine Adresse notiert, an der Kurti gelegentlich zum Waschen auftauchte. »Ich rede nochmals mit dem Obdachlosen. Heinzi.«

»Kurti.«

»Ja. Kurti.« Er nahm sein Sakko vom Stuhl und erhob sich. In ihm kribbelte es, seine Unruhe verlangte nach Betätigung; er musste sich auspowern. Endorphine kontra ADHS. »Aber erst morgen. Ich muss dringend Sport machen.« Er sah die junge Kommissarin an, die erneut auf das Display ihres piepsenden Smartphones blickte. »Ich schlage vor, wir gehen morgen beim Polizeipräsidenten vorbei. Hast du noch eine Idee?«

Sie brummte unverständlich, las und rieb sich nebenbei über die kleine Narbe an der Schläfe.

»Anke?«

»Was?«

»Idee?«

»Äh … nein«, erwiderte Schwedt abwesend. »Es … hat nichts mit dem Fall zu tun.«

»Wetterumschwung?« Rhode zeigte auf die Narbe. »Mein Opa merkte das an seinen alten Verletzungen.«

»Nein. Nur Erinnerungen.« Sie setzte zu einer Erklärung an, dann klappte ihr Mund zu. Ihr Lächeln war angestrengt. »Bis morgen.«

»Alles klar. Zieh dir was Schickes an. Du weißt, der Präsident mag es nicht ganz so leger. Wünschen wir uns, dass wir mehr zu den beiden Unbekannten herausfinden.« Rhode klopfte dreimal auf den Tisch und ging.

Erst auf dem Flur fiel ihm auf, dass die Platte nicht aus Holz, sondern aus Kunststoff war. *Das* brachte *kein* Glück.

❖❖❖

Leipzig, Zentrum, 13. November

»Deswegen lässt du mich durch die halbe Stadt fahren?« Herbert »Herbie« Tzschaschel sah auf das schwere Geschenkpaket, das ihm sein Freund Georg in die Hand drückte. »Warum schickst du es nicht mit der Post?« Er stellte es sofort auf den gepflasterten Boden, weil es ihm zu schwer war. Es klirrte leise.

Die ungleichen Männer standen im Hof des restaurierten Kaufmannsgebäudes. Über ihnen schimmerten die ersten Sterne, im Spätherbst wurde es früh dunkel; ein Strahler über dem Treppenaufgang sorgte dafür, dass sie nicht in völliger Finsternis reden mussten. In seinen Fliedersportklamotten wirkte Tzschaschel inmitten der renovierten, stilvollen Pracht außerirdisch.

Wolke belud seinen Mercedes Benz 450 SL; es war ein 1978er Modell, natürlich in Rot und mit schokoladenbraunem Interieur. Für den Flug nach Hamburg brauchte er nicht mehr als Handgepäck. Er hätte selbst fahren oder die Bahn nehmen können, aber der Flug war teurer, und das ließ sich besser von der Steuer absetzen. Der Staat schenkte ihm auch nichts.

»Weil ich dir mehr vertraue.« Wolke deutete mit einer

Hand auf das Paket. »Da drin befinden sich diverse Bierspezialitäten in 0,75-Liter-Flaschen, jede um die 20 Euro. Ich möchte nicht, dass sie beschädigt werden oder gar dass der Paketschlepper sie austrinkt. Und du siehst Löwenstein mindestens zweimal die Woche, Herbie.«

»Klar.« Tzschaschel dachte nach. »Woher hast du die?«

Wolke klappte den Kofferraum zu. »Es ist kein Schnäppchen für deine Ramschmärktekunden.«

Herbie grinste. »Dachte ich mir. Schade.« Er sah zum Heck. »Hast du den kleinen Koffer eben da reingestellt? Da bekommt er ja Angst, so ganz allein.«

Wolke erschien es selbst dämlich. »Reflex«, kommentierte er. »Außerdem ist noch so ein Geschenkpaket drin. Ganz allein ist er nicht.«

»Ach?«

Wolke sah die Hoffnung in den Augen seines dicken Freundes. »Nein, nicht für dich, sondern für den Typen, der ... egal.« Er verdrängte den Gedanken an seinen ermordeten Sohn. Es passte nicht in sein Konzept, sich vor einem wichtigen Geschäftstermin durch negative Emotionen runterziehen zu lassen. Er musste gewinnend sein, und das war man nicht mit einem Gesicht wie sieben Tage Scheißwetter. »Richte Löwenstein meinen Dank aus, dass er damals einverstanden war, den Geldboten zu spielen. Ich weiß das zu schätzen. Sollte er mal meine Hilfe brauchen, auch wenn ich nur ein kleiner Intendant bin ...«

»Das hättest du ihm selbst sagen können. Oder eine Karte schreiben.«

Wolke sah ihn gleichmütig an. »Bier genügt.«

»Eigentlich mag er lieber Wein.«

»Dafür ist es in 0,75-Liter-Flaschen.« Wolke kam zu seinem Freund. Er trug sein Reiseoutfit: knitterfreie schwarze Stoffhosen, hellgelbes Hemd und ein schwarzes Sportsakko darüber. Alles war wieder unter Kontrolle: Kleidung, Frisur, Gefühle. »Ich muss jetzt dringend los, Herbie. Der russische Konsul wartet auf mich.«

»Hast du Lust, mit uns zu Abend zu essen, bevor du abhaust? Anatevka macht wundervolle Piroggen.«

»Nein, sorry, danach düse ich auf Stimmenfang nach Hamburg.«

Tzschaschel wunderte sich nicht darüber, dass sein Freund Georg schon wieder seinen Geschäften nachging. Der Verlust seines Sohnes hatte ihn mehr beleidigt als getroffen: Der Plan, den er sich für seinen Spross zurechtgelegt hatte, konnte nicht mehr umgesetzt werden. Er hatte allen möglichen Leuten auf den Füßen gestanden, und nun gab es einen ersten Verdächtigen. Effiziente Trauerbewältigung, so nannte es der Intendant. Tzschaschel bot ihm in den letzten Tagen mehrmals ein Gespräch an, wenn er über seinen Verlust sprechen wollte, aber Wolke ging erst gar nicht darauf ein. »Was hast du in Aussicht?«

»Zuerst einen Bass. Dimitri Titow, 24 Jahre, tolle Stimme, aber leider wegen einer Bagatelle inhaftiert; er sitzt in Moskau ein. Ich will ihn an meine Oper holen, und nun besprechen wir, wie sich das regeln lässt.« Richard Georg Wolke sah ihn an. Es war sein »Ich bekomme, was ich will«-Blick. »In Hamburg rede ich mit dem Manager eines Geigers, den sie als Paganini-Nachfolger handeln.« Er ersparte sich Details. Der Ramschgroßhändler kannte sich in klassischer Musik nicht aus.

»Dann drücke ich dir die Daumen.« Tzschaschel schob das Paket mit den Füßen zur Seite, während der Intendant in den roten SL stieg und den Motor startete. Der Sportwagen schnurrte. »Wenn ich bei den Verhandlungen helfen soll...?«

Wolke ließ den blitzsauberen Mercedes anrollen und tuckerte an Tzschaschel vorbei; dabei drehte er das Fenster runter. »So teuflisch werden die Honorarforderungen nicht sein.« Er nickte ihm zu. »Wir sehen uns in zwei Wochen.«

»Ich dachte ...«

»Geschäfte, Herbie. Du weißt doch am besten, wie das ist.« Er gab Gas und schoss in die Katharinenstraße. Nach einigen Metern dröhnte klassische Musik durch das dünne Stockverdeck des Cabrio und beschallte den Brühl.

Tzschaschel bückte sich keuchend und hievte den Karton in die Höhe. Mit einem Kopfschütteln brachte er die Vokuhila in Facon; die Haare kitzelten im Nacken, bevor sie über die Schulter fielen.

Sein Wagen stand natürlich gute hundert Meter entfernt. Das würde eine Schlepperei werden, aber er nahm es auf sich, anstatt die Kiste abzustellen und die Limousine zu holen. Löwenstein wäre stolz auf ihn.

Tzschaschel stapfte los, das Tor schloss sich hinter ihm.

Anderthalb Stunden und drei Wodka später verließ Richard Georg Wolke das russische Konsulat in Gohlis-Süd. Ein erster Erfolg war errungen, und es interessierte ihn nicht, was der Bass zu den ausgehandelten Konditionen sagte. Der Junge hatte zu spuren und durfte sich freuen.

Die Abmachung war: Die Russen gaben Titow für ein Gastspiel von sechs Monaten als Leihgabe an die Leipziger Oper, und das bei gutem Gehalt.

Würde der Bass sich benehmen, keine Schwierigkeiten machen und einen Teil des Gehalts an den russischen Staat spenden, könnte er nach einem halben Jahr in die Heimat und gleichzeitig in die Freiheit zurück. Alles andere brachte ihn sofort zurück in den Knast.

Wolke sah einige Vorteile in der von der russischen Regierung gelenkten Demokratie und verbuchte es unter »staatliche Förderung der Kunst«.

Er stieg mit einem Bein in den roten Mercedes und blickte hinauf zu den Nachtwolken, die sich über Gohlis zusammenzogen. Es sah nach einem Sturm aus, mindestens aber nach einem Platzregen. Eigentlich hatte er das Verdeck nochmals öffnen wollen, um ein wenig Cabriofeeling zu genießen. Daraus wurde nichts. Zudem war es inzwischen zu kalt.

»Doswedanja«, rief ihm der Konsul vom Fenster aus nach. Er sah zufrieden aus, da auch er wegen seiner gelungenen Vermittlung einen kleinen Betrag einstrich. Verlangt worden war die Summe nicht, doch der Intendant zahlte die Investition ohne Anfrage. Es erleichterte manches.

»Doswedanja und spassiba«, antwortete er mit einer großen Operngeste und zum Gruß hochgerecktem Arm, dann sank er in den Sitz, schloss die Tür und drehte den Schlüssel im Zündschloss. Der Wodka in seinem Blut sorgte für eine leichte Beschwingtheit und verstärkte das Hochgefühl. Einmal mehr hatte er bekommen, was er wollte.

Aufröhrend schoss der rote SL den Parkplatz hinunter und bog in die Primavesistraße. Sie führte an einem Elsterkanal vorbei und mündete in die Platnerstraße, über die Wolke rasch auf bessere Zubringer in Richtung Flughafen gelangte.

Der Intendant hatte die Musikanlage, die im Gegensatz zu seinem Sammlerstückwagen brandneu war, laut aufgedreht. Philip Feeneys Ballettstück *Dracula,* mit dem er für die nächste Spielsaison liebäugelte – da fiel ihm ein, dass er noch seinen Pflichtbesuch machen sollte. Beinahe hätte er ihn vergessen.

Um genau zu sein, *hatte* er ihn vergessen.

Wolke sah auf die Uhr. Die Zeit würde noch ausreichen, um den Flieger zu erwischen. Jegliche Verzögerung von mehr als einer halben Stunde würde ihn zu spät kommen lassen. Um den spätabendlichen Termin beim Manager dieses Teufelsgeigers hatte er ein halbes Jahr gerungen. Durfte er das aufs Spiel setzen, wo der Abend geschäftlich so gut begann?

Wolke überlegte, wägte ab und entschied, dass die Maschine in die Hansestadt Priorität besaß. Alles andere ließe sich nachholen.

In diesem Moment kam ein Wagen ohne Licht aus einer Seitenstraße geschossen und hielt auf die Beifahrertür des SL zu. Im Laternenschein blitzte ein hoher, breiter Kühlergrill auf.

Wolkes Reflexe funktionierten. Er riss das Vierspeichenlenkrad herum und gab Gas, der Mercedes brach schleudernd aus und entkam dem unbeleuchteten Wagen auf der schmalen Straße um wenige Zentimeter. Er wandte den Kopf in voller Fahrt nach hinten und schrie: »Du dummes Arschloch!«

Durch sein Ausweichmanöver fuhr er zu weit links und wollte rasch zurück auf die richtige Straßenseite.

Aber schon hatte sich der fremde Wagen neben ihn gesetzt – und drängte ihn über den Fahrbahnrand hinaus zum

Kanal. Es war ein schwarzer Pick-up, der ihm zusetzte, das erkannte Wolke noch.

Doch das Unglück ließ sich nicht aufhalten. Die brachiale PS-Kraft des Nutzfahrzeugs drängte den viel leichteren Sportwagen ab.

Wolke blieb zum Bremsen keine Möglichkeit, die Böschung befand sich unmittelbar vor ihm. Er kurbelte am Lenkrad, um einen Crash mit den Bäumen zu verhindern. Der Mercedes hatte keinen Airbag; seine Aluminiumfronthaube würde bei einem Zusammenstoß übelst zugerichtet, und damit auch der Intendant. Da konnte das Armaturenbrett im Kniebereich noch so stoßnachgiebig sein.

Der rote SL jagte mitten in eine Lücke zwischen den Stämmen hindurch, ohne daran zu zerschellen oder sie zu touchieren.

Die Räder verloren die Bodenhaftung, und nach einem kurzen Flug landete der Wagen seitwärts im randvollen Kanal.

Der Aufprall auf das Wasser schleuderte Wolke nach vorne, er knallte mit der Stirn an den Türrahmen.

Etwas kreischte metallisch, und plötzlich wurde er von etwas am Kopf getroffen. Eisiges schwarzes Wasser strömte von allen Seiten auf ihn ein. Das Stoffverdeck musste durch den schrägen Aufschlag aufgeklappt sein, der Innenraum füllte sich innerhalb von Sekunden.

Wolke befand sich durch die Schieflage des SL bereits unter der Oberfläche.

Panisch tastete er in der Dunkelheit nach dem Gurtschloss und fand es nicht. Seine Finger rutschten über die Handbremse, die Gangschaltung, schnitten sich an etwas, fanden den Knopf und drückten daran herum.

Die Luft wurde knapp. Aber da der Riemen unter Spannung stand, ließ sich die Verriegelung nicht lösen.

Wolke sog das ekelhaft schmeckende Wasser ein, hustete und verschluckte noch mehr. Ans Aufgeben dachte er nicht, wie von Sinnen bearbeitete er die Schließe des Sicherheitsgurts.

Erst als sich das Fahrzeugwrack im Sinken leicht in die Horizontale drehte, klickte es.

Der Intendant konnte in der flüssigen Dunkelheit nur vermuten, wo oben und unten war. Benommen schwamm er los, Luftblasen berührten sein Gesicht.

Prustend und ächzend gelangte er an die Oberfläche und erbrach sich dabei. Er geriet erneut unter Wasser und kämpfte sich mehr paddelnd als schwimmend ans Ufer, wo die Bäume standen.

Niemand in der Nachbarschaft schien etwas bemerkt zu haben. Es warteten keine Helfer an der Böschung, es gab keine Taschenlampen oder Sonstiges. Nicht einmal Autos fuhren auf der Primavesistraße.

»Hallo?«, rief er schwach und wünschte sich einen Ast, um sich festzuhalten.

Nichts.

Wolke begriff die harte Realität: Wäre der SL nicht ins Rotieren geraten, säße er jetzt auf dem Grund des Kanals. Erstickt. Ungesehen. Herbie hätte ihn nach drei Wochen vielleicht als vermisst gemeldet, man hätte nach ihm suchen lassen. Und schließlich, wenn der Kanal nach Abklingen der Regenfälle weniger Wasser geführt hätte und weniger dreckig gewesen wäre, hätte man vielleicht das Rot des SL entdeckt.

Seine Füße trafen endlich auf Grund.

Wolke stellte sich auf, watete weiter. Zwischendurch würgte er, übergab sich und kotzte Kanalwasser, zitterte vor Kälte und Schock. Er spürte seinen überdehnten Nacken.

Patschend kämpfte er sich voran; die warme Flüssigkeit, die ihm unentwegt von der Stirn über das Gesicht lief, war sein Blut. Er roch es. Sicherlich eine Platzwunde, die vom Türrahmen stammte.

Das Wasser ging ihm bis zur Hüfte, doch ganz verlassen konnte er es nicht: Er hatte die steile Böschung erreicht, die aus schattenhaften Bäumen, Wurzeln und Erde zu bestehen schien. Seine Finger suchten nach Halt, er wollte hinaufklettern, bevor er ohnmächtig wurde oder die Unterkühlung ihm die Kraft raubte.

Dreckbröckchen rieselten unvermittelt den Hang herunter, ein Scharren erklang über ihm. »Warten Sie!«, riet ihm eine Stimme. »Ich bin gleich bei Ihnen.«

Neben ihm schlug etwas ein, Tröpfchen spritzten auf. Es machte *Klick,* und der erschrockene Intendant wurde angeleuchtet. Jemand kam ihm doch zu Hilfe.

»Danke«, keuchte Wolke erleichtert, weil er den Aufstieg allein nicht geschafft hätte. Zugeben würde er es nicht. »Danke, dass Sie ...«

Der Lichtschein zuckte herum, dann traf Wolke das schwere Griffende der Metalltaschenlampe genau auf die Platzwunde.

Halb ohnmächtig sackte er zusammen und versank in den Fluten. Lahm versuchte er, sich an der Böschung aus dem Kanal zu ziehen.

Zwei Hände legten sich auf seinen Rücken und drückten ihn zurück unter die Oberfläche. Wolke strampelte schwach, versuchte, den Kopf über die Wasserlinie zu heben, doch sein Peiniger glich die Rettungsversuche aus. Die Schwärze und Kälte um ihn wurde allgegenwärtig, er verlor das Bewusstsein und atmete die Brühe ein. Die Lungen füllten sich mit Wasser.

Richard Georg Wolke bekam nicht mehr mit, dass sein Mörder ihn zurück in die Mitte des Kanals zog. Seine Leiche wurde in die Tiefe gebracht, im Schein einer Taschenlampe auf den Fahrersitz bugsiert und sorgfältig angeschnallt.

So und nicht anders sollte man den Toten finden.

Eines Tages.

Wann immer der unbeliebte Intendant vermisst wurde.

※※※

Leipzig, Zentrum-Ost, 13. November

Ares stand vor dem mehrstöckigen Haus in der Rabet-Straße und konnte es nicht fassen: In dem Klingelschilddschungel fehlte das Schildchen mit der Aufschrift FLATOW.

Er streifte den schwarzen Hoody-Ärmel zurück und sah auf die Datumsanzeige der Uhr. Es war gerade mal ein paar Tage her, dass er sich mit der Rückführerin getroffen hatte, und schon verschwand sie? Die Handynummer jedenfalls ging ins Leere, das hatte er bereits ausprobiert.

Ares ärgerte sich über seine eigene Nachlässigkeit, nicht sofort zu ihr gegangen zu sein. Aber die Recherchen zu diesem Gesicht, das aus der Vergangenheit wiederaufgetaucht war, hatten ihn zu sehr in Beschlag genommen.

Bislang blieben seine Anfragen ohne Erfolg, auch Pitt konnte ihm nur bedingt helfen. Der Mann mit dem Messer aus jener verhängnisvollen Nacht war nach seiner Entlassung aus dem Knast vor einem halben Jahr untergetaucht. Ein Phantom, das nun durch die Realität und seine Träume geisterte.

Ihm kam die erschreckende Eingebung, dass Flatows Verschwinden etwas mit diesem Mann zu tun hatte. Doch er gab nichts auf den Gedanken. Das Schildchen konnte schlicht aus der Halterung gefallen und davongeweht worden sein.

Ares sah sich zu seiner eigenen Beruhigung um, aber er entdeckte nur jede Menge umherfliegenden Müll.

Trotzdem klingelte er auf gut Glück dort, wo sich beim letzten Mal der Name befunden hatte, und hoffte auf den Summton des elektrischen Öffners. Sein Wunsch, mit Flatow zu sprechen, steigerte sich.

Ares drückte den Knopf einer anderen Wohnung und hoffte, dass man ihn ins Haus ließ. Vielleicht wussten die Nachbarn, was mit der älteren Dame war.

Es geschah immer noch nichts.

Sind hier alle taub? Er drückte alle Klingeln nacheinander und fing wieder vorne an, nachdem er die Reihe komplett durchhatte. Mehrmals.

Kein Summen, nicht mal Aufstand aus einem der Fenster über ihm. Sämtliche Bewohner schienen zu schlafen, auf der Arbeit oder sonst wo unterwegs zu sein.

»Das gibt es doch nicht!« Ares lehnte sich probeweise gegen die Tür – und sie sprang auf. Er kam sich verarscht vor und ging hinein.

Doch an der Hauptaufgangstür war dieses Mal Schluss.

Abgeschlossen. Genervt stieß er die Luft aus.

Es kribbelte ihn in den Fingern, er rieb sich zuerst über den Musketierbart, dann über die Glatze. Die Zeiten, da er in Wohnungen eingebrochen war, sollten vorüber sein, aber der Wille, der Rückführerin nachzustöbern, war größer.

Sollen sie die Bullen holen. Nach drei kräftigen Fußtritten flog die schwere Tür aus dem Schloss.

Wie zum Beweis, dass etwas mit dem Gebäude nicht stimmte, tat sich trotz des Getöses überhaupt nichts.

Ares ging die Treppe hoch ins erste Geschoss und klopfte fest gegen die zwei Türen, die er vorfand. Keine Reaktion.

Diese Prozedur wiederholte er in jedem Stockwerk, das er bei seinem Aufstieg passierte, ohne dass sich jemand blicken ließ. Ein Geisterhaus.

An der Tür von Mariann Flatow genügte ein Tritt, und der Eingang schwang auf.

Er sah in einen leeren Flur, aus dem ihm der Geruch ihres Parfüms entgegenwallte: alter Stoff und Kölnisch Wasser.

»Nein«, raunte er. Hastig lief er durch die ausgeräumten Zimmer. Es gab nichts, nicht einmal einen kleinen Zettel oder Staubflocken auf dem Boden. Kein Kronleuchter, kein Schrank, nichts von der Einrichtung existierte mehr. Lediglich dieser Duft, der ihn verhöhnte.

Ares war ratlos. Schließlich sprengte er mit der gleichen rabiaten Vorgehensweise die Nachbartür von Flatows Behausung auf, und stand wiederum vor einem Nichts. Der gleiche Anblick erwartete ihn in den nächsten drei aufgebrochenen Behausungen.

Es war unnegierbar: Das Gebäude stand verwaist und entvölkert.

Das Gefühl, das Ares beschlich, nannte man landläufig mulmig. Wie wurde er diesen Traum und diesen Eindruck von permanenter Realitätsverschiebung ohne die Frau los? Neurologe? Psychiatrie? Litt er an Wahnvorstellungen? Glaubte er an Geister … aber wie gut, dass er mit Okkultismus nichts zu schaffen hatte.

Dielen knarrten, ohne dass jemand darüberlief. Das Holz schien sich an die Fußsohlen zu erinnern, die es einst berührten.

Wieder waberte die Vergangenheit empor. Ares entsann sich an die Hausbesuche, die er gelegentlich für die *Demons* gemacht hatte. Bei Schuldnern. Er war nicht nett mit ihnen umgesprungen, aber niemals laut oder brutal geworden; ein Typ hatte sich dennoch in die Hosen gemacht vor Angst. Dann erinnerte er sich an die Planungen der Überfälle auf die Banken und Geldtransporter, an das Training mit den *Demons,* die er für den Raub ausgesucht hatte. Ein Detail nach dem anderen poppte in seinem Kopf auf, tobte freigelassen durch seinen Verstand.

Und natürlich erschien das verdrängte Gesicht des Messermannes wieder.

Ares verließ fluchtartig das Haus. Flatows Wohnung bewirkte nichts Gutes.

Als er an der Fassade entlangging, drückte er geistesgegenwärtig auf den Klingelknopf »Hausmeister«, woraufhin nach einigen Sekunden ein graubekittelter älterer Mann aus der Tür kam, Besen und eine Kehrrichttonne in der Hand.

Da er viel kleiner als Ares war, musste er den Kopf in den

Nacken legen. »Grundgüt'scher, Sie sind emal een Hüne! Da gommt sich unsereens wie eene Zwersch vor.«

»Ich suche Frau Flatow aus dem Haus gegenüber«, fragte er direkt. »Aber sie scheint nicht mehr dort zu wohnen.«

»Die Flatow? Die mit deene Zeitreisen unn so?«

»Ebendie.«

»Nu, die wohnt schon lange nicht mehr da.« Er stützte sich auf den Besen. »Da sind S'e e bissel spät, junger Mann.«

Ares wurde kurz kalt. »Aber ich habe sie vor ein paar Tagen besucht!«

»Nee. Das glaub'sch nisch. Die hab'sch vor vier Woch'n das letzte Mal g'sehen. Die Möbel sind heute Morgen alle eingelad'n word'n.«

»Was ist mit dem Haus, dass keiner darin wohnt?«

»Soll saniert werden. Die Flatow ist als Letzte raus. Isch werd' S'e vermissen, die Gut'ste. Hat immer spann'nde G'schichten erzählen gönn'n, auch wenn een bisschen was geflungert war.« Der Hausmeister stellte die Tonne ab und stützte sich auf den Besenstiel. »Nu, wenigstens war es gut erfund'n. Und gelacht hat die immer, und mit ihren blau'n Aug'n gezwingert, dass es eene Freude war.«

Ares konnte sich täuschen, aber hatte seine Flatow nicht *braune* Augen gehabt? Rasch beschrieb er sie dem Hausmeister, der prompt den Kopf schüttelte.

»Nee, Herr Hüne. Des war nisch die Flatow. Die Flatow is' schlank wie eine Gerde, und die hat immer lange blonde Haare g'habt.«

»Gab es jemanden in dem Haus, der so aussah, wie ich es Ihnen beschrieben habe?«

»Des wüsst'sch.« Der Hausmeister betrachtete Ares und

lehnte sich leicht nach vorne. »Sie suchen S'e? Wechen Schulden? Wem musse denn was blech'n?«

Es bedeutete keine Überraschung, dass man ihn in seinen Klamotten, mit Glatze und der Statur für einen Eintreiber hielt. »Steuerfahndung«, sagte er kurz angebunden. »Danke sehr.« Er schrieb ihm seine Handynummer auf und steckte sie ihm zusammen mit einem Zehner zu. »Rufen Sie mich an, falls die Flatow nochmals auftauchen sollte, bitte.«

»Klar, Herr Hüne.« Der Hausmeister salutierte lasch und machte sich wieder ans Kehren.

Ares ging zu seinem Smart, zwängte sich hinein und starrte vor sich hin.

Konnte es schlechter laufen?

Er riss sich zusammen, startete den Wagen und kurvte mit viel Gas los. Seine Lieblingskundin, das Power-Model, wartete, danach gab es eine Runde durch den Johannapark mit seinem alten Freund, den er für die Suche nach der Flatow-Imitation einspannen wollte.

Vor der kommenden Nacht hatte er ein wenig Manschetten. Das vergessene Gesicht schien bereits zu lauern.

❖❖❖

KAPITEL 7

Leipzig, Liebertwolkwitz, 14. November

Erich Weißenberg parkte das bullige Auto vor seiner Garage in der Straße Monarchenhügel und überlegte, ob er den nachtfarbenen Ford Kuga doch lieber unter das Dach fahren sollte.

Der Wetterbericht hatte ein Unwetter für Leipzig in den frühen Morgenstunden prognostiziert, und Hagelschaden machte sich auf der Neuanschaffung nicht gut. Keine drei Wochen war der Wagen sein Eigentum. Nagelneu, ohne Kratzer und ohne einen einzigen Kilometer bei Anschaffung.

Der SUV war genau das, was er immer hatte haben wollen: kompakt, einfach zum Ein- und Aussteigen, und wenn er zu einem Einsatzort fahren musste, der im Leipziger Outback lag, kam er dank des Allrads hin und wieder zurück, ohne steckenzubleiben.

Nach einem kurzen Blick aus dem Seitenfenster beschloss er, dass keine Eiskörner aus dem Himmel fallen würden.

Er nahm die große Sporttasche, in der er seine Polyester-Arbeitsklamotten inklusive der billigen Turnschuhe transportierte, und stieg aus. Langsam ging er hinauf zur Treppe.

Sein Job bei der Spurensicherung war normalerweise Routine und ziemlich unspektakulär. Eine Million gefühlte Wohnungseinbrüche, nachts eingetretene Ladentüren oder Schaufenster und jede Menge Diebstähle, einige Selbstmörder, hin und wieder einsame tote Rentner in engen Behausungen, gelegentliche Unfälle, egal ob im Haushalt oder im Straßenverkehr.

Aber diese Bildermorde.

Diese Bildermorde.

Sie bescherten Weißenberg nach 25 Dienstjahren zwei Einsätze, die man nur aus dem Fernsehen oder aus Romanen kannte. Umso gründlicher ging er als Einsatzleiter vor, und umso gespannter war er, was Rhode ermittelte und was er mit seinem Team fand.

Robin Adler war nicht der Täter. Das stand für Weißenberg fest wie ein Pfeiler in einer Tiefgarage.

Er hatte sich mit seinem Team und zwei Polizisten zweimal durch die Wohnung des jungen Mannes gewühlt, und jeder Mensch mit einem IQ höher als 75 Punkte würde erkennen, dass Adler schlicht zu dumm war, um solche Taten begangen zu haben. Seine Schreibfehler in den Heften, seine Tittenheftchen-Lektüre, null Bücher in den Regalen, die sehr bemühte Handschrift ... Es gab keine Hinweise auf Kunstverständnis oder handwerkliche Fähigkeiten, die es ihm ermöglichten, die Sets der Tatorte zu bauen.

Weißenberg hatte die geschwungenen achtzig Stufen aus Waschbetonplatten erklommen und stand vor der Haustür. Für Leipziger Verhältnisse hatte er seine vier Wände auf einem Berg erbaut. Das Stadtgebiet war flach, doch am Monarchenhügel schwang sich der Boden auf natürliche Weise immerhin 159 Meter in die Höhe. Die zweithöchste

Erhebung nach dem Galgenberg, der sich nicht weit weg erhob.

Er atmete tief aus und ein, sein Blut pochte in den Ohren. Die übliche Anstrengung vor dem echten Feierabend.

Der Hügel spielte in der Historie eine wichtige Rolle in der Völkerschlacht von 1813. Es galt als verbrieft, dass die drei verbündeten Herrscher Österreichs, Russlands und Preußens sich mit ihren Herren Generälen hier eingefunden hatten, um die Kampfhandlungen zu verfolgen. Seit 1847 stand deswegen auf der Anhöhe ein Denkmal, zuerst als Sandstein-, dann als Gusseisenobelisk mit Marmorplatte und Spruch.

Weißenberg bekam den genauen Wortlaut der Inschrift nicht mehr zusammen, doch es ging in die Richtung von *»die Könige waren Zeugen der außerordentlichen Tapferkeit ihrer Truppen«*.

Feine Befehlshaber, dachte er jedes Mal, wenn er sich umschaute. Saßen auf dem Hügel, bei Kaffee und Kuchen, wetteten vermutlich sogar darauf, welche Truppen die besseren waren, während ihre Armeen in der brachialen Kriegsführung von damals durch den surrenden Kugelhagel stapften und im Takt der Trommeln aufeinander losmarschierten.

Apropos royal: Als er und seine Frau das Haus am Monarchenhügel gebaut hatten, waren sie der Meinung gewesen, die Stiegen würden dem Haus etwas Herrschaftliches verleihen. Heute würde er den Quatsch nicht noch einmal machen. Er spielte mit dem Gedanken, in ein paar Jahren parallel eine Rampe anzulegen, schön in Serpentinen mit geringem Gefälle, die man gemütlich erklimmen konnte.

Weißenberg klingelte, wie er es immer tat. Früher als Zeichen für die Kinder, dass Papa von der Arbeit zurückkehrte. Jetzt freute sich nur noch seine Frau. Sein Sohn und die beiden Töchter waren ausgeflogen, studierten anderswo. Die Zeit verging rasch.

Das Licht im Flur blieb trotz seines Signals ausgeschaltet.

Das bedeutete, dass Luise nach ihrem anstrengenden Training beim Kegelverein bereits ins Bett gegangen war.

Weißenberg lehnte sich nach hinten.

Im Schlafzimmer brannte die Leselampe. Also schlummerte sie noch nicht. Seine Frau saß garantiert mit den Kopfhörern im Bett und las.

Er stellte die Tasche ab und tastete an sich herum, suchte den Schlüssel. In der rechten Beintasche wurde er fündig, Weißenberg schlüpfte mit der Hand hinein.

Da sah er eine Gestalt mit einem weißen Gesicht hinter der Regenzisterne auftauchen, die hinkend auf ihn zusprang und ihm mit beiden Händen gegen die Brust stieß.

Weißenberg verlor die Balance und stürzte rücklings die Stufen hinab. Er machte sich instinktiv klein, überschlug sich mehrfach, rollte und kugelte wie ein erschrockener Igel.

Die Treppenkanten schnitten in seinen Rücken und in die Wange. Ein Arm knackte und verwandelte sich in glühenden Schmerz, aber zum Schreien war er zu benommen; mehrmals traf er mit verschiedenen Stellen seines Kopfes gegen den Stein oder die Umrandung. Er sah die Platz- und Schürfwunden förmlich vor sich.

Irgendwann hatte er den Schwung verloren und lag ausgestreckt rücklings mit dem Kopf nach unten auf der Treppe.

Weißenberg wusste nicht, wie weit er gefallen war und wo er sich befand. Die Welt drehte sich um ihn, er hatte starke Schmerzen und sah hinauf zum erleuchteten Schlafzimmerfenster.

»Luise«, ächzte er. Das würde nicht ausreichen, um auf sich aufmerksam zu machen.

In der Nachbarschaft bellte ein Hund; grollend näherte sich das versprochene Gewitter, deutlich früher als prognostiziert, wie er abstruserweise dachte. Entfernte Blitze zuckten hektisch wie Stroboskope über den Himmel.

Unregelmäßige Schritte näherten sich, dann schwebte ein maskenhaftes weißes Gesicht mit einem großen Auge vor ihm.

»Du hast den Totenblick empfangen«, flüsterte die dazugehörige Stimme akzentfrei. Sauber, rein, fast wie ein Nachrichtensprecher. »Siehst du, dass es kein Zurück gibt?«

Weißenberg stöhnte und versuchte, den schwarzgekleideten Vermummten am Kragen zu packen und zu sich heranzuziehen, damit der Bildermörder abgelenkt war. In seiner linken Tasche trug er ein Allzweckmesser bei sich, nach dem er insgeheim tastete. Würde er den Mann – und es war zweifellos ein Mann – nicht töten oder in die Flucht schlagen, erlebte er den Sonnenaufgang nicht mehr. »Warum ich?«, wisperte er, schluckte hektisch. Sein Adamsapfel tanzte im Hals auf und ab. »Aber Hansen …«

Der Maskierte lachte kalt. »Wie nett! Versucht, sich mit dem Tod eines anderen zu retten.«

»Hansen«, wiederholte Weißenberg stur und nach einer

Erklärung verlangend. Seine Finger hatten das Taschenmesser erreicht und umschlossen es. Vorsichtig zog er es heraus. Ausgeleiert, wie der Mechanismus war, ließ es sich einhändig öffnen. Mit dem Daumennagel hob er die Klinge an. Millimeter um Millimeter, um bis zu dem Punkt zu gelangen, an dem es aufschnappte.

Das Maskengesicht entfernte sich leicht von ihm, dann zuckte eine behandschuhte Faust nieder.

Weißenbergs Kopf flog zur Seite, er verlor die Kraft.

Das Messer fiel ihm aus den Fingern und schlug klappernd auf die Platten, als der Unbekannte ihn wie eine Braut anhob und die Stufen hinauftrug, hinkend, aber dennoch schnell.

Kaum hatten sie die Haustür erreicht, wandte sich der Vermummte um. »Totenblick«, sprach er, »kein Zurück.«

Mit Schwung warf er Weißenberg erneut die Treppe hinab.

Der Kriminaltechniker hatte dieses Mal keine Chance, sich abzurollen. Jeder Kontakt mit dem Untergrund sorgte für eine heftige Verletzung an und in seinem Körper.

Sein Geist entfernte sich unerklärlicherweise aus dem Leib.

Weißenberg sah sich von oben, überschlagend und rutschend, hinunterschlitternd und schließlich auf den Waschbeton krachend. Sein Blut zog sich viele Stufen entlang, Hautfetzen waren an den Kanten und der Einfriedung hängengeblieben.

Er dachte daran, dass seine Leiche morgen von den Kollegen untersucht werden würde.

Weißenberg schwebte langsam höher.

Der Vermummte warf die Tasche hinter dem Körper her

und folgte humpelnd, bis er ihn eingeholt hatte. Seine letzten Handlungen waren, am Kopf des schwerverletzten Mannes herumzurucken, bis er an die Kante der Treppe heranreichte, und das Genick sauber mit viel Druck auf die Stirn zu brechen. Das trockene Knacken hörte Weißenberg aus seiner Position sehr genau.

Unaufhörlich driftete er aufwärts, seine Wahrnehmung verringerte sich. Die Umgebung löste sich in dem einsetzenden Regen auf.

Kein Hagel.

Gut für den Kuga.

Erich Weißenberg hörte auf zu sein.

※※※

Leipzig, Liebertwolkwitz, 14. November

Peter Rhode stand im strömenden Regen neben dem nagelneuen Ford, den sich Weißenberg erst vor kurzem gekauft hatte, und blickte das Treppenmonstrum aus Waschbetonplatten hinauf, das sich bis zur Haustür erstreckte.

Nur auf sehr wenigen Stufen standen Marker. Der strömende Regen hatte das Blut des Verunglückten bereits abgewaschen, über dessen Leiche ein Pavillon mit Seitenwänden aufgebaut worden war. Aufblasbare Sperren, deren Enden wie überdicke, lange Würste herausstanden, verhinderten, dass das Sickerwasser zum Toten vordrang.

»Muss das sein?«, rief Schwedt aus dem Schutz der offenen Garage heraus. »Du wirst total durchnässt.«

»Bin ich schon«, murmelte er und wischte das Nass aus

den Augen. Der Regen rann durch die herunterhängenden schwarzen Haare, lief unter den Mantel und den Anzug. Unaufhörlich rieb Rhode am *worry stone*.

Er glaubte nicht an einen Unfall.

Niemand tat das.

Zwar gab es keine Zettel mit einer Warnung vor dem Totenblick, aber es schien offensichtlich, dass es damit zu tun hatte. So viele Unglücksfälle häuften sich nicht. Fast war er bereit, doch daran zu glauben, dass auch Nagels ... nein, Hammers Tod mit dem Bildermörder zusammenhing. Ihr Gegner erwies sich als Monstrum, das genau wusste, was es tat.

Rhode verstand nur nicht, warum es Weißenfels erwischt hatte. *Weißenberg*, korrigierte er sich selbst. Er war nicht der Erste am Kleopatra-Tatort gewesen. Hansen stand noch immer unter Polizeischutz, aber es hatte keine Anzeichen für einen Anschlag gegeben. Stattdessen lag der Leiter des SpuSi-Teams mit gebrochenem Genick am Fuß seiner hässlichen Treppe, und seine Frau lag mit einem Nervenzusammenbruch im Krankenhaus.

Der Gedanke, dass es doch ein Unfall gewesen sein könnte, drängte sich unaufhaltsam in seinen Verstand, aber Rhode ignorierte ihn.

Er zeigte auf den weißen Pavillon. »Ich frage mal nach, Anke.« Er stapfte durch den Regen, seine Schuhe schmatzten leise. »Hat sich Hau ... Hansen schon gemeldet?«

»Er kommt her, wie du es wolltest«, rief sie zurück und folgte ihm, die schwarze Lederjacke über den Kopf gezogen. Sie trug Shirt, Jeans und gelbe Gummistiefel. »Warum eigentlich?«

»Weil ich einen Verdacht habe.« Sollte er sich bestätigen,

hätten sie ein großes Problem. Er trat mit ihr zusammen in das große, helle Zelt.

Weißenberg lag mit dem Kopf nach unten, das Genick auf brutalste Weise überstreckt und gebrochen. Sein Gesicht war von Blutergüssen und Platzwunden gezeichnet, der Schädel aufgeschürft, die Kleidung ramponiert und zerschlissen. Die Nässe hatte die Kleidung aufgeweicht, der Stoff klebte an der Leiche, als habe sie in voller Montur gebadet.

»Und?«, sagte Rhode zu den beiden Männern, die in den üblichen weißen Schutzklamotten ihre Arbeit verrichteten.

Die SpuSis verständigten sich wortlos mit einem kurzen Blickwechsel. »Wir wissen es nicht«, sagte der Mann, der irgendwas mit -witz hieß. »Es kann ein Unfall gewesen sein. Oder auch nicht. Die Art sowie die Zahl der Verletzungen ist möglich, ebenso der Genickbruch. Waschbeton und rauhe Seitenbegrenzungen ... das ist wie Schmirgelpapier auf einem Amboss«, versuchte er sich an einer Erklärung. »Der Regen hat alles weggespült, was auffällig wäre.«

Der zweite Mann, dessen Nachname mit Ober- begann, räusperte sich.

»Haben Sie mehr anzubieten?«, forderte ihn Rhode auf. Sollte er ruhig mutmaßen, alles kam ihm an Hinweisen gelegen.

»Das ist jetzt nur mein Gefühl, Herr Hauptkommissar, und es wird nicht im Bericht auftauchen«, folgte sein Statement. »Für meinen Geschmack sind es ein paar Brüche zu viel.«

»Das heißt?«

»Na ja.« Ober-irgendwas kratzte sich unter dem Schutzanzug im Nacken. »Wenn Sie mich fragen, ist Erich einmal gefallen, hat sich die Stufen hochgeschleppt und ist dann wieder auf halber Strecke abgestürzt. Ich würde dringend die Obduktion abwarten, bevor wir lapidar von einem Unfall sprechen.« Ober-irgendwas schaute zu Irgendwaswitz, schluckte. »Ich meine nur«, fügte er entschuldigend hinzu.

»Danke.« Rhode nickte ihnen zu, warf einen Blick auf den erkalteten Weißenberg. Totenblick-Opfer. Keiner traute sich, das auszusprechen, aber jeder dachte es. Jeder.

Schwedt deutete auf den Ausgang und hob die Jacke wieder als Schutz über die langen, kastanienbraunen Haare. Die Feuchtigkeit ließ manche Strähnen Wellen schlagen. »Hansen ist da.«

Zusammen verließen sie den Pavillon und schritten durch den Regen zur Garage, wo der Polizeimeister und zwei Beamte in Zivil warteten. Personenschützer, die sich besser um Weißenberg gekümmert hätten.

»Herr … Hansen.« Rhode betrat den kleinen Raum, der den typischen Duft von Motoröl, Reifengummi und Imprägnierspray verströmte. Er hatte sich den Namen endlich gemerkt.

»Hallo«, antwortete er unbehaglich.

»Ich habe eine einfache Frage an Sie: Haben Sie der toten Aileen McDuncan am Tatort in die Augen gesehen?« Rhodes Blick war unerbittlich. Er hörte Schwedt neben sich überrascht einatmen.

»Wie meinen Sie das?«

»Haben Sie der Leiche in die Augen gesehen, Polizeimeister Hansen? Ja oder nein!«, wiederholte er schärfer. »Sie sagten zu mir und meiner Kollegin, dass Sie sich nicht vor dem Fluch fürchten.« Er drehte sich, so dass er in

Richtung Pavillon stand. »Da unten liegt ein Toter, der ebenfalls am Tatort war. *Ich* habe der Leiche nicht in die Augen geschaut. Polizeihauptkommissarin Schwedt hat den Augenkontakt ebenfalls gemieden, und wenn *Sie*«, er kniff die Lider leicht zusammen, »mich nicht angelogen haben …«

Hansen errötete. »Ich …«

Schwedt stieß vernehmlich die Luft aus. Sie hatte begriffen. »Scheiße«, sagte sie ganz leise und betroffen. »Du meine Scheiße!«

»Sie sind an den Tatort vorgedrungen und haben dem Opfer *nicht* in die Augen gesehen, verstehe ich Sie richtig, Polizeimeister?«

»Ja, Herr Hauptkommissar«, knickte Hansen ein. »Ich … wollte kein Feigling sein wie die Kollegen, aber als ich die Stufen nach oben gestiegen bin … ich bekam es mit der Angst zu tun. Ich bin rein, habe eine erste Überprüfung gemacht und Meldung erstattet.« Er schloss kurz die Augen. »Nein, ich habe mich nicht dem Totenblick ausgesetzt«, gestand er letztlich.

Rhode verstand Lackmann in dieser Sekunde, da ihn dieses hilflose Gefühl überkam: Er hätte sich gerade jetzt auch einen Schnaps gewünscht. Hansen hatte Aileen McDuncan nicht in die weit aufgerissenen Augen geschaut, sondern dieses tödliche Privileg Erich Weißenberg überlassen. Ohne Warnung, ohne Vorankündigung an den Leiter der SpuSi. Damit hatte die falsche Person einen 24-Stunden-Schutz erhalten.

»Sie können gehen, Herr Hansen, und Ihren Dienst antreten. Die Kollegen, die Sie bewacht haben, werden nicht mehr nötig sein. Danke für Ihre Ehrlichkeit.« Rhode wartete innerlich kochend, bis der junge Polizeimeister gegangen war, dann sah er zu Schwedt. War eben ein Stück des *worry stones* unter seinen Fingern abgebrochen? Am liebsten würde er auf der Stelle traben, die Energie abbauen, die aufgestaute Wut auf den jungen Polizeimeister. Er zwang sich zur Ruhe und beglückwünschte sich, eine zweite Anti-ADHS eingeworfen zu haben. »Du weißt, was das bedeutet, Anke?«

»Dass der Mörder einen Weg gefunden hat, genau zu erkennen, *wer* die Leiche zuerst anschaut und sich auf diese Weise den Totenblick einfängt.« Sie schauderte. »Er überwacht die Tatorte.«

»Aber nicht persönlich«, warf Rhode ein. »In der Galerie der alten Druckerei gab es kaum eine Möglichkeit, uns mit dem Fernglas zu beobachten, ohne entdeckt zu werden.«

»Also hat er etwas installiert, um mitzubekommen, wer die Leiche inspiziert.« Die junge Kommissarin zog ihr Smartphone, machte sich Notizen, scrollte. »Ich habe mir eben nochmals die Berichte angeschaut. Die Spurensicherung, das KTI und Lackmann haben nichts Relevantes gefunden.«

»Lass uns nachdenken: Wonach müssen wir demnach Ausschau halten? Wie können der oder die Mörder erfahren, was nach seiner Tat geschieht?«

»Webcams, Überwachungskameras«, zählte Schwedt spontan auf. »Es gibt heute in jedem Discounter Angebote für Security-Systeme, die sich von einem PC via WLAN oder Funkmodem steuern lassen. Das Zeug ist verdammt klein geworden. Und dann gibt es noch Spezialshops im Internet, die noch bessere Sachen liefern.«

»Die in Deutschland nicht erlaubt sind und nicht geliefert werden.«

»Wir sind nicht weit von Tschechien weg. Er kann sich seine Ausrüstung dahin schicken lassen.«

Rhode nickte ihr zu. »Guter Gedanke, Anke. Es hat keinen Sinn, Lackmann nochmals rauszuschicken und die Tatorte absuchen zu lassen«, befand er. »Der oder die Mörder haben ihre Vorrichtungen sicher abgebaut.« Ihn ärgerte schon allein die Tatsache, dass sie nicht wussten, ob sie einen oder mehrere Täter suchten. Alles blieb schrecklich vage.

»Da wir aber wissen ...«

» ... sagen wir: gesichert annehmen.«

» ... dass er uns beobachtet, können wir das nutzen und eine Falle daraus bauen.« Schwedt sinnierte bereits über eine geänderte Strategie. »Ein Lockvogel, Peter. Sobald der nächste Mord über den Notruf von der Stimme gemeldet wird, pfeifen wir alle Streifenwagen zurück. Ich fahre zuerst hin und schaue der Leiche sehr auffällig in die Augen. Danach bewacht ihr mich rund um die Uhr, und zack.« Die junge Hauptkommissarin sah ihren Vorgesetzten an. »Klingt doch machbar?«

»Schon. Aber du wirst dabei in Lebensgefahr geraten. Vor allem, wenn sie zu zweit sind, wird das Risiko schwer kalkulierbar. Es könnten auch noch mehr sein.« Rhode fand ihren Vorschlag verlockend einfach.

Vorerst würde er trotzdem darauf verzichten. Er würde es sich niemals verzeihen, sollte ihr etwas zustoßen.

Dann kam ihm der Gedanke, dass der Hinweis »im Auge des Betrachters« darauf abzielte: Meinte der Mörder damit sich selbst, wenn er die Ermittler über versteckte Kameras am Tatort beobachtete? »Es gibt bestimmt noch andere Wege als eine Falle.«

Sie sahen auf den weißen Pavillon, durch dessen Wände das Scheinwerferlicht drang. Sturzbäche prasselten auf die dünne Plane, große Tropfen zerplatzten unter großen Spritzern. Eine Weile schwiegen sie.

»Ich finde es scheiße, dass wir auf den nächsten Mord warten müssen.« Sie scharrte mit dem Fuß über den gekehrten Garagenboden.

»Wenn der oder die Täter keine DNA hinterlassen haben, die registriert ist, bleibt uns nichts anderes übrig. Das KTI hat diverse Proben eingesammelt.«

»Hat Kurti was gesagt?«, hakte Schwedt nach.

»Nur, was Lackmann schrieb. Er ist ziemlich genau gewesen.«

»Adler?«

Er hörte ihre Ungeduld und den Willen, unbedingt etwas zu unternehmen, aus ihren Worten heraus. Er verstand es gut. Mehr als gut. Am liebsten wäre er ebenso wie sie losgezogen. Aber wohin? Alles, was es zu verfolgen gab, hatten sie abgeklappert.

»Keine verwertbaren Aussagen.« Rhode drehte mit einem Seufzen den Kopf zu ihr. »Anke, ich verstehe dich, und mir macht es auch keinen Spaß, Spuren nachzujagen, die sich als Sackgasse oder als kleiner Schnipsel erweisen, ohne zur Lösung zu führen. Manchmal ist der Job einfach so.«

»Aber es geht um Menschenleben, Peter!«

Er machte ein unglückliches Gesicht. »Wir haben nichts. Nur einen falschen Verdächtigen, den alle hängen sehen wollen, und den Hinweis, dass es zwei Täter sein könnten.« Rhode fand, dass sie sehr angespannt wirkte. »Ist mit dir alles in Ordnung?«

Schwedts Kiefer mahlten. »Ja. Nichts Besonderes. Privat ist es gerade ein wenig ... stressig.«

»Das auch noch? Tut mir leid. Willst du vielleicht mit zum Sport kommen?«, schlug er vor. »Mir hilft es immer. Macht den Kopf frei.«

Schwedt sah zur Straße, wo ein schwarzsilberner Transporter vorrollte. Auf der Seite stand klein und unauffällig *Ars Moriendi*. Das Korffsche Bestattungsunternehmen rückte an, um Erich Weißenbergs Leiche einzusammeln und in die Gerichtsmedizin zu bringen. »Das muss aufhören«, sprach sie leise.

Rhode wusste nicht, was er antworten sollte.

Zwei Männer stiegen aus. Einer war Korff, begleitet von einem deutlich jüngeren. Beide waren schwarz gekleidet, in Stoffhosen, Poloshirts und Sportsakkos. Elegant und doch nicht zu steif.

Der braunhaarige Bestatter grüßte zur Garage hoch, Rhode hob andeutend den Arm. Hatte der Mann nicht gesagt, er fürchte sich nicht vor dem Tod und sei immun? »Wir können ihn das nächste Mal zuerst hinschicken«, sagte er halblaut.

»Ihn? Korff?«

»Er sagte, als Bestatter könnte er mit dem Tod umgehen. Oder so ähnlich.« Rhode fuhr sich durch die nassen Haare und streifte das letzte Wasser heraus. Zur Unruhe kam, dass er auskühlte. Der Regen hatte ihn durchweicht.

Schwedt konnte mit seinem Kommentar nichts anfangen und blieb stumm, suchte die Schlüssel ihres weißen Honda in der Tasche. »Darf ich fahren? Ich muss mir nicht ansehen, wie sie Weißenberg im Zinksarg an mir vorbeitragen. Sehen wir uns später?«

Rhode hätte gerne eine Spur gehabt. Irgendwas. »Ja«, entgegnete er schleppend, und weil ihm nichts Besseres einfiel: »Wir gehen nochmals die Bilder und die Lebensläufe der Opfer durch. Möglicherweise haben wir etwas übersehen, was *im Auge des Betrachters* liegt.«

»Mal wieder.« Sie stapfte hinaus in den Schauer, verzichtete darauf, die Jacke als Dach zu benutzen. Schwedt eilte zu ihrem Wagen, stieg ein und fuhr davon.

Der Hauptkommissar tippelte auf der Stelle, weil er nicht mehr länger still stehen konnte, und sah zum Pavillon. Er konnte spüren, wie die Unkonzentriertheit und die multiplen Eindrücke und Gedanken auf ihn einstürzten. Härtete er allmählich gegen die ADHS-Medikamente ab?

Stumm grübelnd verfolgte er die Geschehnisse.

Korff und sein Angestellter verließen das Zelt, gingen zum Leichenwagen, kamen mit einem flachen Transportsarg zurück, verschwanden unter dem Planendach und brachten die Leiche nach einigen Minuten zum Auto. Der Teamleiter der SpuSi verschwand im Laderaum. Gut gekühlt, bei drei Grad.

Rhode schnalzte mit der Zunge. Warum war er nicht gleich daraufgekommen?

Er würde die Anweisung herausgeben, dass *niemand* der nächsten Leiche in die Augen sah, sondern ihr *zuerst* die Lider schloss. Damit war der Totenblick entschärft, und der wahnsinnige Killer bekam keine Arbeit.

Er fühlte sich an die griechische Mythologie erinnert. Medusa. Ein Blick auf ihr Schlangenhaupt, in ihre Augen war letal.

Rhode verließ die Garage, während die SpuSis ihre Koffer zum Wagen schleppten und das Zelt abbauten. Sie bewegten sich langsam. Der Schock saß bei ihnen nicht weniger tief.

Wie der Mörder auf die veränderte Vorgehensweise reagieren wird?, fragte er sich und gab sich selbst die Antwort: vermutlich gar nicht.

Womöglich war er sogar froh, die Ermittler nicht mehr jagen zu müssen, und konnte sich vollends auf seine Morde konzentrieren.

Oder würde es Ansporn sein, noch mehr Bildermorde zu begehen, weil sie seinen Totenblick-Fluch ausgetrickst hatten?

Traten sie damit Schlimmeres los?

Gab es Schlimmeres als tote Kollegen?

Tote Kinder, huschte eine widerliche Vision durch seinen Verstand.

Er hatte seinen Passat erreicht und schwang sich auf den Fahrersitz. Es quietschte leise, tröpfelnd rann Wasser aus seiner Kleidung, lief in den Sitz und in den Fußraum.

Innerlich machte Rhode sich einen Vermerk, der Vollständigkeit halber nach Gemälden zu suchen, auf denen ein Massensterben festgehalten war. Er wollte mental vorbereitet sein, sollten der oder die Täter größenwahnsinnig werden.

Das Anliegen seines Freundes Ares hatte er vollkommen vergessen.

❖❖❖

Leipzig, Südleipzig, 24. November

Die erste offizielle Pressekonferenz wegen Robin Adler begann mit einem Schönheitsfehler, den Peter Rhode nicht hautnah miterlebte, weil er sich die Bilder von den Morden und den Originalen Millimeter für Millimeter anschaute, um endlich die Hinweise zu entdecken, die ihnen der Mörder versprochen hatte. Er wollte seine Zeit nicht verschwenden.

Der Polizeipräsident hatte ihm zwischen Tür und Angel ohne langes Brimborium gesagt, dass die SoKo vorerst weitermachte, solange sich die Aufmerksamkeit der Öffentlichkeit, der Medien und Wolkes auf den Festgenommenen konzentrierte.

Schwedt befand sich auf Spurensuche mit Lackmann, sie fahndeten nach Überwachungskameras in der Umgebung der Tatorte. Solche zufälligen Aufnahmen konnten den dringend benötigten Durchbruch bringen, bevor sich die Presse von Adler abwandte und ganz offen nach dem wahren Täter fragte.

Rhode hatte vergessen, dass heute Auftakt sein sollte. Dann kam Lackmann, wie immer ohne anzuklopfen, ins Büro und schaltete das Radio ein.

Aus den Lautsprechern erklangen die Nachrichten.

»… wurde die Pressekonferenz nach dem Bekanntwerden der Informationen unterbrochen, dass es eine Website mit den Tatortfotos gibt, die heute online geschaltet wurde. Darauf verwahrt sich der Verfasser dagegen, er sei Robin Adler oder dass Adler etwas damit zu tun habe. Polizeipräsident Werner Schimarek bestätigte, dass die Ermittler bereits mit der Suche nach dem Server, auf dem die Website betrieben wird, begonnen haben ...«

»Haben wir?«, sagte Rhode verwundert. »Haben *Sie?*«

Lackmann schaltete das Radio wieder aus. »bildermorde dot com«, sagte er. »Rufen Sie die Seite auf, Herr Rhode. Ein gefundenes Fressen für unsere Psychologen und Profiler.«

Rhode ging an einen anderen Computer, weil er die Bilder auf seinem Monitor nicht schließen wollte, und rief die Seite auf.

Es begann mit dem Originalbild *Der Tod des Marat,* danach kam wie in einer Diashow mit Fade-in-fade-out der Nachbau des Mörders mit seinem Model Armin Wolke. Es folgten *Der Tod der Kleopatra* und die McDuncan-Nachahmung.

Die Einstellungen und Winkel der Tatort-Aufnahmen änderten sich. Es gab Detailbilder, sogar Makros. Offensichtlich besaß ihr Mörder einen Sinn für Kleinigkeiten und akribische Anordnung.

Rhodes Magen zog sich zusammen, als der Monitor schwarz wurde und ein barocker Bilderrahmen mit einem Fragezeichen darin erschien. In Sekundenbruchteilen blitzten darin Aufnahmen von Gemälden auf, die er gar nicht so rasch zuordnen konnte.

Anschließend waberte die Schrift »coming soon!« über den erneut leeren Rahmen; am unteren Rand leuchtete der Button »Mehr Infos« auf.

»Es ist nicht vorbei. Wie wir uns das dachten.« Rhode drückte mit dem Mauszeiger auf die Info-Schaltfläche, ohne dass er die Bewegung seiner Hand wahrnahm. Er musste es einfach tun.

Es blinkte das Statement auf, von dem im Radio die Rede gewesen war. Der Hauptkommissar las es in all seiner Ausführlichkeit.

Geschätzte Besucher,

willkommen auf meiner kleinen Website, auf der ich meine aktuellen Arbeiten ausstelle.

Zu meiner Person nur so viel: Ich sehe mich in der Tradition der Künstler und als deren Erbe.
Mit modernen Mitteln.
Meine Interpretation ihrer unerreichten Malkunst ist eine Hommage an die begnadeten Genies.

Bislang hatte die Polizei versucht, meine Arbeiten zu verschweigen, doch die ausländische Presse wurde aufmerksam. Vielen Dank an dieser Stelle. Sie unterstützen ein Genie.

Ich möchte ausdrücklich darauf hinweisen, dass ich nicht Robin Adler bin, der nichts weiter als ein kleiner, dummer Straßenräuber ist.
Weder darf er sich mit meinen Federn schmücken noch sollte er mit mir in Verbindung gebracht werden. Er mag Armin Wolke und Aileen McDuncan überfallen und ausgeraubt haben, aber mit der Umwandlung in Kunstwerke hat er nichts zu tun.

Zudem weise ich darauf hin, dass ich es nicht hinnehmen werde, falls jemand meine Idee stehlen sollte.

Hiermit erfolgt die ausdrückliche Warnung:
Ich weiß, dass man eine Idee rechtlich nicht schützen kann, doch ich tue es hiermit durch die Ankündigung,
<u>jeden</u>,
ich betone
JEDEN,
<u>zu töten</u>,
der meine Vorgehensweise imitiert!
Ich besitze die Mittel und Möglichkeiten. Ich kann das!

Die Leipziger SoKo tappt derzeit im Dunkeln, wer ich bin und was als Nächstes geschieht.
Ich garantiere Ihnen, Kriminalhauptkommissar Peter Rhode: Das wird so bleiben, wenn Sie nicht <u>genau</u> auf meinen Tipp achten, den ich Ihnen gegeben habe.
Ich schwöre bei meinem Leben: Es <u>gibt</u> etwas zu finden!

In der Zwischenzeit bereite ich mein nächstes Kunstwerk vor.

Gerne können Sie mir Ihre Anregungen und Wünsche senden, geschätzte Besucher der Website.
Ich bin nicht auf Klassiker festgelegt, sondern setze jede Art von Todesaufnahmen um, sofern es sich dabei um historisch wichtige Begebenheiten handelt oder sie in irgendeiner Form einmalig bzw. besonders sind. Sie müssen dabei auch einem gewissen künstlerischen Anspruch gerecht werden.
Die Machbarkeit überlassen Sie getrost mir. Ich kann das.

Vielen Dank für Ihre Aufmerksamkeit!

Ein Counter poppte in der Mitte auf und sprang in diesem Moment auf 193 973 um.

Es war die Nachricht eines Verrückten, in der er seinen Stolz auf die grausamen Taten unverhohlen zum Ausdruck brachte.

Als Genie, so sah er sich. Als genialer Künstler, der sich gerne in Galerien bewundern lassen würde. Dabei gehörte er in eine geschlossene Anstalt.

Rhode schaute zu Lackmann und musste an die Worte seines Freundes Ares denken, der die Ereignisse vorhergesagt hatte. »Seit wann wissen Sie davon?«

»Ich bekam den Anruf vor ...«, er sah auf seine Uhr mit dem gesprungenen Glas und dem abgewetzten Lederband, »... 13 Minuten, Herr Hauptkommissar.« Auch heute passte sein Anzug in die frühen Siebziger, der Atem zur gepfiffenen Werbung für Kräuterschnaps aus den gleichen Jahren.

»Radiosender?«

»Von dbs. Sie gab mir den Tipp. Der Mörder hat eine Sammelmail an diverse Zeitungen verschickt. Er wollte sichergehen, dass man auf ihn aufmerksam wird.«

Der Zähler stand bei 201 001.

»Das hat er geschafft. Dieses kranke Arschloch.«

Es klopfte, und Schwedt stürzte herein. »Peter, hast du ...« Ein Blick auf den Monitor reichte aus. Sie setzte sich und blickte wuterfüllt in die Runde. »Ich habe keine Ahnung, was wir machen sollen«, gestand sie.

»Ich auch nicht«, räumte er ein. »Der Mörder ist uns in allen Belangen voraus. Er weiß, wer wir sind und wer jedes Mal am Tatort ist.«

Lackmann räusperte sich. »Es gibt verschiedene batteriebetriebene Geräte, die sowohl Bild als auch Ton übertragen«, erklärte er. »Die Reichweite ist begrenzt, sofern sie nicht verkabelt sind. Ich habe mit dem KTI telefoniert. Beim nächsten Mal nehmen wir einen Elektronik-Spezialisten mit, der nach WLAN-Netzwerken und Strahlungsquellen Ausschau hält.« Nach seiner Erläuterung sackte er in sich zusammen, als sei seine Energie damit verbraucht. Er tastete nach seinem Flachmann und trank einen Schluck. Offen und unverblümt. »Ah, und die Fotos auf der Website wurden nach deren Ansicht vom Täter gemacht, als die Opfer noch lebten. Das könne man an der Körperhaltung und dem Augenausdruck erkennen. Aber die Computerfreaks werden das noch genauer überprüfen, bevor sie uns das schriftlich geben.«

»Das ist gut.« Rhode musste den Kollegen loben. Da war wieder einer dieser seltenen lichten Momente, die zeigten, wie gut Lackmann hätte sein können – ohne den Sprit im Kopf. Es regte sich beim Hauptkommissar so etwas wie ein leichter Hoffnungsschimmer, der durch das Wissen getrübt wurde, dass der Mörder mit ihrer Vorgehensweise rechnete.

»Fehlt uns nur noch ein neuer Mord«, warf Schwedt sarkastisch ein. Ihr Smartphone gab einen Signalton von sich. Sie las die Nachricht, schnalzte genervt mit der Zunge und steckte das Gerät weg. »Angekündigt ist er zumindest«, ging sie über die Nachricht hinweg. »Coming soon.«

Rhode schloss daraus, dass die SMS privater Natur gewesen war. Freddy schien sie mit seinen Botschaften eher zu nerven, anstatt glücklich zu machen. »Wer auch immer das arme Opfer ist: Sobald der Anruf des Verrückten eingeht, sieht *keiner* der Leiche in die Augen! Der Totenblick darf kein weiteres Opfer nach sich ziehen.«

»Bestimmt nicht«, bestätigte Schwedt. Lackmann nickte andeutungsweise.

Rhode sah auf das Squashbällchen auf seinem Schreibtisch. Training, Dauerlauf, warten. Mehr konnte er nicht tun. Ach ja, doch: Zum hunderttausendsten Mal starrte er auf die Gemälde und die Tatort-Aufnahmen. Ihm fiel ein, dass er Ares versprochen hatte, nach Flöto zu suchen. Oder hieß sie anders?

Bevor er sich zurück an seinen PC setzte, schloss er die Website des Mörders. Das Zählwerk hatte 251 001 erreicht. Es gab genügend Neugierige und kranke Gemüter, und es würden noch mehr User werden. In Deutschland und auf der ganzen Welt.

Rhodes Handy klingelte, die Nummer von Ares wurde angezeigt.

Er drückte ihn weg, weil er sich voll und ganz auf die Bilder konzentrieren wollte. Zum Plauschen blieb bei ihrem gemeinsamen Dauerlauf durch den Park genug Zeit. Dabei konnte er ihm gestehen, eine neuerliche Abfrage zu ihr und dem Ex-Knasti vergessen zu haben.

Nachdem Rhode sich einen Kaffee genommen und eine Pille eingeworfen hatte, setzte er sich vor den Bildschirm und starrte auf die Tatortfotos, auf die Vorlage, auf die Tatortfotos, auf die Vorlage, auf die Tatortfotos …

Schwedt und Lackmann taten das Gleiche.

✱✱✱

KAPITEL 8

Leipzig …

Das einzige Licht im Raum der Inspiration stammte von den vier LED-Flachbildschirmen, denn die Nacht war über Leipzig hereingebrochen. Der geringe Straßen- und Sternenschimmer wurde von den Vorhängen geschluckt.

Je nach Motiv auf den Monitoren änderte sich die Beleuchtung und veränderte die Stimmung in dem Altbauzimmer, in dem er herrschaftlich auf seinem Sessel fläzte, an der Wasserpfeife sog und den Blick schweifen ließ.

Mal ging das Licht ins Rötliche, mal ins Bräunliche, dann wurde es fast stockdunkel, um nach zehn Minuten wie bei einem Sonnenaufgang zu leuchten.

Er mochte diese Unterschiede. Es half ihm bei der Suche nach Eingebung.

Die Welt wusste nun von zwei seiner gelungenen Arbeiten, die Klicks auf die Seitenzahl stiegen ständig. Niemand würde seine Page rasch aus dem Netz kicken, er hatte Back-ups auf verschiedensten anonymen Servern geparkt, die sich mit einem kleinen Befehl aktivierten und einsprangen. Die Screenshots von Besuchern seiner Seite vermehrten sich. Unlöschbar.

Mit jedem Zuschauer erhöhte sich sein Ansporn, das Bisherige zu übertrumpfen. Atlas wollte bald wieder entlastet werden, Sisyphus' nächster Stein wartete und wollte hinaufgerollt sein.

Der Druck in ihm schwoll an, auch wenn die Begeisterung und die Resonanz auf seine Werke lindernd auf sein Leiden wirkten.

Nach der Erfüllung der Pflicht kam die Kür an die Reihe. Aufregung breitete sich aus, Vorfreude auf das Ungewisse. Seine neuen Scouts, die ihn zu seinen Auserwählten führten, würden sich beweisen müssen.

Er sog am Mundstück. Brodelnd füllte sich das Gefäß mit Qualm, und Tabakrauch schoss beim nächsten Ausatmen aus seiner Nase.

Auf dem Bildschirm zu seiner Rechten erschien der Berner Totentanz aus dem 16. Jahrhundert, auf dem links der skeletthafte Tod mit Juden, Türken und Heiden zu sehen war; rechts tauchte ein zweiter skeletthafter kriechender Tod auf, der sich an den Maler heranpirschte.

Er schwelgte vor sich hin. Internationale Beteiligte, historische Ausstattung, ein aufwendig zu malender Hintergrund, ja, das könnte ihm gefallen.

Seine Augen zuckten zur anderen Seite.

Dort erschien *Triumph des Todes* von Felix Nussbaum, einem jüdischen Maler, entstanden im Jahr 1944. Apokalyptisch und mit den zahllosen zerstörten Kunstobjekten, Skulpturen und Gemälden eine Herausforderung an seine requisitorischen Talente. Aber es gab ihm zu viele Skelette darauf zu sehen, was nicht leicht zu arrangieren war. Dennoch mochte er die unwirkliche Stimmung, die beim Betrachter unweigerlich Erschütterung auslöste. Gemalt hatte es Nussbaum unter dem Eindruck der Nazis und dem scheinbaren Ende der Welt.

Das Bild wollte nicht in seine Stimmung passen, so wandte er den Kopf nach vorne, zum dritten Bildschirm.

Das Motiv sagte ihm spontan mehr zu.

Er sah auf *Der Tod des Totengräbers* von Carlos Schwabe, das gegen Ende des 19. Jahrhunderts im romantisch-symbolistischen Stil auf die Leinwand gebannt worden war. Ein schwarzer Todesengel in Gestalt einer hübschen Frau saß zur Winterszeit am frisch ausgehobenen Grab, in dem der Totengräber just in diesem Moment das Zeitliche segnete. Aquarell und Gouache sorgten für die Weichheit, Bleistift gab den Schliff.

Es passte zum beginnenden Winter. Für die Rolle des Todesengels hätte er auch schon eine passende Kandidatin, für den Totengräber müsste er sich auf seine Scouts verlassen.

Blieb noch der letzte Bildschirm, der schräg hinter ihm zwischen den Fenstern hing, eingerahmt von den langen Vorhängen.

Er nahm sich vor, entweder Schwabes Motiv zu nehmen oder …

Erneut sog er an der Pfeife, hielt die Luft an und behielt den Rauch lange in den gefüllten Lungenflügeln.

Ein Lächeln bildete sich, die Mundwinkel wanderten nach oben.

Warum nicht etwas wagen?

Das Bild, das er gleich zu sehen bekam, würde er umsetzen. Egal was, egal wie.

Abrupt wandte er sich um.

❋❋❋

Leipzig, Südvorstadt, 24. November

Ares saß in seinen Work-out-Klamotten im verlassenen *Laibspeise* und aß ein süßes Gebäckteilchen, trank einen Kaffee und sah seiner Schwester ins Gesicht. Das Café hatte schon lange geschlossen, die Stühle waren bis auf ihre beiden hochgestellt.

Der heutige Tag hatte Elisa gehört. Er war mit seiner Zehnjährigen im Zoo gewesen, anschließend hatten sie sich eine Ausstellung speziell für Kinder im Grassi angeschaut. Nach dem anstrengenden Tag hatte sie die Aufführung des Kinderchors im Gewandhaus verweigert, und im Wagen war sie auf dem Rückweg zu ihrer Mutter eingeschlafen.

Danach hatte er Karo von ihrem Tanzkursus abgeholt. Seine Zweitälteste saß zwischen ihm und Charlotte, knusperte an einem Croissant und trank einen Pfefferminztee.

Tanzkursus, huschte es durch Ares' Kopf. Jungs. Verabredungen. Der Hormonirrsinn begann. Karo sah in ihrem knielangen Rock mit Strumpfhosen, Stulpen, Shirt und knapper Jeansjacke viel älter aus. Gut, dass sie sich gegen aufdringliche Verehrer zu wehren wusste.

Ares schlürfte vom Kaffee. »Das ist doch verrückt, oder?«, knüpfte er an seine Erzählung an. Er hatte ihnen die Erlebnisse der letzten Tage berichtet, von der gescheiterten Rückführung bis zur verschwundenen Mariann Flatow und der falschen Mariann Flatow. Die Träume aus der Vergangenheit verschwieg er, es würde die beiden zu sehr beunruhigen.

»Das ist voll abgefahren, Papa«, stimmte Karo zu. »Hast du früher viel gekifft?«

Ares sah sie verblüfft an. »Wie bitte?«

»Wir haben in der Schule gelernt, dass Haschisch doof macht, wenn man es die ganze Zeit raucht.« Karo glänzte mal wieder durch Wissen. »Warst du Dauerkonsument?«

Charlotte lachte auf. »Warst du, Bruderherz?«

»Unsinn. Von dem Zeug ist mir schlecht geworden.«

»Ansonsten klingt es nach einem Roman, was dir widerfahren ist.« Charlotte hob ihre Tasse mit einem doppelten Espresso. »Warst du bei einem Neurologen oder einem Psychiater oder einem Psychologen?«

»Hatte ich mir überlegt.«

»Aber?«

Ares schüttelte den kahlen Schädel. »Was sollen die mir schon sagen?«

»Einer von denen wird doch in der Lage sein, zu erkennen, ob man dich hypnotisiert hat, beispielsweise«, gab sie zurück. »Ich bin keine Fachfrau, was das angeht. Aber solche Herrschaften können das eher. Grob geschätzt.« Sie sah ihn über den Tassenrand hinweg an. »Tut mir übrigens leid. So war das Geschenk nicht gedacht.«

»Es hat jedenfalls Unterhaltungswert.« Ares verzog den Mund und biss in das Teilchen. Zucker und Fett taten seiner Seele gut.

»In meinem Roman würdest du am Ende die Frau deiner Träume finden«, fügte Karo hinzu und riss sich ein Stückchen Croissant ab, um es in den Mund zu schieben. Sie aß mit Bedacht und sehr vornehm. Die Beine lagen damenhaft überkreuzt, die Frisur saß. Sie war so ganz anders als Wildfang Elisa.

»Die habe ich schon, danke. Und beinahe hätte ich ihr wegen der Sache eine verpasst«, rutschte es ihm heraus. Er schlief aus Sicherheitsgründen auf dem Sofa im Wohnzimmer, damit er Nancy nicht nachts aus Versehen umbrachte, wenn er im Traum einen Kampf gegen seinen Gegner führte. Es machte ihn nicht glücklich, wenn er nach einem ausgedehnten Liebesspiel mit ihr heimlich auf die Couch auswanderte. Sie machte sich Sorgen, das sah er Nancy an.

»Oh!« Nun sah Charlotte beunruhigt aus. »Tut mir wirklich leid!« Sie stand auf und ging zum Telefon. »Ich habe eine Idee.«

Ares biss wieder ab. »Hast du eine Rückführung machen lassen?«, erkundigte er sich.

Kopfnicken.

»Ach ja, ich erinnere mich. Du warst Burgfräulein.«

Karo lachte auf. »Entschuldige, Tante Charlotte, aber ...« Sie feixte und sah auf den Backkittel, die breite Statur.

Charlotte grinste und schwenkte die Tasse, die in ihren kräftigen Händen sehr klein wirkte. Mit dem Zeigefinger tippte sie derweil eine Nummer.

Ares dippte den letzten Rest des Teilchens in seinen Kaffee und sah zu, wie sich der Teig vollsaugte. Die Flüssigkeit erinnerte ihn sofort an die Pfütze, neben der er zum Liegen gekommen war, bevor ihn der Mann ansprang und mit dem Messer bedrohte.

Nun war dieses Gesicht frei in der Welt unterwegs. Es konnte eines Tages vor Ares stehen und einfordern, was ihm zustand. Als Entgelt. Er sah kurz zu Karo. Dann begannen die Probleme erst richtig.

Charlotte führte ein kurzes Telefonat, dessen Inhalt ihm aufgrund seiner Gedanken entging. Seine Schwester legte auf und setzte sich strahlend ihm gegenüber. »Ich habe sie vermutlich gefunden.«

»Was?«, entfuhr es ihm.

»Deine Rückführerin. Sie heißt Jelena Antonowa.« Charlotte stellte die Tasse ab, zog einen Stift und einen Zettel aus der Kitteltasche. »Das ist ihre Adresse.« Sie notierte alles.

»Woher hast du das so schnell, Tante?« Karo klatschte.

Ares hätte sie gerne gefragt, warum ihr der Geistesblitz jetzt erst gekommen war.

»Mir fiel eben ein, dass Flatow in einem russischen Heimatverein war, und der Vorsitzende kauft bei mir ein. Ich beschrieb ihm eben am Telefon, wie unsere falsche Flatow aussieht, und er sagte sofort, dass es Jelena Antonowa sein müsste.«

Ares runzelte die Stirn und sah auf die Adresse in der Südvorstadt. »Hast du ihm von der Rückführung erzählt?« Erleichterung breitete sich aus. Jetzt würde er den Traum an den Ort zurückverbannen können, aus dem er gekrochen war.

Charlotte verneinte. »Geflunkert. Das Märchen von einer Russin, die ihre Einkäufe bei mir hat stehenlassen.« Sie sah auf die Uhr. »Ich muss mich gleich um meinen Sauerteig kümmern. Warum sich Antonowa als Flatow ausgegeben hat, musst du mir unbedingt erzählen. Und bring sie nicht um.«

»Nur mit Blicken«, warf Karo ein.

Sie schob Ares noch ein Teilchen zu. »Nimm das für Nancy mit. Sie kann das gut vertragen. Aber wehe, du futterst es selbst.« Und in Richtung Karo: »Willst du auch was? Für dich und deine Mutter?« Karo nickte. »Dann packe ich dir was ein.« Sie stand auf und strich dem Mädchen über den dunklen Schopf.

»Ich schwöre, dass Nancy das Teilchen bekommt.«

Ares bedankte sich mit einem Grinsen. »Du schaust nach Teig, ich nach teigigen Leuten. Mein Ramschkönig ist wieder an der Reihe.« Er erhob sich und packte das Gebäck behutsam in eine Plastikdose, die er aus seinem Rucksack zog. Er hatte sie stets dabei, wenn er seine Schwester im Laden besuchte; rasch ließ er seine Beute darin verschwinden.

Noch konnte Ares es nicht fassen, dass die Gesuchte bereits gefunden war. So leicht. So schnell. Vermutlich war es wirklich besser, zuerst Sport zu machen und sich abzureagieren, bevor er Antonowa beehrte.

Charlotte kehrte mit einer Tüte aus der Backstube zurück und drückte sie Karo in die Hand. »Schoko, Kirsch und Leipziger Leichen. Weil du sie so magst.«

»Danke!« Karo lächelte glücklich und umarmte die breite Frau.

Bruder und Schwester drückten sich, dann verließen er und seine Tochter das Café.

Sie liefen zum Smart, auf den gerade eine Dame des Ordnungsamtes zuhielt.

»Leg einen Zahn zu«, sagte er. »Das Knöllchen spare ich mir.«

»Hättest du dir ein Ticket gezogen«, fing Karo an, aber sie ging dennoch schneller.

Sie überholten die Politesse und stiegen in den Smart. Ares zwinkerte ihr zu und stieß rückwärts aus der Parkbucht. Karo stöhnte wegen der rüden Fahrweise und hielt sich an ihrer Tüte fest.

Die Politesse nahm es sportlich und grinste.

Karo sah zu, wie sich die Frau Notizen machte. »Die hat sich dein Kennzeichen aufgeschrieben, wetten? Damit stehst du auf ihrer roten Liste. Das nächste Mal ziehst du dir lieber ein Ticket, Papa.«

Ares glaubte, ihre Mutter sprechen zu hören. »Ich sehe nicht ein, dass ich fürs Parken nach 18 Uhr Geld bezahle.«

Karo hob nur kommentierend die geschwungenen Augenbrauen.

Auch wie ihre Mutter, dachte Ares. »Dann bringe ich dich mal schnell rum.«

»Fährst du danach zu Herbie?«

Er fand es befremdlich, dass sie Tzschaschel bei seinem Spitznamen nannte. Er hatte ihn einmal erwähnt, und sie amüsierte sich köstlich darüber. »Genau.« Ares wusste, dass die Frage weniger unschuldig war als vermutet. Sie spekulierte auf ein Sonderangebot aus den Beständen des Ramschladenversorgers: modische Handtaschen, alberne Kätzchenshirts, Schminksets oder dergleichen, und alles in billig.

Er dachte unwillkürlich an das Geschenk, das Tzschaschel ihm von Georg Richard Wolke ausgehändigt hatte: Bier de luxe. Abgefüllt in schicken 0,75-Liter-Flaschen und höllenteuer; auf diese Weise hatte der Intendant Entschuldigung dafür sagen wollen, dass er sich wie ein Arschloch benommen hatte.

Nancy und er hatten zwei Flaschen gekillt und übersehen, dass es sich dabei um die Starkbiersorten handelte. Ein lustiger Abend war die Folge gewesen, mit viel Lachen, viel Sex und Lachen und einem traumlosen Schlaf. Der einzige in den letzten Wochen.

Aber sich jeden Abend 1,5 Liter Starkbier zu geben und danach ausgiebig Sex zu haben, das konnte auf Dauer anstrengend und ungesund werden. Das war keine Alternative. Deswegen freute er sich noch mehr, Antonowa gefunden zu haben. Seine Rückführerin. Auf die Geschichte war er gespannt.

Mehr und mehr fiel die Anspannung der letzten Wochen ab. Der Messermann verlor bereits an Einfluss auf seine Gedanken, das Pendel würde ihn gänzlich verschwinden lassen.

»Ich frage ihn, ob er was für kleine Mädchen hat«, neckte er Karo, die sich bereits als erwachsen betrachtete, und reihte sich in die Schlange hinter der Ampel ein. Er sah auf den Rucksack im Fußraum des Beifahrersitzes und dachte an das Teilchen. Eines könnte er noch vertragen.

»Das gehört Nancy«, hörte er seine Tochter sagen, die seine Gedanken lesen konnte. »Und von mir bekommst du auch nichts. Dein Bäuchlein ist immer noch da.«

»Du grausames Mädchen.« Ares blickte sie an – und dabei fiel sein Blick aus dem Seitenfenster.

Ein Mann in einfacher, unauffälliger Kleidung schritt an ihnen vorbei und bog auf einen Fußweg ein, den er zügig entlangmarschierte.

Das Gesicht hatte Ares nicht richtig sehen können, aber diesen Gang erkannte er. Auf der Rückseite der schwarzen Jeansjacke meinte er ein dunkelgraues Abzeichen aufgenäht gesehen zu haben, das in Leipzig nicht mehr getragen werden durfte, solange die *Demons* das Sagen hatten.

Stocksteif saß er da und beobachtete den Unbekannten.

»Papa? Was machst du denn?«

Das ist ... er!

»Papa, es ist grün. Und hinter uns ...«

Er wurde von hinten angehupt, was er ohne hinzuschauen mit dem ausgestreckten Mittelfinger quittierte; dabei verfolgte er weiter den Mann mit Blicken, bis er hinter einem Grüngürtel verschwand.

»Ich bin gleich wieder da. Pass auf, dass niemand Nancys Teilchen klaut.« Ares schaltete die Warnblinkanlage ein und sprang unter Protest seiner Tochter aus dem Smart.

Er brauchte Gewissheit.

***

Leipzig, Ostteil, 24. November

Anke Schwedt lag in weißer Spitzenpanty und BH auf der grünen Couch, ein Glas Rotwein auf dem Beistelltischchen und eine offene Tüte Chips auf dem flachen Bauch. Sie schaute fern, doch sie nahm nicht wahr, was der Apparat zeigte.

Ihre Gedanken kreisten um den Fall, um ihr Privatleben, dann wieder um den Fall.

Der Alkohol hätte der jungen Frau Entspannung bringen sollen, aber genau das Gegenteil war geschehen: Ihr Verstand fraß sich regelrecht fest und kreiste nur noch um diese Themen. Nach diesem Glas hatte sie die Flasche ganz allein geschafft. So war das nicht geplant –

Ihre grünblauen Augen richteten sich auf die Uhr am Sat-Receiver: 21.41 Uhr.

Dass sie ihre schickere Unterwäsche trug, hatte einen Grund. In zwanzig Minuten kam Freddy bei ihr in der Eilenburger Straße vorbei, und sie würden Sex haben. Es war mehr als guter Sex. Es war formidabel!

Freddy war nicht nur ein Mann, wie sie ihn sich nach

zwei ganz netten, aber belanglosen Kerlen und einem fatalen Fehlgriff immer gewünscht hatte. Abgesehen von seiner ganzen Art kannte er sich bestens mit dem weiblichen Körper aus, wusste die Finger ebenso einzusetzen wie seine Männlichkeit. Intelligent und gut im Bett, das musste kein Widerspruch sein. Auch nicht bei Typen.

Die nie gekannten Gefühle beim Sex sorgten dafür, dass sie lauter als gewöhnlich war, und das führte bereits zu einem kurzen Gespräch mit den Nachbarn rechts von ihrer kleinen, gemütlich eingerichteten 2-Zimmer-Küche-Bad-Wohnung. Fick-Neid.

Anke grinste. Es machte ihr nichts, dass andere mitbekamen, wie Freddy es ihr besorgte. Sie war jung, genoss den Sex und das Leben. Dafür hatte sie zu oft mit denen zu tun, die auf der Strecke blieben.

Der stimulierende Gedanke an seinen harten Schwanz wurde durch einen jähen Geistesblitz zerstört.

Ausgelöst hatte ihn eine Filmszene, in der die Kamera auf eine Leiche zoomte, näher und näher ging, bis das tote Auge die Einstellung ausfüllte.

Mit ihrer Erfahrung als Kriminalbeamtin sah sie sofort, dass es sich nicht um eine echte Leiche handelte. Gebrochene Pupillen ließen sich nicht nachahmen. Totenblick.

»Das ist es«, murmelte Anke und griff nach dem Glas. Ein langer Schluck, und es war zur Hälfte geleert. »Mein Gott! *Das* ist es!«

Sie nahm die Chipstüte vom Bauch und legte sie auf den Tisch, stand auf und ging taumelnd in die Küche. Sie brauchte einen Schluck Wasser, die Säure des Weins hatte sie durstig gemacht. Außerdem wollte sie ihre Theorie im Internet überprüfen.

Das bauchige Glas war rasch mit Leitungswasser gefüllt. »Wie macht Lackmann das?«, nuschelte sie vor sich hin und stützte sich an den Wänden ab, während sie sich an den kleinen Schreibtisch setzte und den Laptop aufklappte.

Anke kniff die Augen zusammen, nippte von ihrem Getränk. Das Browserfenster schien verzerrt und undeutlich.

Als sie tippte, musste sie ihre Eingabe sehr oft korrigieren, was sie in einer Mischung aus Fluchen und Kichern tat. Doch gelang es ihr, den Geistesblitz nicht mehr zu verlieren.

Es mochte auf den ersten Blick lächerlich wirken, was sie tat, aber die Formulierung des Mörders ließ diese Interpretation zu.

Die Website mit der Suchmaschine baute sich neu auf, das Lesen fiel ihr schwer. Die Worte hüpften.

»Scheiße. So geht das nicht.« Die junge Frau erhob sich, wankte ins Bad und beugte sich vor der Dusche nieder, schaltete sie ein und ließ sich eiskaltes Wasser über Kopf und Nacken sprudeln.

Anke schrie kurz auf. Die Kälte versetzte ihr einen kleinen Schock, wie sie es sich erhofft hatte.

Nach einigen Minuten dieser rabiaten Eigenbehandlung legte sie sich ein Handtuch um und eilte an den Computer zurück. Das Lesen gelang jetzt wesentlich besser – oder sie bildete es sich zumindest ein. Noch ein Schluck Wasser rann ihre Kehle hinab.

In einem ersten Reflex wollte sie nach dem Handy greifen, um Peter Rhode anzurufen und ihm von ihrer Entdeckung zu berichten.

Aber ihrem Vorgesetzten – bei aller Freundschaft – mit alkoholschwerer Zunge um zehn Uhr abends vorzulallen, dass sie eine bahnbrechende Mitteilung hatte, die wiederum die Ermittlungen in eine gänzlich andere Richtung führen würde, erschien ihr nach kurzem Innehalten als keine gute Eingebung. Morgen früh wäre dafür immer noch Zeit.

Anke seufzte schwer und sah auf ihren nassen BH. Es würde Freddy freuen, wenn sie ihm so die Tür öffnete. Mit durchsichtig gewordenem Stoff und steifen Brustwarzen. Oder sollte sie ihn rasch trocken föhnen? Sie warf einen letzten Blick auf den Monitor und ließ das Bild im Standby stehen, damit sie sich nach dem Aufstehen sofort daran erinnerte.

»Wie konnten wir das nicht sehen?«, murmelte sie.

DIE WAHRHEIT
LIEGT STETS
IM AUGE
DES
BETRACHTERS.

Sie hatte das Versäumnis der SoKo erkannt: Nicht nur die Lebenden betrachteten etwas – auch die *Toten* betrachteten! Und zwar die Menschen, die sich am Tatort bewegten.

Vielleicht ging es bei dem Spruch gar nicht darum, was die SpuSi und sie und Rhode und das KTI sahen. Folgte Anke ihrem Schluss, ergab sich die Frage: Hatte der Mörder demnach etwas *in* den Augen seiner *Opfer* verborgen?

Wäre es möglich, dass der oder die Täter den Leichen etwas in die Augenhöhlen geschoben hatten, wie einen kleinen Chip, einen kleinen Zettel, irgendetwas Winziges?

Fiele das bei der Obduktion überhaupt auf?

Sie konnte sich nicht erinnern, in ihrer Ausbildung einer Obduktion beigewohnt zu haben, bei denen die Rechtsmediziner chirurgische Kleinstarbeit erledigten.

Gab es eine Methode, Hinweise direkt in die Pupillen zu gravieren oder mit Laser zu brennen?

Das hatte sie im Internet geprüft, was sie nach dem Aufstehen sichten würde. Mit weniger Promille und mehr Vernunft im Verstand.

Ein bisschen fürchtete sie, dass sie ihre Eingebung im nüchternen Zustand einfach nur lächerlich fand. So lächerlich wie die Ergebnisse der Suchmaschine, die sie nicht hatte entziffern können.

Gerade kam der jungen Frau etwas an der Formulierung auf der Bildermorde-Website in den Sinn.

Der Killer hatte »meine aktuellen Arbeiten« geschrieben, sollte sie sich nicht zu sehr irren.

Existierten demnach alte Arbeiten?

Hatte er geübt und Probedurchgänge gemacht?

Warum waren sie dann nicht aufgefallen?

Weil die Taten nicht in Deutschland geschehen waren?

Es klingelte an der Tür.

»Sextime«, rief Anke fröhlich und ging zum Flur; ihr Wasserglas nahm sie mit und betupfte mit ein paar Tröpfchen ihren Hals und Dekolleté. »Bin gleich da. Aber ich muss dich warnen: Ich bin angetrunken und geil!« Schwungvoll öffnete sie. »Außerdem habe ich …«

Ihre Reaktion war zu langsam: Der Elektroschocker berührte ihr feuchtes Schlüsselbein und jagte hunderttausend Volt durch sie.

Das Glas zerbrach zwischen ihren verkrampfenden Fingern, die Splitter schnitten durch Haut und Fleisch, verursachten tiefe blutende Wunden.

Bewusstlos fiel Anke auf der Schwelle nieder ...

❈❈❈

Leipzig, Südvorstadt, 24. November

»Sie, Bürger! Bleiben Sie stehen!«

Bürger – diese Anrede kam Ares höchst ungewöhnlich und zudem noch autoritär vor, und so sah er beim Sprint über die Schulter: Ein Polizist, der gerade nichts Besseres zu tun hatte, hing ihm an den Hacken.

Sein Handy klingelte, es war Karo. »Ja?«

»Ganz toll, Papa. Du hast den Bullen den Stinkefinger gezeigt. Die standen hinter uns«, sagte sie genervt und mit dem überdrehten Tonfall, den Teenager perfekt beherrschten, wenn sie erwachsen klingen wollten. »Einer ist dir hinterher.«

»Sehe ich. Kann ich aber nicht ändern. Bis nachher.« Der Mittelfinger, den er ohne nachzuschauen an der Ampel seinem Hintermann gezeigt hatte, zog unschöne Nebenwirkungen nach sich. Beamtenbeleidigung war teurer als normale Beleidigung.

Der Verfolgte bog um die Ecke und verschwand hinter einem Gebüsch.

»Stehen bleiben, Mann! Das ist Widerstand gegen die Staatsgewalt!«, keuchte der Beamte hinter ihm.

Ares hielt tatsächlich an, aber erst nachdem er die Hecke umrundet hatte. Er hätte den mäßig trainierten, etwas älteren Polizisten abhängen können, aber sein Auto stand dummerweise noch warnblinkend zusammen mit seiner minderjährigen Tochter auf der Straße. Somit wussten sie, wer er war. Karo bräuchte nicht mal was zu sagen, das Nummernschild genügte.

Der Mann mit dem Aufnäher schien vom Erdboden verschluckt.

»Das gibt es doch nicht!« Ares drehte sich nach rechts und links, entdeckte niemanden. Hatte er sich alles eingebildet?

»Das können Sie mal laut sagen, Bürger!« Der Beamte hatte ihn eingeholt. »Ihre Papiere.«

»Sind im Auto.«

»Name?«

»Smart. Das genaue Modell vergesse ich immer.«

Der Polizist schenkte ihm einen missbilligenden Blick.

»Löwenstein, Ares Leon.« Er fügte seine Adresse hinzu. »Wir können das abkürzen, indem Sie Kriminalhauptkommissar Rhode anrufen. Ich bin ein Freund von ihm ...«

»... und er wird mir erklären, warum Sie Ihren Wagen mitten auf der Straße neben dem Polizeirevier Südwest stehen lassen und mit bußgeldbelegten Gesten um sich werfen?«, ergänzte der Beamte zuckersüß wie Charlottes Teilchen.

»Ich denke, dass Ihr Hupen auch nicht erlaubt war«, erwiderte Ares. Er hatte nicht aufgegeben, sich umzusehen. »Kann auch Missbrauch gewesen sein. Jedenfalls diente es nicht der Gefahrenabwehr.« Er fand seine Antwort schlagfertig, aber strategisch war sie Unsinn. Damit hatte er den Bullen noch mehr verärgert.

Der Polizist sah auf seinen Block, nahm das Funkgerät

und rief die Zentrale zwecks Personalienabfrage. »Sollten Sie schon wieder weglaufen, wird es teuer für Sie, Herr Löwenstein.« Er gab die Adresse durch, und man bestätigte ihm, die Angaben zu checken. »Damit Sie es wissen: Wir haben den Smart wegtragen lassen.«

»Sie meinen abschleppen.«

»Nein, *wegtragen*. Ein paar kräftige Männer haben Ihren Wagen an den Straßenrand gehoben.« Mit einem freudlosen Lächeln fügte er hinzu. »Ihre Tochter haben wir vorher aussteigen lassen. Aber das bringt Sie nicht um eine Anzeige herum. Beleidigung und Nötigung.« Die Zentrale bestätigte die Korrektheit, der Polizist grüßte. »Dann einen schönen Abend, Herr Löwenstein. Das nächste Mal lieber gleich richtig einparken und nicht wieder den Stinkefinger zeigen.«

Ares ging ohne eine Erwiderung, überquerte die Fahrbahn und setzte sich an einen Tisch, der zum Café *Südbrause* gehörte. Er dachte nach, über den eingebildeten Mann, und beschloss: Er musste die Erinnerung an früher verbannen. Mit Antonowas Hilfe. Sofort!

Dann rief er Karo an. Da sie in der Nähe eines Polizeireviers stand, machte er sich keine Gedanken um ihre Sicherheit. »Alles in Ordnung mit dir?«

»Ja«, gab sie wütend zurück. »Wo bleibst du denn?«

»Ich werde noch was zu tun haben.«

»Hat der Bulle dich als Strafe an ein Halteverbotsschild gekettet? Mama hat schon angerufen und gefragt, wo ich bleibe.«

»Fahr mit der Tram, Liebes.«

Karo fauchte wütend und klang wieder wie ihre Mutter. »Ist das ernst gemeint?«

»Tut mir leid, aber ich muss zu dieser Frau. Zu der mit der Rückführung.« Ares sah sich um. »Das verstehst du doch?«

»Scheiße, Papa. Ich brauche eine halbe Stunde mit der Tram …«

»Tut mir leid. Aber du hast ja was zu essen für unterwegs von Tante Charlotte bekommen.« Karo legte einfach auf, womit Ares den Fall als erledigt betrachtete.

Er stand auf und lief zu der Adresse, die ganz in der Nähe lag. Dabei führte er ein Entschuldigungstelefonat mit Tzschaschel. Kurz darauf erreichte er das mehrstöckige Gebäude mit der einfachen, schmucklosen Fassade.

Ares legte den Finger locker auf den Knopf hinter dem Klingelschild mit der Aufschrift *J. Antonowa*. Das Haus in der Kochstraße war renoviert und machte etwas her. Auch das gab es in Leipzig, und zwar öfter als den Verfall.

Dann lehnte er sich nach vorne, drückte den abgewetzten Messingknopf tief ein.

Sekunden darauf knackte der Lautsprecher. »Ja?«

»Päckchen für Frau Antonowa«, sagte er, und ihm wurde via Summer geöffnet.

Ares nahm den Fahrstuhl, er war genug gerannt. Als sich der Lift mit einem Schleifen öffnete, sah er in das erstaunte Gesicht der falschen Flatow in der Tür vis-à-vis. Sie trug fast die gleichen Sachen wie bei der Rückführungssitzung, und spätestens der Geruch ihres wortwörtlich atemberaubenden Parfüms hätte seine letzten Zweifel erstickt.

»Cherr Löwenstein!«, rief sie überrascht. »Das ist eine chöne Überraschung. Ich dachte, Sie sind Fitnesstrainer und nicht Paketzuchdeller.«

Er verließ die Kabine. »Ich nehme an, Sie haben Zeit für

mich?«, sagte er freundlich-fordernd. »Es geht um das, was ich seit Ihrer Rückführung in meinen Träumen erlebe.«

»Oh.« Sie sah betroffen aus. »Fuhlen Sie sich bäsonders?«

Er nickte und drängte sie rückwärts in ihre Wohnung.

Es roch nach Kaffee, nach altem Stoff und Weihrauch; eine Ikone hing genau gegenüber dem Eingang, als würde der Heilige darauf mit seinem Blick und dem glänzenden Blattgold alles Übel zurückschlagen können.

Abgesehen vom Bad gab es lediglich zwei Zimmer.

Überall herrschte Chaos, und die Küche sah nach Schlachtfeld aus. Darin hockte ein Mann in Unterhemd und Unterhose am offenen Fenster und rauchte, als wäre er dort vergessen worden. Der Geruch des brennenden Tabaks wurde vom Weihraucharoma vollständig kannibalisiert. Er sah Ares nicht einmal an, sondern hielt den Blick auf eine russische Zeitung gerichtet. Für ihn schien es normal zu sein, dass ein zwei Meter großer, glatzköpfiger Mann durch sein Haus marschierte.

Im Wohnzimmer, das mit Schränken und Regalen vollgerümpelt war, setzte sich Antonowa auf einen alten Stuhl. Sie bot Ares den Sessel an und richtete ihre leichte blassrote Strickjacke.

Einmachgläser mit Sand, Muscheln, eingelegten Wurzeln und unerkennbaren Dingen standen – sorgfältig auf Kyrillisch bezeichnet – in den Fächern; dazwischen schoben sich die Buchrücken alter Werke. Die Beschriftungen reichten von Griechisch über Latein bis zu einem Sammelsurium moderner Sprachen.

So ziemlich alles war mit Stickereien verziert oder mit bestickten Deckchen behangen. Noch mehr Ikonen prangten an den Wänden, aus manchen Bildern leuchteten jedoch Symbole, die Ares nichts sagten. Er musste an die Wohnung der Hexe aus dem Film *Wächter der Nacht* denken.

»Was ist gäschehen, Cherr Löwenstein?« Antonowa sah ihn an und nahm das Pendel aus der Schublade. Weder erklärte sie sich noch den Tausch mit Flatow. Sobald sie sich bewegte, rieben die Bernsteine ihrer Kette aneinander.

»Zuerst möchte ich wissen, warum Sie sich als eine andere ausgaben.«

»Oh. Nun, weil mich meine Freundin darum gebeten chatte«, erklärte sie und schien von ihm nicht beeindruckt zu sein und auch kein schlechtes Gewissen wegen der Scharade zu haben. »Sie hatte keine Zeit. Wegen des Umzugs, müssen Sie wissen. Aber weil sie der Kundin den Termin versprochen chatte, wollte sie ihn nicht absagen. Bin ich ebenso gute Rückfuhrerin wie sie, Cherr Löwenstein.«

Das wagte er zu bezweifeln. »Die Nummer, die Sie mir gaben, war falsch.«

»Njet!«

»Doch.« Er hielt ihr den Zettel hin. »Die Kombination nannten Sie mir.«

»Oi!« Antonowa errötete, schlug sich eine beringte Hand gegen die Brust. »Das tut mir leid, Cherr Löwenstein! Sie chaben recht! Ist die falsche Nummer! Oi, Sie armer Mann! Chaben telefoniert und telefoniert …«

Ares glaubte ihr die Betroffenheit. »Das habe ich.«

Antonowa sah ihm in die Augen. »Erzählen Sie, bitte. Was ist passiert nach Rückfuhrung?«

Ares erzählte nichts Genaues, deutete jedoch an, von Träumen heimgesucht zu werden. »Sorgen Sie dafür, dass mein Unterbewusstsein aufhört, mir diese Streiche zu spielen. Ich will nicht mehr weiter träumen.«

»Träumten Sie von einem anderen Leben?«

Ares fuhr sich über die Glatze. »Nein«, gestand er. »Es ... hat mit dem zu tun, was ich früher ... erlebte. In der Gegenwart.«

»Geggenwart, soso. Also nicht aus dem Mittelalter oder anderen Jahrchunderten?«

»Nein.«

»Dann bin ich machtlos.« Antonowa betrachtete ihn eingehend. »Das chat mit Rückfuhrung nichts zu schaffen.«

Ares sah auf das Amulett. »Aber es begann, nachdem ich bei Ihnen war.«

»Und doch hat es nichts mit meinem Pendel zu tun. Zufall. Das Verdrängte kehrte zu Ihnen zurück. Da kann Ihnen chöchstens ein Psychologe helfen.« Antonowa rief wieder in die Küche. »Möchten Sie einen Chai?«

Er fasste es nicht. Er hatte sich umsonst Hoffnungen und Mühe gemacht. Was sollte er gegen die Träume unternehmen? »Sie können nichts für mich tun?«

»Außer Chai: njet.« Antonowa blickte ihn mitfühlend an. »Denken Sie darüber nach. Ergründen Sie, was Ihnen zu schaffen macht.«

Ares stand auf, kämpfte sekundenlang gegen den absackenden Kreislauf. Es gab kein einfaches Entkommen vor dem Messermann, und genau das hatte er befürchtet. Wie es die ältere Frau gesagt hatte: Das Verdrängte kehrte zurück. »Nein, keinen Chai. Ich werde erwartet. Aber vielen Dank, dass Sie sich die Zeit genommen haben.«

Sie erhob sich und geleitete ihn zur Haustür, infizierte

ihn mit dem Duft nach Kölnisch Wasser. »Es tut mir sehr, sehr leid.«

»Mir auch.« Er ging zum Lift und drückte den Knopf, ohne sich umzudrehen. Sie schloss die Tür und ließ ihn mit seinem Problem allein.

Er teilte Antonowas Meinung nicht, dass die Rückführung keine Schuld trug. Sie hatte in seinen verdrängten Erinnerungen gekramt und sie nach oben befördert. Jetzt konnte er sich darum kümmern, wie er sie ins Lot brachte.

Psychologe. Er schnaubte.

Der Lift kam, und Ares stieg ein. Grübelnd fuhr er nach unten.

Es blieb nur eins: Das Problem würde sich erst lösen, sobald er den Mann ausfindig gemacht hatte. Die Unsicherheit musste enden.

Was danach geschah, wenn sie zusammentrafen, spielte keine große Rolle. Aber sie *mussten* unbedingt zusammentreffen. Pitt blieb sein größter Joker bei der Suche nach dem Abgetauchten.

Ares' Laune konnte kaum schlechter werden. Alles begann von vorne.

Es wurde auch nicht besser, als ihn Nancy per SMS unterwegs erinnerte, noch einkaufen zu gehen. Wegen Gauß und Co. sei sie zu nichts gekommen.

Er machte einen Umweg über den Bahnhof, um das Nötigste einzukaufen, kehrte nach Hause in die Max-Beckmann-Straße zurück, wo er Nancy das Gebäckteilchen übergab und ihr dazu noch Kaffee kochte. In ihm brodelte es wie in der Maschine.

Ares sah auf die Uhr. Es war gegen 23 Uhr. Die Nacht

kam näher, er fühlte erste Müdigkeit. Etwas sagte ihm, dass er nicht träumen würde.

Nancy umarmte ihn von hinten, schlang ihre Arme um seinen Oberkörper. »Danke.«

»Für?«

»Das Einkaufen, das Teilchen, den Kaffee«, zählte die zierliche Frau langsam auf und drehte ihn dabei zu sich. Sie trug eines seiner ihr viel zu großen Hemden, Beine und Füße waren nackt. Nancy berührte sein Gesicht, streichelte die Wange. »Du siehst besorgt aus.«

»Ich bin mehr frustriert.« Ares küsste sie auf die Stirn und erzählte ihr, dass er nicht von den Träumen erlöst worden war. Von der Schuld, in der er stand, musste sie nichts wissen. Zwischendurch goss er ihr einen Kaffee in den Humpen. Kein Zucker, keine Milch. Er ließ die Finger von diesem belebenden Gebräu. Stattdessen öffnete er eine der 0,75er Starkbierflaschen.

Sie prosteten sich zu, Ares trank direkt aus der Flasche.

Nancy hatte die langen schwarzen Haare vom Band befreit, sie hingen glatt auf den Kragen und auf ihre Schultern. Sie nippte an der Tasse, er trank vom Bier. »Ich bin übrigens allein zu meinem Auftritt gefahren. Ist kein Thema.«

Ares fiel es siedend heiß ein: Nancy war zusammen mit einer Pole-Dance-Freundin bei einem Event in der MoBa aufgetreten, zu dem er sie nach dem Work-out bei Tzschaschel hatte begleiten wollen. Er seufzte. »Tut mir …«

Aber sie schüttelte verzeihend den Kopf. »Ich dachte mir, dass es was Wichtiges ist. Dafür warst du einkaufen.«

Er betrachtete seine Freundin lange, stellte das Bier weg und umfasste ihr hübsches Gesicht mit seinen beiden großen Händen; dann zog er sie langsam zu sich und küsste sie behutsam auf den Mund. Voll Gefühl, voll Zärtlichkeit.

Es sagte mehr als jeder Dank, jede Liebesbeteuerung. Dann richtete er sich wieder auf, schluckte und nahm sie in seine starken Arme. Ihr schmaler Körper gab viel Wärme durch das Hemd an ihn ab. Er mochte es, sie zu fühlen.

Sie war sein Halt, sein Hafen nach den vielen Jahren auf dem stürmischen Beziehungsmeer. Ohne sie wäre er in eine leere Wohnung zurückgekehrt, einsam und unverstanden. »Weißt du, dass ich alles für dich tun würde?«, raunte er bewegt. Sie roch nach leichtem Parfüm, ihre Haare waren frisch gewaschen.

Nancy stellte den Humpen auf die Küchenablage und umarmte ihn innig. »Ja«, flüsterte sie. Sie wusste sehr genau, was mit *alles* gemeint war. Sie kannte grob seine Vergangenheit bei den *Demons* und hatte eine genaue Vorstellung davon, wozu er mit seinen Händen imstande war. Es jagte ihr keine Furcht ein.

Sie hob den Kopf, legte eine Hand in seinen Nacken und stellte sich auf die Zehenspitzen, um ihn zu küssen. Zuerst langsam, dann leidenschaftlicher und mit leichtem Stöhnen, während sie sich an ihn presste.

Ares' Hände glitten an ihren Schultern hinab zu ihrer schlanken Taille, er zog sie fester an sich, die Muskeln seines Oberkörpers spannten sich, was Nancy aufkeuchen ließ. Seine Finger wanderten weiter abwärts, schoben sich unter das Hemd und umfassten ihre kleinen Pobacken, pressten sie zusammen.

Sie öffnete die Lippen, ihre Zunge schnellte in Ares' Mund.

Er streichelte ihren Rücken, ihren Hintern, während sie

ihn aus seinen Kleidern schälte, bis er nackt vor ihr stand. Dann machte sie zwei grazile Schritte rückwärts und öffnete das Hemd Knopf für Knopf, ohne es ganz auszuziehen. Dabei hielt sie Ares mit ihrem Blick gebannt. Ihre festen Brüste waren nach wie vor verdeckt, die Nippel zeichneten sich deutlich unter dem Stoff ab.

Nancy drehte sich einmal um die eigene Achse. Dabei warf sie das Hemd von sich und sprang Ares übermütig an.

Er fing sie spielend leicht, sie schlang die Beine um seine Hüfte und rieb ihre Weiblichkeit stöhnend an seinem Steifen. Die beiden küssten sich; sie lehnte sich zurück, damit er ihre Brüste küssen konnte.

Ares sog an ihren Nippeln und ließ seinen Schwanz in ihre feuchtwarme Spalte gleiten. Nancy gab ein wohliges Ächzen von sich und schob ihren Unterleib fest gegen seinen, trieb seinen Schwanz tief in ihre Pussy.

Ares nahm Stoßbewegungen auf, während sie sich unablässig küssten. Er legte sie auf dem Küchentisch ab, ohne ihre intime Verbindung zu lösen, und nahm sie jetzt fester. Die schwarzen Haare umgaben sie wie eine finstere Gloriole, der Anblick ihrer bebenden Brüste machte ihn noch schärfer, und er erhöhte den Takt.

Nancy bäumte sich keuchend auf, umschloss seinen Schwanz mit ihren inneren Muskeln, um ihn intensiver zu fühlen, und stöhnte lauter. Ares ächzte ebenfalls und drückte ihre Schenkel weit auseinander. Er sah ihre rasierte Scham und wie sein Schwanz nassglänzend aus ihrer Pussy fuhr. Es war zu verlockend.

Rasch beugte er sich nach vorne und leckte über ihre Vulva, sog an ihrer Perle, was Nancy zum Aufschreien brachte. Sie legte eine Hand auf seinen Schädel und drückte ihn fest gegen ihre Weiblichkeit, bewegte die Hüften und bebte unter den ersten Wellen, die den heraufziehenden Orgasmus ankündigten.

Ares schmeckte sie, herbsüßlich und unwiderstehlich. Lange würde er nicht brauchen, um zu kommen.

»Her mit dir«, flüsterte sie und kratzte ihm über die breite Schulter und die Brust. Die Nägel hinterließen rote Striemen. »Steck ihn rein!«

Ares erhob sich, sein Schwanz wurde von Nancys Hand umfangen. Sie rieb einmal genüsslich darüber und setzte ihn an ihre Schamlippen.

Behutsam drang er in ihre Spalte ein und fühlte, wie sie noch feuchter wurde. Ares beugte sich nach vorne, küsste ihre Brüste und massierte sie, zog die Nippel einmal lang, bis sie lustvoll aufstöhnte, und legte sich auf die zierliche Frau, während er immer schneller zustieß. Die Arme um Hals und Schulter gelegt, konnte er sich schließlich nicht mehr beherrschen, als er ihren Atem und ihr verlangendes Ächzen vernahm.

Ares beschleunigte, versank in dem Rausch der Endorphine, hörte Nancys leidenschaftliche Schreie und ergoss sich pumpend in sie, stieß weiter zu und küsste ihren Hals, ihre Wange und schließlich ihren Mund.

Die Zungen spielten miteinander, während er dabei stöhnte und seine Finger in die Frau schlug; die Muskeln wuchsen und schienen Nancy erdrücken zu wollen. Aber das machte ihr nichts aus. Sie mochte es sehr.

Keuchend lagen sie halb auf dem Küchentisch. Ares senkte den Kopf, und Nancy streichelte seinen Rücken und seinen Nacken.

Um seinen Schwanz zuckte es weich und warm, Nancy

gab zufriedene Laute von sich. Nach einer Weile sagte sie mit lustvoller Gier in der Stimme: »Wie sieht es aus, Krieger?«

Die Nacht war noch nicht vorbei, was den Sex anging, und das störte Ares in keiner Weise. Gauß und Co. mochten gute Mathematiker gewesen sein und konnten seine Freundin fachlich begeistern. Aber was er ihr gab, bekam sie sonst nirgends.

Und umgekehrt war es ebenso.

❖❖❖

Leipzig, Zentrum-Südost, 25. November

»Dürfen wir anfangen, Herr Hauptkommissar?«
Rhode konnte nichts erwidern.

Er saß auf einem umgedrehten, halb zerbrochenen Waschbecken auf der anderen Seite des zerstörten Badezimmers. Ihm gegenüber lag die Tote nackt in der dreckigen, teils zerbrochenen Badewanne.

Ihre offenen grünblauen Augen starrten ihn an, der Blick aus den erblindeten Pupillen ging durch ihn hindurch.

Es war ihm egal, ob er den Totenblick empfing oder nicht. Er war zu erschüttert, zu geschockt, um sich an seine eigene Anweisung zu halten und ihr die Lider zu schließen.

Vor kurzem hatte er noch darüber nachgedacht, wie sich die SpuSis fühlen mussten, die ihren Teamleiter als Opfer vorfinden mussten.

Jetzt war es an ihm, Anke Schwedt tot sehen zu müssen. Seine Kollegin, die er sehr gerne gemocht und mit der er sich verstanden hatte. Die ihn und seine Familie besucht hatte. Die er beruflich gefördert hatte. Die das ganze Leben und eine glänzende Karriere vor sich gehabt hatte.

Der Mörder nahm ihr alles, sogar ihre schönen, langen kastanienbraunen Haare waren abgeschnitten. »Sie sagte vor kurzem noch, dass sie die Haare abschneiden wollte«, raunte er und fuhr sich übers Gesicht.

»Herr Kriminalhauptkommissar?«

Rhode gab einen interpretierbaren Laut von sich.

»Entschuldigung, ich habe Sie nicht verstanden.«

Er erhob sich schwankend und gab den Weg frei; dabei verlor er den *worry stone* aus seinen gefühllosen Fingern.

Die Männer in den weißen Schutzanzügen gingen an ihm vorbei und schossen Fotos, bewegten sich schrittweise in den Tatort hinein, fotografierten weiter.

Bei jedem Blitz zuckte Rhode zusammen.

Er hielt den Blick unverwandt auf die Leiche gerichtet. Sie lag blutüberströmt in der Wanne, die Finger in den weißen Duschvorhang geschlagen, der aus der Stangenhalterung gerissen war. Ihr Oberkörper wurde von zahlreichen Einstichstellen verunstaltet, die Arme wiesen Schnitte von Abwehrbewegungen auf.

Es kostete ihn keine Anstrengung, das Bild zu erkennen: *Psycho.* Bates Motel. Marion Crane. Der berühmteste Mord der Filmgeschichte. Rhode konnte sogar die peitschenden, nervenzerfetzenden Geigen hören, die bei der Szene gelaufen waren.

Das bedeutete eine extreme Abweichung vom bisherigen Muster, aber es passte zur Erklärung auf der Website. Ein historischer Mord. Zwar fiktiv, aber ein historischer, weil er in die Annalen der Filmgeschichte eingegangen war.

Rhode atmete schneller, spürte, wie die Wut heiß in ihm aufstieg. Der Mörder hatte den Krieg mitten in die Reihen der SoKo getragen. Er presste die Zähne fest zusammen, kämpfte mit den Tränen. Anke. Eine gute Frau, eine lustige Frau. Ausgelöscht.

Rhode verfolgte regungslos, wie die SpuSi sich in dem Sanierungshaus in der Prager Straße vorankämpfte, Marker verteilte. Er hasste den Anblick der kleinen, numerierten Aufsteller inzwischen. Sie lagen zu oft um Kollegen herum.

Unbeteiligt sahen sich die beiden Spurensicherer um, sammelten ein, steckten Gegenstände in Tütchen, machten Detailaufnahmen von Anke, sprachen Entdeckungen und Vermerke auf ein Diktiergerät.

Langsam löste sich der Ring aus durchsichtigem Klebeband von ihrem Hals. Ein dunkler Spalt klaffte auf, aus dem ein hellrosa Rinnsal sickerte.

Die Männer in den Schutzanzügen bemerkten es zuerst nicht.

Rhode konnte nichts tun, als auf das entsetzliche Bild zu stieren. Er hörte sogar das leise Geräusch, mit dem sich der Streifen von der Haut ablöste.

Erst als Ankes Kopf schräg auf dem Rumpf hing, hielt einer von ihnen den Schädel an der Stirn fest, damit er nicht abfiel. »Scheiße«, fluchte er. »Mach mal rasch Fotos. Das Zeug hält nicht!«

Rhode brannten die Sicherungen durch. »Warum sie?«, schrie er. »Sie hat den Totenblick nicht empfangen!« Er sprang auf und erklomm einen kleinen Mauerrest in dem Abbruchbadezimmer. »Ich weiß, dass du mich hörst, du krankes Schwein!« Er sah sich um, ob ihm eine Kamera oder etwas Ähnliches ins Auge fiel. »Ich bin der Nächste! Ich habe Anke in die Augen geschaut! Ich reklamiere den Totenblick für mich! Hol mich! Hol mich, wenn du dich traust!« Er balancierte auf den lockeren Steinen und gewann an Höhe. »Hol mich!«

Er überblickte das Stockwerk der Ruine, in der er und das Team sich befanden.

Das Haus lag in der Nähe von Ankes Wohnung unmittelbar an der vielbefahrenen Prager Straße, war eingefallen und heruntergekommen. Der Mörder hatte nur einen knappen Hinweis gegeben, und Rhode war losgedonnert.

Da wusste er noch nicht, dass *sie* hier lag. Mit ihrem Anblick hatte das klare Denken vollkommen ausgesetzt. Er konnte nichts mehr tun, war gedanklich und körperlich gelähmt.

Rhode keuchte und schrie seine Gefühle hinaus. »Du wirst an mir verrecken!«, brüllte er, drehte sich hin und her. »Du widerliches Arschloch! Ich mache dich fertig!«

Die Steine gaben unter ihm nach.

Er kippte nach rechts und wurde von einem Arm gestützt. Lackmann befand sich plötzlich neben ihm und bewahrte ihn vor dem Sturz. »Herr Rhode, es gibt keine Signale.« Das war das Einzige, was er zu dem Ausfall sagte.

Rhodes Beine trugen ihn nicht mehr, er setzte sich auf den Boden. Es war ihm egal, ob seine teure Anzughose Schaden nahm oder sein Mantel dreckig wurde oder was mit seinen Schuhen geschehen würde. »Signale«, wiederholte er hohl und sah zur toten Kommissarin.

Lackmann redete weiter. »Der KTI-Techniker hat verschiedene Messungen vorgenommen. Es gibt kein WLAN und keine sonstigen Sendeimpulse, die er *nicht* zuordnen kann.«

Rhode sah nach rechts, zum Tatort, wo es immer noch blitzte. Aus der jungen Frau, aus der Kollegin, wurde von Foto zu Foto mehr ein Mordopfer. Er brauchte Distanz, professionelle Distanz, um sich Gedanken machen zu können.

»Wie auch immer der Mörder uns beobachtet, es geschieht nicht auf elektronischem Weg oder zumindest über drahtloses Senden.« Lackmann schien ebenso unbeeindruckt wie die SpuSis, aber er roch stärker als sonst nach Kräuterschnaps. »Herr Kriminalhauptkommissar? Haben Sie mich gehört?«

»Hab ich«, flüsterte er und atmete, als müsste er sich von einem Weinkrampf erholen.

»Darf ich noch was äußern?«

Rhode fuhr sich wieder mit den Fingern über das Gesicht. Es gab keine Tränen. Die Fingerkuppen, die Haut auf seinen Zügen fühlte sich taub an.

»Das war nicht unser Bildermörder.«

»Weil es keine Signale gibt?« Er kam sich unsagbar vertrottelt und unfähig vor; jeder Gedanke fiel ihm unsagbar schwer. Schock und ADHS verstärkten einander.

»Weil der Tatort schlampig vorbereitet ist.« Lackmann nahm sein Smartphone heraus. Es gab anscheinend niemanden mehr, der ohne diese Geräte auskam. »Die Bilder und Filmausschnitte sehen anders aus als dieser Tatort, und das wiederum passt nicht zur sonstigen Akribie. Ich erspare Ihnen die Details, Herr Kriminalhauptkommissar. Nur so viel: Er hätte sauber gemacht, er hätte Fliesen neu gelegt und vieles mehr, um das Bad in dieser Ruine zu Bates Motel werden zu lassen. Ergo: Frau Schwedt wurde nicht von unserem Mörder umgebracht.« Er sah sich um. »Das erklärt auch, warum es keine Sendesignale gibt.«

Rhode vernahm die Informationen, aber er konnte sie nicht verarbeiten. Der erneute lichte Moment des Säufers überforderte ihn.

Er langte in seine Tasche und suchte vergebens den *worry stone*, dann tastete er nach seinen Anti-ADHS-Pillen. Er musste sich konzentrieren, weil es wichtig war, was Lackmann von sich gab.

Seine kalten, klammen Finger fanden den Blister und drückten eine Pille heraus; hastig schluckte er sie.

Das Medikament rutschte langsam den trockenen Hals hinab. Es würde dauern, bis es wirkte.

Rhode drängte die Emotionen nach hinten. Er zwang sich zum Zuhören, zum Nachdenken und tippelte dabei auf der Stelle, als würde er die Double Base einer Speed Metal-Band spielen. Bewegung half, seine Gliedmaßen mussten beschäftigt sein, damit das Hirn arbeitete.

Nicht der Bildermörder.

Wer dann?

Da gab es Ankes Anmerkungen, dass privat etwas schieflief. War es ihr Freund gewesen?

»Ihr Smartphone?«

»Meins?« Lackmann langte halb ins Jackett.

»Nein. Das von Anke.« Rhode erhob sich. »Sie hat kürzlich was von privaten Problemen angedeutet. Wir ... müssen ihren Freund finden. Irgendwas mit F.« Er presste die Lider fest zusammen, holte sich die Erinnerung an den Abend zurück, wo er den Mann gesehen hatte, im Drallewatsch. »Freddy!«

»Alles klar.« Lackmann hielt ihm nur den Flachmann hin. »Damit rutscht die Tablette, Herr Rhode.«

Er nahm das Angebot an. Besser fühlte er sich damit nicht. Langsam kehrte wenigstens der klare Kopf zurück.

Sollte Lackmann recht haben, würden zwei Dinge geschehen: Sie mussten Ankes Mörder finden, und zwar koste es, was es wolle. Denn sobald die Presse meldete, dass es einen Nachahmer des Bildermörders gab, würde ihr wahrer Täter ausrasten.

Rhode zweifelte nicht daran, dass der Wahnsinnige seine Todesdrohung gegen mögliche Fälscher seiner Werke umsetzte. Es kam darauf an, wer den Schuldigen zuerst fand. Ein Wettlauf zwischen der SoKo und dem Killer.

Der Hauptkommissar ertappte sich bei dem Gedanken, dem Bildermörder den Vortritt zu lassen.

❋❋❋

Leipzig, Südvorstadt, 25. November

Ares erwachte aus seinem Traum, der dieses Mal so harmlos war, dass er ihn nicht einmal mehr fassen konnte. Es hatten nur noch Hundewelpen gefehlt.

Nancy lag neben ihm, schnarchte ganz leise und süß. Sie musste sich nachts zu ihm auf die Couch geschmuggelt haben, hatte sich wie eine Katze zusammengerollt und an ihn gekuschelt. Dreimal hatten sie es gestern getrieben, sich zwei Stunden gegenseitig verwöhnt und einander hingegeben. Mal härter, mal sanft.

Ares gab ihr einen flüchtigen Kuss auf das Schulterblatt,

erhob sich leise und verließ die Sofacouch, schlüpfte in eine frische Unterhose und machte ihr rasch Kaffee.

Nach einer Dusche sprang er in seine Personal-Trainer-Klamotten und stahl sich aus der Wohnung. Herbert »Herbie« Tzschaschel wartete auf ihn, damit die verpasste Stunde von gestern nachgeholt werden konnte. Frühstücken würde er in der *Laibspeise*.

Er gondelte mit dem Smart durch Leipzig, die Karl-Tauchnitz-Straße entlang.

Ares hätte die paar Meter zum Aufwärmen auch joggend zurücklegen können, aber nach dem Durchgang mit dem Ramschgroßhändler stand die Patrouille in der Südvorstadt an. Dort, wo er den Messermann gesehen zu haben glaubte. Ein irrwitziges Unterfangen, doch es musste sein.

Auch ein ungefährlicher Traum änderte nichts daran, dass er das Relikt aus der Vergangenheit finden musste, um sie zu bewältigen. Pitt schrieb er unterwegs eine SMS, dass er sich bitte um den Aufenthaltsort des Entlassenen kümmern sollte. Die *Demons* durfte Ares nicht einschalten.

Er hatte das Tzschaschelsche Anwesen erreicht, parkte den Kleinstwagen neben dem großen protzigen Bruder namens S 500 und wurde bereits von seinem korpulenten Kunden an der Tür erwartet.

Den Fliedertrainingsanzug hatte er gegen einen beigefarbenen getauscht, was es nicht besser machte. Anatevka schien ihn dahingehend nicht wirklich gut zu beraten. Oder er trug die hässliche Ramschware selbst aus Überzeugung.

»Guten Morgen, Herr Tzschaschel«, grüßte Ares und flutschte aus dem kleinen Smart, der sich neben der Limousine zu schämen schien, weil er wusste, dass er nicht mehr wachsen und auch mal so groß sein würde wie der S 500.

»Hallo, Löwenstein!« Tzschaschel deutete Dauerlaufbewegungen an. »Es kann losgehen!«

»So gefällt mir das.« Ares ging zu ihm, sie reichten einander die Hand.

»Was halten Sie davon, wenn wir heute mal um die Rennbahn laufen?«

»Was ist mit Ihrem Garten?«

»Der kotzt mich an. Ich will nicht immer nach ein paar Metern umdrehen und Pfade in den Kies und den Rasen trampeln.« Tzschaschel trabte wallend wie Götterspeise an ihm vorbei, die Vokuhila wippte. Das Rasierwasser erinnerte an Spülmittel. »Kommen Sie, Löwenstein. Auf ins Grüne.«

Ares überlegte, ob er seinen Kunden notfalls wiederbeleben konnte, sollte er unterwegs einen Herzinfarkt bekommen. Schon die Strecke zur Rennbahn Scheibenholz würde eine Herausforderung für den Großhändler bedeuten. »Schon da«, rief er und folgte ihm.

Doch Tzschaschel erwies sich als ausdauernd. Sie gelangten ohne Zwischenfälle, lange Pausen, aber mit ordentlich Japsen und Prusten zur Anlage.

Von weitem erkannten sie das imposante und denkmalgeschützte Tribünengebäude mit den beiden charakteristischen Türmchen darauf.

Ares wusste, dass es für einen stattlichen Millionenbetrag renoviert worden war. Im damaligen Look, doch mit modernster Technik ausgestattet. Seit etwa 150 Jahren wurden hier Pferderennen veranstaltet und Wetten abgeschlossen; heute regierte der Leipziger Reit- und Rennverein Scheibenholz.

Vereinzelt drehten Pferde ihre Runden auf dem Kurs;

mal preschten sie dahin, mal beließen es die Jockeys bei leichtem Trab.

Ares sah die Tiere rhythmisch schnaubend vorbeiziehen und fühlte sich an seinen Kunden erinnert.

Das Wettgeschäft in jeglicher Form hatte ihm nie gelegen. Die *Demons* machten auf sein Anraten hin einen großen Bogen um Scheibenholz und die Totalisatoren.

Das tat er nicht, weil er Skrupel fühlte, sondern weil es ein Stück weit unberechenbar war. Es gab alle möglichen Mittel, mit denen selbst der lahmste Gaul unvermittelt als Sieger eines Galopprennens von der Bahn ging, bevor er nach dem Überqueren der Ziellinie tot zusammenbrach. Das machte Wettmanipulation zu einem Vabanquespiel.

Tzschaschel schwang sich auf den Rundweg, der um das Gelände führte. »Los, Löwenstein. Geben Sie auf?« Sein Lauf glich inzwischen mehr einem Humpeln.

Ares vermutete mittlerweile, dass sein Kunde aus einem bestimmten Grund mit ihm an diesen Ort gegangen war. Hatte er sich vielleicht an der Renovierung beteiligt, als Privatinvestor, und wollte damit angeben? Oder hatte er einen Deal mit den Stallbesitzern, wollte er Pferdeäpfel als Dünger in seinen Ramschläden verkaufen?

Sie keuchten auf das Tribünengebäude zu, das umso beeindruckender wurde, je näher man kam.

Kaum waren sie auf der Höhe des Restaurants, bog Tzschaschel plötzlich auf den Eingang zu und verfiel in langsames Gehen, dehnte sich unbeholfen auf den Treppenstufen und ließ die Arme kreisen.

»Was wird das, Herr Tzschaschel? Toilettengang?«

»Frühstückspause«, erwiderte er grinsend. »Ich lade Sie ein.« Schon war Tzschaschel ins Innere geschlüpft.

Nun wurde es noch merkwürdiger.

Ares folgte ihm und setzte sich zu ihm an den Tisch, von dem aus man die Rennbahn betrachten konnte. Sie waren nicht die einzigen Gäste, aber saßen weit genug abseits, um ungestört eine Unterhaltung führen zu können.

Seufzend schaute der Ramschgroßhändler hinaus. »Ist das nicht prächtig? Diese Pferde?«

»Gibt es die bald für einen Euro?«, konnte es sich Ares nicht verkneifen. Ein Ober brachte die Speisekarte.

Tzschaschel lachte, die Vokuhilalöckchen tanzten wie wild geworden. »Sie wundern sich, was wir hier machen.«

»Genau.«

Er zeigte auf das Buffet. »Das wollte ich Ihnen zeigen. Laufen, essen und ein bisschen Kultur. Darauf stehen Sie doch, als Theatermensch.«

»Pferdesport als Kultur zu bezeichnen halte ich für gewagt, Herr Tzschaschel.« Ares grinste. Noch kam er nicht dahinter, was der Mann bezweckte.

»Zu DDR-Zeiten galt diese Anlage als Bahn mit den meisten Renntagen, Besuchern und Wettumsätzen«, erklärte er ihm und orderte beim Kellner zweimal Buffet, zweimal Kaffee und einen unverschämt teuren Weinbrand.

Der Ober nickte und verschwand in Richtung Theke.

»Weinbrand?« Ares klang absichtlich vorwurfsvoll. »Heute ist nicht Ihr Load-Day.« So bezeichneten sie den Ausnahmetag, an dem es sich Tzschaschel gutgehen lassen und alles Mögliche essen durfte, das normalerweise verboten war. Dazu gehörte auch Alkohol. Er legte die mächtigen Oberarme auf die Tischkante und faltete die Hände.

»Seien Sie nachsichtig«, bat der korpulente Mann. »Sie werden verstehen.« Er sah hinaus zu den trainierenden

Pferden und Jockeys. »Das hier ist toll, oder? Ich habe ein bisschen was investiert, weil die Anlage zu schön und zu traditionsreich ist, um sie zu schließen. Ich will, dass hundert Pferde in den Ställen stehen und Tausende von Menschen zu den Rennen kommen. Ich will Märkte veranstalten, Konzerte, Bühnenevents, um die Leute hierherzuziehen. Mein Ziel ist es, in den nächsten Jahren auf vierzig Renntage zu kommen. Wir hängen die anderen ab. Baden Baden, Horn, die können alle einpacken. Leipzig wird das deutsche Ascot.«

Ares wusste nicht, ob vierzig Renntage viel oder wenig waren. »Und ich soll dabei *was*?«

»Gleich.«

Der Kellner brachte Kaffee und Weinbrand.

Tzschaschel unternahm den ersten Ausflug ans Buffet und kam mit Quark und Müsli zurück. Ares entschied sich für Speck mit Rührei, was ihm die neidischen Blicke seines Kunden einbrachte, aber er hatte eben Hunger.

»Sie waren bei der Eröffnung nicht da?«, erkundigte sich Tzschaschel.

»Nein.«

»Da haben Sie was verpasst. Auch *kulturell*. Fünfzig Wettschalter hatten wir geöffnet, Tausende von Neugierigen waren da, und das Orchester der Musikalischen Komödie spielte das Stück *Ascot Gavotte*. Georg hat sich persönlich um alles gekümmert.«

Ares überlegte. »My Fair Lady.« Nicht sein Lieblingsmusical, weil es ausgenudelt war. Es gab frischere Stücke, doch es lief auf unzähligen deutschen Bühnen als Dauerbrenner. Sein Herz schlug mehr fürs Theater.

»Und jetzt ist er verschwunden.«

Ares schob sich Rührei in den Mund und kaute. Darum ging es also. Dutzende von Gedanken ratterten ihm dazu durch den Kopf, doch der erste war, dass sich der Bildermörder innerhalb der Familie Wolke das nächste Opfer ausgesucht hatte. »Wir reden von unauffindbar verschwunden?«

Tzschaschel nickte und malte mit dem Löffel Muster in die Müslikrone des Quarks, als ließe sich sein Essen damit zu Rührei und Speck verwandeln. »Ja.«

»Dann sollten Sie zur Polizei gehen.«

»Seine Frau will das nicht. Sie hassen sich, und nach der Sache mit Armin sowieso.« Tzschaschel stürzte den Weinbrand hinunter, schloss die Augen und rang mit dem Hustenreiz. »Ich versuche, Georg seit Tagen zu erreichen, aber er meldet sich nicht. Doch wenn ich Gisela frage ... seine Frau frage, antwortet sie nur, er sei in Hamburg und habe sich absichtlich zurückgezogen. Er fühle sich erschöpft und müsse sich vor einem Burn-out schützen. Sie telefonieren jeden Tag, sagt sie.« Er spülte mit Kaffee nach. »Niemals ist das so. *Niemals*, Löwenstein! Sie ist froh, wenn er aus ihrem Leben verschwindet. Ich traue ihr zu«, er senkte die Stimme, »dass sie sogar dahintersteckt.«

»Verstehe. Solange sie nicht zugibt, dass ihr Mann verschwunden ist, können Sie nichts machen.«

»Ich nicht und die Oper nicht, die auch schon verzweifelt bei mir angerufen hat.« Tzschaschel nickte und schob das Müsli zur Seite. »Scheiß drauf. Ich hole mir Speck.« Er stapfte zum Buffet und kehrte mit einem großen Teller Speck und Ei zurück. »Können Sie das? Können Sie rausfinden, wo er steckt? Das wollte ich nämlich von Ihnen.«

»Ich bin Personal Trainer.«

»Schon. Mit vielen Kontakten.«

»Die haben Sie auch, Herr Tzschaschel.«

Er lächelte. »Aber nicht diejenigen, die man braucht, um einen Verschwundenen zu finden, es sei denn, es gäbe Georg palettenweise als Sonderangebot.« Ares grinste. »Was das Geld angeht: Sie werden nach Stunden von mir bezahlt. Reichen Ihnen 200?«

»Für einen Tag nicht schlecht.«

»Ich meinte pro Stunde.«

Ares senkte die Gabel mit dem Rührei. Tzschaschel schien seinen Freund extrem zu vermissen und sich sehr große Sorgen zu machen. Das Geld nahm er gern. Damit ließen sich größere Sprünge machen, und es traf keinen Armen. »Wir sind im Geschäft. Und ich soll nach Hamburg?«

»Nein. Sie sollen sich in Leipzig umhören, sonst würden Sie mir ja nichts bringen. Georg wollte zwar nach Hamburg, doch mit dem Flugzeug ist er nicht geflogen. Der Letzte, der ihn lebend sah, war der russische Konsul.«

Ares nickte. Pitt würde ihm sicherlich auch dabei helfen können, und danach gab es viel Laufarbeit zu erledigen. Wenn sich sein Verdacht erhärtete, dass die Intendantengattin ihren Mann umgebracht hatte, müsste er den Kommissar ohnehin einschalten. Den Bildermörder wollte er keinesfalls als Schuldigen ausschließen. »Ich kümmere mich drum.« Er nahm einen Bissen, kaute. »Aber warum mussten wir dazu hierhergehen?«

Tzschaschel genoss die krossen Speckscheiben und aß zügig; seine wolligen Koteletten wölbten sich nach außen und machten das Gesicht noch dicker. »Wir sind hier, weil sich Anatevka und Gisela gut verstehen. Gisela Wolke. Deswegen wollte ich das nicht bei mir zu Hause besprechen. Mein Piröggchen soll nichts ausplaudern können. Was sie nicht weiß ...« Er zuckte mit den Schultern.

Ares legte das Besteck hin, und sofort wurde der Teller abgeräumt. Die Kellner waren auf Zack.

Tzschaschel sah schuldbewusst auf seinen geschrumpften Speckstreifenberg und legte eine Hand ächzend auf den Bauch. »Jetzt ist mir schlecht.«

Speck, Weinbrand, Kaffee. Ares wunderte sich nicht darüber. »Wir gehen lieber zurück. Den Dauerlauf lassen wir, sonst bekommen Sie eine Magen-Darm-Verschlingung.«

Tzschaschel erhob sich ächzend. »Mir wäre eher nach Übergeben.«

In gemütlichem Schritttempo kehrten sie in das Musikerviertel zum Anwesen des Ramschgroßhändlers zurück.

Tzschaschel ging auf die Treppe zu den oberen Stockwerken zu. »Bis übermorgen. Und Sie gehen mal an Ihre *sonstige Arbeit*«, sagte er verschwörerisch und verschwand hurtig hinauf. »Oh, Gott! Ich fürchte, ich habe eine dringende Sitzung«, rief er, dann fiel schon eine Tür zu. Der Magen reagierte auf das ungesunde Frühstück.

Ares fühlte sich erleichtert. Er würde nebenbei ein Heidengeld verdienen. Wie aus dem Nichts fielen ihm die Textzeilen ein, die er als Richter Adam sprechen musste und die sich die ganze Zeit bei den Proben verweigert hatten. »Wir wissen hier zu Land nur unvollkommen, was in der Hölle Mod' ist«, murmelte er. Er konnte es wieder!

Als er sich zur Tür umwandte, stand Anatevka vor ihm. Sie roch frisch gebadet, hatte die dunklen Haare hochgesteckt und trug einen weißen Bademantel.

Die Russin entknotete den Gürtel und öffnete den Mantel für ihn.

Ares sah auf einen gut gebauten Körper, gut gebaute Brüste und eine kurzhaarige dunkle Scham im Brazilian-Triangle-Style.

Andeutungsweise spreizte Anatevka ihre Beine und reckte das Kinn fordernd. Sie würde sich tatsächlich von ihm ficken lassen, während ihr »Herbie« auf dem Klo saß.

Ares grinste. »Der Teufel hol's. Wenn's auch der Traum nicht ist: ein Schabernack, sei's, wie es woll, ist wider mich im Werk«, zitierte er erneut aus dem Theaterstück.

Anatevka glotzte ihn an. Damit hatte sie nicht gerechnet, und vermutlich war er der erste Mann, der ihr solche Sätze an den Kopf schleuderte, anstatt sich auf sie zu stürzen.

Sie schloss den Mantel mit beleidigter Miene und bedachte ihn mit einer gezischten russischen Schimpfkanonade.

Er umrundete sie seelenruhig und verließ das Haus.

Mit solchen Frauen konnte er nichts anfangen. Zu viel Falschheit, an Körper und Geist.

❖❖❖

KAPITEL 9

Leipzig, Südleipzig, 26. November

Rhode sichtete die Informationen, die sie nach Auswertung von Anke Schwedts Smartphone gewonnen hatten. Die SpuSis fanden es bei ihr zu Hause in einer Couchritze, sonst hätte es der Täter sicherlich mitgenommen, um seine Beweise oberflächlich zu verwischen. Aber sie hätten immer noch die zentral gespeicherten Daten gehabt. Ihr Laptop dagegen fehlte.

Es waren mehrere SMS bei ihr eingegangen mit unterdrückter Nummer, die sich zurückverfolgen ließen. Die junge Kommissarin hatte sie zudem gelöscht, aber sie wurden von den Spezialisten rekonstruiert. Als Polizei hatte man mehr Möglichkeiten als normale Handybenutzer.

SMS 1: Hallo, Schlampe. Ich wünsche dir einen schöhnen Tag! Wir sehen uns bald.

SMS 2: Na, Schlampe? Schohn einen Neuen? Wir sehen uns bald!

SMS 3: Hey, Schlampe! Alles schöhn bei dir? Du kommst ja gerade gross raus! Wir sehen uns bald!!

SMS 4: So, Schlampe! Wir sehen uns BALD!!!! GANZ FEST VERSPROCHEN!!!!!

Als Besitzer des Smartphones ermittelten sie einen Gunther Sterz, 31 Jahre, gelernter Industrieelektroniker. Eine Streife fuhr zu seinem letzten Wohnort, traf aber niemanden an. Auf der Arbeit war er krankgemeldet.

Rhode nahm den Auszug aus dem Strafregister zur Hand.

Sterz war über die Jahre hinweg immer wieder wegen mehrfacher Körperverletzung angezeigt, aber nie verurteilt worden. Aus Mangel an Beweisen oder wegen widersprüchlicher Zeugenaussagen.

Es gab also eine vorhandene Gewaltbereitschaft. Jemand, dem man einen Mord durchaus zutraute. Die vier SMS konnte man als Drohung interpretieren. Witzig fand sie Rhode zumindest nicht. Dass Sterz sich dazu nicht meldete und unauffindbar schien, sprach gegen ihn.

Er erinnerte sich genau, welches Gesicht sie gemacht hatte, als die hässlichen Kurznachrichten reinkamen.

Dabei hatte er Freddy zu Unrecht verdächtigt, sie unglücklich zu machen. Der Freund brach bei der Nachricht von ihrem Tod vor Rhode zusammen, und zwar so, wie es dem Kommissar selbst beim Anblick ihrer Leiche ergangen war. Seine innere Stimme sagte ihm, dass es nicht den Hauch eines Verdachtes gab, zumal Freddy ein Alibi hatte.

Somit blieb der unauffindbare Ex-Freund Sterz als mutmaßlicher Mörder. Das Gesicht des Verdächtigen war ihm sofort bekannt vorgekommen. Schwedt hatte ihn einmal zum Kegeln mitgebracht.

»Oder hat ihn der Bildermörder geschnappt?«, murmelte er und konnte sich nicht davon freisprechen, dass er sich bei der Vorstellung freute. Endlich käme einem sadistischen Mörder eine sinnvolle Aufgabe zu. Auch der Gedanke reute ihn nicht.

Lackmann trat ins Zimmer, ohne anzuklopfen. Zusammen mit der Kräuterschnapsfahne trug er die Tageszeitung herein und legte sie ihm kommentarlos auf den Arbeitstisch.

Der Aufmacher war natürlich der Mord an »Anke S.«, die als Ermittlerin der SoKo Bildermorde geoutet wurde.

Es gab zum Glück nicht viele Einzelheiten, weil er der Pressestelle einen Maulkorb verpasst hatte, aber dbs mutmaßte aufgrund des Fundortes, ob der verrückte Täter hinter dem Tod der Polizistin steckte. Zumindest wusste die Reporterin, dass es sich um ein Filmset handelte, in dem Anke Schwedt gefunden wurde. Jemand hatte ihr die Infos zugetragen.

Rhode fühlte sich ohnmächtig und hilflos. Es passte, dass der *worry stone,* den er verloren hatte, nicht mehr auftauchte. Der Squashball musste als Ersatz in seiner Tasche herhalten.

Er las weiter.

Im Artikel war auch die Rede vom Fluch des Totenblicks, dem bereits mehrere Polizisten zum Opfer gefallen waren; in einem Infokästchen standen deren Namen, mit der Art des Todes und Datum. Geschmacklos und widerlich. Bei der Jagd um Auflagenzahlen ging die freie Reporterin buchstäblich über Leichen. Die Grenzen der Pietät waren überschritten. Das hatte nichts mehr mit Journalismus, sondern nur noch mit Sensationsgeilheit zu tun.

Rhode nahm an, dass die Meldung über Ankes Ermordung im Laufe des Tages auch im Fernsehen zu sehen sein würde. »Lackmann, ich will mit Baum-Schmidtke sprechen und wissen, was sie sich ...«

Sein Diensttelefon klingelte, es war die Zentrale.

Er nahm den Anruf entgegen. »Ja?«

»Herr Kriminalhauptkommissar, ich glaube, es ist der Bildermörder«, sagte der Mann von der Vermittlung. »Ich habe eine Fangschaltung bereits initiiert. Er wollte Sie sprechen.«

»Stellen Sie durch!« Rhode aktivierte die Freisprechanlage, in der ein Knacken zu vernehmen war. Mit Gesten machte er Lackmann klar, wer auf der anderen Seite saß.

»Rhode?«, flüsterte eine Stimme.

»Ja. Und Sie wollen der Bildermörder sein?«

»Ich *bin* es. Wüsste ich sonst, dass Hansen die Leiche *nicht* ansah, als er den Raum betreten hatte? Ich könnte Ihnen viele Einzelheiten nennen, aber dazu habe ich keine Zeit«, raunte er und klang mühsam beherrscht. »Zeitung gelesen, Rhode?«

»Ja.«

»Dann nehmen Sie zur Kenntnis, dass ich mich offiziell bei Ihnen darüber beschwere, mir einen solch dilettantischen Mord anzuhängen«, wisperte die Stimme mit viel Nachdruck; der Mörder regte sich stark auf.

»Das müssen Sie der Reporterin sagen, die den Artikel verfasste«, wies Rhode die Schuld von sich. »Wir wissen, dass Sie Anke Schwedt nicht umgebracht haben.«

»Ach? Sie *wissen*? Ein starkes Wort. Ohne Beweise.«

»Meinem Kollegen ist sofort aufgefallen, dass Sie den Tatort ganz anders präpariert hätten.«

»Ah, sehr schön. Dann bin ich beruhigt, dass Sie meine

Arbeit zu schätzen wissen und bereits von Fälschungen unterscheiden können. Nach nur zwei Bildern. Dann stellen Sie das richtig«, verlangte die raunende Stimme. »Sagen Sie der Presse, dass es sich um einen schlechten Nachahmer handelt.«

»Ich werde gar nichts sagen«, konterte Rhode und rieb sich über die Stirn, die Füße spielten erneut die unsichtbare Double Base.

»Ich kann den Affront nicht hinnehmen!«, flüsterte der Mörder. »Ihr Schweigen in der Öffentlichkeit bedeutet, sich auf die Seite des anmaßenden Trittbrettfahrers zu stellen und ihn damit durchkommen zu lassen. Die SoKo muss den Blender bloßstellen.«

»Das ist nicht meine Aufgabe. Schreiben Sie das doch auf Ihrer perversen Website.«

»Reizen Sie mich nicht, Rhode!«

Lackmanns Telefon klingelte. Der Kommissar nahm ab, lauschte und schrieb etwas auf ein Blatt.

»Das tue ich nicht.«

»Das *tun* Sie!« Die Kälte und der Hass jagten Rhode Schauer über den Rücken. Der Unbekannte sprach und knurrte gleichzeitig, klang wie ein wütendes, drohendes Tier. »Ich bin ein Künstler, ein akribischer Mensch, der kostbare Zeit und noch mehr Material darauf verwendet, die Toten zu einer Kreation werden zu lassen. Sie stellen mein Schaffen und mein Können in Frage, wenn Sie schweigen und diesen billigen Nachahmer auf eine Ebene mit mir stellen.«

»Woher wissen Sie, dass es eine billige Kopie ist?«

»Zum einen, weil Sie es sagten, zum anderen, weil ich vorhin dort war und mir das Szenario anschaute«, flüsterte die Stimme hektisch. »Es sieht nicht mal *im Ansatz* nach

Bates Motel aus! Die Einrichtung marode, die falschen Raumabmessungen und ein anderer Aufbau. Selbst das Modell des Duschvorhangs stimmt nicht. So ein widerlicher Stümper!«

Rhode überlief es kalt. Irgendwie war es dem Mörder gelungen, sich trotz der Anwesenheit der KTI-Ermittler einen Eindruck in der Prager Straße zu verschaffen. Hatte er sich am Ende sogar einen von ihnen geschnappt? Zuzutrauen wäre es ihm auf alle Fälle.

Er sah zu Lackmann, der das Blatt hochhielt: *Sie arbeiten dran! Mehr Zeit nötig!*

Rhode wiederum kritzelte zurück, dass jemand mit den Beamten sprechen sollte, die den Tatort gesichert hielten. Vielleicht sahen sie den Mörder, direkt oder indirekt. Es konnte der erste Fehler sein, den ihr Mörder begangen hatte. Aus der Reserve gelockt von Gunther Sterz.

»Rhode?«, raunte der Anrufer.

Lackmann zog sein Smartphone und tippte einhändig, während er immer noch den Hörer des Diensttelefons zwischen Schulter und Kopf eingeklemmt hielt.

»Ja, ich bin noch da. Wir ermitteln bereits gegen …«

Leises Lachen erklang. »Ich habe verstanden, was Sie sagten, Rhode, aber ich lese zwischen den Zeilen«, fuhr ihm die Stimme wispernd in den Satz. »Es gibt einen Verdacht. Aus dem privaten Umfeld Ihrer Kollegin?«

Er war gut. Rhode musste sich beherrschen, nicht den Namen des Verdächtigen zu nennen.

»Sie schweigen? Ah, dann haben Sie einen *konkreten* Verdacht«, flüsterte der Bildermörder. Die eisige Wut mischte sich mit einer hasserfüllten Begierde: »Ich will ihn. Ich will ihn finden und bestrafen, Rhode! Ich kann das!«

»Ich sage nichts mehr«, erwiderte Rhode gepresst und vernahm ein scharfes Ausatmen auf der anderen Seite der Leitung. »Warum sollte ich Ihnen Auskunft geben? Es ist nicht mal sicher, dass Sie der originale Schöpfer der bisherigen Werke sind.«

Die Stimme klang unvermittelt lockend. »Sollten Sie Ihre bisherigen Erkenntnisse mit mir teilen wollen, Herr Hauptkommissar, nur zu. Geben Sie eine Anzeige in der LVZ auf, in der stehen muss: *XXX verkauft günstig Bilder nach falschen Vorlagen.* Anstelle der drei Kreuzchen sollte der Name stehen. Oh, oder schreiben Sie mir einfach eine Mail. Ich kann Ihnen Arbeit abnehmen.«

»Das werden Sie sein lassen«, fuhr ihn Rhode an, auch wenn er sich insgeheim etwas anderes wünschte, ohne es verwerflich zu finden.

Die Stimme lachte leise. »Einen Beweis wollen Sie, dass ich der *echte* Künstler bin? In Kürze werden Sie sehen, dass meine Werke *zu* gut sind, um von Nachahmern ebenbürtig kopiert werden zu können. Dann wird es auch die Presse verstehen und mich unterscheiden können wie Sie, Herr Hauptkommissar.«

Rhode schloss für zwei Sekunden die Augen. »Nein! Nein, tun Sie …«

Klick.

Lackmann legte auf. »Sie haben ihn lokalisiert.« Aber Begeisterung klang anders.

Rhode wusste, warum. Der Täter war zu schlau. Am Ende fanden sie ein Prepaidhandy in einem Mülleimer oder sogar ganz offen herumliegen. Ohne DNA, ohne Fingerabdrücke, ohne Zeugen. Es blieb eine mikroskopisch kleine Hoffnung. Er hatte es im Gefühl, mit dem wahren Bildermörder gesprochen zu haben. »Rückmeldung vom Tatort?«

»Ja. Die Kollegen haben nichts gesehen«, erstattete Lackmann Bericht. Er las die neuesten Infos vom Display seines Smartphones ab, und Rhode musste an Anke denken. Sie hätte es genauso gemacht. »Allerdings ist ihnen ein kleines Fluggerät aufgefallen, das mehrmals über die Prager Straße hinweg und dicht an den Fenstern vorbeigeflogen ist. Sie haben es in ihrem Bericht vermerkt, konnten aber nicht einschreiten.«

»Ein Ultraleichtflieger oder was?«

»Nein, nein. Wesentlich kleiner.« Er hielt die Handflächen ungefähr einen Meter auseinander. »Ich tippe auf eine Drohne.« Lackmann malte etwas auf das Papier und zeigte es ihm. Es sah aus wie vier aneinandergekoppelte Kreise, die sich zu einem Viereck formierten. »In der Mitte ist eine kleine Plattform für eine Webcam. Die Dinger gibt es seit neuestem in jedem Spielwarenladen oder im Internet; sie kosten nicht mehr viel. Damit kann jeder seinen Nachbarn ausschnüffeln.«

»Oder einen Tatort«, ergänzte Rhode deprimiert. Der Täter saß in sicherer Entfernung, schickte sein fliegendes Auge los, ohne dass er erkannt wurde. »Wie groß ist die Reichweite?«

»Ich mache mich schlau und schaue nach, welche Nachrüstsätze es gibt, Herr Rhode.« Lackmann setzte sich an seinen Platz, nahm den obligatorischen Schluck aus der Schnapsflasche und starrte danach auf den Monitor, klickte und scrollte.

Rhode beobachtete ihn. Noch mehr lichte Minuten des Trinkers. Er schien seine Ration hochgefahren zu haben, was seine lautlose Art war, mit dem Tod der Kollegin umzugehen.

Wie gerne hätte der Hauptkommissar sich mit Schwedt ausgetauscht und ihre Meinung gehört.

Sein Blick richtete sich auf ihren verwaisten Schreibtisch, auf ihr geliebtes Chaos, in dem sie jedoch stets alles gefunden hatte. Die Kaffeeränder auf der Platte, die herumliegenden Heftklammern ... als käme die junge Polizistin gleich zurück.

Ein Schluchzen drang aus seiner Kehle, das er mit einem Husten überdeckte. Rhode riss sich zusammen und griff zum Telefon. »Finden wir Ankes Mörder«, sagte er mit belegter Stimme. »Ich gebe Gustav ...«

»Gunther Sterz. Gunther mit h.«

»... zur Fahndung raus.« Seine Hand wurde in der Bewegung plötzlich langsamer, bis sie kurz vor Erreichen des Hörers innehielt. Eine böse und bekannte Hoffnung war zurückgekehrt und breitete sich verführend in seinem Verstand aus.

Lackmann sah zu seinem Vorgesetzten, der wie eingefroren wirkte, dann wieder auf den Bildschirm. Nach zwei Sekunden kam aus seinem Mund: »Ich bin dafür, dass wir noch 24 Stunden warten. Vielleicht meldet sich Sterz bei uns.«

Rhode war seiner Meinung, aber das bezog sich *nicht* auf den vorgeschobenen Grund für die Fahndungsverzögerung. Sterz würde sich nicht freiwillig stellen.

Doch darum ging es ihnen gar nicht, weder Lackmann noch Rhode. Die Männer verstanden sich.

»Sie haben recht«, sagte der Hauptkommissar und streckte den Arm stattdessen nach dem Kaffee aus. »Warten wir.«

Ein schlechtes Gewissen spürte Rhode deswegen nicht. Er gab der Gerechtigkeit lediglich die Chance auf einen Ausgleich: Ein Mörder konnte einen Mörder erledigen.

Ging es überhaupt fairer?

Der positive Nebeneffekt: Solange ihr Wahnsinniger Sterz jagte, konnte er sich nicht um die Vorbereitungen für seine nächste Tat kümmern.

❈❈❈

Leipzig ...

Die Kohle glühte vor sich hin, das Mundstück lag unangetastet neben dem Sessel auf dem Boden des Raumes der Inspiration; der feuchte Tabak dämpfte in der Hitze.

Er starrte auf das Bild auf dem LED-Bildschirm zu seiner Rechten. Unentwegt schüttelte er den Kopf; vor lauter Wut konnte er nicht einmal die Shisha genießen.

Das Standbild zeigte eine Szene des Duschmordes aus *Psycho*.

Auch auf allen anderen Fernsehern harrte Marion Crane aus, wartete auf die Messerstiche, hatte den Mund zum Schrei geöffnet oder lag mit offenen Augen auf dem Boden der Badewanne. Es ging um Details.

Um ihn herum ausgebreitet und vom diffusen Schwarzweißlicht beleuchtet lagen die ausgedruckten Bilder des Tatortes in der Prager Straße: die ermordete Anke Schwedt, der verwahrloste Raum, die zerstörte Wanne, vieles mehr an Kleinigkeiten, so gut sie mit der Drohne zu schießen waren.

»Nichts passt«, raunte er zornig. »Nichts!«

Der Mörder der Polizistin hatte bei dem Versuch, ihm, dem Meister, die Tat in die Schuhe zu schieben, alles falsch gemacht. Dieser Idiot kaufte einen weißen, undurchsichtigen Duschvorhang, die Befestigungsringe stimmten genauso wenig, das Duschkopfmodell passte nicht einmal im Ansatz.

Und sich dann noch ein Szene aus einem Film auszusuchen, die damit endet, dass die Leiche mit offenen, *mit offenen* Augen starb! Wo blieb der Clou an der Sache?

Sogar das Opfer ähnelte Marion Crane in keiner Weise. Nichts gegen Anke Schwedt, die fraglos gut aussah, aber sie ging nicht einmal als Schwester des Filmopfers durch. Dass der Mörder ihr die Haare abgeschnitten hatte, betrachtete er nicht als mildernde Umstände.

Grollend lehnte er sich zurück, legte eine Hand gegen die Wange. Aber um größtmögliche Gleichheit zwischen Original und Nachahmung war es dem Kretin auch gar nicht gegangen. Er wollte die Tat feigerweise nicht auf sich nehmen.

Seine eigenen Nachforschungen zur Identität des Täters liefen, doch es war nicht einfach. Er durfte sich nicht zu weit aus seiner Deckung wagen, sonst würde Rhode vielleicht durch einen Zufall auf ihn aufmerksam werden, wo er doch die Brücken zu sich abgebrochen hatte. Es galt, noch mindestens ein Kunstwerk anzugehen.

Mindestens!

Aber dieses Mal würde es kompliziert werden.

Er brauchte umfangreiche Vorbereitungen, mehr als eine Leiche und zusätzliche Komponenten, die er einer aufwendigen Bearbeitung unterziehen musste, um den gewünschten Effekt zu erzielen. Das Original, das bei seiner letzten Auswahl durch Zufall auf dem Bildschirm erschienen war, verlangte ihm viel ab. Reines handwerkliches Geschick und seine umfangreichen technischen Kenntnisse nutzten dafür wenig.

Sein Werk würde sich *unmöglich* in einem einzigen Arbeitsgang gestalten lassen. Also musste er Komponenten einfrieren, um sie am Verwesen zu hindern, während er andere präparierte. Es lieferte schlussendlich den entscheidenden Beweis, dass niemand sonst in der Lage war, ein solches Opus zu verwirklichen.

Der Blick richtete sich auf die sterbende Marion Crane, dann auf Anke Schwedts tote Augen in der Wanne.

Die brennende Wut auf den impertinenten Stümper schoss erneut in ihm hoch. Er wollte diesen dumm-dreisten Menschen zermalmen, ihn entsorgen, ihn ausrotten und bestrafen, damit es keiner mehr wagte, seine Vorgehensweise zu imitieren.

Es erschien ihm geradezu blasphemisch, seinen Genius anzukratzen. Das erhöhte den Druck auf Atlas' Schultern und ließ das Gewicht von Sisyphus' Stein anwachsen.

Einen ähnlichen Zorn spürte er auf Rhode.

Der Kriminalhauptkommissar weigerte sich, der Öffentlichkeit mitzuteilen, dass sie einen anderen suchten. Das mochte ermittlungstaktische Gründe haben, um Schwedts Mörder in Sicherheit zu wiegen, doch er fühlte sich herausgefordert. Absichtlich provoziert.

Von nun an betrachtete er es als etwas Persönliches.

Rhode würde seiner Strafe nicht entgehen, doch alles zu seiner Zeit. Sollte der Polizist gehofft haben, ihn aus der Reserve zu locken, würde er enttäuscht werden.

»Alles zu seiner Zeit, nicht wahr?«, murmelte er, die Augen wieder auf Marion Crane gerichtet.

Sein Verstand heckte bereits einen anderen Plan aus und beschäftigte sich parallel dazu mit dem Problem, die Leichen zu kühlen.

In beiden Fällen fand er innerhalb weniger Minuten eine Lösung.

Langsam streckte er die Hand nach dem Mundstück der Shisha, hob es an die Lippen und nahm zufrieden einen tiefen Zug.

Doch gegen den unbändigen Drang, sich des aufstauenden, anwachsenden Drucks zu entledigen und das Grauen zu teilen, um es erträglich zu machen, half das Nikotin nicht.

Nichts hatte geholfen, keine Droge, die er auf seinen Reisen ausprobierte. Kein Hasch, kein Opium.

Letztlich fand er seinen Weg, sich Erleichterung zu verschaffen: das Erschaffen von Kunst.

Es bereitete ihm größtes Vergnügen, trotz des Grauens in ihm.

❋❋❋

KAPITEL 10

Leipzig, Südzentrum, 6. Dezember

Rhode starrte aus dem Bürofenster auf den weit entfernten Turm, der das gegenüberliegende Neue Rathaus zierte und von der Form her der alten Pleißenburg nachempfunden war, die einst dort gestanden hatte.

Der Fall des Bildermörders war der schlimmste seiner Karriere, die nicht mehr bis zum Kriminalrat reichen würde. Mit der Beförderung hatte er abgeschlossen, mittlerweile wollte er sie auch gar nicht mehr.

Dieser Fall entwickelte sich zu einem Monstrum.

Es verschlang Kollegen, seine Kollegin und Freundin Anke, sein Privatleben, seine Freude an Frau und Kindern, seine normalen Gedanken. Die Namen der drei Neuen in seiner SoKo, einer als Ersatz, zwei zur Aufstockung aus anderen Kommissariaten, vergaß er ständig, ob mit oder ohne Pillen.

Beim letzten Treffen mit dem Polizeipräsidenten hatte dieser Andeutungen fallen lassen, dass Rhode nicht lange SoKo-Leiter sein würde. Sanfte Vorbereitung auf das Scheitern. Außerdem vergaß er ständig, sich um Ares' Anliegen zu kümmern. Dabei wäre das so einfach zu meistern, doch er ließ sich unentwegt ablenken.

Im Moment befand er sich allein im Büro, die Kollegen

machten Mittagspause. Lackmann war beim Arzt, wie er verkündete. Magenprobleme. »Vom Saufen«, hatte der dürre Mann realistisch eingeschätzt. Sogar dessen Leben geriet aus den Fugen.

Es gab keinen Alltag mehr, nicht mal die nervigen Seiten des Alltags wie Müllrausbringen oder Einkaufen: Er verließ seine Wohnung morgens und kehrte nachts zurück, stürzte sich den ganzen Tag in sinnlose Recherchen zu Opfern und Bildern, wälzte die seitenlangen Protokolle der Spurensicherung und des KTI, betrachtete die Fotos, die Gesichter der Opfer, vergaß ganz viel und musste von vorne anfangen. Anke Schwedts junges Gesicht. Immer und immer wieder studierte er ihre Züge, obwohl er den Anblick nicht ertrug. Er geißelte sich selbst für seine Misserfolge.

Der trügerische Lichtblick war einen Tag nach ihrem Tod gekommen: Man hatte ihren Laptop in einer Mülltonne gefunden. Der Täter dachte, dass ein Tritt ausreiche, um das Innenleben zu zerstören, aber die Geräte hielten einiges aus.

Den KTI-Spezialisten war es gelungen, die Daten herzustellen und zu prüfen, was die Kommissarin als Letztes im Netz unternommen hatte. Sie fanden Mails an Schwedt von anonymen Accounts, die es nicht mehr gab; sie wiesen jedoch die gleichen Schreibfehler wie die SMS auf. Sterz hatte ihr angedeutete Drohungen gesandt.

Und es ergab sich ein neuer Ansatz.

DIE WAHRHEIT
LIEGT STETS
IM AUGE
DES
BETRACHTERS.

Tausendmal hatte Rhode über den Satz nachgedacht, alle Blickwinkel der Tatorte ausprobiert, ohne den versprochenen Hinweis des Mörders zu entdecken.

Anke Schwedt hatte einfach die Sichtweise gewechselt, hinüber zu den *Toten,* wie auch immer sie darauf gekommen war.

Rhode leierte neuerliche Untersuchungen an. Eine Euphorie brandete durch die SoKo, angefacht durch den ungewöhnlichen Hinweis.

Dann die Ernüchterung: Die zwei Toten trugen nichts an sich, nichts auf sich, nichts in sich.

Sogar die Augen der Leichen waren von den Kriminaltechnikern vollständig seziert worden, aber es gab auch darin keine kleinen Zettelchen oder Botschaften oder sonst was. Die Hornhäute von Armin Wolke und Aileen McDuncan waren nicht behandelt worden, weder mit Laser noch mit Nadeln oder anderen Hilfsmitteln.

Rhode wandte den Kopf und blickte nach rechts zum Haus unmittelbar gegenüber, weil er eine Bewegung bemerkt hatte. Ein Fenster öffnete sich, und eine ältere Frau schüttelte einen Staublappen aus.

Die grauen Flocken lösten sich aus dem Stoff, wurden vom Wind erfasst und zu dessen Spielzeug. Sie wirbelten davon, einige stiegen, andere fielen.

Es passte zum Winter, der in Leipzig Einzug gehalten hatte. Seine Kinder wollten unbedingt mit ihm zum mittelalterlichen Weihnachtsspektakel am Naschmarkt. Noch hatte er sich darum drücken können. Ihm war nicht nach Seligkeit.

Am Wochenende saß Rhode mit seinem Nachwuchs im Spielzimmer und hörte sie lachen, und doch empfand er es als gedämpft, als fehlten bestimmte Frequenzen, die er früher vernommen hatte und die ihn so glücklich gemacht hatten.

Das Joggen mit Ares fiel aus; er zog es vor, allein zu laufen. Er musste nachdenken und wollte sich nicht von Gesprächen ablenken lassen.

Er hatte nochmals mit Konstantin Korff darüber gesprochen, wie man sich vor dem Totenblick schützen konnte. Der Bestatter hatte ihm eine Liste gesandt; darunter befanden sich einige Amulette und Symbole zur Abwehr der schädlichen Wirkung. Das Einfachste war das Kreuz und das Sprechen von Gebeten in Anwesenheit der Leiche.

Rhode wollte sich nicht darauf verlassen, dass der Mörder den Trick akzeptierte, sandte sie aber im internen Verteiler an seine SoKo, an die Kollegen der SpuSi und sämtliche Reviere. Garantiert war die Liste beim letzten Streifenpolizisten angekommen.

Die gut gemeinte Einladung von Korff, mit ihm eine Theateraufführung und/oder ein Konzert zu besuchen, schlug er aus. Er wollte nicht einmal Ares' *Zerbrochnen Krug* sehen, sondern sandte die Freikarte an Korff. Er würde mehr Spaß daran haben.

Seiner Frau entging die Veränderung nicht.

Ihre Versuche, mit ihm darüber zu sprechen, führten zu seinen Beteuerungen, den Fall nicht weiter an sich ranzulassen.

Beide wussten, dass er log, dass er nicht anders konnte. Erst wenn der Mörder gefasst war, würde so etwas wie Normalität in der Familie Rhode einkehren.

Er blinzelte. Es zermürbte ihn, herumsitzen zu müssen

und zu warten. Zu warten, bis ein neuer Mord geschah oder bis man Ankes Mörder geschnappt hatte.

Gunther Sterz war zur Fahndung ausgeschrieben worden, doch bislang gab es weder Hinweise noch irgendwelche Spuren. Auch fand man den Mann leider nicht als Opfer des Verrückten auf.

Rhode wusste, dass sein Tun nichts anderes als Zeitverschwendung war, und doch wandte er den Kopf zum Monitor und las zum x-ten Mal die Obduktionsberichte.

Die Gerichtsmedizin hatte die Vermutung des toten Weißenbergs bestätigt: eine lange, schwere Klinge war eingesetzt worden, um den Hals der primären Bildermörder-Opfer komplett zu durchtrennen und den Kopf vom Rumpf zu schneiden.

Dadurch, dass er die Opfer extrem ruhigstellte, den Puls vermutlich bis vor den Herzstillstand absenkte sowie die Schädel sofort wieder mit Klebeband auf dem Rumpf fixierte, ergoss sich das Blut aus den gekappten Adern ohne viel Druck überwiegend in die Speiseröhre.

Die glatten Wirbelverletzungen ohne massive Quetschungen der Haut sprachen dafür, dass die Waffe mit hoher Geschwindigkeit eingesetzt wurde; in Frage kamen ein sehr, sehr scharfes Schwert, das von einem extrem starken Mann oder einer Vorrichtung bedient wurde. Oder eben eine Variante der Guillotine; erst danach war Armin Wolke die weitere Verletzung in der Brust zugefügt worden. Die Ringhalskobra hatte Aileen McDuncan gebissen, als diese bereits tot war, wie die fehlende Ausbreitung des Gifts im Blut bewies.

Bei Anke Schwedt verhielt es sich umgekehrt. Sie war erst erstochen und hinterher geköpft worden. Außerdem war ihr Schädel mit einer Säge entfernt worden. Genug Beweise, die gegen den Bildermörder sprachen. Er hätte nicht einmal anrufen müssen, um sich zu beschweren.

Rhode las im Bericht weiter.

Keine Kampfspuren an Wolke und McDuncan, abgesehen von den Verletzungen des Elektroschockers. Die Punkte waren vom Mörder überschminkt worden, um seine Werke so perfekt wie möglich zu machen.

Die Einstichstellen, wo er den Mix aus Propofol und Remifentanil mit einer Spritze eingebracht hatte, fanden sie bei Wolke in der Zunge und bei McDuncan in den Brustwarzen. Wieder ging es darum, den Körper seiner Opfer unversehrt zu lassen, wie es die Vorlage verlangte.

Außerdem musste der Mörder einen Schutzanzug tragen, um zu verhindern, dass seine DNA auf den Opfern oder am Tatort zurückblieb.

Weißenberg hatte das Fernsehen oft verflucht. Seit Serien wie *CSI* Erfolg hatten, sprach es sich auch bei den Verbrechern mehr und mehr herum, auf was man zu achten hatte. Es genügte, sich eine Staffel an einem Wochenende anzuschauen, und schon hatten sich Verbrecher die einfachsten Sicherheitsvorkehrungen angeeignet.

Rhode blickte erneut aus dem Fenster, überlegte weiter.

Immer lagen die Zimmer im Dunkeln. Immer musste das Licht erst umständlich eingeschaltet werden.

Weswegen?

Der Mörder löschte die Lampen nicht ohne Grund. Wer diese Akribie an den Tag legte, tat jeden Handgriff aus Berechnung. Dann noch der explizite Hinweis auf der Website, *genauer* hinzuschauen.

Die Kriminaltechniker des KTI hatten sämtliche Gegenstände, die Wände, jeden noch so kleinen Fitzel auf lichtempfindliche Stoffe untersucht, ohne fündig geworden zu sein.

»Was sehen wir nicht?«, raunte er zum Fenster hinaus, sicherlich auch zum ungezählten Mal.

Er dachte an Anke Schwedts Eingaben in die Suchmaske. An die großen Augen der Toten dank des Atropins.

Früher hatte man geglaubt, dass sich in den Augen der Toten ihr Mörder spiegelte, was natürlich Unsinn war. Das hätte es für die Polizei auf der ganzen Welt einfach gemacht. Der Totenblick brachte lediglich den …

Rhode setzte sich kerzengerade im Stuhl auf. »Scheiße.«

Er öffnete ein Browserfenster und stürzte sich tippend auf die neue Hoffnung, die ihm das Internet hoffentlich zutrug.

Den Anfang machte ein kurios anmutender Bericht aus einem Schlachthof aus dem Jahr 1860.

Im Auge eines toten Kalbs wollte man das Linienmuster der Fliesen auf dem Boden des Schlachthauses erkannt haben. Dieser Mann, ein Fotograf, sprach daraufhin bei Scotland Yard in London vor. Seine Idee: die Augen von Mordopfern abzulichten. Darin könnte sich der Mörder zeigen, was sich jedoch nach mehreren Versuchen als Trugschluss erwies.

Immerhin sorgte der Glaube daran, *dass* es funktionierte, für ein Geständnis. 1924 gestand ein Verdächtiger einen Achtfachmord in Haiger bei Gießen, weil die Polizisten ihn glauben ließen, sie könnten Bilder im Auge des Opfers sichtbar machen.

Das Zauberwort hieß Optographie.

DIE WAHRHEIT
LIEGT STETS
IM AUGE
DES
BETRACHTERS.

Rhode durchzuckte es. *Buchstäblich?*

Nach den ersten Zeilen über die Optographie verstand er, dass es kein Unsinn war. Sie wurde als Wissenschaft um die Fixierung des letzten Bildes definiert, das ein Lebewesen vor seinem Tod sieht. Diese Bilder wurden von dem Heidelberger Professor Wilhelm Friedrich Kühne als Optogramme bezeichnet.

Von den wissenschaftlichen Darstellungen der Augenteile und deren Aufbau, von Lichtbrechungen und fotografischen Abhandlungen wurde er als Laie überfordert. Ganz brutal fand er die Bilder von geköpften Kaninchen – und wunderte sich in der gleichen Sekunde über seinen merkwürdigen Gedankensprung. Er machte sich Gedanken über tote Tiere, während sie einen psychotischen Massenmörder suchten.

Geköpfte Kaninchen – geköpfte Mordopfer.

Während er elektrisiert weiterlas, nahm er den Telefonhörer ab und ließ sich mit dem KTI und dem Kriminaltechniker verbinden, der ihm zugewiesen worden war. Den Namen wusste er nicht mehr. Er konnte sich nur an die Namen der Toten erinnern, wie es den Anschein hatte. »Ich brauche alles«, sagte er aufgeregt, »was Sie mir über Optographie sagen können. Sofort! Schnappen Sie sich außerdem so viele Kollegen, wie Sie brauchen, und untersuchen Sie die Leichen von Wolke und McDuncan diesbezüglich.«

Er legte auf, weil er weder Ausreden noch Beschwerden hören wollte. *Noch* war er Leiter der SoKo.

Seine Gedanken schweiften für einen Moment von den neuesten Informationen ab. Rhode dachte an die Kriminalkommissarin.

»Anke, du weißt nicht, wie sehr du uns geholfen hast«, sagte er leise und schaute auf ihren ehemaligen Schreibtisch. Sollte sich der Verdacht der Optographie bewahrheiten, bekamen sie endlich die Hinweise des Verrückten zu sehen.

Rhode bremste sich, so gut es ging. Nichts wäre schlimmer als eine weitere Enttäuschung.

Die Tür öffnete sich, ohne dass jemand geklopft hätte, und Lackmann trat ein. Er hielt sich den Bauch, der Siebziger-Jahre-Anzug in undefinierbarem Hellbraun schlackerte noch mehr um seinen dürren Körper. »Da bin ich wieder.« Er hatte abgenommen. Der oberste Knopf des rosa Hemds war offen, wie man am Kragen sah, die grüngemusterte Krawatte lag lose darum.

Rhode winkte ihn zu sich. »Anke hat was entdeckt«, sagte er.

❖❖❖

Leipzig, Gohlis-Süd, 6. Dezember

Ares stand vor dem russischen Generalkonsulat in der Turmgutstraße und klingelte erneut. Da man auf seine telefonischen Anfragen nicht reagierte, kam er persönlich vorbei.

Weil es sich um eine bessere Adresse handelte, trug er einen dunklen Anzug und seinen schwarzen Mantel darüber. Gegen die Kälte hatte er sein Wollkäppi aufgesetzt, das den eleganten Eindruck etwas schmälerte, vor allem da sich das Abzeichen der *Demons* daran befand. Er hatte den Dämonenengel auf die Seite gedreht, damit es der Kameralinse nicht gleich auffiel. Mit einer Hand formte er ungeduldig den Musketierbart nach.

»Sie wünschen?«, kam es aus dem Lautsprecher auf Deutsch mit russischem Akzent.

Ares musste an Antonowa denken. Er beugte sich nach vorn, näher an das Mikro. »Guten Tag. Mein Name ist Ares Löwenstein. Ich suche meinen Freund, Richard Georg Wolke, den Intendanten der Oper. Mir wurde gesagt, er war am 13. November hier, um die Sache mit dem russischen Bass zu besprechen?«

Es trat eine kurze Pause ein.

»Haben Sie Ihren Personalausweis dabei?«, kam es höflich aus der Box.

»Ja.«

»Halten Sie ihn bitte an die Kameralinse, Herr Löwenstein. Zuerst die Vorderseite, dann die Rückseite.«

Er befolgte die Anweisung.

»Vielen Dank, Herr Löwenstein.« Das Tor öffnete sich mit einem Summen. »Der persönliche Assistent des Konsuls erwartet Sie.«

Ares begriff noch nicht ganz, woher der Gesinnungswandel der Towarischtschs rührte. War der Schlüssel vielleicht, dass er den wohl kaum legalen Deal mit dem Opern-Bass gegen Geld erwähnt hatte? Das würde er gleich herausfinden.

Wenigstens tat sich in Sachen Wolke senior etwas. Seine Patrouillen durch die Südvorstadt erwiesen sich als Schuss in den Ofen. Der Messermann tauchte nicht wieder auf, die Träume blieben.

»Danke.« Ares setzte einen Fuß über die Schwelle und war sich bewusst, dass er damit deutschen Boden verließ. Mehr oder weniger. Es war zwar keine Botschaft, sondern nur ein Konsulat, aber er vermutete, dass es sich rechtlich ähnlich verhielt.

Bei dem Gebäude handelte es sich um eine alte stattliche Villa mit vielen ausgebauten halbrunden Erkern und einer Dachterrasse. Das Areal sah sehr gepflegt aus, der zarte Schneeflaum auf den Bäumen und dem Dach verwandelte es in eine malerische Märchenlandschaft. Am Fahnenmast wehte die russische Fahne im leichten Wind.

Während er auf den Eingang zumarschierte, öffnete sich die Tür, und ein Mann mit kurz gestutztem, dunklem Vollbart erschien; er trug einen Anzug und eine schwarzgerahmte Brille, die sein Gesicht noch ernster machte, als es ohnehin wirkte.

»Guten Tag, Herr Löwenstein«, sprach er mit russischem Akzent und gab die Tür frei. Dabei wurde der Pferdeschwanz sichtbar, der die gleiche Farbe wie sein Bart aufwies. »Mein Name ist Wasili Sorokin, ich bin der Attaché des Konsuls.« Er wartete, bis Ares an ihm vorbeigegangen war. »Willkommen. Und gleich nach rechts durch die erste Tür, Herr Löwenstein.«

»Danke.« Ein Paravent mit rot-goldenem Muster stand so, dass er keinen Blick auf das Entree des Gebäudes werfen konnte. Man hinderte ihn geschickt und stilvoll daran, sich genauer zu orientieren.

Er gelangte in einen Besprechungsraum mit der Altbaudeckenhöhe, die er in einer solchen Villa erwartet hatte. Die Holzvertäfelung musste vor kurzem restauriert worden sein; an den Wänden hingen Gemälde, auf denen die Taiga, alte russische Dörfer und Sankt Petersburg zu sehen waren. Das Konterfei des aktuellen Präsidenten sowie mehrere Ikonen durften nicht fehlen.

Auf dem Tisch brodelte der obligatorische Samowar vor sich hin. Es roch nach starkem Tee und Marmelade, die in einem kleinen Schälchen auf dem Tablett neben den Tassen stand und als Zuckerersatz gedacht war. Milch gab es selbstverständlich auch. Ebenso Wodka: Die Flasche mit dem klaren Inhalt und die kleineren Wassergläser drumherum machten deutlich, was man im Konsulat außerdem anzubieten pflegte. Russische Nationalgetränke eben.

»Nehmen Sie Platz, Herr Löwenstein.« Sorokin nahm ihm den Mantel ab und hängte ihn an die kleine Garderobe. Kaum saß er, zapfte ihm der Attaché einen Tee, gab Marmelade und Milch hinein und stellte die Tasse vor ihm ab. »Bitte sehr.« Er nahm sich das Gleiche.

»Sehr freundlich.«

»Das ist die Gastfreundschaft des russischen Volkes.« Sorokin schenkte jedem einen Wodka ein und schob Ares ein Glas hin. Es war mehr als zwei Finger hoch gefüllt. Ein wenig feierlich hob der Attaché den Drink. »Herr Löwenstein, gewähren Sie mir die Ehre.«

Ares nahm den Wodka. Hartstoff war er aus seinen *Demons*-Zeiten gewohnt, vor allem Wodka. Kein Russe mit der Hälfte seines Gewichts würde ihn unter normalen Umständen unter den Tisch saufen. »Welche Ehre meinen Sie, Herr Sorokin?«

»Heute ist in Deutschland der Tag des heiligen Nikolaus. Wir Russen rechnen zwar nach dem julianischen Kalender, doch ich möchte *Deduschka Moros* nicht verärgern, sollte sich der gregorianische Kalender als wahr erweisen.«

»*Deduschka Moros* ist russisch für Nikolaus?«

»Großväterchen Frost«, räumte der Attaché ein. »Im Grunde das Gleiche. Bei uns ist Nikolaus der Schutzpatron der Bierbrauer und Brenner.« Er prostete ihm zu und trank den klaren Schnaps auf ex. »Deswegen lautet das Wort für *sich betrinken* bis heute *nikolitjsja*«, erklärte er.

Ares zog sofort nach und freute sich über den guten Stoff. »Darauf trinke ich noch einen.« Er stellte das leere Glas auf den Tisch, und Sorokin füllte ihnen beiden nach. Die russische Seele fühlte sich geschmeichelt. »Sie haben sicherlich gehört, warum ich zu Ihnen gekommen bin.«

»Sie suchen Herrn Wolke senior, den Intendanten der Leipziger Oper.«

»Genau. Er war am 13. November hier, um wegen des russischen Basses zu verhandeln. Soweit ich weiß, sollte der junge Mann an die Leipziger Oper geholt werden.« Ares nahm einen Schluck vom milchgetrübten, süßen Tee. Kräftig und weich zugleich.

Der Attaché schob ihm die zweite Runde Wodka hin. »Herr Löwenstein, in wessen Auftrag sind Sie hier?«

Ares besaß genug Menschenkenntnis und die Erfahrung aus *Demons*-Zeiten, um die leichte Beunruhigung in Sorokins Stimme zu vernehmen. Er ahnte, warum sich der Attaché vorsichtig verhielt. »Mein Klient interessiert sich nicht für die Details der Abmachungen zwischen der Russischen Föderation und meinem Freund. Ihm geht es einzig und allein um seinen Verbleib.« Ares beobachtete den bezopften Russen. »Sollte Wolke verschwunden bleiben, platzt das Geschäft mit ihm.« Er streckte die Hand nach dem Wodka aus und stürzte ihn gleich darauf runter. Ja, das war *extrem* guter Stoff! »Es wäre daher im Interesse des russischen Volkes, wenn ich ihn finde.«

Sorokin kniff die Lippen leicht zusammen. »Welche Fragen haben Sie?«

Ares lächelte ihn belohnend an. »Sprach mein *Freund* von Drohungen gegen ihn?«

»Nein. Unser Gespräch drehte sich um Opern von Tschaikowski und Glinka. Intendant Wolke wollte sie in den nächsten Jahren aufführen und dazu unbedingt bestimmte Sängerinnen und Sänger aus Russland haben. Er plante ein russisches Jahr.« Der Attaché trank seinen Wodka. Als er nachschenken wollte, lehnte Ares vorsichtshalber ab.

»Vielen Dank, aber ich muss noch fahren.«

Sorokin lachte freundlich und korrigierte mit dem Zeigefinger den Sitz seiner schwarzen Brille. »Das störte den Intendanten auch nicht.«

Ares horchte auf. »War er betrunken?«

»Nach drei Wodka? Nein. Er kann es mit Ihrer Statur nicht aufnehmen, Herr Löwenstein, aber ein gestandener Mann verträgt kleine Gläschen.« Er nippte am Tee. »Sie wären ideal für die Rolle von *Deduschka Moros*. Wir haben an Silvester erst unsere Weihnachtsfeier. Wegen des Kalenders. Kann ich Sie engagieren? Ich habe gelesen, Sie sind Schauspieler. Die russischen Kinder wären garantiert von Ihnen beeindruckt.«

»Ambitionierter Laie.« Sie hatten ihn bereits gecheckt, und das Internet hielt selbstverständlich auch über ihn Informationen bereit. Die harmlosen. »Darüber können wir reden, sobald ich Wolke gefunden habe.«

»Verstehe.« Sorokin breitete die Arme aus. »Mehr kann ich Ihnen nicht berichten.«

»Er war nicht mal im Ansatz nervös?«

Der Attaché schüttelte den Kopf. »Er wirkte gelöst und freute sich auf den Aufenthalt in Hamburg. Ich hatte nicht den Eindruck, dass er sich wegen etwas Sorgen machte.« Er zeigte aus dem Fenster zur Primavesistraße. »Er fuhr mit seinem schönen alten Mercedes raus, bog nach rechts ab und verschwand.«

Ares erhob sich. Er glaubte Sorokin. »Danke, dass Sie Zeit für mich hatten, Herr Attaché.«

»Gerne geschehen, Herr Löwenstein. Das Schicksal von Intendant Wolke liegt auch mir am Herzen. Wie Sie schon selbst sagten: Wir haben berechtigtes Interesse, dass es ihm gutgeht und er bald wiederauftaucht. Halten Sie uns auf dem Laufenden?«

Ich oder die Presse, dachte Ares. »Mache ich, Herr Sorokin.«

»Und denken Sie über Großväterchen Frost nach.«

»Glauben die Kinder denn noch an so etwas?« Ares wusste, wie abgeklärt seine beiden jüngeren Töchter waren.

Sorokin staunte ihn an. »Oh, nicht nur die Kinder. Unsere russische Regierung verbot sogar eine Werbung, in der die Existenz von Großväterchen Frost bestritten wurde. Sie sehen: Diese Rolle ist von großer Bedeutung.«

Sie schüttelten sich lachend die Hände.

Bald darauf schritt Ares über den Puderzuckerschnee, der unter seinen Sohlen knisterte. Ein kurzer Anfall von

Winter, doch die Meteorologen hatten bereits wieder Regen gemeldet, was ungewöhnlich war. Leipzig kannte knackig-kalte Winter mit eingefrorenen Tram-Oberleitungen und Chaos auf den Straßen. Dieses Jahr sollte es nicht sein.

»Großväterchen Frost«, sagte er leise und lachte. Meistens gab er den Knecht Ruprecht. *Deduschka Moros* wäre definitiv ein Aufstieg.

Er stieg in den Smart, startete den Motor und bog von der Turmgut- in die Primavesistraße.

Es blieb Ares nichts anderes übrig, als die wahrscheinlichsten Strecken abzufahren, die man vom russischen Konsulat in Richtung Flughafen nehmen konnte. Er hatte den *Demons* Bescheid gesagt, die Augen und Ohren nach Ungewöhnlichem offen zu halten. Der rote Mercedes Benz 450 SL war auffällig, die Biker kamen viel herum. Sie waren seine größte Hoffnung.

Richard Georg Wolke und Burn-out passten so gut zusammen wie Hering und Schokoladentorte. Sein Verschwinden wurde geheim gehalten, da gab er Tzschaschel recht. Gisela Wolke wollte er nicht auf den Zahn fühlen, sonst hätte er eine Anzeige am Hals, die er nicht gebrauchen konnte. Daher spielte er immer mehr mit dem Gedanken, Pitt in Kenntnis zu setzen. Das Verschwinden des Intendanten mussten die Profis untersuchen. Ihm gingen allmählich die Ideen und Mittel aus.

Ares fuhr die Straße entlang, spähte umher, beäugte die geparkten Wagen und sah in die Auffahrten und zur Baumreihe, die den Kanal zu seiner Linken säumte.

Ein Hupen ließ ihn zusammenzucken: Aus einer Seitenstraße kam ein Wagen gefahren, blendete auf und nahm ihm die Vorfahrt.

Ares hupte zurück und wich nach links aus.

Der Smart geriet auf dem schmierigen Asphalt heftig ins Rutschen und kreiselte um die eigene Achse wie ein gerammter Kirmeswagen auf dem Stahlplattenboden eines Autoscooters. Die Welt drehte sich um ihn, da half alles Kurbeln und Gegenlenken nichts. Es fehlte nur noch ein Auto auf der Gegenfahrbahn oder ein Elch, um die Katastrophe perfekt zu machen.

Ares brachte den Kleinstwagen nach endlosen Metern auf der linken Straßenseite zum Stehen. »Du blöder …!« Er wollte aufs Gas treten und die Verfolgung des rücksichtslosen Fahrers aufnehmen, bevor er verschwinden konnte – da bemerkte er einige abgebrochene, herunterbaumelnde Äste in Höhe eines Wagendachs.

Er schaltete den Motor ab, stieg aus und betrachtete die Bäume näher.

Was, wenn es Wolke genauso ergangen war wie ihm gerade, *ohne* zum Stehen gekommen zu sein?

Ein 450 SL reagierte eben auch wie ein Auto von 1978, ohne Fahrsicherheitsschnickschnack, ESP, ABS und dergleichen.

Die Lücke zwischen den Bäumen war breit genug, um einen Wagen durchzulassen, ohne dass er sich um die Stämme wickelte. Die Bruchstellen an den Zweigen wirkten älter und dunkler.

Ares inspizierte die tiefer liegende Rinde, die jedoch keinen Schaden genommen hatte. Er erhob sich und ging zurück zur Seitenstraße, schlenderte an der Einmündung herum und hielt den Blick auf die Straße, den Randstreifen und den Rinnstein gerichtet. Er suchte nach Hinweisen auf eine Kollision, aber zu sehen war nichts.

»Mhm«, brummte er und schaute die Primavesi hoch und runter.

Es gab etwas zu finden, er ahnte es! Noch verbarg es sich vor ihm.

Langsam wanderte er auf der rechten Seite hinauf und auf der linken hinab, bis er auf der feuchten Straße rote Lacksplitter aufleuchten sah, unterhalb der Stelle, wo sich die abgebrochenen Äste befanden. Im Rinnstein fand er zwei kleine Glassplitter, die von einem Scheinwerfer stammen konnten.

Keine Bremsspuren auf dem Asphalt. Ares kehrte zu seinem Smart zurück, nahm sich die unversehrte Böschung vor und wischte im dünnen Schnee herum.

Es gab gefrorene Vertiefungen, die auf die Lücke zuführten.

Hatte Wolke hier erst versucht anzuhalten?

Einen schweren Unfall hätten die Anwohner sicherlich mitbekommen. Das Krachen, das Scheppern eines frontalen Zusammenstoßes war normalerweise gut zu hören. Einen Wagen abdrängen ging wesentlich leiser über die Bühne.

Es war nicht auszuschließen, dass der rote Mercedes im Kanal gelandet war. Ob es sich um einen Unfall oder einen Mordversuch handelte, müsste die Polizei herausfinden.

Er nahm sein Handy heraus und wollte Pitts Nummer wählen, da geriet er ins Wanken. Nüchtern betrachtet: Was hatte er schon?

Splitter, Lackreste, abgebrochene Äste und eine Vermutung.

Auch der Hauptkommissar hatte einen Vorgesetzten, dem gegenüber er erklären musste, warum er einen Polizeitaucher brauchte, ohne dass es etwas mit dem Bildermörder zu tun hatte.

Ares sah auf den kaum zugefrorenen Kanal, an dessen Rändern sich eine dünne Eisschicht bildete. Ihm fiel nur eine Möglichkeit ein, die sogar eine Herausforderung für seinen trainierten Körper darstellte. So tief konnte das Wasser nicht sein. Er würde sich beeilen.

Er ließ den Smart im Leerlauf tuckern, drehte die Heizung auf höchste Stufe, schaltete das Gebläse ein und aktivierte die Warnblinkanlage. Den Mantel und das Sakko ließ er ebenfalls darin zurück, dann stieg er die Böschung hinab bis zum Ufer.

Ares entkleidete sich in Windeseile bis auf Unterhose, Handschuhe und Schuhe, blickte nochmals zum Rand hinauf und dachte sich eine ungefähre Linie, auf der ein Wagen wie der SL durch die Luft geflogen und eingeschlagen sein konnte.

Er machte einen Schritt nach vorne, der dünne Eisrand zersprang mit einem trockenen Knacken unter der Sohle, und sein Fuß tauchte ins Wasser.

Kalt war überhaupt kein Ausdruck.

Scheißidee, dachte Ares, doch er hatte es begonnen und würde es zu Ende bringen.

Eine abfallende Neigung existierte nicht, es ging ziemlich steil nach unten, so dass der Hüne zuerst bis zur Hüfte, dann bis zur Brust im Kanal versank. Seine Hoden und sein Sack schrumpelten zusammen, seine Männlichkeit konnte nicht größer als ein kleiner Finger sein.

Schließlich tauchte Ares. Unter der Oberfläche hätte er am liebsten geschrien, als das Eiswasser in seine Gehörgänge floss.

Er öffnete die Lider und sah erstaunlich gut. Es schwammen so gut wie keine Schwebstoffe. Er hoffte, dass es nichts in dem Kanal gab, was ihm mehr als Durchfall verpasste, sollte er von der Brühe schlucken. Die Helligkeit reichte nicht aus, um viel erkennen zu können.

Ares tauchte vorwärts, ungefähr auf seiner gedachten Linie. Er tastete im Kanal herum und bekam nach wenigen Sekunden etwas zu packen.

Er zerrte es in die Höhe, hin zum Licht, und versuchte zu erkennen, was er gefunden hatte. Seine Muskeln zitterten bereits, obwohl er sich sehr anstrengte und die Muskulatur gut durchblutet war.

Zwar trübte sich das Kanalwasser durch seine Aktivitäten ein, doch er sah deutlich, dass er den Teil eines altertümlichen Cabrioverdecks in den behandschuhten Fingern hielt. Es schien abgerissen zu sein.

Und Wolkes 450 SL *war* ein Cabrio gewesen.

Ares musste loslassen, er hielt die Kälte nicht länger aus.

Schnaubend durchbrach er die Oberfläche und das dünne Eis, das durch seinen kahlen Schädel geknackt wurde, zähneklappernd paddelte er zur Böschung und stakste an Land. Ihm kam die Luft wesentlich wärmer vor als zu Beginn seines Tauchgangs.

Rasch sammelte er seine Kleider ein, kämpfte sich ungelenk wie ein Frankensteinmonster den Steilhang hoch und ließ sich in den warmen Smart fallen. Das Gebläse deckte ihn mit Hitze ein, während er gar nicht mehr aufhörte zu zittern.

Ares streifte die nasse Unterhose ab und vermied es, nach seinen geschrumpften Genitalien zu schauen. Es würde nicht mal für die Erregung eines öffentlichen Ärgernisses ausreichen, was sich zwischen seinen Beinen verkroch und vom Schock erholte.

Er legte sich den Mantel um, damit nicht jeder Passant seine Nacktheit bemerkte, und rief Rhode an. »Hallo, Pitt«, meldete er sich und kämpfte nach wie vor, nicht ins Zähneklappern zurückzufallen.

»Es ist gerade schlecht, Ares. Ich habe es vergessen. Wir haben … eine Entdeckung im Bildermord-Fall gemacht. Kann ich dich …«

»Ich habe Wolkes Auto gefunden. Der Intendant der Leipziger Oper und Vater des ersten Opfers«, unterbrach er ihn.

»Du? Wie kommst du denn auf so was?«

»Freunde haben ihn vermisst, und ich habe mich in deren Auftrag auf die Suche gemacht. Ich stehe in der Primavesistraße, auf dem Seitenstreifen.« Kurz umriss Ares, was er getan und im Kanal gefunden hatte. »Es kann natürlich Zufall und ein anderer Wagen sein«, schloss er. »Es müsste jemand nachschauen. Jemand mit einem Taucheranzug, der sich nicht die Eier abfriert.«

Er hörte Rhode lachen und wunderte sich. Diesen Laut hatte er bei seinem Freund lange nicht mehr gehört. »Ich organisiere ein Team. Die werden etwa in einer Stunde ankommen. Kannst du dort bleiben und ihnen erklären, wo du das Wrack vermutest?«

»Kann ich.«

»Okay. Ich rufe dich später an.« Der Hauptkommissar legte auf.

Ares sah an sich hinab. Spätestens beim Eintreffen der Spezialisten sollte er wieder angezogen sein.

※※※

Leipzig, Südzentrum, 6. Dezember

Peter Rhode legte auf. Er wusste nicht genau, was er mit Ares' Entdeckung anfangen sollte, doch sie musste überprüft werden.

Mit einem kurzen Telefonat schickte er die SpuSi und einen Feuerwehrtaucher nach Gohlis-Süd. Wenn Georg Richard Wolke tatsächlich zusammen mit seinem Wagen im Kanal versenkt worden war, bekam er die Medien gar nicht mehr in den Griff. Und das, wo er eine neue Spur hatte und kein neues Verbrechen gebrauchen konnte.

Lackmann hatte indessen die Datei zur Optographie durchgeackert. »Ist das Ihr Ernst?«

»Lesen Sie weiter.«

Mit einem *Ping* rauschte die Mail vom Mitarbeiter des KTI zum letzten Blick herein.

Die Alkoholdämpfe, die aus Lackmanns Mund in seinen Nacken schwappten, wurden unangenehm. »Herr Lackmann, gehen Sie bitte an Ihren Platz. Ich leite Ihnen die Nachricht weiter. Lesen Sie das und sagen Sie mir, was Sie davon halten.«

»Geht klar.« Der Kommissar schwang sich an den Schreibtisch, der in der Nähe der Tür stand, und vertiefte sich wie sein Vorgesetzter in die Lektüre.

Es ging um den *Sehpurpur,* so hatte 1876 der deutsche Professor Franz Boll das Sehpigment benannt. Die heutige Wissenschaft bezeichnete es als Rhodopsin: das lichtempfindliche Pigment in den Sehzellen der Retina.

Dem System verdankte der Mensch seine Sehfertigkeit. Das Rhodopsin setzte sich aus komplexen Molekülen zusammen, die unter Einfluss von Lichtenergie in ihre Komponenten Opsin und Retinal zerfielen. Dieser Zerfall wiederum erzeugte einen Sinnesreiz, der unentwegte Zellstoffwechsel fügte die Teile gleich wieder zusammen. In gewisser Weise ein Perpetuum mobile.

Der Entdecker Boll, so erfuhr Rhode aus dem Dossier des KTI-Mitarbeiters, examinierte Froschaugen und stellte zu seiner Verwunderung fest, dass die Netzhaut kurz nach dem Tod der Tiere rötlich purpurn gefärbt war und erst nach etwa sechzig Sekunden ausblich, sofern die Frösche zuvor im Dunkeln gehalten wurden.

Rhode hörte Lackmann leise fluchen. Es passte! Es passte alles zu ihren Tatorten, den herausgedrehten Glühbirnen, der Finsternis! Schnell las er weiter.

Bolls Beschreibung weckte die Neugier des Heidelberger Physiologen Wilhelm Kühne. Er startete zunächst mit Fröschen, wechselte aber schon bald zu Kaninchen über. Seine Entdeckungen in den toten Augen gingen weiter: Auf deren Netzhaut zeigten sich stark verkleinerte Abbildungen seines Laborfensters!

Lackmann, auf dessen Gesicht deutliche Erleichterung abzulesen war, sah zu ihm. »Das ist alles wahr, was hier steht?«

»Ich denke schon. Das KTI wird es sich nicht leisten können, Unsinn zu fabrizieren.« Rhode dachte auch daran, Korff zu fragen. Er war Thanatologe. Es konnte sein, dass sein Wissen plötzlich nicht nur wegen des Präparierens von Leichen hilfreich wurde.

Der Hauptkommissar tauchte in die Anfänge der Optographie ein.

Besagter Kühne forschte weiter und durfte 1880 seine gewonnenen Erkenntnisse an einem Menschen überprüfen: Im Bruchsaler Gefängnis wurde der 31-jährige Erhard Reif am frühen Morgen des 16. November mit der Guillotine hingerichtet, wegen Mordes an seinen Kindern. Doch bevor das geschehen sollte, reiste der Anatom mit seinen Apparaturen an und richtete einen Raum im Gebäude wie sein Labor her. Er wollte herausfinden, ob das menschliche Auge ebenso letzte Informationen speicherte.

Reif wurde geköpft, Kühne schnappte sich den Schädel, und wenige Minuten danach »waren am Körper keine Reflexe mehr zu erzeugen«, notierte der Anatom. Doch bemerkte er beim Sezieren des linken Auges noch störende Zuckungen im Gewebe.

Das hinderte Kühne nicht an seinem Erfolg: Die Netzhaut der Leiche zeigte ein millimeterlanges, farbloses Optogramm, das von der hellrosa gefärbten Retina-Oberfläche umgeben war.

»An dem trüben Herbstmorgen blieb das Bild etwa fünf Minuten sichtbar«, hielt Kühne fest. Da ihm keine anderen Möglichkeiten zur Verfügung standen, zeichnete er das Optogramm. Allerdings fand er nicht heraus, um was es sich dabei handelte. Nichts im Umfeld des Hingerichteten schien eine Ähnlichkeit aufzuweisen.

In den 1970ern wurde das Experiment wiederholt. Dieses Mal professioneller, an der Heidelberger Universitätsaugenklinik. Kühnes Kaninchenversuche gingen von vorne los.

»Tiere narkotisiert, vor einer Leinwand fixiert«, las Lackmann voller Grauen, weil er dabei nicht die Kaninchen, sondern Armin Wolke und Aileen McDuncan vor sich sah.

Auf die Leinwand wurden Dias projiziert, jeweils mindestens zwei Minuten lang. Die benommenen Tiere stierten auf die Bilder, danach wurden sie geköpft. Mit einer besonderen Methode wurde sichtbar gemacht, was die Kaninchen als Letztes gesehen hatten: die Zahl 75, ein Schachbrettmuster, die Züge von Salvador Dalí.

Rhode hatte beim Lesen längst übersetzt, was das für ihren Fall bedeutete: Der Mörder hatte genau diese Methode angewandt, um ein Bild in die Netzhaut einzubringen. »Mein Gott«, stöhnte er. »Deswegen köpft er sie.«

»Und sie vorher auf eine helle Wand mit Hinweisen starren lassen.« Lackmann neigte sich nach vorne.

In Rhode erwachte ein Funke Hoffnung. »Wir müssen herausfinden, wie man die Informationen von der Netzhaut bekommt.« Noch während er das sagte, schrieb er dem KTI-Mitarbeiter.

Lackmann langte erschüttert in die Schublade und zog die Schnapsflasche heraus. Wodka. Er hatte wohl dazugelernt. »Im Auge des Betrachters«, murmelte er. »Dieses Arschloch!« Sein Telefon läutete. Er ging dran und nickte heftig, als würde es sein Gesprächspartner sehen können. »Alles klar. Ich sage es ihm.«

Rhode atmete tief ein. Er wusste genau, dass die Nachricht für ihn war. »Hiobsbotschaften sind gerade ganz schlecht. Hat der Mörder sich gemeldet?«

»Nein. Der Präsi, Herr Rhode. Wir haben einen Termin, in knapp dreißig Minuten. Besprechungsraum 1.«

»Und?«

Lackmann legte die grau-fettigen Haare zurück und enthüllte sein Knautschgesicht. »Ich weiß nichts. Ehrlich, Herr Rhode. Mit mir wird ebenso wenig gesprochen. Aber die Hiller von der Pressestelle sagte, dass eine PK um

16 Uhr ansteht. Eine landesweite. Es werden sämtliche Medien da sein.«

Damit hatte er viel früher gerechnet. Es ging um seine Abberufung – ausgerechnet jetzt, wo ihm dank Anke Schwedts Vorarbeit etwas Greifbares in die Hände gefallen war, wurde er abgezogen oder in die zweite Reihe geschickt.

Garantiert hatte Richard Georg Wolke vor seinem Verschwinden genug Druck gemacht, um das LKA oder sogar das BKA einzuschalten. Nicht, dass sie unbedingt zuständig wären, aber die Besonderheit des Falles würde einen solchen Schritt rechtfertigen. Das oder etwas Ähnliches würde er von Schimarek hören.

In Rhode revoltierte es.

Er spürte keine Erleichterung, dass er gehen musste, sondern eine große Empörung. *Vor* dem Hinweis auf die Optographie wäre er lautlos abgetreten und hätte seinen Chefermittlerstuhl geräumt, doch nun …

Er telefonierte nochmals mit dem KTI, drängte auf mehr Informationen zur Optographie, mit denen er seinen Vorgesetzten überzeugen wollte, ihn nicht auszutauschen.

Als die Minuten verstrichen waren, erhoben sich Rhode und Lackmann synchron, um in den Besprechungsraum 1 zu gehen, fest entschlossen, den Fall zu behalten.

❈❈❈

KAPITEL 11

Leipzig, Gohlis-Süd, 6. Dezember

Niemand von den Umstehenden wusste, dass Ares *keine* Unterhose trug, während sie an der Böschung standen und warteten, dass der Bergekran das Autowrack aus dem Wasser hievte. Sie lag nass im Fußraum des Beifahrersitzes, neben den Handschuhen und Schuhen.

Inzwischen war ihm warm genug, und auch sein bestes Stück hatte die übliche Länge erreicht. Nur die alten Joggingtreter, die er aus dem Kofferraum gekramt hatte, wollten nicht so recht zu Anzug und Mantel passen.

Die Primavesistraße war zu einem Teil abgesperrt worden. Zwei Polizeiwagen standen auf der Fahrbahn, Flatterbänder hielten die Neugierigen auf Abstand.

Ares hatte bleiben und zuschauen dürfen, da er als Zeuge fungierte und eine erste knappe Aussage gegenüber einem Beamten gemacht hatte.

Ein Feuerwehrmann streckte seinen Kopf aus dem Kanal; er trug einen dicken Trockentaucheranzug, der ihn gegen die Kälte schützte und sogar den Kopf mit Ausnahme von Mund, Nase und Augen bedeckte. Er formte mit Daumen und Zeigefinger das Okay-Zeichen: Die Haken waren an dem Wrack festgemacht.

Die Hydraulik des Krans surrte, der Ausleger hob sich

leicht, und die Winde rollte sich langsam auf. Der Taucher paddelte etwas zurück und ging auf Abstand.

Schäumend und blubbernd erhob sich ein rot lackiertes Heck aus dem Wasser.

Der Polizist, dem Ares seinen Bericht diktiert hatte, wandte sich zu ihm. »Sie sind da rein? In Unterhosen?«

»Ich hatte noch Handschuhe und Schuhe«, ergänzte er.

»Sie sind ein Harter. Ein ganz Harter, Herr Löwenstein.«

Ares ließ die Einschätzung unkommentiert und fuhr sich über das Musketierbärtchen, dem das Bad nicht ganz so gut bekommen war. Die Haare fühlten sich spröde an.

Zentimeter um Zentimeter wurde ein roter Mercedes sichtbar, mit abgerissenem Verdeck. Das Nummernschild hatte der Taucher vorhin nicht lesen können, nun konnte man es sehen. Die Überprüfung durch den Polizisten ergab: Es war der SL des Intendanten.

Richard Georg Wolke erhob sich gleich darauf persönlich aus der Tiefe, angeschnallt auf dem Fahrersitz. Arme und Kopf hingen nach vorne, seine Leiche war in einem exzellenten Zustand, was Ares auf das eisige Wasser schob. Sie schien nicht mal aufgedunsen.

Die SpuSi befand sich bereits in Warteposition. Sobald der Kran den Wagen an Land aufsetzte, würden sie eine erste oberflächliche Begutachtung vornehmen, die Leiche entfernen und den Mercedes abtransportieren lassen.

Ares zog sein Handy und schrieb Tzschaschel eine SMS, dass der Verdacht, sein Freund könnte tot sein, zur traurigen Gewissheit geworden war.

Aus dem Wrack plätscherte das Wasser. Am Seil schwebend, wurde der Wagen unter dem Blitzlichtgewitter der sich drängenden Fotojournalisten zwischen den Bäumen hindurchmanövriert und auf einer Plane auf der Straße abgesetzt. Dabei nutzte die Polizei den Kran zur Primavesi hin als Sichtschutz, während die Beamten aus zusätzlichen Seitenteilen von Pavillons rasch eine improvisierte Box errichteten.

Das hinderte die zwei aufgelaufenen Kamerateams von privaten und öffentlich-rechtlichen Sendern nicht daran, Stimmungsaufnahmen zu drehen. Ares achtete darauf, dass sie sein Gesicht nicht zu sehen bekamen. Fotografen schossen weiterhin Fotos, Reporter befragten die Neugierigen und Anwohner.

Ares sah die Kratz- und Schleifspuren am SL, die rechte Seite war verschrammt und eingedrückt. »Abgedrängt«, sagte er halblaut.

»Höchstwahrscheinlich«, bestätigte ein Mitarbeiter der SpuSi und machte Fotos vom ramponierten Wagen und von der Leiche des Intendanten. Es gab nichts zu beschönigen, dafür waren die Spuren zu offensichtlich. Ein Kollege ging ihm zur Hand, hob den Kopf des Toten an, damit die Einzelheiten erfasst wurden.

Ares erkannte keine äußeren Verletzungen, die auf Schüsse, Hiebe oder Stiche hinwiesen. Die Art, wie Wolke sein Leben gelassen hatte, sprach nicht für die Tat des Bildermörders, der eine Familienzusammenführung im Jenseits von Vater und Sohn vorbereitete. Es konnte vom Unfall bis zum Auftragsmord reichen, aber das herauszufinden war Sache der Kripo.

»Brauchen Sie mich noch?«, fragte er den Beamten.

»Nein, gehen Sie nur, Herr Löwenstein. Ich lasse Ihnen das Protokoll Ihrer Aussage zuschicken, und wenn Ihnen noch was einfällt, rufen Sie mich an.« Der Polizist gab ihm eine Visitenkarte. »Ich sage Ihnen dann, welcher Kommissar den Fall verfolgt.«

Ares steckte das Kärtchen ein und stieg in den Smart, den er zwischendurch umgeparkt hatte, um die Bergungsarbeiten nicht zu behindern. Zwar liefen zwei Reporter in seine Richtung, doch er fuhr davon, ehe sie ihn erreichten.

Er freute sich auf eine heiße Dusche, um die Reste des Kanalwassers abzuspülen. Es miefte doch gehörig, sobald es wärmer wurde. Was an Gerüchen aus dem Fußraum neben ihm aufstieg, war nicht schön. Sicherlich roch er ähnlich.

Über die Freisprechanlage telefonierte er mit Tzschaschel und schilderte haarklein, was er bei der Bergung beobachtet hatte. »Damit ist mein Auftrag abgeschlossen. Es tut mir leid, dass ich nichts Schöneres berichten kann. Um alles andere kümmert sich die Polizei.«

Tzschaschel klang ruhig, aber von der Todesnachricht hörbar mitgenommen. »Das hätte ich mir auch gewünscht, Löwenstein. Aber ich bin froh, dass Sie Georg gefunden haben. Wer weiß, wie lange er sonst in diesem nassen Grab gelegen hätte.«

»Dann wünsche ich Ihnen ...«

»Nicht so schnell, Löwenstein. Wie wollen Sie Ihr Honorar für Ihre Bemühungen?«

»Können wir das mit dem Köfferchen regeln?«

»Können wir. Muss die Steuer nichts angehen. Geben Sie mir diese Woche frei, Löwenstein. Ich muss erst verdauen, dass Georg tot ist.«

»Sicherlich. Rufen Sie mich an, wenn Sie sich in der Lage fühlen. Wiederhören, Herr Tzschaschel.«

»Bis denn, Löwenstein.«

Ares bog auf den Nachhauseweg ein. Der Nikolaus hatte der überlasteten Leipziger Polizei ein ganz besonderes Geschenk gebracht – und er musste nach der Dusche hurtig einkaufen gehen, um Karo und Elisa zwei Kleinigkeiten mitzubringen. Er grinste sich im Rückspiegel an. Als *Deduschka Moros*.

❋❋❋

Leipzig, Zentrum-Süd, 6. Dezember

Polizeipräsident Werner Schimarek, in adrettem Anzug und wie aus dem Ei gepellt, war bereits da. Neben ihm wartete eine unbekannte Frau, sehr sportlich und ziemlich groß gewachsen.

Rhode schätzte sie auf Mitte 40. Sie trug ihre kurzen blonden Haare an der linken Seite ausrasiert, obendrauf etwas länger. Für ihn war sie eine verwirrende Mischung aus Heidi Klum und Claudia Effenberg. Der Blick aus den gelblich grauen Augen hatte etwas Hartes, der jedem, den sie anschaute, unausgesprochen Unfähigkeit vorwarf. Der Kleidungsmix aus Jeans und Leder war typisch für den pragmatischen Ermittler. *BKA oder LKA?*

Rhode und Lackmann grüßten unpersönlich in die Runde und setzten sich. »Sie wollten uns sprechen, ließen Sie mir über Kommissar Lackmann ausrichten«, sagte er. Heimlich hoffte er auf das Wunder, nicht abgesetzt zu werden. In seinen Händen hielt er die Ausdrucke zur Optographie. Sein bestes Argument, am Ball bleiben zu dürfen. Er klammerte sich förmlich daran.

Schimarek, Ende 50 und mit kantigem, glattrasiertem Gesicht, betrachtete ihn durch seine randlose Brille, danach Lackmann. Er leckte sich über die Lippen, als müssten sie feucht sein, damit die Worte besser hinausrutschten. »Das ist mir unangenehm, Kollege Rhode. Sie sind ein guter Ermittler, und Sie haben den Fall mit Ihrem Team weit vorangebracht ...«

Scheiße. Rhode hielt den beginnenden Abgesang auf sich nicht aus. »Moment«, hieb er in die Rede. »Ich weiß, wir wissen nicht einmal, wie viele Täter es sind.«

»Kollege Rhode«, setzte Schimarek beschwichtigend an.

»Wir standen vor den Indizien wie ein Farbenblinder vor einem Berg bunter Bindfäden, die er, nach Farben sortiert, entwirren soll«, versuchte Rhode es mit einem Vergleich und hob die Ausdrucke. »Aber wir haben was.«

»Schöne Metapher«, kommentierte die Frau, die sich noch nicht vorgestellt hatte.

»Danke«, sagte er lakonisch und stellte fest, dass er ihr Parfüm nicht mochte. Erneut schwenkte er die Blätter. »Es gibt eine Spur.«

»Eine sehr plausible«, unterstützte Lackmann ihn.

Rhode rutschte bis zur Stuhlkante, um näher an seinen silberhaarigen Chef heranzukommen. »Es wird auf den ersten Blick merkwürdig aussehen, aber das Thema Optographie scheint eine gewisse Rolle zu spielen«, erklärte er eindringlich und breitete die Ausdrucke aus. »Hier. Wir haben ...«

Schimarek vollführte mit beiden Händen eine abwehrende Geste. »Ich bin mir sicher, dass Sie und Kollege Lackmann gewiss die Lösung herausfänden, aber die Öffentlichkeit wird unruhig und will Bewegung sehen.« Er lächelte und versuchte, so etwas wie Zustimmung bei den beiden Männern zu erzeugen.

»Davon rede ich gerade.« Rhode legte den ausgestreckten Zeigefinger auf das erste Papier. »Das KTI ...«

»Kollege Rhode, bitte. Sie müssen das verstehen.«

»Was muss ich verstehen? Was *Bewegung* bedeutet?« Rhode sah ihm in die Augen. »Ich weiß, was *Bewegung* bedeutet. Sie bewegen *mich*. Und zwar raus. Habe ich recht?« Er ballte die Hand zur Faust. Der *worry stone* fehlte ihm furchtbar, und er vergaß ständig, sich einen neuen zu kaufen.

Die namenlose Frau legte die Finger zusammen und sah zur Decke; Ringe blitzten auf, die nicht nach Ehe aussahen. Noch war ihr Einsatz nicht gekommen.

Schimarek sah verärgert aus. Die Widerborstigkeit gefiel ihm nicht. »Kollege Rhode, ich verstehe Ihren Unmut, aber ich kann nicht ändern, dass es nach außen aussieht, als träte Ihre SoKo auf der Stelle. Deswegen«, er beugte sich kurz zu der Blondine hinüber und wurde einen Halbton liebenswürdiger, »ist Hauptkommissarin Bernanke auf mein Bitten hin zu uns gestoßen. Sie ist vom LKA und wird die SoKo Bildermorde leiten. Ich werde das Ermittlerteam auf zwanzig Kommissare aufstocken, mit unseren Leuten und denen, die Kollegin Bernanke mitbringt.«

Rhode betrachtete sie nicht einmal und sammelte die Ausdrucke ein. Das Verständnis für die Entmündigung durch seinen Chef hielt sich in Grenzen.

»Um Schwierigkeiten und Kompetenzüberschneidungen zu vermeiden, werde ich Sie, Kollege Rhode, und Lackmann aus der SoKo Bildermorde abziehen«, sprach Schimarek im Befehlston weiter. Er wollte nicht mehr nett sein, wie es den Anschein hatte, und rasch aus dem Besprechungsraum entkommen. »Ich will nicht, dass sich unsere Leute hinter Ihnen versammeln und es zur Grüppchenbildung kommt. Die Leitwölfin ist Kollegin Bernanke.«

Lackmann schmatzte einmal, dann kehrte er an seiner Hose herum. Für ihn war die Sache erledigt. Rhode wartete hingegen ab, was noch kommen sollte.

»Sie übernehmen mit ihm zusammen den Fall Anke Schwedt«, führte Schimarek die Umstrukturierungspläne weiter aus. »Ich denke, damit sind Sie einverstanden. Sie übergeben alle Bildermorde-Unterlagen, die noch in Ihrem privaten Besitz sein sollten, bitte rasch an die Kollegin. Ich gehe davon aus, dass Sie Hauptkommissarin Bernanke bei Fragen zur Verfügung stehen.«

»Tue ich.« Rhode fühlte nichts als Wut. *Jetzt*, wo er einen Ansatz gefunden hatte, konnte er gehen. Sicherlich würde es ihm immense Befriedigung verschaffen, Ankes Mörder zu stellen, doch nach den vielen Wochen im Büro, der nächtelangen Recherche, seinen ruinierten Nerven …

Er konnte sich noch so sehr aufregen oder auf den Tisch hauen oder toben: Die Entscheidung war gefallen, vermutlich im Innenministerium. Dank Wolkes Intervention. Dass der Intendant mittlerweile verschwunden und jetzt mit großer Wahrscheinlichkeit tot war, hatte nichts geändert. Nichts, was er sagte oder tat, konnte die Entscheidung des Präsidenten ändern. Er hatte gar nicht die Befugnis dazu.

Er sah zum gleichgültigen Lackmann. Der Kommissar hatte sich durch und durch mit der neuen Situation arrangiert. Lackmann war es gewohnt, hin und her geschoben zu werden, ihm tat es nicht mehr weh. »Tut mir leid, dass ich Sie da mit reingezogen habe. Sollten Sie lieber in der SoKo bleiben, sagen Sie es ruhig. Kollege Schimarek wird sich bestimmt was einfallen lassen, um das zu rechtfertigen.«

»Nein, ist schon in Ordnung«, erwiderte Lackmann.

Dann wandte sich Rhode an den Präsidenten. »Ich setze mich dann mal in *Bewegung*.« Erst in diesem Moment richtete er seine blauen Augen auf Bernanke. »Ich wünsche Ihnen alles Gute, Frau Kollegin. Das Angebot steht.« In Zeitlupe schob er ihr die Ausdrucke zur Optographie zu. »Das KTI arbeitet bereits daran, wie Sie und Ihre SoKo an die Informationen auf den Netzhäuten von Armin Wolke und Aileen McDuncan kommen.«

»Danke, Herr Rhode«, erwiderte sie gleichgültig. Ebenso gut hätte sie *Ganz bestimmt brauche ich keine Ratschläge von einem wie Ihnen* sagen können. Bernanke musste ihn für einen absoluten Versager halten. »Solange es keine abergläubischen Dinge sind wie die Liste gegen den Totenblick.«

»Was für eine Liste?« Schimarek sah zwischen ihr und ihm hin und her.

Sie ist schnell. Rhode öffnete den Mund zu einer Antwort.

»Er hat einen befreundeten Bestatter um Rat gegen den Totenblick gefragt«, führte sie aus. »Ein Kollege zeigte mir die Mail, in der Amulette aufgeführt sind, die gegen die schädliche Wirkung schützen.« Ein Blick, den man spöttisch nennen konnte, traf ihn. »Ich halte davon nichts, Kollege Rhode. Damit spielen Sie das Spielchen des Mörders mit.«

»Bislang spielte *er* das Spielchen mit *uns*«, erwiderte er. Innerlich zog er sein Angebot zurück. Bernanke konnte ihn am Arsch lecken, Schimarek ebenso. »Und er hat mehr Punkte gesammelt als wir.« Eine letzte Chance wollte er ihr wegen der Wichtigkeit noch geben. »Dieser Typ oder diese Typen sind durch und durch gestört. Ich halte es für möglich, dass ...«

Die Hauptkommissarin verzog den Mund, was sie schier grausam erscheinen ließ. »Und wie gesagt: *Ich* halte davon nichts«, würgte sie ihn ab.

Das genügte ihm. »Alles klar.« Rhode erhob sich. »Lackmann und ich machen uns dann mal an die Arbeit. Schönen Tag.«

Der Kommissar stand ebenfalls auf und folgte ihm hinaus. Auf die Handschläge mit ihrem Vorgesetzten und der LKA-Frau hatten beide verzichtet.

Sie schritten nebeneinander her, den Korridor entlang.

»Ich entschuldige mich nochmals«, fing Rhode an.

»Nein, müssen Sie nicht. Wir kümmern uns um Frau Schwedts Mörder.« Lackmann zurrte an seiner Krawatte herum und schob sie schiefer als vorher. »Es macht zur Abwechslung Spaß, an einem Fall zu arbeiten, der Konkretes liefert, Herr Rhode. Mir ist es ebenso ein Anliegen wie Ihnen, Sterz zu fassen.« Er öffnete ihm die Tür. »Nach Ihnen, Hauptkommissar.«

Rhode lächelte schwach und ging ins Büro.

Urplötzlich fiel der Druck von ihm ab. Der Zorn auf Schimarek wich, und Bernanke war ihm auf einmal gleichgültig. Es gab einen neuen Fall, der seine gesamte Aufmerksamkeit verdiente.

Rhode setzte sich und räumte ganz langsam den Schreibtisch auf, packte die ausgedruckten Unterlagen des Bildermörders zusammen.

Er war raus.

Es sickerte von oben nach unten, machte ihn leichter und freier.

Raus, raus, raus.

Die Wut war weg. Jemand schnitt die Fäden von ihm ab, an denen die Gewichte hingen. In ein paar Tagen würde es noch besser sein.

Zuerst wollte Rhode es sich nicht eingestehen, aber er war … unerwartet … erleichtert. Nun, da er um seinen Posten gekämpft und verloren hatte, traf ihn die Erkenntnis: Das nächste schreckliche Werk des Verrückten bliebe ihm erspart.

Er sah auf Anke Schwedts Schreibtisch.

Er würde *ihren* Mörder finden.

In kürzester Zeit.

Alles würde er durchgehen, von ihr, von Sterz. Er würde dessen Umfeld von unten nach oben kehren, jede Einzelheit, jedes Detail überprüfen, um einen Anhaltspunkt auf den Aufenthaltsort des Täters zu finden. Eine Berghütte, ein Wochenendhaus, irgendwas.

Aber zuerst …

Er sah auf die Uhr und hob den Telefonhörer ab. Rhode rief zu Hause an. »Sammle die Kinder ein«, sagte er gelöst zu seiner Frau. »Wir gehen auf den Weihnachtsmarkt.«

Er lauschte auf ihre freudige Reaktion, die ihn zutiefst rührte. Unvermittelt begriff er, welche Entbehrungen seine Familie auf sich genommen hatte. Über das übliche Maß seines Berufs hinaus. Ohne zu murren. »Jetzt?«

Er lächelte. »Ja. Jetzt. Dienstschluss.« Nach dem Auflegen jagte er den Namen eines Mannes, den ihm Ares geschickt hatte, durch die interne Abfrage. Dieses Mal hatte er seinen Freund nicht vergessen.

❄❄❄

Leipzig, Gohlis-Süd, 6. Dezember

Ares saß im Bademantel auf der Couch und rief bei seinem Freund Pitt an, um ihn zu fragen, ob er schon vom Tod des Intendanten erfahren hatte. Das Kanalwasser war abgespült, er roch wieder sauber.

Aber im Büro nahm niemand ab, und auf dem Diensthandy sprang der Anrufbeantworter an.

Er wollte gerade auflegen, da hob Peter Rhode ab. »Hey, Ares. Tut mir leid, ich dachte, es sei irgendwas Dienstliches. Du, ich möchte mit den Kindern auf den Weihnachtsmarkt. Die warten auf mich.«

Er prüfte die Uhrzeit. Es war kurz nach 17 Uhr. »Machst du *Dienstschluss,* Pitt?«, sagte er fassungslos.

»Ja. Sie haben mir den Fall weggenommen und an eine LKA-Frau gegeben. Und meine Familie hat mich in den letzten Wochen so wenig gesehen, da kann ich den Riemen auch pünktlich runterwerfen«, erklärte er und hörte sich dabei kaum verärgert an. Eher resigniert-erleichtert. »Ich lasse den Namen gerade abfragen. Tut mir leid, dass ich dich so lange habe warten lassen.«

Ares hörte die Erleichterung. »Oh, danke. Aber ich wollte dir nur sagen, dass sie den Intendanten in seinem SL aus dem Wasser gezogen haben. Er saß angeschnallt auf dem Fahrersitz.« Er kam aus dem Staunen nicht mehr raus:

Sein Kumpel hatte gelernt, dass man einen Stift hinlegen und nach Hause gehen konnte.

»Oh. Tja. Mal abwarten, ob das gut oder schlecht für die Oper wird.«

Der Kommentar passte zu seiner neuen Stimmung und Einstellung. Der Hauptkommissar fragte nicht mal nach Anzeichen auf ein Gewaltverbrechen.

Ares musste lachen. »Freut mich, dass dir das egal ist. Das entspannt, was?«

Rhode atmete aus, und es klang, als lächelte er dabei. »Ich suche Ankes Mörder. Ab morgen. Alles andere kann mich … nun ja. Kriminalrat werde ich nicht mehr, der Präsident hat getan, was man von ihm verlangte, und ich gehe mit meiner Familie auf den Markt. Aber danke, dass du mir Bescheid gesagt hast.«

Ares erhob sich und sah aus dem Fenster, den vorbeirollenden Autos hinterher. »Kein Thema. Gehen wir wieder joggen? Wo du den Dienstschluss wieder erkannt hast?«

»Gern. Und … sag mal: Wie wäre es, wenn du dir deinen Nachwuchs schnappst und mitkommst?«

»Auf den Weihnachtsmarkt? Welchen?«

»Den mittelalterlichen. Am Naschmarkt.«

Ares überlegte blitzschnell: gebrannte Mandeln, heißer Gewürzmet, der Geruch vom glühenden Eisen der Schauschmiede, Gaukler und Feuerspucker, Musik aus Sackpfeifen, dunkles Brot mit Schmand und Speckstreifen, das seinen Bart einsaute. Genau das Richtige nach einem Tauchgang in Eiswasser. Elisa fand es hinreißend, Karo offiziell retro und langweilig, inoffiziell mochte sie es auch. Ein ambivalenter Spaß.

»Ich sage mal ja«, hörte er sich zustimmen. »Ich suche meine kleinen Damen zusammen und düse los.«

»Freut mich, Ares«, gab Rhode zurück. »Bis nachher.«

Ares grüßte und telefonierte eine weitere Runde, um zu hören, was seine Ex-Frauen zu seinem Plan sagten. Elisa war sofort Feuer und Flamme, Karo ließ sich nur dazu überreden, weil sie hörte, dass es da auch Schmuck gab. Klar.

Er schlüpfte aus dem Bademantel und zog sich an. Elisa würde er abholen, Karo müsste selbst hinkommen. Das Los der Tochter eines Kleinstwagenbesitzers.

Der Mittelaltermarkt platzte aus allen Nähten.

Die Straßen um den Naschmarkt und den Marktplatz am Alten Rathaus quollen vor Menschen über, die sich im Scheinwerferlicht durch die Budenreihen schoben. Wer seine Kinder unbedingt loswerden wollte, konnte sie hierher mitnehmen: Sie wurden innerhalb von Sekunden vom Mahlstrom des Weihnachtsgeschäfts verschlungen.

Ares wollte weder Karo noch Elisa loswerden und achtete sehr genau auf seine jüngsten Töchter. Mit seinen fast zwei Metern ragte er wie ein Turm aus der Masse und besaß einen guten Überblick, der aber in diesem Trubel kaum etwas brachte.

Er trug seine Rausschmeißerklamotten, schwarzes Leder, figurbetont, und einen weiten Mantel darüber, an dessen Kragen falscher Pelz genäht war. Es gab ihm etwas Fürstliches. Die Glatze verschwand unter einer Russenkappe mit *CCCP*-Abzeichen. Geldbeutel und Wertsachen waren sicher verwahrt, die allgegenwärtigen Taschendiebe hätten keine Chance bei ihm.

Als er mit Elisa ankam und den Smart vor dem Glaswürfel des Zeitgenössischen Museums in der Katharinenstraße abstellte, waren 45 Minuten vergangen.

Karo stand mit überkreuzten Armen und einer formvollendeten Teenager-Flunsch vor der Auslage eines Antiquitätenladens. Sie zeigte nur auf die Uhr am Alten Rathaus. »Ey, ich friere hier fest.«

»Nur die Lippen nicht«, hatte er grinsend zurückgegeben und ihr einen Kuss auf die Stirn gedrückt. Wieder ließ sie es sich nicht nehmen, einen kurzen Rock zu tragen, auch wenn er aus Wolle war.

»Da vorne ist er!«, rief Elisa und hüpfte ausgelassen an seiner Hand auf und ab. Ihre Mutter hatte die Kleine angezogen, als würden sie zu einer Polarexpedition aufbrechen. Dabei bot die Menge einen gewissen Schutz vor der Kälte. Sie zerrte ihn vorwärts. »Oh, ich höre den Schmied schon! Und die Dudelsäcke!«

Karo schloss sich ihnen an, die Hände jetzt in die Taschen gesteckt, und so gingen sie an der Alten Börse vorbei auf den Naschmarkt.

Ares telefonierte, um sich mit Pitt zusammenzufinden, da entdeckte er seinen Freund. Er packte das Handy weg und beobachtete ihn aus der Ferne.

Peter Rhode hatte einen Arm um seine Frau gelegt; mit der anderen Hand hielt er einen Becher, aus dem Dampf aufstieg. Seine Kinder aßen Waffeln und strahlten ebenso wie ihre Mutter. Er stieß mit seiner Frau an, trank und entdeckte Ares. Sein Arm mit dem Becher hob sich einladend.

»Da vorne ist Onkel Pitt.« Ares winkte zurück und ließ Elisas Hand los, und die Kleine schoss davon wie ein Hai auf sein Opfer. Karo und er schlenderten zur Familie Rhode, umarmten einander zur Begrüßung, dann organisierte er eine Runde heißen Gewürzmet für die Erwachsenen und Kakao für die Kinder.

Sie hatten sich eine etwas ruhigere Stelle gesucht, die nicht im direkten Beschallungsbereich der Sackpfeifen lag, damit man sich unterhalten konnte. Die Kinder erzählten und tuschelten miteinander, sogar Karo ließ sich dazu herab, mit den Jüngeren zu reden, bis Frau Rhode sich an sie wandte und sie in ein »Erwachsenengespräch« verwickelte: Klatsch und Tratsch, was die 14-Jährige sehr glücklich machte. Dann ging es um Kosmetikprodukte.

Ares und Pitt grinsten, stießen mit dem Met an.

»Du siehst erleichtert aus«, sagte der Hüne geradeheraus.

Der Hauptkommissar ließ sich mit der Antwort Zeit. »Ich bin heute in das Zimmer des Präsi und wollte den Fall unbedingt behalten – und plötzlich verstand ich, dass ich keine Chance hatte. Die Erkenntnis kam, und – puff – war mir der Fall egal. Nicht gleichgültig, aber ich habe ihn abgegeben.« Er nippte von seinem Gewürzgetränk. »Klar, ich werde mich erkundigen, aber der neue Fall hat Vorrang.«

Ares hörte, dass sein Freund es ernst meinte. »Haben sie dir Wolke gegeben?«

»Anke. Ich schnappe das Arschloch …« Er suchte nach dem Namen. »Störz oder so ähnlich. Lackmann und ich sind die SoKo Drecksau.« Er grinste und trank erneut.

»Pitt, das Saufen müssen wir noch mal trainieren, wie es aussieht. Du bist angetrunken.« Ares lachte.

»Jau, das bin ich. Und es ist toll, weil ich weiß«, er drehte sich um und zeigte ungefähr in Richtung des Büros, »morgen gehe ich in das Kommissariat, Lackmann und ich suchen nach Infos zu dem … Arschloch, und ich schwöre«, er tippte gegen die breite Brust des Freundes, »dass ich den Kerl in einer Woche habe. Und ich hoffe sehr, dass er sich bei seiner Festnahme wehrt. Irgendwas Dummes macht.«

Ares verstand den Wunsch, dem Mörder seiner Kollegin, mit der Pitt befreundet gewesen war, heftigst weh zu tun. »Ich kann den *Demons* Bescheid sagen«, bot er an. »Denen macht so was Spaß.«

»Weh zu tun?«

»Das auch«, erwiderte Ares und grinste. »Nein, der *Gerechtigkeit* unter die Arme zu greifen. Ich rede nicht vom juristischen Recht.«

Pitt grübelte, trank vom Met. Er sah zu seiner Frau, die mit Karo plauderte, während die Kinder immer wieder zwischen den Menschen auftauchten und von Stand zu Stand rannten, um die Auslagen zu betrachten oder den mittelalterlichen Handwerkern zuzuschauen. »Das machen wir, Ares«, raunte er und lachte gehässig. »Ich schicke dir, was ich über die Sau weiß, und wenn deine Bikerfreunde irgendwas hören, sagst du es mir. *Gerechtigkeit* für Anke. Das ist gut.«

»So machen wir das.« Er hatte seinen Becher leer getrunken, verzichtete jedoch auf einen weiteren Durchgang. Er musste Elisa sicher nach Hause bringen. »Ich hole mir eins von diesen Handbroten. Auch eins?«

Pitt nickte. »Weißt du, dass du in dem Mantel aussiehst, als wärst du eine Mischung aus Mongole und Musketier?«

»Ich bin Großväterchen Frost, mein Lieber.« Ares nahm ihm den leeren Metbecher ab und brachte das Pfandgut zum Stand zurück.

Während er gleich darauf in der Schlange vor der Handbrotbude stand und ihm bei dem leckeren Geruch das Wasser im Mund zusammenlief, dachte er über seinen Freund nach. Er schien sich plötzlich wieder in den alten Peter Rhode zurückzuentwickeln. Zu Pitt. Er lachte. Sie würden sich wieder zum Dauerlauf im Johannapark treffen, gemeinsam ins Gewandhaus oder gelegentlich zu einer Theateraufführung gehen.

Die Suche nach dem Mörder seiner Kollegin Schwedt würde Pitt sicherlich in manchen Momenten hart zusetzen, aber das war kein Vergleich zu dem, was er in dem anderen Fall durchgemacht hatte. Diese Sorgen war sein Freund los.

Ares freute sich für die Familie Rhode. Sie hatten es verdient.

Er nahm sein Handy und führte ein kurzes Gespräch mit Bernd, den sie bei den *Demons* »Vandal« nannten. Er entband die Biker von der Suche nach dem roten 450 SL und bereitete sie darauf vor, Augen und Ohren offen zu halten, falls sich jemand Waffen oder einen Ausweis besorgen wollte. »Es geht um einen mutmaßlichen Mörder, der Anke Schwedt umgebracht hat«, erklärte er, weil er sich nicht darauf verlassen wollte, dass ihm Pitt die Informationen im nüchternen Zustand zuschicken würde.

Tatsächlich glaubte Ares, dass sein Freund, sobald er wieder auf null Promille war, von seiner Hilfe Abstand nehmen würde. Doch wenn der Geist erst aus der Flasche war, konnte man den Wunsch nicht mehr zurückziehen.

»Geht klar«, hörte er Vandals knappes Statement. »Komm mal wieder im Vereinsheim vorbei. In zwei Wochen ist Weihnachtsfeier. Hier steht noch ein Fass Schwarzbier, das uns jemand gestiftet hat.«

»Ich überleg's mir. Danke.«

»Ich ruf dich an, wenn wir was haben.«

Ares legte grinsend auf. Er hatte den Anfang der Schlange erreicht und bestellte drei Handbrote, mit Schmand, Käse und Schinken. Elisa und Karo würden sich eins teilen. Dann kehrte er zur Rhode-Familie zurück, wo seine beiden Töchter warteten und das Essen in Empfang nahmen. Es wurde gegrinst, geschmatzt und herumgealbert.

Ares sah in die Runde und lächelte. Ein gelungener Weihnachtsmarktbesuch.

»Papa sieht aus wie der Weihnachtsmann«, gluckste Elisa. »Dein Schnurrbart ist total weiß. Vom Schmand.«

»Quatsch. Das ist ein Musketierweihnachtsmann. Aus Fronkraisch«, hakte sich Karo ein und riss den nächsten Fetzen Brot ab. Sie bevorzugte es, die feine Dame zu spielen. »Boah, du hast einen fetten Speckstreifen im Kinnbart, Papa. Mach das weg!«

»Oh, da habt ihr beide nicht recht. Ich bin *Deduschka Moros!*« Er riss die Augen weit auf und stellte sich gerade hin. Die Umstehenden schauten automatisch herüber, weil sich der Hüne bedrohlich aufgerichtet hatte.

»Ist das russisch für *Schwarzer Bär?*«, krähte Elisa. »So siehst du gerade aus.«

»*Großväterchen Frost.* Das ist eine Art Nikolaus«, übersetzte Frau Rhode heiter für die Kinder. Heute lernte man die Sprache des *Großen Bruders* nicht mehr in der Schule. »Woher haben Sie denn *das*, Herr Löwenstein?«

»Mir wurde die Rolle angetragen. Vom russischen Konsulats-Attaché.« Er musste selbst lachen und wischte sich den Speck vom Kinn.

Elisa klatschte begeistert. »Oh, Papa macht ein Weihnachtsstück!«

»Nur ein kleiner Auftritt auf einer Feier«, schwächte er

ab und stellte fest, dass er sich auf den Job freute. Ob Sorokin das auch so sah, würde sich bald herausstellen, wenn er ihm die Zusage mitteilte. Als Lohn wollte er eine Kiste von dem guten Wodka, den er wiederum als Dank an die *Demons* durchreichen konnte. Der Kreislauf des Lebens.

»Das wird voll peinlich«, murmelte Karo und musterte ihren Vater kritisch.

»Wird es gar nicht!«, sprang Elisa verteidigend ein. »Papa wird ein ganz fabelhafter *Duscha Morz*.«

Alle lachten fröhlich. Ares strich seiner Jüngsten über den Kopf und richtete seine Kappe. Ihm fiel auf, dass Pitt auf sein Handy schaute. »Was ist? Ich dachte, du hast Dienstschluss?«

»Eine Leipziger Festnetznummer«, gab er zögernd zurück.

»Und?«

»Ich kenne sie nicht.«

»Wird sich verwählt haben. Lass es doch …«

Aber sein Freund nahm das Gespräch an. »Ja?« Dann entspannte er sich. »Ach, Sie sind es, Herr Korff. Wenn Ihnen noch was zum Totenblick eingefallen ist, müssen Sie es …« Abrupt schwieg er, wurde bleich.

Seine Frau bemerkte die Veränderung ebenso. Sie schluckte.

Pitt steckte das Handy weg. Es folgte ein kurzes Schweigen, dann ein Räuspern. »*Guernica*. Von Pablo Picasso«, raunte er kaum verständlich gegen das Tröten der Dudelsäcke.

Ares verstand sofort: Es gab ein neues Bild.

※※※

KAPITEL 12

Leipzig, Südosten, 6. Dezember

Rhode übergab sich das zweite Mal vor dem Gebäude und spuckte aus. Er hatte beim ersten Mal die Stufen erwischt, die zum Eingang führten.

Seine hastig eingeworfene Anti-ADHS-Pille, von der er sich eine beruhigende und auch ausnüchternde Wirkung versprach, war mit dem Handbrot und dem Met herausgekommen. Er zitterte und hatte die Übelkeit nicht im Griff.

Die verstreuten Kotzhäufchen auf dem ungepflegten Areal zeigten, dass er nicht der Einzige war, dem *Guernica* auf den Magen schlug. Er wusste niemanden, nicht einmal den abgebrühtesten SpuSi oder Tatortreiniger, der beim Anblick in der Halle nicht mit Brechreiz reagiert hätte.

Er befand sich auf dem Gelände der Alten Messe. Die Hallen standen entweder ungenutzt herum, wurden gerade saniert oder es hatten längst neue Mieter darin Einzug gehalten, von Soccer World bis Supermarkt. In einem der verlassenen, abgelegenen Gebäude, die zur Sanierung anstanden, befand sich das Werk des Wahnsinnigen. Rhode war mit dem Taxi hergekommen, weil der Bildermörder etwas für ihn am Tatort hinterlassen hatte, wie ihm Korff sagte. Explizit *ihm*. Er war von der letzten Schöpfung des Bildermörders nicht verschont geblieben.

Langsam lehnte er sich an die heruntergekommene eisige Backsteinwand und schloss die Augen; die Nachricht, die er eingetütet in der Rechten hielt, knisterte zwischen seinen Fingern.

Das Bild blieb.

Mit allen widerlichen Details.

Im Original war es eine von Picassos bekanntesten Schöpfungen, entstanden 1937. Öl auf Leinwand. 349 Zentimeter mal 777 Zentimeter, das hatte das Smartphone des Taxifahrers ausgespuckt, den er um Informationen gebeten hatte.

An die Maße hatte sich der Mörder gehalten und seine Ankündigung wahr gemacht, ein Werk abzuliefern, das niemand nachahmen konnte. 27 Quadratmeter blanker Horror.

Rhode fand das Original mit seinen Grau- und Farbtönen, seinen abstrahierten Figuren und Darstellungen, den Überproportionierungen und der Symbolschwere beim ersten Anblick schon hässlich, und über Kunst ließ sich bekanntlich trefflich streiten.

Aber was der Täter daraus gemacht hatte …

Alles war da, und er hatte die Tiere und Menschen fast annähernd in den Proportionen verzerrt wie Picasso, was den Anblick umso widerwärtiger machte. Surreal-real. In Farbe. Die Leichen waren horizontal auf die grau grundierte Wand gedübelt und mit Draht raffiniert fixiert worden.

Rhode würde nichts davon vergessen.

Das Pferd mit dem herausgefressenen Loch im Bauch, das vom Stier stammte, der es offenbar ausweidete; ein Speer steckte von oben rechts in der Wunde des Pferdekadavers.

Die sterbende Taube.

Die Figur der Lichtträgerin mit dem unförmigen Arm, der Fackel in der Hand, dem tropfenförmigen Kopf sowie dem klagenden Gesichtsausdruck.

Der Krieger mit dem zerbrochenen Schwert in der rechten Hand, Schmerz und Qual auf den Zügen; aus seiner Faust wuchs irgendeine Nutzpflanze, die Rhode nicht kannte.

Ganz brutal war die Einarbeitung einer Frau mit einem toten Kind. Bei deren Anblick hatte es Rhode zum ersten Mal erwischt, und er rannte hinaus, um sich zu übergeben.

Es blieben noch die Darstellung einer fliehenden Frau auf der rechten Bildseite, wo eine Feuersbrunst mit hellen Farben symbolisiert war, sowie die Leiche einer verbrannten Frau in einem gemalten Haus.

Der Täter hatte sich sogar die Mühe gemacht, die Deckenlampe des Gemäldes durch ein sehr ähnliches Modell in die Realität zu übertragen.

Dann hatte es Rhode erneut erwischt, und er musste wieder raus. Jetzt stand er im Freien, den üblen Geschmack von Erbrochenem im Mund und kein Pfefferminz zur Hand. Kein Gegenmittel gegen das Grauen im Kopf.

Jemand kam über die Stufen herunter zu ihm, ein Schatten fiel auf ihn.

Rhode öffnete die Augen und sah Konstantin Korff vor sich stehen.

Er trug wie immer sein schwarzes Polohemd, Sakko und Stoffhosen, darunter die klobigen 3-Loch-Schuhe. Die Kälte schien ihm nichts auszumachen. »Es kann Ihnen nichts passieren«, sagte er freundlich. »Ich war der Erste am Tatort und habe alle Blicke der Toten auf *mich* gezogen.

Wie ich bereits andeutete: Wir Bestatter stehen mit dem Tod gut. Ich fürchte mich nicht vor ihm.«

»Danke«, sagte Rhode und fand es gleichzeitig albern. »Aber das wäre nicht nötig gewesen. Es gibt keine Mystik der gebrochenen Augen und auch keinen übersinnlichen Fluch, sondern einen Wahnsinnigen, der Morde begeht und sie als Unfälle tarnt. Sie werden Polizeischutz brauchen, Herr Korff.«

»Werde ich nicht. Ich verlasse mich auf den Gevatter.«

Rhode musterte den Bestatter; er war mutiger als die meisten Männer, die er kannte.

Korffs Erscheinen als Erster am Tatort verdankte er jener Liste, auf der die Gegenmaßnahmen zum Totenblick festgehalten waren und die sich unter den Streifenpolizisten verbreitet hatte. Auf jener Liste stand für Rückfragen auch die Nummer des *Ars Moriendi.*

Der Ablauf war danach folgender: Nach dem Anruf des Mörders unter der Notfallnummer hatte jemand aus dem Streifendienst unverzüglich Korff angerufen und um Rat gebeten. Kurzerhand war der Bestatter selbst hergefahren und im Schutzanzug mit Plastiküberziehern an den Schuhen hineingegangen. Als Bestatter verfügte er über die notwendige Ausrüstung. Korff hatte *jeder* Leiche in die Augen gesehen und ihnen danach die Lider geschlossen. Der Totenblick war entschärft.

Rhode wusste auch, was die verstrichene Zeit für die Hinweise in den Augen der Opfer bedeutete: Für das Bewahren des Optogramms war es gewiss längst zu spät. 15 Minuten, mehr Spielraum gab es nicht. Das hatte der Täter stets unterstrichen. »Sie bekommen Schutz vor einer *Person*, nicht vor dem Schnitter.«

»Ich will keinen. Das würde den Beerdigungen, die ich begleite, zwar einen gewissen VIP-Touch verleihen, wenn Männer oder Frauen mit Knopf im Ohr auf dem Friedhof herumstünden, aber das geht nicht. Ich habe einen sehr guten Ruf, den ich nicht verlieren möchte.« Korff blickte auf die Faust des Hauptkommissars, aus der die Ecken des Briefs ragten. »Ich hoffe, ich habe keine Spuren vernichtet? Ich habe es nur mit einer Pinzette angefasst.«

Rhode hob den Brief leicht an. »Haben Sie nicht. Sie waren vorsichtig, wie mir die SpuSi sagte.« Er sah den Mann an, der ihm auch bleicher vorkam. »Gelesen?«

»Nein. Nur aufgemacht und gesehen, dass Ihr Name in der Anrede stand. Deswegen rief ich Sie sofort an.«

»Mhm.« Rhode überlegte, ob er den Bestatter die Botschaft lesen lassen sollte, entschied sich aber dagegen. »Sie sind doch Thana… Leichenpräparier.«

»Thanatologe, Herr Rhode, ist die korrekte Bezeichnung. Sie sind ja auch kein *Verbrechensschnüffler.*« Korff lächelte süffisant.

»Sie haben die Leichen aus nächster Nähe gesehen: Ist das die Arbeit eines Fachmanns?«

»Er ist jedenfalls kein professioneller Thanatologe oder Präparator. Er hat sich bemüht, möglichst gute Resultate bei den Deformierungen der Leichen abzuliefern, damit sie den Figuren von *Guernica* möglichst ähnlich sind. Ich habe Reste von Bauschaum gesehen, die zwischen den Nähten hervorquollen. Eine clevere, aber sehr unelegante Lösung«, lieferte Korff seine Expertise. »Mir ist aufgefallen, dass er mit zeitlichen Abständen an den Leichen gearbeitet hat. Sie waren eingefroren, wurden aufgetaut und bearbeitet, wieder eingefroren. Gerade an den Tierkadavern sieht man es deutlich. Der Stier ist nach wie vor komplett durchgefroren.« Er fuhr sich mit den Fingern am Kinn entlang. »Die einzigen frischen Leichen in dem kranken Werk sind die Mutter mit dem Kind und der Mann auf dem Boden. Sie sind nicht eingefroren worden. Und auch nur sie tragen das Band aus Klebestreifen um den Hals.«

Rhode spürte den neuerlichen Drang, auf den Hof zu kotzen. Er lenkte sich ab, indem er nochmals einen Blick auf die Nachricht warf.

Geschätzter Kriminalhauptkommissar Rhode,

Sie sehen vor sich GUERNICA, das im Original von Pablo Picasso stammt, aber das muss ich einem gebildeten Menschen wie Ihnen nicht ausführen.

Am Telefon sagte ich Ihnen, dass ich etwas abliefere, woran man meine Meisterschaft erkennt.
Hier ist es nun, mein neuestes Werk!

Es hat mich nicht wenige Tage an Vorbereitung gekostet. Sie werden es zu schätzen wissen. In zwei Tagen gehen meine Bilder auf meiner Website online, falls die Medien nicht von selbst aufmerksam werden sollten oder Sie versuchen, mein Werk zu verschweigen.

Sie werden bemerkt haben, dass lediglich drei menschliche Leichen die Halsdurchtrennung aufweisen. Ja, das hat etwas mit meinen Hinweisen zu tun, die ich Ihnen mehr als einmal gab. Ich will nicht abstreiten, dass Sie auch beim Stier etwas finden könnten, doch das ist ein

Experiment, das ich wagte. Versuchen Sie es einfach – falls Sie schnell genug waren.

Es freut mich zu sehen, dass Sie noch nicht aufgegeben haben, Herr Rhode.
Wer bekommt wohl die Macht der nächsten Totenblicke zu spüren?
Ich hoffe, es sind nicht Sie.

Ich verspreche Ihnen, dass beim nächsten Bild wieder nur ein Opfer zu sehen sein wird. Ich fand GUERNICA bei allem Spaß und der Herausforderung doch schon sehr anstrengend. Daher gönne ich uns allen eine Pause.

Auf bald!

Bernanke kam eben mit einer kleinen Gruppe aus der Halle. Sie redete wie ein Feldwebel, verteilte unverständlich für Rhode Aufgaben.

Dann wandte sie sich zu ihm und Korff, schritt auf sie zu. »Man hat mir gesagt, Sie hätten die Nachricht mitgenommen«, sagte sie von weitem und streckte die Hand aus.

»Ja. Tut mir leid, Frau Kollegin.« Er reichte ihr den Zettel, der nicht handgeschrieben, sondern ausgedruckt war. Sie war angepisst, dass er sich an ihrem Tatort herumdrückte. »Ich bin gleich weg, aber der Mörder sollte nun verstanden haben, dass ich *nicht* mehr sein Ansprechpartner bin. Ich wollte es nur offiziell machen. Auf welchem Weg er auch immer zuschaut.«

Bernanke ging gar nicht auf ihn ein. Sie nahm das Blatt und blickte zu Korff. »Sollten Sie was anzumerken haben, das wir noch nicht aufgenommen haben, kommen Sie bei meiner SoKo vorbei. Sie lehnten Polizeischutz ab?«

»Ja. Ich kenne den Tod gut genug, um ihm entgehen zu können«, antwortete der Bestatter und rieb dabei mit einem Finger über seinen auffälligen Ring.

»Sind Sie sicher?«

»Ja, Frau Bernanke. Außerdem trage ich einen Schutzring. Der wird …«

Sie winkte ab. »Gut. Bitte geben Sie einem meiner Kollegen aus der SoKo an, dass Sie Personenschutz verweigern. Nur aus formalrechtlichen Gründen. Und das nächste Mal halten Sie sich von Tatorten fern, bis man Sie ruft.« Die LKA-Ermittlerin sah knapp zu Rhode. »Bis denn.« Sie faltete den Brief zusammen und kehrte in die Halle zurück.

»Freundliches Geschöpf«, kommentierte Korff. »Woher kommt es?«

»Aus einem Heim für Schwererträgliche.« Rhode schlenderte los. »Hatten Sie Spaß im *Zerbrochnen Krug?*«

»Oh, ja. Danke sehr. Ihr Freund … Herr Löwenstein … ist wahrlich eine beeindruckende Erscheinung.« Korff zog sein Handy. »Entschuldigen Sie mich. Ich muss ein paar Termine koordinieren.« Er grüßte und drehte sich um.

Rhode ging über den Hof zu seinem Passat.

Das Gefühl der Erleichterung hielt an, setzte sich mehr und mehr gegen die Erschütterung durch. Es war Bernankes Fall. Ganz allein Bernankes Fall, und er würde einen Teufel tun und ihn persönlich nehmen. Er war draußen und blieb draußen.

Ankes Tod, *das* war etwas Persönliches.

Genau darum würde er sich kümmern und das Arschloch Sterz jagen, der feige genug war, den Mord auch noch jemand anderem anhängen zu wollen.

Rhode erreichte den Wagen und sah noch einmal zur Halle zurück, vor der Korff telefonierend stand; ein Mann der Spurensicherung taumelte aus dem Eingang die Stufen nach unten und übergab sich in einem dicken, langen Schwall.

Dann stieg Rhode ein.

Noch mehr Gewichte fielen von ihm ab. Er war dem Bildermord-Alptraum endgültig entkommen.

❊❊❊

Leipzig, Süden, 6. Dezember

Konstantin Korff schritt durch sein verlassenes *Ars Moriendi* und sah in der kleinen Blumenkühlkammer nach dem Rechten.

Das Bestattungshaus hatte die offiziellen Geschäftsöffnungszeiten hinter sich gebracht, seine Sekretärin hielt zu Hause die Rufbereitschaft aufrecht und verteilte – je nach Eingang der Aufträge – die Arbeiten an die verschiedenen Fahrer. Gestorben wurde in Leipzig wie überall auf der Welt rund um die Uhr.

Die neuesten Kränze sowie Gestecke waren gegen 18 Uhr geliefert worden und gingen morgen früh schon gegen elf Uhr raus zu einer Beerdigung: Uwe Reimers, 83 Jahre, Schlaganfall in den eigenen vier Wänden.

Da sie in seiner Abwesenheit von seinem Azubi Jaroslaf in Empfang genommen worden waren, musste die Kontrolle durch den Chef zu dieser späten Stunde erfolgen. Jaro war ein Guter, schlau und auf Zack, aber er hatte die Liste nicht zur Hand gehabt. Die Liste mit dem genauen Wortlaut, was auf den Sprüchen der Bänder stehen sollte.

Korff zog den Ausdruck aus der Sakkotasche und entrollte ihn. Dabei blitzten die polierten Silbernelken am Ring auf, die den Stein in der Fassung hielten; ein Lichtreflex zuckte über den ungewöhnlichen blauwässrigen Harlekin-Opal mit den dunklen Einschlüssen.

Wenn eines wichtig war in seinem Leben, dann dass er *diesen* Schmuck trug. Tag und Nacht. Seine Versicherung gegen die größte Katastrophe, die man sich als normal denkender Mensch nicht ausmalen konnte. So besonders der Ring aussah, so außergewöhnlich war seine Wirkung – zumindest auf den Bestatter.

»Kranz eins«, sagte er leise und ordnete das Schmuckband. Sorgfältig achtete er auf den Wortlaut, prüfte die Buchstaben, die Anordnung, die Lesbarkeit.

Als Bestatter hatte er schnell lernen müssen, dass die Gärtnereien und Floristen nicht immer genau *oder* zu genau arbeiteten und Schreibfehler gnadenlos übernahmen.

Da wurde schon mal »Tande Gerda« begraben, es wurde »zutiefst gedrauerd« oder mit der Interpunktion jongliert.

Miserabel waren die beiden Kränze aus einem Pietäts-Internet-Shop namens *Goodbye Buy* gewesen, die ein Kunde hatte kommen lassen. Nicht nur, dass sich die Formulierung *dauergrün* als Plastik-Efeu herausstellte, nein, es war auch noch gelogen: Die Farbe rieb sich beim geringsten Kontakt mit allem, was härter als ein Wattebausch war, ab.

Ein anderer findiger Florist hatte rote Blumen kurzerhand weiß gesprüht, was beim Regenguss zur Folge gehabt hatte, dass der Sarg plötzlich von weißen Schlieren überzogen war.

Da sich in solchen Fällen die Trauergemeinde über den Bestatter und nicht den Verursacher aufregte, hielt es Korff sehr genau mit der Kontrolle.

Nach den Aufdrucken prüfte er die Farbhaltbarkeit der gelieferten Ware und verließ etwa fünfzehn Minuten später die Kühlkammer, zog sich einen kleinen Espresso aus der Kaffeemaschine im Frühstücksraum der Belegschaft und setzte sich im Dunkeln in sein Büro.

Er genoss die Stille und trank so leise wie möglich von dem schwarzen Gebräu, um die Ruhe in den vier Wänden nicht zu zerstören.

Ein aufregender Tag lag hinter ihm. Während sich Kinder über vom Nikolaus gefüllte Stiefel freuten, bekam die SoKo Bildermorde – ein widerliches Präsent.

Korff hatte in seinem Leben viel getan, viel gesehen, viel erlebt, und darunter war etliches an Grausamkeit gewesen. Doch was sich der oder die Täter ausdachten, setzte einen neuen Maßstab in Sachen Widerwärtigkeit.

Guernica.

Das Bild, das der Wahnsinnige aus den Leichen seiner Opfer entwarf, die gesamte Hintergrundarbeit, die Grundierung der Wand, die Befestigung der Toten mit Draht und sonstigen Hilfsmitteln ... das konnte nur ein *sehr* kranker Geist sein, der sich austobte.

Korff schauderte.

Was konnte eine Menschenseele derart schädigen, dass sie Unschuldigen so etwas antat?

Ein Trauma, ohne Frage.

Wie war es entstanden?

Oder gehörte der Täter in die Kategorie der natürlich geborenen Psychopathen mit sozialen Störungen, die verborgen geblieben oder geschickt versteckt worden waren?

Möglicherweise hatte er sich in Phantasien ausgetobt, an Tieren im kleinen Stil geübt und versucht, den Druck auf diese Weise abzulassen, bis es nicht mehr ging.

Korff nippte an der Tasse. Gut, dass er sich mit so etwas nicht beschäftigen musste. Es gehörte in Bernankes Ressort und in das der Polizei-Profiler.

Sein Leben war bis vor wenigen Monaten mehr als aufregend gewesen. Mit Verfolgungsjagden, ebenfalls vielen Toten und einer herben Enttäuschung, was sein Liebesleben anging, der aber Besserung folgte. Marna.

Korff schaltete seine kleine Musikanlage mit dem gekoppelten MP3-Spieler an und ließ die Musik der Leipziger Band *Lambda* erklingen. Er wählte das Regenlied, wie er es nannte, obwohl es laut Albumtitel *worauf?* hieß.

Die ruhige, beinahe meditative Melodie hüllte ihn ein; er versank, entspannte sich und bekam den Kopf frei für andere Gedanken.

Er blickte zum Bild einer Frau mit langen kastanienbraunen Haaren, das auf dem Schreibtisch stand. Sie dagegen hatte ihn *nicht* enttäuscht.

Wohin es ging, würde die Zeit zeigen.

Marna, so lautete ihr ungewöhnlicher Name. In welchem Verhältnis sie zueinander standen? Er würde sagen: beginnende Beziehung. Sie hatte es weniger charmant »vielversprechender Anfang der emotionalen Annäherung« genannt.

Korff berührte das Bild, das er damals ohne ihr Wissen geschossen hatte.

Durch das Zusammentreffen mit ihm hatte sie sich verändert, aber sie schien es noch nicht registriert zu haben.

Nicht *verändert* wie *gewachsen* oder zu ihrem Nachteil.

In ihr war etwas *erwacht*. Eine sehr mächtige Gabe.

Bei ihrem nächsten Besuch in Leipzig würde er sie mit ins Theater nehmen. Er hatte den *Zerbrochnen Krug* angeschaut, mit Ares Löwenstein, der einschüchternd groß war und beeindruckend stark agierte. Das musste sie einfach sehen und Tränen lachen.

Ein Klirren von der Hintertür machte ihn aufmerksam. Das konnte ungewollten Besuch bedeuten.

Korff trank in Ruhe seinen Espresso aus, schaltete die Maschine sowie die leise Musik ab und erhob sich. Waffen benötigte er keine. Sollten die Einbrecher keine Schusswaffen dabeihaben, würde er sie mit Aikido in Schach halten.

Vor dem Mörder fürchtete er sich nicht, wie er Bernanke bereits gesagt hatte. Er ging mit Umsicht vor, das schon.

Aber Furcht? Nein.

Dazu kam, dass man Bestatter unterschätzte.

Korff verließ sein Büro und durchstreifte vorsichtig die Räume des *Ars Moriendi*.

Die hintere Tür stand offen. Sie führte zum Korridor, wo die Leichenkammer und der Vorbereitungsraum lagen. Da es keine Hebelspuren am Rahmen gab, nahm er an, der oder die Einbrecher hatten Spezialwerkzeug dabei.

Seine Ohren waren gut genug, um die leisen Schritte zu vernehmen, die sich um ihn herum bewegten: Es war *eine* Person, die sich noch außer ihm im Bestattungshaus aufhielt. Sie vermied es, frontal auf ihn zu treffen.

Der Mörder?

Oder doch ein Einbrecher auf der Suche nach Wechselgeld oder Wertgegenständen der Toten?

Korff kehrte in den Empfangsbereich zurück – und sah sich einer schwarzgekleideten Gestalt gegenüber, die eine weiße Maske vor dem Gesicht trug.

Der Fremde schien von seinem Auftauchen überrascht zu sein, denn er zuckte zusammen, als Korff vor ihn trat. Ein großes Auge, das aus einem Bildmosaik bestand, saß im oberen Drittel der Maske und starrte Korff an. Die eigentlichen Öffnungen für die Pupillen schienen mit durchsichtigem Material überklebt zu sein. Seinen Körper hatte er mit einem schwarzen Ganzkörperschutzanzug verhüllt.

Sofort war sich der Bestatter sicher: *Das* war *kein* Einbrecher. Er sah die Gestalt aufmerksam an.

Der Vermummte wiederum bewegte sich nicht; in der linken Hand hielt er einen Elektroschocker.

Leise tickte die Wanduhr. Draußen fuhren Wagen vorbei, die als leises Brummen zu ihnen drangen. Scheinwerferlicht brach sich in den Scheiben, Reflexionen huschten über die Maske und über das Gesicht des Thanatologen.

»Sie sind hier, weil ich den Totenblick auf mich gezogen habe«, sprach Korff bedächtig.

»Ja«, kam ein dumpfes Flüstern unter der Maske hervor. »Ich mache dich zu einem Kunstwerk und damit unsterblich!«

»Sie haben gesehen, dass ich ein Kreuz trug? Ich hatte es absichtlich so umgelegt, dass Sie es sehen mussten.«

»Das habe ich. Aber es war nicht das Richtige gegen die Macht meiner Totenblicke«, erwiderte der Mann in bestem

Hochdeutsch. Er stand leicht schief, als habe er einen Haltungsschaden. »*Ich* bestimme, wie man ihm entgeht. Auch Bestatter müssen sterben.«

»*Müssen* sie?« Korff hob bedächtig die Arme an, dann zog er seinen Ring ganz langsam ab und hielt ihn zwischen Daumen und Zeigefinger. Er zeigte ihn im Licht des Mondes. »Was ist mit seiner Wirkung?«

»Ein Ring. Ich kann nichts entdecken, was dir hilft.«

»*Dies* ist ein Schnitterring. Ein Gevatterring. Man trägt ihn, um dem Tod ein Schnippchen zu schlagen.«

Der Vermummte lachte auf. »Wie soll das gelingen?«

»Indem man den Tod kennt.« Korff warf den Ring hoch und fing ihn souverän wieder auf. »Indem man einen Weg findet, mit ihm zu kommunizieren.« Hochwerfen, auffangen. »Indem man ein ganz besonderer Mensch ist.« Behutsam legte er den Ring auf die Ablage des Empfangs, es klickte dabei leise. Wieder fiel der silberne Schimmer der Nachtgestirne darauf.

Korff richtete sich auf, sah versonnen auf das Schmuckstück und schwieg. »Ein altes Stück. Historisch und sehr wertvoll. Das Weiße auf der Trägerplatte besteht aus dem Gebein eines Heiligen, sagt die Legende.«

Der Unbekannte verharrte unbeweglich. Das unerschrockene Verhalten des Bestatters schien ihn aus dem Konzept zu bringen.

»Wissen Sie, was gerade geschehen ist?«

»Sie haben den Ring abgenommen?«, entgegnete der Maskierte abwartend.

»Ganz recht. Aber ich tat *mehr* als *das*.« Korff lächelte kalt. »Ich habe den Gevatter gerufen. Er wusste in der gleichen Sekunde, dass ich meinen Schmuck nicht mehr trage, und wie ich vorhin bereits erwähnte: Ich bin ein besonderer Mensch.«

Der Unbekannte regte sich noch immer nicht. »Sie ... sind sehr merkwürdig.«

»Oh, Sie haben keine Ahnung, *wie* merkwürdig ich bin.« Korff sah auf seinen Ring. »Es wird nicht lange dauern, und er weiß, was Sache ist. Dann kommt er vorbei und schaut nach, warum ich den Ring abgelegt habe. Der Gevatter wird das alles andere als gut finden. Das hat gravierende Auswirkungen für die Umgebung. Für *alles* Leben um mich herum.« Korff zeigte nach links, wo sich die Kühlfächer befanden. »Den Toten wird nichts geschehen. Mir wird ebenfalls nichts geschehen.« Er sah zum Vermummten, sein Blick wurde hart. »Aber *Sie* werden das letzte Mal atmen. Das ist vermutlich besser für Leipzig.« Er machte einen Schritt nach vorne. »Möchten Sie einen Kaffee, während wir auf den Tod warten?«

Jetzt wich der Unbekannte leicht humpelnd nach hinten.

»Was ist los?« Korff zog die Augenbrauen zusammen, setzte einen Fuß vor den anderen. »Fürchten Sie sich?«

Der Mann ging schneller zurück. »Bleiben Sie stehen, Korff!«, zischte er. Als Warnung ließ er einen knisternden Lichtbogen zwischen den Elektroden entstehen.

»Wieso? Ich muss keine Angst vor Ihnen haben. *Sie* können mich nicht töten.« Er breitete langsam die Arme aus. »Hören Sie ihn? Hören Sie den Gevatter, wie er herbeieilt?«

»Zurück!«

»Er wird nicht als Schatten mit Kapuze und Sense erscheinen. Es wird ein Geräusch sein, das Ihnen Panik einflößt, das Ihnen die Luft abschnürt, das Ihnen Gänsehaut verursacht und Ihr Herz gefrieren lässt – und in der gleichen Sekunde sind Sie tot!« Korff hatte ihn beinahe erreicht. »Wie trinken Sie Ihren Kaffee? Milch? Zucker?«

Mit einem Fluch warf sich der Maskierte herum und rannte hinkend, aber sehr flink los, durch die Verbindungstür in den Korridor, der zum Ausgang führte. Klackend fiel der Durchgang ins Freie hinter ihm zu.

Korff rannte ihm hinterher, doch der Mechanismus blockierte. Fluchend suchte er nach dem Schlüssel, vergeudete wertvolle Sekunden bei der Verfolgung.

Als er in die Nacht hinaustrat, entdeckte er den Vermummten nicht mehr. Es gab kein Rascheln von Schritten, kein Motorengeräusch. Der Mann schien sich irgendwo auf dem Gelände verborgen zu haben.

»Sie können mir entkommen, aber der Tod wird Sie finden!«, rief Korff und unterließ es, sich auf die Suche zu begeben. »Lange wird es Sie nicht mehr geben, das verspreche ich Ihnen. Die Maske schützt Sie nicht vor dem Gevatter. Er kennt *alle* Menschen.«

Er wandte sich um und kehrte ins *Ars Moriendi* zurück, ging in den Empfangsraum und hob den Hörer ab, suchte Bernankes Visitenkarte mit ihrer Dienstnummer und wählte. Die Polizei würde sich dafür interessieren, wer ihm heute einen Besuch abgestattet hatte. Vielleicht fanden sich sogar verwertbare Spuren, woran er aber nicht recht glaubte.

Es war ihm lieber, die Spezialisten rückten jetzt in der Nacht an als morgen früh, mitten im Geschäftstreiben. Die Trauernden sollten nicht durch die Anwesenheit der Beamten gestört werden.

»SoKo Bildermorde, Kommissar Schwarz«, meldete sich eine Stimme.

»Guten Abend. Hier Konstantin Korff vom *Ars Moriendi*«, antwortete er und erstattete einen ersten kleinen Bericht, um den Beamten aufmerksam zu machen, woraufhin ihn der Kriminaler rasch mit Bernanke verband.

Die LKA-Ermittlerin klang wenig erfreut, dass sie schon wieder mit ihm zu tun hatte, aber als er ihr schilderte, was geschehen war, sagte sie: »Bis gleich, Herr Korff. Wir rücken zu Ihnen aus.«

»Danke. Aber ich möchte festhalten, dass ich dieses Mal schon wieder als Erster am Tatort war.« Diese Spitze musste einfach sein, bevor er auflegte.

Seine dunklen Augen richteten sich auf den blitzenden Ring auf dem Tresen. Langsam nahm er ihn auf und streifte ihn sich über den Finger.

Seine Show hatte den Mörder beeindruckt. Von dieser Show würden die Ermittler auch nichts erfahren. Er würde nur erzählen, dass er dem Maskierten mit dem Tode gedroht hatte. Buchstäblich. Ein Geheimnis, das sehr wenige Menschen kannten. Das sollte so bleiben.

Aber er würde Marna um einen Gefallen bitten müssen. Einen sehr großen Gefallen. Korff wollte die Meinung des Schnitters zu einem ganz bestimmten Thema erfahren.

Er ging in den Aufenthaltsraum seiner Belegschaft und schaltete den Kaffeeautomaten ein. Die SpuSi und Bernanke würden sich freuen, zwischendurch etwas Belebendes zu trinken, während sie ihrer Arbeit nachgingen.

Korff musste grinsen. Etwas Belebendes in einem Bestattungsunternehmen auszuschenken, das war ein herrlich makabres Paradoxon.

❖❖❖

Leipzig, Südvorstadt, 6. Dezember

»Schick die SpuSi zum Bestatter. Zu diesem Korff. Die Adresse ist …«, sagte Bernanke zu ihrem Kollegen gegenüber, konnte sich aber nicht erinnern, wo das *Ars Moriendi* lag. Prager Straße? Sie kannte sich in Leipzig nicht gut genug aus.

»Finde ich raus.« Er nickte und hob den Hörer. »Willst du mit?«

»Nein. Ich treffe mich gleich mit dem Neuzugang, den uns das KTI organisiert hat. Diesem Augenarzt.« Sie stand auf und warf sich die Lederjacke über. »Sag denen, sie sollen gründlich sein. Ich will, dass sie alles Lose einsammeln und DNA-Material von den Mitarbeitern des Instituts als Abgleich nehmen.«

Die 43-Jährige verließ ihr Büro und ging in den Besprechungsraum eins, in dem vor kurzem noch der Abgesang auf Rhode stattgefunden hatte.

Sie mochte es nicht wirklich, einen Kollegen von einer Dienststelle aus seinem Amt zu jagen, doch es ging um Menschenleben. Der Hauptkommissar war nicht fähig gewesen, daher bekam er die Quittung.

Bernanke kannte wenig Mitleid, ersparte sich aber Vorwürfe gegen den glücklosen Kollegen, der dem Druck der Medien sowie sich selbst zum Opfer gefallen war. Sie betrachtete sich als Profi. Dass ein Mann mit akutem ADHS, das er trotz Medikamenten nicht im Griff hatte, den Fall betreuen durfte, verstand sie von Anfang an nicht. Ein Versäumnis des örtlichen Polizeipräsidenten!

Wahres Pech bedeutete es, dass Rhode ausgerechnet an dem Tag, an dem er auf die Optographie-Theorie und etwas Brauchbares gestoßen war, herausgekickt wurde.

Die Hauptkommissarin vom LKA Sachsen hatte das Optogramm zwar zunächst verlacht, doch das Dossier des KTI sorgte dafür, dass sie ihre Meinung rasch änderte. Die Methode, um die Informationen von der Netzhaut der kommenden Opfer abzulesen, schien gefunden.

Bernanke hatte umgehend gehandelt und alle Hebel in Bewegung gesetzt. Das hatte zur Folge, dass sich Doktor Manuel Rether als Dauergast im Präsidium aufhielt. Mit freundlichen Empfehlungen des KTI.

Er war Ophthalmologe, was sich mit Augenheilkundler übersetzen ließ. Rether leitete die Abteilung des Universitätskrankenhauses und fühlte sich offenbar fachkundig genug, um helfen zu können.

Sie trat in den Besprechungsraum, in dem es nach Kaffee und seinem Aftershave roch, einem klassischen sportlichen Männerduft. Doch seine gedrungen-gemütliche Gestalt passte nicht dazu. Ihr fiel sofort der wache Blick auf, in dem sie die Vorfreude ablesen konnte. Vor dem Spezialisten standen ein aufgeklappter Laptop sowie eine Tasse Kaffee. »Guten Abend, Herr Doktor Rether.«

Er erhob sich und reichte ihr die Hand. »Hallo, Frau Hauptkommissarin.« Seine Stimme klang kratzig, als sei er schon eine Weile sehr heiser. Er musste jenseits der 50 sein, die schütteren graubraunen Haare waren nach hinten gelegt und ließen die Kopfhaut durchschimmern.

Bernanke setzte sich und nahm eine Cola, öffnete sie und trank direkt aus der Flasche. »Bevor sie den Einsatzkräften und meiner SoKo erklären, wie man den letzten Blick der Opfer sichtbar machen kann, würde ich es gerne zuerst hören. Um Sie bei Ihrem Vortrag morgen vor versammelter Mannschaft zu unterstützen.«

Rether lachte auf. »Ich weiß, was Sie denken, Frau Kriminalhauptkommissarin: Sie haben Angst, ich würde Fachlatein reden, ohne dass jemand davon einen Nutzen hat.«

Bernanke grinste. »Vielleicht?« Er hatte sie ertappt.

»Wollen wir es mal versuchen.« Der Doktor öffnete mit einem Klick ein Schaubild und drehte den Computer um, damit sie die Darstellung sah. »Ich war in den Siebzigern in Heidelberg bei dem Versuch mit dabei. Als kleiner Assistent. Diese Sache mit den Kaninchen.«

»Ah? Das ist gut.«

»Zumindest hilfreich. So kam das KTI auf mich, denke ich. Seitdem baue ich die Kaninchen-Ergebnisse zur Auflockerung in meine Vorlesungen ein. Es kommt bei den Neulingen sehr gut an, wenn man das Thema spannend gestaltet.« Er vergrößerte das Foto eines herausgetrennten Auges, das vom Sehnerv befreit in trübem Wasser schwamm. »Deswegen kenne ich mich mit der Materie sehr gut aus. Was ich tue: Ich werde die Augen der Leichen nach dem Auffinden komplett entnehmen«, schilderte Rether seinen Eingriff. »Danach werde ich sie für vierundzwanzig Stunden in eine Kalium-Alaun-Lösung einlegen und anschließend mit Kochsalz spülen, um die stabilisierte Netzhaut mit dem fixierten Bild zu entnehmen.«

Bernanke besaß Vorstellungskraft, sie sah die präparierten Häute auf einem Scanner liegen oder abfotografiert werden. »Was kann man damit machen?«

»Die Behandlung bewirkt, dass ich die Häute behutsam aufziehen kann«, führte der Arzt weiter aus. »Am besten geeignet sind die weißen Porzellankugeln, wie wir sie in den Siebzigern benutzten. Ich habe noch genug davon.«

Die LKA-Ermittlerin wunderte sich innerlich, wie einfach alles ging – wenn man herausgefunden hatte, wo man bei den Opfern suchen musste. Rhodes alte SoKo war zu spät draufgekommen, aber Bernanke wusste nicht, ob sie dem Mörder schneller auf die Schliche gekommen wäre. Optogramme, verrückt. »Wenn sie aufgezogen sind?«

»Dann können wir sie betrachten und das vergrößern, was den Toten vor dem Abtreten gezeigt wurde.« Rether rief die sehr diffusen Fotos auf, die von den Kaninchenaugen stammten. »Wir hatten Vorlagen und wussten, wie das Originalbild aussah. Diesen Vorteil gibt es in den Mordfällen nicht. Das heißt, wir müssen interpretieren. Wie Sie erkennen können, brauchen wir die Hilfe eines Computers und eine sehr gute Bildverarbeitungssoftware, um herauszukristallisieren, was zu sehen ist. Auch dann wird es keine Garantie geben, dass Sie erkennen, was die Toten sahen.« Er lehnte sich nach hinten und nahm seine Tasse auf. »Aber es ist ein Anfang.« Leise schlürfend sog er die braune Flüssigkeit über die Lippen. »Der Kaffee ist gut«, lobte er nebenbei. »Man merkt, dass man bei der Polizei immer hellwach sein muss.«

Bernanke lächelte pflichtbewusst über seinen Versuch, die Situation mit einem Scherz aufzulockern. »Welche Sicherheitsvorkehrungen sind von meinen Leuten und der SpuSi zu treffen, Doktor, um die Bilder nicht zu zerstören?«

»Zeit ist der entscheidende Faktor. Es sind sehr fragile und sich schnell zersetzende Hinweise, das muss ich betonen. Wir reden von maximal fünfzehn Minuten.«

»Wie der Mörder uns sagte.«

»Da war er sehr exakt in seinen Anweisungen. Danach hat sich das Rhodopsin zersetzt, und damit ist jegliche Information verloren«, lautete Rethers ernüchternde Erläuterung.

»Wie geht er Ihrer Meinung nach vor?«

»Angesichts der Spuren und der im Blut gefundenen Substanzen stelle ich mir die Vorgehensweise des Täters so vor: Das Opfer wurde in einem hellbeleuchteten Raum vor das Objekt oder eine Leinwand gebracht und dem Bild mindestens mehrere Minuten lang ausgesetzt. Möglich ist aber auch eine Projektion. Es geht darum, dass dieses Motiv stark genug beleuchtet ist.« Er nahm einen Schluck und stellte die Tasse wieder ab. »Danach muss die Blutzufuhr komplett unterbrochen sowie das Licht gelöscht werden.«

»Sie wurden geköpft.«

»Richtig. Wie die Kan…« Er vermied es, den Vergleich zu Ende zu führen. »Nur dann existiert zumindest theoretisch die Chance, auf der Netzhaut des Getöteten etwas erkennen zu können. Alles im Rahmen der maximal 15 Minuten.«

Damit war Bernanke klar, dass die Informationen in den Augen der bisherigen Opfer Wolke und McDuncan verloren waren; genauso schlecht sah es für die Leichen in *Guernica* aus, deren Identität noch nicht ermittelt war. Man hatte zwar Licht vermieden, aber die 15-Minuten-Grenze war überschritten worden.

15 Minuten für den hinweisreichen Totenblick.

Da sie nun Bescheid wussten, konnte es klappen.

»Sie stehen für uns auf Abruf bereit, Doktor?«

»Ganz recht.«

»Bereiten Sie sich darauf vor, entweder mit dem Wagen oder einem Hubschrauber zum nächsten Fundort gebracht zu werden. Sie erhalten Einweisung in ein Nachtsichtgerät, damit Sie die Augen der Opfer im Dunkeln entnehmen können«, erklärte Bernanke.

»Ich werde es trainieren. Das bedeutet eine gewisse Umgewöhnung«, warf er ein.

»Meine Empfehlung ist, dass Sie sich damit beeilen. Der Mörder verkündete zwar, sich zurückzuhalten, aber wer glaubt schon einem Wahnsinnigen?«

»Ich gebe alles, Kriminalhauptkommissarin.« Rether schaltete den Laptop aus und klappte ihn zu.

»Gut. Ich sorge dafür, dass Sie alles bekommen, was Sie zum Üben brauchen.« Sie stand auf.

Rether packte den Computer weg und erhob sich ebenfalls. Er reichte ihr gerade bis an die Brüste. Sie fragte sich, wie er Operationen durchführte. Gab es Stufen und Klappleitern für kleine Mediziner?

»Oh, ich habe meinen Assistenten an der Uni den Auftrag gegeben, weitere Experimente an Kaninchen und Fröschen vorzunehmen. Sie sollen neue Methoden prüfen, wie man die Netzhäute noch stabilisieren könnte. Große Kälte, sprich Schockfrosten, könnte eine Zwischenlösung darstellen, um das Rhodopsin am Zerfall zu hindern.«

Sie erinnerte sich an das gefrorene Stierauge. Es lag noch immer in der Rechtsmedizin. Als sie Rether darauf hinwies, bat er sofort um eine Aushändigung. »Ein Kollege von der Streife wird Sie zu Ihrem neuen Zuhause bringen, bis der Bildermord-Fall gelöst ist. Ich mache Sie darauf aufmerksam, dass Sie der absoluten Schweigepflicht unterliegen, Doktor Rether.«

»Ich bin Arzt.«

»Sehr gut. Dann auf gutes Gelingen. Morgen früh um

neun erwarte ich Sie mit Ihrem Vortrag vor der Mannschaft. Wir fahren die Infoveranstaltung in zwei Durchgängen.«

»Ich bin da.«

Sie verabschiedeten sich, und Bernanke kehrte in ihr Büro zurück. Sie überlegte, was sich wohl in den Augen der bisherigen Opfer befunden hatte, das sie nicht mehr erfuhren.

Das Gesicht des Mörders womöglich?

Oder sein Name?

Das wäre zu schön, um wahr zu sein.

Frida Bernanke zog die Schublade auf und nahm eine Schachtel Zigaretten heraus. Eine schlechte Angewohnheit, aber es ging nicht ohne die Glimmstengel. Das Nikotin entspannte sie zwischen den Fällen. Sie wusste, dass es ihr Gesicht älter machte, aber der Rest von ihr konnte sich sehr gut sehen lassen. Exzessiver Sport machte den Kopf frei und verbrannte das Fett.

Sie öffnete das Fenster, setzte sich auf die Bank und ließ Leipzigs Abendgeräusche herein.

Die Glocken läuteten, die Luft roch nach Schnee und Weihnachten. In dem Trubel auf den Märkten schlich unerkannt der Verrückte herum und hielt womöglich Ausschau nach seinen nächsten Zutaten.

Sie machte sich den internen Vermerk, die Spur mit den schwarzgekleideten Gestalten nicht aus den Augen zu verlieren.

Denn: Warum sollte es sich nur um einen Mörder handeln?

Bei dem Aufwand, der betrieben wurde, könnte es eine Arbeiterbrigade sein. Für das Auftauchen bei Korff hatten sie eine Art Frontmann, der ihr bester Kämpfer war. Eine gute Methode, um abzulenken.

Sie steckte sich die Zigarette an und sog den Rauch ein, als wäre es reine Luft.

Bald hatte sie den Fall gelöst. Das fühlte sie.

❊❊❊

KAPITEL 13

Leipzig, Süden, 6. Dezember

Brauchen wir sonst noch was aus dem Wagen?« Richard Adam sah zu seinem SpuSi-Kollegen Pilz, der in der weißen Schutzkleidung auf dem Boden kniete und wie ein fetter Engerling wirkte. Er suchte nach Dreckpartikeln, die aus den Schuhen des Maskierten stammen konnten – ein möglicher Hinweis, wo er sich überall herumgedrückt hatte.

Als Pilz verneinte, ging Adam los, raus aus dem *Ars Moriendi* und zum grauen Transporter, in dem die SpuSi ihre Ausrüstung in Regalen und Schubfächern verstaut hatte.

Er schob unterwegs die Kapuze von seiner aschfahlen Halbglatze und kratzte sich im Nacken. Routine, und erfreulicherweise ohne mit dem Totenblick konfrontiert zu werden. Welche Erleichterung!

Bei allem Kram, den Adam in das Bestattungsinstitut hineingeschleppt hatte, war das Döschen mit dem Pulver zur Sichtbarmachung eventueller Fingerabdrücke natürlich leer gewesen. Er dachte an den Asterix-Band, in dem irgendein Statthalter Giftringe trug, von denen fast alle leer waren, als er sie einsetzen wollte. *Man sollte sie sofort nach Gebrauch nachfüllen,* so oder so ähnlich hatte es der dicke

Typ gesagt. Da hatte er recht. Immerhin gab es im Wagen Nachschub.

Scheinwerfermasten waren aufgestellt, Taschenlampenstrahlen drangen bis in die finsterste Ecke vor. Auf dem Gelände des Bestattungshauses liefen Polizisten umher und durchkämmten es systematisch. Zwar blieb die Hoffnung auf bessere Spuren eine theoretische, aber man wusste nie, wo der Zufall seine Hand im Spiel hatte.

Es erinnerte Adam an einen Hollywoodstreifen, in dem nach Aliens gesucht wurde, wobei man auf dem Grund und Boden eines Bestattungshauses vermutlich eher auf Zombies träfe.

Er öffnete die Seitentür und stieg hinein, suchte nach dem Pulver und fand es.

Adam, im besten Mannesalter und mit normaler Figur gesegnet, drehte sich zur Seite – und vernahm ein leises Aufprallgeräusch, dann schaukelte der Wagen. Jemand schien beim Suchen aus Versehen dagegengelaufen zu sein.

»Hey! Keine Delle reinmachen!« Er wollte aussteigen, als die Schiebetür mit viel Schwung ins Schloss rauschte.

Es klickte. Der Wagen wurde abgeschlossen.

»Hey, verdammt! Das ist nicht lustig!« Adam pochte gegen die Tür. »Lass den Scheiß, Pilz.«

Die Fahrertür öffnete sich.

Eine Trennwand befand sich zwischen Kabine und Laderaum, so dass er nur durch ein kleines Fenster sehen konnte: Ein Schatten wurde kurz sichtbar, und wieder klickte es, dann fiel die Tür erneut zu.

Adam fluchte, als er spürte, dass der Wagen langsam losrollte. Jemand hatte die Handbremse gelöst und den Gang rausgenommen.

»Hey, ihr Arschlöcher! Lasst den Scheiß!« Er nestelte sein Handy aus der Tasche des Schutzanzugs und wählte die Nummer der Zentrale, um sich mit Bernanke verbinden zu lassen.

Wer auch immer die Idee gehabt hatte, ihm Angst zu machen, seine Kollegen würden deswegen richtig Ärger bekommen. Das kurzblonde Ungeheuer vom LKA hatte garantiert kein Verständnis für solche Späße am Einsatzort.

Für die Kinderkacke war Adam jedenfalls zu alt, und dank der Totenblickgeschichte hatte er keinerlei Sinn mehr für Humor übrig; seine Klaustrophobie tat ihr Übriges dazu.

Der Transporter holperte über ein Hindernis. Das Steuer wurde dadurch herumgerissen, und der Wagen fuhr eine scharfe, unerwartete Kurve.

Adam fiel gegen den Schrank und stürzte auf den Boden; das Telefon entglitt ihm und klapperte davon. Fluchend versuchte er, auf die Beine zu kommen.

Inzwischen zuckte das Licht mehrerer Taschenlampen durch das kleine Fenster, es wurden Rufe der Streifenbeamten laut. Es war bemerkt worden, dass etwas nicht stimmte.

Adam rappelte sich endlich auf und fand sein Handy nicht mehr. »Holt mich raus! Holt mich raus, um Gottes willen!« Mit beiden Händen schlug er gegen die Tür, während der Transporter weiterrollte, hüpfte und schwankte, mehrmals kurz vorm Umstürzen stand. Die Schubladen sprangen auf und überschütteten ihn mit Utensilien der SpuSi. »Hilfe!«

Plötzlich fuhr der Wagen krachend gegen ein Hindernis,

Glas zerplatzte hörbar und prasselte auf das Armaturenbrett und die Sitze.

Die Wucht des Aufschlags warf Adam gegen einen Schrank. Seine Schulter knackte laut, und dann kam der Schmerz. Laut schrie er auf.

Rumpelnd knallte etwas Schweres auf das Dach und drückte es unregelmäßig tief ein.

Wieder schrie Adam, dieses Mal vor Schreck und vor Schmerz wegen seines gebrochenen Gelenks.

Draußen war es schlagartig dunkler geworden. Aufgeregte Stimmen erklangen erneut. Es wurde am Türhebel herumgedrückt, bis ein Polizist vorne einstieg und durch das Fensterchen blickte. »Was ist los?«

»Macht die Scheißtür auf!«, rief Adam panisch und trat mit dem Fuß auf das Schloss ein.

»Wir haben keinen Schlüssel«, kam es hilflos.

»Ich will raus!«, kreischte Adam und hörte nicht auf, die Tür mit der Sohle zu bearbeiten. Sein Herz raste, er bekam keine Luft mehr. Der weiße Schutzanzug schien die Hitze aufzustauen.

Endlich sprang der Ausgang auf.

Zwei Dutzend Beamte standen davor, zwei hielten jeweils eine Brechstange in den Händen, mit denen sie ihn befreit hatten. »Kommen Sie, Kollege!«, sagte einer.

Sie stützten Adam, der ihnen förmlich aus dem Transporter entgegenfiel und schützend seine Schulter hielt. »Sie ist gebrochen«, jaulte er. »Scheiße, ich habe mir die Schulter gebrochen wegen der Kacke!« Er sah sich um. Die Front des schweren Wagens war in einen Lichtmast gedonnert und hatte ihn abgebrochen, die Scheinwerfer sowie Teile der Halterung waren auf das Dach gerumpelt.

»Zentrale, wir brauchen einen Krankenwagen«, funkte einer der Polizisten. »Verdacht auf Schulterfraktur.«

Adams Kreislauf sackte ab, er musste sich setzen und starrte in die Runde. »Hat einer gesehen, welches Arschloch das war?«, ächzte er. »Die Bernanke macht den klein, und ich hau ihm in die Fresse.« Er schwitzte und zitterte.

»Warum? Ist der nicht von selbst …?«, fragte einer der Blauuniformierten.

»Nein! Jemand hat mich eingesperrt und die Handbremse gelöst, um …« Adam schwieg plötzlich, weil er an den Gesichtern ablesen konnte, was die Umstehenden dachten: der Fluch des Totenblicks.

»Nein«, wiegelte er ab. »Nein, vergesst es! Das war nicht der Totenblick. Ich war zwar bei der Alten Messe, aber ich habe die Halle nicht betreten.«

In der gleichen Sekunde kam ihm der Gedanke, dass der Schatten im Transporter der schwarzgekleidete Mörder gewesen war.

Ein weiterer Geistesblitz sagte ihm, dass der Transporter als Ablenkung diente, um die Aufmerksamkeit der Streifenbeamten an den Wagen zu binden, während der Mörder ins *Ars Moriendi* eindrang, um Korff kaltzumachen und im zweiten Anlauf den Fluch des Totenblicks zu bringen.

»Korff!«, stieß er aus. »Geht nachschauen, schnell!« Adam erhob sich, während der angeforderte Krankenwagen bereits mit Blaulicht auf den Hof rollte. Er musste bereits in der Nähe gewesen sein. Ein bisschen Glück im Schmerz.

Vier Polizisten rannten los, der Rest folgte langsam nach. Adam biss die Zähne zusammen und schloss sich ihnen an, da er eh zu den Sanitätern gelangen musste.

Als er den Sanka erreicht hatte, kam ein Polizist mit versteinerter Miene aus dem Beerdigungsinstitut direkt auf ihn zu.

»Ist Korff in Ordnung?«, fragte Adam und stöhnte, als die Rettungssanitäter behutsam mit den ersten Voruntersuchungen begannen.

»Korff schon.« Der Kollege von der Streife sah erschüttert aus. »Aber ... Pilz. Er ... scheint gestürzt und ... sein Genick ist gebrochen. Es war niemand dabei, als es passierte.«

»*Pilz?*« Gleich darauf fiel Adam ein, dass sein Kollege im Gegensatz zu ihm in der Halle gewesen war, um die Spuren rund um *Guernica* zu sichern.

Konstantin Korff schritt nachdenklich zur Hintertür hinaus und sah zu ihnen herüber, dann zu den Sternen hinauf. Er schien darüber nachzudenken, warum der Totenblick seine Wirkung nicht verloren hatte.

Darauf gab es nur eine Antwort: weil der Maskierte verrückt war und sich den Spaß nicht nehmen lassen wollte.

***

Leipzig, Zentrum-West, 8. Dezember

Ares blickte auf die Uhr: In einer Stunde erwartete ihn Pitt. Zeit, die Bücher einzusammeln, an die Uni zu fahren und sie an der Ausleihe zurückzugeben.

Nancy hatte ihn darum gebeten. Sie kam gerade nicht dazu und hatte sich zusammen mit Gauß und seinen hässlichen Brüdern in ihrem Arbeitszimmer verbarrikadiert.

Formel-Gangbang. Die Phase »Stör mich, und du bist tot« hatte begonnen.

Ares sah sie nur noch zum Essen oder für Entspannungssex. Nancy powerte sich dabei vollkommen aus, danach kehrte sie verschwitzt wieder an ihre Berechnungen zurück. Was sich wohl ihr Doktorvater dachte, wenn er hörte, dass sie diese Passagen nackt geschrieben hatte und dabei nach Sex roch?

Ja, seine Kirsche war etwas ganz Besonderes.

Ares wollte sich anschließend mit Pitt zum Dauerlauf treffen, danach zur Theaterprobe düsen und hinterher mit Dolores über ihren Geburtstag sprechen. Diese Unterredung konnte heiter werden. Seine Assistentin hatte angedeutet, knifflige Wünsche zu haben.

Er schwang sich in Dreiviertelhosen, Shirt und Hoody, steckte die Kappe und die Handschuhe ein. Zwar war es in Leipzig für die Winterszeit gerade ungewöhnlich warm, doch beim Traben wollte er Glatze und Finger schützen.

In dem Aufzug stand er eine halbe Stunde später in der Bibliothek zwischen den Mathe-Nerds. Mit seinen knapp zwei Metern sowie seinen Muskeln wirkte er inmitten der Studenten und Studentinnen wie ein Fremdkörper, machte jedoch erheblichen Eindruck.

Ares genoss amüsiert die Blicke, die zwischen Bewunderung und Befremden lagen. Selten tauchten reale Vorlagen für Actionfiguren in einer Bücherei auf, noch dazu bei den überwiegend zierlichen Zahlencracks.

Als er auf dem Rückweg zu seinem Smart war, klingelte das Handy. Die Nummer war unterdrückt. »Ja?«

»Es ist besser, im Himmel zu herrschen …«, sprach eine kratzige Männerstimme und wartete ab.

»… als in der Hölle zu dienen«, vervollständigte Ares das Motto der *Heaven's Demons.*

»Schön, dass du es noch kennst, Prof.«

»Wie könnte ich nicht? Es gefiel mir im Himmel.« Ares blieb stehen, um sich besser konzentrieren zu können.

Es war Vandals Bruder Etzel, der ihn anrief. Seit einmal ein Mitglied eines anderen Motorradclubs versuchte hatte, ihn mit einer Garotte zu erwürgen, waren seine Stimmbänder geschädigt. Es klang, als wäre er ständig heiser. Zwar hatte ein anschließendes Gutachten ergeben, dass die Verletzung durch das Intubieren bei der Wiederbelebung verursacht worden war, aber Etzel blieb dabei, dass sie auf das Konto des Angreifers ging.

»Wir haben die Ohren offen gehalten, wie du Vandal gebeten hast. Du weißt, dass ich das gerne tue.« Etzel lachte; er war ein ähnlicher Hüne wie Ares, allerdings wies sein Antlitz einen unerklärlichen mongolischen Einschlag auf. Einer seiner Vorfahren war wohl mit Dschingis Khans Truppen um die Häuser gezogen. »Hilfst du mal wieder deinem Polizeifreund?«

»Ja. Ich denke, du verstehst, warum ich das tue. Es ist was Persönliches.«

»Das verstehe ich sehr gut.« Etzel schien in einem Café zu sitzen, im Hintergrund erklangen Gelächter und eine Cappuccino-Bestellung. Vermutlich trieb er das Geld ein, das für die *private Betriebserlaubnis* notwendig war. Diese *Betriebserlaubnis* versicherte eine Kneipe gegen Brandunfälle und Vandalismusschäden, die Besucher darüber hinaus auch noch gegen Körperverletzung. Schutzgeld. Nicht die lukrativste Einnahmequelle der *Demons,* aber Kleinvieh machte auch Mist, der sich vergolden ließ.

»Dann nehme ich an, du kannst mir helfen?«

»Einer unserer Jungs in Cottbus hat eine Anfrage bekommen, ob er jemanden kenne, der Pässe fälschen kann. Es ging um einen russischen, und er sollte innerhalb von zwei Wochen am Start sein. Wenn er in einer Woche fertig sei, bekäme er das Doppelte. Pro Tag früher als sieben gäbe es einen Hunderter extra«, erklärte Etzel. »Jemand hat es *sehr* eilig, aus Deutschland wegzukommen.«

»Woher weißt du, dass es Gunther Sterz ist?«

»Weil der Kontakt meinte, dass die Polizei dem Kunden auf der Spur sei, und deswegen müsste die Arbeit extrem gut ausgeführt sein, damit er nicht lange kontrolliert wird.«

»Die Polizei sucht mehr Menschen, als man mitbekommt.«

»Logo«, erwiderte Etzel. »Unser Mann hat gehört, wie jemand im Hintergrund sagte, er würde die Schlampe jederzeit wieder umbringen, aber mit weniger Aufwand. Es habe sich nicht mal gelohnt, den Duschvorhang zu kaufen.«

Ares musste dem *Demon* recht geben. Das klang *sehr* nach Gunther Sterz. Den Mann musste man sich ansehen, um sicher zu sein. »Wo war das?«

»Unser Mann hat den Auftrag angenommen. Übergabe der Papiere ist morgen in Chemnitz an einer Autobahn-Raststätte, die Uhrzeit steht noch nicht fest«, sagte Etzel heiser. »Du musst dir was einfallen lassen, damit kein Verdacht auf die *Demons* fällt. Wir haben einen Ruf.«

Ares würde sich in Ruhe mit Pitt besprechen. »Danke.«

»Musst du nicht sagen. Geht klar, sagte der Boss. Ich soll dir einen schönen Gruß von ihm ausrichten.«

Ares lächelte. »Dann grüß mal locker zurück, Etzel.«

»Alles klar, Prof. Können wir sonst noch was für dich tun?«

Ares stutzte. »Wie meinst du das?« Er dachte sofort an den Messermann. Hatte die Gang davon erfahren oder ihn sogar gesichtet?

»Es hat sich rumgesprochen, dass du einen Elefantenrollschuh fährst.« Etzel lachte mit seiner rauhen Rabenstimme. »Das konnte keiner von uns richtig glauben. Ich soll dir vom Boss ausrichten, er hätte was für dich, wenn du eine Maschine brauchst.«

Fühlte er sich erleichtert oder enttäuscht, dass es sich nicht um den Schatten aus seiner Vergangenheit drehte? Ares sah zu seinem nett-niedlichen Smart mit der Werbeaufschrift für seine Dienstleistungen als Personal Trainer und überlegte, ob sich die Sprüche auch gut auf dem Tank einer Harley Fat Boy oder einer BMW R 1200 C oder einer Triumph Rocket III machen würden.

Er kam zu dem Ergebnis, dass die *Demons* dann erst recht über ihn lachten. »Ich steige bald wieder auf. Mein alter Bock steht noch in der Garage. So was gibt man nicht weg.«

Etzel lachte krächzend. »Dann mal los. Der Wind erwartet dich.«

Ares legte auf und schaute noch immer auf den Smart. Schnucklig. Süß. Niedlich. Sinnvoll. Praktisch. Spritsparend.

Alles Worte, die für Vernunft standen – und scheiße klangen.

Wehmut kam auf.

Sein Motorrad stand tatsächlich noch in der Garage, in

einer Laubenhütte im Schrebergartenparadies von Anger-Crottendorf, gut eingepackt unter einer Plane.

Warum nicht? Ares würde sie wirklich ausmotten, denn ein tollkühner Plan entstand soeben hinter seiner Stirn: Bei der Ergreifung von Gunther Sterz würde kein Verdacht auf die *Demons* fallen.

Er setzte sich in seinen Smart, düste los und fand gerade noch rechtzeitig in einer Parallelstraße zum Johannapark einen Stellplatz. Nach dem Tausch der Schuhe eilte er zum Treffpunkt, wo er schon von seinem Freund erwartet wurde.

»Tut mir leid«, rief Ares von weitem. »Ich musste noch Nancys schlaue Bücher zurückbringen.«

»Du bist pünktlich«, gab Pitt zurück und nahm den Trab auf.

Sie drehten ihre übliche Runde, absolvierten Fitnessübungen unter Ares' Anleitung.

»Dir tut es gut, vom Fall abgezogen worden zu sein«, sagte der Hüne beim vierten Stopp.

»Woran machst du das fest?« Pitt absolvierte seine letzte Liegestütze auf einem liegenden Baumstamm. »An meinem gesunden Teint?« Ares wusste, dass sein Freund zum Spott neigte, aber er lächelte gleich, um die Schärfe rauszunehmen. »Nein, du hast recht. So grausam es ist, dem Mörder meiner Kollegin und Mitarbeiterin nachzujagen, umso befreiender ist es, nichts mehr mit dem Verrückten zu tun zu haben. Wir haben sogar eine Spur. Sturz …«

»Sterz.«

Er sah ihn an. »Du hast dir den Namen gemerkt?«

»Ja, scheint so«, überspielte er seine Reaktion. »Keine Ahnung wieso.«

»Aha? Na, dann. Das Arschloch ist jedenfalls gesehen worden. In Cottbus. Lackmann ist los und prüft die Zeugen vor Ort.«

»Das ist doch was.« Ares musste sich zwingen, nichts von seinem Telefonat mit Etzel zu erzählen.

Pitts Mund wurde dünner. »Das neue Bild«, flüsterte er mit abwesendem Blick. »Es verfolgt mich, Ares. Ich sehe die Opfer, ihre Augen, mal geschlossen, mal geöffnet. Und die Altlasten in mir ... Armin Wolke, Aileen McDuncan ... sie geistern durch meine Träume. Ich war deswegen heute beim Psychologen, aber er meinte, es wird Jahre dauern. Falls es überhaupt jemals weggeht.«

»Unerheblich davon, ob sie den Bildermörder schnappen?«

»Vollkommen unerheblich.« Pitt begann mit den Dehnübungen und atmete demonstrativ aus. »Aber zurück zu dir: Wann hast du deinen nächsten Auftritt als Richter?«

»Hey, schön, dass du kommen willst.« Ares freute sich wirklich. »In zwei Wochen ist die nächste Aufführung. Hast du die Freikarte noch?«

»Nein. Ich hatte sie verschenkt. An Korff, den Bestatter.«

»Dann hinterlege ich deinen Namen an der Kasse, und du kommst so rein. Ist gar kein Thema. Und bring bloß deine Frau mit. Die hat ein bisschen Abwechslung auch verdient. Ich schwöre, es wird lustig.«

Pitt lachte. »Ja, das hat sie. Und die Kinder auch. Es wird Zeit für einen Urlaub. Einen richtigen, zwei Wochen lang, weit weg, nichts mitbekommen, nur die Füße ins Wasser halten. Irgendwohin, wo es warm ist.«

Ares konnte sich das bei seinem Freund nicht vorstellen.

»Das heißt, du nimmst eine Jahrespackung Ritalin auf einmal?«, zog er ihn auf.

Der Hauptkommissar lachte und schlug spielerisch nach ihm, dann trabten sie wieder los. Unterwegs plauderten sie. Über das Wetter, die alten Zeiten, die gemeinsamen Unternehmungen, die Motorradtouren.

Und die Zeit bei den *Demons*.

Kein Arbeitskollege wusste, dass Pitt einmal ein halbes Jahr dabei gewesen war, als Anwärter, der viel Drecksarbeit erledigt hatte, wie Motorräder waschen, für den Boss einkaufen und das Clubhaus sauber machen.

So hatten sie sich kennengelernt, Ares Leon Löwenstein und Peter Rhode.

Aber ein Motorradclub von diesem Kaliber ließ sich nicht mit dem Aufstieg auf der Polizeikarriereleiter verbinden, und so war er wieder gegangen. Zwar gab es genug Beamte, die mit dem Club sympathisierten oder ihm sogar angehörten, wenn auch nur inoffiziell, doch für Rhode kam es nicht in Frage.

Ihre Freundschaft hatte gehalten. All die Jahre.

»Warst du noch mal bei einem Treffen?«, wollte Pitt wissen.

»Nein. Wäre auch keine gute Idee.«

»Sie haben doch eine gute Meinung von dir.«

Ares wollte das Thema nicht vertiefen. Die Messermann-Erinnerungen lauerten. »Kann sein. Aber ich halte mich lieber von den Treffen fern. Am Ende würde ich wieder einsteigen wollen, und das könnte ich Nancy nicht antun.«

»Na, jedenfalls käme sie gut bei den harten Jungs an.« Pitt blieb auf der kleinen Brücke über dem Teich stehen und sah sich um.

»Was ist?« Ares tat es ihm nach, konnte aber nichts Auffälliges im Park entdecken, lediglich die üblichen Spaziergänger und Jogger waren mit ihnen unterwegs. Da der Schnee ausblieb, gab es auch keine Schneeballschlachten oder Schneemänner. Das Rasengrün wirkte störend und falsch. Ares fand es ein bisschen trostlos, aber so kannte man das launische Wetter. »Habe ich was verpasst?«

»Ich dachte ...« Er seufzte. »Ich mache mir Sorgen.«

»Wegen des Totenblicks?« Ares biss sich auf die Lippen. Er hatte seinen Freund nicht daran erinnern wollen, aber dank der Journalistin Baum-Schmidtke war bekannt geworden, dass es einen SpuSi dahingerafft hatte. Bei einem Sturz während einer Tatortuntersuchung. Das hatte zur Legendenbildung des Fluchs beigetragen. Baum-Schmidtke blieb beharrlich an dem Fall dran, grub und grub und schaffte es erneut, an Informationen zu gelangen.

Aber Pitt nickte sofort. »Ja. Pilz, so hieß der Mann. Sein Genick war gebrochen, aber nicht durch einen Sturz, wie die Gerichtsmedizin feststellte. Die Wirbelverletzungen sind durch zweimaliges Überdrehen entstanden. Beim ersten Versuch hat es der Mörder nicht ganz zu Ende bringen können. Wahrscheinlich konnte Pilz sich da noch wehren. Im zweiten Anlauf schaffte er es dann.« Er legte die Arme in den Nacken, als müsste er die Stelle schützen. »Stell dir vor: Der Verrückte mit dieser Maske ...«

»Eine Eishockeymaske?«

»Nein. Eine selbstgebaute, wie Korff berichtete.« Kurz erzählte er, was sich in jener Nacht im *Ars Moriendi* zugetragen hatte. »Dann muss sich der Wahnsinnige auf dem Gelände versteckt und gelauert haben, um sich ein Opfer auszusuchen, das auch beim *Guernica*-Tatort dabei gewesen war.«

»Also ist es nur ein Täter?«

»Zumindest wurde Korff nur von *einem* bedroht, aber das will nichts heißen.« Pitt sah sich wieder um. »Dass der Täter zu allem fähig ist, wissen wir. Ich muss mir zwar keine Gedanken mehr um die Aufklärung machen, aber dafür kann es sein, dass ich nach wie vor auf seiner Liste stehe.«

»Hatte nicht der Bestatter beim letzten Mal alle Leichenblicke auf sich gezogen?«

Pitt stützte sich mit den Unterarmen auf das Brückengeländer und sah auf das Wasser. »Schon. Aber inzwischen hat der Täter erklärt, Korff habe nur *einen* Blick auf sich bannen können. Das sei das Gesetz. Bleiben noch vier andere Menschen, glaube ich, die sich am Tatort aufgehalten und den Totenblick auf sich geladen haben.«

»Pilz war einer. Und die anderen drei?«

»Wissen wir nicht. Nach Korff sind viele von uns gleichzeitig rein. Niemand weiß, wer die Blicke der Leichen aufgefangen hat. Nur der Verrückte entscheidet, wen er sich als Nächstes vornimmt. Außer mir könnte es ebenso Bernanke sein oder ein Streifenbeamter oder ein SpuSi.« Pitt beugte die Arme. »Das Gute ist, dass meine Familie nicht in Gefahr ist. Der Mörder hält sich sehr an die Vorgaben.«

»Schutzhaft für alle potenziellen Opfer?«

»Unmöglich. Dann wäre die Leipziger Polizei ausgeschaltet, fürchte ich.« Rhode lief los. Sie trabten die Brücke abwärts und schlugen den Pfad zum Parkplatz ein. »Ich kann also nur aufpassen.«

Ares folgte ihm dicht an der Seite. »Mich würde das zermürben.«

»Es geht. Ich denke nicht, dass er mich ausgesucht hat. Vor mir waren schon einige andere am Tatort.«

Sie liefen den schmalen Weg entlang, bogen Ranken zur Seite oder wichen wuchernden Dornenzweigen aus.

Die Sonne senkte sich, mutige Insekten summten um sie herum. Die beiden Freunde erreichten den Stellplatz, wo der Passat auf den Kommissar wartete.

»Du kannst mich jederzeit anrufen, wenn du denkst, du brauchst Hilfe«, verabschiedete sich Ares. Er unterdrückte den Wunsch, Pitt nochmals an den Messermann zu erinnern. Die interne Abfrage sollte Ergebnisse geliefert haben. Entweder hatte Pitt es vergessen oder es gab nichts zu berichten. Erst würde er Sterz abliefern, dann nachfragen. Auf den einen Tag kam es auch nicht mehr an.

»Werde ich.«

»Oh, und ich wette, dass euch Sterz bald in die Arme läuft. Vielleicht morgen schon.«

»Warum?«

Ares grinste und reichte ihm zum Abschied die Hand. »Wirst du sehen.«

Pitt sah ihn prüfend an. »Was hast du vor?«

Er lief ein paar Meter weiter zum Smart, öffnete die Tür und faltete sich zusammen, bis er hineinpasste. »Pass auf dich auf!« Ares fuhr los und sah, wie sein Freund in den großen Wagen stieg.

Er freute sich wahnsinnig darauf, ihm einen Gefallen zu tun.

✳✳✳

KAPITEL 14

Leipzig ...

Mit einem lauten Schrei packte er die Shisha und schleuderte sie wutentbrannt quer durch den Raum der Inspiration.

Die Pfeife flog bis auf die andere Seite und zerschellte an der Wand, überschüttete zwei Reprints mit dem dreckigen Filterwasser, die glimmende Kohle fiel auf das Parkett und brannte sich in die Holzleisten. Qualmende Tabakkrümel verteilten sich ringsherum, und der Duft von Vanille und Kirsch mischte sich mit dem Geruch von schwelendem Holz.

Keuchend warf er sich in den Sessel, stützte die Faust gegen den Mund und starrte auf den Rauch, als entstünde daraus ein Dschinn, dem er drei Wünsche abringen konnte.

Ein Fälscher hatte es gewagt, ihn herauszufordern!

Ihn!

Dieser Stümper mit dem falschen Duschvorhang und überhaupt den gravierendsten Fehlern in seinen Werken sandte ihm Mails, in denen er einen Wettbewerb verlangte, wer die bessere Arbeit leistete.

Er hatte im ersten Moment gar nicht gewusst, was er dazu sagen sollte.

Den herausfordernden Texten waren Bilder vom Atelier

und von den Vorbereitungen seines Gegners angehängt, um ihn weiter anzustacheln. Doch damit hatte sein Herausforderer einen Fehler begangen, denn aus dem Hintergrund konnte er ablesen, wo sich der Stümper befand.

Es war keine leichte Aufgabe, weil es nur winzige Anhaltspunkte gab, doch bald würde er herausbekommen, wo sich der Mann verkroch.

Sein Blick verfolgte, wie das Wasser an der Wand hinabrann, auf den Boden floss und sich den Tabakkrümeln und der Kohle näherte. Die kleinen Rinnsale trafen auf die Hitze; es zischte, und der Dampf wurde dichter, weißer.

Er hatte nicht vor, sich einem Wettbewerb auszusetzen. Das wäre, als würde sich ein van Gogh mit einem Grundschüler messen – das ging nicht. Man war nicht annähernd auf Augenhöhe.

Doch diese lächerliche Person musste büßen.

Er langte neben sich und hob das Subnotebook auf, öffnete es und schrieb eine elektronische Nachricht, die über eine falsche IP und diverse Umwege an den Unbekannten ging.

Ich verspreche dir kleinem Wichser, dir nicht die Ehre zu erweisen, dich in ein Kunstwerk von mir zu integrieren!

Du wirst mir dienen.

Aber als ein Exempel, das ich an dir statuiere, von dem Leipzig noch lange sprechen wird.

Keiner soll es danach wagen, mich jemals wieder imitieren zu wollen!

Ich bin der Meister, der Erfinder dieser Kunst, und ich werde der alleinige Meister bleiben.

Fürchte dich vor mir.

Fürchte dich, wo immer du bist!
Ich scheiße auf deine Herausforderung. Zeige dich mir, und wir klären das, ohne dass du mir wertvolle Materialien wegnimmst.
Die Leipziger gehören mir!
Alles, was in dieser Stadt durch die Straßen läuft, gehört mir und ist mein Rohmaterial!
Warte nur, du Wichser. Ich kriege dich!

Den letzten Satz fügte er absichtlich hinzu, um den Fälscher glauben zu lassen, dass er nicht wüsste, wo er sich aufhielt.

Er war sich so gut wie sicher, dass sich das Atelier in der Büttnerstraße befand, in dem Haus, das gerade saniert wurde, an der Ecke in Richtung Hauptbahnhof. Ihm fehlten noch zwei, drei Bilder von dem Angeber, um den Standort zu einhundert Prozent festzuklopfen.

Die Glutnester wurden vom Sickerwasser erstickt, und mit einem letzten Zischen ergab sich die Kohle. Ausgelöscht. Das gleiche Schicksal würde den Fälscher erwarten.

Und dann hatte er wieder alle Zeit für die Kunst. Wenigstens wusste die Polizei endlich, wie man an seine versteckten Hinweise kam. Es hatte auch lange genug gedauert. Bernanke mochte er nicht, das würde sie früh genug zu spüren bekommen.

Er betrachtete die beiden Reprints, die – vom Filterwasser durchnässt – langsam Wellen schlugen, woraus sich neue Motive ergaben.

Das brachte ihn auf einen Gedanken.

✳✳✳

Chemnitz, nahe der A4, 9. Dezember

Ares saß auf seiner Maschine, lässig und entspannt.

Mit einem Fernglas betrachtete er von der Anhöhe herunter die Landstraße, die sich zu seinen Füßen schlängelte; schräg hinter ihm stand ein Geländewagen samt Pferdeanhänger.

Es war ordentlich was los. Nur wenige Phasen, in denen kein Wagen über den Asphalt rollte.

Sein Ziel fuhr einen alten dunkelblauen VW Golf, und es hatte sich vor zehn Minuten seinen neuen russischen Pass abgeholt.

Gunther Sterz – sofern es sich um den Gesuchten handelte – hieß jetzt Vladimir Iwanow. Vladimir und Iwanow. Beides sehr geläufige Namen in der Russischen Föderation, dabei nicht so klangvoll, dass sich jeder Grenzschützer sofort daran erinnerte. Außerdem, so wurde Ares von Etzel ausgerichtet, hatte sich der Mann die Haare geschnitten und blond gefärbt sowie einen dünnen Bart wachsen lassen.

Der blaue Golf erschien und fuhr die Straße entlang. Aus seinem Auspuff quoll bläulicher Rauch. Etwas stimmte nicht mit dem Motor. Sollte Ares' Plan aufgehen, brauchte sich Sterz darum nicht mehr zu kümmern.

Er setzte den Helm auf und startete seine Maschine, eine Harley Night Rod Special. Sie war zwar mattschwarz lackiert, aber durch ihre Form und die verchromten Doppelauspuffe auf jeder Seite so auffällig, dass sie ebenso gut grellpink hätte sein können. Allerdings hätten sich dann mehr Kinder an die Harley erinnert als Erwachsene, wie er Elisa einschätzte.

Die Kleinste würde er nachher abholen und mit ihr den obligatorischen Zoo-Besuch absolvieren. Er wusste gar nicht mehr, wie oft er dort schon gewesen war. Immerhin verdankte der Zoo seiner Elisa eine Patenschaft für einen Pinguin, den sie *Kowalski* nannte, angelehnt an eine Zeichentrickserie.

Die Harley tuckerte und blubberte zwischen seinen Schenkeln. Es war ein Umbau mit weiteren Modifikationen, die nicht für die Straße gedacht waren.

Früher hatte Ares damit Rennen für die *Demons* gefahren. Beschleunigungsrennen, stur geradeaus und Vollgas. 179 PS schoben 250 Kilogramm an. Ein Geschoss auf zwei Rädern. Er schaffte mit seiner Night Rod eine Viertelmeile unter acht Sekunden.

Sollte er einer Streife begegnen, würde er sich ein Rennen liefern müssen. Aber da er auch kein Nummernschild besaß, konnten sie ihm nichts anhaben; die Halter-Ermittlung auf diesem Weg fiel aus. Straßensperren musste er auch nicht fürchten, denn die Bullen schafften es nicht, sie schnell genug aufzubauen.

Ares rollte den Feldweg hinunter und bog auf die Straße ab. Er musste nur ein bisschen Gas geben, dann hatte er den Golf nach wenigen Sekunden eingeholt. Der künftige Vladimir Iwanow fuhr vorschriftsmäßig, um bloß keine Aufmerksamkeit zu erregen.

Nach gemütlicher Fahrt ging es auf die A4 zur Raststätte Rabensteiner Wald.

Ares folgte dem VW, ließ aber immer einige Wagen dazwischen, bis der Golf auf den Rastplatz abbog.

Ares stellte die Night Rod weiter entfernt auf dem Parkplatz ab, während der Fahrer des VW auf dem Behindertenparkplatz anhielt und ausstieg. Dort lehnte er sich gegen den Wagen. Er wartete.

Ein Blick durch das Fernglas bestätigte es: Gunther Sterz, gesuchter Polizistinnenkiller, spezieller Feind des Bildermörders aufgrund schlechter Kopie der Vorgehensweise.

Ares würde zu gerne wissen, was der Verrückte mit Sterz anstellte, aber leider würde dieser in die Hände der Gesetzeshüter wandern.

Der neue Haarschnitt stand Sterz nicht schlecht, und das Bärtchen machte ihn männlicher. Doch das würde ihn nicht retten.

Ares nahm im Schutz eines abgestellten Lkw den Helm ab und zog sich eine Strumpfmaske über; dann nahm er den ausziehbaren, flexiblen Totschläger aus der Gesäßtasche. Er trabte auf Sterz zu. »Deine Brieftasche, du Wichser!«, schrie er ihn an.

Die Menschen vor dem Restaurant wichen schreiend vor ihm zurück, einige schossen Fotos, andere riefen die Polizei. Genau, wie Ares es vorausgesehen hatte.

Sterz zuckte herum, langte in Gürtelhöhe auf den Rücken und zog die Pistole, die einmal Schwedt gehört hatte – doch der Teleskopschlagstock zuckte pfeifend nieder und traf den rechten Unterarm. Knackend brach der Knochen, die Waffe fiel auf den Boden.

»Das war nicht die Brieftasche, Wichser!«, brüllte Ares und versetzte dem Killer einen Tritt mit der Sohle gegen die Brust, so dass Sterz nach hinten gegen den Golf knallte. Das Seitenfenster zerbrach, Hunderte Splitter rieselten auf den Boden und den Fahrersitz. Schon bekam er den Totschläger wieder ab, dieses Mal auf den anderen Oberarm, und zwar mit großer Kraft.

Der Getroffene schrie unter dem Hieb auf und krümmte sich leicht.

Ares packte ihn mit einer Hand im Nacken, zog ihm mit dem Fuß die Beine weg und schleuderte ihn brutal auf den Asphalt. Die Nase wurde regelrecht zerschmettert, und Sterz erschlaffte. Er würde für eine lange Zeit außer Gefecht gesetzt sein.

Hastig tastete Ares den Verbrecher ab, fand ein Ersatzmagazin und die Brieftasche, die er rasch plünderte; auch den Ausweis nahm er mit. Die Pistole entlud er und drückte sie dem Bewusstlosen in die Finger, damit die eintreffenden Beamten gleich vorsichtiger wurden, sobald sie den Mann sahen.

Um die Leute, die herumstanden, kümmerte er sich nicht. Niemand wollte den Helden spielen, und das war auch gut so.

Ares erhob sich und rannte los, ohne die Strumpfmaske abzuziehen, erreichte seine Night Rod und streifte sich den Helm über. Der Plan war aufgegangen.

Sekunden darauf bretterte er in einem Höllentempo vom Rastplatz und sah auf der Gegenfahrbahn gerade einen Streifenwagen mit Blaulicht, der auf die Abfahrt fuhr.

Er grinste und nahm die nächste Ausfahrt, kehrte auf Umwegen und kleinen Sträßchen zum Feldweg zurück, wo er die auffällige Harley in den Pferdeanhänger schob, den er sich von einem Freund zusammen mit dem Geländewagen ausgeliehen hatte. Der Smart wäre an dem Gewicht verreckt.

Ares zückte sein Smartphone und wählte Pitts Nummer.
»Rhode?«
»Hey, Pitt«, sagte er locker. »Was machst du gerade?«

»Ach, du bist es. Seit wann rufst du mit unterdrückter Nummer an?«

»Ein Versehen.« Er sicherte die Maschine mit der Polsterung aus Folie und Strohballen gegen Umfallen.

»Das ist gar nicht schlecht, dass du dich meldest. Ich kann dir wegen deiner Anfrage weiterhelfen. Das hatte ich neulich total vergessen.«

»Klar hast du das.« Ares lachte erleichtert auf. »Perfekt!«

»Freu dich auf heute Abend und Jogging. Danach gehen wir essen. Du schuldest mir was.«

»Machen wir. Oh, du, ich habe gehört, dass die Streife einen Mann auf dem Rastplatz Rabensteiner Wald gefunden hat, der zusammengeschlagen wurde und keinerlei Papiere besitzt. Er hat eine Pistole bei sich, und ich bin bereit zu wetten, dass es die Dienstwaffe deiner Kollegin ist.«

Pitt schwieg.

»Bist du noch da?«

»Ja, ich …« Sein Freund beging nicht den Fehler, am Telefon nachzufragen, auch wenn es sein Privathandy war. »Ich kümmere mich darum. Danke für den Hinweis. Jetzt *müssen* wir heute Abend *unbedingt* zusammen joggen gehen.«

Ares grinste und machte ein Spiel draus. »Ich kann nicht.« Er stapelte die Strohballen vor dem Hinterrad zu einer Sichtschutzwand, falls er angehalten wurde und die Klappe öffnen musste. »Ganz viele Kunden, Pitt.«

»Ich *bestehe* darauf«, betonte er und ließ keinerlei Widerworte zu. »Oder ich komme bei dir vorbei, und wir joggen in deinem Wohnzimmer.«

Er hätte beinahe laut losgelacht. Sein Freund würde ihn bis ins kleinste Details ausquetschen, warum ausgerechnet *er* wusste, wo sich Sterz herumtrieb. Abgesehen davon brauchte er die Informationen zum Gesicht aus der Vergangenheit. »Schön. Sagen wir 20 Uhr? Im Johannapark an der kleinen Brücke?«

»Ich freue mich. Bis denn!« Er legte auf.

Ares schloss die Klappe des Pferdeanhängers, setzte sich ans Steuer des Wagens und fuhr gemütlich nach Leipzig zurück.

Die Gerechtigkeit nahm gelegentlich verschlungene Pfade und mitunter bediente sie sich der Hand eines Menschen. Das Geheimnis des Messermannes sollte zudem auch noch fallen. Besser konnte es nicht mehr kommen.

Aber zuerst wartete *Kowalski* auf seinen Fisch, den er aus der Hand von Elisa bekommen sollte.

Ares fürchtete, dass sie ihn zu drei weiteren Pinguinpatenschaften nötigen würde. Die Namen waren klar: *Skipper, Private* und *Rico*.

Ares nahm es Pitt nicht übel, dass er zu spät kam. Nach der Verhaftung des vermutlichen Mörders von Anke Schwedt würde im Revier viel los sein.

Sein Smartphone meldete sich.

Stirnrunzelnd sah er auf die Nummer. Aufgrund der Durchwahl musste es die Polizeidirektion sein, aber es war nicht sein Freund. »Ja?«

»Hallo, Herr Löwenstein. Kommissar Lackmann hier.«

Ares erinnerte sich an den hochaufragenden Kriminaler, der sogar größer war als er – bei höchstens einem Drittel seines Gewichts, wie er vermutete. Sie hatten sich ein paarmal auf Pitts Zwangsfesten gesehen, wie Beförderungen und runden Geburtstagen. Jedes Mal kam ihm der Begriff *Hungerturm* in den Sinn.

Aber warum rief er bei ihm an?

»Was gibt's, Herr Lackmann?«

»Herr Löwenstein, ich weiß, dass Herr Rhode meistens um diese Zeit mit Ihnen Dauerlauf im Johannapark macht, und ich dachte, ich könnte ihn vielleicht über Sie erreichen.«

»Ich warte noch auf ihn. Es wird ihn etwas aufgehalten haben.«

»Oh. Mhm.« Lackmann klang enttäuscht. »Ja, das fürchten wir auch.«

»Soll ich was ausrichten?«

»Es geht um Sterz. Wir haben ihn gefasst …«

Ares grinste zufrieden. »Oh, schön! Und ich soll es ihm sagen?«

»Nein, er weiß es schon. Er wollte selbst nach Chemnitz fahren und die Überführung machen, aber sie sind überfällig.«

»Wie lange schon?« Auf Ares' Glatze zog sich unter der wärmenden Mütze die dünne Haut zusammen – zumindest fühlte es sich so an.

»Er müsste seit Stunden hier sein. An sein Handy geht er auch nicht.«

»Herr Lackmann, Sie haben angenommen, er kommt mit dem Verdächtigen zuerst *bei mir* vorbei, bevor er ihn in die Zelle verfrachtet?« Ares erhob sich und ging auf und ab.

»Na ja. Bevor er losfuhr, meinte er, dass er *Sie* unbedingt heute noch sprechen müsste. Ich hätte ihm zugetraut, dass er eine Art Gegenüberstellung macht. Was weiß ich.« Lackmann atmete durch. »Gut. Dann weiß ich Bescheid.

Ich werde mich gleich auf die Suche begeben und ein paar Kollegen dazuholen. Machen Sie sich keine Sorgen. Wird nichts Schlimmes sein. Vermutlich eine Autopanne und ein leerer Akku. Das kennt man ja. Guten Abend, Herr Löwenstein.«

Ares schluckte und steckte sein Handy ein.

Er wartete noch eine halbe Stunde, dann rief er wieder Lackmanns Nummer an. Der Kommissar meldete sich nicht.

Also drehte Ares seine Runde alleine durch den Johannapark.

Aber den Kopf bekam er nicht frei.

In der Hoffnung, dass Rhode noch aufkreuzte, verlängerte er seine Tour, bis es zu regnen anfing und er patschnass bei Tzschaschel zum Work-out aufkreuzte.

Seine Gedanken drehten sich um Rhode, da konnte der Ramschkönig noch so viel von seinem verstorbenen Kumpel Wolke erzählen. Anatevka zeigte sich nicht. Ihre Verführungsniederlage schien sie zu vertreiben. Ares vermisste sie nicht.

Er fuhr sehr besorgt nach Hause. Das schlechte Gefühl blieb. Seine Kopfhaut schlug regelrecht Furchen.

❈❈❈

Leipzig, Zentrum-Süd, 10. Dezember

»… weswegen ich mich in Absprache mit dem Innenminister und Polizeipräsidenten entschlossen habe, dem Mörder parallel zu unseren weiteren Ermittlungen eine Falle zu stellen.« Frida Bernanke stand hinter ihrem Schreibtisch und sah in die skeptischen Männer- und Frauengesichter der SoKo. »Es wurde uns ein Spezialeinsatzkommando bewilligt.«

Sie hatte lange damit gewartet, die genauen Fakten zu offenbaren, um die Zahl der Wissenden möglichst gering zu halten, aber es zeichnete sich eine baldige Konfrontation mit dem Täter ab. Jeder aus der Abteilung würde gebraucht werden.

Nach dem Mord an dem SpuSi wurde Bernanke klar, dass sie nicht auf einen Bildermord warten durfte. Wie von ihr befürchtet, hatte Rether nichts in den alten Proben gefunden, weder in dem gefrorenen Stierauge noch auf den Netzhäuten der *Guernica*-Opfer.

Die Medien flippten aus, als die Website des Täters das letzte Werk zeigte. Auf irgendeinem Weg gelang es ihm, eine Ersatzseite zu aktivieren, sobald die aktuelle von den Polizeiexperten blockiert wurde.

Die verschiedensten Boulevardblätter brachten Analysen über die bisherigen Originale, versuchten sich an Interpretationen und Pseudoschlüssen und interviewten Psychiater und Psychologen. In den bundesweiten Nachrichtensendungen waren die Morde ebenso ein Thema, die seltenen Pressekonferenzen quollen vor Kamerateams über. Das Interesse daran blieb international; wahrscheinlich saß ihr Mörder in seinem Versteck und holte sich einen vor Freude runter, wenn er sah, wie berühmt er geworden war.

Das zumindest stellte sich Bernanke vor, aber sie wollte es nicht länger hinnehmen.

Sie hörte das BKA schon mit den Hufen scharren und

sah, wie der Bundesinnenminister seine Hand von Berlin nach Sachsen ausstreckte.

Gekrönt wurde das Ganze vom Unfalltod des Intendanten der Oper. Mutmaßungen schossen ins Kraut, und ihre SoKo hatte seit heute sechzig Leute.

Daher griff sie zur List. Mit Segen von oben.

Hinter Bernanke flimmerte eine Computerpräsentation, die mittels Beamer an die Wand geworfen wurde. Neben ihr saß Kollege Marsching aus der Abteilung Computerkriminalität und wartete auf seinen Einsatz.

»Zum Bisherigen: Wir haben von einem gefakten Account aus bereits mehrere Nachrichten an den Mörder geschrieben, und zwar als der vermeintliche Fälscher, der Anke Schwedts Tod nach dem Vorbild von *Psycho* arrangierte. Absicht: Wir fordern den wahren Täter zum Wettbewerb heraus, wer der Bessere sei. Ziel ist es, unseren Täter zu reizen und zu Fehlern zu animieren.«

In den Reihen wurde Gemurmel laut.

Ihre gelblich grauen Augen erfassten die anhaltende Skepsis auf den Mienen. »Es klingt gefährlich, und das wird unser Plan auch sein. Aber es gibt gute Prognosen, dass wir ihn auf diese Art schnappen. Die Psychologen bescheinigten uns, dass sein Denkmuster ihn nicht anders handeln lassen kann, als auf unseren Wettbewerb einzusteigen. Den ersten Fehler beging der Mörder mit dem Aufsuchen des *Ars Moriendi*. Es fanden sich unbekannte Spuren am Tatort, die zur DNA-Analyse und -Prüfung ins Labor geschickt wurden. Mit etwas Glück haben wir einen Anhaltspunkt zur späteren Verwendung«, erklärte sie und sah, dass sich eine dunkelblonde Fahnderin meldete, deren Namen sie nicht kannte. Sie musste aus dem Leipziger Team stammen. »Ja?«

»Wie genau vermeiden wir, dass der Täter ein Blutbad anrichtet, gerade *weil* er sich herausgefordert fühlt? Ich halte es für möglich, dass er *Guernica* toppen möchte. Sie haben sicher Ideen dazu«, formulierte sie ihre Bedenken sehr geschickt.

Bernanke sah zum Beamten an ihrer Seite. »Das haben wir, und ich bedanke mich bei Ihnen für die Nachfrage. Bitte, Herr Marsching.« Sie setzte sich.

Marsching nickte und legte die Hände auf die Tastatur, um eine neue Präsentation zu beginnen. »Es war so, dass wir in den Mails an den Täter scheinbar zufällig Informationen lieferten, wo sich der Herausforderer aufhält«, erklärte er und kreiste Beispielbilder ein. »So haben wir mehrere Fotos geschossen, auf denen im Hintergrund markante Gebäude von Leipzig erkennbar sind. Da wir und die Profiler davon ausgehen, dass es ich um einen sehr gebildeten Täter handelt, wird er die Mosaikstücke rasch zusammensetzen können. Den Andeutungen in seinen Antwortmails haben wir entnommen, dass er sich sehr nahe an der Lösung befindet. Er stößt konkretere Drohungen aus und bringt detaillierte Beschreibungen von Foltermethoden. Wir rechnen damit, dass er innerhalb der nächsten Woche zuschlagen wird.«

»Da er dem Fälscher den Tod versprach«, schaltete sich Bernanke ein, »gehen die Psychologen nicht davon aus, dass er sich überhaupt zu einem Wettstreit herablässt, sondern danach trachten wird, den Widersacher direkt zu töten. Das nur, um Ihre Frage zu beantworten.«

»Danke. Und wo ist der Standort?«, hakte die Fahnderin nach.

»Es handelt sich dabei um ein Gebäude in der Innenstadt, das gerade saniert wird«, sagte der Computerexperte. »Wir haben einen zentralen, aber doch leicht zu kontrollierenden Ort ausgesucht, an dem keine Menschen direkt von einem Zugriff oder einer Auseinandersetzung betroffen sein werden. Jede Lage außerhalb der Stadt oder in einem gänzlich verlassenen Bereich kann zu einfach als Falle identifiziert werden. Den genauen Standort ...?« Marsching sah zu Bernanke.

Die LKA-Beamtin erhob sich wieder. »Das Gebäude wird rund um die Uhr überwacht, das SEK-Team steht in einem Nachbarhaus in Bereitschaft, um jederzeit zuschlagen zu können. Ab heute wird die SoKo die Observierung übernehmen. Ich möchte in der heißen Phase keine Fremdeinsatzkräfte vor Ort haben. Die Einsatzpläne sind bereits erstellt und liegen in der Besprechungsmappe vor Ihnen. Falls es jemanden interessieren sollte: Ich bin auch eingeteilt. Ich stehe auf Nächte in Feldbetten und auf abgepackte Sandwiches, die man mit viel Kaffee und Tee runterspült.« Leises Gelächter erklang, und Bernanke lächelte. Ihr Plan schien von der Mehrheit der SoKo mitgetragen. »Nur vier von Ihnen werden an den laufenden Ermittlungen weiter dranbleiben, um die Auswertungen nicht vollends zu unterbrechen. Den Rest brauche ich für die Observierung.« Sie wandte sich zur Seite, um ihre Präsentation fortzusetzen.

»Wer ist der Lockvogel?«, traf sie die Frage in den Rücken.

Bernanke hüstelte. »Sie müssen sich keine Sorgen machen. Wir haben einen Mann vom SEK als vermeintlichen Fälscher im Haus einquartiert. Er ist abgesichert, über diverse Kameras im Haus sowie eine Schussweste, zwei

Handfeuerwaffen und eine weitere Maßnahme.« Sie drehte sich zur Versammlung um. »Im Objekt sind zudem Bewegungsmelder verteilt. Sobald der Täter in die Falle tappt, wird es kein Entrinnen mehr geben. Niemand von Ihnen wird in Gefahr gebracht.«

Sie entdeckte zu ihrer Verwunderung, dass sich Lackmann in die Besprechung geschmuggelt hatte. Vermutlich hatte Rhode ihn geschickt, um zu spionieren.

Bernanke winkte dem Kommissar freundlich zu. »Herr Lackmann! Welche Überraschung. Haben Sie sich in der Tür geirrt?«

Er erhob sich, sein Gesicht wirkte so zerknittert wie sein Anzug mit der schiefen Krawatte. »Entschuldigen Sie, Frau Kriminalhauptkommissarin, aber ich wollte nur hören, was es Neues gibt.«

»Haben Sie Ihren Fall schon gelöst?«

»Nein. Wir … verzeichnen aber Erfolge.«

Sie nickte. »Schön. Dann raus mit Ihnen, und verzeichnen Sie weiter. Nichts für ungut, Herr Lackmann, aber Sie haben Ihre eigene SoKo.«

»Natürlich. Viel Glück bei der Operation.« Der lange, schlaksige Mann schob sich durch die Stuhlreihen und verließ den Raum.

Bernanke nahm die Besprechung wieder auf, bis alle Punkte der Observierung durchgesprochen waren. »Wenn etwas sein sollte, meine Nummer und die des SEK-Führers haben Sie«, schloss sie die Versammlung. »Nicht mehr lange, und wir haben den krankesten Serientäter Leipzigs geschnappt, meine Damen und Herren. Nein, den krankesten Deutschlands!« Sie klatschte.

Die SoKo fiel in ihren motivierenden Applaus ein, der

fast eine halbe Minute anhielt, bevor die Ersten aufbrachen und sich auf Lauerposten begaben.

Bernanke spürte den Optimismus, der sich in ihrem Team ausbreitete. Der Täter hatte angebissen, und es gab endlich Konkretes.

Dazu kam, dass der Fluch des Totenblicks nicht mehr zugeschlagen hatte. Die Jagd auf den Fälscher schien den Bildermörder mehr zu fesseln, als Polizisten und SpuSis umzubringen.

Bernanke setzte sich neben ihren Computerexperten. »Was Neues, Ingo?«

»Ja. Die Mail kam eben rein.« Marsching klickte auf den Posteingang. »Unser Täter hat soeben versprochen, dass er dem Fälscher nicht die Ehre erweisen wird, ihn in ein Kunstwerk einzubauen. Er will an ihm ein Exempel statuieren, von dem Leipzig noch lange sprechen wird. Keiner solle es danach wagen, ihn imitieren zu wollen.«

Bernanke las die Botschaft zweimal, aber es fanden sich keine eindeutigen Signale, dass heute schon der Tag sein sollte. »Er wird heiß. Gut! Schicken Sie es gleich weiter an unsere Psychos.«

Die Frage nach der IP-Adresse und dem Standort des Absenders stellte sie erst gar nicht. Ihr Täter war schlau genug, irgendeinen Faker zu benutzen. Die übermittelten Daten waren untauglich, und für jede Antwort richtete er sogar einen eigenen Account aus einem anonymen Internetcafé auf einem kostenlosen Mail-Server ein, der danach gleich wieder verschwand.

Das war der Fluch des Internets.

Die grausamen, perversen Bilder von der Website mit den Bildermorden waren hunderttausendfach kopiert worden und geisterten jetzt auf Servern herum. Unlöschbar für alle Zeiten. Der Verrückte hatte sich zumindest ein Denkmal im Netz gesetzt, was schon widerlich genug war.

Sie mussten ihn erwischen! Tot oder lebendig.

Frida Bernanke verließ den Besprechungsraum und ging in die Kantine, um noch zwei belegte Brötchen abzugreifen. Sie waren besser als die nassweichen Sandwiches aus der Packung, die es an Tankstellen und im Supermarkt zu kaufen gab.

Danach machte sie sich auf den Weg in ein Café, um einen letzten guten Cappuccino zu trinken und sich eine kurze Auszeit zu gönnen, bevor sie in vier Stunden die Kollegen ablöste.

Beim Verlassen des Gebäudes sah sie Lackmann und zwei Streifenbeamten zusammenstehen. Der Kommissar hatte die Arme vor der Brust verschränkt und hörte mit abweisendem Gesicht zu, während einer der Uniformierten gestikulierend berichtete.

Bernanke vermutete, dass es um die Besprechung ging.

Lackmann und Rhode würden die Falle nicht gutheißen. Sie hielt sich zurück, weil sie am liebsten zu ihm gegangen wäre, um ihm zu erklären, wie erfolgreiche Polizeiarbeit aussah.

Aber sie unterließ es und ging hinaus auf den Parkplatz.

Den Triumph würde sie auskosten. Ohne lauten Jubel, doch mit tiefer innerlicher Freude. Sicherlich empfand sie Mitleid, weil es Rhode psychisch so stark belastet hatte, an dem Fall zu arbeiten, aber dafür war er nun mal in einer SoKo.

Augen auf bei der Berufswahl, dachte sie.

Die blonde Frau stieg in ihren roten Alfa Romeo Giulia

und fuhr in Richtung Innenstadt. Jede Minute konnte der entscheidende Anruf kommen, dass ihr Mörder zuschlagen wollte.

Bernanke freute sich darauf wie ein kleines Kind auf die Bescherung.

※※※

Leipzig, Zentrum-Ost, 10. Dezember

»Hier Auge elf. Auge eins, bitte kommen.«

Frida Bernanke vernahm den Ruf und wartete mit ihrer Antwort. Sie saß zusammen mit einem Kollegen im Haus schräg gegenüber und sah auf den Monitor des Computers, zu dem die Webcams unter anderem ihre Bilder sandten.

Insgesamt gab es vier Empfangsgeräte, auf denen die Teams das gesamte Innenleben des zu sanierenden Gebäudes in der Büttnerstraße überblickten. Die Seiten des Hauses waren mit Gerüsten sowie grünen Folien und Schutznetzen versehen, die über die Gestänge gezogen waren. Sie sollten umherfliegenden Dreck abhalten und bildeten zugleich eine ausreichende Abschirmung vor aufdringlichen Blicken. »Auge eins hört, kommen.«

Es war dunkel und regnete leicht, somit alles andere als adventlich.

Die meisten Leipziger hatten es vorgezogen, zu Hause zu bleiben; die Märkte fuhren gerade herbe Verluste ein. Das machte es für die Observierung einfacher, da sich die Zahl der potenziellen Bildermörder um das Gebäude stark reduzierte.

Einen Fehlalarm hatten sie auch schon zu verzeichnen gehabt: Eine kleine Gruppe Punks wollte es sich in dem Haus gemütlich machen, wurde aber gleich wieder von dem SEK-Mann, der den Lockvogel gab, hinausgeworfen. Das Quartett trollte sich, nachdem er jedem zehn Euro gegeben hatte, und versprach, so schnell nicht wiederzukommen.

»Auge elf: Ich habe eine verdächtige Person am Rückgebäude ausgemacht«, erstattete der Ermittler Bericht. »Weiblich, ungefähr 1,65, ca. 20 Jahre alt, Straßenkleidung und Rucksack. Sie ist unter die Folie geschlüpft und dringt gerade mit Gewalt durch ein Fenster ein. Kommen.«

Bernanke überlegte. »Auge elf, Stand-by. Lockvogel, kommen?«

»Hier Lockvogel, kommen.«

»Sie kriegen Besuch. Eine unbekannte weibliche Person. Scheuchen Sie sie hinaus, kommen.«

»Lockvogel hat verstanden, kommen.«

Bernanke vernahm die leise, angeregte Unterhaltung ihrer Begleiter und wandte sich um. Sie hatte deutlich den Namen Rhode vernommen. »Herrschaften, geht das ein bisschen leiser?«

»Entschuldigung«, murmelten sie.

»Was ist mit Rhode?«, hakte sie misstrauisch nach. »Hat er etwas wegen der Falle gesagt?«

Die beiden Kollegen tauschten einen fragenden Blick. »Nein. Er ist verschwunden. Seit gestern Abend. Zusammen mit …«

Bernanke wurde am Arm berührt. Ihr viertes Teammitglied machte sie auf die Straße aufmerksam, wo drei Gestalten betont langsam an der mit Plastikplanen abgehängten Front entlangschlenderten. Sie spähten gelegentlich durch die Folie ins Innere; alle hatten Rucksäcke dabei.

Das konnte *kein* Zufall sein.

»Hier Auge elf an alle: Weibliche Person ist eingedrungen, aber es kommen noch mehr«, meldete der Ermittler aufgeregt. »Ich zähle … aktuell einundzwanzig Personen, die durch das Fenster einsteigen. Was geht hier ab?«

Bernanke verbannte Rhode aus ihren Gedanken und sah, wie sich das Trio auf der Vorderseite unter das grüne Netz schmuggelte. Die Webcam zeigte ihr, dass einer der Jungs sich mit einem Tritt gegen die Eingangstür Zugang verschaffte. Lachend huschten sie ins Haus. »Auge eins an alle: Position halten«, gab sie durch. »Lockvogel, kommen.«

»Hier Lockvogel, kommen.«

»Sie gehen sofort in Ihr Versteck, kommen.«

»Verstanden, Auge eins.« Der SEK-Mann erhob sich vom Stuhl, auf dem er in seinem vermeintlichen Atelier saß, und begab sich in einen stählernen Wandschrank, der von innen absperrbar war.

Bernanke schaltete zwischen den Webcams hin und her.

Immer mehr Jugendliche kamen zum Gebäude und betraten es illegalerweise. Die Bilder zeigten ihr und den restlichen Teams, dass im Inneren Kerzen ausgepackt und entzündet wurden. Getränke machten die Runde, leise Musik erklang über die Lautsprecher. Es war ein aktueller Dancefloor-Charthit.

Bernanke rollte mit den Augen, da sie begriffen hatte, was den Beamten gerade in die Quere kam. »Auge eins an alle: Das ist ein Flashmob«, gab sie durch. »Auge vier, bitte im Netz nach Veranstaltungen suchen, damit wir wissen, mit wem wir es zu tun haben.«

Der Monitor zeigte ihr, wie die jungen Leute den entkernten Bereich des mehrstöckigen Hauses in Beschlag nahmen und auf allen Etagen feierten. Es wurde getanzt, getrunken, geflirtet und geküsst. Es waren sicherlich vierhundert oder mehr, die Party machten.

»Hier Auge vier: verstanden. Durchsuchen das Netz nach Flashmobs für die Büttnerstraße.«

Bernanke sah genauer auf den Bildschirm: Ein Teenager hatte eine der Webcams entdeckt, aber anstatt sich deswegen Sorgen zu machen, lachte er auf und pflückte sie. Durch die dröhnende Musik hörte man ihn laut rufen: »Ich hab ein Geschenk gefunden!«

»Du musst noch die Formel sagen!«, rief ein Mädchen aus dem Hintergrund.

Der Junge von knapp 17 grinste in die Linse. »Gruß an die Zuschauer: Schaut noch genauer!« Dann wurde diese Verbindung unterbrochen.

Bernanke ahnte, was gerade im Gebäude vorging. Das hier hatte rein gar nichts mit Zufall oder einem spontanen Flashmob zu tun: Der durchtriebene Bildermörder hatte seine Spione vorgeschickt und sich die besten Schilde beschafft, die man sich vorstellen konnte: Unwissende.

»Hier Auge vier«, meldete sich ein Ermittler. »Ich habe die Flashmob-Ankündigung gefunden. Mister Paint hat für heute Abend hierher eingeladen. Das Motto ist: *Kommt und holt es euch!* Man soll Party machen und dabei im Haus nach Geschenken suchen, die darin versteckt wären. Sollte man etwas finden, ist unbedingt die Formel zu nennen: *Gruß an die Zuschauer: Schaut noch genauer!;* andernfalls müsste man das Gefundene später beim Verlassen des Gebäudes wieder abgeben.«

Bernanke musste mit ansehen, wie immer mehr Webcams ausfielen, weil sie von den Flashmobbern aufgestöbert und eingesackt wurden.

Der Bildermörder hatte sie ausgetrickst.

Oder besser gesagt: Er hatte seinen vermeintlichen Widersacher ausgetrickst, indem er ihm die Meute auf den Hals hetzte, um sich in deren Schutz an ihn heranzuschleichen. Die jungen Leute selbst waren nicht in Gefahr, auf sie hatte er es nicht abgesehen.

Aber sein vermeintlicher Konkurrent müsste um sein Leben fürchten …

»Scheiße, verkackte!« Bernanke ärgerte sich unglaublich, aber sie wollte ihre Falle nicht aufgeben.

Noch ließ sich die Illusion aufrechterhalten. Mit ein paar Mails an den Mörder ließe sich erklären, warum das Atelier verlassen war, und es könnte eine zweite Falle errichtet werden.

Aber es war mühselig.

Mühselig und ärgerlich.

Sicherlich beobachtete ihr Täter die Location. Es durfte nur keiner ihrer SoKo-Leute oder das SEK im Haus auftauchen, sonst wäre alles verloren.

»Auge eins an alle: Niemand bewegt sich.«

Die verschiedenen Teams bestätigten.

»Lockvogel, kommen.«

Bernanke wartete und sah auf den Bildschirm.

Nur noch zwei Kameras sendeten ein Bild, eine aus dem Eingangsbereich, die zu hoch hing, als dass jemand sie zufällig entdecken konnte, und eine aus dem Treppenhaus. Überall liefen die Kids herum, suchten nach den Geschenken und feierten ihren eigenen Übermut.

In zehn Minuten würde sie einen regulären Streifenwagen anfordern, der die Veranstaltung beendete. Es war realistischer, wenn jemand nach dem Rechten sah, denn inzwischen konnte man die Musik bis auf die Büttnerstraße hinaus hören – falls nicht die Nachbarn ohnehin schon angerufen hatten.

»Lockvogel, hier Auge eins, kommen.«

Es rauschte gewaltig, dann hörte sie ganz verzerrt die Stimme des SEK-Mannes. Der Stahlschrank, der zu seinem Schutz gedacht war, störte das Signal. Vorhin beim Testlauf hatte es gut geklappt. Es konnte sein, dass die Beeinträchtigungen durch die ganzen Handys der Jugendlichen ausgelöst wurden. Zu viel Input.

»Lockvogel: Ich kann Sie nicht verstehen. Halten Sie Position«, ordnete Bernanke an und rief nach zehn Minuten eine Streife, um die Flashmob-Party aufzulösen.

Die Schutzpolizei kam mit einem Wagen. Zwei Beamte stiegen aus und verschwanden hinter der Plane; einer hatte ein Megaphon unter den Arm geklemmt, um eine gut verständliche Durchsage zu machen.

»Achtung, Achtung: Hier spricht die Polizei«, hörte Bernanke es gleich aus den Boxen und parallel durch das angelehnte Fenster schallen. »Sie befinden sich auf Privatgelände. Sie haben keinerlei Berechtigung, sich in diesem Gebäude aufzuhalten …«

Während der Beamte seinen Text aufsagte, rannten die Jugendlichen unter Johlen und Lachen davon, kletterten aus den Fenstern und am Gerüst nach unten, verließen den Hof aus allen Stockwerken gleichzeitig. Bernanke sah, wie die Gestalten unter der Abdeckfolie hervorkamen und wegliefen.

Plötzlich loderte Feuerschein auf.

»Es brennt!«, rief eine Mädchenstimme aus den Boxen. »Da brennt eine Plane!« Mehrfaches Aufkreischen war die Folge, und nun geriet die Masse in Panik. Manche stürzten auf den Vorplatz, andere fielen auf der Treppe hin und überschlugen sich mehrmals.

Bernanke ließ die Feuerwehr verständigen, während das Flackern im Gebäude gegenüber rasch größer wurde. Das Plastikmaterial, oder was immer in Flammen stand, schien einen guten Brennstoff zu liefern.

Erste Schaulustige blieben mit ihren Autos auf der Büttnerstraße stehen.

Manche der Jugendlichen, die verunglückt waren, schleppten sich nur sehr langsam vorwärts, einige mussten von ihren Freunden getragen werden. Andere lagen in einer dunklen Ecke und wurden von den Flüchtenden übersehen.

Und das Feuer breitete sich weiter aus und griff auf das Gebäude über.

Jetzt *musste* Bernanke die Tarnung aufgeben, um die Teenager vor dem sicheren Tod zu bewahren. »Auge eins an alle: Gehen Sie raus und helfen Sie beim Evakuieren«, befahl sie und hoffte, dass der Bildermörder die SoKo-Beamten nicht von zufälligen Passanten unterscheiden konnte. »SEK-Team: Sie halten Position.«

Wieder bestätigten alle.

Bernanke blieb ebenfalls und verfolgte über die beiden Webcams, wie die Rettungsmission ihrer SoKo verlief. Über Funk gab sie Anweisungen, wo sie noch Verletzte ausmachen konnte, und koordinierte als allsehendes Auge. Als die Einsatzkräfte der Feuerwehr kaum zehn Minuten später anrollten, hatten sie fast alle Kids aus dem brennenden Gebäude geschafft.

Bernanke war erleichtert, dass es glimpflich für die jungen Rebellen abgelaufen war; gleichzeitig ärgerte sie sich noch mehr: Der Täter hatte ihr bewiesen, dass er wirklich clever war. Sie nahm an, dass er sich in passender jugendlicher Aufmachung unter die Feiernden gemischt hatte, um nach dem Fälscher zu suchen.

»Hier Auge fünf an alle«, meldete sich ein Ermittler. »Wir waren vorhin noch kurz im Atelier. Es ist komplett verwüstet worden. Mit *voller* Absicht. Wir haben Bilder gemacht, so gut es uns der Rauch erlaubte. Ich nehme an, dass es der Täter war.«

»Hier Auge eins: Das nehme ich auch an. *Abbruch*. Ich wiederhole: *Abbruch*. Wir treffen uns in der Dimitroffstraße zu einer Besprechung. Ich will eine genaue Schilderung der Beobachtungen, die während der Evakuierung gemacht wurden«, befahl sie. »SEK-Team, Sie können abrücken.« Bernanke seufzte und schaltete den Laptop aus, dann fluchte sie laut und heftig.

»Aber, aber«, sagte eine Stimme tadelnd hinter ihr. »Das gehört sich doch nicht für eine kluge Frau wie Sie.«

Bernanke kannte die Stimme nicht. Aber sie wusste intuitiv, wer sich in ihren Rücken geschlichen hatte.

Im Umdrehen zog sie ihre Dienstwaffe – und zielte auf die Türöffnung.

Sie schluckte, drehte sich sichernd um die eigene Achse, ohne jemanden zu erkennen.

Vorsichtig verließ sie das Zimmer, die P 10 im Anschlag und entsichert, den Finger auf dem Druckpunkt des Abzugs. Sie und ihr Team waren aufgeflogen, der Mörder hatte sie durch sein geschicktes Manöver enttarnt.

Woher hatte er gewusst, wo *sie* sich befand?

Bernanke wagte es nicht, an ihr Funkgerät zu greifen. Es war der winzige Moment der Unaufmerksamkeit, auf den der Täter lauerte, um sie anzugreifen.

Sie gelangte ins Treppenhaus und zum Fahrstuhl.

Mit dem Ellbogen betätigte sie den Knopf, die Augen und die Mündung auf den Gang sowie ins Treppenhaus gerichtet.

Bernanke hörte das Surren, mit dem sich das Seil aufwickelte und der Lift angehoben wurde. Die Kabine näherte sich.

Mit einem lauten mechanischen Klacken schaltete sich plötzlich das Licht aus. Die Zeitschaltuhr hatte den Glühbirnen den Saft abgedreht und sie zum Erlöschen gebracht.

Dennoch war es nicht stockdunkel im Treppenhaus: Blaulichtlanzen stachen in unregelmäßigen Abständen durch die Scheiben, durchschnitten sie und warteten für Sekundenbruchteile, bevor sie die Finsternis erneut attackierten.

Bernankes Puls beruhigte sich kaum. Die Gefahr war noch lange nicht vorüber.

Aus der Etage über ihr erklang ein Rumpeln, dann hopste und rollte etwas quietschend die Treppe herunter: Ein Kinderwagen schälte sich aus dem Halbdunkel, kam Stufe für Stufe angesprungen; eine Kinderstimme heulte dazu, von den Stößen durchgeschüttelt. Das blaue Licht streifte ihn gelegentlich, betonte für ein Blinzeln Details: alberne Bärchen mit blauen Nasen auf dem Verdeck, einen Filzstiftfleck und einen Kratzer an der Seite.

Schließlich verkantete sich das Vehikel und überschlug sich polternd. Decke, Matratze und ein kleiner, heulender Schatten flogen heraus und wirbelten umher ...

Bernanke fluchte und machte ein paar schnelle Schritte nach vorn, hielt die Waffe mit einer Hand, nahm den Finger vom Abzug und versuchte, das Kind zu fangen.

Erst da bemerkte sie ihren Irrtum: Eine Kinderpuppe fiel vor ihr auf den Schoner aus grobem Sisal, aus dem geöffneten Plastikmund plärrte es anklagend.

Da schwangen zwei Schuhsohlen in Höhe ihres Kopfes auf sie zu, kurz angestrahlt von einem zuckenden Blaulichtstrahl. Wieder diese Details: Profilsohlen, sauber und ohne Dreck, mehrere blitzende Schrauben.

Sie versuchte auszuweichen und wurde an der Schulter getroffen. Bernanke stürzte und schoss gleichzeitig auf den Umriss, der humpelnd auf sie zukam. Im Schein des Mündungsfeuers der P 10 sah sie die weiße Maske mit dem großen Auge.

Der Aufprall raubte ihr die Luft. Ihre Lungen waren wie mit Watte gefüllt, aber sie drückte den Abzug noch zweimal auf gut Glück.

Dann ging der Kinderwagen auf sie nieder, traf sie am Oberkörper. Der Mörder hatte ihn wie ein Hammerwerfer gegen sie geschleudert. Das letzte bisschen Atem ging ihr durch den Aufprall verloren. Bunte Kringel drehten sich vor Bernankes Augen.

Sie ächzte und schleuderte den Wagen zur Seite, kroch nach rechts.

Es machte *Ping*.

Lichtschein fiel auf sie: Die Fahrstuhltüren schoben sich anbietend auf. Sie luden ein, in die rettende Helligkeit zu treten, in die Kabine zu steigen und dem Mörder mit einem Knopfdruck zu entkommen.

Bernanke wurde von hinten an den Schultern gepackt

und ruckartig auf die Beine gerissen, schon knallte sie gegen die Wand. Sie schoss mehr aus Versehen mit der Halbautomatik und hörte einen unterdrückten Schmerzenslaut. Sie hatte den Täter erwischt!

Die Türen schlossen sich, das Licht wurde schwächer und verschwand, abgelöst von den tanzenden Blaulichtstrahlen. Die Kabine fuhr ohne sie davon.

Bernanke bekam mehrere harte Schläge mit dem Ellbogen gegen den Hinterkopf und einen hinters rechte Ohr, so dass sie benommen zusammenbrach und die Waffe verlor.

»Ihr habt gedacht, ich falle leicht darauf herein«, flüsterte eine Stimme auf Hochdeutsch mit exakter Betonung, wie es ein Synchronsprecher nicht hätte besser machen können.

Eine Hand griff in ihre kurzen blonden Haare und schleifte sie brutal über den Sisalläufer.

Sie hob kraftlos die Arme, ruderte wie eine Betrunkene, schlug wirkungslos gegen den Angreifer.

»Ihr dachtet, ihr packt mich bei meinem Ehrgeiz, und schon werde ich blind?«

Sie wurde losgelassen, ihr Kopf prallte auf den Boden. Es klickte, ein schleifendes Geräusch erklang, und dann umwehte sie ein warmer Wind, der nach Strom und Schmieröl roch.

»Ihr werdet noch viel über mich lernen«, versprach die Stimme und packte sie unter den Armen, schleifte sie erneut einen halben Schritt über den Läufer und setzte sie dann aufrecht hin.

Die weiße Maske mit dem großen Auge schwebte vor ihr. Sie erkannte die vielen kleinen Fotos deutlich in einer blauen Lichtlanze.

Die SoKo-Leiterin hätte dem Täter zu gerne etwas gesagt, aber die Auswirkungen der Ellbogenchecks gegen ihren Kopf waren zu heftig.

Er legte seine Zeigefingerspitze gegen ihr Brustbein. »Totenblick«, raunte er und schob sie einfach nach hinten. »Kein Zurück.«

Bernanke vermochte sich nicht zu halten: Sie kippte.

Ihr Oberkörper fiel über die Kante ins Leere, drehte sich dabei und riss den restlichen Körper der Frau mit.

Es folgte ein taumelnder Sturz durch die warme Dunkelheit, in der es leise schleifte und immer noch nach Öl roch.

Das Gleiten mit der Stirn voran kam ihr nach den vielen Schmerzen geradezu angenehm vor. Bernanke fühlte sich schwerelos und hätte in ihrem Zustand nicht sagen können, ob es auf- oder abwärts ging.

Dann schlug sie mit dem Gesicht auf dem Boden des Fahrstuhlschachtes auf.

❊❊❊

KAPITEL 15

Leipzig, Großpösna, 12. Dezember

Lackmann schlüpfte in die Gummistiefel und stopfte die Hosenbeine in die Öffnungen, in denen wegen seiner dünnen Unterschenkel noch viel Platz war. »Wir können«, sagte er zu dem übergewichtigen Polizisten, der ihm einen neidischen Blick zuwarf und losging.

Sie befanden sich im hinteren Teil der Zentraldeponie Cröbern, eine klassische Müllablagerungsstätte in Haldenform, die sich über vierzig Meter in die Höhe schob. Früher war der Abfall der Haushalte einfach nur abgekippt und plattgewalzt worden, inzwischen wurde der Müll erst aufbereitet, bevor man ihn einlagerte. Für eine unbestimmte Ewigkeit.

Lackmann und sein Begleiter liefen über den kleingefetzten und aufbereiteten Müll, der in seiner Form fast an Muttererde erinnerte. Es gab keine umherfliegenden Plastikteile, keine zerpressten Dosen oder Hühnerknochen. Der schwache Geruch nach Abfall stammte aus den unteren Schichten, als in Cröbern noch gnadenlos abgeladen wurde.

Die beiden bewegten sich auf die Nordseite zu. Am hinteren unteren Rand und kaum einsehbar hatten die Arbeiter heute Morgen einen Fund gemacht und die Polizei gerufen. Also stand ihnen ein Abstieg bevor.

Der Kommissar ließ den Blick über den Markkleeberger See schweifen, hinter dem irgendwann das Leipziger Zentrum begann.

Eine rote Bogenbrücke spannte sich wie ein markanter Grenzbaum in die karge Landschaft. Wenn er sich richtig erinnerte, musste sie zur A38 gehören. Die Gerätschaften, die neben ihr in Stellung gebracht waren, stammten von den Kanalarbeiten. Seit kurzem gab es eine Verbindung zum Störmthaler See.

Lackmann schirmte die Augen gegen die Sonne ab.

Da es weder bewölkt noch diesig war, ließ sich in der flachen Skyline der Stadt sogar das Völkerschlachtdenkmal als schwarzes Klötzchen erkennen.

Linker Hand lag der Bergbau-Technik-Park, der mit seinen beiden gewaltigen, in die Höhe ragenden Abbaumaschinen daran erinnerte, was früher in diesem Areal geschehen war. Die tiefen Löcher vom Tagebau verwandelten sich in das Leipziger Neuseenland. Wie stählerne Dinosaurierskelette erhoben sich der Schaufelradbagger und der Bandabsetzer.

Lackmann folgte dem Polizisten, der bereits die Halde hinunterging, ohne auf ihn zu warten.

Es wäre sicherlich einfacher gewesen, unten an der Aufschüttung zu parken und dann zu laufen, zumal sich mehrere Zubringerstraßen herumzogen, aber auf diese Idee schien niemand gekommen zu sein.

Zwei weiße Gestalten liefen in einem abgesperrten Bereich umher. Lackmann erkannte die Leiche kaum, um die sie herumstaksten, so dicht wucherte das Grün. Die Natur war erstaunlich intakt. Er hatte mit hervorsickernder stinkender Brühe und toten Tieren gerechnet, dabei sah es fast nach Landschaftsschutzgebiet aus, in dem die Vögel zwitscherten.

Die Herrschaften der Spurensicherung waren cleverer gewesen und hatten ihren Transporter auf der nahen Straße abgestellt.

Lackmann näherte sich ihnen. Sie gehörten zum LKA und waren ihm unbekannt. Der Leipziger Kripo und der ständig wachsenden SoKo gingen dank des Bildermörders die Leute aus. »Guten Morgen. Ich bin Kommissar Lackmann.«

»Guten Morgen, Herr Kommissar. Ich bin Trenker, das ist mein Kollege Schröder.« Trenker, der eher an Bud Spencer als an einen drahtigen Bergsteiger erinnerte, grüßte ihn mit einem Handzeichen, das gleichzeitig bedeutete, näher zu kommen. Schröder hielt sich im Hintergrund und brachte einen Koffer zum Transporter zurück. »Wir haben schon alles gesichert. Viele Spuren gab es nicht. Niedergetrampeltes Gras, der Abdruck von geschraubten Profilsohlen und«, er zeigte auf den Toten, »den hier.«

Lackmann sah der Leiche ins Gesicht und erkannte Gunther Sterz, der noch die Polizeihandschellen sowie einen Gips am rechten Arm trug.

Der Mörder hatte ihn mit verschiedenen, sehr kräftig leuchtenden Farben überschüttet, wie es aussah. Die Farbe quoll sogar aus seinem Mund und verströmte einen intensiven Geruch, der sich gegen den Duft der geknickten Halme durchsetzte.

Um Sterz herum lagen die Fotos von berühmten Gemälden, die bereits als Neuinszenierung vom Täter benutzt worden waren: Marat, Kleopatra, Guernica.

Ein Papier war zu einer engen Röhre zusammengerollt und schaute zwischen den geöffneten Lippen hervor.

»Die Hämatome im Gesicht sind älter und stammen vom Überfall«, erklärte Trenker. »Die Farbe, die Sterz auf und vermutlich in sich hat, ist Ölfarbe. Wie es aussieht, ist er damit in Verbindung mit dem Papier erstickt worden. Das Röhrchen diente als eine Art Trichter.«

»Holen Sie die Rolle bitte raus«, bat Lackmann.

Trenker nahm eine lange Pinzette und zog damit das triefende Blatt hervor. Behutsam rollte er es auf.

Lackmann beugte sich nach vorne, um am breiten SpuSi vorbeischauen zu können. Trotz der bunten Schlieren erkannte er das Motiv: Es handelte sich um eine Filmaufnahme von *Psycho*. Die Szene unter der Dusche. Das Ende von Marion Crane war auch das Ende von Sterz.

Lackmann betrachtete den Polizistenmörder mitleidslos. Er hatte bekommen, was er verdiente. Gleichzeitig bedeutete es, dass ihr Mörder seine Drohung wahrgemacht hatte, den Fälscher zu töten.

Und er hatte Peter Rhode vermutlich zusammen mit dem begleitenden Beamten in seiner Gewalt.

Lackmann tastete nach seinem Metallfläschchen, in dem er den Wodka aufbewahrte. Er fand es, zog es heraus und nahm einen Schluck: Das Exempel war statuiert worden.

Was wollte der Mörder dann noch mit Rhode?

Die Antwort, die er sich selbst geben musste, lautete: Totenblick.

Es konnte sein, dass sein Vorgesetzter zu denen gehörte, die ihr verrückter Mörder als Opfer auserkoren hatte.

»Ich gehe wieder zum Wagen zurück. Den Obduktionsbericht gleich an mich«, bat Lackmann und sah zur flachen Haldenspitze hinauf. Nachdenklich begann er mit dem Rückweg.

Es eskalierte immer weiter, und er war froh, nicht mehr zur SoKo Bildermorde zu gehören. Die Sorge um Rhode machte ihm schon genug zu schaffen.

Frida Bernanke war erst nach einer Stunde tot am Boden des Fahrstuhlschachtes gefunden worden, nachdem sich das Chaos rund um die Brandstelle in der Büttnerstraße gelegt hatte. Vom SEK-Lockvogel, der die Rolle des Fälschers übernommen hatte, fehlte jede Spur. Er schien ebenso in die Hände des oder der Täter gefallen zu sein.

Für Lackmann ergab sich nach logischer Schlussfolgerung folgender Ablauf: Der Mörder hatte Rhode beschattet, um ihn bei Gelegenheit zu überwältigen und den Fluch des Totenblicks zu vollziehen. Es konnte sein, dass der Mörder den Polizeifunk abhörte und von Sterz' Festnahme sowie der Überführung erfahren hatte.

Bei der Gelegenheit bekam er mit Gunther Sterz gleich den Mann geliefert, der versucht hatte, seine Methode zu kopieren und ihm den Mord an Schwedt anzuhängen.

Für Lackmann wurde es während des Aufstiegs mehr und mehr wahrscheinlich, dass der Verrückte sowohl den Kriminalhauptkommissar als auch Sterz geschnappt hatte. Ihr Wahnsinniger würde die beiden Männer verhört und auf diese Weise erfahren haben, dass die Mails, die Bernanke an den Wahnsinnigen schicken ließ, nicht vom Nachahmer gekommen sein konnten.

Aus dem neuen Wissen resultierte die Flashmob-Aktion, in deren Schutz der Wahnsinnige sich ins Haus geschlichen und das Feuer gelegt hatte. Davon war Lackmann überzeugt.

Das Feuer machte die nachfolgenden Taten erst möglich, denn im Durcheinander überwältigte er den SEK-Mann und zeigte sich so dreist, auch noch die LKAlerin zu töten und es nach dem typischen Totenblick-Unfall aussehen zu lassen. Die Obduktion würde garantiert Ungereimtheiten aufzeigen, die auf einen Kampf hindeuteten.

Lackmann hatte sich inzwischen die Halde hinaufgearbeitet und strich die halblangen, welligen grauen Haare aus dem Gesicht. Er ging zu seinem Wagen, wo er sich seitlich auf dem Sitz niederließ, umständlich die Gummistiefel abstreifte und sie gegen die abgewetzten Halbschuhe tauschte.

Sein Blick richtete sich auf die Stadtsilhouette.

Er hatte Leipzig immer gemocht, weil es trotz der großen Einwohnerzahl überschaubar und liebenswert geblieben war. Er kannte die Schattenseiten, kannte die unschönen Facetten seiner Heimatstadt, doch das Gute überwog.

Jetzt mordete sich ein Wahnsinniger durch die Straßen, wie es in keiner amerikanischen Großstadt vorstellbar gewesen wäre.

Die Medien berichteten fast im Stundentakt über die Geschehnisse, die Zeitungen stellten jeden Tag neue Fragen in den luftleeren Raum nach Fortschritten, und irgendjemand aus der Abteilung spielte gezielt Informationen an die Journalisten. Vom Tod der LKA-Beamtin bis zum Verschwinden des Lockvogels.

Wenigstens blieb es auf der Website des Mörders still. Er schien seine Siege leise auszukosten.

Lackmann zog die langen Beine in den Wagen, klaubte die Stiefel vom Boden und legte sie in den Fußraum des Beifahrers.

Mit überhöhter Geschwindigkeit fuhr er zum Büro zurück. Keine halbe Stunde später saß er in seinem Zimmer, in dem er sich reichlich nutzlos vorkam. Er schaltete den Computer ein, wartete, dachte nach.

An der Pinnwand gegenüber hingen Bilder von Gunther Sterz, die noch von der Fahndung stammten.

Langsam erhob sich Lackmann vom Stuhl und nahm sie ab. Dieser Fall war abgeschlossen, auch wenn die SoKo daran kein Verdienst hatte. Erst der brachiale Überfall auf Sterz, dann der Mord an ihm. Seltsamerweise wurden dem Polizistenmörder ausgerechnet zwei Verbrecher unabhängig voneinander zum Verhängnis. Die Gerechtigkeit mochte Ironie.

Lackmann warf die Ausdrucke in den Mülleimer, verharrte unschlüssig im Raum, sah auf Rhodes Platz, der sauber aufgeräumt war.

Ein Gedanke ergriff Besitz von seinem Verstand, ein Gedanke, der ihm nicht gefiel und den er zu unterdrücken versuchte.

Doch er machte sich breit wie der alte Gestank aus den Tiefen der Deponie: Lackmann befürchtete, dass der Mörder ein neues Bild vorbereitete.

Und er befürchtete auch, dass er Rhode, den begleitenden Polizisten und den Lockvogel des SEK darin wiedersehen würde. Das wäre ein weiterer Triumph des Mörders über seine Häscher.

Lackmann surfte durch das interne Netz der Polizeidirektion und las die Nachrichten, die zwischen den Kommissariaten ausgetauscht wurden.

In jeder Zeile stand Ratlosigkeit. Niemand wusste, wie es mit der SoKo Bildermorde weiterging; Bernankes Stellvertreter machte irgendwie weiter. Konfus traf es am besten.

Inzwischen war die gesamte Bundesrepublik in Aufruhr, und vermutlich würde der Präsi sein Amt aufgeben müssen. Garantiert drängten sich Spezialisten des BKA in den Fall, weil der Bundesinnenminister endlich Erfolge sehen wollte anstatt neuer Leichen.

Lackmann wurde bewusst, wie einfach es war, kapitale Verbrechen zu begehen, wenn man nicht zu den Dümmsten gehörte.

Sicher, eine Aufklärungsquote von 95 Prozent bei Morden behauptete etwas anderes, aber die meisten Morde wurden von dummen Menschen begangen. So lautete zumindest seine Theorie.

Das hieß beispielsweise für das Jahr 2011: 889 bundesweite Morde, bei knapp 45 davon konnte kein Täter ermittelt werden.

45 schlaue Mörder.

Oder einer, der alle 45 Morde begangen hatte. Ihr Täter befand sich auf dem besten Weg dahin.

Plötzlich erblickte er Sterz' Konterfei im Mülleimer: Es war ebenso einfach, einen Fehler zu begehen und schneller geschnappt zu werden, als man dachte. Und Sterz war dumm.

Eine Suchmeldung war an die Streifenbeamten rausgegangen; sie sollten nach den drei Verschwundenen Ausschau halten.

Aber das genügte dem Kommissar nicht.

Er hatte mit Anke Schwedt eine sehr nette Kollegin verloren, und das wollte er nicht noch einmal erleben.

Das bedeutete: *Er* musste den Bildermörder finden.

Im ersten Moment kam er sich albern vor. Im ganzen Gebäude arbeiteten inzwischen hundert Männer und Frauen daran, den Wahnsinnigen zu fangen, und ein bekennender Alki wollte das Wunder vollbringen.

Warum nicht?, dachte er entschlossen.

Er ging zum Aktenschrank neben der Tür und öffnete ihn, nahm die Ordner heraus, in denen er die Ermittlungsergebnisse über den Bildermörder aufbewahrt hatte. Als Kopie. Auf seinem Rechner gab es noch mehr Daten. Solange man ihm keine neuen Aufgaben übertrug, würde er sich auf eigene Faust um den Verrückten kümmern und jeden Tatort nochmals absuchen.

Außerdem gab es eine Spur, der seines Erachtens niemand intensiv nachgegangen war: die beiden Schwarzgekleideten, die von Kurti mehrmals in der Halle des Kleopatra-Mordes gesehen worden waren.

Durch die Konzentration auf *eine* Person, nicht zuletzt durch die Aussage von Konstantin Korff, hatte man an einen Zufall geglaubt. Die Ermittler des LKA verfolgten diesen Hinweis nicht weiter, soweit er wusste.

Lackmann vermutete in den beiden Personen die Helfer des Mörders.

Sie könnten von ihm eingesetzt werden, um erste Vorkehrungen für die Inszenierungen zu treffen, etwa die Orte grob herzurichten und instand zu setzen, bevor er mit seinen Installationen begann.

Lackmann hatte vor seinem Rausschmiss aus der SoKo Bildermorde begonnen, eine Übersicht aller Webcams an öffentlichen Orten in Leipzig anzulegen, von den Plätzen bis zu den Trambahnen der LVB. Eine langwierige und längst nicht abgeschlossene Arbeit.

Doch vielleicht brauchte er bei seiner momentanen Suche nur wenige Kameras.

Er suchte die Tramlinien heraus, die in der Nähe der Halle vorbeifuhren, in der sie Aileen McDuncan gefunden hatten. Danach fragte er bei den LVB nach den Überwachungsaufnahmen von den fraglichen Tagen an. Mit etwas Glück waren die Daten vielleicht noch nicht gelöscht oder überspielt.

Lackmann nahm einen Schluck Wodka und fühlte frische Energie in seinen Adern. Das waren natürlich die Auswirkungen des Alkohols. Momentan verbrauchte er anderthalb Flaschen am Tag, und es ging in Richtung zwei. Egal. Hauptsache, seine Konzentration blieb erhalten.

Er dachte an den Hausbesuch und das entsetzte Gesicht von Frau Rhode, als er ihr die Neuigkeit brachte, dass ihr Mann verschwunden war und unter welchen Umständen. Was es bedeuten konnte, wusste sie selbst.

Dann nahm er sich die Tatortaufnahmen von Marat und Kleopatra vor.

Beim Blick auf die Leichen der jungen Leute schwor er sich, dass er *nicht* an den Ort gehen würde, an dem man Rhode unter Umständen als Teil eines neuen Totengemäldes auffinden würde.

Erstens wollte er seinen Kollegen nicht ermordet sehen, zweitens dem Totenblick nicht anheimfallen.

Lackmann war fest entschlossen, den Mörder zu schnappen. Als eigene SoKo.

Kurzerhand brach er Rhodes Schreibtisch auf, um an dessen Aufzeichnungen über den abgegebenen Fall zu gelangen. Sicherlich hatte der Hauptkommissar noch mehr notiert.

✳✳✳

Leipzig ...

»Hallo? Ich müsste aufs Klo.« Peter Rhode saß zusammen mit Gerhard Richter, dem Beamten, der ihn bei der Überführung von Gunther Sterz begleitet hatte, sowie Uwe Ignatius, einem SEK-Mann, in einem stockdunklen Keller. Das erkannten sie am charakteristischen sandig-feuchten Geruch. Vermutlich gehörte er zu einem Altbau, nahe an einem Kanal oder im Auwald errichtet. »Dringend.«

»Einfach laufen lassen«, antwortete Richter aus der Finsternis. »Es wird niemand kommen.«

Man hatte sie auf den Boden gesetzt und mit Handschellen an ein massives Stahlrohr gefesselt; und so warteten sie, berieten sich und landeten doch immer bei der Erkenntnis, nichts ausrichten zu können.

Nur warten.

Das machte Rhode wahnsinnig, zumal er seit Tagen keine Anti-ADHS-Pillen geschluckt hatte. Er spielte unentwegt Double Base, mal leise, mal lauter, hatte sich auch schon die Fingernägel blutig gekratzt und wurde zunehmend aggressiver und wütender.

Man hatte ihnen Wasserflaschen neben die Beine gestellt, aus denen man mit viel Geschick trinken konnte, wenn man sich gegenseitig mit gefesselten Händen half. Also hatte der Mörder noch etwas mit ihnen vor.

»Ich wollte nicht, dass es beschissener wird, als es schon ist«, gab Rhode gereizt zurück; er ging davon aus, dass sie abgehört wurden und der Bildermörder vor Selbstgefälligkeit im Kreis tanzte.

»Kann es das?«, erwiderte Ignatius grollend. »Ich reiße dem Arschloch den Kopf ab, wenn es sich reintraut!«

Rhode musste wirklich urinieren. Er wollte seine Würde behalten und sich nicht in die Hose pissen. »Dann muss ich hoffen, dass es bald so etwas wie eine Pinkelpause gibt«, grollte er und trommelte mit den Schuhsohlen gegen den Boden. Es half nur bedingt gegen den Harndrang.

Immerhin hatte er von Ignatius erfahren, dass Bernankes Plan schiefgegangen war. Ihr Verrückter hatte die Falle erkannt und war einmal mehr sehr clever vorgegangen. Der SEK-Mann hatte als Lockvogel für den Bildermörder gedient und war beim Ausbruch des Brandes aus seinem Versteck gekommen, um bei der Evakuierung der Jugendlichen zu helfen. Da bekam er einen Stromschlag und erinnerte sich von da ab an nichts mehr.

»Ich glaube, der Schnitt hat sich entzündet«, murmelte Richter in der Schwärze. »Es tut weh. Hoffentlich keine Blutvergiftung!«

Er und Rhode waren auf der Rückfahrt mit Sterz an Bord von einem schwarzen Pick-up abgedrängt worden. Der Funk war plötzlich gestört, es hatte keine Möglichkeit gegeben, die Zentrale zu erreichen und einen Hilferuf abzusetzen. Der Streifenwagen war nach einem wilden Ritt durchs Unterholz in einem Feld zum Stehen gekommen, doch bevor einer von ihnen alle Sinne beieinander hatte, kam der Elektroschock-Blitz. Richter hatte sich einen Schnitt am Oberarm zugezogen, den ihr Entführer nicht behandelt hatte.

Danach fanden sich alle drei im Keller wieder.

Da sie von Sterz nichts hörten, lag er entweder tot bei ihnen, oder der Mörder hatte ihn an einen anderen Ort gebracht.

Es rumpelte, dann wurde eine Tür geöffnet. Grelles Scheinwerferlicht flutete ihren Verschlag.

Geblendet sah Rhode auf das helle Rechteck, in dem sich der schiefe Umriss eines Menschen abzeichnete. Er hielt ein Tablett in der Hand, darauf lagen drei aufgezogene Spritzen.

»Einen schönen guten Tag«, flüsterte der Mörder und näherte sich leicht humpelnd. »Ich begrüße Sie in meinem Refugium.«

Ignatius riss an seinen Fesseln. Rhode sah den SEKler jetzt zum ersten Mal, und er war sehr trainiert. Vermutlich würde er den Wahnsinnigen dank seines Trainings innerhalb von Sekunden ausschalten. Aber solange die Hände am Stahlrohr hingen ... »Mach mich los, und ich reiße dich in Fetzen!«

Ihr Entführer lachte leise. »Warum sollte ich das? Ich habe noch einiges vor, und dazu muss ich intakt sein.« Er stellte das Tablett auf dem gestampften Boden ab, nahm die erste Spritze. Die Kanüle blinkte auf.

Durch das Gegenlicht konnte man sein Gesicht nach wie vor nicht erkennen. Wenn Rhode sich nicht täuschte, trug ihr Killer seine Maske nicht. Er wusste, was das bedeutete. »Was haben Sie vor?« Er nickte zu den Spritzen. »Dieses Mal *nicht* der Fluch des Totenblicks?«

Der Mörder ging in die Hocke. »Ich kombiniere, Herr Rhode. Sie haben herausgefunden, wo ich meine Botschaften an die Polizei hinterlasse.«

»Die Optogramme.«

»Ganz genau! Es hat sehr lange gedauert, das muss ich zu meiner Enttäuschung sagen. Aber Sie drei werden die nächsten Botschaften zu Ihren Kollegen tragen, und dieses Mal bin ich guter Dinge, dass sie schnell entschlüsselt werden. Dazu habe ich mir ein neues Kunstwerk ausgedacht, das meine Verärgerung gegenüber der Polizei zum Ausdruck bringt. Mich reinlegen zu wollen – lachhaft. Es wird kein Bild in dem Sinne sein, aber ... es ist großartig. Und es endet mit einem Knalleffekt. Ich bringe damit göttliche Wut zum Ausdruck. Ein Spektakel, von dem sich dieser arrogante Polizeiapparat nicht so schnell erholen wird.« Er lachte. »Herr Rhode, ich wünschte, Sie könnten die Bestrafung sehen, die ich mir ausgedacht habe, doch Sie werden dazu leider nicht in der Lage sein.«

»Damit habe ich gerechnet.« Seine Gedanken liefen auf Hochtouren, doch sie schossen wild umher, bekämpften einander, anstatt sich zu einer gemeinsamen Lösung zu fügen. ADHS sei Dank. »Was haben Sie vor?«

»Ich bin ein Mann mit vielen Talenten.«

»Dann gibt es nur Sie?«

»Möglich.« Er kicherte. »Verhören Sie mich gerade? Haben Sie etwa die Hoffnung, lebend zu entkommen?«

Rhode bewegte die Finger, die sich abgestorben anfühlten. »Es gibt glückliche Zufälle.« Gegen das Fußtrommeln konnte er sich nicht wehren, sonst käme er mit der Spannung gar nicht mehr zurecht.

»Wie kommen Sie darauf, dass ich glückliche Zufälle zuließe?« Der Mörder räusperte sich. »Meine Ausbildung ist umfassender, als Sie vermuten könnten, Herr Hauptkommissar. Niemand wird auf das gefasst sein, was sich am nächsten Fundort abspielen wird.« Er seufzte zufrieden. »Danach ist klar, dass es um die Optogramme geht. Um nichts anderes. Nur um die Optogramme.«

»Sie sind verärgert wegen der Falle?«, spie Ignatius. »Was haben Sie erwartet? Dass wir abwarten? Sie ... Du krankes Stück Scheiße! Sie werden dich über den Haufen schießen, wenn sie rausbekommen haben, wo sie dich finden.«

»Ich *erwarte*«, zischte der Mörder, »dass meine Optogramme ausgewertet werden! Ich mache mir sehr viel Mühe, bleibe bis zur letzten Sekunde an den Tatorten, um den Ermittlern volle 15 Minuten zu geben, um die Nachrichten von den Netzhäuten zu bewahren – und dann versucht Bernanke, mich mit einer billigen Falle zu schnappen? Oh, so geht das nicht. *Ich* mache die Regeln.« Er lachte auf. »Ihr Tod war eine gerechte Strafe.«

Rhode schluckte. »Sie wollen geschnappt werden?«

Der Mann drehte den Kopf, er sah ihn an. »Erahnen Sie, was ein Atlas trägt? Welches Gewicht auf ihm lastet? Welche Verantwortung und welche Schmerzen?«

»Was ist das für ein Mist?«, fuhr Richter dazwischen. »Stellen Sie sich doch einfach, wenn Sie …«

Der Killer erhob sich, war mit zwei Schritten vor dem Polizisten und trat ihm ins Gesicht, so dass Richters Kopf nach hinten schlug; benommen rutschte er zur Seite.

Aber dafür reagierte der SEK-Mann: Mit einer raschen Beinschere versuchte er, den rechten Fuß des Mörders zu packen und zu verdrehen, um ihren Peiniger zu Fall zu bringen.

Doch der Attackierte zog sein Bein weg und trat Ignatius hart auf die Kniescheibe. Der SEKler schrie auf.

Die Art, wie schnell sich der Unbekannte bewegte, wenn er wollte, ließ Rhode vermuten, dass sein Humpeln und die schiefe Haltung nur vorgetäuscht waren. Damit machte er eventuelle Zeugen seiner Taten glauben, es mit einem körperlich eingeschränkten Menschen zu tun zu haben.

Der Mörder kehrte zu ihm zurück. Ihm war das Kunststück gelungen, seine Züge nicht zu zeigen. »Ich trage so viel, Herr Hauptkommissar«, redete er einfach flüsternd weiter. »Ich bin Atlas, ich bin Sisyphus, ich kann nicht anders, als zu tun, was ich tue. Es nimmt mir die Qualen, die ein Thanatos verstehen könnte. Aber nicht *Sie,* Herr Rhode. Nicht Sie und auch kein sonstiger Mensch auf dieser Welt. Ich muss meine Pein lindern, verstehen Sie? Ich *muss!*« Er beugte sich nach vorne, die Nadel der Spritze näherte sich Rhodes Gesicht. »Ach ja. Das war die offizielle Variante. Unter uns: Und es macht Spaß. Jetzt öffnen Sie bitte den Mund.«

»Nein.« Rhode presste die Zähne aufeinander. Die Verweigerung war kindisch und doch die einzige Möglichkeit, Widerstand zu leisten.

An dem Mann vorbei sah er, wie sich Ignatius heimlich lang machte und versuchte, mit den Füßen an etwas heranzukommen, das am Boden lag. Zwei kleine Schlüssel schimmerten metallisch im Licht. Ihr Entführer musste sie bei seinem Rückwärtssprung verloren haben.

»Herr Rhode, bitte. Dann suche ich mir eine andere Stelle. Das wird schmerzhaft für Sie. Ich kann das.«

Er senkte das Kinn, um seiner Entschlossenheit Ausdruck zu verleihen.

❖❖❖

KAPITEL 16

Leipzig, Zentrum-West, 18. Dezember

Und hier musst du …« Ares wollte Elisa gerade erklären, was sie in das Kästchen ihrer Matheaufgaben eintragen sollte, als sein Smartphone klingelte. Sie saß bei ihm im Büro, gemeinsam rückten sie den Hausaufgaben zu Leibe, wie er es versprochen hatte. Danach: Zoo. Natürlich. Pinguin *Kowalski* wartete auf seinen Fisch.

Er sah auf die Nummer, die auf dem Display blinkte: Sein Freund rief ihn endlich an, von seinem Büro aus.

Elisa kaute am Bleistift. »Was muss ich da, Papa?«

»Warte mal eine Sekunde.« Erleichtert nahm er den Anruf entgegen. »Pitt! Sag mal, was …!«

»Tut mir leid, Herr Löwenstein. Hier spricht Kommissar Lackmann«, unterbrach ihn die Stimme des dürren Mannes. »Ich … muss Ihnen mitteilen, dass Peter Rhode tot aufgefunden wurde.«

Ares' Mund öffnete sich, doch es kam kein Ton heraus.

Er hatte »Was?« rufen wollen, aber die Kehle versagte ihm den Dienst. Er rieb sich über die Glatze, spürte die eigene Haut nicht.

Elisa kritzelte ein Männchen in die Aufgabe statt der verlangten Zahl, malte dann einen Pinguin dazu. Es war Ares egal.

»Seine Familie ist bereits informiert worden«, redete Lackmann weiter. »Frau Rhode war nicht in der Lage, Sie anzurufen, Herr Löwenstein. Sie bat mich darum.«

Ares schluckte. »Danke ...« Hatte er wirklich danke gesagt?

»Würden Sie zu mir ins Büro kommen? In die Dimitroffstraße? Ich habe in seinen Unterlagen noch etwas gefunden, das für Sie gedacht war.«

Ares nickte und legte auf. Als ihm bewusst wurde, dass Lackmann seine Geste nicht sehen konnte, war es ihm auch egal, dass der Kommissar ihn für unhöflich halten würde.

Seine Tochter hatte den Stift weggelegt und betrachtete ihn. »Papa?«

»Ich ... muss weg. Du weißt, wo alles ist.« Er erhob sich vom Schreibtisch, stieg wie ferngesteuert in die Sportschuhe und verließ die Wohnung.

Auf der Straße fiel ihm ein: Er hatte nicht einmal Nancy Bescheid gesagt. Elisa war alt genug, sie kannte sich in der Wohnung aus und würde Nancy aus ihrer Mental-WG mit Gauß schon herausklopfen, wenn ihr etwas fehlen sollte. Mathe musste warten, *Kowalski* musste warten.

Den Smart ließ Ares stehen und verfiel in Dauerlauf. Er trug keine Sportklamotten – auch egal.

Bewegung. Laufen. Außer Atem geraten. Ein Puls von mehr als 160. Das Blut musste das Gehörte durch seinen Körper pumpen, damit er es begriff, so kam es ihm vor.

Pitt sollte tot sein.

Wann?

Warum?

Wie?

Ein Unfall?

Nein.

Tot aufgefunden bedeutete: der Bildermörder ...

Er rannte und rannte.

Tausende Fragen ergaben sich aus der knappen Information, aber alle viel zu spät, um sie Lackmann stellen zu können. Er würde ihm gleich gegenübersitzen, und dann wollte er alles wissen, jede noch so kleine Information über das Ableben seines Freundes.

Ares gelangte mit brennenden Muskeln in die Dimitroffstraße. Er lief ins Eckhaus, in dem die Kommissariate untergebracht waren, meldete sich an, wurde gleich darauf von Lackmann persönlich abgeholt und schweigend ins Büro geführt. Den Weg dorthin nahm er nicht richtig wahr. Graue Wände, graue Gesichter, zwei Augenpaare, die ihn verunsichert anblickten. Ein böser Traum, ein böses Trauma, Wahrnehmungsbrei.

Schnaufend stand Ares im Zimmer, bekam eine Wasserflasche gereicht sowie ein Handtuch, das nach chemischer Reinigung roch. Er wischte sich den Schweiß von der Glatze, einzelne Tropfen klatschten zu Boden. Ihn befiel die aberwitzige Vorstellung, dass sich gleich die Tür öffnete und Pitt hereinkam.

Es geschah nicht.

Auf Rhodes Schreibtisch, der allein schon durch die Ordnung erkennbar war, stapelten sich die persönlichen Gegenstände, die aus den verschiedenen Schubladen und Ablagen stammten.

»Das ist für seine Familie«, sagte Lackmann und setzte sich. Er klang angestrengt beim Reden, die Promillegrenze für Diensttauglichkeit war überschritten. Es herrschte Ausnahmezustand bei der Leipziger Polizei. »In einem

Notizbuch steckte ein Zettel mit einer Adresse. Hinten drauf war ARES notiert.« Er schob ihn über den Tisch.

Er sah auf das Stück Papier, auf den Namen.

Der Messermann.

Das Geheimnis seines Auftauchens konnte gelüftet und die Vergangenheit aufgearbeitet werden – doch es interessierte Ares momentan überhaupt nicht. Das Schicksal seines Freundes verdrängte seine eigenen Probleme. »Was ist passiert?«, fragte er mit dünner Stimme. Er erkannte sie selbst kaum, als sie im Büro nachhallte.

Lackmann rieb sich die Nase. Sein Schreibtisch sah aus wie nach einer Aktenordnerexplosion, bei der sich Fotos, Papiere und Zeichnungen in einem wilden Wirrwarr verteilt hatten. Es waren Aufzeichnungen zu den alten Tatorten der Bildermorde. »Was wohl?«, gab er kalt zurück.

»Der Bildermörder ...«

»Er hat ihn zu seinem neuen Werk gemacht. Ihn, den begleitenden Beamten und den Mann vom SEK, den sie als Lockvogel eingesetzt hatten.«

Die Sache mit dem Lockvogel verstand Ares nicht, aber es war marginal. Zwar konnte er immer noch nicht richtig begreifen, dass Rhode tot sein sollte, doch er fasste bereits einen Plan: Wenn die Bullen unfähig waren ... »Kann ich die Bilder sehen, Herr Lackmann?«

»Nee. Dazu sind Sie hier falsch. Ich bin nicht mehr in der SoKo Bildermorde, genauso wenig wie Rhode.« Er stieß ein knappes frustriertes Lachen aus; es ging in ein Geräusch über, das man als unterdrückten Schrei deuten konnte. »Was wollen Sie mit den Bildern?«

»Sie mir ansehen.«

»Und dann?«

»Schauen. Mich erinnern. Suchen. Den Killer finden«, zählte er monoton auf. »Die Bullen können das anscheinend nicht.« Er nahm den Zettel, ohne ihn aufzuklappen, und wandte sich zum Ausgang. »Nicht persönlich gemeint.«

»*Sie?*« Lackmann lachte ihn aus, schwankte dabei leicht. »Der Personal Trainer. Ich weiß, dass Sie mal studiert haben, aber dass Sie schlauer als eine komplette SoKo und die Profiler des LKA und BKA sind ...«

»Ich bin nicht *schlauer*. Ich arbeite anders.«

»Träumen Sie weiter, Herr Löwenstein. Ich versuche es auf meine Weise«, murmelte er und raufte sich durch die Haare.

Ares blieb stehen. »Ich dachte, Sie gehören nicht dazu?«

»Stimmt. Aber da geht gerade gar nichts, nachdem es Bernanke erwischt hat. Ich sehe es nicht ein, mich der Untätigkeit anzuschließen.« Lackmann langte nach der Wodkaflasche, die er in einer Schublade verstaut hatte, und trank daraus. »Schönen Tag, Herr Löwenstein. Und viel Erfolg mit *Ihren* Methoden.«

Ares trat dicht an seinen Schreibtisch heran. »Arbeiten wir zusammen, Kommissar.«

»Wir?« Erstaunt sah der dünne Mann auf.

»Wir kombinieren unsere Vorgehensweise. Ich brauche Infos, an die nur Sie kommen. Ich nutze dafür die Wege, für die Sie Ihren Pensionsanspruch verlieren«, schlug er vor.

Lackmann wurde aufmerksam, er blinzelte. In seinen wässrigbraunen Augen sah man Zustimmung. »Kann ja sein, dass Sie ein paar einflussreiche Tiere durch Ihren Personal-Trainer-Job kennen, aber ob uns das was hilft?«

»Ich habe Sterz aufgestöbert, ich habe ihn auf dem Parkplatz zusammengeschlagen und dafür gesorgt, dass er gefunden wird«, stieß Ares hervor. »Mein Kontaktmann hat mir verraten, dass sich Sterz nach neuen Papieren umhörte. Ich folgte ihm ...«

»Das denken Sie sich aus!« Er starrte ihn an.

Ares tippte sich gegen den rechten Unterarm. »Gebrochen von einem Schlag mit einem Klickstock, auf dem anderen Oberarm müsste er eine ordentliche Prellung haben sowie einen Nasenbeinbruch im Gesicht, weil ich ihn mit Wucht auf den Boden neben seinem blauen Golf geknallt habe. Die Pistole war geleert, das Ersatzmagazin lag daneben. Schauen Sie im Polizeibericht nach. Es gibt noch mehr Details, wenn Sie darauf bestehen.«

Lackmann lehnte sich zurück. »Warum?«

»Ich ... wollte Pitt einen Gefallen tun.«

Jetzt schien ihm der Kommissar zu glauben. »Wie haben Sie das angestellt?«

»Arbeiten wir zusammen, Lackmann? Finden wir den Mörder meines Freundes?« Er hielt ihm die breite Hand hin. »Sie stellen keine Fragen, und es wird Ihnen später niemand etwas anhängen können.«

Der dürre Mann schlug ein. »Erledigen wir das Schwein!«

Ares ließ ebenso wie der Kommissar offen, ob er den Bildermörder fangen oder umbringen wollte, also nickte er nur vieldeutig. »Legen wir los.«

Lackmann stand auf und schaltete die Kaffeemaschine ein. »Ohne das Zeug wird es nicht gehen«, erklärte er. »Ich muss ... ein bisschen klarer im Kopf werden. Wird nicht lange dauern.«

Ares fand es eine schöne Umschreibung dafür, dass er

betrunken war und seinen Pegel senken musste. Er setzte sich und spürte, wie seine schweißnassen Klamotten an ihm klebten. Auch das war ihm egal. Schnell schrieb er wenigstens eine SMS an Nancy, nach Elisa zu schauen, bevor sie das Matheheft mit Fischen und Pinguinen zumalte.

Währenddessen erzählte ihm Lackmann langsam und mit schwerer Zunge, was sich nach dem Rauswurf aus der SoKo alles ereignet hatte, inklusive der Nacht des Brandes, in der die LKA-Beamtin getötet worden war.

Bernankes Obduktion hatte Kampfspuren nachgewiesen. Der Mörder hatte ihren Tod noch als Unfall getarnt, bei Rhode verzichtete er ebenso darauf wie bei dem unglücklichen SEK-Mann und dem Polizisten. Die Presse hatte man absichtlich außen vor gelassen. Es war alles bereits schlimm genug. Zwischendurch trank Lackmann unentwegt Kaffee, seine Betonung wurde besser.

»Dann fanden wir sein neuestes Werk. Heute Morgen.«
»Wo rief er an?«
»Nicht auf Rhodes Telefon. In der Zentrale. Wieder mit der üblichen knappen Ansage.« Lackmann stellte die Wodkaflasche absichtlich in die Schublade zurück, goss sich Kaffee ein; die zweite Kanne lief gerade durch. »Dieses Mal war es in einem Gebäude der Heeresbäckerei.«
»Das spätere VEB Backwarenkombinat?«
»Genau. In einem der Getreidespeicher, der bereits halb zusammengefallen war. Der Mörder hat die *Laokoon-Gruppe* nachgestellt. Wissen Sie, was die *Laokoon-Gruppe* ist?«
»Ja.« Natürlich kannte Ares die Statuengruppe, die Laokoon und seine beiden Söhne zeigte, wie sie von Schlangen erwürgt wurden. Es war ein antikes Werk, irgendwann im

16. Jahrhundert wiedergefunden und im Vatikanischen Museum aufbewahrt. Die Geschichte dazu war ihm weitgehend entfallen; er erinnerte sich nur daran, dass es sich um eine göttliche Strafe handelte.

Ares fragte nicht nach Bildern vom neuen Kunstwerk. Er wollte Pitt nicht sehen. Nicht so. »Bedeutet das nicht ein Abweichen?«

»Weil er sich nicht auf ein Gemälde bezieht?«

Ares nickte.

»Die Profiler gehen davon aus, dass es das Motiv der Bestrafung ist und er es deswegen ausgesucht hat. Der Tod der Polizisten als Strafe für den Versuch, ihn zu überlisten.«

»Größenwahnsinn. Sieht er sich schon als Gott?«

»Er ist komplett wahnsinnig. Bei ihm ist alles möglich.«

Ares lehnte sich nach hinten.

Lackmann bot ihm einen Kaffee an, den er ablehnte. »Die Schlangen hat er ebenfalls vorher getötet, wie bei *Guernica* Pferd, Stier und Taube. Sie stammten aus dem Leipziger Zoo, wo er sich vorher schon die Kobra besorgt hatte. Das Kunstwerk war am Boden hinterlegt. Er hatte darauf verzichtet, die Leichen hinzustellen und so zu fixieren, dass sie ...« Er schloss die Augen und fuhr sich über das Gesicht. Er keuchte, atmete schwer und drückte eine Faust fest zusammen.

Ares richtete seinen Blick an die Decke, um den kurzen Zusammenbruch zu überspielen. »Gab es noch eine Botschaft?«, fragte er nach einigen Minuten.

Lackmann scrollte auf dem Computer herum. »Es geht noch weiter.« Er drehte den Bildschirm.

»Ich will diese kranke Scheiße nicht sehen!«

»Es ist eine Fotoserie von weit weg und zufällig entstanden, Herr Löwenstein. Es erklärt besser, was nach dem Auffinden geschehen ist.«

Ares sah auf den Monitor. Daher der anspielende Tonfall von vorhin. »*Danach?*«

Es wurde ein viereckiges, bereits ramponiertes Backsteingebäude abgebildet.

»So sah es beim Eintreffen auf dem Gelände aus. Die SoKo hatte den medizinischen Fachmann für die Augenentnahme mit dem Heli hingeflogen, der die Augen der drei herausoperierte und in eine Lauge gab, um die Optogramme zu sichern.« Lackmann klickte weiter.

Auf dem nächsten Foto, das mit einem Smartphone geschossen worden war, stürzten gerade die Seitenwände sowie das marode Gebälk ein.

Die Aufnahmen zeigten die genaue Abfolge des Zusammenbruchs: Zuerst knickte das Dach ein, Staubwolken quollen aus den Fenstern. Dann brachen die Mauern nach innen, fielen auf die Reste der Eindeckung und der Balken.

»Der Täter hat sich ein baufälliges Haus ausgesucht – absichtlich? Also eine Falle?« Ares sah auf die Trümmer. »Wie viele Menschen hat er damit erwischt?«

»Der Arzt konnte mit den entfernten Augen gerade noch entkommen, aber vier Beamte von SpuSi und Streife kamen nicht lebend raus, elf weitere wurden schwer verletzt.« Der Kommissar hob die Hand, sein dünner Zeigefinger tippte auf den Monitor. »Achten Sie auf die kleinen Absprengsel an der linken Seite der Außenwand, ungefähr auf Höhe des Dachstuhls«, machte er aufmerksam. »Was nach zufälligem Zusammensturz aussieht, war eine vorbereitete Falle für diejenigen, die als Erste am Tatort waren.«

Er nahm den Kuli und umkreiste die Stellen, die er gemeint hatte. »Kleine Sprengsätze, die ausreichten, um das Bauwerk einstürzen zu lassen. Das zweite SpuSi-Team fand Reste von Sprengstoff, wie er in Steinbrüchen benutzt wird. Es wird vermutet, dass er sich bei einem früheren Diebstahl damit eingedeckt hat.«

»Er weiß mit Sprengstoffen umzugehen«, stellte Ares entsetzt fest.

»Die Zündvorrichtung lässt auf eine militärische oder terroristische Ausbildung schließen, sagte das Labor. Er kann improvisieren.« Lackmann sah zur Eingangstür, als fürchte er, dass jemand hereinkam und sie bei ihrem illegalen Meeting überraschte.

Ares übersetzte für sich: Das gab dem Fall eine besondere Wendung. Aus dem durchgeknallten Serienmörder mit akademischem Anspruch wurde ein Mann, der ein noch größeres Gefahrenpotenzial barg.

»Die Recherche ergab ...« Lackmann suchte in seinen chaotisch angeordneten Unterlagen und wurde dennoch fündig. »Hier. In den letzten Jahren verschwand Sprengstoff von verschiedenen Baustellen. In Einzelfällen gering, in der Summe jedoch gewaltig.«

»Heißt?«

»Alles in allem: etwa vierzig Kilo, und zwar verschiedene Arten, von ANFO bis gelatinöse Sprengstoffe. Er hat sich für jeden Anlass eingedeckt. Bei der Strafaktion gegen die SoKo kamen etwa 300 bis 400 Gramm zum Einsatz. Genau dosiert, genau angebracht.«

»Das wird ein BKA-Fall.«

»Ist es bereits. Seit genau zwei Stunden.« Lackmann nickte. »Sollten die Einbrüche und Diebstähle von Sprengstoff auf sein Konto gehen, kann er nach Belieben intakte Häuser hochjagen. Das Wissen dazu hat er, wie er an dem alten Getreidespeicher demonstriert hat.« Er reichte ihm eine zweite Mappe. »Außerdem denke ich nicht, dass er alleine arbeitet. Abgesehen von den Drohnen, haben wir die Zeugenaussagen eines Obdachlosen, der an einem der Tatorte mehrmals verdächtige Gestalten sah. Meiner Ansicht nach scouten sie die Locations unauffällig für ihn und treffen Grundvorbereitungen, bevor der Meister zur Tat schreitet.«

Ares wurde von der Fülle der Informationen nahezu überrollt, aber sein Gehirn beschäftigte sich bereits intensiv mit der Verarbeitung. »Ich benötige ein Dossier mit allem, mit jeder noch so kleinen Begebenheit«, sagte er und legte die Mappe zurück. »Digital wäre gut.«

»Sollen Sie kriegen, Herr Löwenstein. Das ist so illegal wie unsere Zusammenarbeit«, erwiderte Lackmann böse grinsend. »Ich stelle es Ihnen zusammen.«

»Ich warte so lange.« Ares setzte sich neben ihn und durchforstete die Schmierzettel des Kommissars, während Lackmann den PC nach Verzeichnissen durchsuchte und jede relevante Datei auf einen USB-Stick zog.

Ares' Aufmerksamkeit wurde von dem kleinen Hinweis angezogen, dass der Täter seine Orte mit Hilfe eines Überwachungssystems im Auge behielt. Damit konnte er die Beamten auswählen, die seines Erachtens den Totenblick empfangen hatten. »Wurde etwas gefunden?«

Lackmann kopierte weiter, wusste aber, was Ares meinte, als er ihm einen knappen Seitenblick zuwarf. »Nein. Ich suchte die Orte in der ersten Phase der Ermittlungen wohl zu spät ab. Er muss in der Zwischenzeit dort gewesen sein und die Systeme wieder abgebaut haben. Als das LKA übernahm, wurde er vermutlich vorsichtiger und wählte seine Verstecke noch besser aus. Beim Hausbrand in der Innenstadt blieb dank der Flammen nichts übrig oder es wird erst noch gefunden. Die Untersuchungen sind nicht abgeschlossen. Aber einer der Technikfreaks des LKA deutete an, dass sich jemand in das Observationssystem vor Ort reingehackt hatte. Das wird auch noch untersucht.«

»Was ist mit dem letzten Tatort? In der alten Heeresbäckerei?«

»Gleiches Spiel.« Lackmann zuckte mit den Achseln. »Die Untersuchungen und Aufräumarbeiten laufen noch. Es gibt auf dem Areal unendliche Möglichkeiten, Webcams oder Ähnliches hinzustellen, und es würde nicht entdeckt werden. Er braucht nicht mal ein Haus. Es stehen genug Bäume herum.«

Ares überlegte. »Also könnte er dort auftauchen, um sein Equipment zu bergen.«

»Ob er das immer noch macht, da bin ich mir nicht sicher. Es könnte ihm zu gefährlich geworden sein.« Lackmann zog den USB-Stick aus der Anschlussbuchse und reichte ihn hinüber. »Damit sind Sie auf dem gleichen Stand wie ich, Herr Löwenstein, sobald Sie sich durchgearbeitet haben.«

Er nahm den Datenträger in Empfang. »Danke, Herr Kommissar.« Ares erhob sich. »Ich brauche eine Dusche, packe ein paar Sachen zusammen, und dann werde ich mich auf die Lauer legen.«

»Am letzten Tatort, nehme ich an?«

»Genau.« Ares ging nicht davon aus, dass der Bildermörder ihn kannte; er würde keinen Verdacht schöpfen, falls seine Kamera ihn zufällig einfing. Ares würde darauf achten, sein Gesicht zu verbergen. Er reichte Lackmann nochmals die Hand. Sie besiegelten stumm ihren Schwur, Rache für Peter Rhode zu nehmen.

Im Hinausgehen schrieb er eine Entschuldigungsmail, die an seine Kundinnen und Kunden gehen würde. Er schob eine Trainingsverletzung vor, die ihn daran hinderte, effektiv mit ihnen zu arbeiten. Seine Prioritäten hatten sich soeben verschoben.

Kaum stand Ares auf der Straße, nahm er den Trab auf.

Mit jedem Schritt, den er sich vom Polizeigebäude entfernte, mit jedem Atemzug, den er tat, setzte eine Metamorphose ein.

In seinem Innern krempelte sich vieles um. Ein Lebensgefühl meldete sich, das er lange verdrängt hatte.

Nicht vergessen, sondern absichtlich verdrängt.

Es hatte sich seit dem Zwischenfall mit dem Messermann durch seine Träume mehr und mehr in ihm ausgebreitet. Das Dunkle, das Kriminelle, das Rücksichtslose kehrte zurück.

Es forderte als Erstes von ihm, den beschissenen Smart stehen zu lassen und seine Night Rod aus dem Exil zurückzuholen.

Ares ließ es zu.

Aber er fühlte, dass er aufpassen musste. Am Ende, wenn der Mörder seines Freundes gerichtet vor ihm lag, musste er in sein normales Leben zurückkehren. In die Existenz des Personal Trainers, der einen Kleinstwagen fuhr, so bescheuert es aussah, und der drei tolle Töchter sowie eine einmalige Freundin hatte, um die er sich kümmerte. Schöne Verpflichtungen und eine normale Existenz mit Regeln.

Das konnte ein *Demon* nicht. Aber einen Dämon musste er entfesseln, um die Sache zu bereinigen. Erst der Mörder, dann der Messermann.

❋❋❋

Leipzig, Zentrum-Süd, 18. Dezember

Lackmann schob die Wodkaflasche zur Seite.

Für heute reichte es. Sein Pegel konnte im besten Fall so bleiben, doch durfte er keinesfalls mehr steigen. Es beeinträchtigte ihn zu sehr, kippte über die Grenze zum guten Gefühl.

Löwenstein hatte sein Büro vor einer Stunde verlassen, nachdem er ihm verkündet hatte, was er unternehmen wollte. Es klang vernünftig.

Der Kommissar erhob sich und ging zum Schrank, in dem die offenen Fälle lagerten, die er, Schwedt und Rhode nicht mehr zum Abschluss hatten bringen können. Memorabilien der besonderen Art.

Es waren nur wenige Dinge: eine gewiefte Einbruchsserie mit brutalem Vorgehen der Täter, ein Überfall auf einen Juwelier, eine Bande von Jugendlichen, welche die Geschäftsleute der Innenstadt terrorisierte; dazu noch zwei ungeklärte Morde mit zu vielen Indizien und zu wenig Beweisen.

All das war liegengeblieben, seit sie als SoKo zuerst dem Bildermörder nachjagten und danach Sterz hetzten.

Lackmanns Job wäre es gewesen, sich um diese liegengebliebenen Fälle zu kümmern.

Aber das tat er nicht.

Er verließ sein Büro und warf noch zwei Pfefferminzpillen ein, um den letzten Rest Wodka in seinem Atem zu übertünchen, obwohl der Kaffee schon sehr gute Dienste geleistet hatte.

Lackmann schlenderte über die Flure und lauschte auf die Gespräche, die Informationen, die er en passant erhielt.

Niemand achtete auf ihn, den Hungerturm, den Säufer, den Unsympathen. Die beste Tarnkleidung, die es geben konnte. Man warf ihm selten Blicke zu, und wenn doch, dann eher mitleidige.

Lackmann erfuhr auf seinem unauffälligen Raubzug, dass es eine absolute Informationssperre gab. Keine Informationen an die Medien. Außerdem sandte das BKA, auf Geheiß des Bundesinnenministers, ein komplett neues Stabsteam, wie man gehört haben wollte. Die Zahl der Streifenbeamten wurde verdreifacht, um Präsenz auf Leipzigs Straßen zu zeigen. Besonderes Augenmerk richtete sich dabei auf leerstehende Häuser.

Lackmann musste freudlos lachen. Leere Häuser, Hallen, Abbruchgebäude, Sanierungsfälle gab es in Leipzig so viele wie Muscheln am Sandstrand.

Fast in jeder Straße außerhalb des Kerns stand mindestens ein vereinsamtes Haus und wartete auf eine Veränderung seines trostlosen Zustands. Diese Gebäude gehörten einfach zum Stadtbild dazu. Was mal charmant, mal marode, mal historisch daherkam, konnte dem Verrückten gerade als ideales Versteck mit mehreren Fluchtwegen dienen.

Lackmann erinnerte sich an die Durchbrüche in den Kellern. In seinem Elternhaus war es so gewesen. Im Zuge des Zweiten Weltkriegs hatten viele Leipziger Löcher in die Wände geschlagen, um von einem Gebäude ins andere zu flüchten, falls das Haus darüber nach einem Bombentreffer eingestürzt oder in Brand geraten war.

Mit einer SMS informierte er Löwenstein von den neuesten Entwicklungen und bekam von dem Hünen die Nachricht, dass er sich auf Beobachtungsposition begeben hatte. Die Spurensicherung habe die Arbeiten am Trümmerfeld der Heeresbäckerei wieder aufgenommen, nachdem eine neuerliche Runde der Sprengstoffspürhunde nichts ergab.

»Herr Lackmann«, wurde er unvermutet aus einem Büro angesprochen. »Kommen Sie mal rein.«

Er hob den Kopf und hatte gerade die Orientierung verloren, wo er sich befand. Er stand vor Magda Gabors Büro.

Sie war eine nette Kollegin, die als Springer arbeitete und zwischen den Dezernaten wechselte, wo gerade Not an der Frau war. Obwohl sie seit ihrer Kindheit in Deutschland lebte, hatte sie sich ihren osteuropäischen Akzent erhalten. Sie war hübsch, hatte halblange schwarze Haare und drei Kinder, soweit er wusste, was sich kaum auf ihre Figur ausgewirkt hatte.

»Ja, Frau Gabor?« Er stellte sich auf die Schwelle.

»Nee, richtig rein.« Sie winkte ihn zu sich und sah verschwörerisch aus.

Er tat ihr den Gefallen. »Besser?«

Gabor lächelte. »Herr Lackmann, ich wollte mich nur erkundigen, wie es Ihnen geht. Ich mochte Ihren Kollegen, wissen Sie?!«

Anteilnahme? Wie konnte das geschehen? Dann tat ihm der sarkastische Gedanke gleich wieder leid. »Ach, danke. Nicht so gut. Aber die SoKo Bildermorde hat ihre eigenen Probleme, wie ich hörte?«

Gabor sah ihn niedergeschlagen an. »Ja, schrecklich, schrecklich! Immer wenn man denkt, es kommt nicht mehr schlimmer, lässt er sich was Neues einfallen.« Ihr Blick veränderte sich, wurde weicher. »Herr Lackmann, wenn Sie sprechen wollen ... ohne einen psychologischen Hintergrund ... rufen Sie mich an, in Ordnung?«

Jetzt wusste er gar nicht mehr, was er sagen sollte, und nickte nur.

Sein Handy vibrierte. Die Zentrale.

Sofort wurde ihm schlecht. Seine größte Angst war, dass der Bildermörder ihn als Nachfolger von Rhode auserkoren hatte. Er wollte nicht Ansprechpartner des Wahnsinnigen sein. »Ja?« Er winkte Gabor und ging auf den Flur.

»Herr Kommissar, am Eingang steht ... Sangria-Kurti. Er meint, er hätte Ihnen noch was zu sagen.«

»Ich komme.« Lackmann eilte los, zu den Treppen und hinunter ins Erdgeschoss. Es wäre zu schön, wenn dem Obdachlosen ein vergessenes Detail eingefallen sein könnte. Andererseits erfand Kurti gerne mal was, um ein Scheinchen als Dankeschön zu kassieren.

Lackmann hatte Sherlock Holmes nie gemocht, weil ihm der Mann zu brillant war.

Bei allem Respekt vor dessen Leistungen fand er es schlicht unglaubwürdig. Aber zwei Sachen stimmten: 1. Die Wahrheit erschien gelegentlich als unrealistischste Variante von allen Möglichkeiten und traf doch zu; 2. Man brauchte Augen und Ohren in der Stadt, um *alles* zu erfahren, sofern notwendig. Filtern konnte man immer noch.

Wo Sherlock Holmes ein Rudel Straßenkinder ausgesandt hatte, hielt Lackmann gute Kontakte zu Obdachlosen. Die Punks ließen sich nicht dazu herab, mit der Obrigkeit zusammenzuarbeiten, weil sie mal wieder den Scheißstaat und die Bullenschweine ablehnten, auch wenn sie gelegentlich den Arsch von beiden gerettet bekamen.

Doch Sangria-Kurti und seine Kumpels sowie ein halbes Dutzend anderer Gestrandeter versorgten ihn mit Gerüchten, Beobachtungen und Vermutungen. Das half gelegentlich mehr als Videokameras.

Lackmann hatte den Warteraum erreicht, in dem der Obdachlose saß. Das Odeur von schmutzigen Kleidern, Buttersäure und Sangria hing schwer in der Luft. »Hallo, Kurti«, grüßte er und hielt die Tür geöffnet. »Lass uns draußen reden.«

»Ist gut.« Der Mann erhob sich und kam auf ihn zu, seinen Geruch wie eine Bugwelle vor sich herschiebend. Sein Bart war vom Rotwein gefärbt. »Ich wollte eigentlich anrufen«, erklärte er, »aber mir haben sie das Kleingeld geklaut.«

»Bist du hierher gelaufen?«

»Ja. Das Wetter war schön.« Sangria-Kurti lächelte und zeigte Zähne, die erstaunlich gut aussahen, wenn man von der Färbung durch den billigen Rotwein absah. Nicht jedes Klischee über Obdachlose stimmte.

Sie gelangten auf die Straße und stellten sich einige Meter weg vom Eingang auf die andere Seite unter die Bäume, wo Kurti seinen Handkarren abgestellt hatte; auf ihm stapelten sich Plastiksäcke, in denen er Leergut sammelte, um sich ein paar Cent zu verdienen. Er hatte sie nur deswegen aus den Augen gelassen, weil niemand vor einer kameraüberwachten Polizeidienststelle etwas stehlen würde. Dazu kam ein fleckiger Schlafsack, nicht weniger fleckige Decken und ein Beutel, in dem er seine Toilettenartikel aufbewahrte, wie Lackmann wusste: Zahnbürste und Creme.

»Herr Kommissar, ich habe was!«, verkündete er stolz und hielt die Hand auf.

Lackmann lachte freundlich. »Ja, ich auch. Aber erst, wenn ich höre, was es Neues gibt.«

»Anzahlung?« Er rieb die Finger gegeneinander.

»Ebenso?«

Kurti grinste und sagte genießerisch: »Das Pärchen.«

Lackmann verstand es nicht. »Das Pärchen? Was für ein Pärchen?«

»Die öfter in der Halle waren, mit dem ganzen Gerödel, von denen ich Ihnen erzählt habe, Meister.« Der Obdachlose zeigte auf die leere Hand. »Jetzt Sie.«

Lackmann legte bereitwillig einen Fünfer darauf. »Ist Ihnen noch was eingefallen?«

»Nee. Mir nicht. Aber«, Kurti grinste spitzbübisch, »sie sind gesehen worden. Von Schorsch. Und sie hatten wieder die ganze Staffage dabei.« Er sah auf den Schein. »Schorsch will übrigens einen Zehner. Dann darf ich es rausgeben.«

»Was rausgeben?«

»Na, was die verloren haben.«

Lackmann blinzelte auf den Obdachlosen nieder. Vor ihm konnte die beste, wichtigste und einzige Spur zu dem Bildermörder stehen. Für 15 Euro. Er suchte zwei Zehner raus und legte sie dazu. Was immer *es* war, er brauchte den Gegenstand. »Bitte sehr.«

»Oh! Das ist großzügig, Kommissar! Danke!« Sangria-Kurti steckte die Scheine einfach am Bund vorbei in die Unterhose, um sie vor Diebstahl zu sichern. Mit der gleichen Hand langte er in die Tasche seiner zerschlissenen Jacke und hielt eine ramponierte, schwer lesbare Visitenkarte in der Hand. »Die hat Schorsch gefunden.«

»Wo hat er sie gefunden?«

»In dem Haus, in dem sie waren.« Kurti nannte ihm die Adresse, die Lackmann auf Anhieb nichts sagte. Kein Bereich der Stadt, in dem er sich öfter aufhielt.

Lackmann nahm den bedruckten Karton, der unter Schmutz, Wasser und Schuhsohlen gelitten hatte. Das Aufweichen und Trocknen war dem Material nicht bekommen. Schwach waren Buchstaben darauf zu erkennen. Es war nicht gesagt, dass die Karte von dem Pärchen stammte, sie lag lediglich im gleichen Haus. »Danke.« Er gab dem Obdachlosen die Hand. »Sag Schorsch bitte, dass er sich vom Haus fernhalten soll.«

»Also nicht reingehen und nachschauen, was die so machen?« Kurti hatte sich bereits als Hilfspolizist gesehen.

»Nein. Ich übernehme das.« Er verabschiedete sich und kehrte ins Büro zurück.

Am Tisch rieb er vorsichtig an der Karte, um den gröbsten Schmutz zu entfernen; dabei überlegte er, was er mit den Informationen anstellen sollte.

Er hatte eine Adresse, die es noch zu prüfen galt.

Er hatte die ungenaue Beschreibung des Pärchens, das sich öfter an einem Tatort aufgehalten hatte.

Und er hatte seine Überzeugung, dass sie mit dem Täter zusammenarbeiteten.

Vernünftig wäre es, zum Präsidenten zu gehen und ihm zu erklären, dass er möglicherweise das neue Täterhaus gefunden hatte.

Aber da er nicht zur SoKo gehörte, würden sich die neuen BKA-Gestalten bei ihm höchstens bedanken und ihn vom weiteren Vorgehen ausschließen.

Das wollte Lackmann nicht.

Es gab ja noch seinen Verbündeten. Mit ihm würde er sich das Haus näher anschauen und danach entscheiden, was zu tun war. Löwenstein konnte auch seine Ideen und seine Meinung dazu beisteuern. Er hatte in dessen grünen Augen deutlich gelesen, dass er wenig Interesse an einem lebenden Mörder hatte.

Verständlich.

Aber für ihn als Kommissar war das nicht tolerierbar.

Lackmann kratzte einen besonders fest haftenden Schmutzplacken behutsam ab und legte Buchstabe um Buchstabe frei.

Das Feld mit der Adresse war nicht mehr zu retten, ebenso die genaue Nummer. Die Vorwahl gehörte zu Leipzig, danach waren noch zwei Ziffern zu erkennen.

Doch die Großbuchstaben in der Mitte der Karte meinten es gut mit ihm, auch wenn er es zuerst nicht glauben wollte. Zwar fehlten zwei Buchstaben, doch sie ließen sich ganz einfach mit Wissen ergänzen.

Lackmann sah auf den Karton:

*A_S MORIEND_*

❖❖❖

KAPITEL 17

Leipzig, Südbereich, 19. Dezember

Lackmann lief auf den Hof des *Ars Moriendi,* das in der Nähe des Südfriedhofs lag. Er war mit der Tram gekommen. Ohne gültigen Führerschein wollte er seinen Wagen nicht benutzen, auch der Umgebung zuliebe. Ein Unfall, nein danke.

Lackmann blickte zur Sonne hoch; er mochte dieses Wetter nicht besonders. Es glich eher dem Spätherbst als dem Winter, und wer einen Mantel trug wie er, transpirierte zwangsläufig. Nur weil er dünn und lang war, bedeutete es nicht, dass er niemals schwitzte. Dabei hasste er es, zu schwitzen. Es konnte auch am Alkohol liegen, dass ihm die Brühe aus allen Poren rann und seine Haare fettig aussehen ließ.

Langsam ging Lackmann auf den Eingang zu, durch den eben schwarzgekleidete Angehörige schniefend und weinend schritten, sich stützten und Taschentücher unter die Nase und vor den Mund pressten.

Es erinnerte ihn an seinen eigenen angeschlagenen Zustand, und er nahm den Flachmann heraus. Ein kleiner Schluck Wodka, und die Anspannung wich. 48 Volumenprozent künstliche Zuversicht schossen in seine Adern.

Seine Neugier und sein Jagdtrieb hatten ihn dazu gezwungen, sich vorher das Haus anzuschauen, das Schorsch ihm über Sangria-Kurti bezeichnet hatte.

Natürlich war ihm wieder eingefallen, wo die Straße lag. Das Gebäude war das ehemalige Hotel *Bayrischer Hof*, größtenteils ausgebrannt und lange verlassen, mit zugemauerten Eingängen, durch die es eigentlich keine Möglichkeit eines Eindringens gab. Es befand sich in unmittelbarer Nachbarschaft zur Böttcherstraße, wo der Bildermörder die Polizeifalle geknackt hatte.

Doch dann hatte er die schmale Lücke entdeckt, entstanden durch zwei Reihen fehlender Steine in einem Fenster, durch die er gerade so passte.

Lackmann schaute sich in der Halbruine um und entschied mit dem ersten Blick, dass sie sich nicht als Ausstellungsort für den Bildermörder eignete. Das Gebäude lag an einer vielbefahrenen Straße, es konnte nur unter großen Schwierigkeiten betreten werden und war extrem leicht einsehbar.

Dafür erkannte er frische Schuhabdrücke im Staub: Profilsohlen, zwei verschiedene Größen, eine ungefähr in 44, die andere deutlich kleiner. Dem Muster nach ähnelten sie stark denen, die auf Bernankes Gesicht gefunden wurden.

Ein Zufall?

Das Pärchen war also drin gewesen, genau wie Schorsch es gesagt hatte.

Zum Auskundschaften? Hatten sie den *Bayrischen Hof* ebenso als ungeeignet eingestuft wie er?

Da waren noch weitere Spuren gewesen, kleine Abdrücke, kreisrund und mit einer Art Loch in der Mitte, und zwar nur an einer Stelle.

Ein Laservermessungsgerät?

Lackmann betrat den Vorraum; eine Sekretärin blickte ihn freundlich durch eine dicke Hornbrille an. Ihre Kleidung erinnerte ein wenig an die Sechziger, war leicht retro, doch noch geschmackvoll und dezent genug für ein Bestattungsunternehmen. »Guten Tag«, grüßte er. »Ich möchte zu Herrn Korff.«

»Geht es um eine Bestattung, Herr …?«

Er zog seinen Ausweis. »Kommissar Lackmann. Ich hätte noch eine Frage zu den Vorkommnissen auf dem Gelände«, log er. Es würde die Unterhaltung beschleunigen und Korff im Unklaren lassen. Dabei nahm er nicht einmal an, dass der Bestatter selbst im ehemaligen Hotel gewesen war. Er wollte ihn überraschen, wollte sehen, wie er reagierte. Danach hörte er sich gern seine Mutmaßung an, wie die Visitenkarte des *Ars Moriendi* in das ehemalige Hotel gekommen war.

Die Sekretärin telefonierte kurz. »Setzen Sie sich doch noch einen Moment, bitte. Der Chef ist gerade beschäftigt und möchte die Behandlung nicht unnötig unterbrechen.«

Lackmann nickte. Er zog den Mantel aus und setzte sich, schloss die Augen und genoss die Ruhe, die im Raum herrschte. Er brauchte nicht einmal eine neue Ladung Wodka. Es ging ohne.

»Kommissar Lackmann«, hörte er plötzlich Korffs Stimme über sich, dann roch es schwach nach Desinfektionsmittel.

Lackmann konnte nicht anders, er fuhr zusammen. Er hob die Lider und sah den Bestatter vor sich stehen, der ihn anlächelte. »Hallo, Herr Korff.« Sie reichten einander die Hand. »Gehen wir in Ihr Büro. Es ist da etwas aufgetaucht, zu dem ich gerne Ihre Meinung wüsste.«

»Aha? Meine Meinung? Ich hätte vermutet, dass das LKA genug Spezialisten hat.« Er ging voraus und lotste Lackmann durch das Institut. Er trug Polohemd, Cargohosen und die klobigen Dreilochschuhe. »Hier ist es übrigens seit dem Tod von Herrn Pilz ruhig geblieben. Der Vermummte ist nicht mehr aufgetaucht.«

Lackmann setzte sich und wartete, bis auch Korff sich in seinen Sessel geworfen hatte. »Darum geht es auch gar nicht.«

»Nicht?« Der Mann, der nicht wie 40 aussah, musterte ihn neugierig. »Kaffee?« Er stand auf und trat an den kleinen Vollautomaten heran.

»Gerne.« Der Kommissar betrachtete Korff unentwegt. Sollte der Mann nervös sein, zeigte er es nicht mit einer einzigen Regung. Zum ersten Mal trug er kein Sakko. Somit wurde die Tätowierung auf seinem Unterarm sichtbar: DO NOT FALL ASLEEP UNTIL … Was immer das bedeuten sollte. Lackmann bekam eine Tasse Kaffee gereicht und wartete, dass sich der Bestatter wieder setzte.

Doch Korff blieb stehen und schaltete die Musikanlage ein.

Die helle, klare Stimme einer Sängerin ertönte zu einer Musik, die aus klassischem Stehbass, Synthie-Elementen und Beats bestand. Es klang ungewöhnlich, aber die Töne sorgten dafür, dass sich Lackmann weiter entspannte.

Korff lehnte mit dem Rücken an der Regalwand mit den vielen Büchern. In der Linken hielt er einen Humpen, die Rechte schob er in die Hosentasche seiner Cargo. Lässig – und doch hatte Lackmann den Eindruck, dass in diesem Menschen mehr steckte als ein Bestatter und Thanatologe. Er wartete, nippte, schwieg. Das Spiel beherrschte er sehr gut; dazu lief im Hintergrund leise Musik.

Der Kommissar machte den ersten Schritt und langte schließlich in die Sakkotasche. Er legte die halb zerstörte Visitenkarte des Bestattungshauses auf den Tisch. »Die wurde gefunden.«

»Hoffentlich nicht bei einem neuen Werk?«

»In einem heruntergekommenen Haus nahe am Bahnhof. Der *Bayrische Hof*.«

»Kenne ich. Wintergartenstraße, richtig?«

Er sah am Bestatter hinunter und bemerkte erneut die klobigen Schuhe. Einen Fuß hatte er überkreuzt, so dass man die Sohlen sah. *Das Profil aus dem Gebäude!*, durchzuckte es ihn. »Ein Zeuge sah ein schwarzgekleidetes Pärchen dort mehrmals ein und aus gehen. Ich frage mich, ob Sie sich erklären können, warum diese Personen eine Visitenkarte vom *Ars Moriendi* dabeihaben sollten.«

»*Falls* sie von denen stammt«, fügte Korff hinzu und lächelte wissend.

»Falls«, räumte Lackmann sein Nichtwissen ein. Er kostete vom Kaffee und fand ihn extrem lecker.

Korff deutete auf seine Schuhe. »Sie könnte an einer Sohle geklebt haben. Die Herrschaften könnten eine Beerdigung besucht haben. Es gibt so viele Möglichkeiten. Sogar der Wind oder ein Vogel. Zufälle gibt es immer, Herr Lackmann. Sogar Zufälle, die man gar nicht glauben möchte.« Er trank vom Kaffee. »Ich könnte Ihnen Dinge erzählen … aber das dauert zu lange. Jedenfalls: Ich war nicht dort.«

»Ich weiß«, knurrte der Kommissar.

»Aber Sie dachten, Sie kommen vorbei, legen die Karte auf den Tisch und schauen, wie ich reagiere.« Korff kniff die Augen leicht zusammen und überlegte. »Waren das

Ihre Gedanken? Und entsprach ich vom Verhalten ungefähr Ihrer Vorstellung?«

»Ich hatte gehofft, dass Ihnen etwas einfällt, was wiederum mir weiterhilft. Dass Sie sich dort herumgetrieben haben, schloss ich aus.« Lackmann kam sich auf die Schippe genommen vor. »Was Ihr Verhalten angeht: Sie sind ein wenig zu locker, haben aber einen Ausdruck auf dem Gesicht, als wüssten Sie was.«

Korff zwinkerte ihm zu. »Ich weiß wirklich etwas.« Er stellte seinen Kaffee ab und ging ohne eine Erklärung hinaus.

Lackmann sah auf die Uhr, nippte an der Tasse und behielt die Nerven. Die Musik half dabei. Oh, ja, dieser Mann wusste wirklich, wie man Spielchen spielte. Lernte man so etwas in der Bestatterschule?

Die Tür öffnete sich wieder.

Korff kehrte zurück und hatte einen jungen Mann mit sichtlich schwarzgefärbten Haaren im Schlepptau. Lackmann sah das Nasenpiercing, jeweils vier Ringe in den Ohrmuscheln und Reste von Kajal. Damit gehörte er vermutlich in die Kategorie Gothic, von denen es einige in Leipzig gab, auch außerhalb des Wave-Gotik-Treffens.

»Darf ich die Herrschaften bekannt machen: Jaroslaf Schmolke, mein Auszubildender. Kommissar Lackmann, der auf der Suche nach dem mysteriösen Pärchen ist, das sich im *Bayrischen Hof* aufgehalten und dabei eine Visitenkarte des *Ars Moriendi* verloren hat.« Korff blickte Lackmann an. »Richtig zusammengefasst?«

»Richtig.« Der Kommissar musterte Jaroslaf, der Anfang 20 sein mochte. »Sie sind die Schuhgröße 44?«

Jaroslaf nickte.

»Das andere war Ihre Freundin?«

Der Azubi nickte wieder.

Lackmann nahm sein Smartphone heraus und verglich seine Notizen. »Sie waren außerdem in der *Interdruck*, kann das sein? Mehrmals?«

Jaroslaf seufzte. »Ja, das war so. Wir machen nichts kaputt, wirklich. Ich schieße nur Fotos.«

Lackmann erinnerte sich an die kleinen Abdrücke, die hervorragend zu einem Kamerastativ passten. »Fotos?«

»Von den alten Mauern und … meiner Freundin«, gestand er.

»Tolle Fotos, übrigens«, steuerte Korff bei und reichte seinem Azubi einen Kaffee.

»Sie dringen in leerstehende Häuser ein, machen Fotos und lichten Ihre Freundin ab?« Lackmann blickte Jaroslaf fragend an, der schon wieder nickte. »Warum?«

»Weil die Gebäude eine ganz besondere Stimmung haben, weil sie nicht leicht zugänglich sind und weil ich Aufnahmen machen kann, wie sie nicht jeder hat«, erklärte der Azubi.

Passenderweise sprang die Musik im Hintergrund auf einen Track, der recht dramatisch und nur mit dem Streichbass gespielt wurde.

»Das machen Sie schon lange, schätze ich.«

»Seit ein paar Jahren, ja. Es gibt tolle Locations, aber die werden immer weniger.«

»Und in den letzten Wochen auch?«

Jaroslaf sah zuerst zu Korff. »Wir wurden auch in der Alten Messe gesehen, an der Halle, stimmt's? Wo sie *Guernica* gefunden haben.« Er schluckte. »Wir haben mit den Morden nichts zu tun, Herr Kommissar! Das war Zufall!

Mir ist schlecht geworden, als ich gehört habe, dass ich Peggy nackt geknipst habe, während der Verrückte vielleicht nur ein paar Meter entfernt herumschlich und seine Mordvorbereitungen traf.«

Lackmann konnte sich vorstellen, dass ihr Täter genau wusste, was das Pärchen mit dem eher ungewöhnlichen Hobby in der Halle machte, aber sie nicht weiter störte. Sie fielen nicht in sein Beuteschema. »Damit kann ich mir meine Frage sparen, ob Sie etwas Auffälliges gesehen haben«, schloss er aus der Antwort.

Jaroslaf bestätigte. »Sonst hätte ich mich schon lange gemeldet.« Er sah wieder zu seinem Chef, als befürchtete er eine Reaktion. Doch Korff wirkte gelassen, machte ein beruhigendes Gesicht.

Lackmann kam bereits die nächste Idee. »Schießen Sie gelegentlich Aufnahmen nur von den Gebäuden? Ohne Ihre Kirsche?«

»Das hängt davon ab. Manchmal ziehe ich allein los und treffe eine Vorauswahl für ein Shooting«, erklärte der Azubi. »Nicht immer sind die Häuser sicher, wissen Sie. Und bevor Peggy was passiert, schaue ich mir die Mauern und alles genau an.«

Lackmann atmete auf. »Dann hätte ich gerne Kopien von *sämtlichen* Fotos der letzten zwei Monate. Mit und ohne Ihre Freundin. Am besten sofort und unter Angabe der Orte, wo sich diese Gebäude befinden.«

»Die habe ich nicht hier. Die sind auf der Festplatte zu Hause, und auch noch ungeordnet«, wich Jaroslaf aus, bis er an der Miene des Kommissars erkannte, dass dies keine Bitte, sondern eine Anordnung gewesen war. »Können Sie mich nach Hause fahren?«

»Kann ich. Ich meine, nein. Kann ich nicht. Ich rufe uns ein Taxi.« Lackmann sah zu Korff. »Das geht in Ordnung?«

Der Bestatter nickte. »Klar. Wenn es hilft, den Bildermörder zu finden.«

Jaroslaf schaute verwirrt zwischen ihnen hin und her. »Aber ich habe diese Werke nicht fotografiert. Ich wusste ja gar nicht, dass sie da waren.« Er trank seinen Kaffee aus und schien noch immer zu fürchten, dass man ihn verhaften wollte.

»Darum geht es dem Kommissar gar nicht.« Korff setzte sich an den Schreibtisch. »Gehe ich recht in der Annahme, dass Sie hoffen, auf Jaros Bildern könnte sich ein zufälliger Hinweis auf den Mörder befinden?« Mit einem kurzen Anruf bestellte er ein Taxi zum *Ars Moriendi*.

Lackmann zeigte ein Lächeln, das der Sphinx ähnlich war, und schob den Azubi zum Ausgang. »Gehen wir, junger Mann. Ihre nackte Freundin wird bei mir sicher sein.«

Sie verließen das Büro und gleich darauf das Institut. Das Taxi war innerhalb weniger Minuten vor Ort.

Lackmann fühlte Zuversicht, ohne dass er vom Wodka trank. Es konnte sein, dass er dem Bildermörder auf die Spur kam. Er! Der Suchthaken, der Hungerturm, der Nixkönner. Durch einen kleinen Hinweis.

Außerdem musste er der SoKo mitteilen, dass sie die Suche nach dem Pärchen einstellen konnte. Das Geheimnis hatte er somit auch gelöst. Dank Sangria-Kurti und Schorsch und einer Visitenkarte. Passenderweise Ausgestoßene wie er.

❊❊❊

Leipzig, Südost, 19. Dezember

»Was sehen wir da?« Der neue Mann an der Spitze der SoKo Bildermorde, Kriminalhauptkommissar Christian Stern vom BKA, saß neben dem Spezialisten vom KTI, der sich mit allen Arten von Bildbearbeitungsprogrammen auskannte. Grübelnd blickte er auf den Monitor. »Geht das nicht genauer?«

»Mit der Originalvorlage zum Abgleich wäre es leichter. Der Computer gibt sein Bestes.« Der Mann hackte auf die Tastatur ein. »Ich versuche noch was.« Er veränderte Darstellungsparameter, den Kontrast, den Weißabgleich, zoomte ein und wieder aus, drehte an Skalen, um die Anzeige der Optogramme zu verändern, damit etwas Lesbares erschien. Parallel zu seinen Bemühungen lief ein Computerprogramm über die gewonnenen Informationen, das auf Mustererkennung aus war.

Für jedes Augenpaar der drei Opfer wurde der gleiche Aufwand betrieben.

Es zeichnete sich ab, dass Rhode, Richter und Ignatius jeweils verschiedene Dinge gesehen hatten. Nun ging es um die Details. Man musste allerdings bedenken, dass die Abbildungen auf den Netzhäuten spiegelverkehrt sichtbar gemacht wurden.

Stern musste gerade lernen, dass es *eine* Sache bedeutete, die Bilder von der Netzhaut zu lösen, und eine *andere,* die Informationen darauf zu erkennen. Ungeduldig trommelte er mit den Fingern auf der Arbeitsplatte herum, ohne den Takt zu finden.

Stern, 47 Jahre, untersetzt und mit kurzen dunkelblonden Haaren, hatte sich freiwillig für den Job gemeldet, bevor jemand bestimmt werden konnte. Es reizte ihn, dem Wahnsinnigen von Leipzig auf die Spur zu kommen.

Als er von der Methode gehört hatte, wie man Bilder in den Augen der Toten fixieren konnte, und dass ihr Gesuchter auf diese Weise Botschaften hinterließ, wusste er, dass dieser Fall genau seinen Geschmack traf. Es schreckte ihn nicht, dass man als Ermittler sehr schnell auf die Abschussliste des Täters geraten konnte. Stern musste eben schneller sein.

Man hatte ihm zweihundert Untergebene der Polizeidirektion, von LKA und BKA zur Seite gestellt, um den Mörder dingfest zu machen. Inzwischen gab es brauchbare DNA, jedoch noch keinen Verdächtigen, um einen Abgleich vornehmen zu können.

Stern würde das ändern. Rasch.

Rether hatte beste Arbeit geliefert. Nachdem er die Augen der drei ermordeten Polizisten herauspräpariert hatte, legte er sie in Lauge ein und zog die Netzhäute mit größter Achtsamkeit nach 24 Stunden auf die Porzellankugeln auf.

Das Ergebnis fiel ernüchternd aus. Muster und Gekritzel waren zwar mit viel Phantasie zu erkennen, doch so einfach wie Notizen auf einem Blatt Papier konnte es nicht abgelesen werden.

Danach war Rether zusammengebrochen. Er musste erst verkraften, dass er dem Tod in dem eingestürzten Silogebäude nur knapp entgangen war.

Trotz seines angegriffenen psychischen Zustandes versicherte der Arzt, jederzeit einsatzbereit zu sein. Ein Anruf genügte, und der Helikopter brachte den Mann zur nächsten Augen-OP, in der es nicht darum ging, die Sehkraft des Patienten, sondern das Rhodopsin zu erhalten.

Stern hatte die äußerst vagen Resultate der Netzhäute digitalisieren und an die Mitarbeiter des KTI senden lassen.

Die Enttäuschung, die beim ersten Betrachten eingetreten war, hielt sich. Es sah so aus, als würden die Prozessoren verglühen, anstatt etwas Brauchbares aus den Linien zu errechnen. Mal erinnerten die Computervorschläge an Kinderzeichnungen, dann an falsche Übertragung vom Chinesischen ins Deutsche mit Hilfe eines schlechten Dolmetschers. Nichts ergab nur annähernd so viel Sinn, dass es etwas mit den Morden zu tun hatte.

Die Zeit verstrich.

Der KTI-Spezialist summte eine Melodie vor sich hin, während er sich weiterhin abmühte, das Rätsel zu lösen.

Stern las derweil auf seinem Smartphone Info-Mails von den verschiedenen Ermittlungsteams. Die Truppe auf dem Gelände der *VEB Backwarenkombinat* arbeitete in Schichten rund um die Uhr, um zu sichern, was es zu sichern gab, bevor ein Regenguss den entscheidenden Hinweis wegspülte. Bislang: nichts, was sie voranbrachte.

Dass der Täter Zugang zu Sprengstoffen hatte, machte alle nervös. So routiniert und sicher, wie der Mann damit hantierte, musste man auf jemanden schließen, der Kontakt zu Terroristen hatte. Oder eine Vergangenheit in einer militärischen Spezialeinheit oder als Söldner oder gar eine Ausbildung als Sprengmeister, was Stern als unwahrscheinlich ausschloss.

So oder so: Die Allgemeinheit schwebte in großer Gefahr. Noch eine zusätzliche Motivation. Niemand wusste, welche Register der Wahnsinnige als Nächstes zog.

Sterns Handy meldete sich, die SpuSi wollte etwas von

ihm. War der letzte Tatort doch ergiebig gewesen? »Chefermittler Stern?«

»Guten Tag, Hauptkommissar. Hier ist Lubke.«

Der Name sagte Stern nichts, aber bei knapp zweihundert Beamten konnte er nicht jeden Namen behalten. »Herr Lubke, was haben Sie bei der VEB-Ruine entdeckt?«

»VEB-Ruine? Nein, wir haben den Pick-up in Crottendorf gefunden.«

Stern sah auf den Bildschirm, auf dem nichts Taugliches erschien. Er konnte sich demnach weiter um Lubke kümmern. Ihn beschlich das Gefühl, dass der SpuSi sich wichtigmachen wollte, wenn er wegen eines Pick-ups anrief. »Herr Lubke, Sie müssen mir helfen.«

»Ah. Die Streife hat Sie nicht informiert. Na, hängt sicherlich noch in der Pipeline.«

»Herr Lubke, kommen Sie bitte zur Sache.«

»Ja, Verzeihung. Die Streife hat bei Crottendorf auf einem Parkplatz einen ausgebrannten schwarzen Pick-up gefunden, ein Toyota Hilux, schwarz, gestohlen im Oktober dieses Jahres. Auch wenn der Innenraum nicht mehr auszuwerten war, konnte ich die Beschädigungen außen sowie die Lackreste prüfen.«

»Herr Kommissar, ich glaube, ich habe was«, sagte der KTIler und erhöhte die Helligkeit des Bildschirms. »Alles hat das Programm nicht entziffern können, ich habe die wahrscheinlichsten Korrekturen von Hand vorgenommen.«

»Einen Moment«, bat er den Spezialisten leise, dann: »Herr Lubke, ich habe hier …«

»Der Pick-up ist der Wagen, mit dem der rote Mercedes

des Intendanten Wolke abgedrängt wurde und der den Streifenwagen vom Kollegen Rhode bei der Überführung ins Feld schob«, verkündete der SpuSi feierlich.

Stern richtete sich unbewusst auf dem Stuhl auf. »Wie sicher ist das?«

»Die gefundenen Lackspuren stimmen zu hundert Prozent überein, sowohl bei den verunglückten Fahrzeugen als auch beim Toyota. Der Geländewagen kam mit ziemlicher Sicherheit bei beiden Verbrechen zum Einsatz.« Lubke klang unerschütterlich. »Wir machen noch weitere Tests, was die Beschädigungen an allen Autos angeht, aber das wird keine Veränderung bringen.«

»Sie sagten, dass der Innenraum ausbrannte?«

»Leider, Herr Hauptkommissar. Nichts zu holen.«

»Vielen Dank. Schicken Sie mir die Ergebnisse der Tests.« Er legte auf und warf einen kurzen Blick zum Fenster hinaus. Richard Georg Wolke, so hieß der Mann.

Das bedeutete: Ihr Mörder hatte den Intendanten der Leipziger Oper eliminiert und es als Unfall getarnt.

Warum?

Der Todesblick konnte nicht der Grund gewesen sein.

Eine groteske Art der Familienzusammenführung?

Auch das ergab keinen Sinn.

Der wahrscheinlichste Grund, warum ein Täter einen Unbeteiligten nach seinem Mord aus dem Weg räumte, war, dass diese Person etwas gesehen oder erfahren hatte, was dem Mörder gefährlich werden könnte.

Stern würde gleich nach dem Treffen mit dem KTIler eine Prüfung von Wolkes Aufzeichnungen und persönlichen Gegenständen beantragen, vom Notizbuch bis zum Computer.

Er steckte das Handy weg und blickte auf die Nachricht, die ihnen der Täter hinterlassen hatte.

Augen von Richter, Gerhard:
Keine weiteren Fallen mehr, sonst detonieren Bomben.

Augen von Ignatius, Uwe:
Es zählen einzig meine Optogramme.

Augen von Rhode, Peter:
Das Spiel beginnt bald von neuem. Fangt mich!

Dazu gab es noch Bildchen, die weder der Computer noch Stern noch der Mann vom KTI zu deuten vermochten.

Aber die Botschaft ihres Täters war eindeutig: keine Hinterhalte mehr. Die Lösung des Falles lag in den Händen von Rether, der Bildverarbeitung und der Geschwindigkeit, wie die SoKo darauf reagierte.

Bomben. Ein Alptraum.

Was konnte man mit vierzig Kilogramm Sprengstoff in einer Großstadt alles anrichten!

Stern sah den Steilen Zahn explodieren, Tramlinien in Feuerbällen verglühen oder die Höfe am Brühl eingeäschert. Promenaden-Hauptbahnhof, Hotels, ein nagelgefüllter Mülleimer in der belebten Innenstadt ... zu viele Ziele, um sie überwachen zu können.

Stern überlegte, ob er die Leipziger Rettungskräfte präventiv in Alarmbereitschaft versetzen sollte, entschied sich dann aber dagegen. Solange sie sich an die Spielregeln hielten, würde das ihr Wahnsinniger hoffentlich auch.

Das Warten auf die nächste Leiche mit Optogramm begann.

In Sterns Mund breitete sich ein säuerlicher Geschmack aus. So fühlte es sich an, nichts tun zu können.

❦❦❦

Leipzig, Gohlis-Nord, 22. Dezember

Ares lag den dritten Tag auf seinem Beobachtungsposten.

Er hatte zugesehen, wie eine Hundertschaft die Ruine durchforstete; wie sie die Steine einzeln abtrugen; wie sie jeden Papierschnipsel umdrehten, um Spuren zu finden; wie sie abgezogen waren und Ares mit dem eingestürzten Bauwerk allein ließen.

Lackmann hatte ihm zwischendurch per Mail mitgeteilt, dass er Fotos von verlassenen Häusern sichtete, die Korffs Azubi geschossen hatte. Der junge Mann und dessen Freundin entpuppten sich als das mysteriöse Pärchen, das an den Tatorten gesehen worden war. Harmlos und eine tote Spur, aber gemäß der Logik die einfache Aufklärung eines weiteren Rätsels.

Somit blieb es dabei, dass es wohl doch nur einen Täter gab.

Während der Kommissar in seiner Wohnung vermutlich bei einem gemütlichen Glühwein oder Gewürzmet Bildchen um Bildchen betrachtete, lag Ares im Mumienschlafsack gegenüber dem zerstörten Tatort in einem Backsteingebäude der ehemaligen Heeresbäckerei.

Er hatte alles dabei, was man zum Observieren benötigte, verrichtete seine Notdurft in ein dunkles Kellerloch und verließ nur dafür seinen Posten. Das Waschen besorgte er mit Feuchttüchern, Nahrung waren ihm diverse Eiweiß- und Müsliriegel. Die Zähne wurden kurz geschrubbt und nur einmal mit stillem Wasser aus seiner Flasche gespült. Das musste reichen.

Anfangs galt es zu verhindern, dass die Bullen ihn bemerkten. Sie hätten sicherlich Fragen zu der Heckler & Koch P7 sowie den drei Ersatzmagazinen gehabt, die er in einem Gürtelholster trug. Vandal hatte sie ihm auf die Schnelle besorgt, und garantiert war die Halbautomatik bereits bei einem Verbrechen zum Einsatz gekommen.

Egal.

Nachdem die Bullen abgerückt waren, ging es ihm darum, dass der Mörder ihn nicht entdeckte.

Ares konnte nicht einmal mit Bestimmtheit sagen, ob es einen Sinn ergab, was er da tat. Lackmann unterrichtete ihn, dass die Suchmannschaften keine technischen Geräte aus den Trümmern gezogen hatten.

Auf einer neu aufgetauchten Website des Bildermörders standen Aufnahmen der *Laokoon-Gruppe* zum Anklicken. Ohne Kommentar. Noch rätselten die Profiler darüber, was es zu bedeuten hatte: stiller Triumph?

Vor allem unterlief der Täter damit wie so oft die Informationssperre der Polizei. Leipzig wusste dank der Medien und der sehr hartnäckig recherchierenden Baum-Schmidtke, dass es einen neuen Tatort gab und wer die Opfer waren. Die bewährte Journalistin war einfach zu gut informiert, sie konnte auf zu viele Kontakte quer durch die Polizeitruppe zurückgreifen. Auf zehn Verschwiegene kam ein Maulwurf, so hatte es den Anschein.

Für Ares war es unerheblich. Er hoffte einfach, dass der Mörder noch einmal zurückkehrte. Der Grund spielte keine Rolle.

Lackmann sandte ihm außerdem die Botschaft, die sie auf den Netzhäuten der Polizisten gefunden hatten. Der verrückte Täter machte klare Ansagen und bedrohte die gesamte Stadt. Ares freute sich darauf, den Maskierten vor die Mündung zu bekommen.

Der dritte erfolglose Tag neigte sich dem Ende zu.

Ares schrieb Elisa eine Gutenachtmail und mahnte Karo, nicht den viel zu kurzen Rock anzuziehen. Mehr väterliche Fürsorge konnte er gerade nicht verteilen.

Gegen Abend tauchten plötzlich ein Fotograf und eine ältere Dame auf.

Sie liefen über die Bruchstücke, und der Mann machte nach den Anweisungen seiner resoluten Begleiterin Aufnahmen; währenddessen spazierte sie herum, den Blick unentwegt auf die Steine gerichtet, machte sich Notizen und drapierte Fundstücke dramatischer, die er gleich darauf ablichten musste.

Ares hob das Fernglas und erhöhte die Vergrößerung.

Das Gesicht des Mannes war ihm unbekannt, aber die Frau entpuppte sich als Daniela Baum-Schmidtke. Ihr war gesteckt worden, wo sich der Tatort befand.

Ares verzog den Mund. Das ergab bestimmt einen widerlichen Aufmacher, der mit der Sensationsgier der Leserschaft spielte.

Nach einer Stunde waren sie verschwunden, und die Nacht kam.

Das Summen fiel zuerst wegen des Ratterns der Züge auf den benachbarten Gleisen nicht auf, doch es wurde immer deutlicher, bis Ares sah, welche Geräuschquelle dahintersteckte: eine Drohne. Ihre vier Rotoren waren nebeneinander zu einem Viereck angeordnet.

Ares wurde von Aufregung gepackt.

Sie senkte sich über dem eingefallenen Gebäude herab, huschte wie eine verschreckte Schwebfliege über die Trümmer, sondierte und erhob sich weit in die Luft, um danach zwischen den VEB-Gebäuden zu verschwinden.

Lackmann hatte in dem Dossier etwas über die Drohne geschrieben. War sie nicht beim *Psycho*-Mord zum Einsatz gekommen? Der Täter hatte sich auf diese Weise den Tatort von Anke Schwedt betrachtet.

Dann geschah eine Stunde lang gar nichts.

Ares kaute angespannt seinen Eiweißriegel und wandte die Augen nicht mehr von der Ruine. Dann hörte er ein charakteristisches Motorradröhren, gleich darauf schoss eine Geländemaschine ohne Licht über das Areal und näherte sich zielstrebig dem eingefallenen Gebäude, raste dann aber daran vorbei und blieb an einem Nebenhaus stehen.

Die behelmte Gestalt stieg ab und kletterte durch ein Fenster hinein.

Ares war sich nicht sicher: echter Täter oder Testköder, der geschickt wurde, um herauszufinden, ob Polizei an der Ruine wartete?

Was immer Ares tat, es konnte die falsche Entscheidung sein. Wäre er damit verantwortlich für explodierende Bomben in der Stadt?

Dann sah er die Gestalt wieder: Sie schwang sich aus dem Fenster des obersten Stocks, kletterte behende am Fallrohr aufs Dach und bog einen schiefen Blitzableiter zu sich. Sie streckte den Arm, um etwas davon zu entfernen. Mit Sicherheit war es eine Kamera oder eine ähnliche Überwachungsvorrichtung.

Ares beschloss, es darauf ankommen zu lassen.

Er kroch rückwärts aus seinem Versteck, sprintete die Treppen hinunter, sprang aus seinem Fenster und hetzte über die offene Fläche hinüber zum Nachbarhaus.

Doch die Gestalt auf dem Dach hatte ihn bemerkt: Sie griff unter die Motorradkombi, zog eine Pistole und eröffnete sofort das Feuer.

Ares warf sich inmitten der Ruine in Deckung, während die Schüsse hallten und rings um ihn herum Dreck aufspritzte; das peitschende Knallen des Beschusses klang durch die umgebenden Häuser scheppernd.

Er sparte sich den Versuch, im schwachen Licht der Sterne und auf die Entfernung auf den Maskierten zu schießen. Seine letzten Tage auf dem Schießstand zusammen mit Pitt waren lange her. Außerdem war er mehr der Nahkämpfer. Niemand sagte etwas von Eleganz, dafür war er effektiv. Jetzt musste Ares sich nur noch die Gestalt greifen und ausschalten.

Der Schütze war verschwunden, doch das Geländemotorrad stand noch an derselben Stelle.

Ares wagte sich hervor, sprintete die letzten Meter bis zum Backsteingebäude, drückte sich mit dem Rücken gegen die Wand und zog die Waffe. Auf kurze Distanz standen seine Trefferchancen besser.

Abhauen wird dir schwerfallen. Mit einem raschen Griff riss er ein paar Schläuche vom Motorblock der Maschine ab.

Im Innern vernahm er ein Scharren, dann das Knacken

abplatzender Putzbröckchen und das reibende Knirschen von Schmutz unter den Sohlen. Der Unbekannte pirschte sich voran, auf sein Motorrad zu.

Ares warf einen knappen Blick durch ein Fenster, konnte jedoch niemanden ausmachen. Er schwang sich hindurch, landete auf unebenem Boden und verursachte mehr Krach, als er wollte.

Sofort knallte es.

Die Kugel jagte dicht neben ihm in die marode Wand und schlug ein Loch, als hätte jemand mit dem Hammer dagegengedroschen. Das Mündungsfeuer blendete Ares; seines Erachtens musste der Schuss schräg von oben gekommen sein, von der Treppe.

Ares tauchte ab und robbte langsam vorwärts, schaute sich ständig um, horchte; Stützpfeiler dienten als sporadische Deckung.

Wieder krachte es, dieses Mal näher an ihm dran, rechts von ihm.

Doch das Geschoss ging weit daneben, sirrend prallte es von einem Stützpfeiler ab. Die Silhouette seines Gegners wurde vom Schein des eigenen Mündungsfeuers für Bruchteile von Sekunden beleuchtet, ohne dass es Ares blendete. Er hatte ein Ziel.

Jetzt! Ares feuerte.

Prompt wurde zurückgeschossen.

Seine rechte Schulter zuckte unter einem harten Einschlag, schien von einer brennenden Kerze getroffen, die sich mit Hochgeschwindigkeit durch sein Fleisch fraß. Er schrie unterdrückt, ließ die P 7 aber nicht fallen. Warmes Blut lief aus dem Einschussloch und rann über seinen Arm.

Er kroch nach hinten und wechselte die Pistole in die andere Hand. Jetzt würde er nur durch einen sehr großen Zufall überhaupt etwas treffen, das kleiner als ein Auto war.

Ares unterdrückte ein Stöhnen und wartete ab.

Ein Stück Plastik schleifte in der Stille und rastete ein.

Das Geräusch kannte Ares als ehemaliger Biker sehr genau. Der Maskierte hatte das Visier des Helms geöffnet.

»Sie sind nicht von der Polizei«, sprach eine Stimme in reinstem Hochdeutsch. »Von der Statur her kommen Sie mir bekannt vor. Ich sah Sie zusammen mit Kriminalhauptkommissar Rhode. Wie war Ihr Name noch gleich?«

Das würde er dem Wahnsinnigen garantiert nicht verraten. Die kräftigen Finger spannten sich um den Griff der P 7. Er musste aufpassen, dass er nicht an den Abzug kam, der Druckpunkt lag bei dem Modell sehr niedrig.

»Sie schweigen? Nun, ich finde es heraus. Es wird sicherlich einfach«, sprach der Mann weiter. Ein Sprachneutrum, ohne Anwandlung eines Zungenschlags, ohne erkennbares Lokalkolorit. »Wollen Sie als guter Freund in Rhodes Bresche springen? Sein Platz in diesem Spiel ist frei geworden.«

Ares ging auf die Provokation nicht ein. Der Mann war der bessere Schütze und dazu unverletzt. Er blieb in seinem Versteck und wartete auf eine Chance.

Schritte bewegten sich vorwärts.

»Sie sind demnach der einsame Rächer. Eine Variante Mensch, die ich bewundere. Sie haben Mut und Hartnäckigkeit bewiesen, was man von der Polizei nicht eben sagen kann. Ich hätte mit Beamten gerechnet, die sich auf die Lauer legen, aber der neue Leiter der SoKo scheint gelernt und meine Optogramme entschlüsselt zu haben. Er hält sich an die Regeln. Stattdessen treffe ich auf Sie. Und *Sie* halten sich *nicht* an die Regeln! Sie zwingen mich, eine erste Bombe zu zünden, wissen Sie das? Ich will ernst genommen werden.«

Ares konnte nicht länger schweigen. »Ich werde dich umbringen!«, rief er.

»Ah, so spricht ein wahrer Held, der sich dem Bösen in den Weg stellt und ihm Einhalt gebieten möchte«, antwortete der Mörder. »Ich mag Menschen wie Sie. Aber können Sie es mit mir aufnehmen?«

Neben Ares klickerte es.

Er wirbelte herum und schoss einmal dorthin, wo er den Angreifer vermutete.

Das Mündungsfeuer erleuchtete eine leere Ecke.

Ares bekam einen Tritt gegen den Hinterkopf, der ihn zu Boden schleuderte, dann einen in die Genitalien, und zu guter Letzt wurde ihm die Pistole abgenommen. Er lag auf dem verdreckten Untergrund und krümmte sich; eine Scherbe schnitt zu allem Überfluss in seinen Oberschenkel.

Ein gleißender LED-Taschenlampenstrahl fiel auf sein Gesicht und brannte sich in die Augen.

»Ja, Sie sind es. Ich erkenne Sie. Löwen... irgendwas. Löwenmaul? Löwenstein?«, vernahm er die zufriedene Stimme. Eine Waffe wurde klickend nachgeladen, der Schlitten vor- und zurückgezogen. Eine lange Mündung schob sich bedrohlich in den Lichtkegel. »Wie gesagt, ich finde es heraus.«

Ares versuchte, seinen Körper so weit unter Kontrolle zu bekommen, dass er einen Angriff starten konnte, aber die Schmerzen ließen das nicht zu. »Und dann?«, ächzte er. »Machen Sie mich zu Ihrem nächsten kranken Bild?«

»Nein. Sie spielen noch keine Rolle. Oder ...« Die Mün-

dung verschwand wieder. »Ich bin zurzeit ein wenig enttäuscht, was die Polizei angeht. Das LKA blieb hinter seinen Möglichkeiten zurück, nun hoffe ich auf das BKA. Sollten die sich ebenfalls als Stümper erweisen, bringe ich *Sie* ins Spiel.«
Ares hörte echte Wut in den Worten. »Dann stellen Sie sich doch einfach«, erwiderte er. »Das wäre einfacher.« Er glaubte nicht, dass der Mörder geschnappt werden wollte, wie Psychologen gerne bei geistesgestörten Verbrechern konstatierten. Dieser Typ kokettierte und fühlte sich großartig, wollte bewundert werden. Ihm kam der Verdacht, dass der Mann das nicht erst seit den paar Monaten machte.
Der Mörder lachte. »Ja, das hätten Sie gern.«
»Nein. Ich hätte gern meine Pistole wieder und zwei Freischüsse«, gab er zurück. »Lebend sollte man dich nicht finden.«
»Ein Mann klarer Worte. Ich glaube, Sie hätten das Potenzial, mich zu erwischen.« Der bläulich kalte Lichtstrahl wanderte an Ares hoch und wieder runter. »Außer der Fleischwunde und den Sackschmerzen ... oh, eine Schnittwunde! Dafür kann ich nichts.«
»Geben Sie mir eine Chance«, ächzte Ares und blickte sich um, ob er seine P 7 erkennen konnte, aber sie musste außerhalb des Lichtbereichs liegen. »Ich bin besser als die Bullen, das sehen Sie doch.«
»Sie waren hartnäckiger und hielten sich nicht an die Regeln. Zu Ihrer Verteidigung: Sie kannten die Regeln auch nicht. Deswegen verzichte ich darauf, eine Bombe zu zünden. Sie sehen, ich bin gnädig. Ich kann das.« Die Stimme klang neugierig. »Aber wir können es herausfinden, wie clever Sie sind. Starten wir wieder bei null. Nur für Sie,

Herr ...« Er schwieg kurz. »Löwenstein. Mir fällt es wieder ein. Der Name stand auf dem Smart, den Sie fahren. Der Personal Trainer. Also: Starten wir bei null. Damit sind Sie und das BKA auf dem gleichen Stand. Der nächste Tatort wird für *Sie* präpariert sein: ein Toter, ein Bild, genaue Hinweise. Ich werde dem BKA-Team sagen, dass Sie unbedingt dabei sein sollen.«

»Geben Sie mir Vorlauf«, bat er. Seine gequetschten Testikel produzierten unaufhörliche Schmerzen in seinem Bauchraum. Er wagte es, sich langsam aufzurichten.

»Den bekommen Sie. Ich mag es nicht, gegen gehandicapte Gegner anzutreten. Nun ja, ich werde auch noch ein bisschen vorbereiten müssen. Unser Zusammentreffen änderte meine Pläne. Alles in allem brauche ich vermutlich ein wenig Zeit, bis ich Sie wissen lasse, wo ich mein Werk für Sie erschaffen habe. Inspiration. Ohne sie geht nichts.« Der Unbekannte lachte leise. »Wenn Sie sehen könnten, dass ich mit offenem Visier vor Ihnen stehe, Löwenstein.« Ares wurde erneut voll angeleuchtet. »Ich verlasse Sie. Seien Sie auf meine Nachricht gespannt. Und eines sage ich Ihnen gleich: Pro Bild verdopple ich die Zahl der Opfer, womit auch die Zahl der Hinweise steigt. Das ist fair, wie ich finde. Und da ich weiß, dass Sie engagiert und mir trotz Ihrer Verletzungen nach wie vor körperlich weit überlegen sind, muss ich Sie leider ausschalten, bis ich mein Motorrad erreicht habe.«

Der Lichtstrahl zuckte schlagartig zur Seite, das metallene Griffende der Taschenlampe knallte Ares in den Nacken; dabei brach sich die Helligkeit in einem Spiegelsplitter und warf einen Schimmer auf die Augenpartie des Killers.

Dann sank Ares vom Hieb getroffen zur Seite. Er wurde zwar nicht ohnmächtig, aber er war benommen genug, sich nicht rühren zu können.

Der Mörder durchsuchte ihn und fand den Schlüssel der Night Rod. »Oh, ein Motorradfan? Wie erfreulich. Mal sehen, wo Sie Ihre Maschine geparkt haben. Sicherlich in dem Gebäude, aus dem Sie gekommen sind«, sagte die Stimme. »Ich wünsche gute Genesung. Auf bald!« Der Mann entfernte sich rasch.

Als Ares das grollende Blubbern seiner Spezialharley hörte, schwanden die Schmerzen rascher und wichen ganz besonderer Wut, die seinem ganzen Hass auf den Wahnsinnigen ein besonderes Sahnehäubchen aufsetzte. Niemand stahl sein Motorrad und überlebte.

Der *Demon* war restlos erwacht.

❖❖❖

KAPITEL 18

Leipzig, Zentrum-Süd, 28. Dezember

Lackmann trank von seinem Kaffeewodka, betrachtete die zwei großformatigen Ausdrucke, die ihm gegenüber an der Wand hingen. Seine karge Ausbeute aus den zweitausend Fotografien, die er sich angeschaut hatte.

Auf ihnen gab es etwas zu entdecken, das ihn elektrisierte.

Die Aufnahmen stammten von Locations, die noch nicht als Tatort in Erscheinung getreten waren.

Die erste war vom ehemaligen Flughafen Leipzig-Mockau. Sie zeigte Jaroslafs schicke Grufti-Freundin, die wirklich mehr als vorzeigbar war, sehr melancholisch in einer zusammengesunkenen Pose in einem großen hellen Fenster. Natürlich nackt.

Der Azubi besaß Talent: Alles war perfekt eingestellt, das Licht stimmte, die Blende, und die Farben kamen hervorragend zur Geltung, ebenso die Tätowierungen der jungen Frau.

Und doch gab es einen Störfaktor, den Lackmann beinahe übersehen hätte.

Was er zuerst für ein entferntes Flugzeug am Himmel gehalten hatte, entpuppte sich bei starker Vergrößerung als Drohne: viermotorig, im Viereck angeordnet und mit etwas bestückt, das nach einer kleinen Kamera aussah.

Genau mit einem solchen Modell arbeitete ihr Bildermörder.

Das zweite Foto, entstanden in der ehemaligen Sternburg-Brauerei bei Leipzig-Lützschena, kam nur deswegen in Frage, weil er neben Peggys Hand einen grobstolligen Reifenabdruck gefunden hatte, der zu einer Geländemaschine passen konnte. Nachdem Löwenstein erwähnt hatte, dass ihr Mörder eine solche Maschine fuhr, legte er die Aufnahme in den Ordner »mögliche neue Tatorte«.

Auf den anderen knapp 1998 Fotos gab es zwar viele Details, aber irgendwann kannte er Jaroslafs Kirsche von allen Seiten. Er musste zugeben, dass sie wirklich *von allen Seiten* gut aussah.

Dass ihnen der Täter zunächst Ruhe vor neuen Werken versprochen hatte, nahmen Lackmann und Löwenstein hin, doch sie verließen sich nicht darauf.

Er dachte nach: Flughafen Mockau oder alte Sternburg-Brauerei?

Lackmann las die Infos zu dem Ort, an dem 1989 noch eine halbe Million Hektoliter Bier gebraut worden war. DDR passé, Bier passé. Zwei Jahre später wurde das Unternehmen geschlossen, Kesselhaus und Ölbehälter wurden wie alles, was nicht denkmalgeschützt war, eingestampft. Ein Brand im Verwaltungsgebäude zerstörte den Dachstuhl und mehrere Räume, der Verfall ging weiter. Die Sternburg-Brauerei moderte vor sich hin.

Vom Bauchgefühl her kam Leipzig-Mockau eher in Frage.

Das Gelände zwischen Neuer Messe und Quelle-Versandzentrum wurde 1990 dichtgemacht. Lackmann recherchierte, dass angrenzende Autobahn und Bahnlinie ein zu enges Korsett für den Ausbau bildeten – doch für den Mörder bedeutete es beste Anfahrtsmöglichkeiten.

Bis zur endgültigen Schließung 1990 war das Areal als Sport- und Agrarflugplatz genutzt worden. Jaroslaf Schmolke und seine Kirsche hatten das ehemalige Abfertigungsgebäude mit Tower genutzt, das einzige Gebäude des Flughafens; alles andere existierte nicht mehr. Auf den Flächen hatten sich die Neue Leipziger Messe, die Niederlassung der Primacom sowie das Quelle-Versandzentrum angesiedelt.

Luftbildaufnahmen zeigten, dass es leicht war, ungesehen in das Abfertigungsgebäude zu gelangen.

Der Azubi hatte noch ein kleines Filmchen gedreht, das die Räume einzeln zeigte … Sahen sie hier den neuen Tatort?

Oder schied er aus, weil er zu leicht zu betreten war? Der Mörder konnte leicht überrascht werden. In der Brauerei jedoch auch.

Nach Löwensteins Schießerei-Einlage und Unterredung mit dem Mörder hatte Lackmann seine Erkenntnisse an den BKA-Ermittler Stern weitergegeben. Eine Observierung der beiden ermittelten Objekte war umgehend angeleiert worden, aus großer Entfernung und ohne sich den Gebäuden zu nähern. Die Spielregeln des Täters.

Unter den Tisch hatte man die ballistischen Ergebnisse der P 7 fallen lassen, die Löwenstein gehörte. Die gleiche Waffe war bei einem Banküberfall benutzt worden, aber das interessierte die SoKo Bildermorde nicht. Der Hüne behauptete, die Halbautomatik verloren zu haben – und trug sie garantiert mit sich herum.

Was Lackmann unterschätzt hatte, war Löwensteins Bekanntheitsgrad. Magda Gabor machte ihn darauf aufmerksam, dass der Name des Personal Trainers immer wieder im Zusammenhang mit den *Heaven's Demons* sowie zahlreichen Überfällen genannt worden war. Ein Spitzel aus den Reihen der Biker hatte sie informiert, dass Löwenstein hinter den Planungen steckte, aber beweisen konnte man nichts. Trotzdem erinnerten sich manche Ermittler an den Glatzköpfigen und fanden es nicht gut, dass er ein und aus ging. Das machte Lackmann noch mehr Spaß.

Sterns Angebot, in die SoKo Bildermorde zurückzukehren, lehnte der Kommissar ab. Er und Löwenstein formten bereits eine Sondermission.

Das kraftvolle Klopfen verkündete, wer ihm einen Besuch abstattete.

»Herein.«

Löwensteins gewaltige Umrisse schoben sich ins Büro. Er trug schwarzes Leder und hatte nichts mehr mit einem Fitnesstrainer zu tun. Er wirkte einschüchternd und gefährlich, die grünen Augen blickten fast immer kalt und mitleidslos.

Einen Arm trug er noch in der Schlinge, der Schuss des Mörders hatte das Schultergelenk verletzt. Aber einer Operation, wie ihm die Ärzte vorschlugen, um die Genesung zu beschleunigen, wollte er sich nicht unterziehen, bis der Fall gelöst war. Die Schlinge, natürlich in Schwarz, schmälerte die Wirkung nicht. »Da bin ich, Kommissar.«

»Breit wie eh und je«, kommentierte Lackmann gut gelaunt, was dem Alkohol geschuldet war. »Uhriger vom BKA hat Sie schon gesucht.«

»Ich bin nicht ans Telefon.« Löwenstein setzte sich an den Schreibtisch, der einst Rhode gehört hatte, und stellte seine Tasche ab.

»Es hätte wichtig sein können.«

»Dann hätten Sie mich angerufen«, konterte er. »Was wollte er?«

»Nochmals die Aussagen von dem Abend durchgehen, als Sie auf den Bildermörder trafen.«

»Kann er sich sparen. Ich habe alles gesagt. Und sobald mir mehr einfällt, lasse ich es ihn wissen. Wir sind alle auf dem gleichen Stand. Und wenn Sie den Eindruck haben, dass man uns was verheimlicht, sagen Sie es bloß.«

Lackmann bewunderte, wie nonchalant sich der Hüne über alles hinwegsetzte, was man als Beamter Dienstvorschrift nannte. Hilfreich waren dazu noch die diversen Kontakte, die er dank seiner Kunden hatte und die er voll ausnutzte. Er hatte es sogar über den Ramschkönig Tzschaschel geschafft, dass man dem Innenminister so lange Feuer machte, bis man Löwensteins Beteiligung an dem Fall tolerierte. Der Hauptgrund: Der Mörder hatte einen Wettstreit zwischen ihm und dem BKA ausgelobt.

Lackmann deutete auf die Tasche. »Soll ich helfen?«

»Geht schon.« Löwenstein packte sein Pad aus und schaltete es ein, klinkte sich ins WLAN-Netz des Präsidiums und schien mehrere Nachrichten zu versenden. »Ich habe Ihnen Aussagen des Täters geschickt, die mich beschäftigten.«

»Aha.« Geduldig wartete Lackmann, bis die Mails bei ihm eingingen, dann öffnete er die Bilder, die als Anhang angefügt waren. »Und ...« Verwundert sah er zu, wie der Hüne auf sein Smartphone schaute, wieder aufstand, das Pad einpackte und die Tasche schloss. »Sie gehen?«

»Ja. Ich muss noch was zu Ende bringen. Es beschäftigt mich zu sehr, um damit länger zu warten.«

»Sie meinen aber nicht unseren Mörder?«

»Nein.« Löwenstein nickte. »Bis nachher. Und gut durchlesen, was Sie von mir bekommen haben.« Mit donnernden Schritten verließ er das Büro.

Zu Ende bringen. Lackmann wünschte demjenigen, den es traf, eine gute Krankenversicherung.

❖❖❖

Leipzig ...

Sie kuschten vor ihm. Vor ihm und seinem Einfallsreichtum, seinem Wissen und seinen Spielregeln – und er genoss es!

Die Polizei hatte verstanden, dass er mehr war als ein Psychopath, der stilvoll mordete.

Er sog an der Shisha, ein neues Modell, das er sich in einem benachbarten Laden gekauft hatte, und inhalierte den Pfefferminzgeschmack, der die Kehle zu vereisen schien.

Die Bildschirme waren ausgeschaltet, er wollte gerade nichts um sich herum, was sich veränderte. Er brauchte Ruhe. Gleichförmigkeit. Entspannung.

Die *Laokoon-Gruppe* hatte ihn sehr gefordert, die Verarbeitung der Schlangen kostete Zeit und Kraft. Im Nachhinein ärgerte er sich, dass er sich nicht mehr Mühe gegeben hatte. Doch dabei war es ihm mehr um die Warnung an die Ermittler als um perfekte Kunst gegangen: Sie missachteten seine Regeln, und er brachte ihnen das in Erinnerung. Drastisch und dramatisch.

Seine Vorräte an Sprengstoff genügten, um Chaos in

Leipzig anzurichten. Bei seinem Zusammentreffen mit Löwenstein hatte er eine Totmannschaltung bei sich getragen, doch das verschwieg er dem Hünen wissentlich. Wären statt ihm eine Horde SEK-Leute aufgetaucht, wäre die Stadt in einer Detonationswolke aus grauem Staub versunken.

Die Sprengpakete lagen immer noch an ihren Plätzen und waren so rasch nicht zu entdecken. Seine Absicherung!

Die Ermittler würden niemals daraufkommen, wie er an sein Wissen gelangte. Sicherlich vermuteten sie einen Aufenthalt in einem Terrorcamp. Was er in Wirklichkeit in den vielen Jahren erlebt und wen er getroffen hatte, konnten sie nicht herausfinden.

Er lernte das Handwerk durch Zufall. Aus Neugier. Zur Inspiration. Mit einem Stoff zu hantieren, der das Leben bei falschem Umgang in Sekundenbruchteilen beendet, besaß einen gewissen Reiz. Es konnte den Druck beenden, der auf Atlas lastete, den Stein von Sisyphos pulverisieren …

In den letzten Wochen bemerkte er eine Veränderung an sich, nein, *in* sich. Er gestand es sich zunächst kaum ein, aber er liebte den Druck! Er liebte es, wie sich die Anspannung aufbaute, wie sie ihn antrieb und aufputschte, anpeitschte, bis sie sich zu einem genau festgelegten Moment entladen durfte.

Das wollte er in seinem Leben nicht mehr missen. Er brauchte es, er wollte es, immer und immer wieder.

Wie viele Jahre hatte er sich gesagt, dass es nicht gut war, was er tat. Was er anderen antat. Wie grausam das doch sei, bei aller Kunst, die er erschuf.

Nun blickte er der Wahrheit ins Gesicht. Er wollte nichts anderes.

Seine Blicke schweiften im Sepialicht durch den Raum der Inspiration.
Alte Bilder.
Zu viele alte Bilder.
Hier gab es nichts, obwohl sich eine grobe Idee in seinen Kopf geschlichen hatte.
Er nahm einen tiefen Zug, hielt die Luft an, um den Qualm samt Nikotin in den Lungen zu behalten, und verließ den Raum.
Seine Schritte führten ihn ins zweite Zimmer, dessen Wände mit Bildausschnitten aus internationalen Tageszeitungen tapeziert waren: Morde, Greueltaten, Gewaltverbrechen der schlimmsten Sorte.
Auch dies war ein Raum der Inspiration und nicht der letzte in diesem Haus, in dem er sich niedergelassen hatte. Er mochte es, auf diese Weise Eingebung zu finden.
Er atmete aus, der Rauch schoss aus Nase und geöffnetem Mund.
Die Augen hatten etwas entdeckt. Rechts, neben dem Fenster, eine kleine Aufnahme mit russischem Untertitel. Ein braungelblicher Sonnenstrahl fiel darauf und hob sie aus dem Bildermeer empor.
Mit einem Mal durchfuhr es ihn. Danach hatte er Ausschau gehalten! Und es traf genau die Richtige.
Er lauschte in sich: Der Druck war da. Genau, wie er ihn brauchte. Es durfte niemals mehr aufhören, es machte süchtig, und er liebte es.
»Ich kann das«, flüsterte er, und ein Lächeln umspielte die Mundwinkel.

❋❋❋

Leipzig-Taucha, 28. Dezember

Ares stieg an der ersten Haltestelle nach dem Ortseingang aus der Tram und sah sich um.

Der Wind wehte ihm ins stoppelige Gesicht, feiner Nieselregen benetzte die Haut und verfing sich in seinem Musketierbart.

Es roch nach Abgasen, nach Großküche, nach Ungemütlichkeit. Taucha hatte das Schicksal ereilt, von nicht wenigen als erweitertes Leipzig angesehen zu werden, obwohl es sich um eine eigene Stadt handelte.

Ares war zum ersten Mal hier, und aller Wahrscheinlichkeit würde er niemals mehr zurückkommen. Das lag weniger an Taucha selbst, das sicherlich Charme hatte, wenn man sich näher umschaute. Doch an der stark befahrenen Straße fehlte jegliches Flair.

Das gesuchte Schnellrestaurant lag unübersehbar in der Nähe der Haltestelle, genau einem Hotel gegenüber.

Er ging los, die Tasche in der Hand, und bewegte sich auf den Treffpunkt zu.

Merkwürdigerweise war er ruhig.

Vollkommen ruhig.

Die sich wiederholenden Träume von jener Nacht mit dem Messermann hatten ihre Macht verloren, seit er den *Demon* in sich restlos zugelassen hatte.

Ares fühlte sich endlich stark genug, um sich der Vergangenheit zu stellen. Er musste es einfach, wenn er den Kopf freibekommen und nicht länger an den Widersacher von einst denken wollte. Der Bildermörder erforderte seine gesamte Aufmerksamkeit, und nicht das Phantom aus den lange zurückliegenden Zeiten.

Robert Grimm, der sich zu seinen aktiven Zeiten *Knives* nannte.

Das war der Name seines Gegners, der auf ihm gesessen hatte, mit dem Messer, während dessen Auto im Hintergrund lichterloh brannte.

Pitt hatte für Ares die Schwester ausfindig gemacht, und nach einem kurzen Telefonat versprach sie, sich mit Robert in Verbindung zu setzen.

Mitten im Gespräch mit Lackmann war die SMS reingekommen, dass Grimm sich mit ihm treffen wollte. In Taucha. Im Schnellrestaurant. Anscheinend hielt ihn sein Feind von einst für gefährlich.

Ares trat durch die Tür und sah sich um.

Es war nicht viel los, die Menschen schienen gerade keinen Hunger auf Burger und Pommes zu haben, die auf dem Tablett nie so lecker wie in der Werbung aussahen.

In der Ecke, etwas abseits, erkannte er Robert Grimm, der im Knast stärker gealtert war. Er hatte sich einen Kaffee genommen und sah aus dem Fenster, strafte Ares mit Nichtbeachtung.

Der kräftige Mann trug über seinen Ledersachen wirklich die abgewetzte Jeansjacke mit dem Messeremblem, obwohl die *Demons* es untersagt hatten. Das Chapter der *Leipziger Klingen*, wie sich die Biker einst nannten, galt als aufgelöst. Also hatte er ihn wirklich gesehen!

Ares schlenderte an die Theke und bestellte bei dem sehr nervös wirkenden jungen Mann einen Kaffee.

Der Angestellte wusste sicherlich nicht, was die *Leipziger Klingen* waren, aber das Aussehen der beiden auffälligen Gäste reichte ihm aus, um in Alarmbereitschaft zu sein.

»Keine Sorge. Wir zerlegen den Laden nicht«, beruhigte

Ares ihn und hängte sich die Tasche um, damit er den Pappbecher greifen konnte.

Der Angestellte nickte nur und wurde blass.

Ares bewegte sich in die Ecke, stellte sein Getränk ab und rutschte auf den Sitz, Robert Grimm genau gegenüber. Langsam nippte er am Kaffee, musterte den Rocker aus dem verfeindeten Motorradclub.

Das Gesicht des älteren Mannes war eingefallen. Senkrecht an der linken Wange hinauf verlief eine Narbe, die Grimm damals noch nicht gehabt hatte. Eine Attacke im Knast? Ein Gruß von den *Demons*? Die rötlich blonden Haare waren extrem kurz geschnitten und bildeten keine echte Frisur. Der helle Vollbart war nur an den Wangen leicht ausrasiert.

Ares hatte damit gerechnet, Angst zu spüren oder zumindest ein Echo der damaligen Furcht.

Aber nichts von dem trat ein.

Er saß Robert Grimm einfach gegenüber und trank Kaffee, als wären sie zufällige Kunden des Restaurants, die sich einen Tisch teilen mussten. Knives hatte keinerlei Wirkung auf ihn, weder gute noch schlechte. Ein Phantom ohne Schrecken.

Innerlich atmete er auf.

»Ich war überrascht«, sagte Grimm langsam und richtete den Blick aus den dunkelgraublauen Augen auf ihn. »Nach all den Jahren? Warum?«

Die reibende Stimme hatte es in sich. Ares musste sich beherrschen, um keine Reaktion zu zeigen. Ein Rest Unwohlsein war also doch geblieben; er dachte sogar, Feuergeruch im Gebäude zu bemerken. »Ich hörte, dass sie dich rausließen.«

Grimm lachte kurz auf. »Habe ich dir damals so viel Schiss eingejagt? Willst du von mir hören, dass ich dir nichts tue?« Die Pupillen glitten an seiner Statur hinunter und wieder hinauf. »Du bist fetter geworden.«

Spott, der ihn nicht traf. »Ich wollte dich fragen, was mit dem Gefallen ist.«

Grimm schlürfte am Kaffee, stellte den Becher ab, ohne ihn loszulassen, und lehnte sich nach hinten; der Arm streckte sich. Die Jacke verrutschte, und der Griff eines Stiefelkampfmessers wurde in einem Gürtelholster sichtbar. »Ich schulde dir nichts.«

Ares runzelte die Stirn. »Umgekehrt, dachte ich.«

Jetzt machte der Rocker ein angestrengtes Gesicht, dann: »Es fällt mir wieder ein! Stimmt, ich sagte, dass ich eines Tages von dir was verlangen würde. Dafür, dass ich dir dein Leben gelassen habe.«

Ein kalter Schauer rollte seinen breiten Rücken hinab. Grimm hatte es vergessen! Einfach vergessen. *Und ich Idiot erinnere ihn.* »Ich ... es kam vor kurzem wieder hoch. Die Erinnerungen an die alte Zeit und wie sie mich losschickten, um deine Karre abzufackeln. Du hättest mich abstechen können ...«

»Scheiße, hast du geglaubt, dass ich das einfordere? Allen Ernstes?« Grimm grinste. »Und? Hat es sich gelohnt?«

»Was?«

»Dass ich dir dein Leben gelassen hab. Was hast du damit angestellt?« Er gluckste und trank vom Kaffee. »Du bist ein Braver geworden, ja? Keine Überfälle mehr, keine Raubzüge, keine Schlägereien und so was?« Grimm lachte laut, so dass sich einige Gäste zu ihnen umdrehten. »Ein angepasstes Mitglied der Gesellschaft.«

»Du hast einiges im Knast verpasst. Aber, ja, ich bin nicht mehr bei den *Demons*.« Ares konnte die Reaktion des Rockers nicht einschätzen. »Es ist nicht clever, die alte Kutte zu tragen. Wenn sie dich damit sehen ...«

»Ja, ja, dann kommen sie angeknattert, mit ihren Maschinen, und schlagen mich zusammen oder machen sonst was«, fiel ihm Grimm emotionslos ins Wort. »Weißt du, was ich dann tue?«

»Nein.«

Der Mann lehnte sich nach vorne, seine Miene wurde kalt. »Dann rufe ich die Bullen«, flüsterte er und lächelte desillusioniert. »Im Knast wurde mir vieles klar.«

»Wurde es das?«

»Ich hatte bei den *Klingen* ein geiles Leben. Hab mit Kohle um mich geworfen, ständig scharfe Weiber gefickt, mein eigenes kleines Königreich gehabt«, zählte er gelangweilt auf. »Wie du. Dann sammelten mich die Bullen wegen einer Bagatelle ein, ich hatte Drogen dabei, und weg war ich. Im Knast«, Grimm sah in seinen leeren Becher, »war ich zuerst übel dran und dachte, ich müsste den Rocker geben. Das war anstrengend. Und dann saß ich da. Dachte nach. Und entschied: Das war alles scheiße. Obwohl es geil war.«

Ares hörte die Verbitterung. »Was hast du daraus gelernt?«

»Dass ich es nicht noch mal so machen würde. Aber dafür ist es zu spät. Tja, mir haben sie im Knast wohl die Eier demontiert. Jetzt bin ich wegen guter Führung raus, laufe mir die Hacken ab, weil ich einen Job suche. Mein Arbeitszeugnis ist nicht so gut.« Grimm atmete tief ein. »Finde mal was als Knasti.« Er zeigte mit dem Daumen über seinen Rücken auf das Abzeichen der *Leipziger Klingen*. »Nostalgie. Es war ein Fehler, aber es war gut und ist vorbei.« Das Dunkelgraublau richtete sich auf Ares' Züge. »Und dann sagt meine Schwester, dass du mich sehen willst.« Er stemmte sich kraftlos auf. »Jetzt hast du mich gesehen. Wir sind zwei Eierlose geworden. Willkommen in der normalen Gesellschaft.« Grimm ging einfach hinaus, eingesunken und gebrochen.

Ares saß auf seinem Platz und drehte sich nicht um. Er blinzelte und schob den Kaffee von sich weg. Das Gesöff schmeckte grauenhaft.

Ein eierloses Phantom ließ einen ratlosen *Demon* am Tisch zurück, der noch nicht wusste, was er von der Zusammenkunft zu halten hatte.

Eines stand fest: *Knives* gab es nicht mehr.

Sollte er je wieder von der Nacht träumen, in der ihn der Anführer der *Klingen* erwischt und bedroht hatte, würde er lachen. Einfach nur lachen.

Ares erhob sich, nahm die Tasche und ging zur Tram-Station. Leipzig wartete auf ihn. Pitts Mörder musste gefunden und gerichtet werden.

Die Bullen anrufen. Er schnaubte. Das könnte dem Mörder passen.

Nein, eierlos wie Robert Grimm fühlte er sich nicht.

※※※

Leipzig, Zentrum-Süd, 30. Dezember

Lackmann starrte mitten im Tippen unvermittelt auf das Telefon und wusste nicht, ob er einen Anruf ersehnte oder sich noch mehr darüber freuen würde, wenn der Mörder bei einem Unfall ums Leben gekommen und Leipzig vor ihm sicher war.

Er saß in seinem Büro, machte einen Vermerk im Bericht der SpuSi zum Fall Wolke senior, der sich abrupt in die Morde ihres Wahnsinnigen eingereiht hatte und dabei sehr von der üblichen Vorgehensweise abwich.

Lackmann teilte Sterns Gedanken. Der Intendant musste etwas erfahren oder herausgefunden haben, das dem Bildermörder gefährlich werden könnte. Eine Spur, die zu dem Unbekannten führte?

Doch das Sichten der persönlichen Unterlagen dauerte an, noch gab es nichts – außer mehr Arbeit für die SoKo.

Das Telefon verschwamm vor seinen Augen, sein Blick entspannte sich und fokussierte nicht mehr.

Szenarien entstanden in seinem Kopf: ein Sturz die Treppe hinab, ein Autocrash, die Metallräder einer Tram, irgendetwas, das dem Wahnsinnigen das Leben nahm. Herrlich!

Damit bliebe seine Identität zwar für immer geheim, aber …

Lackmann kam zum Entschluss, dass er lieber sein Leben lang vergebens auf die Information wartete, wo sich ein neues Bild befand und sich die Jagd nach einem neuen Optogramm eröffnete.

Wenigstens waren sie auf das Kommende vorbereitet. Die beiden Orte, die sie dank Jaroslaf als mögliche Ateliers des Täters in Betracht gezogen hatten, wurden aus großer Ferne ausgespäht: der Altflughafen Mockau und die heruntergekommene Sternburg-Brauerei.

Seitdem hieß es: warten. Nicht auf Godot, sondern auf ihren Bildermörder.

Urplötzlich klingelte das Diensttelefon.

Lackmann schreckte aus seinen Überlegungen und hob ab. »Hallo?«

»Hallo?«, sagte Löwensteins Stimme nicht weniger fragend von der anderen Seite. »Was kann ich für Sie tun, Kommissar?«

»Sie für mich? Aber ...« Lackmann wunderte sich. »Ich habe Sie nicht angerufen.«

Ein leises Lachen erklang. »Ich habe Sie beide angerufen«, hörte er plötzlich eine unbekannte Stimme flüstern. »Geben Sie mir einen Augenblick, dann ist auch Chefermittler Stern in der Leitung.«

Es knackte. »Stern?«

»Hallo, Kriminalhauptkommissar. Willkommen bei meiner kleinen Informationsveranstaltung«, sprach der Mörder gedämpft. »Ich freue mich, Ihnen mitteilen zu können, dass es so weit ist: Mein nächstes Werk wartet, aber Sie dürfen nicht zu sehr enttäuscht sein. Es ist im Vergleich zu *Guernica* oder der *Laokoon-Gruppe* unspektakulär, aber doch *historisch* zu nennen.«

Die Tür zum Büro flog auf.

Löwenstein fegte herein, sein Handy am Ohr. In seinen Augen lag etwas zwischen Erleichterung und Entsetzen. Die Konsequenzen des Anrufs waren bekannt: Es gab eine Leiche. Und Optogramme.

»Ich habe beschlossen, das Ganze persönlicher zu gestalten«, erzählte der Verrückte unterdessen. »Die Hinweise, die Sie finden können, werden Ihnen zum einen das nächste Opfer zeigen und zum anderen meine Adresse. Ich brauche diese Unterkunft nicht länger und gebe sie Ihnen an die Hand – sofern Sie wissen, wonach Sie suchen müssen. Keine Angst: Ich schwöre, dass es dort keinerlei Fallen gibt.«

Lackmann sah auf sein Smartphone-Display. Stern hatte ihm eine SMS geschickt:

FESTNETZNUMMER LEIPZIG.
WURDE RÜCKVERFOLGT.
TEAM MIT RETHER IST UNTERWEGS.

Er hielt es Löwenstein hin.

»Ich nehme an, dass Beamte und der Arzt zum Herausoperieren der Augen bereits auf dem Weg zu mir sind?«, hörte er den Mörder sagen. Niemand gab ihm Antwort. »Sehr gut! Dann kann ich weitermachen, damit sie was finden. Und nehmen Sie es mir bitte nicht übel, dass ich nicht auf sämtliche Details Rücksicht nehmen kann. Mir bleibt weniger Zeit als sonst. Es mag unspektakulär aussehen, aber die Umgebung ist schwer zu kontrollieren. Sie wissen ja jetzt, dass Licht tödlich für meine Kunst ist.«

Im Hintergrund erklang eine Polizeisirene, dazu mischte sich das entfernte Rattern von Rotoren.

»Er ist noch in dem Haus!«, raunte Löwenstein aufgeregt zu Lackmann. »Schnappen wir ihn uns! Los, Kommissar.«

»Ich drücke Ihnen die Daumen, und: Denken Sie an die Macht des Totenblicks«, verabschiedete sich der Täter leise lachend. »Auf Opfer eins folgen in absehbarer Zeit Opfer zwei und drei, natürlich in einem Werk, wie ich es versprochen habe. Ich habe auch schon eine Idee. Ich gebe Ihnen drei Tage.«

Klick.

»Das sehen wir uns an.« Lackmann hatte sich vom Tatendrang des Hünen anstecken lassen. Es gab keine Bomben, also konnte man nichts falsch machen, außer vielleicht einem SEK-Team vor die Mündungen zu springen. Doch das Risiko wollte er auf sich nehmen. Schließlich ging es um das Arschloch, das Peter Rhode auf dem Gewissen hatte.

Der Kommissar sprang auf und rannte hinaus, Löwenstein folgte ihm.

»Sagten Sie nicht, dass Sie keinen Führerschein mehr haben?«, warf Löwenstein ein, während sie durch die Flure hetzten.

»Brauche ich nicht. Das Auto hat Blaulicht und Sirene.«

Lackmann ließ sich von der Bereitschaft einen Schlüssel geben, und sie stiegen in einen silberblauen PS-starken Audi *A8*, mit dem die Leipziger Polizeidirektion auf den Autobahnen kontrollierte.

Rasant, mit dröhnendem Horn und blitzenden Lampen, ging es durch die Leipziger Innenstadt.

Der Promillepegel sorgte bei Lackmann für die richtige Mischung aus Aufmerksamkeit und Mut, er fuhr wie ein Stuntman, wie er noch nie in seinem Leben gefahren war.

»Nach rechts! Nach rechts!«, schrie ihm Löwenstein plötzlich ins Ohr.

»Nein, wir müssen die KarLi runter und …«

»Da fährt aber meine geklaute Maschine!«, schrie Löwenstein und griff ihm einfach ins Lenkrad, zwang den Audi zu einem Ausflug quer über die Fahrbahn und die Schienen, mitten hinein in den Verkehr auf der anderen Seite. »Die Harley, in Schwarz.«

Das ausbrechende Heck touchierte ein Hindernis, sie wurden durchgeschüttelt; hinter ihnen hupte es mehrmals.

Lackmann fing den Wagen ab und drückte das Gas mit klopfendem Herzen durch. Er sah das ungewöhnliche Motorrad in der mattschwarzen Lackierung. Es war die Night Rod Special, die keine fünfzig Meter vor ihnen entlangbrauste. Die genauen Details der geklauten Harley kannte er nicht mehr, wusste aber, dass die Endgeschwindigkeit mörderisch und uneinholbar hoch lag. Sobald der Mörder freie Stecke hatte, würde er ihnen entkommen.

»Dieser Tierficker!«, tobte Löwenstein und trat wütend in den Fußraum. »Fahren Sie zu, Lackmann! Scheiße, fahren Sie!«

Lackmann tat das Gegenteil: Er bremste, sprang aus dem Auto und hetzte zur Tram, die in dem Moment ihre Türen schloss und abfuhr.

Anstatt den Fahrer zum Anhalten zu zwingen, sprang er auf eine schmale Kante am hinteren Einstieg und hielt sich mit einer Hand an der Gummilippe fest, die als Türdichtung fungierte. Bei den neuen Tramwagenmodellen wäre das nicht gegangen; die alten ermöglichten die Zirkusnummer noch, da die Türen nicht immer dicht schlossen.

Die Fahrgäste bemerkten seine Showeinlage, der Fahrer dagegen nicht und fuhr los.

Lackmann klebte wie ein Putzerfisch am Wagen, zog am stehenden Verkehr vorbei und schloss zu der Night Rod auf, die sich durch den beginnenden Stau schlängelte. Der

Helm, die Statur des Mannes auf dem Sitz, alles passte zu Löwensteins Beschreibung des Mörders.

Der Kommissar hatte blitzschnell eine Entscheidung getroffen: Die KarLi war mit Baustellen und Verengungen übersät und neigte dazu, um diese Uhrzeit völlig zu verstopfen. Nur der ÖPNV kam entspannt durch die Nadelöhre.

Schließlich überholte die Tram die Harley, die zwischen zwei eng stehenden Wagen festhing; ein Lkw stand schräg auf dem Bürgersteig und nahm jegliche Ausweichmöglichkeit. Nun könnte der Verdächtige höchstens zu Fuß flüchten.

Die Tram verringerte ihre Geschwindigkeit, da die nächste Haltestelle nahte.

Lackmann wagte den Absprung, kam einigermaßen geschickt auf, ohne dass er stürzte, und hetzte über die Gleise auf die Straße, wobei er die Pistole aus dem Holster riss.

Die Ampel sprang auf Grün, der Verkehr setzte sich in Bewegung. Erste Lücken taten sich um die Night Rod auf.

»Halt!«, befahl Lackmann, und die Wagen in der Schlange hielten sogleich an. Auf Männer mit Pistolen in der Hand wurde gehört, mochten sie noch so schräg angezogen und spindeldürr sein.

Der Mörder hatte ihn bemerkt und gab spielerisch Gas. Die *eine* Lücke genügte ihm. Er bog langsam vor der Schnauze eines grünen Ford ab und tuckerte aufreizend an Lackmann auf dem Gehweg vorbei in eine Seitenstraße, die nicht vom Stau betroffen war.

»Halt!« Lackmann riss die Waffe in den Anschlag, folgte dem Mörder, aber die vielen Passanten und Radfahrer um ihn herum machten es unmöglich, gefahrlos einen Schuss abzugeben.

Der Motorradfahrer fuhr immer noch langsam, das geschlossene Visier zu ihm gewandt. Dann hob er grüßend die Hand und drehte sich nach vorne. Einmal kurz beschleunigen, und die Night Rod sauste uneinholbar die Straße hinab.

Lackmann verstaute die Waffe und gab die Meldung über sein Handy durch. Hätte sich ihm die Gelegenheit geboten, er hätte das ganze Magazin in den Mörder gejagt.

Er wusste, dass sie ihn heute nicht schnappen würden.

Es blieb ihnen nichts als die Informationen auf der Netzhaut der Leiche.

❊❊❊

Leipzig, Zentrum-Süd, 31. Dezember

Ares saß mit den leitenden Beamten der SoKo im abgedunkelten Besprechungsraum und sah auf die vom Computer bearbeiteten und ausgewerteten Netzhautbilder, die ihnen Rether zusammen mit den KTI-Experten präsentierte.

»Ich sehe so gut wie gar nichts«, flüsterte er Lackmann zu.

»Ich auch nicht.«

Mehr als ein Tag war vergangen. Quälende achtundzwanzig Stunden nach Auffinden der Leiche gab es Informationen. Der Arzt hatte die Optogramme nach dem üblichen Vorgehen sichtbar gemacht und festgestellt, dass auf den Netzhäuten verschiedene Bilder aufgebracht waren, wie der Mörder es am Telefon versprochen hatte.

Der Tatort selbst wirkte unscheinbar, und zunächst sah es aus wie ein herkömmlicher Mord im Treppenhaus –

wenn das Opfer nicht dbs gewesen wäre: Daniela Baum-Schmidtke lag im Lift, geköpft.

Das Blut hatte sich auf dem gesamten Boden verteilt, der Schädel war dieses Mal nur notdürftig angeklebt worden, das Rot quoll an ihrem Hals hinab. Ares reichten die Bilder sowie der Bericht. Er war nicht dort gewesen.

Die Reporterin, die in den letzten Monaten viele Artikel über die Taten geschrieben hatte, war in vollkommener Dunkelheit aufgefunden worden. Das Team drang mit Nachtsichtgeräten in das Haus ein, Rether hatte die Augen der Leiche noch in der engen, blutnassen Kabine entnommen, präpariert und sie für die Auswertung vorbereitet.

Erst danach gingen die Spurensicherer ans Werk, während ein SEK-Team das Haus durchsuchte. Ohne Erfolg. Der Mörder war durch den Keller entkommen, wie sich bald herausstellte, und zur Harley entwischt.

Zunächst blieb das BKA ratlos, was die Darstellung sein konnte, die der Täter für dbs ausgesucht hatte – bis man herausfand, dass er den Tod der russischen Journalistin Anna Stepanowna Politkowskaja aus dem Jahr 2006 inszeniert hatte.

Den entscheidenden Hinweis hatten die Verletzungen und der Fundort gegeben. Eine Kugel traf dbs in die Brust, eine weitere in den Kopf, aber genau so, dass die Augen nicht verletzt wurden; wie in Moskau fanden sich vier Patronenhülsen verteilt.

Ares blickte zwischendurch auf die Uhr. Er musste noch auf den Folklore-Abend des russischen Konsulats, wie er es Sorokin versprochen hatte. Großväterchen Frost sollte in zwei Stunden in vollem Ornat vor große und kleine Kinder treten. Er hatte die russischen Sprüche dafür auswendig gelernt.

Eine Parallelwelt, behütet, ohne Angst und Verbrechen und Leichen.

Ares dachte an seine Töchter und blieb ruhig. Der Mörder würde niemals etwas über sie herausfinden, da sie nicht seinen Nachnamen trugen. Er schloss aus, dass der Verrückte sie auf dem Weihnachtsmarkt gesehen hatte, mit Pitt und dessen Kindern, sonst hätte er diesbezüglich eine Bemerkung gemacht.

Er sah nach vorne, richtete die Konzentration erneut auf die Bilder.

Während die SpuSi noch vor Ort tätig war, konnte Rether zunächst die ursprünglichen Optogramme zeigen. Andere Darstellungen warfen die optisch verbesserten Ergebnisse an die Wand, die das KTI mit Computern nachbearbeitete.

Neben Rether erschien eine junge rothaarige Frau in legerer Kleidung, die aus den Reihen des BKA stammte, und nahm Platz. »Das sind die Grundinformationen, die ich von den Netzhäuten ziehen konnte«, erläuterte der Arzt. »Danach übergab ich die eingescannten Ergebnisse an die Bildbearbeitungsexperten von KTI und BKA, denn wie Sie sehen: Allein hätte ich die Aufnahmen niemals auswerten können. Dazu sind sie zu verschwommen, zu vage. Es kann sein, dass es einen Hauch von Licht in der Kabine gab. Daher die unzureichenden Ergebnisse.«

»Die Computerprogramme konnten uns weiterhelfen. Zusammen mit der Aussage des Täters am Telefon«, übernahm die Frau, ohne sich vorzustellen, »schlossen wir diverse Gegenstände aus, die uns die elektronische Auswertung als wahrscheinlich vorschlug.« Sie drückte auf das Touchpad. »Durch einige Rechentricks und Wahrscheinlichkeitsberechnungen haben wir insgesamt fünf Häuserfronten auswählen können, die als möglicher Wohnort des Täters in Leipzig in Frage kommen. Hilfreich war dabei ein Internetprogramm, das die Straßen der Stadt abfuhr und digitalisierte. Anhand neuralgischer Punkte an der Fassade oder im Umfeld wurden die wahrscheinlichsten Gebäude ermittelt. Chefermittler Stern hat bereits Teams losgeschickt, die sich die Objekte zunächst aus der Entfernung ansehen«, ratterte sie runter und klang dabei stolz. »Da er uns selbst die Adresse gab, gehen wir nicht davon aus, dass es sich um einen Hinterhalt handelt; dennoch werden wir zuerst Roboter und Sprengstoffspürhunde bei der Erkundung einsetzen.«

»Das setzt voraus, dass er aus Leipzig kommt«, warf Ares ein.

»Das ist korrekt, Herr Löwenstein«, antwortete sie. »Die Profiler gehen davon aus, also taten wir das auch.« Sie machte weiter und rief das Oval auf, das nur schwer als Gesicht erkennbar war. »*Das* wiederum bereitet uns mehr Kopfzerbrechen. Wir wissen, dass es ein Gesicht ist. Von der Form her und anhand gewisser signifikanter Punkte können wir davon ausgehen, dass es die Züge einer Frau sind. Aktuell arbeitet der Computer an der genaueren Zuordnung der Nasenform. Auch die Lippen könnten wir rekonstruieren sowie die Stellung der Augen. Aber was die Haarfarbe oder Frisur angeht, da kann ich schon jetzt eine Absage erteilen. Mehr haben wir nicht.« Sie nickte dankend in die Runde.

»Wann gibt es dazu neue Resultate?«, wollte Lackmann wissen.

»Dazu? In zwei bis drei Stunden müsste Brauchbares vorliegen«, antwortete sie.

»Vielen Dank, Frau Kollegin.« Stern erhob sich von seinem Platz. »Wir hoffen, dass wir neue Spuren finden, sobald wir das Haus des Täters entdeckt haben. Es sieht danach aus, als hätte er das Spiel nach seiner Strafaktion gegen uns neu gestartet. Herrn Löwensteins Aussage vom Zusammentreffen liegt jedem vor?«

Allgemeines Kopfnicken.

»Noch etwas: Es ist davon auszugehen, dass er weder hinkt, noch dass er aus Norddeutschland oder dem Raum Hannover stammt, wie er uns durch sein akzentfreies Sprechen glauben machen möchte. Es dient ebenso zur Täuschung wie die Maske.«

Ares hob die Hand, um auf sich aufmerksam zu machen. »Warum die Bilder von Todesdarstellungen?«

»Er ist fasziniert vom Tod und von den Bildern, die damit in Verbindung stehen, sagen die Spezialisten. Sie gehen von einer schweren Traumatisierung aus, vermutlich keine einmalige, sondern mehrere schwere hintereinander, die seine Veränderung auslösten. Es ist wohl keine Behandlung des Traumas vorgenommen worden. Die Psyche ist fragil«, erklärte Stern. »Das wird im neuesten Bericht zu lesen sein, der Ihnen allen heute noch zugeht. Wir suchen jemanden, der, abgesehen von guter Bildung und vom sicheren Umgang mit Sprengstoffen, mit drastischen Todesbildern konfrontiert wurde. Mehr als einmal.«

»Soldat«, murmelte Ares. »Afghanistan vielleicht.«

»Helfer in Kriegsgebieten«, dachte Lackmann laut nach.

»Ärzte ohne Grenzen«, kam es aus den Reihen der Kriminaler. »Kann man davon ausgehen, dass der Mörder einen akademischen Hintergrund hat?«

»Das ziehen wir in Betracht«, meinte Stern. »Zum Tod von Richard Georg Wolke gibt es nichts. Die Spuren verliefen bisher alle im Sand. Keine unbekannten Namen oder Eintragungen in seinen persönlichen Unterlagen.«

Ares machte sich den Vermerk, Tzschaschel auszuquetschen, auch wenn die Ermittler das gewiss versucht hatten. Die Erinnerungen an die Maske, an das Auge aus Mosaik stiegen in ihm auf. *Fotos.* »Kriegsberichterstatter«, flüsterte er, und Lackmann sah ihn an. »Was ist mit Reportern, Kameraleuten und Fotografen? Kann man herausfinden, ob einer aus Leipzig in Afghanistan, im Irak oder im Kosovo war?«, fragte er dann laut.

»Oder irgendwo in Afrika?«, warf die Rothaarige ein. »Eine Reportagereise, die schiefging?«

Stern machte sich unverzüglich eine Notiz. »Ich denke, dass die Profiler das in Betracht gezogen haben, aber ich werde auf alle Fälle nachhaken.« Er setzte sich auf den Tisch, deutete auf Rether und die junge Frau. »Ein Dankeschön an den Doktor und Lydia Jung für ihre Vorträge. Dann bitte alle wieder zurück an die Arbeit. Halten Sie sich bereit für die Durchsuchung. Jedenfalls sind wir dichter dran als in den letzten Monaten.«

Leiser Applaus erklang, die Versammlung löste sich auf.

Ares blieb sitzen, rieb die Hände gegeneinander.

Er war nervös. Seit er die Bilder, die Optogramme, gesehen hatte, legte sich seine Unruhe nicht mehr, ohne dass er sagen konnte, aus welchem Grund. Weder erkannte er eines der Häuser noch die Umrisse des Gesichtes.

Vielleicht weil er dem Mörder bald gegenübertrat?

Er hatte die Pistole immer noch. Der Mörder hatte sie ihm wie zur Verhöhnung gelassen.

Apropos verhöhnen: Die Night Rod blieb verschwunden, obwohl sie jedem auffallen musste, selbst Menschen, die nichts mit Motorrädern am Hut hatten. Wenn man richtig Gas gab, fielen die Vögel vor Schreck tot von den Bäumen. Die Polizei hatte die gestohlene Harley zur Fahndung rausgegeben, Ares postete im Netz auf allen möglichen Biker-Plattformen ein Bild seiner Maschine mit dem Hinweis, dass der dreiste Dieb damit durch Leipzig raste.

Ares sah auf die Kalenderanzeige seiner Uhr. Es blieben ihnen knappe anderthalb Tage, um herauszufinden, auf wen es der Mörder als Nächstes abgesehen hatte.

Doch zuerst musste er sich in Großväterchen Frost verwandeln. Unpassender Zeitpunkt hin oder her.

❋❋❋

KAPITEL 19

Leipzig, Zentrum, 1. Januar

Herr Löwenstein, die SoKo hat was!«, rief Lackmann in den Büroraum, in dem sich Ares gerade an der Kaffeemaschine bediente. Vor fünf Minuten war er angekommen, hatte die Lederjacke über den Sessel geworfen und Lackmann gesucht. Niemand hatte Zeit für ihn gehabt. Die Anspannung innerhalb der Ermittlergruppe wuchs spürbar, während ihnen die Zeit davonlief.

Ares stellte die Kanne zurück auf die Wärmeplatte und nahm einen hastigen Schluck vom schwarzbraunen Gebräu. Das Gewicht der P 7 in seinem Gürtelholster fühlte sich beruhigend an. Ob sie heute zum Einsatz kommen sollte? »Ist die Wohnung gefunden?«

»Ja. Sie liegt in der Gorkistraße.« Lackmann sah verbittert aus. »Übrigens nicht weit vom Marat-Tatort entfernt. Dieses Arschloch! Der muss sich schiefgelacht haben, als er von seinem Fenster aus zusah, wie die Streife anrückte, um der Leichenmeldung nachzugehen.«

»Wissen Sie, wer er ist?«

»Ludwig Christian Hochstätter, gelernter Fotograf und Reporter, 54 Jahre alt, war in diversen Kriegsgebieten und in Südamerika. Aber es kommt noch besser.« Er zeigte zur Tür. »Kommen Sie. Wir fahren hin.«

»*Ich* fahre.«

»Aber Ihr Arm?«

»Ich habe immerhin einen Führerschein. Und dieses Mal kein Blaulicht.« Ares und Lackmann verließen das Gebäude und stiegen in einen harmlos aussehenden dunkelblauen VW Golf, einen Zivilwagen der Leipziger Polizei.

Unterwegs setzte ihn der Kommissar in Kenntnis. »Jetzt verreißen Sie nicht das Steuer: Hochstätter ist nach dem Mord an Armin Wolke bereits befragt worden.«

»Zu was?« Ares fiel das Fahren leicht. Die Schulter schmerzte nur noch gelegentlich und bei bestimmten Bewegungen.

»Zum Überfall auf den jungen Pianisten. Er war damals Zeuge, als Wolke junior von dem Baseballräuber ausgeplündert wurde.« Lackmann streifte sich die Haare zurück. Heute roch er kaum nach Alkohol, das würzige Rasierwasser verdrängte jegliche Fahne. Absicht, vermutlich. »Hochstätter hat den Jungen sogar vor der Tram bewahrt.«

»Um ihn später in ein Kunstwerk zu verwandeln!« Ares fasste es nicht.

Es war logisch, dass Hochstätter sonst keine Beachtung fand. Wie auch? Dabei hätte ein einfacher DNA-Abgleich mit dem gefundenen Material ausgereicht.

Jetzt ergab auch der Mord am Intendanten plötzlich Sinn.

»Hochstätter hat den Vater umgebracht, um seine Spuren restlos zu verwischen. Oder weil der Vater ihn kontaktierte?«, sprach er seine Gedanken laut aus. Ihm fiel ein, dass Tzschaschel am Tag des Verschwindens sah, dass Wolke senior ein Geschenk in den Wagen eingeladen hatte, das auch bei der Bergung gefunden wurde: das gleiche Bier, das

Ares bekommen hatte. Sollte das an Hochstätter gehen?

»Aus Panik?« Er musste bremsen, weil sich vor dem Hauptbahnhof ein kleiner Stau gebildet hatte.

»Möglich. Das wird uns Hochstätter hoffentlich sagen.« Lackmann nahm das Blaulicht aus dem Handschuhfach und schaltete es ein, kurbelte die Scheibe runter und packte es aufs Dach. »Seine Aufnahmen sowie seine Beiträge sind international ausgezeichnet worden. Er hat sich vor zwei Jahren zurückgezogen und als freier Fotograf für Leipziger Tageszeitungen gearbeitet, Ausstellungen mit seinen alten Arbeiten gemacht und letztes Jahr ganz aufgehört. Stern hat schon einen Ermittlerschwarm losgeschickt, um nähere Erkundigungen einzuziehen.«

»Aber Sprengstoff? Wie soll er das gelernt haben?«

»In Südamerika dokumentierte er mal einen Drogenclan, und er begleitete zwei Monate lang Mitglieder der FARC. Da gab es Gelegenheiten genug, würde ich sagen.« Lackmann schaltete die Sirene ein, und das Wagenmeer teilte sich vor ihnen.

Es ging in den Osten der Stadt, wo weniger Glanz und Prunk vorherrschten; sie passierten eine Brücke und bogen in die Gorkistraße.

An einem Imbiss gab es Döner für zwei Euro. Zwei Männer mit Bierflaschen in der Hand standen davor, rauchten und unterhielten sich. Auf dem Kaugummiautomaten stapelte sich das Leergut. Plakataugen starrten aus dem Konterfei von schmucken Sängerinnen und adretten Sängern, die im Gewandhaus auftraten. Gegensätze.

»Da ist es.« Ares hielt an und sah die Streifenwagen, die bereits davorstanden.

Das siebenstöckige Haus von Ludwig Christian Hochstätter war eingekeilt zwischen zwei anderen Altbauten, die den Krieg überstanden und nur wenig sozialistische Fassadenveränderungen erhalten hatten.

»Den Eintragungen nach hat er es vor 21 Jahren erworben und die einzelnen Stockwerke an Künstler vermietet, die kamen und gingen«, teilte Lackmann mit, als sie ausstiegen. Sie gingen an den Polizisten vorbei durch einen Torbogen und traten in den Hinterhof. Darin stapelten sich halbfertige moderne Kunstwerke oder Abfälle – so genau konnte Ares das nicht sagen.

Das SEK war schon drin gewesen, wie man ihnen bei ihrer Ankunft sagte. Das BKA und das KTI suchten, die SpuSi sicherte parallel. Aufgrund der Zeitknappheit musste es schneller gehen als sonst.

Die beiden Männer betraten das Gebäude, das von vielen unterschiedlichen Gerüchen erfüllt war. Farbe, Lack, Fixiermittel, Bodenpflege, Holz, feuchte Tapete, ein Hauch von Essen und Tabak. Ohne Zweifel hatte das Haus viel erlebt.

Es gab keinen Fahrstuhl, also begaben sie sich zu Fuß in den vierten Stock, wo Hochstätters Wohnung laut Meldung lag.

Umgeben von suchenden und fotografierenden Ermittlern, durchschritten sie mit Überziehern an den Füßen die Räume.

Ares schätzte, dass es sich der ehemalige Kriegsberichterstatter und Fotojournalist auf mehr als 250 Quadratmetern gemütlich gemacht hatte. Altbau. Großzügig. Überbordender Platz.

Auf den ersten Blick besaß die Wohnung Stil. Es gab viel Extravagantes, aber immer musste es funktional sein; die Lampen stellten durch die Bank Designerstücke dar.

Damit endete der erste Eindruck, und das Grauen begann.

Die über drei Meter hohen Wände waren mit Fotos und Bildern regelrecht tapeziert. Hochstätter hatte die moderneren nicht gerahmt, sondern nur mit Stecknadeln angepinnt. In allen Formaten, farbig oder schwarzweiß, und immer spielte dabei der Tod eine Rolle: Erschossene, Erhängte, Gesprengte, Verstümmelte, Flehende, Verbrannte, alles zuerst mit Weitwinkel und danach mit Zoom fotografiert; manche Makros verrieten erst bei genauerer Betrachtung, dass es sich nicht um gefärbte Flüsse, sondern um offene Venen in aufgeplatzten Beinen handelte.

Ein Schädel mit abgeschlagenem Gesicht und blutigen Hautlappen hing wie eine Fahne auf zwei mal zwei Meter im Wohnzimmer. Daneben lag auf fünf mal drei Meter der verrottende Leichnam eines Weißen in einem Straßengraben, an dem farbige Jugendliche mit Schulranzen vorbeimarschierten, als gäbe es ihn nicht.

Es existierten viele dieser grausamen Großformate, die Ares auf den Magen schlugen; auch Kinderleichen gab es hundertfach. Ebenso sah man Kindersoldaten um tote Frauen stehen, die sich über die Erschossenen amüsierten und sich über die Abschüsse freuten.

Sämtliche Grausamkeiten, die Menschen einander zufügen konnten, hatte Hochstätter auf seine Filme und Datenchips gebannt.

Im Grunde waren die Räume ein einziges Mahnmal, was es umso perverser machte, wenn man wusste, wer die Fotos geschossen hatte und welche Greuel von ihm angerichtet wurden; der Raum mit den klassischen Bildern, wie Marat oder Kleopatra, fiel darunter beinahe gar nicht auf.

Vier LED-Flachbildfernseher dienten dazu, eine abwechselnde Schau abzufahren, wie ihnen erklärt wurde. Die Länder, in denen die unzähligen Aufnahmen entstanden waren, ließen sich kaum mehr ermitteln.

Da gab es beispielsweise eine Schießerei zwischen Sicherheitskräften und einer Bande, bei der der Einschlag eines Projektils in den Kopf eines Mannes gestochen scharf festgehalten worden war. Drogenkrieg – aber wo?

Mexiko?

Kolumbien?

USA?

»Du meine Güte«, murmelte Lackmann blass. »Wenn er sich diese Aufnahmen von morgens bis abends angeschaut hat …«

»Er war dabei, als sie entstanden«, präzisierte Ares. Das sehr individuelle Ausmaß der unendlichen Gewalt in der gesamten Welt.

In einem auffällig kleinen Raum gab es weitere Bilder von Ermordeten. Auf sämtlichen Fotos hatten die Leichen die Augen weit aufgerissen, genau wie die Opfer in Leipzig. Notiert waren darunter immer das Land, das Datum, die Uhrzeit. Die Eintragungen reichten bis ins vergangene Jahr.

Ares schluckte. »Heißt das, *auch sie* gingen bereits auf sein Konto?«

»Ich bin kein Psychologe, aber …« Lackmann schüttelte sich und kramte den Flachmann heraus. »Ich denke, ja.«

Hochstätter hatte viel früher angefangen, als sie dachten. Bereits auf seinen Fotoreisen und Reportagen. Nun machte er einfach weiter. Nur dieses Mal in seiner Heimat.

Ares' Smartphone machte sich bemerkbar, und er holte

es ebenso aus der Tasche wie Lackmann seins. Sie hatten zeitgleich ein Bild geschickt bekommen, von der BKA-Computerspezialistin namens Jung: Das Programm hatte ein ungefähres Gesicht aus dem Optogramm gezaubert.

Begleitet wurde die Datei mit dem Hinweis, in der Wohnung des Täters nach Frauenbildern Ausschau zu halten, die eine ungefähre Ähnlichkeit aufwiesen. Jung konnte mit Sicherheit sagen, dass das Optogramm mit Hilfe eines Fotos und nicht durch die reale Person vor Ort erzeugt worden war.

Lackmann schaute zu ihm herüber. »Sie haben es auch bekommen, Herr Löwenstein?«

Ares öffnete die Datei.

In ihm zog sich alles zusammen, ein Eisklumpen bildete sich in seinem Magen, und Schwindelgefühl brachte ihn zum Wanken.

»Habe ich«, flüsterte er entgeistert.

»Dann machen wir uns auf die Suche, ob wir ...«

»Dolores«, raunte Ares entsetzt. »Das ist meine älteste Tochter!« Ihm fiel ein, dass Hochstätter angedeutet hatte, es persönlicher zu gestalten.

Wie konnte er auf sie kommen? Kaum jemand wusste, wer sie war.

Er lief los, rempelte einen SpuSi aus dem Weg.

Ohne zu fragen, eilte der Kommissar hinterher und zog sein Smartphone.

✻✻✻

Leipzig, Zentrum, 1. Januar

Es regnete einmal mehr in Strömen. Dolores wusste nicht, was sie in der Zwischenzeit machen sollte. Also schaute sie den Regentropfen zu, die über die Frontscheibe rannen.

Ihr Transporter stand am Straßenrand geparkt, in der Nähe des schon lange geschlossenen Bowlingcenters. Sämtliche Warnanzeigen leuchteten und sagten ihr im Chor: Bleib stehen!

Das hatte Dolores getan. Zuerst unfreiwillig mitten auf der Kreuzung, am Wilhelm-Leuschner-Platz, danach schoben sie nette, todesmutige Helfer zumindest raus aus dem Gefahrenbereich.

Jetzt wartete sie auf den Abschleppdienst.

Ihren Vater hatte sie nicht anrufen wollen, er jagte einen Verrückten, und das war allemal wichtiger als ein verreckter Motor. Wozu hatte er ihr die Mitgliedschaft im Automobilclub geschenkt?

Dolores sah die Autos um sich herumfahren, der Regen trommelte aufs Dach.

Sie würde sich ärgern, falls der Schaden aufgrund ihrer eigenen Nachlässigkeit entstanden war. Sie war perfekt darin, alltägliche Dinge zu vergessen. Motoröl nachfüllen. Ganz große Nummer. Besser würde ihr ein Metallspänchen gefallen, das sich im Motor abgelöst und etwas verstopft hatte, oder ein Schaden, der in die verlängerte Garantiezeit fiel.

Ein dünner Wasserfilm bildete sich auf dem Asphalt, die Gullys kamen nicht mehr nach, das Wasser aufzunehmen.

Ein Motorradfahrer knatterte über die Kreuzung, langsam und behutsam. Wahrscheinlich fürchtete er, dass die Reifen die Bodenhaftung verlieren könnten.

Dolores fand ihn mutig, bei solch einem Wetter überhaupt auf dem Boliden unterwegs zu sein. Dem Sound nach war es eine kraftvolle Maschine, und er fuhr dazu noch ohne Licht. Durch die nassen Scheiben sah sie die Umgebung nur verwischt, wie ein unscharfes Bild, das sich ständig änderte, den Fokus an einer kleinen Stelle fand und gleich wieder verlor.

Ihr Smartphone klingelte. »Ja, Papa?«, meldete sie sich.
»Wo steckst du?«, fragte er angespannt.
»Was ist los?«
»Ist alles in Ordnung bei dir?«
»Ja.« Sie sah auf die Tropfen. »Nein. Der Wagen ist verreckt. Ich sitze und warte auf den Abschleppdienst.«
»Gut. Sehr gut.«
»Du findest es gut?«
»Ist in deiner Nähe ein Restaurant?«
Dolores fand das Verhalten ihres Vaters vollends merkwürdig. »Was ist los?«
»Wir denken, dass es der Mörder auf dich abgesehen hat«, würgte er heraus. »Lackmann und ich und ein SEK sind auf dem Weg zu dir. Bleib nicht im Wagen, hörst du? Geh in ein Café!«
»Aber bin ich im Wagen nicht sicherer?«
»Keinesfalls! Er könnte die Scheibe einschlagen und dich rauszerren. Du musst unbedingt unter Leute. Da wird er sich nicht trauen zuzuschlagen.«
»Mach ich.« Ihr Herzschlag schnellte in die Höhe. »Warum ich?«
»Erkläre ich dir später. Und leg nicht auf. Rede mit mir, damit ich weiß, was los ist.«
Dolores öffnete die Tür, und ein Sturzbach ergoss sich

über sie. »Nee, Papa. Ich muss das Handy einstecken, sonst wird es nass.« Sie konnte in ihrer direkten Umgebung zunächst nichts erkennen bis auf die Haltestelle. Ein paar Meter weiter, auf der anderen Straßenseite, gab es gut besuchte Bistros und die *Moritzbastei*. »Komm in die *Moba*. Ich melde mich gleich wieder, sobald ich im Trockenen bin.«

»Ist gut.«

Sie beendete das Gespräch, verstaute das Smartphone und verließ den Transporter.

Der Verkehrsstrom an der vielbefahrenen Straße jagte an ihr vorbei, Gischtwolken hüllten sie ein und weichten ihre dünne Kleidung zusätzlich zu den Tropfen auf, die von oben auf sie fielen. Es würde ewig dauern, bis ihre langen Haare getrocknet waren.

Dolores musste eine halbe Minute warten, bis sie zumindest eine Seite überqueren konnte. Sie rettete sich auf eine Verkehrsinsel und lief los.

Ein lautes Röhren erklang, ein Schatten huschte an ihr vorbei, dann bekam die junge Frau einen Schlag gegen die Hüfte.

Doch anstatt zu fallen, hing sie im Arm eines Motorradfahrers, der versuchte, das Schlingern der mattschwarzen Maschine abzufangen. Gleich einem Raubvogel hatte er sie geschnappt.

Dolores' Schuhe schlugen gegen die verchromten Doppelauspuffe. »Hey!«, schrie sie. »Hilfe! Ich …«

Schon bog er mit ihr ab.

Bevor sie sich von ihrer Überraschung erholt hatte und ihr Können aus der Selbstverteidigung abrufen konnte, bekam sie einen Stoß mit dem Helm gegen die Stirn, der ihr die Orientierung raubte.

Lange ging die Fahrt nicht, das merkte sie. Der Fahrer hielt an.

Dolores wurde rasch davongeschleift, es ging Treppen hinunter, dann erklang das Quietschen einer schweren Stahltür.

Sie wurde einige Meter getragen und in gepolsterte Dunkelheit geworfen. Der dicke Teppich, auf dem sie landete, roch nach nichts; dafür drang der Geruch von feuchtem Mauerwerk in ihre Nase. Dann bekam sie einen Sack über den Kopf gezogen.

Es klickte, und ein schmaler Lichtschein fiel unter dem Sichtschutz herein. Ihre Arme wurden gepackt und nach hinten gebogen, Handschellen legten sich um die Gelenke. Jetzt wurde es schwieriger, sich zu wehren.

»Hallo, Frau Engel. Entschuldigen Sie bitte den Überfall«, sagte eine Männerstimme in bestem Hochdeutsch. »Ich versprach Ihrem Vater und den Ermittlern, die Sache etwas persönlicher zu gestalten.« Gleich darauf spürte sie einen Einstich in ihrem Nacken, oberhalb des Haaransatzes. »So, jetzt wird die Welt ein bisschen langsamer für Sie. Sie müssen zur Ruhe kommen.«

»Hilfe!«, schrie Dolores und vernahm ihre Stimme als mehrfaches Echo mit Hall. Es musste ein riesiger Raum sein, in dem sie sich befand.

»Nein, tun Sie das nicht. Gleich haben Sie auch keine Lust mehr dazu. Sie werden entspannt sein. Entspannt wie die Kaninchen.« Er kicherte. Mensch und Tier sind doch gleicher, als man annehmen würde.

»Wer sind Sie?« Sie spürte, wie ihre Atmung langsamer wurde und sie sich entspannte, ohne es zu wollen. Sie brauchte die Wirkung des Adrenalins, um sich zu verteidigen, um aggressiv zu sein, um Widerstand zu leisten. Sie wollte nicht als Opfer enden.

»Ein Künstler. Durch mich werden Sie unsterblich. Durch mich. Ansonsten würden Sie von der Geschichte einfach vergessen werden«, gab er zurück. »Ich versprach der Polizei *zwei* Opfer. Sie werden das erste sein, Frau Engel. Das andere muss ich aus Zeitgründen wohl nachliefern.«

Dolores wusste, dass er ihr das nur berichtete, damit das Sedativum wirkte – und weil sie nicht lebend davonkommen würde. »Was werde ich?«, lallte sie.

»Was Sie werden? Ach, das Bild, das ich mit Ihnen in Szene setze?« Der Mann kramte herum, etwas klirrte. Dann erklang ein Geräusch, das an eine Ratsche erinnerte; dazu mischte sich das metallische Ticken einer gespannten Feder, die mehr und mehr zusammengeschoben wurde. »Sie können das nicht sehen und werden es auch nicht mehr, aber Sie sitzen in einer nachgebauten Küche.«

Sie stellte fest, dass sie wirklich keinerlei Ambitionen mehr besaß, einen Fluchtversuch zu unternehmen. Der Cocktail in ihrer Blutbahn wirkte, sie war vollkommen gleichgültig. »Wieso ...«

»Ich stelle einen Mordfall aus München nach, bei dem eine Hausfrau von ihrem eigenen Sohn mit einem Samuraischwert geköpft wurde. Ich weiß, nicht sehr einfallsreich, aber es hat einen gewissen Reiz für mich.« Er lachte kurz. »Ich hatte die Küche schon mal für Sie vorbereitet. Was für ein Zufall, nicht wahr? Eigentlich wollte ich Sie verschonen, nachdem Sie Robin Adler so herrlich vor meinen Augen ausgeschaltet hatten, aber nun ja. Ihr familiärer Hintergrund prädestinierte Sie als nächstes Werk.« Das Klicken und Rattern endete, der Hall der Geräusche schwebte lange umher.

»Ich staunte nicht schlecht, als ich herausgefunden habe, wer Ihr Vater ist. Ihr Pech, Frau Engel.«

Dolores wurde aufgehoben und auf einen Stuhl gesetzt. Dann zupfte er an ihr herum, sie bekam Sachen übergestreift.

»Das sind in etwa die Kleidungsstücke, die das Opfer getragen hat. Und keine Angst: Ich köpfe Sie nicht mit einem Schwert. Ich habe eine eigene Vorrichtung. Eine transportable Guillotine.«

Dolores fühlte Kabelbinder, die sich um ihre Beine und ihren Leib legten, dann wurden ihre Hände von den Metallschellen befreit und sofort mit den Plastikriemchen am Stuhl fixiert. Eine Plane raschelte, mit der er hinter ihr hantierte.

»Nicht erschrecken.«

Ein Gewicht legte sich auf ihre rechte Schulter, das ihr sehr schwer vorkam. Es schien ein kleiner Eisenträger zu sein, und er roch nach Schmiermittel. Außerdem knisterte er, als wäre er mit Folie umwickelt.

Dann klickte es einmal, und der Sack wurde von ihrem Kopf entfernt.

Dolores saß wieder im Dunkeln. Ihr wollten die Augen vor Entspannung zufallen, doch er griff ihr in die Haare und hob den Kopf an, legte Kinn und Stirn gegen eine Halterung, damit sie nicht abrutschte.

Dann schoben sich Spangen unter ihre Lider und zogen sie auseinander, so dass ihre Augen weit geöffnet blieben.

Eine Pipette schwebte heran, Tropfen schossen mit Elan gegen die Pupillen. Es brannte unangenehm, doch wehren konnte sie sich nicht.

»Keine Angst. Das ist nur Atropin, um Ihre Augen noch

aufnahmefähiger für das Bild zu machen. Es kann gleich losgehen, Frau Engel. Jetzt hinterlasse ich einen Gruß an Ihren Vater.«

Dolores dämmerte dahin, ohne einschlafen zu können. Die Augen tränten, sie schmeckte den feuchten Stein der Umgebung bei jedem Atemzug am Gaumen.

Klack.

Ein einzelner Spot fiel auf das Gesicht eines Mittfünfzigers, der sie breit anlachte und dabei eingefroren zu sein schien. Sie fand ihn in ihrem sedierten Verstand an sich sympathisch, vor allem die warmen braunen Augen, die hinter einer Hornbrille lagen. Die kurzen silberschwarzen Haare gaben ihm etwas Gediegenes, und die Narben am Hals und an der linken Stirnseite verschafften ihm das Aussehen eines Abenteurers.

Dolores stöhnte.

Das Licht war für die geweiteten Pupillen viel zu grell, und sie konnte nicht blinzeln. Die Klammern hielten die Lider offen, und die Pupillen wollten sich nicht wirklich bewegen. Wie in Trance starrte sie den regungslosen, strahlenden Mann an, der sie gleich umbringen würde.

Sie hatte das Gefühl, das sich sein Anblick auf ihre Netzhaut brannte, wie bei alten Röhrenmonitoren, wenn der Bildschirmschoner nicht ansprang.

Gerade vergingen Sekunden.

Stunden.

Tage.

Jahre.

Dolores verlor jegliches Zeitgefühl. Es gab nur den Spot und den lachenden Mörder. Ihr Herzschlag kam ihr unendlich langsam vor.

Dann sah sie noch etwas: die Eisenschiene, die einer Regenrinne ähnelte und in der eine gespannte Stahlfeder ganz zurückgekurbelt war.

Rechts saßen die Kurbel und ein einfacher Knopfauslöser, links ragte eine unterarmlange angeschrägte Schneide waagrecht aus der Führungsschiene. Sie glänzte geschliffen im Lichtkegel und würde genau auf ihren Hals zujagen, sobald der lächelnde Mann zudrückte.

Seine Hand lag dicht neben dem Knopf.

❖❖❖

Ares brachte den Golf am Leuschnerplatz zum Stehen. Er hatte den Transporter seiner Tochter entdeckt – aber auf den Anruf wartete er vergebens. Ihm war schlecht. »Wenn er sie geschnappt hat …«

»Sehen wir nach. Vielleicht ist sie doch im Wagen geblieben.« Lackmann sprang hinaus und rannte durch den Regen. Ares folgte ihm.

Gemeinsam umrundeten sie den abgesperrten Wagen.

Keine Dolores.

»Scheiße!« Er sah sich um, konnte sie aber nirgends entdecken.

»Löwenstein!«

Er drehte sich zu Lackmann.

Der schlaksige Kommissar war ein paar Meter weitergegangen, an das zugemauerte Bowlingcenter, und schob sich durchs Gestrüpp. »Hier ist jemand durchgegangen. Die Äste sind abgeknickt.« Er bückte sich und hob etwas hoch. »Gehört das Ihrer Tochter?«

Ares eilte heran und sah das Haargummi: eine schwarze

Katze mit gebleckten Zähnen und bösem Grinsen. »Ja.« Seine Blicke richteten sich auf das Gestrüpp. »Wohin geht es da?«

Sie marschierten vorwärts, kämpften sich durch Ranken und verstreuten Müll hindurch, bis sie zu einem Treppenabgang gelangten. An dessen Ende wartete eine massive Eisentür. Sprayer-Tags hafteten daran, sie war verbogen und schien verschweißt.

»Was ist das?«

»Der Zugang zu den Lagerhallen, in denen die Waren für die alte städtische Markthalle gestapelt wurden. Nach dem Zweiten Weltkrieg blieben lediglich die unterirdischen Hallen übrig«, sagte Lackmann und gab per Funk durch, wo sie sich befanden. Das SEK-Team war bereits auf dem Weg zu ihnen. »Danach wurden die Räume zu einem Bowlingcenter umgebaut, aber das ist schon lange dicht.«

Ares ging die Stufen hinab, der Kommissar folgte ihm.

Als er seine kräftigen Finger an eine Türkante legte und anzog, schwang sie auf.

Lackmann suchte eine kleine Taschenlampe heraus. Er und Ares sahen sich an und zogen ihre Pistolen.

Keiner wollte auf das SEK warten.

❖❖❖

Dolores döste und starrte, wusste nichts mehr. Sie sah nur noch das Gesicht ihres Entführers.

»Das genügt«, sagte er wie ein Bauchredner, ohne die Lippen zu bewegen. »Grüßen Sie schön!«

Ein lautes Quietschen erklang.

»Dolores?«, rief ihr Vater wütend.

Auf wen war er denn wütend?

Auf sie?

Der Mörder fluchte laut, sein Finger legte sich auf den Auslöser und drückte ihn – da knallte es mehrmals.

Ein Strahl leuchtete den Mann an, tauchte seine Schläfe und sein kurzes silberschwarzes Haar in grelles Licht und schien ihn zu Boden zu schleudern. Er schrie und verschwand in der Dunkelheit; ebenso gut hätte er in einen Abgrund fallen können.

Dolores sah ihn nicht mehr.

Die Schiene rutschte von ihrer Schulter und fiel ihr in den Schoß, die Feder entspannte sich und schnellte nach vorne.

Ein glühender Schmerz drosch ihr in den Bauch und blieb, verging nicht mehr. Etwas Warmes lief über ihre Oberschenkel.

Dolores blieb dennoch ruhig. Die verabreichten Beruhigungs- und Schmerzmittel wirkten wahre Wunder. Sie schrie nicht einmal, sondern wunderte sich nur, wie anders sich Schmerzen anfühlen konnten und dass sie Farben vor ihren Augen entstehen ließen.

Sie hörte mehrere Schritte.

Noch mehr Licht fiel in den Raum, der sich als riesige Halle entpuppte. Der Mörder wurde nun sichtbar, lag am Boden und blutete aus der Seite. Die Pistole in seiner Hand spuckte in rascher Reihenfolge Kugeln gegen die Eindringlinge.

Aufschreie und Flüche erklangen von ihrem Vater und einem anderen Mann. Das Feuer des Mörders wurde erwidert, das Krachen der Treibladungen schallte in Dolores'

Ohren; es roch intensiv nach verbranntem Pulver oder mit was immer die Geschosse beschleunigt wurden.

Der Mörder wurde mehrmals getroffen, wie sie sah, und warf die Pistole weg. »Ich ergebe mich«, wimmerte er blutüberströmt. »Ich gebe auf! Nicht mehr schießen!«

Dolores sah zuerst ihren Vater in den Lichtkegeln, die Waffe auf den liegenden Mann gerichtet; dann entdeckte er sie und starrte sie an. Entsetzen stand auf seinem Gesicht, Angst, Sorge.

Sie schaute nach unten, wo die Klinge komplett in ihren Unterbauch eingedrungen war. Das Blut lief aus dem Schnitt, und allmählich wurde ihr kalt.

»Papa«, sagte sie und vergaß ihre weiteren Worte. Ihr Kopf war plötzlich leer, und sie blickte zu ihm. Vielleicht fiel ihm ein, was sie hatte sagen wollen.

Sein Gesicht nahm einen Ausdruck an, den sie niemals zuvor bei ihm bemerkt hatte. Nicht einmal in den letzten zwanzig Jahren. Hass. Abgrundtiefer Hass.

»Löwenstein, nein!«, rief eine Stimme von außen.

Sie verfolgte, wie ihr Vater die Mündung seiner Halbautomatik auf den Mörder richtete und mehrmals abdrückte, während er selbst einknickte und gegen den Küchenschrank fiel.

Dabei wurde die Welt für Dolores dunkler und blendete sich langsam aus …

❖❖❖

Leipzig, Zentrum, 2. Januar

»Wie kann man so viele Schüsse überleben?«

»Indem man groß wie ein Baum und Personal Trainer ist?«, gab Lackmann zurück, ohne zu wissen, wer die Frage gestellt hatte. Er sah von seinem Schreibtisch auf. »Korff? Was machen Sie denn hier?«

»Mich erkundigen, in welchem Krankenhaus ich Herrn Löwenstein besuchen kann. Da man mir telefonisch keine Auskunft geben wollte, kam ich einfach vorbei und habe gehofft, Sie anzutreffen.« Der sympathische Bestatter machte einen Schritt nach vorne. »Sie wissen, dass man sich auf mich verlassen kann und ich diskret bin. Mir liegt etwas an Herrn Löwenstein.«

Lackmann bot ihm mit einer Handbewegung einen Stuhl an. »Sicher. Daran zweifle ich nicht, aber momentan ist Ruhe das Beste für ihn. Seine Lebensgefährtin kümmert sich sehr gut um ihn.« Er machte ein halb belustigtes Gesicht. »Nehmen Sie das nicht persönlich, aber einen Bestatter neben sich am Krankenbett zu sehen, das … ist vielleicht die falsche Botschaft.«

Korff lachte. »Nur wenn man abergläubisch ist. Den Eindruck machte Herr Löwenstein nicht auf mich, aber ich verstehe Ihre Vorbehalte, Herr Lackmann. Dann seien Sie doch so nett und geben seiner Lebensgefährtin meine Nummer, damit sie mich wissen lässt, wie die Entscheidung ausgefallen ist.« Er sah beiläufig über den Schreibtisch. »Leipzig ist ziemlich erleichtert, dass der Terror ein Ende hat.«

»Das sind wir alle. Es gab genug Opfer.« Der Kommissar schob ihm die Aufnahme der selbstgebauten Köpfungsvorrichtung hinüber. »Was sagen Sie dazu? Das hat er sich angefertigt, um die Menschen blitzschnell und ohne Kraftaufwand enthaupten zu können.«

Korff warf nur einen kurzen Blick darauf. »Eine Feder in einer Führungsschiene mit einer seitlich montierten, schrägen Schneide. Dass er raffiniert ist, wussten wir alle.«

»Seine Raffiniertheit bringt ihm nichts mehr. Er wird nie wieder aus der geschlossenen Psychiatrie kommen.«

»Also stimmt es, dass er noch lebt.«

Lackmann nickte zögernd. »Ja. Aber er wird Ihnen keine Scherereien mehr machen. Ihnen und keinem sonst.«

»Der Verrückte hat einen Menschen in meinem *Ars Moriendi* umgebracht, er stand mir gegenüber und bedrohte mich mit dem Tod«, gab Korff in einem Tonfall zurück, der das Licht im Büro dimmte. »Wie könnte ich das vergessen?« Mit einem kundigen Griff fischte er das Foto aus dem Stapel heraus, das den Mörder im Transporter zeigte. »Ich meinte *ihn*.«

»Bitte?«

»Vorhin. Als ich von der Anzahl der Schusswunden sprach. Das Gerücht geht schon länger um, dass er noch lebt.«

Lackmann sah den ruckenden Augen des Bestatters an, dass er die Einschüsse zählte. »Unter uns: Löwenstein und ich haben alles gegeben, damit Hochstätter das nicht überlebt. Als wäre das Böse mit dem Mörder im Bunde.«

»Mag sein. Es wäre besser für ihn, er wäre mit dem Gevatter im Bunde. Halten Sie mich bitte nicht für verrückt, wenn ich Ihnen sage, dass ich sehr genau weiß, dass der Schnitter ihn *nicht* mag.«

»Sie erwähnten Ihren guten Draht zum Sensenmann.«

Lackmann wunderte sich über die Verschrobenheit, schob es aber auf den Beruf seines Besuchers.

Korff lehnte sich zurück. »Psychiatrie?«

»Ich kann Ihnen nichts Weiteres sagen, Herr Korff.« Lackmann bot dem Besucher einen Kaffee an, der aber abgelehnt wurde. »Ich hätte gejubelt, wenn der Mörder vor mir verreckt wäre, und ich war sicher, dass das geschieht.«

Er fuhr sich über die Augenbrauen. »Ich weiß, der Mann ist krank und traumatisiert und das alles. Sein Haus macht deutlich, was das Grauen, über das er berichtete, mit seinem Verstand angestellt hat.«

Lackmann blickte tadelnd. »Sie waren dort. An einem Tatort, der noch nicht freigegeben ist.«

»Das sagte ich nicht.« Korff erhob sich. »Könnte es nicht sein, dass es ihm einfach nur Spaß machte? Ich nehme an, Sie haben die Aufnahmen der Morde gesehen, die er begangen hat?«

»Dann ist er erst recht krank.« Lackmann wollte den Mörder nicht verteidigen, doch was sollte man gegen einen Menschen sagen, der vom Killer zum Patienten wurde. »Das Gericht wird ihn wegschließen.«

»Das wird es. Zumindest vor den Menschen.« Korff reichte ihm die Hand. »Fragen Sie bitte Herrn Löwensteins Lebensgefährtin. Meine Nummer haben Sie. Mich würde es freuen.«

»Mache ich.«

Korff nickte und verließ das Büro.

Lackmann machte sich an den Schreibkram und schloss mehr und mehr mit dem Fall ab, was die Berichte und Auswertungen anging.

Hochstätter hatte ein schriftliches Geständnis vorbereitet, das sie in seiner Wohnung nach einigem Suchen fanden. Der Mörder mochte es, Spielchen zu spielen. Er gab darin alles zu und berichtete in dem mehrseitigen Dokument haarklein von den Morden, auch vom Tod von Wolke senior.

Der Grund: Weil der Vater des ersten Opfers bei ihm vorbeikommen und ein Dankespaket wegen der Rettung seines Sohnes vor der Tram abgeben wollte, hatte er ihn aus dem Verkehr gezogen. Aus Angst vor einer nachträglichen Entdeckung oder vor Fragen, die ihm der Intendant stellen könnte, um anschließend die Polizei auf ihn aufmerksam zu machen. Deswegen tarnte ihr Verrückter den Mord auch als Unfall.

Nachträglich hatte Lackmann noch versucht herauszufinden, ob eine Verbindung zwischen Hochstätter und Wolke nicht früher in den Akten aufgetaucht war. Fehlanzeige. Das Telefonat mit der Verabredung am Todestag war nicht mit Wolke seniors Handy geführt worden, und somit hatten sie keine Chance bekommen, auf den Fotografen zu stoßen. Wenigstens waren die Bombensets alle gefunden und entschärft. Es hätte Hunderte Verletzte und Tote in Leipzig gegeben, wenn Hochstätter sie zum Einsatz gebracht hätte.

Lackmann sah zu Rhodes verwaistem Schreibtisch. Er wusste nicht genau, warum, aber er hatte das Gefühl, dass es für ihren Täter nicht ausgestanden war.

Doch was konnte ein Bestatter schon ausrichten?

※※※

Leipzig, Zentrum, 3. Januar

Ares hob die Lider, weil er geglaubt hatte, beobachtet zu werden.

Neben seinem Krankenbett erhob sich eine schwarze Gestalt, die Schatten der Vorhänge schienen ihr zwei gewaltige dunkle Schwingen zu verpassen.

Der Todesengel! Er schluckte und beherrschte sich, um nicht aufzuschreien. Dann erkannte er seinen ganz und gar irdischen Besucher. »Korff?« Er lachte leise und erleichtert. »Sie sind dann wohl zum Maßnehmen hier. Scheiße, ich schaffe es nicht!«

»Doch, das tun Sie. Die Ärzte sind sehr guter Dinge«, erwiderte der Bestatter und lehnte sich leicht nach vorne; merkwürdigerweise schienen die schwarzen Schwingen seinen Bewegungen zu folgen. »Sie haben sogar Ihr Bett bereits wieder verplant, so sicher sind die, dass Sie bald nach Hause dürfen. Aber ab wann Sie wieder als Personal Trainer durch die Gegend springen …«

»In einem halben Jahr. Mehr kann ich mir nicht leisten, oder mein Konto rutscht in die Miesen.« Ares richtete sich leicht auf, bis die Schmerzen ihn bremsten, und schaute auf den Beistelltisch, auf dem eine Pralinenschachtel lag. »Von Ihnen?«

»Ja. In Ermangelung einer besseren Idee. Notfalls verschenken Sie das Zeug.« Korff sah sich um. »Kann ich kurz etwas mit Ihnen klären? Sollten Sie zu müde sein …«

»Bleiben Sie.« Ares sah auf die Packung. Whiskeytrüffel mit Zartbitter. »Meiner Tochter hätten sie geschmeckt«, sagte er dumpf und musste sich unterbrechen, damit er nicht vor Verzweiflung wie ein Schlosshund losheulte.

Korff setzte sich auf den wackligen Plastikstuhl. »Herr Löwenstein, Dolores wird ein Leben haben. Ein *anderes* Leben, aber sie ist nicht tot.«

»Sie haben die Aufnahmen nicht gesehen, die ich sah«, gab er zurück, und schon entstanden die folternden Bilder wieder: die aufklaffende Bauchdecke, die zerschnittenen Innereien, das literweise verlorene Blut, in dem die verletzten Organe schwammen. Kinder würde Dolores nicht bekommen können. Nicht nach der gravierenden Verletzung. »Es ist ein Wunder, dass sie überlebt hat. Seitdem liegt sie im Koma.«

»Zu ihrem Schutz, bis die schweren Verletzungen einigermaßen verheilt sind. Das sagte mir Ihre Lebensgefährtin.«

Ares schüttelte den Kopf. »Ich glaube das erst, wenn es so weit ist.«

»Sie können es jetzt schon glauben. Ich wüsste es, sollte es anders sein.«

Er sah zu Korff, Zorneshitze schoss unvermittelt hoch. »Wie konnte dieses Arschloch meine ganzen Kugeln überleben? Sie sagten, Sie hätten einen guten Draht zum Gevatter. Erklären Sie mir, wie ein Mensch das übersteht. Ein solcher Mensch, der andere auf bestialische Weise umbrachte und Spielchen spielte? Gehen Sie los und fragen Sie den Tod! Los!«

Korff blickte ihn ernst an, der Zeigefinger rieb über den Ring.

»Verzeihung. Ich musste … meinem Frust Luft machen.« Ares stieß die Luft aus, die Muskeln zuckten – und sofort brannte es. Es war nicht klug, verletzte Partien anzuspannen.

Sein Besucher lächelte nachsichtig. »Ich hörte, Sie haben ganz gute Verbindungen. Nicht zum Gevatter, aber doch nützlich.«

Ares stutzte. »Was wird das?«

»Sie tun mir und sich selbst einen Gefallen: Sorgen Sie einfach dafür, dass der Täter abgesondert in der Psychiatrie untergebracht wird. In einem eigenen Trakt. Oder zumindest in großer Entfernung zum Personal und zu den anderen Insassen.« Korffs Stimme hatte sich gefährlich gesenkt. »Lassen Sie mich wissen, ab wann das geschehen ist und wo *genau* er untergebracht wird. Das kann nach dem Verfahren sein oder noch vorher. Sie bestimmen den Zeitpunkt. Oder vielleicht tun Sie es gar nicht. Dann wird Hochstätter den Rest seines Lebens in der Geschlossenen verbringen.«

»Ich weiß es nicht. Das klingt ... nicht ganz so einfach.«

»Ich tat bereits, was Sie sich vorhin wünschten. Und der Gevatter findet keinen Gefallen an Hochstätters Taten. Sie waren nach seinen Maßstäben nicht ausgewogen. Was der Tod braucht, ist eine Gelegenheit.«

Ares starrte den Bestatter an. »Wollen Sie mir weismachen, Sie können mit ...«

Korff erhob sich. »Sie haben es in der Hand.«

»Und ... was geschieht dann?«

»Das werde ich Sie wissen lassen. Gute Besserung Ihnen und Ihrer Tochter.« Korff verließ das Zimmer erstaunlich leise.

Ares sah auf die Pralinen, dachte an Dolores, an die Wundertaten der Ärzte, an die Ungerechtigkeit des Lebens, an die Ereignisse der letzten Wochen.

Er sah den gleichmütigen Robert Grimm, der sich aufgegeben hatte.

Er hörte den Rest *Demon* in sich, der revoltierte und nach Hochstätters Leben verlangte.

Viele Gefühle stritten in ihm. Er würde in den nächsten Tagen viel zum Grübeln und Sinnieren haben.

Ein leichter Zweifel an Korffs Verstand stieg in ihm hoch. Die Mittel, die er für das Haltbarmachen der Leichen einsetzte, schienen seinem Gehirn zuzusetzen. Dennoch fände Ares es gut, wenn es so leicht wäre und man den Tod auf jemanden hetzen könnte.

Er blickte an die Wand, wo die Schatten der Vorhänge kein bisschen mehr nach Schwingen aussahen, dann schaute er zum Fenster hinaus.

Keinesfalls würde er eierlos werden.

Keinesfalls würde er sich einordnen wie die vielen anderen Beliebigen.

Wie hatte eine Kabarettistin so treffend zum Abschluss ihres Programms gesagt? »An den Gräbern der meisten Menschen trauert tiefverschleiert: ihr ungelebtes Leben.«

Auf ihn zumindest träfe diese Wahrheit nicht zu, und das fühlte sich sehr gut an.

Trotzdem fühlte er ein starkes Bedürfnis, etwas nachzuholen.

Ares wühlte das Smartphone aus der Schublade und rief Nancy an. Zum ersten Mal würde er ihr sagen, dass er sie liebte.

❋❋❋

alternativ fortführender EPILOG

… Als Ares ihr seine Liebe erklärt und eine überraschte Nancy ratlos am Hörer zurückgelassen hatte, rief er seinen Ramschkönig an. Vermutlich hatte die Familie Wolke ebenso ein Interesse daran, dass Ludwig Christian Hochstätter nachträglich verschied. Deren exzellente Verbindungen machten die Verlegung des Patienten sicherlich möglich.

Was danach geschah, lag in den Händen des Bestatters.

❈❈❈

Leipzig, Südosten, 23. Januar

Konstantin Korff erhob sich vom eisigen Boden, auf dem er die Nacht verbracht hatte.

Er öffnete den Schlafsack und spürte jeden Knochen. Das hatte er davon, auf die Isomatte verzichtet zu haben.

Wann habe ich so etwas das letzte Mal gemacht? Er befreite sich aus der Hülle und suchte seine Schuhe heraus, schlüpfte hinein und fuhr sich einmal durch die halblangen Haare. *Das ist schon lange her.*

Langsam stand er auf, bewegte den steifen Nacken und ließ sich die Morgensonne ins Gesicht scheinen.

Von seiner Position aus konnte er auf die Straße blicken.

Leipzig erwachte. Die Pendler machten sich auf den Weg, die Tram rumpelte auf ihren Schienen vorbei und brachte die Menschen ins Zentrum.

Er warf einen Blick über die Schulter zum Gebäude, in

dem die geschlossene Abteilung der Psychiatrie untergebracht war.

Der Abstand betrug genau 82 Meter.

Im gleichen Radius um ihn herum war das Gras verwelkt, hatten Büsche ihre Blätter verloren und waren eingegangen, waren Bäume abgestorben. Ein toter Vogel lag unter seinem Nest.

Zu seinem Bedauern entdeckte Korff zwei verendete Igel dicht neben sich. Auf der Suche nach Wärme waren die verspäteten Winterschläfer gestorben.

Kollateralschäden, und sie waren heftiger ausgefallen als sonst. Leider hatte es keine Tauben erwischt. Die Ratten der Lüfte mochte er nicht.

Rasch streifte er sich seinen Siegelring über den Finger und stopfte den Schlafsack in die Hülle, dann schlenderte er in seinen schwarzen Joggingklamotten zur Straße hinab. Dabei passierte er eine regungslose Katze, die am Rand der auffälligen Grasveränderung lag. Ganz knapp.

Der ringförmige Kreis mit einer Variation von verbrannter Erde würde für Irritation sorgen, doch es war nicht zu ändern. Als Erklärungsversuch taugten vielleicht ausgelaufene Chemikalien, oder jemand fand etwas Besseres und Geheimnisvolleres.

Den wahren Grund konnten nur sehr wenige wissen.

Korff klemmte den Schlafsack fester unter den rechten Arm und erreichte die Tram.

Minuten darauf rollte er in Richtung *Ars Moriendi*. Dusche, Tee und zurück zum Tagesgeschäft. Herr Bellmann wartete darauf, für die Bestattung am frühen Nachmittag hergerichtet zu werden. Jaroslaf müsste bereits mit den Vorbereitungen begonnen haben.

Eigentlich waren seine Zeiten als Killer vorbei.

Doch bei Hochstätter *musste* er eine Ausnahme machen. Marna hatte ihn sogar darum gebeten, und ihr konnte er aus verschiedenen Gründen kaum einen Wunsch abschlagen. Es ging weniger um die Gefühle zu ihr als um ihre neue Gabe, ihre Nähe zum Gevatter und die Kenntnisse über ihn.

Von ihr erfuhr er: Nicht immer war der Schnitter glücklich über diejenigen, die ihm die Opfer in die knochigen Arme trieben, um es metaphorisch auszudrücken. Mit Hochstätter schien er alles andere als glücklich.

Marna hatte gesprochen, und Korff hatte gehandelt.

Er sah aus dem Fenster der Bahn, bis das Gebäude der Psychiatrie aus seinem Blickfeld verschwunden war; dabei nahm er sein Handy aus der Jackentasche und wählte eine bekannte Nummer.

»Löwenstein?«

»Guten Morgen. Hier ist Korff. Ich wollte Ihnen nur sagen, dass der Gevatter ein Einsehen mit unserem Freund hatte. Oh, und weiterhin gute Besserung.« Schon legte er wieder auf.

Weiterer Worte bedurfte es nicht.

❖❖❖

NACHWORT

Das war er also, ein Durch-und-durch-Thriller, wenn auch versehen mit einem Hauch von Unerklärlichem, wie man deutlich im alternativ fortführenden Epilog gesehen hat.

Wer sich dafür interessiert, was ein Bestatter alles vermag, dem sei *ONEIROS – Tödlicher Fluch* ans Herz gelegt.

Und wem dieser Epilog nicht zusagte, der sollte davon ausgehen, dass der Todesfall am Ende des Romans auf reinem Zufall basiert …

Wie komme ich dazu, einen Thriller zu schreiben?

Zugegeben, mit dem Genre der »Dunklen Spannung« war ich nie weit davon entfernt, und so beschloss ich, das »Dunkle« in der Bezeichnung zu streichen.

Aber eigentlich hat man mich dazu gezwungen.

Wer?

Nein, kein Verlag.

Sondern alle diejenigen, die seit Jahren immer zu mir sagen: »Wissen Sie, Herr Heitz, Vampire, Zwerge und so'n Zeug, das ist ja nicht meins. Aber WENN Sie mal einen Thriller schreiben, DANN lese ich den! Versprochen!«

Tja.

Und dann trat da noch Knaur zum Jubiläum mit dem Wunsch an mich heran, mal ein »besonderes« Buch zu schreiben.

Wer kann da noch nein sagen, zumal die Idee schon lange in meinem Kopf spukte?

So kam es zu TOTENBLICK, und ich will nicht abstreiten, dass ich Gefallen daran gefunden habe.
Mal sehen, wann es ein Wiedersehen mit Ares Löwenstein, den Leipziger Kommissaren und Konstantin Korff gibt.

Herzliches Dankeschön an die Testleserinnen Sonja Rüther und Yvonne Schöneck für die vielen Fragen, die sie gestellt haben. So soll das sein!
Mein Dank geht an Lektorin Martina Wielenberg, die mich sorgsam betreut hat und verhinderte, dass ich vielleicht doch noch irgendwo einen Vampir oder einen Werwolf oder andere Geschöpfe der Nacht einschmuggelte.

Danke sage ich auch Franz Leipold für die Redaktion und an den Knaur Verlag für das Vertrauen, meine Ideen auch in diesem Genre umsetzen zu dürfen.

Wer sich für die Musik von *Lambda* interessiert, der Band aus Leipzig, die Konstantin Korff zwischendurch hört, bekommt einen akustischen Eindruck unter:
 www.lambda-band.de.
 Viel Vergnügen mit der außergewöhnlich-ungewöhnlichen Musik!

Markus Heitz

Markus Heitz

Oneiros – Tödlicher Fluch

Roman

In Leipzig hütet ein Bestatter ein grausames Geheimnis, in Minsk führt eine skrupellose Wissenschaftlerin tödliche Experimente durch, in Paris rast ein Airbus ungebremst in ein Flughafenterminal … Die Ermittlungen zu dem Unglück beginnen sofort – aber die Ergebnisse sind rätselhaft: Sämtliche Insassen waren schon tot, bevor das Flugzeug auf das Gebäude traf. Was die Polizei jedoch nicht herausfindet, ist, dass es einen Überlebenden gibt. Konstantin Korff, der Bestatter aus Leipzig, kommt diesem Überlebenden hingegen schnell auf die Spur, ebenso wie die Wissenschaftlerin – denn diese drei Menschen tragen denselben tödlichen Fluch in sich. Einen Fluch, der sie zu einer Gefahr für jeden in ihrer Umgebung macht …

Elsie Chapman

Du oder ich

Thriller

In einer Zukunft, in der jeder Mensch einen Doppelgänger hat, darf nur einer von ihnen überleben. Die beiden Betroffenen haben genau einen Monat Zeit, den jeweils anderen zu töten. Weigern sie sich, werden beide von der Regierung eliminiert. West Grayer ist die letzte Überlebende ihrer Familie und arbeitet als staatlich legitimierte Auftragskillerin. Eigentlich sollte es also kein Problem sein, ihre Doppelgängerin zu töten. Doch als sie ihr gegenübersteht, versagt Wests ansonsten so vorbildliche Zielsicherheit. Erst als ihre Gegnerin ihre große Liebe Chord ins Visier nimmt, stellt West sich dem Duell auf Leben und Tod.

Sebastian Fitzek

Der Nachtwandler

Psychothriller

In seiner Jugend litt Leon Nader an Schlafstörungen. Als Schlafwandler wurde er während seiner nächtlichen Ausflüge sogar gewalttätig und deswegen psychiatrisch behandelt. Eigentlich glaubte er, geheilt zu sein – doch eines Tages, Jahre später, verschwindet Leons Frau unter unerklärlichen Umständen aus der gemeinsamen Wohnung. Ist seine Krankheit etwa wieder ausgebrochen? Um zu erfahren, wie er sich im Schlaf verhält, befestigt Leon eine bewegungsaktive Kamera an seiner Stirn – und als er am nächsten Morgen das Video ansieht, macht er eine Entdeckung, die die Grenzen seiner Vorstellungskraft sprengt: Sein nächtliches Ich steigt durch eine ihm völlig unbekannte Tür hinab in die Dunkelheit …